河南大學文學院詞學研究叢書　第二輯
民國時期河南大學詞學名家文叢
孫克强　劉軍政　主編

楊易霖詞學文集

劉軍政　整理　編校

社會科學文獻出版社
SSAP
SOCIAL SCIENCES ACADEMIC PRESS (CHINA)

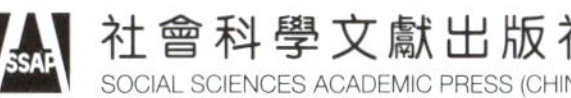

劉軍政，文學博士，河南大學文學院副教授，碩士生導師，中國李清照辛棄疾學會常務理事，中國詞學學會理事，主要從事中國古代文學研究、詞學研究。獲得河南省社會科學優秀成果一等獎、河南省高校哲學社會科學研究優秀成果獎、夏承燾詞學獎青年學者獎，以及河南省優秀學士學位論文指導教師等獎項和榮譽稱號。主持國家社科基金項目『清代婉約詞批評的焦點及其衍變研究』、教育部人文社科項目『中國古代詞學批評方法研究』等。出版學術著作《中國古代詞學批評方法》《詞學研究路徑的探索》《劉榛集》《古今詞話導讀校注》等。

總　序

孫克强　劉軍政

河南大學坐落於開封。開封，古稱東京汴梁，戰國以來多次建都於此，號稱“八朝古都”，其中以北宋都城最爲著名。作爲“一代之文學”的宋詞與開封結下了不解之緣，河南大學作爲百年老校亦得益於宋詞之都的“江山之助”，詞學教育代有傳承，爲詞學研究之重鎮。

一

公元960年，趙宋王朝建立，定都開封。在中國文學史上，詞這種新文體迎來了新時代。宋詞作爲“一代之文學”，與詞體在北宋的新變，以及北宋開封城市面貌的新變緊密聯繫在一起。

詞體在北宋的新變，主要體現爲慢詞的异軍突起。雖然詞體成熟於晚唐五代，但當時流行的是小令，是“詩客曲子詞”的通行之體，由近體詩演變而來。直至北宋真宗、仁宗時期，來到開封考進士的福建士子柳永，從胡夷里巷、教坊新腔以及前代宫廷曲調中整合出慢詞新聲。這種新聲迅速風靡整個詞壇，無論士人學子，還是市井小民，都競相追捧，一舉改變了小令一統天下的局面。從此慢詞長調成爲宋詞的主流形態，宋詞開始具有自身獨特的風格和氣派，與唐五代詞相區別，宋詞作爲“一代之文學”方才實至名歸。

北宋開封城市面貌的新變，也是促進詞的創作不斷走向繁盛的重要原因。開封堪稱中國乃至世界第一個現代意義上的大都市。在北宋之前，中國的都市，比如長安，出於安全的需要，受到經濟的制約，實行坊市制。坊市制的主要特點是：城中有坊（里），坊有坊門，有官員和士兵把守。城中的居民居住於坊之中，包括歌妓在内的各行業人員，分類聚集居住。夜晚城門、坊門關閉，城市實行宵禁，市民没有夜間的消費和娱樂活動，這就導致以夜生活爲平臺的歌妓活動受到極大限制，詞曲演出的發展也必然受到限制。

北宋初期，經濟快速發展，人口大量增加，坊市制逐漸遭到破壞，終至廢弃。宋仁宗時，開封城的坊市制實際上已經取消。如柳永的《看花回》就描寫了開封取消坊市制後的面貌：

> 玉城金階舞舜干。朝野多歡。九衢三市風光麗，正萬家、急管繁弦。鳳樓臨綺陌，嘉氣非烟。　　雅俗熙熙物態妍。忍負芳年。笑筵歌席連昏晝，任旗亭、斗酒十千。賞心何處好，惟有尊前。

這首詞寫出了一座不夜城的繁華景象：酒樓妓館燈紅酒緑，遍布全城大街小巷，通宵達旦。與音樂美酒相伴的是歌伎，她們是酒宴歌舞中的主角。有文獻證明，開封城歌伎在仁宗朝之後數量猛增，達至數萬，有時段甚至超過十萬。歌伎的數量直接關繫着詞曲的創作。一方面，詞的傳唱主要依靠接受過演唱訓練的歌伎群體；另一方面，歌伎的日常演出需要不斷推出新曲、新詞。因此，龐大的歌伎數量客觀地反映了詞曲表演的繁榮。

柳永的《看花回》這首詞，真實地記録了北宋開封的城市風貌，展現出中國城市的發展，在一千年前已經達到了新的高度。這首詞也昭示了方興未艾的宋詞，很快融入宋代富有商業氣息和市民風味的城市生活方式中，最終達到了詞體發展的最高峰。柳永生活的開封，無疑是一座發展迅猛、日新月异的繁華大都會。

慢詞的興起是宋詞繁盛的内在因素，城市格局的變化則是宋詞繁盛的外部因素，而這一切均發生在北宋的開封。詞體在宋代達到了最高峰，北宋的開封是詞體繁盛的起飛之地。

開封的宋詞偉業啓幕於南唐後主李煜。北宋開寶九年（976），李煜以亡國之君的身份被送到開封，宋廷安置他在都城西北，此地今稱“孫李唐王莊”，其實應該寫作“遜李唐王庄”，意爲遜位的李唐王居住處。值得一提的是，此莊與今日的河南大學金明校區僅有咫尺之距。

李煜在開封的生活雖然尊貴，但實爲階下之囚，相傳“終日以泪洗面”，悲傷痛悔之下，他創作了許多感人至深的詞作，其中大多流傳於後世，如：“獨自莫憑闌。無限江山。别時容易見時難。流水落花春去也，天上人間。”（《浪淘沙令》）“問君能有幾多愁？恰似一江春水向東流。”（《虞美人》）“剪不斷，理還亂，是離愁。别是一般滋味在心頭。”（《相見歡》）。清人馮煦也認爲，北宋引領創作的晏殊與歐陽修等重要詞人“靡不祖述二主”“同出南唐”（《蒿庵論詞》）。此足見南唐詞人對宋代詞風的影響。李煜在開封的幽禁生活雖然不長，但他的創作却能深入人心，對宋詞發展的影響則更爲直接。

二

談及河南大學詞學教育和研究重鎮的確立，應該提到龍榆生主編的《詞學季刊》在 1933 年創刊號上刊登的詞壇消息，該消息歷數當時國内各著名大學詞學學科任教教授十數人，其中河南大學就有邵瑞彭、蔡嵩雲、盧前三人。這三位教授均是當時詞學界赫赫有名的人物，由此可見河南大學的詞學教育和研究在當時大學教學乃至民國詞學中的地位。

河南大學的詞學教育頗有傳統。1924 年 6 月，河南中州大學（河南大學前身）的《中州大學一覽》中，《畢業標准暨課程説明》記載，中國文學系開設有“詞曲”課程，課程綱要爲：“本課程選授純文學文及關於文藝批評之著作，旨在養成學生於文藝有賞鑒及創作能力。”即河南大學的詞曲課程注重培養學生的鑒賞和創作能力。從其歷年開設的課程來看，河南大學在全國諸大學中也是較早開設并且十分重視“詞曲”及其課程教學的大學。以其後來在“詞曲”學上所取得的研究和創作實績來看，河南大學也是確立了舊體詩詞教學與研究傳統的一所大學，這足以證明，河南大學在民國時期的大學詞學版圖中，占據着非常重要的地位。

據《河南大學校史》記載，1924 年河南大學易名爲河南中州大學，其國文系開設詞曲課程，之後不久，國內詞學名師競相雲集於此。

1930 年國文系開設“詞選”課程，由繆鉞講授，時間一年。

繆鉞（1904 ~ 1995），字彦威，江蘇溧陽人，著名詞學專家。1924 年北京大學文預科肄業。繆鉞先生的論文《論詞》，提出詞體特征爲“文小”“質輕”“徑狹”“境隱”，此成爲詞學之經典表述。值得一提的是，繆鉞先生在新中國成立後曾第二次來到河南大學中文系任教。

1931 年開始，邵瑞彭、蔡嵩雲、盧前三位詞學大師同時在河南大學任教。

邵瑞彭（1888 ~ 1937），一名壽錢，字次公，浙江淳安人。先後加入光復會、同盟會，曾當選國會衆議院議員。邵瑞彭拜晚清四大家之一的朱祖謀爲師，詞學傳其衣缽。先後任北京大學、北京師範大學、中國大學教授。應清史館趙爾巽之邀，協修《清史稿·儒林文苑傳》。1931 年邵瑞彭受聘爲河南大學中國文學系主任，從此寓居開封，直至逝世。

盧前（1905 ~ 1951），字冀野，別號飲虹，江蘇江寧人。1922 年進入東南大學國文系，受教於民國詞學大師吴梅先生。他曾出任國民參政會四届參議員，受聘在金陵大學、河南大學、暨南大學、光華大學、四川大學、中央大學等學校講授詞學、戲劇等。有《詞曲研究》等著作多種，是民國時期著名的詞曲學大師。

蔡嵩雲（1891～1950年代），名楨，字嵩雲，號柯亭詞人，江西上猶人。早年求學於兩江優級師範學堂。著有《柯亭長短句》《柯亭詞論》《詞源疏證》《樂府指迷箋釋》《作法集評唐宋名家詞選》等。值得注意的是，蔡嵩雲在河南大學執教時所編著的《作法集評唐宋名家詞選》。在此書"例言"中，他特意説明："本編爲河大國文系《詞選》講稿，所選各名家詞，以作法昭著可供學子取則者爲准，故與其他選本微有不同。"篇末注明"民國二十二年癸未春日，蔡嵩雲寫於河南大學之西齋"，"西齋"即西齋房，今位於今河南大學明倫校區主干道西側，與東側的東齋房遥遥相對，爲國家級文物保護單位。

所謂名師出高徒，在三位大師教導指引下，河南大學走出了著名的詞學家楊易霖。

楊易霖（1909～1995），名雨蒼，字易霖，四川犍爲孝姑人。民國二十年（1931）追隨恩師邵瑞彭，由北京來到河南大學繼續學習詞學，十餘年堅持不輟。在邵瑞彭的指導下，相繼完成了《周詞訂律》《詞範》《紫陽真人詞校補》《讀詞雜記》等詞學論著。邵瑞彭曾爲楊易霖《周詞訂律》作序云："犍爲楊易霖，從余問故且十載，精研倉雅，尤通韵學，偶爲詩餘，能窺汴京堂奥。聞余言，爰有《周詞訂律》之作。書凡十二卷，專論清真格律，審音揆誼，析疑匡謬。凡見存詞籍足供質證者，甄采靡遺；於同异之辨，是非之數，尤三致意焉。猶之匠石揮斤，必中檃栝；離俞縱目，弗失豪芒，羽翼前修，衣被來學。不惟美成之功臣，抑亦詞林之司南也。"俞平伯也爲此書寫了書評，贊揚其"爲詞譜中分四聲者第一部書，亦爲《清真詞》中四聲及其繼聲者最詳盡分析之初步，固有功於清真，亦有功於詞學矣。"

楊易霖音韻學功底深厚，以精於詞律而聞名於詞學研究界。

以上談到的邵瑞彭、盧前、蔡嵩雲三位詞學大師具有一些共同的特點。

第一，他們的詞學思想源於清代常州詞派，從張惠言、周濟、端木埰、晚清四大家，再到吴梅等詞學家，可謂學有傳承，積澱深厚。他們崇尚常州詞派意内言外、比興寄托的宗旨，强調意格與音律并重，尤其是對北宋周邦彦詞的音律成就十分推崇，不僅加以總結研究，而且進行摹作、和作，細加體會。

第二，秉承傳統，在詞學教學過程中，理論與創作并重。早在二十世紀二十年代，河南大學的王履泰教授就創編《孤興》《文藝》雜志，刊發河南大學文學院國文系師生的研究論文和詩詞作品。在繆鉞任教時期，河南大學學生於 1931 年創立文學社團“心心社”，并創辦文學半月刊《心音》，刊發師生的詩詞作品。三十年代在邵、蔡、盧三位教授的指導下，河南大學師生成立了“金梁吟社”“梁園詞社”等詞社，定期填詞習作，編輯有《夷門樂府》雜志，以刊發詞作。

第三，重視詞法，蔡嵩雲編撰的講義《作法集評唐宋名家詞選》，在自評部分側重講論每首詞的章法結構，揭示其作法脉絡。蔡嵩雲特意説明其編選宗旨：“所選各名家詞，以作法昭著可供學子取則者爲准”。這一點是與詞學課程重視創作相一致的。

民國時期，河南大學的詞學教育研究名師彙聚，先後來這裏講授詞學的名家不勝枚舉，如有王履泰、段凌辰、李笠、胡光煒、朱師轍、繆鉞、邵瑞彭、盧前、蔡嵩雲、姜亮夫等。詞社活躍，創作繁盛。河南大學作爲詞學重鎮聞名遐邇。

三

1952 年開始，全國性的高等學校院系專業調整，調整後的河南大學，許多師資甚至學科，被調到國内其他院校，但中文系古代文學專業的師資則隨着一批名師的加盟反而有所加强。僅就在詞學領域有所成就的名師而言，有三位有必要特别説明，他們是任訪秋、高文、華鍾彦。

任訪秋（1909～2000），先後畢業於北京師範大學中文系和北京大學國學門研究所，新中國成立後終身任教於河南大學。任先生是古代、近代、現代文學研究專家，尤其是在近代文學研究領域，可謂泰山北斗。不過，任訪秋先生在民國學界嶄露頭角的領域却是詞學。

晚清民初，王國維的《人間詞話》和胡適的《詞選》相繼出版，二書均體現了“反傳統”的思想觀念，打破了清代中後期以來常州詞派詞學思想籠罩詞壇的局面，産生了巨大的影響。任訪秋先生敏鋭地注意到王國維、胡適二人詞學主張的相似性，於 1935 年的《中法大學月刊》第 7 卷第 3 期上發表《王國維〈人間詞話〉與胡適〈詞選〉》一文，該文指出：“這兩部書在近代中國文學批評史上占的地位太重要了，而兩書的作者又都是近代中國學術界之中堅，故彼等之片言隻字，亦莫不有極大之影響。自兩書刊行後，近幾年來一般人對詞之見解，迥與前代不侔。王先生爲遜清之遺老，而胡先生爲新文化運動之前導。但就彼二人對文學上見地上言之，竟有出人意外之如許相同處，不能説不是一件極堪耐人尋味的事。”任訪秋先生此文實是一個重大發現，即發現了民國新派詞學的興起，以及新派詞學的思想源頭。

高文（1908～2000），畢業於金陵大學中文系及國學研究班，詞曲學師從吴梅先生，曾擔任金陵大學中文系主任，新中國成立後調入河南大學中文系任教授。高文先生以唐代文學研究的成就享譽學界，他主持撰著的《全唐詩簡編》《唐文選》等赢得了很高的聲譽。高先生亦曾發表詞學著述，其《詞品》刊於《金聲》雜志 1931 年第一卷第一期。其《詞品》仿司空圖《詩品》以及清人郭麐《詞品》之例，以四言韵文形式概括詞體風格五種：

一、凄緊：蘆花南浦，楓葉汀州。闕河冷落，斜照當樓。白楊蕭瑟，華屋山丘。試聽悲笳，凄然似秋。風露泠泠，江天悠悠。銀灣酒醒，殘月如鈎。

二、高曠：神游太虚，包舉八紘。萬象在下，俯視衆生。野闊沙静，天高月明。參横斗轉，銀漢無聲。意趣所極，不可爲名。如卧北窗，酒醒風輕。

三、微妙：雲斂氣霽，獨坐夜闌。遥聽琴韵，聲在江干。心無塵慮，始得其端。如臨秋水，寫影層巒。蘋花漸老，菡萏初殘。蓬窗秋雨，小簟輕寒。

四、神韵：靈機偶觸，忽得真旨。不名一象，自然隨喜。婉約輕微，神會而已。即之愈遠，望之似邇。白雲在天，靡有定止。一曲琴心，高山流水。

五、哀怨：文章百變，以情爲原。瀟湘聽瑟，三峽聞猿。能不感傷，動其煩冤。秋墳鬼唱，旅穀朱門。纏綿悱惻，敦厚斯存。班姬之思，屈子之言。

用韵文形式撰寫文學批評文字，尤其是用四言詩體形容詞體風格，展現了高文先生的詞學造詣和見識。

華鍾彦（1906～1988），先後畢業於東北大學和北京大學，詞學師從俞平伯，先後執教於東北大學、東北師範大學，1955年後終身任教河南大學。華先生學術視野極爲廣闊，從《詩經》、漢魏文學，至唐詩、明清小説，無不深研，尤其在詞曲研究領域備受學界推重。

華鍾彦先生的《花間集注》於1935年由商務印書館出版，是《花間集》最早的注本。著名詞學家顧隨先生爲書作序。《花間集》是第一部文人詞總集，乃百代詞家之祖，對後世産生了深遠的影響，成爲後世詞“當行本色”創作道路的典範。民國之前，《花間集》雖然版本衆多，其編集的目的都是爲讀者提供摹寫的範本。《花間集注》却完全不同，它創造性地采用了解釋詞句、疏通意旨兼及鑒賞的新體式，開《花間集》賞析之先河，以教學和普及推廣爲目的，呈現顯著的現代大學教材的特征，具有文學經典普及的性質，成爲民國時期新派詞學在詞籍注釋領域的學術範本。華鍾彦先生的《花間集注》是第一部具有現代學術性質的《花間集》注本，具有里程碑的意義。

以上三位教授具有頗多共同的特點：第一，他們均具有深厚的詞學造詣，且均在民國時期已經在詞學研究領域有所建樹；第二，他們於新中國成立後先後來到河南大學，終身任教河南大學，且均擔任過中文系副主任、主任的行政職務，在師生中享有極高的聲望；第三，他們均爲既博又專的學者，根據教學的需要在學術上曾涉獵多個領域，但又有自己的學術專長，具有很高學術知名度。

四

民國詞學分爲新舊兩派。所謂“舊派”也被稱爲體制内派。體制内派的詞學批評往往更注重詞體的内在結構，講究詞體的學術規定性。舊派的學術淵源是清代的常州詞派，其代表詞人，大都是常州詞派的傳人，主要有晚清四大家及其弟子。所謂“新派”，即被對應地稱爲體制外派。新派的詞學家大都受西方文藝思想影響較深，是一批新型的學者。他們受西方的教育思想浸潤很深，多并不以詞學爲主業。新派也被稱爲北派，主要是因爲他們大都生活在北平和天津一帶，如王國維、胡適、胡雲翼、鄭振鐸、俞平伯等人。從新派詞學的發展歷史來看，王國維是啓蒙者，胡適是奠基者，胡雲翼是開拓者。從前後任教河南大學的詞學教授的學術淵源來看，邵瑞彭、蔡嵩雲、盧前、高文屬於舊派；任訪秋、華鍾彦具有新派的色彩。以今天的學術眼光來看，無論舊派、新派，皆有可貴的學術理念和建樹，皆是寶貴的詞學教育遺產。河南大學今天以保有這樣的遺産而自豪。

二十一世紀以來，河南大學的詞學研究又開闢了新的局面，詞學研究穩步前行。鄒同慶和王宗堂合著《蘇軾詞編年校注》(中華書局，2002)、孫克强《清代詞學》(中國社會科學出版社，2004)、岳淑珍《明代詞學批評史》(社會科學文獻出版社，2014)、劉軍政《中國古代詞學批評方法》(人民出版社，2015)、陳麗麗《南宋孝宗時期詞風嬗變研究》(中國社會科學出版社，2019) 等著作的出版，顯示出河南大學的詞學研究薪火相傳，步步堅實。

爲了鞏固和加强詞學研究，在河南大學文學院的大力支持下，河南大學文學院詞學研究中心得以組建，重新整合了詞學研究力量，確定了三個研究方向：詞學文獻的整理與研究、詞學批評史研究、詞史研究。如今河南大學的詞學研究具有顯著的學術特色：文獻與理論并重，以文獻整理、考辨爲基礎，以批評史、詞史、學術史的建構爲方向，以發揚傳統、勇於創新爲精神動力。這套“河南大學文學院詞學研究叢書”的出版，是河南大學詞學研究的新起點，以此展望未來，前途可期。

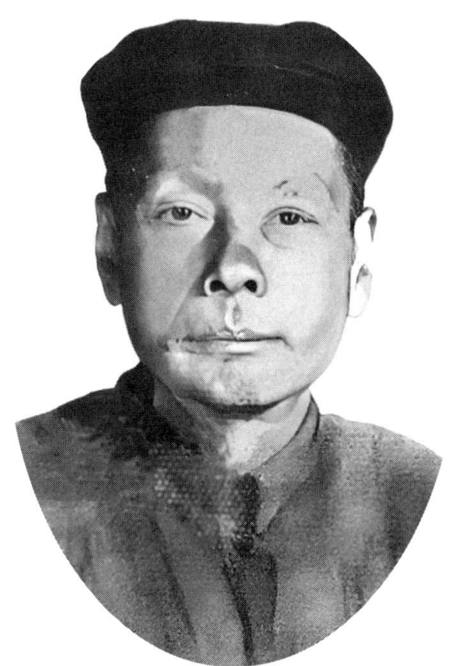

楊易霖（1909～1995）

周詞訂律

姜可能敬題

詞範

葉恭綽著

前　言

楊易霖（1909～1995），本名雨蒼，四川犍爲孝姑人，家境殷實，十六歲即離家求學。據楊氏後人追述，他曾入北京大學學習，受章太炎指點，後拜入邵瑞彭門下研習詞學。1931 年，邵瑞彭來到河南大學擔任國文系主任，楊易霖追隨恩師來到開封，在河南大學繼續研究詞學，并且參加了邵瑞彭組織的詞社唱和活動。在 1936 年春，邵瑞彭和元好問《鷓鴣天》45 首後，命楊易霖亦逐一和作，師徒二人的和詞結集爲《山禽餘響》，以邵瑞彭的書齋“壯學堂”爲名刻印，存世稀少。邵瑞彭去世後，楊易霖返回四川從政，曾出任犍爲縣臨時參議會第一屆駐會委員，遂淡出詞學研究領域。

楊易霖研習詞學，重格律考證，十餘年堅持不輟，著有詞律學著作《周詞訂律》，編選有宋詞選集《詞範》，還有考證校補宋代著名道士張伯端詞的文章《紫陽真人詞校補》，研習詞學的札記《讀詞雜記》等；此外，還有一些發表於各種刊物的詞作。本書將其收集彙總，與《山禽餘響》共同編爲《楊易霖詞》。

《周詞訂律》由上海開明書店出版於 1937 年 3 月，是詞譜史上第一部四聲譜兼平仄譜的詞譜著作。詞譜編纂的基礎根植於詞律的考訂，清初萬樹在編纂《詞律》的同時，也爲清代詞譜確立了編纂範式，即衹標平仄，不標四聲。萬樹之後的詞譜，沿襲這種標注方式，難以準確反映詞律的四聲精微之處。楊易霖在研究詞律時，發現萬樹實際上已經意識到了詞律的四聲問題，“萬氏故屢言詞有四聲，然并未制一四聲詞譜”①，惋惜萬樹沒有更進一步推進。不過周之琦、蔣春霖等晚清詞人填詞已經嚴守四聲，朱祖謀、況周頤等詞學家考訂詞律也細究四聲，於是重視詞律的四聲之學在

① 《周詞訂律凡例》，本文所引爲楊易霖《周詞訂律》原文，見開明書店，1937 年版。

清末民初漸成風氣，楊易霖編纂四聲詞譜正是詞學研究的時代要求。

周邦彦詞在清代受到重視，始於厲鶚，嘉道年間達到高峰。吴中詞學家戈載完備了清代的詞律學體系，他的《宋七家詞選》推重周邦彦詞爲“雅音”，常州詞派的周濟在《宋四家詞選》中以周邦彦詞的“渾化”爲學詞最高目標，此後陳廷焯把周邦彦作爲北宋詞的典範，清真詞受到詞壇高度關注。况周頤指出“《清真》一集，深美閎約，兼賅衆長，爲兩宋關鍵”①，認爲南北宋詞風轉變的關鍵在於周詞。民國詞學家蔡嵩雲直指清真詞法的價值，“清真出而詞法密，詞風爲之丕變”②，認爲周邦彦的詞法改變了詞風。朱祖謀的弟子陳洵認爲，“清真格調天成，離合順逆，自然中度”③，把周詞格調視爲值得效仿的規範。邵瑞彭也是朱祖謀的弟子，也是周邦彦的擁躉者，盧前在《跋山禽餘響》中指出“此公論詞，主從柳、周，上窺五代，以爲南渡諸賢不足挂齒”。作爲邵氏弟子，楊易霖選擇詳細考訂周邦彦詞的格律，完成《周詞訂律》，體現了周詞研究和詞譜學、詞律學研究的新動向。

楊易霖考訂周邦彦詞，受到了邵瑞彭的指導，歷時四載，於 1936 年編纂完成了《周詞訂律》，此書的編纂目的主要是爲填詞者指示門徑。

楊易霖首先設計了一套符號，用於標注詞的四聲、平仄和逗、句、韵，具體標注方法和符號在“凡例”中予以詳細説明。這套符號體系，簡潔直觀，既能用於標注每個字的四聲，也能用於標注平仄。具體操作中，聲韵、句逗、韵脚的標注準確直觀，清楚明白。掌握了這套標注符號後，任何一首詞作，都能夠快速實現圖譜標注，不僅工作效率高，而且也容易爲使用者所掌握和接受。

楊易霖在明確了研究方向和研究方法後，確定工作底本將決定整個研究的最終價值。因此，楊易霖在周詞版本的選擇上謹慎地選用了《彊村叢書》本《片玉集》，此書的底本是南宋陳元龍注本，收詞 127 首，雖然這一版本收詞不是最多的，但是最爲可靠，因爲經過朱祖謀的校勘後，此書爲當時最精審的周詞版本。楊易霖以此書爲底本，再度對每首詞進行細

① 周慶雲等：《歷代兩浙詞人小傳序》，浙江古籍出版社，2012。

② 蔡嵩雲：《柯亭詞論》，載唐圭璋《詞話叢編》，中華書局，1986，第 4902 頁。

③ 陳洵：《海綃説詞》，載唐圭璋《詞話叢編》，第 4841 頁。

緻校勘，在彊村本256條校記的基礎上，又增補147條，確保每首周詞的文字都經得起考驗。此外，他又從明末毛晋《宋六十名家詞》本《片玉詞》及《片玉詞補遺》中分别補詞57首和10首，此外還搜羅了其他書中署名周邦彦的詞14首，總計81首，編入補遺2卷。《周詞訂律》合計收詞208首，書中經過楊易霖的考證，確認24首爲僞詞，非周邦彦所作，譚新紅又考出《憶秦娥》（香馥馥）、《柳梢青》（有個人人）、《南鄉子》（夜闊夢難收）3首也不是周詞，因此《周詞訂律》實際收録周詞爲181首。

工作底本確定後，楊易霖還需要在每首周詞之後附列若干首宋人和作，通過比較和作中每一個字的四聲，與周邦彦原詞四聲的异同，以聲證律，以聲辨誤。如《渡江雲》一詞中，楊易霖即通過叶韵的考察，發現了舊譜中的錯誤："至日湖寒删韵一首，於'指長安日下'句，作'滿地欲流錢'，易爲上二下三，叶平韵。《瓢泉》一首，於'畫舸西流'句用平叶，於'指長安日下'句不叶。皆系誤譜，不能視爲另體也。"然而，對和詞的選擇和取捨，既需要保證有足夠數量的樣本，也要篩選出具有互證意義的詞作。

楊易霖的樣本選擇在"凡例"中有詳細説明，他首先排除了明清詞，認爲"明清兩代，詞家益衆，詞律反疏，縱有繼聲，無裨參考"，對其他詞也有限定，具體如下："凡所附繼聲諸詞，以和美成韵，或倚美成四聲爲限，計四百五十一首。其中倚四聲者，又以與美成詞四聲不合，在二十字以下者爲限。"楊易霖遍考方千里、楊澤民、陳允平、吴文英等47人的和周之作，最後選入451首，附於周邦彦各詞之後。選擇的標準有一個基本限定，就是和詞與周邦彦原詞的四聲差异不超過20字，如果差异太大，文字的四聲、平仄比較就會存在較大偏差，無法得出科學的研究結論。當然也有少數例外，如《瑞龍吟》《西平樂》《蘭陵王》《掃花游》《一寸金》《霜葉飛》等幾個詞牌中所收和詞，因原詞字數較多等原因，與周詞四聲不合的字最多達到23個，不過樣本較少，并不影響整體研究。這些詞附於周詞各詞牌之下，經過詳細比對，加以科學判斷，確定了周詞的聲律。

楊易霖的詞律考訂過程有以下幾個步驟。第一步，校周詞各本之异，出校記，附於詞後。第二步，在周詞後以時間爲序，附列與此詞四聲不和的字數少於 20 字的和作若干首，個別詞調標準略寬。第三步，用設計的符號標注周詞四聲，或衹標平仄；標注和詞中與周詞四聲不合或平仄不合的字；標注和詞中破音字應取的字聲。第四步，撰寫按語。

楊易霖在周詞每個詞調後撰寫的按語，體現了他的研究過程和研究方法。按語由如下幾個部分組成：考證詞調與詞體；考訂周詞中“四聲互通”的文字；考訂周詞中所有與和詞存在不同的文字，區分是否韵字；考訂每一首和詞與周詞四聲不合的字，以及破音字應采用的字聲；考訂句法，指明易誤用、錯用之處。

楊易霖還編制了全書詞調名的筆劃索引，這能夠幫助使用者快速找到需查找詞調所在的卷帙，使這部詞譜使用起來更爲方便。

由上述編纂方式可以看出，《周詞訂律》能夠充分發揮一部優秀填詞工具書的作用，其優點非常突出。首先，其選擇了格律嚴謹的周邦彦詞編制別集譜，由於周詞格律一向被視爲典範，適合作爲填詞者的學習對象。其次，詞調和例詞規模適中。一般的詞譜，所收詞調較全，多在數百調，卷帙浩繁，此書則收録 121 個詞調，例詞 659 首，規模上能夠滿足填詞者的需求。再次，此書兼具平仄譜和四聲譜的特點，60 調爲平仄譜，61 調爲四聲譜，填詞者可以從平仄譜入門，以四聲譜爲更高的學習目標。最後，此書對聲律考訂精細，對句式用法指示明確，能夠幫助學詞者更快窺見填詞門徑。

《詞範》由上海開明書店出版於 1936 年 9 月，是楊易霖初學填詞時編選的一部宋詞學習範本。此書分爲上下兩卷，上卷收 58 個詞調 219 首詞，下卷收 91 個詞調 156 首詞。這部詞選的書名即傳遞出選詞以示人規範的意圖，因此編選遵循以下幾個原則。第一，選詞標準明確。以“典雅平易”爲選擇標準，兼顧詞的内容、情感、語言等，俚俗之作概不入選。第二，選詞格律寬嚴相濟。爲便於今人學習填詞，此書上卷收録格律較寬、易於初學者模仿學習的詞，下卷收録格律較嚴和格律雖寬但比較難填的詞，如此安排，便於學填詞者由易入難，逐漸提高。第三，選詞規模適中。此書選詞合計 375 首，與詞學史上流傳最廣、影響最大、争議最多的詞選《草堂詩餘》選詞規模相當，這個選詞規模符合學詞者的需要。如果詞選規模過大，有蕪雜之嫌；規模太小，又無法體現宋詞全勝時代的景象。總體而言，《詞範》達到了爲初學填詞者指引路徑的目的，是民國時期一部值得重視的宋詞選本。

《楊易霖詞》首先收録四十五首《鷓鴣天》，據1936年壯學堂刻本《山禽餘響》點校整理。又據《詞學季刊》1934年第2卷第1期輯録《長相思》二首、《戚氏》一首、《河滿子》一首，據《儒效月刊》1935年第1卷第1期輯《滿庭芳》一首，據《進德月刊》1936年第2卷第3期輯《浣溪沙》一首。

《紫陽真人詞校補》發表於《詞學季刊》1935年第2卷第1號。這是一篇關於張伯端《悟真篇》下卷論道詞的校勘訂補之作。張伯端是北宋道教内丹派代表人物，敕封“紫陽真人”，其代表作《悟真篇》用詩詞的形式闡述内丹修持之道。上卷有七言律詩16首，中卷有七言絶句64首，下卷五言詩1首，《西江月》12首，又續添1首，七言絶句5首。楊易霖的文章首先考證了《悟真篇》的版本源流，進而逐一校勘了12首《西江月》在不同版本中的异同，并且增補了《彊村叢書》本缺失的第13首詞。張伯端論道詞創作於北宋中期，此時正是宋詞的第一次創作高潮期，可見詞體在宋代的影響已經滲透到社會各個層面，詞的功能也不再局限於娱賓遣興。楊易霖的考證，發現張伯端的論道詞在傳抄中，多有次序和文字的錯亂，這也反映出論道詞曾經廣爲流傳的情況，對於全面認識宋代詞的功能有一定啓示意義。

《讀詞雜記》發表於《詞學季刊》1935年第2卷第4號。這是楊易霖研讀各種詞集時，對發現的各種問題做出的考證、辨疑，并提出自己見解之作。此文往往從細節入手，對比證據，結論令人信服。從發表的10條札記可以看出，楊易霖研讀的領域較寬，既有《花間集》《淮海居士長短句》《遺山新樂府》《三李詞》《東坡樂府》等傳統詞學典籍，也有指導讀書的目録學著作《書目答問》，書法家米芾的詞集《寶晋長短句》，以及道家詞《純陽吕真人文集》中的吕洞賓詞、《中和集》中的李道純詞等。《讀詞雜記》雖然衹有10條，已經透露出楊易霖詞學研究中的許多信息：第一，學風嚴謹，注重目録學和文獻考證功夫；第二，視野開闊，兼重詞學研究的熱點和冷門；第三，領域拓展，研究論道詞，爲詞體在道教傳播中的作用積累文獻。

本書是第一本全面彙集楊易霖二十世紀三十年代公開出版發表詞學作品的文獻。本書的出版，既希望有助於詞學研究者深入了解楊易霖的詞學成就，又期盼能推動對楊易霖在詞律學、詞選學、道詞研究等領域所做貢獻的充分發掘。

在本書的整理過程中，孫克强、鄭學、和希林三位先生曾經幫助搜集文獻，楊林歡先生幫助解决了楊易霖經歷中的一些缺失，并提供了楊易霖先生的照片，研究生唐杏杏、黄春暉協助我完成了文稿的録入、校對等工作，在此一并致謝！

劉軍政

2022 年 9 月於河南大學

周詞訂律

楊易霖詞學文集

序

《詞律》之義有二：一爲詞之音律，一爲詞之格律。所謂詞之音律，如宫調，如旁譜，宋人詞集中往往見之，然節奏已亡，鏗鏘遂失。近百年來有凌氏廷堪、方氏成培、陳氏澧、張氏文虎、鄭氏文焯諸家，鈎稽遺譜，細繹秘文，縱未由全復舊觀，然較之冥行擿埴，固已勝矣。

若夫詞之格律，本爲緐緦音律而起，但音律既難臆測，不能不於字句聲響間尋其格律，格律止求諧乎喉舌，音律兼求諧乎管弦，世未有喉舌不諧，而能諧乎管弦者。

《詞律》云者，就格律言，大氐與詩律略同，而精嚴過之。自來言詩律者，如《文鏡秘府論》等書，所揭聲病，罕涉四聲，殆由風會使然，抑詩之格律固寬於詞也。詞有四聲，宋人亦未暢言，金元以來，詞餘踵興，凡論曲律之書，如《太和正音譜》之等，屢言曲有四聲。清初官撰曲譜間采詩餘，即依其法。《四庫總目》於方千里和美成詞，稱其四聲不易一字。其後戈氏載撰《詞林正韵》，盡取宋詞參伍比較，觀其會通，仿《中原音韵》《菉斐軒詞韵》之例，於四聲代用者别録之。詞家如周氏之琦、蔣氏春霖諸家，皆能按譜覓句，恪守四聲，學者漸知萬氏《詞律》不足以盡聲家之窾要，其餘《圖譜》之屬，自檜以下無譏焉。洎王、朱、鄭、况四家比肩崛起，詞學益盛。朱、况二老，晚歲尤嚴四聲，詞之格律，遂有定程，七百年之墜響，至是絶而復續，豈不褘哉。

嘗謂詞家有美成，猶詩家有少陵。詩律莫細乎杜，《詞律》亦莫細乎周。觀夫千里次韵以長謡，君特依聲而操縵，一字之微，弗爽累黍，一篇之内，弗紊宫商，良由宋世大晟樂府，創自廟堂，而《詞律》未造專書，即以清真一集爲之儀埻，後之學者所宜遵循勿失者也。

犍爲楊易霖，從余問故且十載，精揅倉雅，尤通韵學，偶爲詩餘，能窺汴宋堂奥。聞余言，爰有《周詞訂律》之作。書凡十二卷，專論清真格律，審音揆誼，析疑匡謬。凡見存詞籍足供質證者，甄采靡遺；於同异之辨，是非之數，尤三致意焉。猶之匠石揮斤，必中𣑱括，離俞縱目，弗失豪芒，翼羽前修，衣被來學。不惟美成之功臣，抑亦詞林之司南也。綴學之士，若由美成之格律進而治唐宋諸大家之格律，并由詞之格律進而治詞之音律，行見前人《碧鷄漫志》《樂府指迷》等書，將以秕糠塵垢視之，即萬律、戈韵，亦成附綴縣疣矣。易霖寫稿既訖，擬刊版以行，因述所懷，書於卷端。

民國二十四年七月邵瑞彭

凡　例

一、詞學盛於兩宋，美成體制宏雅，聲律嚴密，尤足爲後世準繩。本編專就美成詩餘，稽其體制，辨其句逗，訂其聲律，以便按譜填詞。凡宋以來名家，爲美成繼聲者，或和原韵，或依四聲，一概附録，用備質證，其得失同异，則附著於按語中。明清兩代，詞家益衆，詞律反疏，縱有繼聲，無裨參考，本編且不涉及。

一、本編所據周詞，以歸安朱氏《彊村叢書》刊本陳注《片玉集》爲主，計一百二十七首，次弟①一仍舊貫。凡見於他本或選本，而陳注本不載者，録入《補遺》，計八十一首，并揭舉出處於各首之後，用便覆按。其中有明知爲僞托美成所作，或誤題美成姓字，而仍甄録之者，竊援古人過而存之之例也。

一、本編既以周詞爲主，凡諸家刻本《片玉》《清真》諸集，諸家選本所載美成詩餘，皆逐一詳校，列爲校記，著於每首之末。其有僞托美成所作，或誤題美成姓字者，亦揭櫫之。至於征引各詞，除誤標姓字，或一詞兩見而標名互异者，隨時疏明外，所有字句，從通行之本，以協律近情爲準，不復鈎稽同异，以免謰謱。

一、自唐宋樂府失其鏗鏘，作詞者遂漫無規槼，明清間人，好爲圖譜，向壁虚造，良不足算。萬氏《詞律》，取前賢詩餘，參伍比較，意在求其通律，立爲定程。維時詞籍傳本不多，考訂尤疏，雖耗神費力，然不免過寬之蔽，復有誤證之嫌，今日祇能視爲大輅之椎輪耳。美成所譜各調，大氐恪守四聲，證以千里、夢窗諸家繼聲之作，往往合若符契，信非僅諳平仄所能了事，萬氏故屢言詞有四聲，然并未制一四聲詞譜，其罅漏可以想見。本編凡遇繼聲諸作，其四聲與周詞從同者，定爲四聲調，無論沿襲舊調抑自制新曲，一概注明四聲，美成孤調亦然，惟尋常習見各調，

① 原書中“第”字皆用“弟”，一仍其舊。

止注平仄。至於同一詞調前後迭見者，則於後見時標云説在某卷。

一、本編程式，每調首列美成本詞，次於行間列詞譜，次列校記，次列繼聲諸詞，又次列按語。

一、凡所附繼聲諸詞，以和美成韵，或倚美成四聲爲限，計四百五十一首。其中倚四聲者，又以與美成詞四聲不合，在二十字以下者爲限。惟《瑞龍吟》《西平樂》《蘭陵王》三調，多至一百三十字以上，故附詞與美成四聲不合。有多至二十二、三字者，蓋變例也。至碧山《掃花游》與美成四聲不合者二十三字，夢窗《一寸金》與美成四聲不合者二十二字，玉田《霜葉飛》與美成四聲不合者二十一字，今仍附録之，蓋因碧山係三詞連綴，夢窗係二詞連綴，皆不便輒爲割弃，玉田係同調异名，可備考證，故亦從變例。

一、本編凡逗用點（、）識之，凡句用圈（○）識之，凡韵用雙圈（◎）識之，如《瑞龍吟》"知誰伴、名園露飲，東城閒步。""伴"字爲逗用點（、），"飲"字爲句用圈（○），"步"字爲韵用雙圈（◎），是也。凡仄聲用（■）識之，平上去入四聲用（◣◤◥◢）識之，數聲互通之字，用（▲）識之，如《瑞龍吟》"黯凝佇"之"佇"字上去互通，《風流子》"土花繚繞"之"土"字平仄不拘，是也。①

一、詞之圈識，有逗法、句法、韵法之别。自來讀者，每於逗法失之忽略，而於上一下四，及上一下六二類句法，尤不措意，即萬氏《詞律》，亦未嘗涉及此事，他更勿論矣。本編之例，凡止注爲七字句者，指上四下三如七言詩句而言，如《瑣窗寒》"故人剪燭西窗語"是也。凡止注爲五字句者，指上二下三如五言詩句而言，如《瑞龍吟》"官柳低金縷"是也。凡遇上三下四之七字句，則於弟三字加以逗點，如《瑣窗寒》"灑空

---

① 原書所收詞，未用現代標點，校記無標點，按語未用現代標點斷句。此整理本對原書全部文字加上通用標點。原書中所收詞的圖譜，用四角實心的方塊符號標注四聲。左下角實心方塊符號標注平聲，整理本用"◣"；左上角實心方塊符號標注上聲，整理本用"◤"，右上角實心方塊符號標注去聲，整理本用"◥"，右下角實心方塊符號標注入聲，整理本用"◢"；全實心方塊符號標注仄聲，整理本用"■"。原書標"逗（、）"處，直接在文中加頓號"、"；原書中標"句（○）"處，直接在原文中加逗號"，"；原書中標"韵（◎）"處，直接在原文中加句號"。"。原書中對仄聲、平上去入四聲、數聲互通的標注，沿用原書文字符號對應方式，標注于字下或字旁。

階、夜闌未休”是也。凡遇上一下六之七字句，則於弟一字加以逗點，如《西平樂》“嘆、事逐孤鴻盡去”是也。凡遇上一下四之五字句，則於弟一字加以逗點，如《瑣窗寒》“正、店舍無烟”是也。又上三下三之六字句，與二二二之六字句，亦不可混爲一談，凡止注爲六字句者，乃指二二二之六字句而言，如《瑞龍吟》“還見褪粉梅梢”是也，其上三下三之六字句，則於弟三字加以逗點，如《一落索》“但問取、亭前柳”是也。又凡止注爲九字句者，則爲上二下七之九字句，或上四下五之九字句，或上六下三之九字句均可，并可易爲一氣呵成之九字句，惟千萬不可作上三下六之九字句。凡遇上三下六之九字句，則於弟三字加以逗點。又上二下二之四字句，與一二一之四字句，亦有區别，凡止注爲四字句者，指上二下二之四字句而言，如《瑞龍吟》“試花桃樹”是也，其一二一之四字句，則於弟一字加以逗點，如《還京樂》“到、長淮底”是也。由此類推，凡上一下七之八字句，則於弟一字加以逗點，上二下六之八字句，則於弟二字加以逗點，上三下五之八字句，則於弟三字加以逗點，上四下四之八字句，則於弟四字加以逗點。至其可以兩讀者，必於按語中詳爲説明，否則必不可任意圈點也。昔楊守齋有《圈法美成詞》，今已不傳，其内容末由燚測，今就愚意定之，不知有當否。繼聲諸家有誤讀者，亦隨時加以糾正，冀免貽誤。

一、《廣韵》淵源《唐韵》，所載音切，依李涪《刊誤》之説，在當時已不盡合俗音。《中原音韵》一書，雖作於有元，而語音嬗變，實乃肇端炎宋，如“是”字、“似”字，《廣韵》隸上聲，《中原》則并隸去聲，是其例也。本編所注四聲，多從《廣韵》爲準，但參伍比較之餘，間有改從《中原音韵》者，蓋事勢所限，不得已也。至《廣韵》所載一義數音之字，今徑注爲數聲通用，如“鈿”字、“探”字，注爲平去通用是也。若乃一字數讀，音隨義變，宋世謂之疑渾聲，今則折衷義解與調律，而定其音讀，一切辯證之言，無待縷舉。亦有古今异讀，聚訟滋繁，詞學晚出，勢殊倉雅，在詞言詞，敢謝高論，凡此之類皆以簡顯爲主。

一、凡本編所爲，雖仍以參伍比較爲職志，然萬氏求其同，今求其异。萬氏取其寬，今取其嚴，溝瞀之愚，未敢以美成之功人自居，又豈敢自附於紅友諍臣耶。

中華民國二十四年六月三日犍爲楊易霖雨蒼識於汴梁

宋史文苑本傳

周邦彦，字美成，錢塘人，疏雋少檢，不爲州里推重，而博涉百家之書。元豐初，游京師，獻《汴都賦》萬餘言，神宗异之，命侍臣讀於邇英殿，召赴政事堂，自大學諸生一命爲正，居五歲不遷，益盡力於辭章。出教授廬州，知溧水縣，還爲國子主簿。哲宗召對，使誦前賦，除秘書省正字。歷校書郎，考功員外郎，衛尉宗正少卿，兼議禮局檢討。以直龍圖閣知河中府，徽宗欲使畢禮書，留之。逾年乃知龍德府（王静安先生云“龍”當作“隆”），徙明州。入拜秘書監，進徽猷閣待制，提舉大晟府。未幾知順昌府，徙處州，卒，年六十六，贈宣奉大夫。邦彦好音樂，能自度曲，制樂府長短句，詞韵清蔚，傳於世。

案：美成事迹，詳見鄭氏文焯《清真詞校後録要》（《大鶴山人校本清真集》内），及王氏國維《清真先生事略》（《王忠慤公遺書》内），兹不備載。

目　録

《補遺》上 / 317

《補遺》下 / 345

卷一　春景

瑞龍吟〔大石〕

美成

章臺路。還見褪粉梅梢，試花桃樹。
◣◣◥。◣◥◥◤◣◣，◥◣◣◥。
愔愔坊陌人家，定巢燕子，歸來舊處。
◣◣◣◢◣◣，◥◣◥◤，◣◣◥◥。

黯凝佇　。因念個人痴小，乍窺門户　。
◤◣◤▲。◣◥◥◣◣◤，◥◣◣◥▲。
侵晨淺約宫黄，障　風映袖，盈盈笑語。
◣◣◤◢◣◣，◣▲◣◥◥，◣◣◥◤。

前度劉郎重到，訪　鄰尋里，同時歌舞。
◣◥◣◣◣◥，◤▲◣◣◤，◣◣◣◤。
唯有舊家秋娘，聲價如故。吟箋賦筆，猶記燕臺句。
◣◤◥◣◣◣，◣◥◣◥。◣◣◥◢，◣◥◥◣◥。
知誰伴　、名園露飲，東城閒步。事與孤鴻去。
◣◣◤▲、◣◣◥◤，◣◣◣◥。◥◤◣◣◥。
探　春盡　是　傷離意緒　。
◣▲◤◤▲◤▲◣◣◥◤▲。
官柳低金縷。歸騎晚、纖纖池塘飛雨。
◣◤◣◣◤。◣◥◤、◣◣◣◣◣◤。

斷　腸院落，一簾風絮。

◤▲◣◥◢，◢◣◣◥。

瑞龍吟：《陽春白雪》分兩段，以“聲價如故”句屬上；《花草粹編》分兩段，於“盈盈笑語”句作前結，又《花庵詞選》題作“春詞”。

還見：《草堂詩餘》《花草粹編》均作“還是”。

褪粉：明本、《雅詞》作“退粉”。

愔愔：毛刻《花庵詞選》作“愔惜”，误。

坊陌：《詞綜》注云：“坊”亦作“曲”。

因念：毛本、《雅詞》《陽春白雪》均作“因記”。

侵晨：《雅詞》作“清晨”。

意緒：《草堂詩餘》《花草粹編》均脱“意”字。

瑞龍吟

千里

樓前路。愁對萬點風花，數行烟樹。依依斜日紅收，暮山翠接◢，平蕪盡處。　　小留佇。還是▲畫闌憑暖，半扃朱户。簾櫳盡日無人，消凝悵望，時時自語。　　堪恨行雲難繫，賦情楊柳，徘徊猶舞。追想向來歡娱，懷抱▲非故。題紅寄緑，魂斷江南句。何時見、輕衫霧唾◥，芳茵蓮步。燕子西飛去。爲人試道相思悶緒。定有腸千縷。清泪滿、斑斑多於春雨。忍看鬢髮，密堆飛絮。

瑞龍吟

澤民

城南路。凝望映竹◢摇風，酒◤旗標樹。效原游子◤停車，問山崦◤裏，人家甚處。　　去◥還佇。徐見畫橋流水，小◤窗低户。深沈緑◢滿◤垂楊，芳陰婭姹，嬌鶯解◤語。　　多謝佳人情厚，捲簾羞得◢，庭花飄舞。可◤謂◥望風知心，傾蓋如故。猶殢◥香◣玉，休賦斷◤腸句。堪憐處、生塵羅◣韈◢，凌波微步。底◤事◥匆匆去。爲他緊絆離情萬緒。

空有愁如縷。愔◢、桃◣李春風，梧桐秋雨。又還過却，落花飄絮。

瑞龍吟

西麓

長安路。還是▲燕乳鶯嬌，度簾遷樹。層樓十◢二◥闌干，綉簾半捲，相思處處。　漫憑佇。因念彩◤雲初到◥，瑣◤窗瓊户。梨花猶◣怯春寒，翠羞粉◤怨，尊前解◤語。　空有◤章臺烟柳◤，瘦纖仍似，宫腰飛舞。憔悴◥暗覺◢文園，雙鬢非故。閒拈斷葉，重托◢殷勤句。頻回首，河橋素約◢，津亭歸步。恨逐◢芳塵去。眩醉◥眼,[①] 盡、游絲亂緒。腸結◢愁千縷。深院静、東風落◢紅如雨。畫屏夢繞◤，一簾香絮。

瑞龍吟

蜕巖

癸丑歲冬，訪游弘道樂安山中，席賓米仁則用清真詞韵賦别，和以见情。

鼇溪路。瀟灑翠壁◢丹崖，古◤藤高树。林間猿鳥◤欣然，故人隱◤在，溪山勝處。　久延佇。渾似▲種桃源裏，白◢雲窗户。燈前素◥瑟清尊，閒懷正好◤，連床夜語。　應是▲山靈留客◢，雪◢飛風起，長松掀舞。誰道◥倦途相逢，傾蓋如故。陽春一◢曲，總◤是▲關心句。何妨共、磯頭把◤釣◥，梅邊徐步。衹◤恐匆匆去。故園夢裏，長牽别◢緒。寂◢寞◢閒針縷。還念我、飄零江湖烟雨。斷腸歲晚◤，客衣誰絮。

瑞龍吟

處静

清明近。還是▲遞趲東風，做成花訊。芳時一◢刻千金，半晴半雨，酬春未準◤。　雁◥歸盡。離字向人慵寫，暗雲難認。西園猛憶逢迎，

① “眩醉眼”原書標爲逗（、），據下文按語，此處當爲句（○），改。

翠紈障面，花間笑隱。　　曲◢徑池蓮平砌，絳裙曾與，濯◢香湔粉。無奈◥燕幕◢鶯簾，輕負▲嬌俊。青榆巷陌，蹋◢馬◤紅成寸。十◢年夢、秋千吊影，韉◢羅塵褪。事往憑誰問。晝長病酒添新恨，烟冷斜陽緊。山黛遠、曲◢曲◢闌干憑損。柳絲萬尺，不如輕鬢。

瑞龍吟〔黄鐘商，俗名大石調，犯正平調〕

夢窗

賦蓬萊閣

墮虹際。層觀翠冷玲瓏，五◤雲飛起◤。玉◢虬縈結城根，澹烟半野，斜陽半◣市▲。　　瞰危睇。門巷去來車馬，夢游宫蟻。秦鬟古色凝愁，鏡中暗换，明眸皓▲齒。　　東海◤青桑生處，勁風吹淺，瀛洲清泚。山影泛出◢瓊壺，碧◢樹人世。槍芽焙緑，曾試雲根味。岩流濺、延香慣攬，嬌龍春睡。露草啼清泪。酒◤香斷到文丘廢隧。今古愁聲裏。情漫黯、寒鴉孤村流水。半空畫角，落梅花地。

第二

送梅律

黯◤分袖。腸斷去水流萍，任船繫◥柳◤。吴宫嬌月嬈花，醉題恨倚，蠻江豆蔻。　　吐春綉。筆◢底◤麗情多少，眼◤波眉岫。新園鎖却愁陰，露黄漫委◤，寒香半畝。　　還背垂虹秋去，四橋烟雨，一◢宵歌酒。猶憶◢翠微携壺，烏帽風驟。西湖到日，重見梅鈿皺。誰家聽、琵琶未了，朝驄嘶漏。印剖黄金籀。待來共憑齊雲話舊。莫◢唱◥朱櫻口。生怕遣、樓前行雲知後。泪鴻怨角，空◣教人瘦。

第三

德清清明競渡

大◥溪面。遥望綉羽衝烟，錦◤梭飛練。桃花三十六◢陂，鮫◣宫睡起，嬌雷乍轉。　　去◥如箭。催趁戲旗游鼓，素瀾雪◢濺。東風冷濕蛟腥，澹陰送畫，輕霏弄晚。　　洲上青蘋生處，鬥春不◢管，懷沙人遠。殘日半開，一◢川花影◤零亂。山屏醉纈，連棹東西岸。闌干倒、千紅妝◣靨，鉛香不◢斷。傍暝◥疏簾捲。翠漣皺净笙歌未散。簪柳門歸懶。猶自有、玉◢龍黄昏吹怨◥。重雲暗閣，春◣霖一◢片。

按，此調一百三十三字。花庵云：“前兩段屬正平調，謂之雙拽頭，‘前度劉郎’以下，即犯大石調，尾十七字，再歸正平。”毛本小注，即花庵語。萬氏云：“既以尾爲再歸正平，則應分四叠，於‘金縷’下，再分一段。”徐氏云：“凡稱雙拽頭之體，均止三段，從無四叠者。”杜氏云：“雙拽頭體，後止一段，若如萬氏説作四叠，則不能有雙拽頭之名。蓋雙者，别於後之一段而言。”云云。愚謂徐、杜二家説，是也。又，翁處静，於“探春盡是傷離意緒”句少一字，作七字句，與《草堂詩餘》《花草粹編》相合，似不必從。《歷代詩餘》訂爲另體，誤。

“伫、户、訪、伴、盡、是、緒、斷”，凡八字，上去通用。“障”字、“探”字，平去通用。

“章”字，夢窗一、二兩首作上。“粉”字，澤民、蜕嚴作入。“試”字，澤民、蜕嚴、夢窗一、三兩首作上。“陌”字、“燕”字，澤民、蜕嚴作上。“黯”字，澤民、西麓、處静、夢窗弟三首，作去。“乍”字、澤民、西麓、夢窗弟二首作上。“袖”字，蜕嚴、夢窗弟二首作上。“笑”字，澤民、西麓作上。“度”字、西麓、夢窗弟一首作上。“有”字，澤民、西麓、蜕嚴、處静作去，夢窗二、三兩首作入。“家”字，西麓、處静、夢窗弟一首作入。“飲”字，千里、蜕嚴作去，澤民、西麓作入。“事與”二字，澤民、蜕嚴互换作上去。“柳”字，西麓、蜕嚴作入。弟一“纖”字，處静、夢窗弟三首作入。“落”字，澤民、蜕嚴作上。“一”字，夢窗二、三兩首作平。又，“樹”韵，夢窗一、二兩首，叶上。“處”韵，處静叶上。“雨”韵，夢窗弟三首叶去。皆不必從。

千里：“接”字、“唾”字，四聲不合。“是”字、“抱”字，作去。

澤民："竹、酒、子、崦、去、小、緑、滿、解、得、可、謂、殢、香、斷、羅、韉、底、事、憶、桃"，凡二十一字，四聲不合。

西麓："十、二、彩、到、瑣、猶、粉、解、有、柳、悴、覺、托、約、逐、醉、結、落、繞"，凡十九字，四聲不合。"是"字作去。

蛻巖："壁、古、鳥、隱、白、素、好、客、雪、道、一、總、把、釣、衹、别、寂、寞、晚"，凡十九字，四聲不合。"似、是、是"，凡三字，作去。

處静："一、準、雁、曲、濯、奈、幕、蹋、馬、十、韉、曲、曲"，凡十三字，四聲不合。"是"字、"負"字作去。

夢窗："墮、五、起、玉、平、海、碧、酒"①，凡八字，四聲不合。"市"字、"皓"字，作去。

第二首："黯、繫、柳、筆、底、眼、委、一、憶、莫、唱、空"，凡十二字，四聲不合。

第三首："大、錦、六、鮫、去、雪、不、日、一、影、妝、不、暝、玉、怨、春、一"②，凡十七字，四聲不合。

"褪粉梅梢，試花桃樹"，必對。西麓及夢窗弟一首，不對，非。

"名園露飲，東城閒步"，宜對。

"定巢燕子"句，乃上二下二句法。澤民"問山崦裏"，易爲一二一之四字句，誤。

"唯有舊家秋娘，聲價如故"句，乃上六下四句法。夢窗弟三首，"殘日半開，一川花影零亂"，易爲上四下六，誤。

"探春盡是傷離意緒"句，乃上四下四句法。西麓"眩醉眼，盡游絲亂緒"，易爲上三字句，下接上一下四之五字句，誤。

"歸騎晚，纖纖池塘飛雨"句，乃上三下六句法。澤民"憶、桃李春風，梧桐秋雨"，易爲上一字逗，下接四字對句，誤。

---

① 此處列出的"墮"字，詞中未標注，應標爲"◤"；"出"字，詞中標注爲"◢"，此處未列出。

② 此處列出的"日"字，詞中未標注，應標爲"◢"。

瑣窗寒〔越調〕

美成

寒食

暗柳啼鴉，單衣伫　立，小簾朱户　。
◥◤◣◣，◣◣◤▲◢，◤◣◣◥▲。
桐花半畝，静　鏁一庭愁雨。
◣◣◥◤，◤▲◤◢◣◣◤。
灑　空階、夜　闌未休，故人剪燭西窗語。
◤▲◣◣、◢▲◣◥◣，◥◣◤◢◣◣◤。
似　、楚江暝宿，風燈零亂，少年羈旅。
◤▲、◤◣◥◢，◣◣◣◥，◥◣◣◤。

遲暮。嬉游處。正、店舍無烟，禁城百五。
◣◥。◣◣◥。◥、◥◥◣◣，◥◣◢◤。
旗亭喚酒，付與高陽儔侣。
◣◣◥◤，◥◤◣◣◣◤。
想東園、桃李自　春，小唇秀靨　今在　否。
◤◣◣、◣◤◥▲◣，◤◣◥◢▲◣◤▲◤。
到歸時、定有殘英，待　客携尊俎。
◥◣◣、◥◤◣◣，◤▲◢◣◣◤。

瑣窗寒：“瑣”亦作“鎖”，《花草粹編》作《鎖寒窗》，《陽春白雪》以“遲暮”句屬上結，并誤。又，陳注本無題，從元本、毛本、《陽春白雪》《草堂詩餘》《花草粹編》。

桐花：元本、毛本均作“桐陰”。

夜闌：《草堂詩餘》《花草粹編》均作“更闌”。

自春：毛本作“經春”。

瑣窗寒

千里

燕子池塘，黄鸝院落，海棠庭户。東風暗許，借與輕◣風柔雨。奈春光、困人正濃，畫闌小立慵無語。念冶游時◣節，融怡天氣，异鄉愁旅。　　朝暮。凝情處。嘆聚散悲歡，歲常十五。連飛并羽，未抵鴛朋鳳◥侣。算◥章臺、楊柳尚存，楚娥鬢影依舊否。再相逢拼解雕鞍，燕樂同杯俎。

瑣窗寒

澤民

倦拂鴛衾，羞臨鵲檻，懶開窗户。韶華暗度，又過妒花風雨。掩熏爐、怕聞舊香，柳陰衹有黄鶯語。似向人、欲説離愁，因念未歸行旅。　　春暮。知何處。便、不念芳年，正當三◣五。輕衫快馬，去逐狂朋怪◥侣。便羅幃香閣頓忘，枕邊要語曾記否。趁芳時、即早歸來，尚可殢◥清俎。

瑣窗寒

西麓

禁燭飛烟，東風插柳，萬家千户。梨花院落，數點弄晴纖雨。傍鞦韆、紅雲半濕◢，畫簾燕子商春語。數、十年南◣北，西湖倦客，曲江行旅。　　日暮。花深處。對、修◣竹彈棋，戲評格五。携尊共約，詩◣酒雲朋月侣。念舊游、九陌香塵，倡◣條冶葉還在否。踏青歸、醉宿蘭舟，枕藉黄金俎。

瑣窗寒〔無射商，俗名越調，犯中吕宫，又犯正宫〕

夢窗

玉蘭

紺縷堆雲，清顋潤玉，記人初見。蠻腥未洗，梅谷◢一懷凄惋。渺征槎、去乘閬風，占香上◥國幽心展。□、遺◣芳掩◤色，真恣凝澹，返◤魂騷畹。　一◢盼。千金换。又、笑伴鴟夷，共歸吳◣苑。離烟恨水，夢杳南天秋晚。比來時、瘦◥肌◣更消，冷薰沁骨悲鄉遠。最傷情、送客◢咸陽，佩結西風怨。

瑣窗寒

雙溪

駐馬林塘，還尋舊迹，雨收秋晚。殘蕉映牖，强把碧心偷展。記相逢、畫堂宴開，亂花影入簾初捲。正、小池漲緑，絲綸曾試，事隨鴻遠。　凄斷。情何限▲。料、素扇塵深，怨娥碧淺。清宫麗羽，漫有苔箋題滿。問◥低牆、雙柳尚存，幾時艷燭親共剪。但凝眸、數點遥峰，春色青如染。

鎖窗寒

碧山

出◢谷◢鶯遲，踏◢沙雁少◤，殢◥陰庭宇。東風似▲水，尚掩沈◣香雙户。恁莓階、雪◢痕乍鋪，那回已趁◥飛梅去◥。奈、柳邊占得，一◢庭新暝，又還留住◥。　前度。西園路。記、半袖争持，鬥嬌眉◣嫵。瓊肌暗怯◢，醉立◢千紅深處◥。問◥如今、山館水◤村，共◥誰翠幄熏蕙炷。最難禁、向晚凄凉，化作梨花雨。

按，此調九十九字。句法平仄，與《月下笛》頗同。然較之曾允元、陶南村、張玉田、詹天游諸家《月下笛》，則多有出入。故《詞譜》《詞律》皆分列二體，以示有别，今從之。至徐氏謂“二調應并爲一調”云云，若專指美成二首而言，未爲無義，若謂凡《月下笛》皆應并入《瑣窗寒》，則妄矣。“遲暮。嬉游處”二句，皆叶，楊補之有宥韵，作“騷首。雙眉暗”，蕭允之筱嘯韵，作“愁抱。沈吟久”，皆上叶下不叶。程傳之語御韵，作“空被多情苦”，張宗瑞語御韵，作“追念章臺路”，則上不叶下叶，俱不可從。“正店舍無烟”句，程傳之少一字，作“慶會難逢”。“付與高陽儔侶”句，玉田多一字，作“料應也孤吟山鬼”（《歷代詩餘》收玉田此詞，無“也”字，與美成正合），均非另體。

“伫、户、静、灑、似、在、待”，凡七字上去通用。“曆”字入上去通用。“夜”字《草堂詩餘》《花草粹編》均作“更”，平聲。“自”字毛本作“經”，平聲。

“柳”字，澤民、西麓、碧山作入。“伫”字，澤民、西麓作入。“立”字，澤民、西麓、碧山作上。“小”字，西麓、碧山作去。“一”字，千里、碧山作上，澤民、西麓作去。“剪”字，澤民、西麓作去。“燭”字，澤民、西麓作上。“遲”字，西麓、夢窗作入。“百”字，澤民、夢窗、碧山作平。“酒”字，西麓、碧山作入。“儔”字，千里、澤民作去。“想”字，澤民、西麓、雙溪、碧山作去。“有”字，西麓、夢窗作去。又，“語”韵、“旅”韵、“侶”韵，碧山叶去。皆不必從。

“店舍無烟”句，玉田一首作“移燈剪韭”。“旗亭唤酒”句，碧山另首作“撲蝶花陰”。“桃李自春”句，蘇才叔作“誰家柳下”。皆平仄相反，非。

千里：“輕、時、鳳、算”，凡四字，四聲不合。

澤民：“三、怪、殢”，凡三字，平仄不合。

西麓：“濕、南、倦、日、修、詩、月、舊、九、倡”①，凡十字，平仄不合。

夢窗：“谷、上、遺、掩、返、一、吴、瘦、肌、客、怨”②，凡十一字，四聲不合。

雙溪：“問”字，四聲不合。“限”字作去。

碧山：“出、谷、踏、少、殢、沈、雪、趁、去、一、住、眉、怯、立、處、問、水、共”，凡十八字，四聲不合。“似”字，作去。

“暗柳啼鴉，單衣伫立”，應對。

“似、楚江暝宿，風燈零亂，少年羈旅”句，亦可作上一下六之七字句，下接六字句。澤民“似向人、欲説離愁，因念未歸行旅”，楊補之

① 此處列出的“倦、日、月、舊、九”字，詞中未標注。

② 此處列出的“怨”字，詞中未標注。

“恨遲留載酒期程，孤負踏青時候”，竹屋“悵佳人有約難來，緑遍滿庭芳草”，皆是。

“禁城百五”句，乃上二下二句法。竹屋“爲何人好”，易爲一二一之四字句，誤。

“待客携尊俎”句，乃上二下三句法。蘇才叔“爲、江山自賞”，易爲上一下四，誤。

風流子〔大石〕

美成

新緑小池塘。風簾動、碎 影舞斜陽。
◣■■◣◣。◣◣■、■▲■■◣◣。
羡、金 屋去來，舊時巢燕，土 花繚繞，前 度莓牆。
■、◣▲■■◣，■◣◣■，■▲◣◣■，◣▲■◣◣。
綉 閣 裏、鳳 幃深幾許，聽 得理絲簧。
■▲■▲■、■▲◣◣■■，◣▲■■◣◣。
欲 説又 休，慮 乖芳 信，未 歌先 咽，愁 近清觴。
■▲■■▲◣，■▲◣◣▲■，■▲◣◣▲■，◣▲■◣◣。

遥知新妝 了，開朱户、應自待月西厢①。
◣◣◣◣▲■，◣◣■、◣■■■◣◣。
最 苦夢魂今宵 ，不 到伊行。
■▲■■◣◣◣▲，■▲■◣◣。
問、甚 時説 與，佳 音密 耗，寄將秦鏡，偷换韓香。
◥、■▲◣■▲■，◣▲◣■▲■，■◣◣■，◣■◣◣
天便教 人，霎 時厮見何妨。
◣■◣▲◣，■▲◣◣■◣◣。

風流子：《歷代詩餘》以爲方回作，誤。又，《花庵詞選》題作“初

---

① 原書“厢”字標注上聲，誤。此詞押平聲韵，故改爲平聲。

夏”,《草堂詩餘》《花草粹編》題作“風情”。

羡金屋:《揮麈録餘話》注云:“羡”一作“見”。

綉閣裏:陳注本無“裏”字,從元本、毛本、《雅詞》。

愁近:毛本、《揮麈録餘話》均作“愁轉”。

清觴:毛本、《雅詞》《揮麈録餘話》均作“清商”。

遥知:《雅詞》《揮麈録餘話》均作“暗想”。

應自:《雅詞》作“應是”。

最苦:《雅詞》作“苦恨”。

説典:毛本、《雅詞》《揮麈録餘話》均作“却與”。

寄將秦鏡:《雅詞》作“暗將潘鬢”,《揮麈録餘話》作“擬將秦鏡”。

厮見:《雅詞》作“相見”。

風流子

千里

春色遍横塘。年華巧、過雨濕殘陽。正、一帶翠摇,嫩莎平野,萬枝紅滴,繁杏低牆。惱人是、燕飛盤軟舞,鶯語咽輕簧。還憶舊游,禁烟寒食,共追清賞,曲水流觴。　　回思歡娱處,人空老、花影尚占西厢。堪惜翠眉環坐,雲鬢分行。看戀柳烟光,遮絲藏絮,妒花風雨,飄粉吹香。都爲酒驅歌使,應也無妨。

風流子

澤民

咏錢塘

佳勝古錢塘。帝居麗、金屋對昭陽。有、風月九衢,鳳皇雙闕,萬年芳樹,千雉宫牆。户十萬、家家堆錦綉,處處鼓笙簧。三竺勝游,兩峰奇觀,湧金仙舸,豐樂霞觴。　　芙蓉城何似,樓臺簇、中禁捲簾◣東厢。盈望虎貔分列,鴛鷺成行。向玉宇夜深,時聞天樂,絳霄風軟,吹下爐香。惟恨小臣資淺,朝覲猶妨。

風流子

西麓

殘夢繞林塘。詩添瘦、瘦不似東陽。正、流水蕩紅，暗通幽徑，嫩篁翻翠，斜映回牆。對握寶箏低度曲，銷蠟靚新簧。鶯懶晝長，燕閒人倦，乍親花簟，慵引壺觴。　簾櫳深深地，歌塵静、芳草自碧空廂。十二畫橋，一堤烟樹成行。向、杜鵑聲裏，緑楊庭院，共尋紅豆，同結丁香。春已無多，衹愁風雨相妨。

《歷代詩餘》題作“次方回韵”，誤。

按，此調一百十字。又名《内家嬌》。前後起句，“新緑小池塘”“遥知新妝了”二句，宋元諸賢所作，向有三體：

一、前“平仄仄平平”起韵，後起不叶者。花翁，前“三叠古陽關”，後“啼妝東風悄”，蘋洲，前“雙燕立虹梁”，後“江湖飄零久”是也。

二、前“平平平仄仄”，不起韵，後亦不叶者。放翁，前“佳人多命薄”，後“人生誰能料”，梅溪，前“紅樓横落日”，後“相逢南溪上”是也。美成二體俱有（參見卷五）。

三、前後俱韵，俱作“平仄仄平平”者。方回，前“何處最難忘”，後“零落少年場”，彦高，前“書劍憶東梁”，後“回首斷人腸”是也。然細味之，實止一體。作者可不拘，唯後起若叶，則前必起韵而已。至柯山一首，起句作“淑景皇州滿”，劉氏子庚以爲“皇州淑景滿”之誤。

“綉閣裏、鳳幃深幾許句”，西麓作“對握寶箏低度曲”，夢窗作“窈窕綉窗人睡起”“自别楚嬌天正遠”，皆少一字，與陳注本《花庵詩選》①《草堂詩餘》《花草粹編》《揮麈録餘話》相同，蓋誤脱一字，而後人本之，習用既久，自亦可從。“羡金屋去來”句，相山多一字，作“見十五里長堤”，方回少一字，作“彩筆賦詩”。“欲説又休”句，相山多一字，作“漫把酒臨風”。“最苦夢魂今宵”句，審齋少一字，作“問素娥早

① 《花庵詩選》應爲《花庵詞選》之誤。

晚”。均非另體也。

又，“問、甚時説與”句，侯刻古山詞作“心似雨花”，誤脱一字逗，《歷代詩餘》因訂爲一百九字體，不可從，彊村刻本補一空格是也。別有孟文三十四字體，耆卿一百六字《内家嬌》，皆上去韵。表其异同如下。

三十四字——《風流子》

一百十字——《風流子》《内家嬌》

一百六字——《内家嬌》

又，《詞統》選“三郎年少客”一首，即升庵於驪山所見石刻詞也，《圖譜》竟於《風流子》外，別收此詞，名曰《驪山石》，因而分字句處，與《風流子》不同，誤矣。——萬氏説。

“碎、土、綉、閣、鳳、欲、又、慮、未、最、不、甚、説、密、霎”，凡十五字，可平。“金、前、聽、芳、先、愁、妝、宵、佳、教”，凡十字，可仄。“羡、金屋去來”句，可作“仄、平平仄仄”，柯山“過清明驟雨”，彦高“念蘭茗嫩葉”是也。又可作“仄、仄平平仄”，美成另首“望、一川暝靄”，西麓“正、曉陰簾暮”是也。或作“仄仄仄平平”，秋崖“想舊日何郎”是也。“土花繚繞”句，可作“平平仄仄”，柯山“青烟散入”，秋崖“三生杜牧”皆是。“問、甚時説與，佳音密耗”句，可作“仄、仄仄平（可仄）平、平平平（可仄）仄”，千里、澤民、夢窗是也。

“遥”字，千里、澤民作仄。“妝”字，千里、澤民、秋崖作仄。皆不必從。

“綉閣裏、鳳幃深幾許”句，彝齋作“逝波不舍山常好”，少一字，雖與陳注本相合，而平仄全反。“寄將秦鏡”句，淮海“奈何綿綿”，作“仄平平平”，均不可從。

澤民：“簾”字，平仄不合。

“金屋去來，舊時巢燕，土花繚繞，前度莓牆”，必對，或四字兩對。

“欲説又休，慮乖芳信，未歌先咽，愁近清觴”，必對，或四字兩對。

“甚時説與，佳音密耗，寄將秦鏡，偷换韓香”，必對，或四字兩對。

起句“新緑小池塘”句，乃上二下三句法。《詞統》收沈天羽一首，作“對洛陽春色”，易爲上一下四，不可從。

“開朱户、應自待月西厢”句，乃上三下六句法。澤民另首，及文潛、方回、蘆川、梅溪均易爲上五下四，可不拘。審齋“塵埃盡，留白雪，長黄芽”，又“空搔首，還是憶，舊青氈”，壺孤“飛不去，有落日，斷猿啼”，皆作三字三句，不可從。

“最苦夢魂今宵，不到伊行”句，乃上六下四句法。西麓“十二畫橋，一堤烟樹成行”，易爲上四下六，可不拘，但“宵”字必平。

“天便教人，霎時厮見何妨”句，可作上六下四句法，但必易爲“平（可仄）仄仄（可平）平平（可入）仄，平仄平平”，又弟三字若平，則弟一字必仄，美成另首，及千里、澤民、淮海、柯山、相山、夢窗、秋崖、彦高、古山、蜕巖皆是。

渡江雲〔小石〕

美成

晴嵐低楚甸，暖回雁翼，陣勢起平沙。
◣◣◣◤◥，◤◣◥◢，◥◥◤◣◣。
驟驚春在　眼，借問何時，委曲到山家。
◥◣◣◤▲◤，◥◥◣◣，◤◢◥◣◣。
塗香暈色，盛粉飾、争作　妍華。
◣◣◥◢，◥◤◢、◣◢▲◣◣。
千萬絲、陌頭楊柳，漸　漸　可藏鴉。
◣◥◣、◥◣◣◤，◤▲◤▲◤◣◣

堪嗟。清江東注，畫舸西流，指、長安日下。
◣◣。◣◣◣◥，◥◤◣◣，◤、◣◣◢◤
愁宴闌、風翻旗尾，潮濺烏紗。
◣◥◣、◣◣◣◤，◣◥◣◣。
今宵正對初弦月，傍水驛、深艤蒹葭。
◣◣◥◥◣◣◢，◥◤◢、◣◤◣◣。
沈恨處，時時自　剔燈花。
◣◥◥，◣◣◥▲◢◣◣。

渡江雲：《花庵詞選》題作“春詞”。

今宵：《草堂詩餘》作“今朝”。

自剔：元本、毛本均作“頻剔”。又，毛本、《陽春白雪》句首均有“但”字。

渡江雲

千里

長亭今古道◤，水流暗響◤，渺◤渺◤雜◢風沙。倦游驚歲晚，自嘆相思，萬◥里◤夢還家。愁凝望結，但掩泪◥、慵整◤鉛華。更漏長、酒◤醒人語，睥睨有啼鴉。　　傷嗟。回腸千縷◤，泪眼雙垂，遏◢、離情不下◥。還暗思、同翻香燼◥，深閉窗紗。依稀看遍、江南畫◥，記隱隱◤、烟靄蒹葭。空健羨，鴛鴦共宿叢花。

渡江雲

澤民

漁鄉回落◢照，晚風勢急，鷺鷺集◢汀沙。解◤鞍將憩息◢，細徑疏籬，竹◢隱◤兩◤三家。山肴野◤蔌，競素◥樸、都没浮華。回望時、繞◤村流水，萬點舞寒鴉。　　休嗟。明年秋暮，一◢葉◢扁舟，望◥、平川北下。應免◤勞、塵巾烏帽◥，宵炬◤紅紗。青蓑短◤棹長江碧，弄幾曲、羌管吹葭。人借問，鳴榔便入蘆花。

渡江雲

西麓

青青江上草，片帆浪暖，初◣泊渡頭沙。翠筇便瘦倚，問酒垂楊影裏那人家。東風未許，漫媚嫵、輕試鉛華。飄佩環、玉波秋瑩，雙◣髻緑堆鴉。　　空嗟。赤■闌橋畔，暗約琴心，傍、鞦韆影下。夜■漸分、西窗愁對，烟月籠紗。離情暗逐春潮去，南◣浦恨、風葦烟葭。腸斷處，門前一樹桃花。

三犯渡江雲

草窗

丁卯歲未除三日，乘興棹雪，訪李商隱、周隱於余不之濱。主人喜余至，擁裘曳杖，相從於山巔、水涯、松雲、竹雪之間。酒酣，促膝笑語，盡出笈中畫、囊中詩以娱客。醉歸船窗，紞然夜鼓半矣。歸途再雪，萬山玉立相映發。冰鏡晃耀，照人毛髮，灑灑清入肝鬲，凛然不自支，疑行清虚府中，奇絶景也。朅來故山，恍然隔歲，慨然懷思，何异神游夢適。因竊自念人間世不乏清景，往往汩汩塵事，不暇領會，抑亦造物者故爲是靳靳乎。不然，戴溪之雪，赤壁之月，非有至高難行之舉，何千載之下，寥寥無繼之者耶。因賦此解，以寄余懷。

冰溪空歲晚，蒼◣茫雁影，淺水落寒沙。那回乘夜興，雲雪孤舟，曾◣訪故人家。千林未緑，芳◣信暖、玉■照霜華。共■憑高、聯◣詩唤■酒，暝色奪昏鴉。　　堪嗟。澌鳴玉■佩，山◣護雲衣，又、扁舟東◣下。想■故園、天寒倚■竹，袖■薄籠紗。詩筒已是經年别，早暖律、春動香葭。愁寄遠，溪邊自折梅花。

渡江雲

鶴臯

和清真

流蘇垂翠幰◣[1]，高◣低一■色，紅◣紫等泥沙。香山居士老，柳枝◣桃葉■，飛◣梗屬誰家。好■音過耳，任啼◣鳥◣、怨■入芳華。心情◣懶■、筆床吟卷，醉墨戲翻鴉。　　堪嗟。雕弓快■馬，敕勒追踪，向、夕■陽坡◣下。休更憶■、青絲絡■轡，紅袖裁紗。司空見慣渾如夢，笑幾回◣、索■葦吹葭。山中◣樂，從渠恣賞鶯花。

---

① “幰”此處標爲平聲，當爲上聲。

渡江雲三犯〔中吕商，俗名小石調〕

夢窗

西湖清明

羞紅顰淺恨，晚風未落，片綉點重茵。舊堤分燕尾，桂棹輕鷗，寶勒倚殘雲。千絲怨碧，漸▲路◥入、仙隖◤迷津。腸漫回、隔花時見◥，背面楚腰身。　　逡巡。題門惆悵，墮履牽縈，數、幽期難◣準。還始覺◢、留情緣眼，寬帶因春。明朝事與◤孤烟冷◤，做滿湖◣、風雨愁人。山黛暝，塵波澹緑無痕。

按，此調一百字，又名《渡江雲三犯》，又名《三犯渡江雲》。犯者，謂歌此調，而假别調作腔也，如《側犯》《尾犯》《花犯》《玲瓏四犯》《八犯玉交枝》之等皆是。實集曲之濫觴，惟集曲家并調名而集之，不名曰“犯”。《詞麈》云，犯調者，或探本宫諸曲，合成新調，而聲不相犯，則不名曰犯，如曹勛《八音諧》之類。或探各宫之曲，合成一調，而宫商相犯，則名之曰犯，如姜夔《凄凉犯》之類云云，是也。

“指、長安日下”句，换用上去叶，乃定格，詞中平韵與上去韵互叶者，不勝枚舉，《戚氏》《曲玉管》《晝錦堂》《大聖樂》《西江月》是其例也。别有日湖，一百字入聲韵一體，《樵歌》、叔安上去韵各一體。至日湖寒删韵一首，於“指長安日下”句，作“滿地欲流錢”，易爲上二下三，叶平韵。《瓢泉》一首，於“畫舸西流”句用平叶，於“指、長安日下”句不叶。皆係誤譜，不能視爲另體也。

“在、漸、漸”，凡三字，上去通用。“作”字，去入通用。“自”字，元本及毛本作“頻”，平聲。又，“下”韵、千里、草窗皆作去聲，亦可從。

“楚”字，西麓、草窗、鶴皋作去。“甸”字，千里、西麓作上。“暖”字，草窗、鶴皋作平。“翼”字，千里、西麓、草窗作上。“陣”字，西麓、鶴皋作平。“陣勢”二字，千里、草窗作上上。“起”字，千里、澤民、草窗作入。“委”字，草窗、鶴皋作平。“曲”字，千里、澤民、西麓、鶴皋作上。“色”字、西麓、鶴皋作上。“粉”字，澤民、西麓、草窗、夢窗作去。“飾”字，西麓、草窗作上。“作”字，千里，夢窗作上。“陌”字，千里、澤民作上。“柳”字，西麓、夢窗、鶴皋作去。“漸漸”二字下一字，西麓、草窗、鶴皋作入。“可”字，西麓、草窗作入。“注”字，千里、鶴皋作上。“晝”字，澤民、鶴皋作入。“舸”字，澤民、西麓、鶴皋作入。“指”字，澤民、西麓、草窗、鶴皋作去。“日”字，草窗、鶴皋、夢窗作平。“闌”字，鶴皋、夢窗作入。“尾”字，千里、澤民、西麓、鶴皋作去。“月”字，千里、西麓、鶴皋作去。“驛”字，鶴皋、夢窗作平。皆不必從。

“借問何時”句，鶴皋作“柳枝桃葉”，日湖第一首作“翠臺如鼎”，申之作“晚凉池閣”，均易爲“仄平平仄”。“盛粉飾”句，鶴皋作“任啼烏”，日湖兩首，作“怪蜃樓”“爲栽培”，申之作“倚風流”，玉田第一首作“想如今”，皆易爲“仄平平”。“千萬絲”句，玉田三首作“猶記得”“休問我”“惟祇有”，皆“平仄仄”。“愁宴闌”句，鶴皋作“休更憶”，玉田第一首作“空自覺”，弟二首作“渾未省”，皆易爲“平仄仄”。“沈恨處”句，鶴皋作“山中樂”，申之作“消魂久”，皆易爲“平平仄”。皆不必從。

“愁宴闌”句，日湖第一首作“總輪與”，易爲“仄平仄”，弟二首作“愛牆陰”，易爲“去平平”。“傍水驛”句，玉田弟二首作“傍清深”，易爲“去平平”。皆不可從。

千里：“道、響、渺、渺、雜、萬、里、泪、整、酒、縷、遏、下、燼、晝、隱”，凡十六字，四聲不合。

澤民：“落、集、解、息、竹、隱、兩、野、素、繞、一、葉、望、免、帽、炬、短”，凡十七字，四聲不合。

西麓：“初、雙、赤、夜、南”，凡五字，平仄不和。

草窗：“蒼、曾、芳、玉、共、聯、唤、玉、山、東、想、倚、袖”，凡十三字，平仄不合。

鶴皋：“高、一、紅、枝、葉、飛、好、啼、烏、怨、情、懶、快、夕、坡、憶、絡、回、索、中”①，凡二十字，平仄不合。

---

① 詞中標注的“巇”字，此處未列出。

夢窗："路、隖、見、難、覺、與、泠、湖"，凡八字，四聲不合。"漸"字作去。

"清江東注，畫舸西流"，必對。西麓"赤闌橋畔，暗約琴心"，不對，非。

"驟驚春在眼"句，乃上二下三句法。日湖"正、長眉仙客"，仇山村"問、荒垣舊蘚"，并讀爲上一下四，亦可從。

應天長〔商調〕

美成

寒食

條　風布暖，霏霧弄晴，池塘遍滿春色。
◣▲◣◥◤，◣◥◥◣，◣◣◥◤◣◢。
正是　夜堂無月，沈沈暗寒食。梁間燕，前社　客。
◥◤▲◥◣◣◢，◣◣◥◣◢。◣◣◥，◣◤▲◢。
似　笑我、閉　門愁寂。亂花過、隔院芸香，滿地狼藉。
◤▲◥◤、◥▲◣◣◢。◥◣◥、◢◥◣◣，◤◥◣◢。

長記那回時，邂逅相逢，郊外駐油壁。
◣◥◥◣◣，◥◥◣◣，◣◥◥◣◢。
又見漢宫傳燭，飛烟五侯宅。青青草，迷路陌。
◥◥◥◣◣◢，◣◣◤◣◢。◣◢◤，◣◥◢。
强載酒、細尋前迹。市　橋遠，柳下人家，猶自相識。
◤◥◤、◥◣◣◢。◤▲◣◤，◤◤◣◣，◣◥◣◢。

應天長：陳注本無題，從元本、毛本、《草堂詩餘》《花草粹編》。

條風：《陽春白雪》作"蕙風"。

池塘：元本、毛本、《陽春白雪》均作"池臺"。

夜堂：《詞譜》作"夜臺"。

前社：元本、毛本、《陽春白雪》均作"社前"。

愁寂：《陽春白雪》作“岑寂”。

狼藉：“藉”字從草，千里和作“茵藉”，澤民和作“聲藉”是也，各家刻本多有寫從竹之“籍”者，乃版刻之誤。至西麓和作“空愧郊籍”，易爲人名，孟郊、張籍之“籍”。竹山和作“再返仙籍”，易爲籍貫之“籍”，皆從竹者，蓋假借也。

載酒：陳注本作“帶酒”，從元本、毛本、《草堂詩餘》《花草粹編》。

應天長

千里

嫩黄上◤柳，新緑◢漲池，東風艷冶天色。又見乍晴還雨◤，年華傍寒食。春依舊，身是客。對麗景、易傷岑寂。悵凝望、一帶平蕪，剪就茵藉。　　前度少年場，醉記旗亭，聯句遍窗壁。調◣笑映牆紅粉◤，參差水邊宅。蘆鞭懶過故陌。恨◥未老、漸▲成塵迹。謾無語，立◢盡斜陽，懷抱▲誰識。

應天長

澤民

夭桃弄粉，繁杏▲透香，依然舊日◢顔色。奈彼妒花風雨◤，連陰過寒食。金釵試問◥妙客。正晝永、院深人寂。善歌更解◤舞◤，傳聞觸◢處聲藉。　　當日◢俊游時，屢向平康，吟咏共題壁。自後縱經回曲，難尋阿◢姨宅。芳華苑，羅綺◤陌。乍◥斷得◢、怪踪狂迹。慣來往，柳外◥花間，鶯燕都識。

應天長

西麓

流鶯唤夢，芳草帶愁，東風料峭寒色。又見杏漿餳粥，家家禁烟食。江湖幾年倦客。曾◣慣識、凄◣涼岑寂。苦吟瘦、蕭◣索詩腸，空◣愧郊籍。　　春事正溪山，柳霧花塵，深映翠蘿壁。更謝多◣情雙燕，歸來舊庭宅。情絲亂游巷陌。悵容◣易、萬紅陳迹。酒旗直，绿水橋邊，猶記曾識。

應天長

竹山

柳◤湖載酒，梅墅▲賒棋，東風袖裹寒色。轉◤眼翠籠池閣，含櫻薦鶯食。匆匆過，春是客。弄細雨、晝陰生寂。似▲瓊宛、謫下紅裳，再◥返◤仙籍。　　無限倚闌愁，夢斷雲簫，鵑叫度青壁。漫有◤戲龍盤□，盈盈住◥花宅。驕驄馬，嘶巷陌。户半掩、墮鞭無迹。但追想，白◢苧裁縫，燈下◤初識。

應天長〔夷則商，俗名林鐘商。彊村翁云：林鐘商當做商調〕

夢窗

吴門元夕

麗花鬥靨，清麝濺塵，春聲遍滿芳陌。竟路障空雲幕，冰壺浸霞色。芙容鏡，詞賦客。競綉筆◢、醉嫌天窄。素娥下、小◤駐輕鑣，眼亂紅碧。　　前事頓非昔◢，故苑◤年光，渾與◤世相隔。向暮巷空人絶，殘燈耿塵壁。凌波恨◤，簾户▲寂。聽◥怨寫、墮梅哀笛。伫立◢久，雨暗◥河橋，譙漏疏滴。

應天長

戍子

西湖十景

曙林帶暝，晴靄弄霏，鶯花未認◥游客。草◤色◢舊迎雕輦◤，蒙茸暗香陌。秋千架，閒曉索。正露洗、綉鴛痕窄。費人省◤、隔夜濃歡，醒處先覺。　　重過湧◤金樓，畫舫紅旌，催向斷橋泊。又怕晚◤天無準

◤，東風妒◥芳約。垂楊岸◥，今勝昨。水院近、占春光酌。恁時候◥，不◢道◥歸來，香斷燈落。（蘇堤春曉）

第二

候蛩探暝，書雁寄寒，西風暗剪綃織。報道鳳城催鑰，笙歌散無迹。冰輪駕，天緯逼。漸款◤引、素娥游歷。夜妝靚、獨展◤菱花，淡絢秋色。　人在湧◤金樓，漏迴◤繩低，光重袖香滴。笑語◤又驚栖鵲，南飛傍◥林闃。孤山影，波共碧。向◥此◤際◥、隱◤逋如識。夢仙游◣，倚遍◥霓裳，何處聞笛。（平湖秋月）

第三

甃澌沍曉，篙水◤漲漪，孤山漸▲捲雲簇。又見岸容舒臘，菱花照新沐。橫斜樹，香未北。倩點◤綴◥、數梢疏玉。斷腸處、日影◤輕消，休◣怨霜竹。　簾上湧◤金樓，酒◤艷酥融，金縷◤試春曲，最好半殘鳷鵲，登臨快◥心目。瑶臺夢◥，春未足。更◥看去◥、灑窗填屋。灞橋外◥，柳下吟鞭，歸趁游燭。（斷橋殘雪）

第四

磬圓樹杪，舟亂柳◤津，斜陽又滿東角。可◤是暮情堪剪◤，平分付烟郭。西風影◤，吹易薄。認滿◤眼、脆紅先落。算惟有◤，塔起◤金輪，千◣載◤如昨。　誰信湧◤金樓，此◤際憑闌，人共楚◤天約。準◤擬◤換尊陪月，繒空捲塵幕。飛鴻倦◥，低未泊。鬥◥倒指、數◤來還錯。笑聲裏，立◢盡黄昏，剛道愁惡。（雷峰落照）

第五

換橋渡舫▲，添柳◤護堤，坡仙舊欠◥今續。四面水◤窗如染◤，香波釀春麯。田田處，成暗緑。正萬羽、背風斜矗。亂鷗去、不信雙鴛，午睡猶熟。　　還記湧◤金樓，共撫◤雕闌，低度浣▲紗曲。自與◤故人輕別，榮枯換凉燠。亭亭影，驚艷目。忍到手、又成輕觸。悄無語，獨◢捻花鬚，心事曾卜。（曲院風荷）

弟六

岸容浣▲錦，波影◤墮紅，纖鱗巧◤避◥凫唼。禹◤浪未成頭角，吞舟膽◤猶怯。湖山水◤，江海匝。怕自有、暗泉流接。楚◤天遠◤、尺素無期，枉語停楫。　　回望湧◤金樓，帶草◤蠻烟，縹緲◤際城堞。漸▲見暮榔敲月，輕舫◣亂◥如葉。濠梁興◥，歸未愜。記◥舊伴、袖携留摺。指魚水，總是心期，休怨三疊。（花港觀魚）

弟七

翠屏對晚，鳥榜占堤，鐘聲又斂春色。幾◤度半空敲月，山南應山北。歡娛地，空浪迹。謾記省、五◤更聞得。洞天曉◤，夾柳◤橋疏，穩縱香勒。　　前度湧◤金樓，嘯傲東風，鷗鷺半相識。暗數◤院僧歸盡◤，長虹卧◥深碧。花間恨◥，猶記憶。正◥素手、暗裁輕拆。夜深後，不◢道◥人來，燈細窗隙。（南屏晚鐘）

弟八

翠迷倦舞，紅駐老◥妝，流鶯怕與春別。過了禁烟寒食，東風顫鐶鐵。游人恨，柔帶結。更喚醒、羽◥喉宫舌。畫船遠◥，不認綿蠻，晚棹空歇。　　争似▲湧◤金樓，燕燕歸來，鈎轉暮簾揭。對語◤畫梁消息，香泥砌◥花屑。昆明事◥，休更説。費◥夢繞、建章宫闕。曉啼處◥，穩繫◥金狨，雙燈籠月。（柳浪聞鶯）

弟九

桂輪逼◢采，菱沼◤漾金，潛虬暗動鮫室。水◤路乍疑霜雪，明眸洗

◤春色。年時事，還記憶。對萬頃、葑痕龜坼。舊游處、不認三潭，此際曾識。　　今度湧◤金樓，素練縈窗，頻照庾◤侯席。自與◤影◤娥人約，移舟弄◥空碧。宵風悄，籤漏滴。早未許、睡魔相覓。有時恨◥，月◢被◥雲妨，天也◤拼得。（三潭印月）

弟十

暮屏翠冷，秋樹赭◤疏，雙峰對起南北。好◤與霽天相接，浮圖現西極。岧嶢處，雲共碧。漫費盡、少年游屐。故鄉遠◤、一望空遥，水斷烟隔。　　閒憑湧◤金樓，瀲灧波心，如洗◤夢淹筆。喚醒睡龍蒼角，盤空壯◥商邑。西湖路◥，成倦客。待倩寫、素縑千尺。便歸去◥，酒底花邊，猶自看得。（兩峰插雲）

應天長

碧山

疏簾蝶◢粉，幽徑燕泥，花間小◤雨初足。又是禁城寒食，輕舟泛晴渌。尋芳地，來去熟。尚仿◤佛◢、大堤南北。望楊柳◤、一片陰陰，摇◣曳新緑。　　重訪艷歌人，聽取▲春聲，猶是▲杜▲郎曲。蕩▲漾去年春色，深深杏花屋。東風裏，曾共宿。記◥小◤刻◢、近窗新竹。舊游遠，沈◣醉◥歸來，滿◤院銀燭。

按，此調九十八字，或作《應天長慢》，各家皆用入聲韵，乃定格。康伯可一首，既用上去韵，又於“梁間燕”句叶，前後正是又見二句，作上四下七字句，亦與此不同。《圖譜》分爲兩體，是也。《詞律》并爲一體，失之不察，又云：“正是”“又見”兩句，可作上四下七句法。試檢方、楊、陳、蔣、吴、張諸家，有一作上四下七者乎？此蓋狃於周、康二詞應爲一體之臆見，宜不可從。別有顧敻、歐陽永叔四十九字二體，韋端己、牛松卿、毛平珪五十字三體，柳耆卿九十四字一體，葉少藴從之，而韵叶略异。

“是、社、似、市”，凡四字，上去通用。“閉”字，去入通用。“條”

字，《陽春白雪》作“蕙”，去聲。“前社”二字，元本、毛本、《陽春白雪》作“社前”，則爲上平。

“布”字，成子弟九首、碧山，作入。“霧”字，西麓、成子弟三、五、六、九首，作上。“弄”字，成子弟四、八、十首，作上。“遍”字，成子弟六首、碧山，作上。“滿”字，成子弟一、五、六首，作去。“正”字，竹山、成子弟一、四、六、七、九、十首，作上。“月”字，千里、澤民、成子弟一、四、五首，作上。“暗”字，成子弟六、九首，作上。“燕”字，成子弟四、六首，作上。“笑”字，成子弟二、三、四首、碧山，作上。“我”字，西麓、夢窗、成子弟一首、碧山，作入。“閉”字，成子弟七、八首，作上。“過”字，成子弟一、四、六、七、八、十首、碧山，作上。“隔”字，澤民、夢窗，作上。“院”字，成子弟二、三、四、六首，作上。“滿”字，西麓、成子弟三、四首、碧山，作平。“那”字，成子共十首，皆作上。“邂”字，西麓、成子弟三、四首，作上。“逅”字，夢窗、成子弟二、五、七首，作上。“外”字，夢窗、成子弟三、六、十首，作上。“駐”字，成子弟四、九首，作上。“見”字，竹山、成子弟二、四、五、七、八、九、十首，作上。“漢”字，成子弟一、九首，作上。“燭”字，千里、成子弟一、七首，作上。“五”字，西麓、竹山、成子弟一、二、三、六、七、八、九、十首，作去。“草”字，夢窗、成子弟一、三、四、六、七、八、十首，作去。“强”字，千里、澤民、西麓、夢窗、成子弟二、三、四、六、七、八首、碧山，作去。“載”字，成子弟二首、碧山，作上。“酒”字，澤民、碧山，作入；西麓、成子弟二、三首，作去。“細”字，成子弟二、四首，作上。“遠”字，成子弟一、三、八、九、十首，作去。“柳”字，千里、西麓、竹山、成子弟一、四、五、七、九首，作入。“下”字，澤民、夢窗、成子弟一、二、七、八、九首、碧山，作去。皆不必從。

千里：“上、緑、雨、調、粉、恨、立”，凡七字，四聲不合。“漸”字、“抱”字，作去。

澤民：“日、雨、問、解、舞、觸、日、阿、綺、乍、得、外”，凡十二字，四聲不合。“問妙客”句，若依“社前客”，則“妙”字，四聲不合。“杏”字作去。

西麓："曾、凄、蕭、空、多、容"，凡六字，平仄不合。

竹山："柳、轉、再、返、有、住、白、下"，凡八字，四聲不合。"墅"字、"似"字，作去。

夢窗："筆、小、昔、苑、與、恨、聽、立、暗"，凡九字，四聲不合。"户"字，作去。

成子："認、草、色、輦、省、湧、晚、準、妒、岸、候、不、道"，凡十三字，四聲不合。

第二首："款、展、湧、迴、語、傍、向、此、際、隱、游、遍"，凡十二字，四聲不合。

第三首："水、點、綴、影、休、湧、酒、縷、快、夢、更、去、外"，凡十三字，四聲不合。"漸"字，作去。

第四首："柳、可、剪、影、滿、有、起、千、載、湧、此、楚、準、擬、倦、門、數、立"，凡十八字，四聲不合。

第五首："柳、欠、水、染、湧、撫、與、獨"，凡八字，四聲不合。"舫"字，作上。"浣"字，作去。

第六首："影、巧、避、禹、膽、水、楚、遠、湧、草、渺、亂、興、記"①，凡十四字，四聲不合。"浣"字、"漸"字，作去。

第七首："幾、五、曉、柳、湧、數、盡、卧、恨、正、不、道"，凡十二字，四聲不合。

第八首："老、羽、遠、湧、語、砌、事、費、處、繫"，凡十字，四聲不合。"似"字，作去。

第九首："逼、沼、水、洗、湧、庾、與、影、弄、恨、月、被、也"，凡十三字，四聲不合。

第十首："赭、好、遠、湧、洗、壯、路、去"，凡八字，四聲不合。

碧山："蝶、小、仿、佛、柳、摇、記、小、刻、沈、醉、滿"，凡十二字，四聲不合。"取、是、杜、蕩"，凡四字，作去。

"條風布暖"，霏霧弄晴"，必對。

"梁間燕，前社客"句，乃三字句。澤民"金釵試問妙客"；西麓"江湖幾年倦客"，皆易爲"二二二"之六字句，誤。

---

① "舫"字，詞中標注，此處未列出。

“亂花過、隔院芸香，滿地狼藉”句，乃上三下四之七字句，下接四字句。澤民“善歌更解舞，傳聞觸處聲藉”，易爲上五下六句法，誤。

“青青草，迷路陌”句，乃三字二句。千里“蘆鞭懶過故陌”，西麓“情絲亂游巷陌”，并易爲“二二二”之六字句，誤。

荔枝香〔歇指〕

美成

照水殘紅零亂，風喚去。盡　日惻惻輕寒，簾底吹香霧。
◥◤◣◣◣◥，◣◥◥。◤▲◢◢◢◣◣，◣◤◣◣◥。
黄昏客枕無憀，細響當窗雨。閒看兩兩相依燕新乳。
◣◣◢◤◣◣，◥◣◣◣◤。◣◥◤◤◣◣◥◣◤。

樓下水，漸綠遍，行舟浦。暮往朝來，心逐片帆輕舉。
◣◤◤，◤▲◢◥，◣◣◤。◥◤◣◣，◣◢◥◣◣◤。
何日迎門，小檻　朱籠報鸚鵡。共剪西窗蜜炬。
◣◢◣◣，◤◤▲◣◣◥◣◤。◥◤◣◣◢◤。

喚去：《花草粹編》作“掀去”。
閒看：陳注本無“閒”字，從戈選鄭校，作“□看”。
共剪西窗蜜炬：毛本作“如今誰念淒楚”。

荔枝香

千里

勝日◢登臨幽趣，乘興去。翠壁古◤木千章，林影生寒霧。空濛冷◤濕◢人衣，山◣路◥元無雨。深澗、斗瀉飛泉溜甘乳。　漁唱◥晚，看小◤棹，歸前浦。笑指官橋，風颭◤酒◤旗斜舉。還脱宫袍，一◢醉芳杯倒鸚鵡。幸有雕章蠟炬。

荔枝香

澤民

瞰水自◥多佳趣，春未去。綉桷抖◤起◤凌空，隱◤隱籠輕霧。已◤飛晝◥棟◥朝雲，又捲西山雨。相與◤、共◥煮新茶取▲花乳。　開宴◥處◥，俯北榭，臨南浦。迤◤邐扁舟，雙槳◤棹歌齊舉。座上◥嘉賓，妙◥句無非賦鸚鵡。莫◢惜◢高燒蠟炬。

荔枝香近

西麓

杜▲宇聲聲頻喚，春漸▲去。暗碧柳◤色依依，湖上◥迷青霧。殘香凈◤洗紅蘭，昨◢夜◥朱鉛雨。金泥、帳◥底雙虬自沈乳。　天際◥漸迤◤邐◤，片帆南浦。一◢笑◥薔薇，别◢後◤酒◤杯慵舉。江上◥琵琶，莫◢遣東風誤鸚鵡。泪擁通宵蠟炬。

荔枝香近〔黄鐘商，俗名大石〕

夢窗

送人游南徐

錦◤帶◥吴鈎，征思横雁水◤。夜吟◣敲◣落霜紅，船傍◥楓橋繫。相思不管年華，喚酒吴娃市。因話、駐◥馬新堤步秋綺。　淮楚尾，暮雲送，人千里。細雨南樓，香密錦◤温曾醉◥。花谷依然，秀◥靨偷春小◤桃李。爲語夢◥窗憔悴◥。

弟二

七夕

睡輕時聞晚鵲噪庭樹。又説今◣夕天津西畔重歡遇。蛛絲暗◥鎖紅樓，燕子穿簾處◥。天上、未◥比人間更情苦。　　秋鬢◥改，妒月姊◤，長眉嫵。過雨西風，數◥葉井◤梧愁舞。夢◥入藍橋，幾點疏星映朱户。泪濕◢沙邊凝◣佇。

按，此調七十六字，或作《荔枝香近》。字數句法，與弟二首略有异同，方、楊、陳三家，并各依美成原作和之，自宜分爲二體，説在第二首。耆卿一首，於“黄昏客枕無憀”句，作“金縷霞衣輕褪”，平仄略异。虚齋一首，與美成兩首皆有异同，宜各按本詞填之，不庸混爲一談。

“盡、漸、檻”，凡三字，上去通用。“閒看”二字，應作平去，耆卿及方、楊、吴諸家皆如是。惟西麓一首，作平平，讀“看”爲平聲，似不必從。蓋“看”字雖有平去二聲，仍當以多數爲準，較可保信。“唤”字，《花草粹編》作“掀”，平聲。

“共剪西窗蜜炬”句，毛本作“如今誰念凄楚”，則爲“平平平去平上”。

弟一“惻”字，千里、澤民、西麓，作上，夢窗兩首，作平。“底”字，西麓、夢窗弟一首，作去。“客”字，千里、西麓，作上；澤民、夢窗弟二首，作去。“嚮”字，千里、西麓，作去。弟一“兩”字，澤民、西麓、夢窗，作去。“下”字，千里、澤民、西麓、夢窗弟二首，作去。“緑”字，千里、西麓，作上。“遍”字，西麓、夢窗弟二首，作上。“逐”字，千里、澤民、西麓，作上。“片”字，千里、澤民、夢窗，作上。“何”字，澤民、夢窗弟二首，作去。“日”字，澤民、西麓，作去。“小”字，千里、西麓，作入；澤民、夢窗弟一首，作去。“剪”字，西麓、夢窗弟二首，作入。又“去”韵，夢窗弟一首，叶上。“雨”韵，夢窗弟二首，叶去。“舉”韵、“炬”韵，夢窗弟一首，叶去。皆不必從。

又，夢窗弟二首起句，或云係依美成弟二首之四聲，雖然亦不可從。蓋美成二詞通首句律既别，似不必互相援引也。

千里：“日、古、冷、濕、山、路、唱、小、颭、酒、一”，凡十一字，四聲不合。

澤民：“自、抖、起、隱、已、晝、棟、與、共、宴、處、迤、槳、上、妙、莫、惜”，凡十七字，四聲不合。“取”字，作去。

西麓：“柳、上、净、昨、夜、帳、際、迤、邐、一、笑、别、後、酒、上、莫”，凡十六字，四聲不合。“杜”字、“漸”字，作去。

夢窗："錦、帶、水、吟、敲、傍、駐、錦、醉、秀、小、夢、悴"，凡十三字，四聲不合，後段"暮雲"句，當於"送"字斷句。

弟二首："今、暗、處、未、鬢、姊、數、井、夢、濕、凝"，凡十一字，四聲不合。

起二韵，四句乃定格，夢窗弟二首爲兩句，皆一氣呵成，不必從。又起二句，"照水殘紅零亂，風唤去"句，乃上六下三句法。夢窗弟一首，"錦帶吴鈎，征思横雁水"，易爲上四下五，誤。

"樓下水，漸緑遍，行舟浦"句，乃三字三句。西麓"天際漸迤邐，片帆南浦"，易爲上五下四句法，誤。

弟二

美成

夜來寒侵酒席，露微泫。舄履初會，香澤方薰。
◥◣◣◣◤◢，◥◣◥。◢◤◣◥，◣◢◣◣。
無端暗雨催人，但　怪簾捲燈遍。回顧、始覺驚鴻去雲遠。
◣◣◥◤◣◣，◤▲◥◣◤◣◥。◣◥、◤◢◣◣◥◣◤。

大都世間，最苦唯聚散。到得春殘，看　即是　、開離宴。
◥◣◥◣，◥◤◣◥◥。◥◢◣◣，◥▲◢◤▲、◣◣◥。
細思别後，柳眼花鬚更誰剪。此懷何處逍遣。
◥◣◢◤，◤◤◣◣◥◣◤。◤◣◣◥◣◤。

簾捲燈遍：各本皆作"燈遍簾捲"，據方千里、楊澤民和作改正。
去雲遠：毛本脱"雲"字。

弟二

千里

小◤園花梢雨歇，浪羞泫。碧瓦光霽，羅幕香浮，鶯啼燕語交加，是處池館春遍。風外、認◥得笙歌近◤□遠。　　醉魂半縈，夜酒吹未散。

暗憶年時，正日赴、西池宴。笑携艷◥質◢，郢曲◢新聲妙如剪。有愁容易排遣。

第二

澤民

未論離亭話◥別，涕先泫。旋◥滌◢瑶觶，深挹芳醪，凝愁滿◤眼偎人，大白◢須捲歌遍。三勸、記◥得當時送□遠。　　素蟾屢明晦，彩雲易散。後◤約難知，又却似、陽關宴。烏◣絲寫◤恨◥，帕◥子分香爲郎剪。願◥郎安信頻遣。

第二

西麓

臉霞香銷粉薄，泪偷泫。鬖鬖金獸，沈水微薰，入■簾緑樹春陰，糁徑紅英風捲。芳草怨碧，王孫漸遠。　　錦屏夢回，恍覺雲雨散。玉瑟無心理，懶醉瓊花宴。寶釵翠滑，一縷青絲爲君剪。别情誰更排遣。

按，此調七十四字，較弟一首少二字，《詞律》訂爲七十三字（《歷代詩餘》亦然），蓋據毛本脱一“雲”字，非萬氏之過也。句法亦微有出入，鄭叔問先生云“‘初會’下脱平聲二字，‘方薰’下脱一‘遍’字，‘燈偏’之‘偏’字不可解，疑衍，應改爲‘但怪燈簾捲’”云云。尋三家和作，“烏履初會”句，平仄句法皆與原作相合，則“初會”之下，似無脱字。鄭謂“但怪燈偏簾捲”之“偏”字，係“遍”字之誤，是也。又謂“遍”字應在“方薰”之下，則非。竊疑是句，原作當爲“但怪簾捲燈遍”。劉長卿詩，“菡萏千燈遍”，是其故實，較之千里“是處池館春遍”、澤民“大白須捲歌遍”，其韵脚平仄句法，正復相同。方、楊二家，去美成未遠，其所作，乃不謀而合，自宜據爲顯證。澤民認“捲”字爲句中韵而和之，尤與愚説符合。至《歷代詩餘》，録千里此句，作“是處簾櫳高捲”，蓋由好事之徒，誤以爲不合而改之。各家刊本，作“但怪燈偏簾捲”，或係當時尚有另本。西麓和詞及宣卿所作，即據另本無疑，且於下句脱一“雲”字。故知此詞字數句法，雖與第一首微有出入，并非脱誤。《詞律》列爲二體，頗有見地，惜未能訂正耳。宋賢所作，同一調名而字數句法各异者，觸處皆是，美成《瑞鶴仙》二首，字數平仄句法，皆有异同，即其例證，不必强爲之説也。

“但”字、“是”字，上去通用。“看”字，平去通用。

“夜”字，千里、西麓作上。“始”字，三家皆作去。“别後”二字，千里、西麓作去入，皆不必從。

千里：“小、認、近、艷、質、曲”，凡六字，四聲不合。

澤民：“話、旋、滌、滿、白、記、後、鳥、寫、恨、帕、願”，凡十二字，四聲下合。

西麓：“入”字，平仄不合，“王孫漸遠”句，脱一字。

“舄履初會，香澤方薰”，必對。

“大都世間，最苦唯聚散”句，乃上四下五句法。澤民，“素蟾屢明晦，彩雲易散”，易爲上五下四，誤。

“到得春殘，看即是、開離宴”句，乃上四字句，下接三字二句。西麓，“玉瑟無心理，懶醉瓊花宴”，易爲五字二句，誤。

還京樂〔大石〕

美成

禁烟近，觸處浮香秀色相料理。正泥花時候，奈何客裹，光陰虚費。
◢◣◤，◢◥◣◣◥◢◣◣◥。◥◥◥◣◥，◥◣◢◤，◣◣◣◥。
望箭波無際。迎風漾日黄雲委。任去遠，中有萬點、相思清汩。
◥◥◣◣◥，◣◣◥◢◣◣◤。◥◥◤，◣◤◥◤、◣◣◣◥。

到長淮底。過、當時樓下，殷勤爲説、春來羈旅况味。
◥◣◣◤。◥、◣◣◣◥，◣◣◥◢、◣◣◣◤◥◥。
堪嗟誤約乖期，向天涯、自看　桃李。
◣◣◥◢◣◣，◥◣◣、◥◣▲◣◤。
想而今，應、恨墨盈箋，愁妝照水。怎得青鸞翼，飛歸教見憔悴。
◤◣◣，◣、◥◢◣◣，◣◣◥◤。◤◢◣◣◢，◣◣◣◥◣◥。

而今：毛本作“如今”。

還京樂

千里

歲華慣◥，每◤到和風麗日歡再理。爲、妙歌新調，粲然一曲◢，千金輕費。記、夜闌沈醉，更衣換酒◤珠璣委。悵、畫燭◢摇影，易積◢銀盤紅泪。　　向、笙歌底。問、何人能道◥，平生聚合歡娛離别◢興味。誰憐露浥烟籠，盡▲栽培、艷桃穠李。漫◥縈牽，空、坐▲隔千山，情遥萬水。縱◥有◤丹青筆，應難摹畫憔悴。

還京樂

澤民

春◣光至◥，欲訪清歌妙舞◤重爲理。念鶯◣輕燕◥怯◢，媚容百斛◢，明珠須費。算、枕◤前盟誓，深誠密◢約堪憑委。意正美、嬌眼又灑，梨花春泪。　　記、羅帷底。向、鴛鴦燈畔相偎，共把◤前回，詞語咏味。無端浪迹萍蓬，奈區區、又催行李。忍重看，小◤、岸柳◤梳風，江梅鑒水。待學鶼鶼翼，從他名利縈絆。

還京樂

西麓

彩◤鸞去◥，適怨清和錦◤瑟誰共理。奈、春◣光漸◤老◤，萬金難◣買，榆錢空費。岸草◤烟無際。落◢花滿◤地◥芳塵委。翠袖裏、紅粉濺◣濺◣，東風吹泪。　　任、鴛幃底。寶◤香寒、金獸◥慵熏綉被◤，依依離别◢意味。瓊釵暗畫心期，倩啼鵑、爲催行李。黯銷魂，但◤、夢逐巫山，情牽渭水。待得歸來後◤，燈前深訴憔悴。

還京樂〔黄鐘商，俗名大石〕

夢窗

友人泛湖，命樂工以箏、笙、琵琶、方響迭奏。

宴蘭溆，促奏絲縈管◤裂飛繁響。似▲、漢宫人去，夜深獨語，胡沙淒哽◤。對、雁斜玫柱，瓊瓊弄月臨秋影。鳳吹遠、河漢◥去杳，天風飄冷◤。　　泛、清商竟◥。轉、銅壺敲漏◥，瑶床二八青娥，環佩◥再整◤。蔆歌四碧無聲，變須臾、翠翳紅暝◥。嘆◥梨園，今、調絶音希，愁深未醒。桂◥檝輕如翼，歸霞時點◤清鏡。

按，此調一百三字，“裹”字、“際”字，非叶，《詞律》於千里“醉”字注叶，徐、杜二氏并引《歷代詩餘》録千里此句，作“記夜闌深際”爲證，遂認“醉”字爲訛，愚謂三説皆非也。尋澤民、夢窗二家，既不用叶，而“記夜闌深際”句，辭澀意淺，復不如“記夜闌沈醉”之婉約有致，且下接“换酒”二字，神趣尤足。故“深際”二字，顯繫妄人依美成“際”字臆改，《歷代詩餘》乃晚出之書，良難保信，至西麓雖和“際”字，安知非出偶和。如“青鸞翼”之“翼”字，澤民作“鶼鶼翼”，但不能即謂“翼”字應叶，正與此同，况即使西麓“際”字是叶，亦不能據一家而非三家也。

“看”字，平去通用。

“料理”，乃“撩理”之假，少陵、山谷皆讀平聲。夢窗用作平聲，是也。方、楊、陳三家以爲去聲，不可從。

“近”字，千里、澤民、西麓作去。“秀”字，西麓、夢窗作上。“泥”字，澤民、西麓作平。“裹”字，千里、澤民作入。“過”字，西麓、夢窗作上。“下”字，千里、西麓、夢窗作去。“説”字，澤民、西麓作上。“旅”字，千里、西麓作入。又，“費”韵、“泪”韵、“味”韵，夢窗，叶上，“底”韵、“李”韵，夢窗叶去，皆不必從。

千里：“慣、每、曲、酒、燭、積、道、别、漫、縱、有”，凡十一字，四聲不和。“盡”字、“坐”字，作去。

澤民：“春、至、舞、鶯、燕、怯、斛、枕、密、把、小、柳”，凡十二字，四聲不合。

西麓：“彩、去、錦、春、漸、老、難、草、落、滿、地、濺、濺、寶、獸、被、别、但、後”，凡十九字，四聲不合。

夢窗：“管、哽、漢、冷、竟、漏、佩、整、暝、嘆、桂、點”，凡十二字，四聲不合。“似”字，作去，“響”字起韵，夢窗庚青韵往往與陽韵互叶，如《夜游宫》“響”字與庚青韵上去聲叶，《風入松》“鶯”字與陽韵叶，《法曲獻仙音》“冷”字與陽韵上去聲叶，皆是。蓋借押也，不可從。

“恨墨盈箋，愁妝照水”，必對。

“望箭波無際”句，乃上一下四句法。西麓“岸草烟無際”，易爲上二下三，誤。

“任去遠，中有萬點、相思清泪”句，乃上三字句，下接上四下四之八字句。千里“悵、畫燭摇影，易積銀盤紅泪”，易爲上一下四之五字句，下接六字句，誤。

“過、當時樓下，殷勤爲説、春來羈旅况味”句，乃上一下四之五字句，下接上四下六之十字句。澤民“向、鴛鴦燈畔相偎，共把前回，詞語咏味”，易爲上一下六之七字句，下接上四下四之八字句。西麓“寶香寒、金獸慵熏綉被，依依别離滋味”①，易爲上三字句，下接六字二句，均誤。

“殷勤爲説、春來羈旅况味”句，乃上四下六句法。夢窗“瑶床二八青娥，環佩再整”，易爲上六下四，可不拘。千里“平生聚合歡娱離别興味”，十字一氣呵成，尤妙。

掃花游〔雙調〕

美成

曉陰翳日，正、霧靄　烟横，遠迷平楚。
◤◣◥◢，◥、◥◤▲◣◣，◤◣◣◤。
暗黄萬縷。聽鳴禽按曲，小腰欲舞。
◥◣◥◤。◥◣◣◥◢，◤◣◢◤。
細繞　回堤，駐馬河橋避雨。信流去。想一葉怨題，今在　何處。
◥◤▲◣◣，◥◤◣◣◥◤。◥◣◥。◤◢◢◥◣，◣◤▲◣◥。

---

① 此句與上文所録全詞句异，上文爲“依依離别意味”。

春事能幾許。任、占地持杯，掃　花尋路。

◣◥◣◤◤。◥◥◥◣◣。◤▲◣◣◥。

泪珠濺俎。嘆、將愁度日，病傷幽素。

◥◣◥◤。◥、◣◣◥◢，◥◣◣◥。

恨入金徽，見説文君更苦。黯凝佇　。掩重關、遍城鐘鼓。

◥◢◣◣，◥◢◣◣◥◤。◤◣◤▲。◤◣◣、◥◣◣◤。

掃花游："游"亦作"遊"①，元本、《草堂詩餘》均作《掃地花》，又，《草堂詩餘》題作"春恨"。

萬縷：草窗和作"似語"。

鳴禽：《陽春白雪》作"鳴琴"。

想一葉：元本、毛本、《草堂詩餘》均無"想"字。

今在：元本、毛本、《陽春白雪》均作"今到"。

掃花游

千里

野亭話别，恨、露草芊綿，曉風酸楚。怨絲恨縷。正、楊花碎玉，滿城雪舞。耿◤耿無言，暗灑闌干泪雨。片帆去。縱◥、百種◤避愁，愁早知處。　　離思都幾許。但、漸▲慣征塵，斗迷歸路。亂山似▲俎。更、重江浪淼◤，易沈書素。瞪目銷魂，自覺孤吟調苦。小留佇。隔◢前村、數聲簫鼓。

掃花遊

澤民

素秋漸老，正、葉落吴江，雁横南楚。暮霞散縷。聽、寒蟬斷續，亂鴉鼓舞。客舍凄清，那更西風送雨。又東去。過、野杏小橋，都在元處。　　心事天未許。似、誤出桃源，再尋仙路。去年燕俎。記、芳腮妒

① 下同。

李，細腰束■素。事没雙全，自古瓜甜蒂苦。欲停伫。奈江頭、早催行鼓。

掃花游

西麓

蕙風揚暖，漸、草色分吴，柳陰迷楚。寸心似縷。看、窺簾燕妥。妒花蝶舞。剪剪愁紅萬點，輕飄泪雨。怕春去。問、杜宇唤春，歸去何處。　　後■期◣重細許。倩、落絮飛烟，障春歸路。長◣亭别俎。對、歌塵舞地，暗傷蠻素。算得相思，比著傷春又苦。正憑伫。聽斜陽、斷橋簫鼓。

掃花遊

逃禪

乳◥鶯囀午◤，正、好◤夢初醒，小軒清楚。水◤沈細縷。趁、游絲落◢絮◥，緩隨風◣舞。罥起春心，又是愁雲怨雨。玉◢人去。遍◥徙◤倚◤舊時，曾并肩處。　　相望知幾許。縱、遠◤隔◢雲山，不◢遮愁路。捧◤杯薦俎。記、低歌麗曲，共論心素。薄◢恨◥斜陽，不◢道◥離情最苦。正◥凝伫。向◥譙門、又催笳鼓。

掃花遊

草窗

用清真韵

柳花揚白，又、火◤冷餳香，歲◥時荆楚。海◤棠似▲語。惜、芳情燕掠，錦屏紅◣舞。怕裏流芳，暗水啼烟細雨。帶愁去。嘆◥寂寞東◣園，空想游處。　　幽夢曾暗◥許。奈、草◤色◢迷雲，送春無路。翠丸薦俎。掩◤、清尊漫憶，舞◤蠻歌素。怨碧飄香，料得啼鵑更苦。正◥愁伫。暗◥春陰、倦簫殘鼓。

掃花遊〔夾鐘商，俗名雙調〕

夢窗

西湖寒食

冷空澹碧，帶、翳柳輕雲，護◥花深霧◥。艷晨易午。正、笙簫競渡◥，綺羅争◣路◥。驟捲風埃，半掩長蛾翠嫵。散紅縷◤。漸、紅◤濕杏▲泥，愁燕無語◤。　　乘蓋争避◥處◥。就、解◤佩旗亭，故人相遇。恨春太妒◥。濺、行裙更惜，鳳鈎塵污。酹入梅根，萬點啼痕暗樹◥。峭寒暮。更◥蕭蕭、隴◤頭人去◥。

第二

春雪

水雲共色，漸◥、斷岸飛花，雨聲初峭。步帷素裊。想◤、玉◢人誤惜，章◣臺春◣老。岫斂愁蛾，半洗鉛華未曉。艤◤輕棹。似、山◣陰◣夜晴，乘興初到。　　心事春縹緲。記、遍地梨花，弄月◢斜照。舊時鬥草。恨凌波路鎖◤，小◤庭深窈◤。凍澀瓊簫，漸▲入東風郢◤調◥。暖回早。醉◥西園、亂紅休掃。

第三

贈芸隱

草生夢碧，正、燕子簾幃，影遲春午。倦茶薦乳。看、風籤亂葉，老沙昏◣雨。古◤簡蟫篇，種得◢雲根療蠹◥。最清楚◤。帶◥明◣月自鋤，花外幽圃◤。　　醒眼◤看醉◥舞。到、應事無心，與閒同趣。小◤山有◤語。恨、逋仙占却，暗香吟賦。暖◤通◥書床，帶草◤春摇翠露◥。未◥歸去。正◥長安、軟◤紅如霧◥。

第四

送春古江村

水園沁碧，驟、夜雨飄紅，竟◥空林島。艷春過了。有◤、塵香墜鈿◥，尚◥遺芳◣草。步繞新陰，漸▲覺◢交枝徑小。醉深窈◤。愛◥、緑葉翠圓，勝看花好◤。　　芳架雪◢未◥掃。怪、翠被◤佳人，困迷清曉◤。柳◤絲繫棹。問、閶門自古◤，送春多少◤。倦蝶慵飛，故撲簪花破帽◥。酹◥殘照。掩重城、暮鐘不◢到◥。

第五

賦瑶圃萬象皆春堂

暖波印日，倒、秀影秦山，曉鬟梳洗。步帷艷綺。正、梁園未雪，海棠猶◣睡◥。藉緑◢盛紅，怕委天香到地◥。畫船繫。舞、西◣湖◣暗黄，虹卧新霽。　　天夢春枕被。和、鳳筑◢東風，宴歌曲◢水◤。海◤宫對起。燦、驪光乍濕，杏梁雲氣。夜色瑶臺，禁蠟初傳翡翠◥。唤◥春醉。問◥人間、幾◤番桃李。

掃花遊

草窗

九日懷歸

江◣蘺怨碧，早◤、過了霜花，錦空洲渚。孤◣蛩自語。正、長安亂葉，萬◥家砧◣杵。塵◣染秋衣，誰◣念◥西風倦旅。恨無據。悵◥、望◥極歸◣舟，天際烟樹。　　心事曾細◥數。怕、水◤葉◢沈紅，夢雲離去。情◣絲恨縷。倩、回紋爲織，那時愁句。雁字◥無多，寫◤得相思幾◤許。暗◥凝佇。近重陽、滿◤城風雨。

掃花遊

碧山

秋聲

商◣飈乍發，漸▲、淅◢淅初聞，蕭◣蕭還住◥。頓驚倦旅。背、青燈吊影◤，起吟愁賦◥。斷續◢無憑，試立◢荒庭聽取。在何許◤。但、落葉滿◤階，惟有高樹。　　迢遞歸夢◥阻。正、老◤耳◤難禁，病懷凄楚◤。故山院宇。想◤、邊鴻孤◤唳◥，砌蛩私語◤。數點◤相和，更著芭蕉細雨。避◥無處。這閒愁、夜深尤苦。

弟二

緑陰三解

小庭蔭碧，遇、驟雨疏風，剩◥紅如掃。翠交徑小。問、攀條弄蕊◤，有誰重◣到◥。謾説◢青青，比◤似花時更好。怎◤知道。□、一别漢南，遺恨多少◤。　　清晝人悄悄。任、密◢護簾寒，暗迷窗曉◤。舊盟誤了。又、新枝嫩子◤，總◤隨春老◤。漸▲隔相思，極◢目長亭路杳。攬懷抱。聽◥蒙茸、數聲啼鳥。

弟三

捲簾翠濕，過、幾◤陣殘寒，幾番風雨。問春住否。但、匆匆暗裏◤，换◥將花◣去◥。亂碧◢迷人，總◤是江南舊樹◥。漫凝佇▲。念◥、昔日采◤香，今更何許◤。　　芳徑携酒處◥。又、蔭得◢青青，嫩苔無數。故林晚◤步◥。想◤、參差漸▲滿◤，野◤塘山路。倦枕◥閒床，正好◤微曛院宇。送◥凄楚。怕◥凉聲、又催秋暮◥。

弟四

滿庭嫩碧，漸▲、密◢葉迷窗，亂◥枝交路◥。斷紅甚處◥。但、匆匆換得，翠◥痕無◣數◥。暗影沈沈，静▲鎖清和院宇。試凝佇▲。怕◥、一點◤舊香，猶在幽樹。　　濃陰知幾許。且◤、拂◢簟清眠，引筇閒步。杜▲郎老◤去◥。算、尋芳較晚◤，倦懷難賦。縱勝◥花時，到了◤愁風怨雨。短亭暮。漫◥青青、怎◤遮春去◥。

掃花遊

玉田

臺城春飲，醉餘偶賦，不知詞之所以然。

嫩◥寒禁暖◤，正、草◤色侵衣，野光如洗。去城數里。繞▲、長堤是▲柳◤，釣◥船深◣艤。小◤立◢斜陽，試數花風弟幾。問春意。待、留◣取◤斷紅，心事難寄。　　芳訊成捻指。甚、遠◤客◢他鄉，老懷如此◤。醉餘夢裏。倘◤、分明認得，舊時羅綺◤。可◤惜空簾，誤却歸來燕子。勝◥游地。想依然、斷橋流水。

按，此調九十五字，又名《掃地花》。首句，各家皆不起韵，僅逃禪雨遇韵一首，作“乳鶯囀午”，當繫偶和，葉氏謂首句有起韵者，殆指此乎。

“靄”字，上去入通用，“繞、在、掃、佇”，凡四字，上去通用。

“曉”字，澤民、西麓、逃禪、玉田，作去，草窗弟二首、碧山弟一首，作平。“日”字，澤民、西麓、逃禪、玉田，作上。“霧”字，西麓、逃禪、草窗弟一首、碧山弟三首，玉田，作上，澤民、碧山一四兩首，作入。“遠”字，澤民、草窗弟一首、夢窗一、四兩首、碧山二四兩首，作去。“暗”字，逃禪、草窗弟一首，作上。“聽”字，夢窗二四兩首，作上。“曲”字，西麓、碧山弟一二三首、玉田，作上，逃禪、夢窗一四兩首，作去。“小”字，澤民、西麓、夢窗弟四首、草窗弟二首、碧山三四兩首、玉田，作去。“欲”字，逃禪、草窗、夢窗、碧山、玉田，作平。“細”字，千里、西麓、夢窗弟三首、玉田，作上。“繞”字，夢窗弟五首、碧山弟一二三首、玉田，作入。“駐”字，澤民、碧山二三兩首，作上。“馬”字，夢窗三四兩首、碧山弟一首，作入，澤民、草窗弟二首，作去。“信”字，夢窗弟二首、碧山弟二首，作上。“想”字，千里、澤民、西麓、逃禪、草窗、夢窗三四兩首、碧山三四兩首，作去。“一”字，澤民、西麓、逃禪，作上，夢窗弟一二三五首、玉田，作平。“葉”字，千里、西麓、逃禪、碧山弟四首、玉田，作上，夢窗二五兩首，作平。“幾”字，澤民、西麓、草窗、夢窗一三四首、碧山弟一首，作去。“占”字，逃禪、草窗、夢窗弟一首、碧山弟一首、玉田，作上，西麓、碧山二四兩首，作入。“地”字，澤民、逃禪、草窗、夢窗弟五首、碧山弟三首、玉田，作入，夢窗弟四首、碧山弟一首，作上。“泪”字，西麓、草窗弟二首，作平，夢窗弟三四五首，作上。“濺”字，夢窗弟三首、碧山三四兩首，作上。“嘆”字，草窗弟一首、碧山一三兩首、玉田，作上。“日”字，千里、澤民、夢窗二四兩首、碧山弟二三四首，作上，西麓、碧山弟一首，作去。“病”字，草窗弟一首、夢窗弟二首、碧山二三兩首，作上。“恨”字，夢窗弟四首、玉田，作上。“入”字，逃禪、夢窗弟三首、草窗弟二首、碧山三四兩首，作去。“見”字，西麓、草窗弟二首，作上，逃禪、碧山弟二首，作入。“說”字，澤民、夢窗一三兩首、碧山三四兩首，作上。“更”字，夢窗弟二首、草窗弟二首，作上。“黯”字，西麓、逃禪、草窗、夢窗弟三四五首、碧山一三兩首、玉田，作去。“掩”字，澤民、西麓、逃禪、草窗弟一首、夢窗弟一二三五首、碧山弟二三四首，作去。“遍”字，澤民、草窗弟二首、夢窗弟一三五首、碧山弟四首，作上。

又，“楚”韵，夢窗弟一首、碧山一四兩首，叶上。“縷”韵，碧山弟四首，叶去。“舞”韵，夢窗一五兩首、碧山，叶去。“雨”韵，夢窗三五兩首、碧山弟三首，叶去。“去”韵，夢窗弟一三四首、碧山弟一首，叶上。“處”韵，夢窗弟一三四首、碧山二三兩首，叶上。“許”韵，夢窗弟一首、碧山弟三首，叶去。“路”韵，夢窗四五兩首、碧山一二兩首，玉田，叶上。“俎”韵，夢窗弟一首、碧山三四兩首，叶去。“素”韵，夢窗二四兩首、碧山一二兩首、玉田，叶上。“苦”韵，夢窗五首，皆叶去。“鼓”韵，夢窗弟一三四首、碧山三四兩首，叶去。皆不必從。

“將愁度日”四字，張半湖作“石鼎烹茶”，易爲“仄仄平平”，平仄全反，不可從。

千里：“耿、縱、種、森、隔”，凡五字，四聲不合。“漸”字、“似”字，作去。

澤民："束"字，平仄不合。

西麓："後、期、長"，凡三字，平仄不合。

逃禪："乳、午、好、水、風、玉、遍、徙、倚、遠、隔、不、捧、正、向"，凡十五字，四聲不合。"落絮"二字、"薄恨"二字、"不道"二字皆入去互换，不必從。

草窗："火、歲、海、紅、嘆、東、暗、草、色、掩、舞、正、暗"，凡十三字，四聲不合。"似"字，作去。

夢窗："護、霧、渡、争、路、縷、紅、語、避、處、解、妒、點、樹、更、隴、去"，凡十七字，四聲不合。"杏"字，作去。

第二首："想、玉、章、春、艤、月、山、陰、鎖、小、窈、郢、調、醉"①，凡十四字，四聲不合。"漸"字，作去。

第三首："昏、古、得、蠹、楚、帶、明、圃、眼、醉、小、有、暖、通、草、露、未、正、軟、霧"，凡二十字，四聲不合。

第四首："竟、有、鈿、尚、芳、覺、窈、愛、好、雪、未、被、曉、柳、古、少、帽、酹、不、到"，凡二十字，四聲不合。"漸"字，作去。

第五首："猶、睡、緑、地、西、湖、筑、曲、水、海、翠、唤、問、幾"，凡十四字，四聲不合。

草窗第二首："江、早、孤、萬、砧、塵、誰、念、悵、望、歸、細、水、葉、情、字、寫、幾、暗、滿"，凡二十字，四聲不合。

碧山："商、淅、蕭、住、影、賦、續、立、許、滿、夢、老、耳、楚、想、孤、唳、語、點、避"，凡二十字，四聲不合。"漸"字，作去。

第二首："剩、蕊、重、到、説、比、怎、少、密、曉、子、總、老、極、聽"，凡十五字，四聲不合。"漸"字，作去。

第三首："幾、裏、换、花、去、碧、總、樹、念、采、許、處、得、晚、步、想、滿、野、枕、好、送、怕、暮"，凡二十三字，四聲不合。"佇"字、"漸"字作去。

第四首："密、亂、路、處、翠、無、數、怕、點、且、拂、老、去、晚、勝、了、漫、怎、去"，凡十九字，四聲不合。"漸、静、佇、杜"，凡四字，作去。

---

① 根據在詞中出現的位置，"月"字應在"陰"字後。

玉田："嫩、暖、草、柳、鈞、深、小、立、留、取、遠、客、此、倘、綺、可、勝"，凡十七字，四聲不合。"繞"字、"是"字，作去。

"霧靄烟横，遠迷平楚""鳴禽按曲，小腰欲舞""占地持杯，掃花尋路"，皆對句，可不拘。

"細繞回堤，駐馬河橋避雨"句，乃上四下六句法。西麓"剪剪愁紅萬點，輕飄泪雨"，易爲上六下四句，誤。

卷二　春景

解連環〔商調〕

美成

怨懷無托。嗟、情人斷 絕，信音遼邈。
◥◣◣◢。◣、◣◣◥▲◢，◥◣◣◢。
信妙手、能解連環，似 、風散雨收，霧輕雲薄。
◥◥◤、◣◤◣◣，◤▲、◣◥◤◣，◥◣◣◢。
燕子樓空，暗塵鎖、一床弦索。
◥◤◣◣，◥◣◤、◢◣◣◢。
想、移根換葉，盡 是 舊時，手種紅藥。
◤、◣◣◥◢，◤▲◤▲◥◣，◤◥◣◢。

汀洲漸 生杜 若。料、舟移岸曲，人在 天角。
◣◣◤▲◣◥▲◢。◥、◣◣◥◢，◣◤▲◣◢。
漫記得、當日音書，把、閒語閒言，待 總燒却。
◥◥◢、◣◢◣◣，◤、◣◤◣◣，◤▲◤◣◢。
水驛春回，望寄我、江南梅萼。
◤◢◣◣，◥◥◤、◣◣◣◢。
拚 今生、對花對酒，爲伊泪落。
◤▲◣◣、◥◣◥◤，◥◣◥◢。

解連環：毛本、《花庵詞選》均題作“怨别”，《草堂詩餘》《花草粹編》均題作“閨情”。

無托：《花庵詞選》《花草粹編》均作“難托”，《草堂詩餘》作“誰托”。

情人：《花草粹編》作“行人”。

信妙手：毛本、《花庵詞選》均作“縱妙手”，《花草粹編》作“憶妙手”。

舟移：毛本作“舟依”。

漫記得：毛本、《草堂詩餘》《花草粹編》均脱“漫”字。

待總：《草堂詩餘》《花草粹編》均作“盡總”。

對花對酒：《草堂詩餘》《花草粹編》均作“對酒對花”。

解連環

千里

素封誰托。空、寒潮浪疊，亂山雲邈。對倦景、無語消魂，但、香斷露◤晞，絮飛風薄。杜▲宇聲中，動多少、客情離索。遠、闌干佇▲立，暗記那回，賞遍花藥。　依依歲華自若。更、低烟暮草◤，殘照孤角。□嘆息、故◥里◤春光，有、幽圃名園，算也閒却。早早◤歸休，漸▲過了、芳條華萼。趁良時、按歌喚舞，舊家院落。

解連環

澤民

塞鴻難托。奈◥、雲深霧闊，水◤遥山邈。感◤兩◤情◣、渾若◢連環，念、恩愛厚深，利名浮薄。便好歸來，怎◤禁得◢、許◤多蕭索。免、懨懨瘦減◤，漫滯寢◤饘，枉費湯藥。　伊心料應未若。對香消獸吻◤，月◢轉樓角。恁▲便是◤、鐵◢石心腸，有、當日◢盟言，怎忍辜却。冶葉倡條，尚自得◢、連枝雙萼。不◢成將、异葩艷卉，便教謝落。

解連環

西麓

寸心誰托。望、瀟湘暮碧，水◤遥雲邈。自綉帶◥、同剪合◢歡，奈、鴛枕◤夢◥單，鳳幃寒薄。澹月◢梨花，别◢後◤伴、情◣懷蕭索。念◥、傷春漸▲懶◤，病酒未忺，兩愁◣無藥。　魂銷翠蘭紫若。任、釵沈鬢影◤，香沁眉角。悵畫閣、塵滿◤妝臺，但、玉◢佩◥依然，寶箏◣閒却。舊◥約無憑，誤共賞、西園桃萼。正天涯、數聲杜▲宇，斷腸院落。

解連環

逃禪

素書誰托。嗟、鱗沈雁斷，水遥山邈。問別來◣、幾■許離愁，但衹覺衣◣寬，不禁消薄。歲歲年年，又豈■是、春◣光蕭索。自無心、强陪◣醉笑，負他滿庭◣花藥。　援琴試彈賀若。盡、清於別鶴，悲甚霜角。怎得斜擁檀槽，看、小■品吟商，玉纖◣推却。旋暖薰爐，更自炷、龍津雙萼。正懷思、又還夜永，燭花自落。

解連環〔夷則商〕

夢窗

暮檐涼薄。疑、清風動竹，故人來邈。漸▲夜久、閒引流螢，弄微照、素◥懷暗呈纖白。夢遠雙成，鳳笙杳、玉繩西落。掩、練帷倦入，又惹舊愁，汗◥香◣闌角。　銀瓶恨沈斷索。嘆、梧桐未秋◣，露◥井先覺。抱▲素影◤、明月空閒，早、塵損丹青，楚山◣依約。翠◥冷◤紅衰，怕驚◣起、西池魚躍。記湘娥、絳綃暗解，褪花墜萼。

第二

留別姜石帚

思和雲結。斷◥、江樓望睫，雁飛無極。正岸柳、衰不◢堪攀，忍、持贈故◥人，送秋行色。歲晚來時，暗香亂◥、石橋南北。又◥、長亭暮雪，點點泪痕，總成◣相憶。　杯前寸陰似擲。幾◤、酬花唱月，連夜浮白。省◤、聽風◣聽雨◤笙簫，向◥、別◢枕倦◥醒，絮揚◣空碧。片◥葉秋紅，趁一◢舸、西風潮汐。嘆滄波、路長夢短，甚時到得。

解連環

竹山

岳園牡丹

妒花風惡。吹、青陰漲却，亂紅池閣。駐媚景、別◢有仙葩，遍、瓊甃小臺，翠油疏箔。舊日◢天香，記曾繞、玉奴弦索。自◥長安路遠◤，膩紫肥◣黄，但譜◤東洛。　　天津霽虹似昨。聽、鵑聲度月，春又寥寞。散艷魄、飛入江南，轉、湖渺山茫，夢境難托。萬◥叠花愁，正困倚、鈎闌斜角。待携尊、醉歌醉舞，勸花自樂。

解連環

碧山

橄欖

萬珠懸碧。想◤、炎荒樹密，□□□□。恨絳娣、先整吴帆，正鬟翠逞嬌，故林難别。歲晚相逢，薦青子、獨誇冰頰。點、紅鹽亂落，最是夜寒，酒醒時節。　　霜槎猬芒凍裂。把◤、孤花細嚼，時咽芳冽。斷味惜、回澀餘甘，似、重省家山，舊游◣風月。崖◣蜜重嘗，到了輸他清絶。更留人、紺丸半顆，素甌泛雪。

解連環

山村

綺◤疏人獨。記◥、芙蓉院宇◤，玉◢簫同宿。尚隱◤約◢、屏窄◢山多，□、衾暖◤浪◥浮，帳香雲撲。步韈◢蹁然，又何處◥、秦◣筝金屋。□、柔簪易折，破鏡難◣留，斷縷◤難續。　　斜陽漫窮倦目。甚、天寒袖薄，猶倚修竹。待▲聽雨◤、閒説前期，奈◥、心在江南，人◣在江北。老却休文，自笑我、腰圍如束。莫◢思量、尋◣花傍柳，舊時杜▲曲。

按，此調一百六字。又名《玉連環》，一名《望梅》，見《詞律》。又，此調宜用入聲韵，白石、玉田、後村、張宗瑞、黄水村用上去韵，似不必援引。逃禪和作，於“似風散雨收”句、“漫記得當日音書”句，碧山於“望寄我江南梅萼”句，均少一字，當係誤脱。别有《羅壺秋》一百八字，《菩薩蠻引》一首（“蠻”或作“鬘”，“引”或作“慢”），除後段弟四句多二字外，平仄句法與白石全同，蓋變格也。又，毛本、《草堂詩餘》均於美成“漫記得當日音書”句，少一“漫”字，乃係誤脱，《歷代詩餘》及《詞律拾遺》，因此遂另訂爲一百五字體，非。

“斷、似、盡、是、漸、杜、在、待、拚”，凡九字，上去通用。按，“拼”字，本平上通用字，《廣韵》上平桓韵，“拌”字注云“弃也”，俗作“拚”[①]。又，上聲緩韵，“拌”字注云“弃也”，又音“潘”。據此，則“拌”字本有平上二音，“拚”字乃“拌”字之俗寫。唐人俗亦作“判”。宋人習用，亦作去聲。况夔笙先生，凡遇“拌”字，必注去聲，可見前輩矜慎。因此調“拚”字作上去聲用，故述之如上。蓋流俗每以此字爲平聲，不知實兼上去也。

“嗟”字，澤民、夢窗弟二首、山村作去。“信”字，澤民、西麓、逃禪作上。“妙”字，澤民、山村作上。“手”字，澤民、逃禪作平。“解”字，澤民、夢窗弟二首、山村作入。“散”字，西麓、山村作上。“雨”字，西麓、夢窗、山村作去。“子”字，西麓、竹山、山村作入。“塵”字，西麓、逃禪作上。“鎖”[②]字，夢窗弟二首、山村作去。“一”字，西麓、逃禪、山村作平。“想”字，西麓、逃禪、夢窗弟二首、竹山作去。“葉”字，澤民、西麓、竹山作上。“種”字，西麓、逃禪、夢窗作平。竹山、山村作上。“料”字，夢窗弟二首、山村作入。“曲”字，千里、澤民、西麓作上，逃禪、夢窗弟一首作平。“得”字，澤民、夢窗弟一首、山村作上。“日”字，千里、西麓、逃禪、夢窗弟二首作上。“把”字，逃禪、夢窗弟二首、山村作去。“間”字，西麓、夢窗弟二首作入。“總”字，西麓、逃禪、夢窗、碧山作平。“水”字，西麓、逃禪、竹山作去。“驛”字，逃禪、夢窗弟一首作上。“拚”字，澤民、山村作

① “拚”即詞中“拼”字的异寫，下同。

② 词中“鏁”通“鎖”，下同。

入。皆不必從。

千里："露、草、故、里、早"，凡五字，四聲不合。"杜、伫、漸"，凡三字，作去。

澤民："奈、水、感、兩、情、若、怎、得、許、減、寢、吻、月、是、鐵、日、得、不"，凡十八字，四聲不合。"恁"字，作去。

西麓："水、帶、合、枕、夢、月、别、後、情、念、懶、愁、影、滿、玉、佩、箏、舊"，凡十八字，四聲不合。"漸"字、"杜"字作去。

逃禪："來、幾、衣、豈、春、陪、庭、小、纖"，凡九字，平仄不合。

夢窗："素、汗、香、秋、露、影、山、翠、冷、驚"，凡十字，四聲不合。"漸"字、"抱"字作去。

第二首："斷、不、故、亂、又、成、幾、省、風、雨、向、别、倦、揚、片、一"，凡十六字，四聲不合。"聽風聽雨"句，上"聽"字讀去聲，下"聽"字讀平聲。論理，當作全平或全仄。蓋"聽"字雖有平去二音，既同在一處，自以同讀一音較妥也。

竹山："别、日、自、遠、肥、譜、萬"，凡七字，四聲不合。

碧山："想、把、游、崖"，凡四字，四聲不合。

山村："綺、記、宇、玉、隱、約、窄、暖、浪、韉、處、秦、難、縷、雨、奈、人、莫、尋"，凡十九字，四聲不合。"待"字、"杜"字作去。

"情人斷絶，信音遼邈"，宜對。

"風散雨收，霧輕雲薄"，必對。

"舟移岸曲，人在天角"，必對。

"似、風散雨收，霧輕雲薄"句，乃上一字逗，下接四字對句。夢窗"弄微照、素懷暗呈纖白"，易爲上三下六句法，誤。

"想、移根换葉，盡是舊時，手種紅藥"句，乃上一下四之五字句，下接四字二句，逃禪"自無心、强陪醉笑，負他滿庭花藥"，易爲上三下四之七字句，下接六字句，誤。

"漫記得、當日音書"句，作上三下四或上一下六句法，均可，澤民、夢窗是也。

玲瓏四犯〔大石〕

美成

穠李夭桃，是　、舊日潘郎，親試春艷。

◣◤◣◣，◤▲、◥◢◣◣，◣◥◣◥。

自別河陽，長負　露房烟臉。

◥◢◣◣，◣◤▲◥◣◣◤。

憔悴鬢點吳霜，細念想、夢魂飛亂。

◣◥◥◤◣◣，◥◥◤、◢◣◣◥。

嘆、畫闌玉砌都換。纔始有緣重見。

◣、◥◣◢◥◣◥。◣◤◤◣◣◥。

夜深偷展香羅薦。暗窗前、醉眠葱蒨。

◥◣◣◥◣◣◥。◥◣◣、◥◣◣◥。

浮花浪蕊都相識，誰更曾抬眼。

◣◣◥◤◣◣◢，◣◥◣◣◤。

休問舊色舊香，但　、認取　芳心一點。

◣◥◥◢◥◣，◤▲、◥◤▲◣◣◢◤。

又、片時一陣風雨惡，吹分散。

◥、◥◣◢◥◣◤◢，◣◣◥。

玲瓏四犯：《草堂詩餘》《花草粹編》均題作“春思”。

細念想：陳注本無“細”字，從毛本。

舊色舊香：《草堂詩餘》《花草粹編》均作“蒨色舊香”，《歷代詩餘》作“蒨色蒨香”。

又片時：毛本句首有“奈”字。

玲瓏四犯

千里

傾國◢名姝，似、暈雪勻酥，無限▲嬌艷。素質閒姿，天賦淡蛾豐臉。還是▲睡起慵妝，顧鬟影、翠雲零亂。悵、平◣生把◤鑒驚換。依約◢瑣窗逢見。　　綉幃凝想鴛鴦薦。畫屏烘獸烟葱蒨。依紅傍粉憐香玉，聊慰風流眼。空嘆倦客斷腸，奈、聽徹◢殘更急點。仗、夢魂一到花月◢底◤，休飄散。

玲瓏四犯

澤民

韵◥勝◥江梅，笑、杏▲俗桃粗，空眩妖艷。盡屏◤鉛華，天賦翠眉丹臉。門閉晝永春長，看燕子、并飛撩亂。嘆、歲華若箭頻换。深院◥有誰能見。　　夜來初得◢同相薦。便門闌、瑞烟葱蒨。天然素質◢真顔色，直◢是▲驚人眼。曾向衆裏◤較量，似、六◢個骰兒六點。應◣、自來恨◥悶和想憶，都消散。

玲瓏四犯

西麓

金屋春深，似、灼灼娉婷，真真◣嬌艷。洗净鉛華，依舊曲眉豐臉。猶記舞歇凉州，漸縹緲、碧雲繚亂。自、玉環寶鏡偷换。别◢後甚時重見。　　鸞◣幃鳳■席鴛鴦薦。但空餘、蕙芳蘭蒨。天涯柳色青青恨，不■入東風眼。惆悵二十四橋，任、落絮飛花亂點。奈、翠屏一枕雲雨夢，誰驚散。

玲瓏四犯

處静

窗外◥啼鶯，報、數日西園，花事都空。綉屋專房，姚魏漸▲邀新寵。葱翠試剪春畦，羞◣對酒、夜寒猶重。誤、暗期緑架香洞。月◢黯小階雲凍。　　算春將攬郵亭鞚。柳◤成圈、記人迎送。蜀◢魂怨染巖花色，泥徑紅成隴。樓上半揭畫簾，料看雨、玉◢笙寒◣擁。怕、驟晴無◣事，消遣日長清夢。

按，此調九十九字，松山、竹屋、梅溪、草窗所作，平仄句法全同。“嘆、畫闌玉砌都换”句，竹屋、草窗於“换”字作平，不叶，梅溪兩首，作仄，亦不叶，似本不拘。唯方、楊、陳三家，既皆和之，自以用叶爲是。《詞律》因此遂另收一體，未免過當。又，竹屋、梅溪均於末韵多二字，作上三下四之七字句，下接六字句。梅溪另首則作上一下四之五字句，下接四字二句。蠙洲、松山（《詞林萬選》以爲宋徽宗作，曹君直輯宋徽宗詞從之，并誤）則作上二下三之五字句，下接四字二句。皆屬變格。至玉田一首，於後弟四句多一字，彊村翁以爲誤衍，是也。别有劉伯温九十五字、白石九十九字，各一體。

“是、負、但、取”，凡四字，上去通用。

“李”字，千里、西麓作入，澤民、處静作去。“玉”字，千里、西麓作上。“纔”字，西麓、處静作入。“展”字、“誰”字、“認”字，澤民、西麓作入。皆不必從。

千里：“國、平、把、約、徹、月、底”，凡七字，四聲不合。“限”字、“是”字作去。

澤民：“韵、勝、屏、院、得、質、直、裏、六、應、恨”，凡十一字，四聲不合。“杏”字、“是”字作去。

西麓：“真、别、鸞、鳳、不”，凡五字，平仄不合。

處静：“外、羞、月、柳、蜀、玉、寒、無”，凡八字，四聲不和，“漸”字作去。

“但、認取芳心一點”句，亦可作上三下四，“又、片時一陣風雨惡，吹分散”句，亦可作上一下四之五字句，下接六字句，處静是也。

丹鳳吟〔越調〕

美成

迤邐春光無賴，翠藻翻池，黄蜂游閣。朝來風暴，飛絮亂投簾幕。

◤◤◣◣◣◥，◥◤◣◣，◣◣◣◢。◣◣◣◥，◣◥◥◣◣◢。

生憎暮景，倚　牆臨岸，杏　靨　夭邪，榆錢輕薄。

◣◣◥◤，◤▲◣◣◥，◤▲◤▲◣◣，◣◣◣◢。

晝永惟思傍枕，睡起無憀，殘照猶在　庭角。

◥◤◣◣◥◤，◥◤◣◣，◣◥◣◤▲◣◢。

況是　別離氣味，坐　來但　覺心緒　惡。

◥◤▲◢◣◥◥，◤▲◣◤▲◢◣◤▲◢。

痛引澆愁酒，奈、愁濃如酒，無計銷鑠。

◥◤◣◣◤，◥、◣◣◣◤，◣◥◣◢。

那　堪昏暝，簌簌半檐花落。弄粉調朱柔素手，問、何時重握。

◣▲◣◣◥，◢◢◥◣◣◢。◥◤◣◣◣◥◤，◥、◣◣◣◢。

此時此意，長怕人道著。

◤◣◤◥，◣◥◣◥◢。

丹鳳吟：毛本、《草堂詩餘》《花草粹編》均題作“春恨”。

夭邪：元本、毛本均作“夭斜”。

惟思：《花草粹編》作“思惟”。

庭角：元本、毛本均作“亭角”。

但覺：《草堂詩餘》《花草粹編》均作“便覺”。

痛引：毛本作“痛飲”。

長怕：元本、毛本均作“生怕”。

丹鳳吟

千里

宛轉回腸離緒▲，懶◥倚危欄，愁登高閣。相思何處，人在綉幃羅幕。芳年艷齒，枉消虛過，會合絲輕，因緣蟬薄。暗想飛雲驟雨，霧隔◢烟遮，相去還是天角。　　悵望不時夢到，素書漫説波浪惡。縱有青青髮◢，漸▲、吴霜妝點，容易凋鑠。歡期何晚◤，忽忽坐驚摇落。顧影無言清淚濕◢，但絲絲盈握。染斑客◢袖，歸日◢須問著。

丹鳳吟

澤民

荏苒秋光虛度，玩月◢池臺，登高樓閣①。風傳霜信，遍◥送曉寒侵幕。凄涼細雨，灑窗飄户▲，漏永更長，枕◤單衾薄。夢裏驚鴻喚起，坐對◥寒釭，猶聽晨漏殘角。　　先自宿酲似▲病，共愁造合滋味惡。雖◣有丁寧語，怕、旁人多口，還類金鑠。如斯情緒▲，戚戚怎◤禁牢落。縱欲◢憑、江魚寄往，漫霜毫頻握。幾時得◢見，諸事都記著。

丹鳳吟

西麓

暗柳烟深何處，翡翠簾櫳，鴛鴦樓閣。芹泥融潤，飛燕競穿珠幕。鞦韆倦倚，還◣思年少，韈步塵輕，衫裁羅薄。陡頓芳心暗老，强理新妝，離思都占眉角。　　過了幾番花◣信，曉來剗地寒意惡。可煞東風，甚把夭桃艷■杏，故■故凌鑠。傷春憔悴，泪蠹粉顋香落。挑◣脱金寬雙玉腕，怕、人猜偷握。漸、芳草恨，畫■闌◣休傍著。

丹鳳吟〔無射商，俗名越調〕

夢窗

賦陳宗之芸居樓

麗◥景長安人海◤，避影繁華，結◢廬深寂。燈窗雪◢户▲，光映夜寒東壁。心雕鬢改，鏤冰刻◢水◤，縹簡離離，風籖索◢索。怕遺花蟲蠹粉，自采秋芸，薰架香泛纖碧。　　更上新梯窈◤窕◤，暮山澹著城外色。舊雨江湖遠，問、桐陰門巷◥，燕◥曾◣相識。吟壺天小◤，

---

① 原書缺“高”字，據《全宋詞》第3803頁補。下引唐圭璋《全宋詞》，均爲中華書局1999年版。

不覺翠蓬雲隔。桂斧月◢宫三萬手，計、元和通籍。軟紅滿路，誰聘幽素客。

按，此調一百十四字，别有蜕岩上去韵一百字體。

“倚、杏、在、是、坐、但、緒”，凡七字，上去通用。“靨”字，上入通用，“那”字，平上通用。

“迤”字、“無”字，西麓、夢窗作去。“暝”字，千里、夢窗作上。“半”字，澤民、西麓作上。“粉”字，澤民、西麓作入。皆不必從。

千里：“懶、隔、髮、晚、濕、客、日”，凡七字，四聲不合。“緒”字、“漸”字作去。

澤民：“月、遍、枕、對、雖、怎、欲、得”，凡八字，四聲不合。“户、似、緒”，凡三字，作去。

西麓：“還、花、艷、故、挑、畫、闌”，凡七字，平仄不合。

夢窗：“麗、海、結、雪、刻、水、索、窈、窕、巷、燕、曾、小、月”，凡十三字，四聲不合。“户”字作去。

“翠藻翻池，黄蜂游閣”，必對。

“杏靨夭邪，榆錢輕薄”，必對。

“痛引澆愁酒，奈、愁濃如酒，無計銷鑠”句，乃上五字句，下接一四四之九字句。西麓“可煞東風，甚把夭桃艷杏，故故凌鑠”，易爲上四字句，下接二四四之十字句，誤。

“弄粉調朱柔素手”句，乃上四下三句法。澤民“縱欲憑、江魚寄往”，易爲上三下四，誤。

“此時此意”句，乃上二下二句法，西麓“漸、芳草恨”，易爲一二一之四字句，誤。

滿江紅〔仙吕〕

美成

晝　日移陰，攬　衣　起、春　帷睡足。

■▲■◣◣，■▲◣▲■、◣▲◣■■。

臨　寶　鑒、緑　雲撩亂，未忺妝束。

◣▲■▲■、■▲◣◣■，■◣◣■。

蝶　粉蜂　黄都褪了，枕　痕一　綫紅生肉。

■▲■◣▲◣◣■■，■▲◣■▲■◣◣■。

背畫　闌　、脉　脉悄無言，尋棋局。

■■▲◣▲、■▲■■◣◣，◣◣■。

重會　面，猶未　卜。無　限　事，縈心曲。

◣■▲■，◣■▲■。◣▲■▲■，◣◣■。

想、秦　筝依　舊，尚鳴金屋。

■、◣▲◣◣▲■，■◣◣■。

芳　草連　天迷遠望，寶　香薰　被成孤宿。

◣▲■◣▲◣◣■■，■▲◣◣▲■◣◣■。

最　苦　是　、蝴　蝶滿園飛，無心撲。

■▲■▲■▲、◣▲■■◣◣，◣◣■

滿江紅：毛本、《草堂詩餘》《花草粹編》均題作“春閨”。

未忺：毛本作“未歡”。

都褪：《草堂詩餘》《花草粹編》均題作“都過”。

紅生肉：毛本、《草堂詩餘》《花草粹編》均題作“紅生玉”。

悄無言：毛本作“盡無言”。

猶未卜：《草堂詩餘》《花草粹編》均題作“何時卜”。

無心撲：陳注本作“無人撲”，從毛本、《草堂詩餘》《花草粹編》。

滿江紅

千里

爲憶仙姿，相思恨、纏綿未足。從别後、沈郎消瘦，帶圍如束。消息三年沈過處，關山千里無飛肉。算誰知、中有不平心，彈棋局。　　空想像，金釵卜。時畏玩，回紋曲。許、何時重到，瑣窗華屋。長得一生花裏活，軟紅深處鴛鴦宿。也勝如、騎馬著征衫，京塵撲。

滿江紅

澤民

裊娜身材，經行處、金蓮涉足。晨妝罷、黛眉新暈，素腰如束。丹臉勻紅香在臂，秀肌膩滑涼生肉。記那回、同賭選花圖，贏全局。　相思病，休殢卜。辜負却，楊枝曲。漫、榴花堆火，翠陰籠屋。菡萏方池開艷蕊，畫堂未許歸雲宿。任、利名踪迹久塵埃，教誰撲。

滿江紅

西麓

目斷江橫，相思字、難憑雁足。從别後、倦歌慵綉，悄無拘束。烟柳翠迷星眼恨，露桃紅沁霞顋肉。傍瑣窗、終日對文枰，翻新局。　頻暗把，歸期卜。芳草恨，闌干曲。謝、多情海燕，伴愁華屋。明月自圓雙蝶夢，彩雲空伴孤鸞宿。任、畫簾不捲玉鈎閒，楊花撲。

按，此調九十三字，竹山、雁門均同，東坡於“芳草連天迷遠望”句多一字，作“君不見蘭亭修禊事”，李俊民從之，想可不拘。徐氏因之收入九十四字又一體，過矣。如稼軒於“緑雲撩亂”句，孏窟於“蝶粉蜂黄都褪了”句，梅溪於“寶香薰被成孤宿”句，皆多一字，使皆另訂一體，可乎。此外，僧晦庵於“攬衣起、春帷睡足”句，林政大於“最苦是、蝴蝶滿園飛”句，均少一字。友古、金谷、坦庵、于湖每有平仄舛誤之處，皆不必據爲口實。退庵一首，於“想、秦箏依舊”句多二字，當屬雙格。又前段“蝶粉蜂黄都褪了”句，後段“芳草連天迷遠望”句，間有叶韵者，如張仲宗，似可不拘。别有吕聖求八十九字體，程正伯九十一字體，康伯可、吕居仁從之。杜世昌九十四字體（原名《上江虹》）、耆卿九十七字體、白石平韵九十三字體，夢窗、玉田、巽吾從之。

“晝、攬、衣、臨、寶、蝶、蜂、枕、一、晝、脉、會、未、寶、薰、最、苦、是、蝴”，凡十九字，平仄通用。“春帷睡足”句，“春”

字若仄，則“睡”字必平。“緑雲撩亂”句，“撩”字若仄，則“緑”字必平。“背畫闌、脉脉悄無言”句，作上三下五句法時，“闌”字可平仄不拘，但作上一下七句法時，則“闌”字必平。“無限事”句，“無”字若仄，則“限”字必平。“想、秦箏依舊”句，“依”字若仄，則“秦”字必平。“芳草連天迷遠望”句，“連”字若仄，則“芳”字必平。

“想、秦箏依舊”句，紫崖“更，兩旬又是”作“仄、仄平仄仄”，不可從。又，此句東坡作“相將泛曲水”，遺山作“江花共江草”“彭殤共一醉”“鳥飛天不近”之等，并易爲上二下三句法，作“平平仄平仄”，或“平（可仄）平平仄仄”，想不拘也。

“背畫闌、脉脉悄無言”句，作者向有二體：一爲上一下二之三字逗，下接五字句法，于湖“也不管、滴破故鄉心”式之，“捲長波、一鼓困曹瞞”是也；一爲上一下七句法，子野“記、畫橋深處水邊亭”，履齋“問、江南池館有誰來”是也。可不拘。

“最苦是、蝴蝶滿園飛”句，乃上三下五句法，澤民“任、利名踪迹久塵埃”，西麓“任、畫簾不捲玉鈎閒”，并易爲上一下七，亦可從。

瑞鶴仙〔高平〕

美成

悄、郊原帶郭。行路永、客去車塵漠漠。斜陽映山落。
◤、◣◣◥◢。◣◥◤、◢◥◣◣◢◢。◣◣◥◣◢。
斂　、餘紅猶戀，孤城闌角。凌波步弱。過短亭、何用素約。
◤▲、◣◣◣◥，◣◣◣◢。◣◣◥◢。◥◤◣、◣◥◥◢。
有　、流鶯勸我，重解綉鞍，緩　引春酌。
◤▲、◣◣◥◤，◣◤◥◣，◤▲◤◣◢。

不記歸時早暮，上馬誰扶，醒　眠朱閣。驚飆動　幕。
◢◥◣◣◤◥，◤◤◣◣，◤▲◣◣◢。◣◣◤▲◢。
扶殘醉，繞　紅藥。嘆、西園已是　，花深無地，東風何事又惡。
◣◣◥，◤▲◣◢。◥、◣◣◤◤▲，◣◣◣◥，◣◣◣◥◥◢。

任、流光過却，猶喜　洞天自樂。

◥、◣◣◥◢，◣◤▲◥◣◥◢。

瑞鶴仙：《草堂詩餘》題作“春游”，《花草粹編》題作“春游”。

不記：《詞律》作“不計”。

歸時：《詞苑叢談》作“春時”。

扶殘醉：《揮麈録餘話》《詞苑叢談》均作“猶殘醉”。

猶喜：《揮麈録餘話》《詞苑叢談》均作“歸來”。

瑞鶴仙

千里

看◥、青山繞▲郭。更、暮草萋萋，疏烟漠漠。無風自花落。欲◢黄昏、誰向官樓吹角。剛腸頓弱。恨別◢來、辜負▲厚約。想、香閨念舊◥，還憶◢去年，共舉杯酌。　寂寞。光陰虚◣度，未◥説◢離愁，泪痕先閣。珠簾翠幕。除相見，是奇藥。况、中年已後，憑高臨遠◤，情懷終是▲易惡。早◤歸休、月◢地◥雲階，剩追笑樂。

瑞鶴仙

澤民

憶舊居，呈超然，示兒子及女。

依◣山仍負▲郭。有◤、松◣桂◥扶疏，烟霞渺◤漠。一◢年自成落。奈孤踪、還繫蠅頭蝸角。休嗤句弱。賦郊◣居、何攘沈◤約。記◥、鄉人過我，儺立◢阼階，酒行◣先酌。　遠◤映江山奇◣勝，下瞰重湖，上飛高閣。風簾絮幕。築◢新檻▲，種花藥。幸、瓜期已近，秋風歸去，免◤得◢奔馳◣味惡。待▲開池、剩起◤林亭，共同宴樂。

瑞鶴仙

西麓

故◥廬元負▲郭。愛、樹色◢参差，湖光渺◤漠。樓危萬山落。俯、闌干十◢二，彈◤檐飛角。花嬌柳◤弱。映輕◣黄、淺◤黛依◣約。與沙鷗、共結◢新盟◣，伴我◤醉眠◣醒酌。　　蕭◣散雲根石◢上，瀹◢茗松泉，注書芸閣。鶯窺燕幕。檐外竹◢，圃中藥。念、耕烟釣◥雪◢，已◤成活◢計，一◢任風波◣自惡。但無心、萬事◥由天，夢中更樂。

瑞鶴仙

懶窟

爲劉信叔大尉壽

溥天氛祲廓。看、慶綿◣鴻◣祚，助昭麟◣閣。蕃宣换符鑰。占西南、襟帶遍◥□油幕。湘流繞▲郭。藹一◢城、和氣霧薄。聽◥、嘈嘈比屋◢，歡聲◣共説◢，吏閒◣民樂。　　遥◣想◤薌菲凫◣暖◤，翠◥擁屏深，曉風傳樂。瓊腴緩酌。花陰淡，柳絲弱。任、松凋鶴◢瘦，蓮欹龜老◤，丹頰◢常如◣舊渥。趁天申、去押西班，奉觴御幄。

瑞鶴仙

毛本作《瑞仙鶴》，誤。

樵隱

柳風清晝溽。山櫻◣晚、一樹高紅爭◣熟。輕紗睡初足。悄無人欹枕虛檐鳴玉。南園秉◤燭。嘆流◣光、容易過目。送◥春歸去，有、無數◥弄禽，滿徑◥新竹。　　閒◣記追歡尋◣勝，杏棟◥西厢，粉牆南曲。别◢長會促。成何計，奈幽獨。縱、湘弦難◣寄，韓香終在，屏山蝶◢夢斷續。對、沿階細草◤，萋萋爲誰自緑。

瑞鶴仙

立之

客◢邊情味惡。花漏遠、春◣静▲風鳴鳳◥鐸。空梁燕泥落。映、柔紅微罥，海◤棠簾箔。愁鐘恨角。怕催◣人、黄昏◣索◢寞。擁吟袍、憑暖闌干◣，醉怯◢冷香◣羅薄。　阿鵲。幽芳月◢淡，紫曲◢雲昏，有人説◢著。名繮易縛。歸鞭杳◤，誤期約。記、金泥卜◢畫，銀屏娛夜，彈指◤匆匆恨錯。爲情多、攙盡◤芳春，帶圍瘦覺。

按，此調一百二字，又名《一捻紅》。各家皆止用平仄，亦可從，而大同小异，隨處皆是。作者但從惜香、順庵、稼軒、夢窗、竹山諸大家，可也。《詞律》於美成詞外，僅訂樵隱、梅溪一百二字各一體，即是此意。唯方、楊、陳三家，既依四聲，自以協律爲佳。竹山一首，通篇用“也”字住句，“也”字之上一字，七平叶，六仄叶。惜香用“也”字住句，“也”字之上一字，不叶。巨川亦用“也”字住句，而於“行路永、客去車塵漠漠”句少二字，則與叔璵、君亮一百字體同，皆當別論。別有審齋九十九字體，美成一百三字體（見《補遺》上）。審齋、斗南一百三字體，至康伯可五十八字，徐淵子六十字《瑞鶴仙令》二體，乃《臨江仙》之别名，與此無涉。

又，“不記歸時早暮”句，千里作“寂寞。光陰虛度”，立之作“阿鵲。幽芳月淡”，均於“記”字作入聲，用叶，想可不拘。“任流光過郤”句，“郤”字從“邑”，與“隙”同，蓋以《小戴記》“白駒過隙”爲故實，古書亦累見，莊子《知北游》篇正作“郤”，方、楊、陳三家皆不和此字，故知非“却”字，亦非叶韵，鄭校是也，轉寫誤作“却”，從“卩”，又作“卻”，今刊本皆未糾正，讀者每誤爲叶韵，所當措意。

“斂、緩、動、繞、是”，凡五字，上去通用，“醒”字，平上去通用。“喜”字，《揮麈録餘話》《詞苑叢談》均作“來”，平聲。

“悄”字，千里、西麓作去。“路”字，澤民、樵隱作平。弟一“漠”字，澤民、西麓作上，懶窟、樵隱作平。“孤”字，西麓、立之作上。“步”字，西麓、樵隱作上。“短”字，千里、懶窟作入，澤民、西麓、樵隱、立之作平。“解”字，千里、澤民作入。“不”字，西麓、懶窟、樵隱作平。“早”字，千里、澤民、懶窟、樵隱作平，西麓、立之作入。“上”字，千里、懶窟作去。“馬”字，千里、立之作入。“已”字，懶窟、立之作入。“地”字，千里、懶窟作上。“却”字，千里、西麓作去，澤民、樵隱、立之作上。皆不必從。

“重解綉鞍，緩引春酌”句，懶窟作“歡聲共説，吏閒民樂”，易爲“平平去入，去平平入”，亦可從。

“東風何事又惡”句，澤民作“免得奔馳味惡”，西麓作“一任風波自惡”，懶窟作“丹頰常如舊渥”，立之作“彈指匆匆恨錯”，均易爲“平（可仄）仄平平去入”，亦可從。疑美成詞當時尚有別本一作“何事東風易惡”，亦未可知。

千里：“看、欲、別、舊、憶、虛、未、説、遠、早、月、地”，凡十二字，四聲不合。“繞、負、是”，凡三字，作去。

澤民：“依、有、松、桂、渺、一、郊、沈、記、立、行、遠、奇、築、免、得、馳、起”，凡十八字，四聲不合。“負、檻、待”，凡三字，作去。

西麓：“故、色、渺、十、彈、柳、輕、淺、依、結、盟、我、眠、蕭、石、淪、竹、釣、雪、已、活、一、波、事”，凡二十四字，四聲不合。“負”字，作去。

懶窟：“綿、鴻、麟、遍、一、聽、屋、聲、説、閒、遥、想、鳧、暖、翠、鶴、老、頰、如”，凡十九字，四聲不合。“繞”字，作去。

樵隱：“櫻、争、秉、流、送、數、徑、閒、尋、棟、別、難、蝶、草”，凡十四字，四聲不合。

立之：“客、春、鳳、海、催、昏、索、干、怯、香、月、曲、説、杳、卜、指、盡”，凡十七字，四聲一不合，“静”字，作去。

“重解綉鞍，緩引春酌”，必對。

“扶殘醉，繞紅藥”，必對。

“悄、郊原帶郭”句，乃上一下四句法。澤民“依山仍負郭”，西麓“故廬元負郭”之等，俱易爲上二下三，亦可從。

“行路永、客去車塵漠漠”句，乃上三下六句法。千里、澤民、西麓、懶窟俱易爲上一字逗，下接四字對句，亦可從。但其四聲必以千里、懶窟爲主，不可與美成混爲一談。

“歛、餘紅猶戀，孤城闌角”句，作上一下四之五字句，下接四字句，或上三下六之九字句，均可，千里、澤民是也。

“有、流鶯勸我，重解綉鞍，緩引春酌”句，乃上一下四之五字句，下接四字對句。西麓、立之俱易爲上三下四之七字句，下接六字句，亦可從。但其四聲必以西麓、立之爲主，不能與美成混爲一談。又，此句樵隱作“送春歸去，有、無數弄禽，滿徑新竹”，易爲上四字句，下接一四四之九字句，亦可從，《詞律》訂爲另體，蓋不得已也。

“任、流光過却，猶喜洞天自樂”句，乃上一下四之五字句，下接六字句。三家和作及懶窟、立之皆易爲上三字逗，下接四字二句，亦可從，但於“喜”字必須平聲。

西平樂〔小石〕

美成

元豐初，予以布衣西上，過天長道中。後四十餘年，辛丑正月，避賊復游故地，感嘆歲月，偶成此詞。

稚柳蘇晴，故溪歇雨，川迥未覺春賒。
◥◤◣◣，◥◣◢◤，◣◤◥◢◣◣。
駝褐寒侵，正憐初日，輕陰抵死須遮。
◣◢◣◣，◥◣◣◢，◣◣◤◤◣◣。
嘆　、事逐孤鴻盡　去　，身與塘蒲共晚，
◣▲、◥◢◣◣◤▲◥▲，◣◤◣◣◥◤，
争知向此征途迢遞，佇　立塵沙。
◣◣◥◤◣◣◣◥，◤▲◢◣◣。
追念朱顔翠髮，曾到處、故地使人嗟。
◣◥◣◣◥◢，◣◥◥、◥◥◤◣◣。

道連三楚，天低四野，喬木依前，臨路欹斜。
◤◣◣◤，◣◣◥◥，◣◢◣◣，◣◥◣◣。
重慕想、東陵晦迹，彭澤歸來，
◣◥◤、◣◣◥◢，◣◢◣◣，
左右　琴書自樂，松菊相依，何况風流鬢未華。
◤◥▲◣◣◥◢，◣◢◣◣，◣◥◣◣◥◥◣。
多謝故人，親馳鄭驛，時倒融尊，
◣◥◥◣，◣◣◥◢，◣◥◣◣，

勸此淹留，共過芳時，翻令倦客思家。

◥◤◣◣，◥◥◣◣，◣◣◥◢◣◣。

西平樂：陳注本無題，從元本、毛本，“正月”下有“二十六日”四字。

歇雨：毛本作“渴雨”。

寒侵：毛本作“侵寒”。

盡去：毛本作“去盡”。

争知向此征途迢遞，伫立塵沙：《草堂詩餘》、毛本均作“争知向此征途區區，伫立塵沙”。按，“區區”二字，柳詞習見，意爲馳驅，蓋宋人俗語。

西平樂

千里

倦踏◢征塵，厭驅匹馬，凝望◥故國猶賒。孤館◤今宵，亂山何許◤，平林漠◢漠◢烟遮。悵、過眼◤光陰似瞬，回首歡娱异昔◢，流年迅景，霜風敗葦◤驚沙。無奈輕離易别，千里◤意、刷◢泪獨◢長嗟。　　綺窗人遠，青門信杳，釵影◤何時，重見雲斜。空怨憶◢、吹簫韵曲，旋◥錦◤回文，想像宫商蠹損◤，機杼◤塵生，誰爲新裝暈素華。那信自憐，悠揚夢蝶，浮没◢書鱗，縱有心情，盡▲爲相思，争如傍早◤歸家。

西平樂

澤民

園◣韭畦蔬，嫩鷄野◤臘◢，鄰醖◥稚子◤能賒。羅幕新裁，畫樓高聳◤，松梧柳竹◢交遮。應、便作歸休計去，高揖◢淵明，下◤視林逋，到此如何，又走◤風沙。都爲啼號累我◤，思量◣事、未遂即◢咨嗟。　　連◣年奔逐◢，旁州外邑◢，舟楫輕揚，鞭□傾斜。仍冒觸◢、烟嵐邃險◤，風雪縱横，每值◢初寒在路◥，炎暑◤登車，空向長途度歲華。消減◤少年，英豪氣宇◤，瀟灑▲襟懷，似▲此施爲，縱解◤封侯，寧如便早◤還家。

西平樂慢

西麓

泛梗飄萍，入山登◣陸，迢遞霧迴烟賒。漠■漠蒹葭，依◣依楊柳，天涯總是愁遮。嘆、寂寞塵埃滿眼，夢■逐孤雲縹緲，春潮帶雨，鷗迎遠■漵，雁别平沙。寒食梨花素約，腸斷處、對景暗傷嗟。　晚鐘烟寺，晨鷄月店，征褐蕭疏，破帽攲斜。憶■幾度、微吟馬上，長嘯舟中，慣踏新豐巷陌，舊■酒猶香，憔悴東風自歲華。重憶少年，櫻桃漸熟，松粉初黄，短楫歡呼，日日江南，烟村八九人家。

西平樂慢〔中吕商，俗名小石〕

夢窗

過西湖先賢堂，傷今感昔，泫然出涕。

岸壓◢郵亭，路欹華◣表，堤樹◥舊色依依。紅索新晴，翠陰寒食，天涯倦◥客◢重歸。嘆、廢緑平烟帶苑，幽渚塵香蕩晚，當時燕子，無言對立斜暉。追念吟風賞月，十◢載◤事、夢惹◤緑◢楊絲。

畫◥船爲市，夭妝艷水，日◢落雲沈，人换春移。誰更與、苔根洗◤石，菊◢井◤招魂，漫◥省連車載酒◤，立◢馬◤臨花，猶認蔫紅傍路枝。歌斷宴闌，榮華露草◤，零落◢山丘，到此徘徊，細雨◥西城，羊曇醉後◤飛花。

按，此調一百三十七字，又名《西平樂慢》。“争知向此征途迢遞，佇立塵沙”句，説者甚衆。表之如下。

一、爲四字三句，作“争知向此，征途迢遞，佇立塵沙”。

西麓“春潮帶雨，鷗迎遠漵，雁别平沙”，本之。

一、爲上六下四字句，作“争知向此征途，佇立塵沙”，或上四下六字句，作“争知向此，區區佇立塵沙”。

夢窗“當時燕子，無言對立斜暉”，本之。

一、爲上下六字句，作“争知向此征途，區區佇立塵沙”。

千里“流年迅景他鄉，霜風敗葦驚沙”，本之。（“他鄉”二字，杜氏説）

以上所舉，當以千里“流年迅景，霜風敗葦驚沙”、夢窗“當時燕子，無言對立斜暉”爲正鵠，澤民和作，平仄字數，亦與此同。萬氏謂此句當係誤衍“征途”或“區區”二字，是也，然其餘二格，習用既久，自亦不妨從之。“道連三楚，天低四野”句，鄭叔問先生云：“楚”字、“野”字，俱是叶韵。并引夢窗“畫船爲市，夭妝艷水”爲證。竊謂鄭氏以“野”字爲叶，尚有可説，然三家所作，既不和之，似亦不必奉爲圭臬。若以“楚”字爲叶，則既不同韵，又無和作，僅夢窗一首偶爾相合，遂指爲韵叶，未免太過，學者但存此一説可也。别有耆卿上去韵一百二字體，晁無咎從之，而多出一字，或屬衍文，或屬變體，不敢臆斷，萬氏因此遂認耆卿“雅稱嬉游去”句，必脱一字，於是强加一字，令與晁詞相合，訂爲一百三字體。不知朱雍所和柳詞，此句作“好趁飛瓊去”，正是五字，可見并無落誤也。

“嘆”字，平去通用，“盡、佇、右”，凡三字，上去通用。“盡去”二字，毛本作“去盡”，則爲去上，夢窗同。

“柳”字，千里、夢窗作入。“歇”字，西麓、夢窗作去。“迥”字，千里、澤民、西麓、夢窗作去。“覺”字，澤民、西麓作上。“日”字，千里、澤民、西麓作去。“死”字，千里、澤民、夢窗作入。“與”字，澤民、西麓作入。“立”字，千里、澤民作上。“到”字，千里、夢窗作上。“地”字，西麓、夢窗作上。“使”字，千里、澤民、夢窗作入。“想”字，千里、澤民作入。“晦”字，西麓、夢窗作上。“澤”字，千里、夢窗作上。“右”字，澤民、西麓作入。“樂”字，千里、夢窗作上。“菊”字，千里、澤民、西麓、夢窗作上。“驛”字、“過”字，澤民、夢窗作上。“客”字，千里、澤民、西麓、夢窗作上。皆不必從。

千里：“踏、望、館、許、漠、漠、眼、昔、葦、里、刷、獨、影、憶、旋、錦、損、杼、没、早”，凡二十字，四聲不合。“盡”字，作去。

澤民，“園、野、臘、醖、子、聳、竹、揖、下、走、我、量、即、連、逐、邑、觸、險、值、路、暑、減、宇、解、早”，凡二十五字，四聲不和，“灑”字、“似”字，作去。

西麓：“登、漠、依、夢、遠、憶、舊”，凡八字，平仄不合。

夢窗：“壓、華、樹、倦、客、十、載、惹、緑、晝、日、洗、菊、井、漫、酒、立、馬、草、落、雨、後”，凡二十二字，四聲不合。

“稚柳蘇晴，故溪歇雨”，必對。

“駝褐寒侵，正憐初日”，必對。

“事逐孤鴻盡去，身與塘蒲共晚”，必對。

“道連三楚，天低四野”，必對。澤民“連年奔逐，旁州外邑”，不對，非。

“東陵晦迹，彭澤歸來”，必對。

“琴書自樂，松菊相依”，必對。西麓“新豐巷陌，舊酒猶香”，不對，非。

“親馳鄭驛，時倒融尊”，必對。

“嘆、事逐孤鴻盡去，身與塘蒲共晚，争知向此，征途迢遞，佇立塵沙”句，乃上一字逗，下接六字對句，再接上六下四字句。澤民“應、便作歸休計去，高揖淵明，下視林逋，到此如何，又走風沙”，易爲上一下六之七字句，下接四字對句，再接四字二句，誤。

浪淘沙〔商調〕

美成

晝　陰重、霜凋岸草，霧隱城堞。

◥▲◣◥、◣◣◥◤，◥◤◣◢。

南陌脂車待　發。東門悵飲乍闋。正、拂面垂楊堪攬　結。

◣◢◣◣◤▲◢。◣◣◥◤◥◢。◥、◢◥◣◣◣◤▲◢。

掩紅泪、玉手親折。念、漢浦離鴻去何許，經時信音絶。

◤◣◥、◢◤◣◢。◥、◥◤◣◣◥◣◤，◣◣◥◣◢。

情切。望中地遠天闊。向、露冷風清無人處，耿耿寒漏咽。

◣◢。◥◣◥◤◣◢。◥、◥◤◣◣◣◣◥，◤◤◣◥◢。

嗟、萬事難忘，唯是　輕別。翠尊未竭。

◣、◥◥◣◣，◣◤▲◣◢。◥◣◥◢。

憑斷　雲、留取　西樓殘月。

◣◤▲◣、◣◤▲◣◣◣◢。

羅帶光銷紋衾疊。連環解、舊香頓歇。怨歌永、瓊壺敲盡　缺。

◣◥◣◣◣◣◢。◣◣◤、◥◣◥◢。◥◣◤、◣◣◣◤▲◢。

恨春去、不與人期，弄夜色，空餘滿地梨花雪。

◥◣◥、◢◤◣◣，◥◥◢，◣◣◤◥◣◣◢。

浪淘沙：《詞綜》分作三段，於“殘月”下過片。毛本題作“恨別”，《草堂詩餘》題作“春光”。

晝陰：元本、毛本均作“曉陰”。

悵飲：《花草粹編》作“帳飲”。

攬結：陳注本作“纜結”，從毛本。

漢浦離鴻：《詞律·引》作“溪浦離魂”，誤。

信音：《歷代詩餘》作“音信”。

浪淘沙

千里

素秋霽、雲橫曠野，浪拍◢孤堞。柔櫓◤悲聲頓發。驪歌恨曲◢未闋。念、一寸回腸千縷結。柳條在、忍◤使攀折。但、悵惘章臺路，多少相思拼愁絕。　　淒切。去程浩▲渺空闊。奈、斷梗孤蓬西風外，蔌◢蔌◢殘吹咽。應、暗爲行人，傷念離別。泪波易竭。凝怨懷、羞睹當時明月。烟浪無窮青山疊。魚封遠、雁書漸▲歇。甚時合◢、金釵分處缺。謾飄蕩▲、海◤角◢天涯，再見日，應憐兩鬢玲瓏雪。

浪淘沙慢

澤民

禁城外、青青細柳，翠拂◢高堞。征鼓◤催人驟發。長亭漸▲覺◢宴闋。情◣緒◥似、丁香千百◢結。忍重看、手◤簡親折。聽、怨舉離歌寄深意◤，新聲更清絶。　　心切。暮天塞草烟闊。正、乍裛◢輕塵新晴後◤，汩◢汩◢清渭咽。聞、西◣度陽關，風致全别。玉◢杯屢竭。思故人、千里唯同明月。扶上◤雕鞍還三叠。那堪◥弟◥四聲、未歇。念蟾魄◢、能圓還解缺。况人事、莫苦悲傷，悴艷色，歸來復◢見頭應雪。

浪淘沙

西麓

暮烟愁◣、鴉歸古樹，雁過空堞。南浦牙檣漸發。陽關歌◣盡半闋。便、恨入回腸千萬結。長◣亭柳、寸寸攀折。望、日下長安近，莫■遣鱗鴻成閒絶。　　凄切。去帆浪遠江闊。悵、頓解連環西窗下，對燭頻哽咽。嘆、百歲光陰，幾■度離别。翠銷粉竭。信■乍圓易◥散，彩■雲明月。浙■水吴山重重叠。流蘇帳、陽◣臺夢歇。暗塵鎖、孤鸞秦鏡缺。羞◣人問、怕説相思，正滿院、楊花落盡東風雪。

浪淘沙〔夷則商，俗名商調〕

夢窗

賦李尚書山園

夢仙到、吹笙路杳，度巘雲滑。溪谷冰綃未裂。金鋪晝鎖乍掣。見、竹静▲梅深春海闊。有新燕、簾◣底低説。念、漢履無聲跨鯨遠，年年謝橋月。　　曲◢折。畫闌盡▲日◢憑熱。半蜃起、玲瓏樓閣◢畔，縹緲鴻去絶。飛絮揚東風，天外歌闋。睡紅醉纈。還是催、寒食◢看花時節。花下◤蒼茝盛◥羅襪。銀燭◢短、漏壺易竭。料池柳、不◢、攀春送别。倩玉◢兔、别擣秋香，更醉蹋、千山冷翠飛晴雪。

按，此調一百三十三字，又名《浪淘沙漫》。尚有美成“萬葉戰”一首（見《補遺》上），耆卿“夢覺透”一首，皆一百三十三字，入聲韵。而句法四聲，互有差异，《詞律》列爲三體，雖未免太苛，然亦不得已也。

别有唐人平韵七言絶句體，耆卿五十二字，姑溪平韵五十三字，李後主平韵五十四字（又名《賣花聲》，龍門小説作《曲入冥》）。宋子京上去韵五十四字，杜壽域平韵五十五字，上去韵五十五字。鄮峰上去韵五十九字，各一體，皆屬小令，與此迥异。

“待、是、斷、取、盡”，凡五字，上去通用。“晝”字，元本、毛本均作“曉”，上聲。“攬”字，陳注本、元本、《草堂詩餘》《花草粹編》，均作“纜”，去聲。“信音絶”三字，《歷代詩餘》作“音信絶”，則爲平去入，西麓同。

“隱”字，千里、澤民作入。“陌”字，千里、澤民、西麓作上。“飲”字、“玉”字，千里、澤民作入。“耿耿”二字，千里、澤民作入。弟二“耿”字，西麓作入。“帶”字，澤民、西麓、夢窗作上。“解”字，澤民、西麓作去。“永”字，千里、澤民作入。“與”字，千里、西麓作入。“滿”字，澤民、西麓作入。皆不必從。

千里：“拍、櫓、曲、忍、蔌、蔌、合、海、角”，凡九字，四聲不和，“浩、漸、蕩”，凡三字，作去。

澤民：“拂、鼓、覺、情、緒、百、手、意、裹、後、汩、汩、西、玉、上、更、弟、魄、復”，凡十九字，四聲不和，“漸”字、“似”①字，作去。

西麓：“愁、歌、長、莫、幾、信、易、彩、浙、陽、羞”，凡十一字，平仄不合。

夢窗：“簾、曲、日、閣、食、下、盛、燭、不、玉”，凡十字，四聲不合。“静”字、“盡”字，作去。

“霜凋岸草，霧隱城堞”，必對。澤民“青青細柳，翠拂高堞”，不對，非。

“南陌脂車待發。東門帳飲乍闋”，必對。澤民“征鼓催人驟發。長亭漸覺宴闋”，西麓“南浦牙檣漸發。陽關歌盡半闋”，皆不對，非。

“正、拂面垂楊堪攬結”句，乃上一下七句法，澤民“情緒似、丁香千百結”，易爲二一五之八字句，不可從。

“念、漢浦離鴻去何許，經時信音絶”句，或作上一下五之六字句，

① “似”字，原書詞中未標注。

下接七字句，千里“但、悵惘章臺路，多少相思拼愁絶”、西麓“望、日下長安近，莫遣鱗鴻成間絶”是也。或作上一下七字之八字句，下接五字句。澤民“聽、怨舉離歌寄深意，新聲更清絶”、夢窗“念、漢履無聲跨鯨遠，年年謝橋月”是也。可不拘。

“向、露冷風清無人處”句，乃上一下七句法，夢窗“半廢起、玲瓏樓閣畔”，易爲二一五之八字句，不可從。

“嗟、萬事難忘”句，乃上一下四句法。夢窗“飛絮揚東風”，易爲上二下三，誤。

“憑斷雲、留取西樓殘月”句，亦可讀作一四四之九字句法，西麓“信乍圓易散，彩雲明月”是也。想不拘。

“連環解、舊香頓歇”句，乃上三下四句法，澤民“那堪弟四聲、未歇”，易爲二三二之七字句，誤。

“瓊壺敲盡缺”句，乃上二下三句法，夢窗“不、攀春送别”，易爲上一下四句，誤。

憶舊游〔越調〕

美成

記、愁横淺黛，泪洗紅鉛，門掩秋宵。
◥、◣◣◤◥，◥◤◣◣，◣◤◣◣。
墜葉驚離思，聽、寒螿夜泣，亂雨瀟瀟。
◥◢◣◣◥，◥、◣◣◥◢，◥◤◣◣。
鳳釵半脱雲鬟，窗影燭光摇。
◥◣◥◢◣◥，◣◤◢◣◣。
漸　、暗竹敲涼，疏螢照晚，兩地魂消。
◤▲、◥◢◣◣，◣◣◥◤，◤◥◣◣。

迢迢。問音信，道、徑底花陰，時認鳴鑣。
◣◣。◥◣◥，◥、◥◤◣◣，◣◥◣◣。
也擬臨朱户　，嘆、因郎憔悴羞見郎招。
◤◤◣◣◤▲，◥、◣◣◣◥◣◥◣◣。

舊巢更有新燕，楊柳拂河橋。

◥◣ ◥◤◣◥，◣◤◢◣◣。

但　、滿目　京塵，東風竟日吹露桃。

◤▲、◤◢▲◣◣，◣◣◥◢◣◥◣。

憶舊游："游"亦作"遊"，《草堂詩餘》題作"春恨"。

瀟瀟：毛本、《陽春白雪》均作"蕭蕭"。

燭光：元本、毛本、《草堂詩餘》《花草粹編》均作"燭花"。

照晚：毛本、《草堂詩餘》《花草粹編》均作"照曉"。

滿目：毛本、《草堂詩餘》《花草粹編》均作"滿眼"。

京塵：《陽春白雪》作"驚塵"。

憶舊遊

千里

念、花邊玉◢漏，帳裏鸞笙，曾款良宵。鏤鴨吹香霧，更、輕風動竹，韵響瀟瀟。畫檐皓▲月初挂，簾幕縠紋摇①。記、罷曲更衣，挑燈細語，酒暈全消。　　迢迢。舊時路，縱、下馬銅駝，誰聽揚鑣。奈◥、可憐庭院，又、徘徊虚過，清夢難招。斷魂暗想幽會，回首渺◤星橋。試、仿佛仙源，重尋當日千樹桃。

憶舊遊

澤民

念、區區遠宦，帶月◢侵晨，燃燭◢中宵。在昔曾游遍，過、三湘下浙，二水通瀟。小◤舟暫輟蘭棹，羸馬復鞭摇。但、舊日雄圖，平生壯氣◥，往往◤潛消。　　迢迢。向年事，記、艷質◢平堤，曾共聽鑣。醉◥、□游沙市，被、疏狂伴◤侶◤，朝暮相招。怎◤知後◤約◢難再，牛女隔星橋。待、遠結雙成，他時去竊千歲桃。

① 原書缺"幕"字，據《全宋詞》第2492頁補。

憶舊遊

西麓

又、眉峰碧◢聚，記得◢郵亭，人别◢中宵。剪◤燭西窗下◤，聽、林梢葉◢墮◥，霧漠◢烟瀟。彩◤鸞夢逐雲去，環佩◥入扶摇。但、鏡裂鴛匳，釵分燕股，粉膩香銷。　　迢迢。舊游處，向、柳◤下維舟。花底◤揚鑣。更◥憶◢西風裏，采◤、芙蓉江上，雙槳◤頻招。怨紅一◢葉◢應到，明月◢赤闌橋。漸、泪◥浥瓊顋，胭脂淡薄羞嫩桃。

憶舊遊

夢窗

别黄澹翁

送人猶未◥苦◤，苦◤送◥春隨人去◥天涯。片紅◣都飛盡，正、陰陰潤緑①，暗裏啼鴉。賦情頓雪雙鬢，飛夢◥逐塵沙。嘆、病渴凄凉，分香瘦減，兩地看花。　　西湖斷橋路，想◤繫馬垂楊。依舊敧斜。葵◣麥◢迷烟處，問、離巢孤燕，飛過誰家。故人爲寫深怨，空壁◢掃◤秋蛇。但、醉◥上吴臺，殘陽草◤色歸思賒。

憶舊遊

通甫

元夕雨

記、笙歌茂◥苑◤，綉錦吴歈，京樣◥風流。夜弛◤金吾令，正、籠紗競陌，霧暖春柔。翠蓬閬府◤移下，花影一天浮。任、畫管◤催更，玉◢繩挂曉，猶◣醉西樓。　　回頭。事如夢，奈、杜▲牧◢多情，難忘揚州。小雨重門閉，但檐花敲句，燈影◤籠愁。黛雲暗鎖妝鏡，不◢是玉娥

---

① 原書缺“正”字，據《全宋詞》第 2939 頁補。

羞。怕、倦◥客今宵，憑闌見月懷舊游。

按，此調一百二字，又名《憶舊遊慢》，各家皆用平仄。千里、澤民并案四聲，草窗兩首於末句作四字二句，多一字。劉尚友一首，於“墜葉驚離思”句，作七字句，多二字；“聽、寒螿夜泣”句，作四字句，少一字。皆屬變格。“迢迢”二字，或叶，或不叶，可不拘，但若依四聲，仍以用叶爲佳。

“漸、户、但”，凡三字，上去通用。“目”字，毛本、《草堂詩餘》《花草粹編》均作“眼”，上聲。

“淺”字，千里、西麓作入。“淺黛”二字，夢窗、通甫作去上。“洗”字，澤民、西麓作入。“掩”字，澤民、西麓作入，夢窗、通甫作去。“鳳”字，澤民、西麓作上。“也”字，千里、澤民、西麓作去。“擬”字，西麓、夢窗作入。“見”字，西麓、通甫作上。“有”字，澤民、西麓作入。“拂”字，千里、夢窗作上。“滿”字，西麓、夢窗、通甫作去。皆不必從。

“鳳釵半脱雲鬟”句，及後段“舊巢更有新燕”句，玉田三首作“秉燭故人歸後”“俯仰十年前事”，“忘了牡丹名字”“怕有舊時歸燕”，“笑我幾番醒醉”“還聽水聲東去”，均易爲“仄仄仄平平仄”，亦可從。玉田另首，前作“鬧枝淺壓髻髻”，後作“認得舊時鷗鷺”，平仄不一，不可從。

“迢迢。問音信”句，玉田作“俯仰成陳迹”，易爲“仄仄平平仄”，不可從。

“徑底花陰”句，玉田兩首作“百年誰在，長歌裊裊”，并易爲“仄（平）平平（仄）仄”，亦可從。

千里：“玉、奈、渺”，凡三字，四聲不合。“皓”字，作去。

澤民：“月、燭、小、氣、往、質、醉、伴、侣、怎、後、約”，凡十二字，四聲不合。

西麓：“碧、得、别、剪、下、葉、墮、漠、彩、佩、柳、底、更、憶、采、櫱、一、葉、月、泪”，凡二十字，四聲不合。

夢窗：“未、苦、苦、送、去、紅、夢、想、葵、麥、壁、掃、醉、草”，凡十四字，四聲不合。

通甫："茂、苑、樣、弛、府、管、玉、猶、牧、影、不、倦"，凡十二字，四聲不合。"杜"字，作去。

"愁橫淺黛，泪洗紅鉛，門掩秋宵"，必對。或上二句對，或下二句對，均可。西麓"眉峰聚碧，記得郵亭，人別中宵"，不對，非。

"暗竹敲凉，疏螢照晚"，必對。

"記、愁橫淺黛"句，乃上一下四句法。夢窗作"送人猶未苦"，會心作"玉環扶殘醉"，均易爲上二下三，似不必從。

"泪洗紅鉛，門掩秋宵"句，乃四字二句。夢窗作"苦送春隨人去天涯"，八字一氣呵成，似不必學。

"也擬臨朱户"句，作者向有二體，可不拘。一作上一下四，千里"奈、可憐庭院"是也；一作上二下三，西麓"更憶西風裏"是也。

卷三　春景

驀山溪〔大石〕

美成

湖　平春　水，菱　荇縈船尾。
◣▲◣◣▲■，◣▲■◣◣■。
空　翠入衣襟，拊　輕　根　、游　魚驚　避。
◣▲■■◣◣，■▲◣▲◣▲、◣▲◣◣▲■。
晚　來潮　上，迤　邐没沙痕，山　四　倚　。
■▲◣◣▲■，■▲■■◣◣，◣▲■▲■▲。
雲　漸　起　。鳥　度屏風裏。
◣▲■▲■▲。■▲■◣◣■。

周　郎逸　興，黄　帽侵雲水。
◣▲◣■▲■，◣▲■◣◣■。
落　日媚滄洲，泛　一　棹　，夷猶未　已。
■▲■■◣◣，■▲■▲■▲，◣◣■▲■。
玉　簫金　管，不　共美人游，因　個　甚　，烟　霧　底　。
■▲◣◣▲■，■▲■■◣◣，◣▲■▲■▲，◣▲■▲■▲。
獨　愛蒓羹美。
■▲■◣◣■。

菱荇：毛本作“藻荇”。
入衣襟：毛本作“撲衣襟”。
獨愛：元本、毛本均作“偏愛”。

驀山溪

千里

園林晴晝，花上黄峰尾。鶯語怯游人，又還傍、緑楊深避。曲池斜徑，草色碧於藍，闌倦倚。簾半起。魂斷斜陽裏。　　江南春盡，渺渺平橋水。身在一天涯，問此恨、何時是已。飛帆輕槳，催送莫愁來，歌舞地，尊酒底。不羨東鄰美。

驀山溪

澤民

當年蘇小，家住苕溪尾。一棹采蓮歸，悄羞得、鴛鴦飛避。蘋洲蓼岸，花臉兩難分，崖半倚。風乍起。蕩漾烟花裏。　　平生强項，未肯輕魚水。溪上偶相逢，這一段、風情怎已。紉蘭解佩，不負有情人，金尊側，羅帳底。占盡人間美。

按，此調八十二字，又名《上陽春》，各家所作字數句法皆同。而於前起“湖平春水”句，後起“周郎逸興”句，及前段“山四倚”“雲漸起”，後段“因個甚”“烟霧底”，三字四句，有叶、有不叶，皆可從。《詞律》云“可隨填不拘”，是也。兹舉其略例於下。

一、前後起句俱叶者。金谷“阮願”韵，前“鶯鶯燕燕”，後“小鬟微盼”，是也。

二、前後俱不叶者。蘆川“質陌”韵，前“一番小雨”，後“錢塘江上”，是也。

三、前叶後不叶者。白石“質陌”韵，前“與鷗爲客”，後“才因老盡”，是也。

四、前不叶後叶者。山谷“有宥”韵，前“鴛鴦翡翠”，後“尋花載酒”，是也。

五、前後三字四句俱叶者。山谷“有宥”韵，前“春未透，花枝瘦”，後“長亭柳，君知否”，是也。

六、前後俱上仄下平不叶者。白石“質陌”韵，前“荷苒苒，展凉雲”，後“吟了，放船回”，是也。

七、前後俱上平下仄不叶者。東堂“語御”韵，前“葉依依，烟鬱鬱”，後“隔斜陽，點芳草”，是也。

八、前二句俱叶，後上仄下平不叶者。山谷“紙寘”韵，前“斜枝倚，風塵裹”，後“漫寫夢，空來也”，是也。

九、前上仄下平不叶，後二句俱叶者。美成“軫震”韵一首（見《補遺》上），前“香破豆，燭頻花”，後“消瘦盡，洗妝勻”，是也。

十、前上仄下平，後上平下仄，俱不叶者。晁無咎“紙寘”韵，前“將風調，改荒凉”，後“汝南周，東陽沈”，是也。

十一、前上平下仄，後上仄下平，俱不叶者。姑溪“語御”韵，前“泛新聲，催金盞”，後“歡暫歇，酒微醺”，是也。

十二、前後俱上叶，下平者。惜香“紙置”韵，前“三徑裹，四時花”，後“爾富貴，爾榮華”，是也。

十三、前後俱上仄不叶，下叶者。易彦祥“語御”韵，前“梨花雪，桃花雨”，後“吴姬唱，秦娥舞”，是也。

十四、前上平下仄不叶，後上仄不叶，而下叶者。于湖“軫震”韵，前“綉工慵，圍棋倦”，後“禽聲喜，流雲盡”，是也。

十五、前兩叶，後上仄不叶，而下叶者。本詞前“山四倚，雲漸起”，後“因個甚，烟霧底”，是也。

十六、前上平下仄不叶，後俱叶者。永叔“阮願”韵，前“駕香輪，停寶馬”，後“春霄短，春寒淺”，是也。

十七、前上平下叶，後上平下仄不叶者。盧醜齋“阮願”韵，前“剪雙娥，敲象板”，後“鬢長青，顔不老”，是也。

十八、前兩仄不叶，後上仄不叶，下平者。惜香“紙置”韵，前“高一嚮，低一嚮”，後“不妒富，不憎貧”，是也。

十九、前上仄不叶，下叶，後上仄不叶，下平者。惜香“篠嘯”韵，前“笙簧奏，星河曉”，後“一歲裹，一翻新”，是也。

二十、前上仄下平，後上下俱仄，皆不叶者。曹元寵“語御”韵，前“風細細，雲垂垂”，後“消瘦損，東陽也”，是也。

二十一、前上下俱仄不叶，後上平下叶者。晁無咎“哿個”韵，前

“我心裹，忡忡也”，後“天天田，不曾麽”，是也。

“湖、春、菱、空、輕、椳、游、驚、潮、山、雲、周、黄、金、因、烟”，凡十六字，可仄。“拊、晚、迤、四、倚、漸、起、鳥、逸、落、泛、一、棹、未、玉、不、個、甚、霧、底、獨”，凡二十一字，可平。

少年游〔黄鐘〕

美成

荆州作

南　都石　黛掃晴山。衣薄耐朝寒。
◣▲◣■▲■■◣◣。◣■■◣◣。
一　夕東風，海　棠花　謝，樓　上捲簾看。
■▲■◣◣，■▲◣◣▲■，◣▲■■◣◣。

而　今麗　日明如洗，南陌暖雕鞍。
◣▲◣■▲■◣◣■，◣■■◣◣。
舊　賞園　林，喜　無風　雨，春　鳥報平安。
■▲■◣▲◣，■▲◣◣▲■，◣▲■■◣◣。

少年游：“游”亦作“遊”，陳注本無題，從毛本、《陽春白雪》。
耐朝寒：毛本作“奈朝寒”。

第二

朝雲漠漠散輕絲。樓閣澹春姿。柳泣花啼，九街泥重，門外燕飛遲。　　而今麗日明金屋，春色在桃枝。不似當時，小橋衝雨，幽恨兩人知。

第二：毛本題作“雨後”。
春姿：叔陽和作“容儀”。

小橋：元本、毛本均作“小樓”。

少年遊

千里

丹青閒展小屏山。香燼一絲寒。織錦回紋，生綃紅泪，不語自羞看。　相思念遠關河隔，終日望征鞍。不識單栖，忍教良夜，魂夢覓長安。

第二

東風無力揚輕絲。芳草雨餘姿。淺緑還池，輕黄歸柳，老去願春遲。　闌干憑暖慵回首，閒把小花枝。怯酒情懷，惱人天氣，消瘦有誰知。

少年遊

澤民

金爐噴獸枕欹山。衾帳不知寒。數片飛花，初臨窗外，猶作墮梅看。　明年此際應東去，藤轎逐征鞍。山水屏中，鶯花堆裏，相與下臨安。

第二

三分芳髻攏青絲。花下見仙姿。殢雨情懷，沾風踪迹，相見恨歡遲。　能言艷色如桃李，曾折最先枝。冶葉叢中，閒花堆裹，那有者相知。

少年游

西麓

畫樓深映小屏山。簾幕護輕寒。比翼香囊，合歡羅帕，都做薄情看。　　如今已誤黎花約，何處滯歸鞍。待約青鸞，彩雲同去，飛夢到長安。

第二

翠羅裙解縷金絲。羅扇捲芳姿。柳色凝寒，花情滯雨，生怕踏青遲。　　碧紗窗外鶯聲嫩，春在海棠枝。别後相思，許多憔悴，惟有落紅知。

少年遊

叔陽

用周美成韵

綉羅褑子間金絲。打扮好容儀。曉雪明肌，秋波入鬢，鞋小步行遲。　　冠兒時樣都相稱，花插棟雙枝。倩俏精神，風流情態，惟有粉郎知。

按，此調五十字，各家所作，字數、句法與此异者甚多，皆另一體，舉之如次。

一、四十八字，前後結句均少一字者。如草窗：

簾消寶篆宫羅。蜂蝶撲飛梭。一樣東風，燕梁鶯院，那處春多。曉妝日日隨香輦，多在牡丹坡。花深深處，柳陰陰處，一片笙歌。

二、五十字，首句收仄，不起韵，前弟三句收仄，後起平仄不同，後弟三句七字不叶，下接三字二句者。如薌林：

去年同醉酴醿下，盡筆賦新詞。今年君去，酴醿欲破，誰與醉爲期。　　舊曲重歌傾别酒，風露泣花枝。章水能長湘水遠，流不盡，兩相思。

三、五十字，後弟三句七字叶韵者。如文潛：

舍羞倚醉不成歌。纖手掩香羅。偎花映燭，偷傳深意，酒思人橫波。　　看朱成碧心還亂，脉脉斂雙蛾。相見時稀隔别多。又春盡，奈愁何。

四、五十一字，後次句作上三下三之六字句者。如耆卿：

淡黄衫子鬱金裙。長憶個人人。文譚閒雅，歌喉清麗，舉措好精神。　當初爲倚深深寵，無個事、爱嬌嗔。想得别來，舊家模樣，祇恁翠眉顰。

五、五十一字，前後起二句皆四字句，至弟三句方起韵者。如小山：

西樓别後，風高露冷，無奈月分明。飛鴻影裏，擣衣砧外，總是玉關情。　王孫此際，山重水遠，何處賦西征。金閨魂夢枉丁寧。尋盡短長亭。

六、五十一字，前起兩句四字，後起七字者。如美成另首（見卷六）：

并刀如水，吴鹽勝雪，纖手破新橙。錦幄初温，獸烟不斷，相對坐調笙。　低聲問向誰行宿，城上已三更。馬滑霜濃，不如休去，直是少人行。

七、五十一字，後起七字，末二句上七下六者。如東坡：

去年相送，余杭門外，飛雪似楊花。今年春盡，楊花似雪，猶不見還家。　對酒捲簾邀明月，風露透窗紗。恰是嫦娥憐雙燕，分明照、畫梁斜。

八、五十一字，前段與文潜同，後段與小山同，而末句作上三下三句法，與小山异者。如壽域：

小樓歸燕又黄昏。寂寞鎖高門。輕風細雨，惜花天氣，相次過春分。　畫堂無緒，初然絳蠟，羅帳掩餘薰。多情不解怨王孫。任薄幸、一從君。

九、五十二字，前後次句均上三下三之六字句者。如耆卿：

一生贏得是凄凉。追前事、暗心傷。好天良夜，深屏香被，争忍便相忘。　王孫動是經年去，貪迷戀、有何長。萬種千般，把伊情分，顛倒盡猜量。

十、五十二字，前後共四段，均用四字兩句，下接五字句者。如竹屋：

春風吹碧，春雲映緑，曉夢入芳茵。軟襯飛花，遠連流水，一望隔香塵。　萋萋多少，江南舊恨，翻憶翠羅裙。冷落閒門，凄迷古道，烟雨正愁人。

十一、五十二字，末二句與壽域同，余與小山同者。如大年：

江南節物，水昏雲淡，飛雪滿前村。千尋翠嶺，一枝芳艷，迢遞寄歸人。　　壽陽妝罷，冰姿玉態，的的寫天真。等閒風雨又紛紛。更忍向、笛中尋。

此外，歐陽永叔一首（《詞律》引爲梅聖俞作，誤），與壽域同，僅前三四兩句，後弟二句，平仄略异，乃拗句，非另體也。草窗“松風蘭露”一首，與美成同，毛本於末句“處處是閒情”句，脱一“是”字，徐氏因此訂爲四十九字體，并引草窗“簾消寶篆”一首爲證，不知“簾消寶篆”一首，前後結句均四字句，乃四十八字體，與“松風蘭露”一首無涉也。又，耆卿“一生贏得是凄凉”一首，毛本於此句脱一“是”字，白石“雙螺未合”一首，與竹屋同，毛本於“扁舟載了，匆匆歸去”句，脱一“歸”字，萬氏因此訂爲五十一字各一體，非也。别有孫夫人入聲韵四十七字，晁無咎上去韵四十九字，子野入聲韵八十四字（又名《少年游慢》），各一體。

“南、花、樓、而、園、風、春”，凡七字，可仄。“石、一、海、麗、舊、喜”，凡六字，可平。

秋蕊香〔雙調〕

美成

乳　鴨池　塘水　暖。風　緊柳　花迎面。
■▲■◣▲◣■▲■。◣▲■■▲◣◣■。
午　妝粉　指印窗眼。曲　裏長　眉翠　淺。
■▲◣■▲■■◣■。■▲■◣▲◣■▲■。

問　知社　日停針綫。探　新燕。
■▲◣■▲■◣◣■。◣▲◣■。
寶　釵落　枕夢春遠。簾　影參　差滿　院。
■▲◣■▲■■◣■。◣▲■◣▲◣■▲■。

水暖：《雅詞》作“烟暖”。

問知：毛本、《雅詞》、《陽春白雪》、《花草粹編》均作“聞知”。

探新燕：毛本作“貪新燕”。

夢春：陳注本作“春夢”，從《雅詞》。又，毛本作“夢魂”。

秋蕊香

千里

一枕盤鴛錦暖。初起懶勻妝面。綠雲裊娜映嬌眼。酒入桃腮暈淺。翠簾半捲香縈綫。礙飛燕。畫屏淺立意閒遠。春鎖深沈小院。

秋蕊香

澤民

向曉銀瓶香暖。宿蕊猶殘嬌面。風塵一縷透窗眼。恨入春山黛淺。短書封了憑金綫。繫雙燕。良人貪逐利名遠。不憶幽花静院。

秋蕊香

西麓

晚酌宜城酒暖。玉軟嫩紅潮面。醉中窈窕度嬌眼。不識愁深恨淺。綉窗一縷香絨綫。繫雙燕。海棠滿地夕陽遠。明月笙歌别院。

按，此調四十八字，又名《秋蕊香令》。别有六十字體，即《秋蕊香引》。至九十七字體，乃平韵長調，與此無涉。《拾遺》云：《秋蕊香引》，雖較本調多十二字，而相同處，音調吻合，實源於本調，凡調名加“引”字者，引而伸之也，即添字之謂也。又，九十七字體，與四十八字體，無一相似處，名雖偶和，實不相沿襲，是也。又云“九十七字體，因虚齋題爲《咏木犀花》，當是因題名調”云云。尋九十七字《秋蕊香》，南宋初年即有之，松隱“秋色宫庭”一首，尚遠在虚齋之前百年，徐氏謂此調因虚齋而得名，蓋失之不察。

“乳、水、柳、午、粉、曲、翠、問、社、實、落、滿”，凡十二字，可平。"池、風、長、探、簾、參"，凡六字，可仄。

"午妝粉指映窗眼" "寶釵落枕夢春還"，乃拗句，三家和作，於"印"字、"夢"字皆依原詞用，全不敢立异。然檢他家於此二字，則多用平聲，《珠玉詞》前"多情衹是春陽柳"，後"金烏玉兔長飛走"是也，可不拘，但必須全平，或全仄。

漁家傲〔般涉〕

美成

灰　暖香　融銷永晝。葡　萄架　上春藤秀。

◣▲■◣▲◣◣■■。◣▲◣■▲■◣◣■。

曲　角闌　干群雀鬥。清明　後。風　梳萬　縷亭前柳。

■▲■◣▲◣◣■■。◣◣▲■。◣▲◣■▲■◣◣■。

日　照釵　梁光欲溜。循　階竹　粉沾衣袖。

■▲■◣▲◣◣■■。◣▲◣■▲■◣◣■。

拂　拂面　紅如著酒。沈吟　久。昨　宵正　是來時候。

■▲■■▲◣◣■■。◣◣▲■。■▲◣■▲■◣◣■。

葡萄：《陽春白雪》作"蒲桃"。

架上：毛本作"上架"，《陽春白雪》作"上格"。

拂拂：《歷代詩餘》作"灩灩"。

如著酒：元本、毛本均作"新著酒"，《陽春白雪》作"新酌酒"。

弟二

幾日輕陰寒惻惻。東風急處花成積。醉踏陽春懷故國。歸未得。黃鸝久住如相識。　賴有蛾眉能暖客。長歌屢勸金杯側。歌罷月痕來照席。貪歡適。簾前重露成涓滴。

弟二：《草堂詩餘》《花草粹編》均題作"春恨"。

惻惻：陳注本、元本均作“測測”，從毛本。按，方、楊、陳三家和作，均押“惻”字。

漁家傲

千里

燭彩花光明似晝。羅幃夜出傾城秀。紅錦紋茵雙鳳鬥。看舞後。腰肢宛勝章臺柳。　　眼尾春嬌波態溜。金尊笑捧纖纖袖。一陣粉香吹散酒。更漏久。消魂獨自歸時候。

第二

冷葉啼螿聲惻惻。銀床曉起清霜積。魂斷江南烟水國。書難得。想思此意無人識。　　緑鬢金釵年少客。愁來懶傍菱花側。霧閣雲窗閒枕席。情何適。杯盈珠泪還偷滴。

漁家傲

澤民

再過興國

穠李素華曾縞晝。當年獨冠群芳秀。今日再來眉暗鬥。誰人後。追思恰似章臺柳。　　先自病來遲唧溜。肌膚瘦減寬襟袖。已是無聊仍斷酒。徘徊久。者番枉走長亭候。

第二

未把金杯心已惻。少年病酒還成積。一昨宦游來水國。心知得。陶陶大醉何人識。　　日近偶然頻燕客。尊前巾帽時欹仄。致得沈痾盟枕席。吾方適。從今更不嘗涓滴。

漁家傲

西麓

日轉花梢春已晝。雙蛾曲理遥山秀。百草偏輸羞不鬥。隨人後。無情自折金絲柳。　　秋水盈盈嬌欲溜。六幺倦舞弓彎袖。偷摘青梅推病酒。徘徊久。一雙燕子歸時候。

第二

自别春風情意惻。秦筝不理香塵積。去躍青驄游上國。歸未得。如何莫向尊前識。　　薄幸高陽花酒客。迷雲戀雨青樓側。金屋空閒雙鳳席。離懷適。銀臺燭泪成行滴。

按，此調六十二字，尚有用平仄通叶者，於前後起二句，作“平仄平平仄仄平（韵）”“平（後仄）平仄（後平）仄仄平平（叶）”，而下接三句，仍换仄叶，當屬另體，如壽域：

疏雨纔收淡凈天。微雲綻處月嬋娟。寒雁一聲人正遠。添幽怨。那堪往事思量遍。　　誰道綢繆兩意堅。水萍風絮不相緣。舞鑒鸞腸虚寸斷。芳容變。好將憔悴教伊見。

别有友古六十六字《添字漁家傲》。

“灰、香、葡、闌、明、風、釵、循、吟”，凡九字，可仄。“架、曲、萬、日、竹、拂、面、昨、正”，凡九字，可平。

南鄉子〔商調〕

美成

晨　色動妝樓。短　燭熒熒悄未收。

◣▲■■◣◣。■▲■◣◣■■◣。

自　在開　簾風不定，颼颼。池　面冰澌趁水流。

■▲■◣▲◣◣■■，◣◣。◣▲■◣◣■■◣。

早　起怯梳頭。欲　挽雲鬟又却休。

■▲■■◣◣。■▲■◣◣■■◣。

不　會沈　吟思底事，凝眸。兩　點春山滿鏡愁。

■▲■◣▲◣◣■■，◣◣。■▲■◣◣■■◣。

南鄉子：《草堂詩餘》題作“曉景”。

颼颼：毛本作“颼䬟”。

欲挽：元本、毛本、《草堂詩餘》、《花草粹編》均作“欲綰”。

南鄉子

千里

西北有高樓。淡靄殘烟漸漸收。幾陣凉風生客袖，颼颼。心逐年華衮衮流。　　花卉滿前頭。老懶心情萬事休。獨倚闌干無一語，回眸。鼓角聲中唤起愁。

南鄉子

澤民

寧都登樓

乘月上高樓。一片清光浩莫收。簾捲好風知客意，颼颼。山自縱横水自流。　　却繞古城頭。塵事匆匆得少休。遥送征鴻千里外，明眸。消盡人間萬種愁。

南鄉子

西麓

歸雁轉西樓。薄幸音書日日收。舊恨却憑紅葉去，颼颼。春水多情日夜流。　　楊柳曲江頭。烟裹青青恨不休。九十韶光風雨半，回眸。一片花飛一片愁。

按，此調五十六字，子野注作〔中吕宫〕，想别有據。又，此調始自馮正中，美成從之。永叔一首，前後用四字起句，較正中少二字，即《詞統》所謂《减字南鄉子》。竹齋一首，前後弟三句作四字兩句，惜香一首，前後次句作四字兩句，皆多二字，當屬變格。《詞譜》謂雙調，始自正中，永叔本之"减字"，竹齋本之"添字"者，是也。别有正中平仄韵互叶五十六字體，書舟六十二字《攤破南鄉子》。又，歐陽炯二十七字、二十八字，李德潤三十字，各一體，乃平仄韵互叶之單調。《詞譜》謂單調始自歐陽迥，李德潤本之"添字"者，是也。此外，虞道園五十四字《南鄉一剪梅》一體，乃《南鄉子》而犯《一剪梅》之調，當作别論。

"晨、開、池、沈"，凡四字，可仄。"短、自、早、欲、不、兩"，凡六字，可平。

"自在開簾風不定，颼颼"句，及後段"不會沈吟思底事，凝眸"句，皆上七下二句法，乃定格。相山一首，前"琳館歸來，無貴更無憂"，後"請祝遐年，長笑挹浮丘"，并易爲上四下五，不可從。

前後結句，"趁"字、"滿"字、皆仄聲。荆公一首，前結"晋代衣冠成古丘"，後結"檻外長江空自流"，於此二字易爲平聲，取材唐人拗句，亦可從。但必前後相同。

"欲挽雲鬟又却休"句，乃"仄仄平平仄仄平"，與前段同。子野一首作"緑楊輕絮幾條條"，易爲"仄平平仄仄平平"，不可從。

望江南〔大石〕

美成

游妓　散，獨　自繞回堤。

◣■▲■，◢▲■■◣◣。

芳　草懷烟迷水曲，密　雲銜　雨暗城西。

◣▲■◣▲◣◣■■，■▲◣◣▲■■◣◣。

九　陌未沾泥。

■▲■■◣◣。

桃李　下，春　晚未成蹊。

◣■▲■，◣▲■■◣◣。

牆　外見　花尋路轉，柳　陰行　馬過鶯啼。

◣▲■■▲◣◣■■，■▲◣◣▲■■◣◣。

無　處不悽悽。

◣▲■■◣◣。

望江南：毛本題作“春游”。

未成蹊：毛本作“自成蹊”。

悽悽：依西麓和一本作“淒淒”。按，“悽”“淒”二字，自來詞章家每通用。

望江南

千里

春色暮，短艇艤長堤。飛絮空隨花上下，啼鶯占斷水東西。來往燕爭泥。　　桑柘緑，歸去覓前蹊。夜瓮酒香從蟻鬥，曉窗眠足任鷄啼。猶勝旅情凄。

望江南

澤民

尋勝去，驅馬上南堤。信脚不知人遠近，醉眠猶勸玉東西。歸帽任衝泥。　　春雨過，農事在瓜蹊。野卉無名隨路滿，山禽著意傍人啼。鼓角已悲凄。

望江南

西麓

烟漠漠，湖外緑楊堤。滿地落花春雨後，一簾飛絮夕陽西。梁燕落香泥。　流水恨，和泪入桃蹊。鸚鵡洲邊鸚鵡恨，杜鵑枝上杜鵑啼。歸思越凄凄。

按，此調五十四字，即二十七體之雙調。其單調本名《謝秋娘》，唐李文饒爲其亡姬而作，見《樂府雜録》。又名《憶江南》《夢游仙》《夢江南》《夢江口》《望江梅》《春去也》，至宋始加爲雙調。隋煬帝之《湖上八曲》，係以僞托，因香山三詞，晚唐襲之，皆係單調也。《嘯餘》合李後主"多少恨""多少泪"二首爲一首，以當雙調，以二十七字體爲《夢江口》，誤矣，説見《詞律》。尋《花草粹編》《詩餘圖譜》，亦以後主"多少恨""多少泪"二首爲一首，《(花草)粹編》又合"閒夢遠"二首爲一首，致有前後不同韵之嫌，蓋誤。至《花草粹編》及《歷代詩餘》所載吕洞賓"瑶池上"一首，恐爲後世羽流僞托，不可據爲口實。别有馮正中平仄韵互叶五十九字體，夢窗九十四字《江南好》（與别名《江南好》之《憶江南》不同），萊公三十字《江南春》，皆與此無涉。

"妓、獨、密、九、李、見、柳"，凡七字，可平。"芳、懷、銜、春、牆、行、無"，凡七字，可仄。

"芳草懷烟迷水曲，密雲銜雨暗城西"，宜對。

"牆外見花尋路轉，柳陰行馬過鶯啼"，宜對。

浣溪沙〔黄鐘〕

美成

争　挽桐花兩鬢垂。小　妝弄　影照清池。出　簾踏　韈趁蜂兒。

◣▲■◣◣■■◣。■▲◣■▲■■◣◣。■▲◣■▲■■◣◣。

跳　脱添　金雙腕重，琵　琶撥　盡四弦悲。夜　寒誰　肯剪春衣。

◣▲■◣▲◣◣■■，◣▲◣■▲■■◣◣。■▲◣◣▲■■◣◣。

浣溪沙：一作“浣沙溪”，似以西子浣紗得名，《雲謡》作“涣沙溪”，誤。萬氏云“‘沙’應作‘紗’”云云，然古無“紗”字，以“沙”爲之，陳注引杜詩“移船先主廟，洗藥浣沙溪”爲調名所本，非。

出簾：毛本作“珠簾”。

撥盡：毛本作“破撥”。

弟二

雨過殘紅濕未飛。珠簾一行透斜暉。游蜂釀蜜竊香歸。　金屋無人風竹亂，衣篝盡日水沈微。一春須有憶人時。

弟二：《草堂詩餘》不著撰人，題作“春懷”。

珠簾：毛本作“疏籬”。

一行：毛本、《草堂詩餘》《花草粹編》均作“一帶”，《雅詞》作“桁”。

衣篝：毛本、《雅詞》、《草堂詩餘》、《花草粹編》均作“夜篝”。

弟三

樓上晴天碧四垂。樓前芳草接天涯。勸君莫上最高梯。　新笋已成堂下竹，落花都上燕巢泥。忍聽林表杜鵑啼。

弟三：《詩詞雜俎》本、《四印》本、《漱玉詞》均載此闋，《古今詞統》及《歷代詩餘》，亦以爲李易安作，并誤。又，《草堂詩餘》題作“春暮”。

勸君：《四印》本、《漱玉詞》作“傷心”。

已成：毛本、《雅詞》《草堂詩餘》均作“看成”。

都上：毛本、《雅詞》《草堂詩餘》均作“都入”。

浣沙溪

千里

楊柳依依窣地垂。麯塵波影漸平池。霏微細雨出魚兒。　先自别來容易瘦，那堪春去不勝悲。腰肢寬盡縷金衣。

第二

無數流鶯遠近飛。垂楊裊裊弄晴暉。斷腸聲裏送春歸。　鬢影空思香霧濕，韈塵還想步波微。去年花下酒闌時。

第三

清泪斑斑著意垂。消魂迢遞一天涯。誰能萬里布長梯。　先自樓臺飛粉絮，可堪簾幕捲金泥。相思心上乳鶯啼。

浣溪沙

澤民

山礬

芳蕊翩韆夾道垂。珠幢玉節下瑶池。异香團就小花兒。　應念裴航佳句好，休論白傅送行悲。月娥親自送仙衣。

第二

薝葡

原上芳華已亂飛。林間佛日却暉暉。一花六葉殿春歸。　身外色香空荏苒，鼻端消息正霏微。禪林曲幾坐忘時。

第三

木樨

金粟蒙茸翠葉垂。月宫仙種下天涯。兒曹攀折有雲梯。　枕畔幽芳醒睡思，爐中换骨脱金泥。待持金剪怕兒啼。

浣溪沙

西麓

雙倚妝樓寶髻垂。佩環依約下瑶池。鬢邊斜插碧蟬兒。　不嫁東風蘇小恨，未圓明月柳娘悲。舞休愁叠縷金衣。

第二

門鴨闌干燕子飛。一堤春水漾晴暉。女郎何處踏青歸。　生色鞋兒銷鳳穩，碧羅衫子唾花微。後期應待牡丹時。

第三

十二珠簾綉帶垂。柳烟迷暗楚江涯。自携玉笛憑丹梯。　寫恨鸞箋凝粉泪，踏青鴛韈濺金泥。落紅深處亂鶯啼。

按，此調四十二字，子野注作〔中吕宫〕，想别有據。又，《雲謡》所録《浣溪沙》，皆四十八字，即一名《山花子》者。《花間》《尊前》則四十二字及四十八字者，皆題曰《浣溪沙》。賀方回詞則於四十八字者題曰《浣溪沙》，四十二字者題曰《减字浣溪沙》。况夔笙先生云“四十八字者乃正格，四十二字者乃《减字浣溪沙》也”云云，然後人襲用既久，反以四十二字者爲正格，不云“减字”，四十八字者曰“攤破”或“攤聲”，未免顛倒前後之誤矣。别有孫孟文四十四字體，顧敻及無名氏四十六字各一體，李後主仄韵四十二字體，美成上去韵九十三字《浣溪沙慢》（見《補遺》下）。

“争、跳、添、琵、誰”，凡五字，可仄，“小、弄、出、踏、撥、夜”，凡六字，可平。

“跳脱添金雙腕重，琵琶撥盡四弦悲”，宜對。

迎春樂〔雙調〕

美成

清池小　圃開雲屋。結　春伴，往　來熟。
◣◣■▲■◣◣■。■▲◣■，■▲◣■。
憶、年時縱酒杯行速。看　月上，歸禽宿。
■、◣◣■■◣◣■。◣▲■■，◣◣■。

牆　裏修篁森似束。記　名　字、曾　刊新緑。
◣▲■◣◣◣■■。■▲◣▲■、◣▲◣◣■。
見　説别來長，沿翠蘚　，封寒玉。
■▲■■◣◣，◣■■▲，◣◣■。

沿翠蘚：毛本作“泠翠蘚”。

第二

桃蹊柳曲閒踪迹。俱曾是，大堤客。解春衣、貰酒城南陌。頻醉卧，胡姬側。　　鬢點吴霜嗟早白。更誰念、玉溪消息。他日水雲身，相望處，無南北。

迎春樂

千里

参差鳳鐸鳴高屋。漸驚覺，清眠熟。看、夕◢陽倒影花陰速。雙燕子，歸來宿。　　幾曲危腸愁易束。問雪鬢、何時重緑。料想此情同，應暗損，香肌玉。

第二

紅深緑暗春無迹。芳心蕩，冶游客。記、摇鞭跋馬銅駝陌。凝睇認，珠簾側。　　絮滿愁城風捲白。遞多少、相思消息。何處約歡期，芳草外，高樓北。

迎春樂

澤民

池邊刺竹初成屋。撥芳瓮，酒初熟。奈巾車秣馬催人速。還又伴，孤霜宿。　　蝸角蠅頭相窘束。滿眼地、水青山緑。要解别來愁，除是再偎香玉。

第二

沈吟暗想狂踪迹。親曾作，燕堂客。賞春風、共醉垂楊陌。雲鬟軃，金釵側。　　對酒何曾辭大白。十年後、音塵俱息。今日走江西，空悵望，荆湖北。

迎春樂

西麓

垂楊影下黄金屋。東風漸，粉香熟。恨、當年有約馬驂鸞速。誤一枕，紅雲宿。　　帶眼寬移腰似束。怪何事、褪紅銷緑。背面立鞦韆，羞人問，連環玉。

第二

江湖十載疏狂迹。紅塵裏，倦游客。駐雕鞍、問柳東風陌。花底帽，任欹側。　斗酒百◢篇呼太白。傲人世、醉中一◢息。何日賦歸來，水之南，雲之北。

按，此調五十二字。别有子野五十字體，淮海、東山、逃禪五十一字各一體，耆卿五十二字體，同叔五十三字體。

“小、結、往、記、見、蘚”，凡六字，可平。“看、牆、名、曾”，凡四字，可仄。

千里：“夕”字入代平。西麓，“百”字、“一”字入代平，皆不必從。

“憶、年時縱酒杯行速”句，乃上一下七句法。美成弟二首，作“解春衣，貰酒城南陌”，則爲上一下二之三字句，下接五字句，可不拘。

“沿翠蘚”句，西麓兩首作“羞人問”“水之南”，易爲“平平仄”及“仄平平”，不必從。

“沿翠蘚，對寒玉”句，乃三字二句。澤民，“除是再偎香玉”，易爲二二二之六字句，誤。

點絳脣〔仙吕〕

美成

臺　上披襟，快風一　瞬收殘雨。柳絲輕舉。蛛　網黏飛絮。

◣▲■◣◣，■◣■▲■◣◣■。■◣◣■。◣▲■◣◣■。

極　目平蕪，應　是春歸處。愁凝佇。楚　歌聲苦。村　落黄昏鼓。

■▲■◣◣，◣▲■◣◣■。◣◣■。■▲◣◣■。◣▲■◣◣■。

春歸處：依西麓和一本作“春歸路”。

點絳脣

千里

池館春深，海棠枝上斑斑雨。酒旗斜舉。風滚楊花絮。　游子征衫，憑暖闌干處。空凝佇。杜鵑啼苦。還報南樓鼓。

點絳唇

澤民

集句

流水泠泠，閉門時候廉纖雨。菱歌齊舉。風暖飄香絮。　　一葉扁舟，過盡鶯啼處。空凝佇。到頭辛苦。暮色聞津鼓。

點絳唇

西麓

鶯語愁春，海棠風裏胭脂雨。酒杯慵舉。閒撲亭前絮。　　漠漠斜陽，截斷愁來路。憑闌佇。滿懷離苦。分付樓南鼓。

按，此調四十一字。僅韓魏公一首，於前後弟二句，各多一字，不必從。

“臺、蛛、應、村”，凡四字，可仄。“一、極、楚”，凡三字，可平。“快”字、“柳”字宜用上去。

“柳絲輕舉”句，乃上二下二句法，朱雍作“惜飄零處”，易爲一二一之四字句，誤。

一落索〔雙調〕

美成

眉　共春　山争秀。可　憐長皺。

◣▲■◣▲◣◣■。■▲◣◣■。

莫　將清　泪濕花枝，恐　花　也、如人瘦。

■▲◣◣▲■■◣◣，■▲◣▲■、◣◣■。

清　潤玉　簫閒久。知　音稀有。

◣▲■■▲◣◣■。◣▲◣◣■。

欲　知日　日倚闌愁，但　問　取、亭前柳。

■▲◣■▲■■◣◣，■▲■▲■、◣◣■。

第二

杜宇思歸聲苦。和春催去。倚闌一霎酒旗風，任撲面、桃花雨。　　目斷隴雲江樹。難逢尺素。落霞隱隱日平西，料想是、分携處。

思歸：毛本作“催歸”。

催去：毛本作“歸去”。

一落索

千里

月影娟娟明秀。簾波吹皺。徘徊空度可憐宵，漫問道、因誰瘦。不見芳音長久。鱗鴻空有。渭城西路恨依然，尚夢想、青青柳。

第二

心抵江蓮長苦。凌波人去。厭厭消瘦不勝衣，恨清泪、多於雨。舊曲慵歌瓊樹。誰傳香素。碧溪流水過樓前，問紅葉、來何處。

一落索

澤民

水與東風俱秀。一池春皺。滿庭花卉盡芳菲，衹有朵、江梅瘦。譜裏知名自久。真情難有。縱然時下有真情，又還似、章臺柳。

第二

識盡人間甘苦。不如歸去。先來孤館客愁多，更傾下、連宵雨。盡日登山繞樹。禄非尸素。竹鷄啼了杜鵑啼，甚都在、人愁處。

一落索

西麓

澹澹雙蛾疏秀。爲誰頻皺。落花何處不春愁，料不是、因花瘦。錦字香箋封久。鱗鴻稀有。舞腰銷減不禁愁，怕一似、章臺柳。

第二

欲寄相思情苦。倩流紅去。滿懷寫不盡離愁，都化作、無情雨。渺渺暮雲春樹。澹烟横素。夕陽西下杜鵑啼，怨截斷、春歸處。

按，此調四十六字，一名《洛陽春》《玉聯環》《上林春》《一絡索》。子野、東山俱於首句多一字，平仄亦略异，其餘四十字，平仄句法與美成全同，似可不拘，爰并録之如下。

玉聯環

子野

來時露浥衣香潤。彩縧垂鬢。捲簾還喜月相親，把酒更、花相近。西去陽關休問。未歌先恨。玉峰山下水長流，流水盡，情無盡。

一落索

東山

初見碧紗窗下綉。寸波頻溜。錯將黄暈壓檀花，翠袖掩、纖纖手。金縷一雙紅豆。情通色授。不應學舞愛垂楊，甚長爲、春風瘦。

別有無名氏四十四字，吕聖求四十五字，永叔四十九字，山谷五十字，各一體。淮海、嚴次山、書舟三家四十八字各一體。又，陳鳳儀一體，據《花庵詞選》《花草粹編》，止四十八字。而《詞律》《詞林紀事》均收爲四十九字者，蓋於後段第二句首誤多一“向”字逗，其原詞當如下：

蜀江春色濃如霧。擁、雙旌歸去。海棠也似别君難，一點點、啼紅雨。　此去馬蹄何處。沙堤新路。禁林賜宴賞花時，還憶著、西樓否。

“眉、春、清、清、知”，凡五字，可仄。“可、莫、玉、欲、日”，凡五字，可平。“恐花”二字，“花”字若平，則“恐”字必仄。“但問”二字，“問”字若平，則“但”字必仄。

“可憐長皺”句，乃上二下二句法。西麓弟二首“倩流紅去”，易爲一二一之四字句，誤。

“莫將清泪濕花枝”句，乃二二三之七字句。西麓弟二首，“滿懷寫不盡離愁”，易爲二三二之七字句，誤。

垂絲釣〔商調〕

美成

縷金翠羽。妝成纔見眉嫵。倦倚　綉　簾，看　舞風絮。
◤◣◥◤。◣◣◣◥◣◤。◥◤▲◥▲◣，◣▲◤◣◥。
愁幾許。寄、鳳絲雁柱。
◥◤◤。◥、◥◣◥◤。

春將暮。向、層城苑路。鈿　車似　水，時時花徑相遇。
◣◣◥。◥、◣◣◥◥。◣▲◣◥▲◣，◣◣◣◥◣◥。
舊游伴　侶。還到曾來處。門掩風和雨。梁燕語。問、那人在　否。
◥◣◤▲◤。◣◥◣◣◣。◣◥◣◣◤。◣◥◤。◥、◥◣◣▲◤。

垂絲釣：毛本於“鈿車似水”句作結，誤。《花草粹編》於“暮”字韵作結，與西麓、逃禪、宗卿相同。客亭、夢窗則於“路”字韵作結，但詳其語意，以“柱”字作結爲是。

綉簾：毛本作“玉奩”。

苑路：毛本作“宛路”。

似水：毛本作“如水”。

梁燕語：陳注本作“梁間燕語”，從元本及毛本，彊村翁云：“‘間’字衍”，是也。

垂絲釣

千里

錦鱗綉羽。難傳愁態鞾嫵。岸草際天，雲影垂絮。人何◣許。謾、并闌倚▲柱。　　烟光暮。悵、榆錢滿路。送春殢酒，歡期幽會希遇。彩◤簫鳳侶。回首◤分携處。雙臉吹愁雨。無限▲語。再、見時記否。

垂絲釣

西麓

鬢◥蟬似羽。輕紈低映嬌嫵。憑闌◣看花，仰◤蜂◣粘絮。春未◥許。寶箏◣閒玉◢柱。東風暮。　　武陵溪上◥路。娉婷婀娜，劉郎依約曾遇。鴛◣儔鳳侶。重記相逢處。雲隔◢陽臺雨。花解◤語。舊夢還記否。

垂絲釣

逃禪

燕◥將舊侶。呢喃終日◢相語。似▲惜◢別離，情知◣幾◤許◤。誰與度◥。爲、向人代訴◥。空朝暮。　　謾、千言百◢句。怎◤生會得◢，争如作◢個青羽◤。又聞院宇。不◢在當時住。飛去◥無尋處◥。腸萬縷。寄、暴風横雨。

第二

鄧端友席上贈吕倩倩

玉◢纖半露◥。香檀低應鼉鼓。逸◢調響◤穿，空雲◣不◢度。情幾許。看、兩◤眉碧◢聚。爲◥誰訴。　　聽、敲冰戛◢玉。恨雲怨雨，聲聲總◤在愁處。放杯未舉。傾坐驚相顧。應也腸千縷。人欲◢去◥。更、畫檐細雨。（過片“玉”字借叶）

垂絲釣

介庵

於越亭路彦捷置酒同别富南叔

短篷醉艤。江南秋意如水。露草星◣明，風柳絲委◤。危檻倚。爲、故人宴喜◤。　　歡無幾◤。念、青鞋紫綺◤。論詩載酒，猶勝心寄雙鯉◤。倦游晚矣。雲路非吾事。湖海從君意◥。沙雁起。記、夜闌隱几。

第二

莫▲愁有◤信◥。全勝春夢無準。篆縷欲銷，衣粉堪認。殘夢◥醒。枕、夜凉滿◤鬢◥。　　想◤香徑。正、垂垂美蔭。晚◤花在否，朱闌誰與◤同憑。斷雲怨冷。青鳥◤無憑問。紅葉◢翻成恨◥。三五◤近。試、預占破鏡◥。

垂絲釣

客亭

翠◥簾晝捲。庭花日◢影◤初轉。酒◤力◢未醒，眉黛◥還斂。停歌◣扇◥。背、畫闌倚▲遍◥。情無限▲。悵、韶華又◥晚◤。　　錦◤韉去後，愁寬珠袖金釧。碧◢雲信遠。難托◢西樓雁。空寫銀箏怨◥。腸欲

◢斷。更、落◢紅萬點。

垂絲釣

戊戌迓客，自江入淮

宗卿

夕◢烽戍鼓。悲涼江岸淮浦。霧隱孤◣城，水◤荒◣沙聚▲。人共◥語。盡▲、向來勝處◥。謾◥懷古◤。　問、柳◤津花◣渡。露橋夜月◢，吹簫人在何許◤。繚◤牆禁籞。粉◤黛成黄土◤。惟有江東注◥。都無◣虜。似▲、舊時得◢否。

垂絲釣近〔夷則商，俗名商調〕

夢窗

雲麓先生以畫舫載洛花宴客

聽◥風聽雨，春殘花落◢門掩。乍倚玉闌，旋剪夭艷。携醉◥靨。放、溯溪游◣纜。波光撼▲。映、燭◢花黯澹。　碎霞澄水，吴宫初試菱鑒。舊情頓減。孤負▲深杯灧。衣露◥天香染。通夜飲。問、漏移幾點。（“飲”字借叶）

按，此調六十六字，又名《垂絲釣近》。宗卿一首，於“看舞風絮”句多一字，作“正北風低草”，疑衍“正”字，因此四字與上句“暮雨生寒”相對，適合原律也，《歷代詩餘》因以爲六十七字體，非。夢窗一首，於首句不起韵，不可從。

“倚、似、伴、在”，凡四字，上去通用。“綉”字，毛本作“玉”，入聲。“似”字，毛本、作“如”，平聲，夢窗并同。

“縷”字，西麓、逃禪弟一首、介庵弟二首、客亭、夢窗作去，逃禪弟二首、宗卿作入。“纔”字，逃禪弟一首、客亭作入。“綉”字，介庵弟一首、宗卿作平。“看”字，西麓、宗卿作上。“舞”字，西麓、逃禪、宗卿作平。“幾”字，千里、客亭作平，西麓、介庵弟二首、宗卿、夢窗作去。“雁”字，西麓、逃禪弟二首作入。“柱”字，逃禪弟一首、介庵弟二首、客亭、宗卿作去。“春”字，逃禪弟二首，宗卿作去。“苑”字，西麓、客亭作去，逃禪兩首作入。“鈿”字，逃禪弟一首、介庵弟二首、客亭作上。“水”字，逃禪弟一首、宗卿作入。“舊”字，千里、宗卿作上。“到”字，千里、介庵弟二首作上。“掩”字，西麓、介庵弟二首作入，逃禪弟一首、夢窗作去。“燕”字，西麓、介庵第二首作上，逃禪弟二首、客亭作入。又，“羽”韵，逃禪弟二首、介庵弟二首叶去。“絮”韵，逃禪弟一首、介庵弟一首叶上。“許”韵，逃禪弟一首、客亭叶去。“暮”韵，介庵弟一首、宗卿叶上。“路”韵，介庵弟一首、客亭叶上。“遇”韵，逃禪弟一首、介庵弟一首、宗卿叶上。“處”韵，宗卿叶上。“雨”韵，逃禪弟一首叶去。“否”韵，介庵弟二首叶去。皆不必從。

千里：“何、彩、首”，凡三字，四聲不和，“倚”字、“限”字作去。

西麓：“闌、蜂、筝、鴛”，凡四字，平仄不合。

逃禪：“燕、日、惜、知、幾、許、度、訴、百、怎、得、作、羽、不、去、處”，凡十六字，四聲不合。“似”字作去。

弟二首：“玉、露、逸、響、雲、不、兩、碧、爲、戛、總、欲、去”，凡十三字，四聲不合。

介庵：“星、委、幾、綺、鯉、意”①，凡六字，四聲不合。

弟二首：“暮、有、信、夢、滿、鬢、想、晚、與、烏、葉、恨、五、鏡”，凡十四字，四聲不合。

客亭：“翠、日、影、酒、力、黛、歌、扇、遍、又、晚、錦、碧、托、怨、欲、落”，凡十七字，四聲不合。“倚”字、“限”字作去。

宗卿：“夕、孤、水、荒、共、處、謾、古、柳、花、月、許、繚、粉、土、注、無、得”，凡十八字，四聲不合。“盡”字、“似”字作去。

夢窗：“聽、落、醉、游、燭、露”，凡六字，四聲不合。“撼”字、“負”字作去。

“倦倚綉簾，看舞風絮”，必對。

“寄、鳳絲雁柱”“向、層城苑路”“問、那人在否”三句，皆上一下四句法。西麓“寶筝閒玉柱”“武陵溪上路”“舊夢還記否”，皆易爲上二下三句，誤。

---

① “喜”字，詞中標注，此處未列出。

卷四　夏景

滿庭芳〔中吕〕

夏日溧水無想山作

美成

風老鶯雛，雨肥梅子，午陰嘉樹清圓。
◣▲■◣◣，■▲◣◣▲■，■◣▲◣▲■◣◣。
地卑山近，衣潤費爐烟。
■▲◣◣▲■，◣■■◣◣。
人静烏鳶自樂，小橋外、新緑濺濺。
◣▲■◣◣■■，■▲◣▲■、◣▲■◣◣。
憑欄久，黄蘆苦竹，擬泛九江船。
◣◣■，◣◣■▲■，■▲■■◣◣。

年年。如社燕，飄流瀚海，來寄修椽。
◣◣。◣■■，◣▲◣■▲■，◣▲■◣◣。
且、莫思身外，長近尊前。
■、■▲◣◣▲■，◣▲■◣◣。
憔悴江南倦客，不堪聽、急管繁弦。
◣▲■◣▲◣■■，■▲◣▲◣、■▲■◣◣。
歌筵畔，先安簟枕，容我醉時眠。
◣◣■，◣▲◣■▲■，◣▲■■◣◣。

滿庭芳：陳注本無題，從元本及毛本。

嘉樹：毛本作“佳樹”，《雅詞》作“槐影”。

人静：《雅詞》作“人去”。

新緑：元本、毛本作“新渌”。

擬泛：《雅詞》作“疑泛”。

繁弦：《花庵詞選》《雅詞》均作“危弦”。

簟枕：《草堂詩餘》《花草粹編》均作“枕簟”。

滿庭芳

千里

山色澄秋，水光融日，浮萍飄碎還圓。數行征雁，分破白鷗烟。高下回塘暗谷，寫幽思終日濺濺。閒凝望，殘霞暝靄，何處一漁船。　江南思舊隱，篘軒野徑，茆舍疏椽。慣、携壺花下，攲帽風前。想像淵明舊節，琴中趣、何必疏弦。歸歟計，不將五斗，輸與北窗眠。

滿庭芳

澤民

春過園林，雨餘池沼，嫩荷點點青圓。晝長人静，芳樹欲生烟。一徑幽通邃竹，松風漱、石齒濺濺。平生志，功名未就，先覓五湖船。　不如歸去好，良田二頃，茅舍三椽。任、高歌月下，痛飲花前。果解忘情寄意，又何在、頻撫無弦。烟波友，扁舟過我，相伴白鷗眠。

滿庭芳

西麓

槐影連陰，竹光搏露，小荷新緑浮圓。簟紋如浪，綃帳碧籠烟。回合溪橋一曲，初雨過、流水濺濺。闌干外，沙鷗野鳥，飛過釣魚船。　浮生同幻境，眼空四海，迹寄三椽。但、隨天休問，我後誰前。要識淵明琴趣，真真意、都在無弦。薰風裏，綸巾羽扇，一枕北窗眠。

按，此調九十五字，又名《鎖陽臺》《滿庭霜》。《樂府雅詞》録易安詞，亦名《轉調滿庭芳》。夢窗題作《江南好》，王校夢窗詞云“《江南好》即《滿庭芳》”，殆以東坡詞有“江南好”句，别易是名。《詞律》於《水調歌頭》注云“夢窗名《江南好》”，《詞律拾遺》謂“與《鳳凰臺上憶吹簫》相近”，均誤。程正伯於“午陰嘉樹清圓”句多一字，作“又還是秋滿平湖”。晁無咎於“雨肥梅子”句多一字，作“乘槎心開懶”。稼翁於“人静下”十三字，後段“憔悴下”十三字，均少一字，易爲六字對句，“且莫思身外，長近尊前”句，易爲上三下六句法。玉田於“長近尊前”句多一字，作“料理護花鈴”。遺山於“不堪聽急管繁弦”句多一字，作“塞瓊肌瑩，春滿温泉”，皆屬變格。“年年”二字，或叶、或不叶，可不拘。“且莫思身外”句，向有二體，一作“仄、仄（可平）平平（可仄）仄”，一作“仄、平仄平平”，可不拘。美成《鎖陽臺》（見《補遺》上）第一首作“但夢魂迢遞”，第二首作“但唯有相思”，東坡《滿庭芳》一首作“又何須抵死”，另首作“問何事人間”，淮海《滿庭芳》弟一首作“漫赢得青樓”，弟三首作“問籬邊黄菊”，等等，皆是。别有無言入聲韵九十六字一體，即又名《轉調滿庭芳》者，《花草粹編》收入《滿庭芳》調，張文潜九十七字體。

“風、梅、陰、嘉、山、人、橋、新、飄、來、身、長、憔、江、堪、先”，凡十六字，可仄。“雨、地、小、苦、瀚、莫、不、急、簟”，凡九字，可平。前後結句，“擬”字、“容”字忌去。“年年”二字，宜平，間亦有作仄平者，似不必從，“聽”字宜仄。

“風老鶯雛，雨肥梅子”，必對。

“飄流瀚海，來寄修椽”，宜對。

“莫思身外，長近尊前”，宜對。

“小橋外，新緑濺濺”句，各家皆上三下四句法。《詞律》引小山詞，“可憐流水各西東”，獨作上四下三，以爲傳訛，是也。今檢《花草粹編》及彊村本小山詞，此句皆作“可憐便，流水西東”，與美成上三下四句法正同，《詞律》蓋沿毛本之誤。

“且、莫思身外，長近尊前”句，乃上一字逗，下接四字二句。淮海“坐中客，翻愁酒醒歌闌”，作上三下六，與晁無咎二首、松隱一首句法相同，似不必從。

隔浦蓮〔大石〕

美成

中山縣圃姑射亭避暑作

新篁摇動　翠葆。曲徑通深窈。夏果收新脆，金丸落、驚飛鳥。
◣◣◣◤▲◥◤。◢◥◣◣◤。◥◤◣◣◥，◣◣◣、◣◣◤。
濃翠　迷岸草。蛙聲鬧。驟雨鳴池沼。
◣◥▲◣◥◤。◣◣◥。◥◤◣◣◤。

水亭小。浮萍破處，簾花檐影顛倒。綸巾羽扇，困卧北窗清曉。
◤◣◤。◣◣◥◥，◣◣◣◤◣◥。◣◣◤◥，◥◥◢◣◣◤。
屏裏吴山夢自到。驚覺。依然身在　江表。
◣◤◣◣◥◥◥。◣◥。◣◣◣◤▲◣◤。

隔浦蓮：毛本、《花庵詞選》《草堂詩餘》《花草粹編》均以“水亭小”句屬前結，與西麓、履齋、放翁、介庵、竹屋、梅溪相同。習用既久，自亦不妨從俗。惟詳其語意，仍以屬後爲是。又，《嘯餘》以“驟雨鳴”爲三字句，“池沼水亭小”爲五字句，誤。《詞律》斥其可笑，宜也。又，陳注本無題，從元本及毛本。

深窈：《雅詞》作“深杳”。

金丸落、驚飛鳥：毛本注云，一作“金丸落飛鳥”。

濃翠：元本、毛本、《花庵詞選》《雅詞》《草堂詩餘》《花草粹編》均作“濃靄”。

驟雨：《雅詞》作“暴雨”。

簾花檐影：《雅詞》《草堂詩餘》均作“檐花簾影”。

困卧：《草堂詩餘》作“醉卧”。

依然：毛本、《草堂詩餘》均作“依前”。

隔浦蓮

千里

垂楊烟濕◢嫩葆。別嶼◤環清窈。紺影浮新漲，夷猶終日魚鳥，花妥庭下◤草。鳴蟬鬧。暗綠◢藏臺沼。　野軒小。欹眠斷夢，閒書風葉◢顛倒。詩懷酒思，悔費十年昏曉。投老紅塵倦再到。愁覺。悠然心寄天表。

隔浦蓮近拍

澤民

桑陰柔弄羽◤葆。蓮◣渚◤芳容窈。翠葉◢濃障屋◢，綿蠻時囀◥黄鳥。閒步挼嫩草。魚兒鬧。作隊◥游蘋沼。　晝◥屏小。紗厨簟枕◤，接◢羅沈醉◥猶倒。華胥境界，燕子◤幾◤聲催曉。携手蘭房未步到。還覺。衷腸知向誰表。

隔浦蓮近拍

西麓

鉛霜初褪鳳葆。碧旆侵雲窈。萬綠◢傷春遠◤，林幽樂多禽鳥。斜陽◣堤畔草。游魚鬧。暗水流萍沼。翠◥鈿小。　凉亭醉倚▲，接◢羅巾、任◥攲倒。月◢明庭◣樹，夜半鵲飛驚曉。隔◢岸◥蕢鄉夢漸▲到。吹覺。一◢襟風露塵表。

隔浦蓮

履齋

會老香堂和美成

扇◥荷偷换羽◤葆。院◥宇◤人聲窈。獨◢步◥亭皋下◤，闌干并◥栖幽鳥。新雨抽嫩草。檐花鬧。一◢片◥萍鋪沼。燕◥雛小。　書空底

◤事，那堪手◤版持倒。今來古往◤，幾◤見北邙人曉。鄉號◥無何但日◢到。休覺。陶然身世塵表。

隔浦蓮

海野

咏白蓮

凉秋湖上過雨。作意回商素◥。暗緑◢翻輕蓋，蕭然姑射◥儔侶。妝臉宜淡伫。紅衣妒。步韈◢凌波去◥。　异◥香度◥。天教占斷，風汀月◢浦烟渚◤。纖塵不◢到，夢繞▲玉壺清處◥。多少芳心待▲怨訴。無語◤。飛來一◢片鷗鷺◥。

隔浦蓮近拍

放翁

飛花如趁燕子。直度簾櫳裏。帳掩香雲暖◤，金籠鸚䳇◤驚起。凝恨慵梳◣洗。妝臺畔，蘸粉纖纖指。寶釵墜◥。　纔醒又困，厭厭中◥酒滋味。牆頭柳暗，過盡▲一年春事◥。罨◤畫◥高樓怕獨◢倚▲。千里◤。孤舟何處烟水。

第二

騎鯨雲路倒景。醉◥面風吹醒。笑把浮丘袂，寥然非復塵境。震◥澤秋萬頃。烟霞散，水◤面◥飛金鏡◥。露◥華冷。　湘妃睡起◤，鬟傾釵墜◥慵整◤。臨江舞處，零◣亂塞◥鴻清影。河漢◥橫斜夜漏永◤。人静▲。吹簫同過緱嶺。

隔浦蓮

介庵

西風吹斷夢草。來◣度芙蓉老。坐上◥人誰在，晨參疏影◤相照◥。

幽館寒意早。檐聲小◤。醉語秋屏曉。記年少①。　相携勝處，黃花香滿烏帽。如今將◣見，璧◢月◢瓊◣枝空好。準◤擬新歌待▲見了◤。不◢道。些兒心事還惱。

隔浦蓮

竹屋

七夕

銀灣初霽暮雨。鵲赴秋期去◥。淺◤月◢窺清夜，凉生一天風露◥。纖巧雲暗度◥。河橋路。縹◤緲乘鸞女。正◥容與。　西厢舊約◢，玉◢嬌誰見◥私語◤。柔情不◢盡▲，好◤似▲冰◣綃雲縷。回首天涯又怨阻◤。無語◤。西風魂斷機杼。

隔浦蓮

梅溪

紅塵飛不◢到處◥。此◤地知無暑。亂竹◢分幽徑，虛堂中、自◥回互◥。陰壑生暗霧◥。飛泉注。氣入◢間尊俎。快◥風度◥。　齊宫楚◤樹，如今空鎖烟樹。何人伴我◤，夢賦雪車冰柱。惟有蟬聲助冷◤語◤。驚寤。飛雲來獻凉雨。

隔浦蓮近

處靜

街檐插◢綴翠柳。憔◣悴清明後。泪蠟◢堆香徑，一◢夜◥海◤棠中◥酒。枝上酸似豆◥。鶯聲驟。恨軟彈箏手。　搵眉袖◥。嘶驄過盡▲，平蕪緑◢襯◥飛綉。沈紅入◢水◤，漸▲做小◤蓮離藕。亭冷沈香夢似▲舊。花瘦。欲◢留春住時候◥。

---

① 原書缺“記年少”三字，據《全宋詞》第1889頁補。

隔浦蓮近〔黃鐘商〕

夢窗

泊長橋過重午

榴花依舊照眼。愁◣褪紅絲腕。夢繞烟江路，汀菰緑、薰風晚。年少驚送遠。吴蠶老◤，恨緒縈抽繭。　　旅情懶。扁舟繫處，青簾①濁◢酒須换。一◢番重◣午◤，旋買◤香◣蒲浮琖。新月◢湖光蕩▲素練。人散。紅衣香在南岸◥。

隔浦蓮

立之

愁紅飛眩醉眼。日淡芭蕉捲。帳掩屏香潤，楊花撲、春雲暖。啼鳥驚夢遠。芳心亂。照影收奩晚。　　畫◥眉懶。微醒帶困，離情中◥酒相半。裙腰粉瘦，怕按六么歌板。簾捲層樓探舊燕。腸斷。花枝和悶重捻。

按，此調七十三字，又名《隔浦蓮近》《隔浦蓮近拍》。逃禪一首，用入聲韵，不必援引。“蛙聲鬧”句，放翁、夢窗皆不叶，《圖譜》亦不注叶，《詞律》云“可不拘”，是也。又，此調於末句轉入他宫，頗有萬牛回首之勢，紫霞翁謂爲奇煞，而列入腔不韵則勿作之類，以其爲拗調也。《詞塵》云：“奇煞”應是“寄煞”之訛。

“動”字、“在”字，上去通用。“翠”字，元本、毛本、《花庵詞選》《雅詞》《草堂詩餘》《花草粹編》均作“靄”，上去入通用。

“動”字，千里、梅溪作入。“翠”字，澤民、履齋作上。“曲”字，澤民、介庵、處静、夢窗作平，履齋、放翁弟二首作去。“徑”字，千里、澤民、履齋作上。“果”字，澤民、西麓、海野、竹屋、梅溪、處静作入，履齋、介庵作去。“脆”字，西麓、履齋、放翁弟一首作上。“驟”字，

① 原書爲簡體“帘”。

放翁弟二首，竹屋作上。“雨”字，千里、海野、梅溪作入，澤民、履齋、放翁弟二首作去。“水”字，澤民、西麓、履齋、海野、放翁弟二首、竹屋、梅溪、立之作去。“破”字，履齋、梅溪作上。處字，澤民、放翁弟二首作上。“簾”字，澤民、西麓、竹屋作入。“檐”字，海野、處静、夢窗作入，放翁、立之作去。“影”字，澤民、西麓、放翁弟二首、竹屋、處静作去。“綸”字，西麓、夢窗作入。“羽”字，西麓、介庵、夢窗作平，海野、竹屋、處静作入。“扇”字，履齋、梅溪、處静、夢窗作上。“困”字，履齋、竹屋作上。“卧”字，澤民、夢窗作上。“北”字，澤民、處静作上，竹屋、夢窗作平。“屏”字，放翁弟一首、介庵作上。“裏”字，西麓、履齋、放翁作去。“自”字，履齋、放翁弟一首作入。“依”字，西麓、處静作入。又，“葆”韵，梅溪叶去。“窈”韵，海野、竹屋叶去。“鳥”韵，介庵、竹屋、梅溪叶去。“草”韵，竹屋、梅溪、處静叶去。“鬧”韵，介庵、夢窗叶上。“沼”韵，履齋、放翁弟二首叶去。“小”韵，海野、放翁弟一首、梅溪、處静叶去。“倒”韵，海野、放翁弟二首、竹屋叶上。“曉”韵，海野、放翁弟一首叶去。“到”韵，放翁弟二首、介庵、竹屋、梅溪叶上。“覺”韵，海野，放翁弟一首、竹屋叶上。“表”韵，海野、處静、夢窗叶去。皆不必從。

千里：“濕、嶼、下、緑、葉”，凡五字，四聲不合。

澤民：“羽、蓮、渚、葉、屋、囀、隊、畫、枕、接、醉、子、幾”，凡十三字，四聲不合。

西麓：“緑、遠、陽、翠、接、任、月、庭、隔、岸、一”，凡十一字，四聲不合，“倚”字、“漸”字作去。

履齋：“扇、羽、院、宇、獨、步、下、并、一、片、燕、底、手、往、幾、號、日”，凡十七字，四聲不合。

海野：“素、緑、射、韈、去、异、度、月、渚、不、處、語、一、鷺”，凡十四字，四聲不合。“繞”字、“待字作去。

放翁：“暖、鵲、梳、墜、中、事、罨、畫、獨、里”，凡十四字，四聲不合。“盡”字、“倚”字作去。

弟二首： “醉、震、水、面、鏡、露、起、墜、整、零、塞、漢、永”，凡十三字，四聲不合。“静”字作去。

介庵：“來、上、影、照、小、將、璧、月、瓊、準、了、不”，凡十二字，四聲不合。“待”字作去。

竹屋：“去、淺、月、露、度、縹、正、約、玉、見、語、不、好、冰、阻、語”，凡十六字，四聲不合。“盡”字、“似”字作去。

梅溪：“不、處、此、竹、自、互、霧、入、快、度、楚、我、冷、語”，凡十四字，四聲不合。

處静：“插、憔、蠟、一、夜、海、中、豆、袖、緑、襯、入、水、小、欲、候”，凡十六字，四聲不合。

夢窗：“愁、老、濁、一、重、午、買、香、月、岸”，凡十字，四聲不合。“蕩”字作去。

立之：“晝”字、“中”字，四聲不合。

“金丸落、驚飛鳥”句，乃三字二句。夢窗作“汀菰緑，薰風曉”，立之“楊花撲，春雲暖”，與美成四聲句法皆同。西麓作“林幽樂多禽鳥”，竹屋作“凉生一天風露”，處静作“一夜海棠中酒”，皆易爲二二二之六字句，亦可從。又檢千里“夷猶終日魚鳥”，澤民“綿蠻時囀黄鳥”，海野“蕭然姑射儔侣”，放翁“金籠鸚鵡驚起”“寥然非復塵境”，介庵“晨參疏影相照”，梅溪“虚堂中字回互”，逃禪“餘酲推枕猶覺”，皆作“平平平仄平上（或去）”，自亦可從。《詞律》謂“金丸落驚飛鳥”，乃傳刻之誤，美成原句殆作“金丸驚落飛鳥”云云，未爲無因也。

“簾花檐影顛倒”句，乃二二二句法。西麓，“接羅巾，任攲倒”，易爲上三下三，誤。

法曲獻仙音〔大石〕

美成

蟬咽凉柯，燕飛塵幕，漏閣籤聲時度。

◣◢◣◣，◥◣◣◢，◥◢◣◣◣◥。

倦脱綸巾，困便湘竹，桐陰半侵朱户　。

◥◢◣◣，◥◣◣◢，◣◣◥◣◣◤▲。

向、抱　影、凝情處，時聞打窗雨。

◥、◤▲◤、◣◣◥，◣◣◤◣◤。

耿無語。嘆文園、近來多病，情緒　懶、尊酒易成間阻。

◤◣◤。◥◣◣、◤◣◣◥，◣◤▲◤、◣◤◥◣◥◤。

縹緲玉京人，想依然、京兆　眉嫵。

◤◤◢◣◣，◤◣◣、◣◤▲◣◤。

翠幕深中，對徽容、空在　紈素。

◥◢◣◣，◥◣◣、◣◤▲◣◥。

待　、花前月下，見了不教歸去。

◤▲、◣◣◥◤，◥◤◢◣◣◥。

法曲獻仙音：毛本以“耿無語”句屬前結。《草堂詩餘》《花草粹編》均題作“初夏”。

朱户：毛本作“庭户”。

眉嫵：毛刻《草堂詩餘》作“眉嫌”，誤。

法曲獻仙音

千里

庭葉飄寒，砌蛩催織，夜色迢迢難度。細剔燈花，再添香獸◥，淒涼洞房朱户。見鳳枕，羞孤另，相思灑紅雨。　　有誰語。道年來、爲◥郎憔悴，音問隔◢、回首後◤期尚阻。寂◢寞◢兩◤愁山，鎖閒情、無限颦嫵。嫩雪消肌，試羅衣、寬盡腰素。問、何時夢◥裏，趁得◢好◤風飛去。

法曲獻仙音

澤民

汀蓼收紅，井◤梧凋緑，嚦◢嚦征鴻南度。静聽◥寒砧，悶欹孤枕◤，蟾光夜深窺户。露暗滴◢，芭蕉重，蕭蕭本非雨。　　砌◥蛩語。怎◤知人、漏◥長無寐，因念游子，路脩道又阻。蚤起懶◤晨妝，自◥秋來、眉黛誰嫵。净几◤明窗，但無憀、空對鸞素。早知伊、别後恁久，悔◥教伊去。

法曲獻仙音

西麓

油幕收塵，素紈招月，一◢枕◤薲香微度。枕玉牙床，浣▲冰金斛，薰風夜涼窗户。漸▲睡醒，明汀暗，芭蕉幾聲雨。　對◥誰語。念徽容、已成憔悴，心期◣誤◥、歸計◥欲◢成又阻。寂◢寞◢燕◥樓空，想、弓彎眉黛慵嫵。泪墨愁箋，縱回文、難寫情素。便、山遥水◤邈◢，幾◤度◥夢◥魂飛去。

法曲獻仙音〔黄鐘商，俗名大石〕

夢窗

秋晚紅白蓮

風拍波驚，露零秋覺，斷緑衰紅江上。艷拂潮妝，澹凝冰靨，别◢翻翠池花浪。過數點、斜陽雨◤，啼綃粉痕冷。　宛相向◥。指◤汀洲、素◥雲飛過，清麝洗，玉◢井曉◤霞佩響。寸◥藕折長絲，笑◥何郎、心似春蕩。半掬微凉，聽嬌蟬、聲度菱唱。伴、鴛鴦秋◣夢◥，酒◤醒月斜輕帳。

“冷”字借叶。

弟二

放琴客和宏庵韵

落◢葉霞翻，敗窗風咽，暮色淒涼深院。瘦不關秋，泪緣輕别，情消鬢霜千點。悵、翠冷搔頭燕。那有語恩怨◥。　紫簫遠。記桃枝、向◥隨春渡，愁未洗、鉛水又將恨染。粉縞澀離箱，忍重拈、燈夜裁剪。望極藍橋，彩◤雲飛、羅扇歌斷。料、鶯籠玉鎖，夢裏隔花時見。

法曲獻仙音

碧山

聚景亭梅次草窗韵

層緑峨峨，纖瓊皎◤皎◤，倒壓波痕清淺◤。過眼◤年華，動人幽意◥，相逢幾◤番春换。記、唤酒尋芳處，盈盈褪◥妝晚。　　已銷黯。况凄凉、近來離思，應忘却◢、明月◢夜深歸◣輦。荏苒一枝春，恨◥東風、人似天遠。縱有◤殘花，灑▲征衣鉛泪都滿◤。但、殷勤折取，自遣一襟幽怨。

法曲獻仙音

君亮

花匣幺弦，象▲奩雙陸，舊日留歡情意。夢到銀屏，恨裁蘭燭，香篝夜闌鴛被。料、燕子重來地。桐陰銷窗綺。　　倦◥梳洗。暈芳鈿、自◥羞鸞鏡，羅袖冷、烟柳畫闌半倚。淺雨壓荼蘼，指東風、芳事餘幾。院落黄昏，怕春鶯驚笑憔悴。倩、柔紅約定◥，唤取玉簫同醉。（《陽春白雪》引作立之詞，趙輯《釣月詞》從之，未知孰是）

按，此調九十二字，或無“法曲”二字。“向抱影凝情處”句，夢窗弟二首及君亮皆用叶，似可不拘。“耿無語”句，或有屬前結者，毛本兩存其説。“近來多病”句，僅玉田一首用叶，當係偶合。别有耆卿九十一字入聲韵一體。雁門二十七字體，乃單調。

“户、抱、緒、兆、在、待”，凡六字，上去通用。

“漏”字，澤民、西麓作入。“竹”字，千里、碧山作去。“耿”字，澤民、西麓、君亮作去。“嘆”字，澤民、夢窗作上。“近”字，千里、澤民、夢窗、君亮作去。“懶”字，千里、碧山作入。“易”字，千里、夢窗作上。“縹緲”二字，千里、西麓作入。“玉”字，千里、澤民作上。“想”字，澤民、夢窗作去。“幕”字，澤民、碧山作上。

“下”字，夢窗、君亮作去。“見”字，西麓、夢窗作上。“不”字，澤民、西麓、碧山作去。又，“度”韵，碧山叶上。“處”韵，夢窗叶上。“雨”韵，夢窗弟二首叶去。“語”韵，夢窗叶去。“素”韵，碧山叶上。皆不必從。

千里：“獸、爲、隔、後、寂、寞、兩、夢、得、好”，凡十字，四聲不合。

澤民：“井、嚦、聽、枕、滴、砌、怎、漏、懶、自、几、悔”，凡十二字，四聲不合。

西麓：“一、枕、對、期、誤、計、欲、寂、寞、燕、水、邈、幾、度、夢”，凡十五字，四聲不合。“浣”字、“漸”字作去。

夢窗：“别、雨、向、指、素、玉、曉、寸、笑、秋、夢、酒”，凡十二字，四聲不合。

弟二首：“落、怨、向、彩”，凡四字，四聲不合。

碧山：“皎、皎、淺、眼、意、幾、褪、却、月、歸、恨、有、滿”，凡十三字，四聲不合。“灑”字作去。

君亮：“倦、自、定”，凡三字，四聲不合。“象”字作去。

“蟬咽涼柯，燕飛塵幕”，必對。

“倦脱綸巾，困便湘竹”，必對。

“向抱影凝情處”句，或讀上三下三句法，千里、澤民、西麓是也。或讀上一下五句法，夢窗弟二首、碧山、君亮是也，可不拘。

“情緒懶，尊酒易成間阻”句，乃上三下六句法。澤民“因念游子，路修道又阻”，易爲上四下五，而“游、子、脩、道”四字，又與原作平仄不合，誤。

“想依然、京兆眉嫵”句，千里、澤民、夢窗、君亮皆作上三下四句法。西麓“想、弓彎眉黛慵嫵”，讀爲上一下六，亦可從。

“待、花前月下，見了不教歸去”句，乃上一下四之五字句，下接六字句。澤民“早知伊、别後恁九，悔教伊去”，易爲上三下四之七字句，下接四字句，誤。

過秦樓〔大石〕

美成

水浴清蟾，葉喧涼吹，巷陌馬聲初斷　。
◤◥◣◣，◢◣◣◥，◥◢◤◣◣◤▲。
閒依露井，笑撲流螢，惹破畫羅輕扇。
◣◣◥◤，◥◢◣◣，◤◥◥◣◣◥。
人静　夜久憑　闌，愁不歸眠，立殘更箭。
◣◤▲◥◤◣▲◣，◣◢◣◣，◢◣◣◥。
嘆、年華一瞬　，人今千里，夢沈書遠。
◥、◣◣◢◤▲，◣◣◣◤，◥◣◣◥。

空見説、鬢怯瓊梳，容銷金鏡，漸　懶趁時勻染　。
◣◥◢、◥◢◣◣，◣◣◣◥，◤▲◤◥◣◣◤▲。
梅風地溽，虹　雨苔滋，一架舞紅都變。
◣◣◥◢，◣▲◤◣◣，◢◥◤◣◣◥。
誰信無聊爲伊，才減江淹，情傷荀倩。
◣◥◣◣◥◣，◣◤◣◣，◣◣◣◥。
但　、明河影下，還看稀星數　點。
◤▲、◣◣◤◤，◣◥◣◣◥▲◤。

過秦樓：《花庵詞選》題作“夜景”。
馬聲：毛本作“雨聲”。
地溽：《陽春白雪》作“地濕”。
虹雨：毛本、《陽春白雪》《花草粹編》均作“紅雨”。
苔滋：《花庵詞選》題作“苔濕”，誤。
情傷：《陽春白雪》作“神傷”。
還看：《花庵詞選》作“遥看”。
稀星數點：毛本作“疏星幾點”。

過秦樓

千里

柳灑◤鵝黄，草◤揉螺黛，院落雨痕纔斷。蜂鬢霧濕◢，燕嘴◤泥融，陌◢上細風頻扇。多少艶景關心，長苦◤春光，疾如飛箭。對、東風忍◤負，西園清賞，翠深香遠。　空暗憶、醉走◤銅駝，閒敲金鐙，倦迹◢素衣塵染。因花瘦覺，爲酒情鍾，緑鬢幾番催變。何况逢迎向人，眉黛◥供愁，嬌波回倩。料、相思此際◥，濃似▲飛紅萬點。

選官子

澤民

塞雁呼雲，寒◣蟬噪■晚，繞砌夜蛩凄斷。迢迢玉宇，耿耿銀河，明◣月又歌團扇。行客暮泊郵亭，孤枕難禁，一窗風箭。念、松荒三◣徑，門低五■柳，故山猶遠。　堪歡處、對敵風光，題評景物，惡句斐然揮染。風埃世路，冷暖人情，一瞬幾分更變。唯有芳姿，爲人歌意尤深，笑容偏倩。把、新詞拍段，假人低唱，鳳鞋輕點。

過秦樓

西麓

翠◥約賁香，緑摶槐蔭，隔◢水◤晚蟬聲斷。壺冰避暖，釧玉敧凉，倦◥暑◤懶◤拈歌扇。雲浪縹◤緲魚鱗，新月開弦，落星沈箭。恨、經年間◥闊◢，柔箋空寄◥，夢隨天遠。　憔悴損◤、臂薄烟綃，腰寬霞縷◤，錦瑟◢暗塵侵染。韓香猶◣在◤，秦鏡◥空圓，薄幸舊◥盟俱變。虚巹春華，爲誰容改芳徽，魂飛嬌倩。憑、危樓望◥斷，江外青山亂點。

過秦樓

漢宗

和美成韵

隱枕輕潮，拂塵疏雨，幽夢似真還斷。鶯雛燕婉，依◣約年時，花◣下試翻歌扇。憔悴鬢怯春寒，慢■掃輕絲，柳風如箭。甚、陽臺渺邈，行雲無準，楚天空遠。　　應喚覺、當日琴心，衹今詩思，惆◣悵客衣塵染。釵留股玉，韈襲鈎羅，荏苒膩寒香變。問■訊多情别後■，笑■巧顰嬌，對■誰長倩。但、晚■來江◣上，眼迷心想，越山兩點。

過秦樓〔黄鐘商〕

夢窗

芙蓉

藻國凄迷，麴塵澄映，怨入粉烟藍霧。香籠麝水，膩漲◤紅波，一◢鏡萬妝争妒。湘女歸◣魂◣佩環，玉◢冷◤無聲，凝◣情誰訴。又、江空月墮，凌波塵起，綉鴛愁舞。　　還暗憶、鈿合蘭橈，絲牽瓊腕，見的◢更憐心苦。玲瓏翠屋，輕薄◢冰綃，穩◤稱錦雲留住。生怕哀蟬暗驚，秋被紅衰，啼珠零露。能、西風老盡，羞趁東風嫁與。

“能”字原注去聲。

按，此調字數句法，紛紛不一，調名亦有數稱，略舉如次。

一百十一字者，名《過秦樓》，美成本詞及夢窗、草窗是也。又名《蘇武慢》，友古“雁落平沙”一首是也。然細究之，則友古於“人静”以下三句十四字作四六四句法，於末句十一字作上七下四句法，與美成固有别也。至毛本於調下注云“或作《惜餘春慢》”，非。

一百七字者，名《蘇武慢》，於“人静夜久憑闌”句，少“夜久”二字，“誰信無聊爲伊”句，少“無聊”二字，均作四字句，吕聖求“雨濕花房”一首是也。

一百十二字者，名《蘇武慢》，於“但明河影下”句多一字，作六字句。“閒依露井，笑撲流鶯”句，易爲“平仄平平，仄平平仄”，“人静”以下十四字，易作四四六句法。“梅風地溽，虹雨苔滋”句，易爲“仄仄平平，平平仄仄”，“誰信”以下十四字，易作四六四句法，皆與美成有别，虞道園“雲淡風清”一首是也。

一百十三字者，名《過秦樓》，於末句多二字，作上四下四句法，日湖“廣蘆漠漠，一聲來雁”是也。又名《惜餘春慢》，魯逸仲是也。又名《蘇武慢》，放翁是也。名號雖殊，體例則一。又，澤民、漢宗所和周詞，實與此體相同，或係當時本可不拘，亦未可知。

至李景元一百九字《過秦樓》，乃平韵，與各家俱异。惟各家所用調名，則因李詞末句有“過秦樓”三字而襲用之也。

又，以上各體，皆可名曰《選冠子》（即《選官子》），《歷代詩餘》所録《蘇武慢》《過秦樓》《惜餘春慢》，俱作《選冠子》是也。

又，日湖《過秦樓》一首，於後起“空見説”句少一字，作“遥想”，當係誤脱，非另體也。别有松隱一百十三字《轉調選冠子》（據劉氏翰怡刻《松隱集》本），於前結多一字逗，作“覺、遠行非易”，後結少一字，作“又鷄聲茅店，鴉啼露井，重唤起”，當分别從之，不可援引。餘與一百十三字《選冠子》全同，此松隱所以題爲“轉調”也，彊村據盧氏抱經樓藏明鈔《松隱文集》，本題作《選冠子》，不可從。

兹列此調名稱异同表於下。

<table>
<tr><td rowspan="5">《選冠子》，
一名《選官子》</td><td>一百七字</td><td>《蘇武慢》</td><td></td><td></td></tr>
<tr><td>一百九字</td><td></td><td>《過秦樓》</td><td></td></tr>
<tr><td>一百十一字</td><td>《蘇武慢》</td><td>《過秦樓》</td><td></td></tr>
<tr><td>一百十二字</td><td>《蘇武慢》</td><td></td><td></td></tr>
<tr><td rowspan="2">一百十三字</td><td>《蘇武慢》</td><td>《過秦樓》</td><td>《惜餘春慢》（或無“慢”字）</td></tr>
<tr><td>《轉調選冠子》</td><td colspan="3">《轉調選冠子》</td></tr>
</table>

從上表可知，除《轉調選冠子》外，《選冠子》乃此調總名。其一百七字及一百十二字者，僅能名《蘇武慢》；一百九字者，僅能名《過秦樓》；一百十一字者，可名《過秦樓》或《蘇武慢》，視其内容

而定；惟一百十三字者，名爲《過秦樓》《惜餘春慢》《蘇武慢》，均可也。

又，此調各家多止用平仄，但不若依四聲之可誦耳，證諸千里、夢窗諸作，尤足保信。

“斷、静、瞬、漸、染、但”，凡六字，上去通用。“憑”字、“虹”字，平去通用。“數”字，毛本作“幾”，上聲。

“惹”字，千里、夢窗作入。“不”字，千里、夢窗作上。“懶”字，千里、西麓、夢窗作入，皆不必從。

千里：“灑、草、濕、嘴、陌、苦、忍、走、迹、黛、際”，凡十一字，四聲不和。“似”字作去。“濃似飛紅萬點”句，《詞律》云：一本作“濃于空裏亂紅千點”。

澤民：“寒、噪、明、三、五”，凡五字，平仄不合。末二句，多二字。

西麓：“翠、隔、水、倦、暑、懶、縹、間、闊、寄、損、縷、瑟、猶、在、鏡、舊、望”，凡十八字，四聲不合。

漢宗：“依、花、慢、惆、問、後、笑、對、晚、江”，凡十字，平仄不合。末二句，多二字。

夢窗：“漲、一、歸、魂、玉、冷、凝、的、薄、穩”，凡十字，四聲不合。

“水浴清蟾，葉喧凉吹”，必對。

“閒依露井，笑撲流螢”，必對。

“鬢怯瓊梳，容銷金鏡”，必對。

“梅風地溽，虹雨苔滋”，必對。

“才減江淹，情傷荀倩”，必對。

“誰信無聊爲伊，才減江淹”句，或讀上六下四，或讀上四下六，可不拘。但與前段相較，當以上六下四爲正。

又按，作者如止用平仄，則上去入可不論。“人静夜就憑闌，愁不歸眠，立殘更箭”三句，可用四四六句法，作“平（或仄）仄平平，平（或仄）平平（或仄）仄，平平（或仄）仄（或平）平平仄”，但此弟二句之弟三字若仄，則其弟一字必平。張景叔“紅粉牆頭，步摇金縷，織柔舞腰低軟”，稼軒“歌竹傳觴，探梅得句，人在玉樓瓊室”，日湖“倦柳梳烟，枯蓮蘸水，芙蓉翠深紅淺”，皆是。“還看稀星數點”句，可用上四下四之八字句，作“平（或仄）平平（或仄）仄，仄平平仄”，但弟三字若仄，則弟一字必平，澤民、敏叔、逸仲、稼軒、放翁、日湖皆是。“惹、一、地、影”，凡四字，可平。“愁、千、誰、才、情”，凡五字，可仄。“夜久”二字，可换作平平。“葉喧凉春”句，“葉”字，可平，“凉”字，可仄。但“凉”字若仄，則“葉”字必平。“容銷金鏡”句，“容”字、“金”字，可仄，但“金”字若仄，則“容”字必平。“惟碧澗”一首，於“人今千里”句，作“緑玉屏深”，“梅風地溽，虹雨苔滋”二句，作“巢燕春歸，剪花詞在”，與美成平仄全反，當係誤譜，不可從也。

側犯〔大石〕

美成

暮霞霽雨，小蓮出水紅妝靚。風定。看、步韈江妃照明鏡。
◥◣◥◤，◤◣◢◤◣◣◥。◣◥。◥、◥◢◣◣◥◣◥。
飛螢度暗草，秉燭游花徑。人靜　。携艷質，追凉就槐影。
◣◣◥◥◤，◤◢◣◣◥。◣◤▲。◣◥◢，◣◣◥◣◤。

金環皓　腕　，雪藕清泉瑩。誰念省。滿身香，猶是　舊荀令。
◣◣◤▲◥▲，◢◤◣◣◥。◣◥◤。◤◣◣，◣◤▲◥◣◥。
見説胡姬，酒爐深迥。烟鎖、漠漠藻池苔井。
◥◢◣◣，◤◣◣◤。◣◤、◢◢◤◣◣◤。

側犯：《花庵詞選》題作“荷花”。

風定：“定”字，澤民和作“韵”，疑美成原句，一本或作“風韵”。

荀令：“令”字，澤民和作“另”。按，《通雅》云：《戰國策》“令日”即“另日”。

深迥：各家刊本皆作“寂静”，從《歷代詩餘》。按，方、楊、陳三家皆和“迥”字。

側犯

千里

四山翠◢合，一◢溪碧繞秋容靚。波定。見、鷺立魚跳動平鏡。修篁散步屧◢，古木通幽徑。風静。烟霧直，池塘倒晴影。　流年舊事，老◤矣塵心瑩。還暗省。點吴霜，憔悴愧潘令。夢憶江南，小園路◥迴。愁聽◥、落葉轆◢轤金井。

側犯

澤民

九◤衢艷質◢，看◥來怎◤比他閒靚。清韵。似▲、照水◤横斜暮臨鏡。林間頓畫閣◢，花◣底◤藏芳徑。幽静。將絳燭，高燒照雙影。　瓊瑶皓素，未◥及◢肌膚瑩。伊試省。我從今，還肯再孤另。記取◤蘭房，夜◥深人迴。窗外◥、月照◥一◢方天井。

側犯

西麓

晚凉倦浴◢，素◥妝薄試◥鉛華靚。凝定。似▲、一◢朵◤芙蓉泛清鏡。輕紈笑自捻，撲◢蝶鴛鴦徑。嬌懶，金鳳彈◤，斜欹翠蟬影。　冰肌玉◢骨◢，襯◥體紅綃瑩。還暗省。記◥、青青雙鬟舊潘令。夢想◥鸞箏，後堂深迴。何日西風，碧梧金井。

側犯

白石

咏芍藥

恨春易去◥。甚春却向◥揚州住。微雨◤。正、繭◤栗梢頭弄詩句。紅橋二十◢四◥，總是◤行雲處。無語。漸◤、半脱宫衣笑相顧。　金壺細葉◢，千◣朵圍歌舞◤。誰念我，鬢◥成絲，來此共尊俎◤。後◤日西園，緑◢陰無數。寂寞劉郎，自修花譜。

側犯

在庵

素秋漸▲爽，倚香曲枕情依舊。懷袖。浸、數尺湘漪簟紋皺。悲歡盡▲夢裏，玉◢骨從消瘦。空又。思、太液芙蓉未央柳。　翔鳳◥何◣在，樂府傳孤奏。人病酒。有、鴛鴦雙字倩誰綉。拜月西樓，幾聲滴漏。應恐、紈◣潔已疏郎手。

按，此調七十七字。首句僅白石一首起韵，當係偶合。“人静”句，西麓作“嬌懶”，不叶。“誰念省”句，白石“語御”韵作“誰念我”，不叶。皆不可從。“鎖”字非叶，千里作“愁聽”，乃偶合，《詞統》《詞律》諸説俱非。

“静、皓、腕、是”，凡四字，上去通用。

“暮”字，澤民、西麓作上。“雨”字，千里、澤民、西麓作入。“小”字，澤民、西麓作去。“水”字，西麓、白石作去。“韈”字，澤民、西麓作上。“草”字，千里、澤民作入。“秉”字，西麓、在庵作入。“燭”字，澤民、白石作上。“腕”字，西麓、白石作入。“雪”字，澤民、西麓作去。“滿”字，西麓、白石作去。“説”字，澤民、西麓作上。“藻”字，千里、澤民、西麓作入。又，“定”韵，白石叶上。“影”韵，白石叶去。“瑩”韵、“令”韵，白石叶上。“迥”韵，白石叶去。皆不必從。

千里：“合、一、屧、老、路、聽、轆”，凡七字，四聲不合。

澤民：“九、質、看、怎、水、閣、花、底、未、及、取、夜、外、照、一”，凡十五字，四聲不合。“似”字作去。

西麓：“晚、浴、素、試、一、朵、撲、彈、玉、骨、襯、記、想”①，凡十三字，四聲不合。“似”字作去。末二句平仄句法略异，見後。

---

① 此處列出的“晚”字，詞中未標注。

白石："去、向、雨、藺、十、四、是、漸、葉、千、舞、鬢、俎、後、緑"，凡十五字，四聲不合。末二句平仄句法略异，見後。

在庵："玉、鳳、何、紈"，凡四字，四聲不合。"漸"字、"盡"字作去。

"飛螢度暗草，秉燭游花徑"，宜對。

"携艷質，追凉就槐影"句，乃上三下五句法。白石"漸、半脱宫衣笑相顧"，在庵"思、太液芙蓉未央柳"，并易爲上一下七，亦可從。

"滿身香，猶是舊荀令"句，乃上三下五句法。西麓"記、青青雙鬢舊潘令"，在庵"有、鴛鴦雙字倩誰綉"，并易爲上一下七，亦可從。

"烟鎖、漠漠藻池苔井"，乃上二下六句法。西麓"何日西風，碧梧金井"，白石"寂寞劉郎，自修花譜"，均易爲上四下四，於"漠漠"二字作"平平"，亦可從。

塞翁吟〔大石〕

美成

暗葉啼風雨，窗外曉色瓏璁。散水麝，小池東。
◥◢◣◣◤，◣◥◤◢◣◣。◥◤◥，◤◣◣。
亂、一岸芙蓉。蘄州簟 展雙紋浪，輕帳翠縷如空。
◥、◢◥◣◣。◣◣◤▲◤◣◣◥，◣◥◥◤◣◣。
夢遠别，泪痕重。淡 鉛臉斜紅。
◥◤◢，◥◣◣。◤▲◣◤◣◣。

忡忡。嗟憔悴，新寬帶結，羞艷冶、都銷鏡中。
◣◣。◣◣◥，◣◣◥◢，◣◥◤、◣◣◥◣。
有蜀紙、堪憑寄恨，等今夜、灑 血書詞，剪燭親封。
◤◢◤、◣◣◥◥，◤◣◥、◤▲◢◣◣，◤◢◣◣。
菖蒲漸 老，早晚成花，教見薰風。
◣◣◤▲◤，◤◤◣◣，◣◥◣◣。

瓏璁：毛本作“瓏騘”，西麓和作“朧騘”，“騘”字與毛本同。

忡忡：西麓和作“匆匆”。

塞翁吟

千里

暮色催更鼓，庭户▲月◢影◤朧璁。記舊◥迹◢，玉◢樓東。看、枕◤上芙蓉。雲屏幾軸◢江南畫，香篆爐暖烟空。睡起處◥，綉衾重。尚殘酒潮紅。　忡忡。從分散，歌稀宴小◤，懷麗質◢、渾如夢中。苦寂寞◢、離情萬緒▲，似秋後◤、怯◢雨◤芭蕉，不◢展◤愁封。何時細語，此夕◢相思，曾對西風。

塞翁吟

澤民

芙蓉

院宇◤臨池水，橋邊◣繞水◤朧璁。橋◣左右。水西東。水◤木兩◤芙蓉。低疑洛◢浦凌波步，高如◣弄玉◢凌空。葉◢百◢叠，蕊◤千重。更都染輕紅。　忡忡。能消盡▲，憂心似▲結，看艷色◢、渾如夢中。爲◥愛◥惜◢、芳容未盡▲，好移去、滿插家園，特◢與◤培封。年年對賞美質◢，朝朝披玩香風。

塞翁吟

西麓

睡起鸞釵嚲，金約鬢影朧騘。檐◣佩冷，玉丁東。鏡裏對芙蓉。秦箏倦理梁塵暗，惆悵燕子樓空。山◣萬叠，水千重。一葉■漫題紅。　匆匆。從別■後，殘雲斷雨，餘香◣在、鮫綃帳中。更懊恨、燈花無◣準，寫幽悰、錦織回文，小字斜封。無人爲托，欲倩賓鴻。立■盡西風。

塞翁吟〔黄鐘商，俗名大石〕

夢窗

贈宏庵

草◤色新宫綬，還跨紫陌驕驄。好◤花◣是▲，晚開紅。冷◤菊最香濃。黄簾緑◢幕◢蕭蕭夢，燈外换幾秋風。叙往約，桂花宫。爲、别◢剪珍叢。　　雕櫳。行人去，秦腰褪玉，心事稱◥、吴妝暈濃。向◥春◣夜◥、閨情賦就，想初寄、上國書時，唱◥入眉峰。歸來共酒，窈窕紋窗，蓮卸新蓬。

弟二

夢窗

餞梅津除郎赴闕

有◤約西湖去◥，移棹晚折芙蓉。算纔◣是▲，稱◥心紅。染▲不盡▲薰風。千桃過眼春如夢，還認錦◤叠◢雲重。弄晚色，舊香中。旋、撑入◢深叢。　　從容。情猶賦，冰車健筆，人未老、南屏翠峰。轉河◣影、浮槎信早◤，素◥妃叫、海月歸來，太◥液池東。紅衣卸了，結◢子成蓮，天勁秋濃。

按，此調九十二字。紫霞翁以爲衰颯，列入"腔不韵則勿作"之類。

"簟、淡、灑、漸"，凡四字，上去通用。

"暗"字，夢窗兩首作上。"葉"字，澤民、西麓作上。"色"字，千里、澤民、西麓作上。"散"字，澤民、西麓作平。"水"字，千里、西麓作去，夢窗兩首作平。"小"字，千里、西麓作入。"亂"字，澤民、夢窗弟一首作上。"一"字，千里、西麓作上。"展"字，千里、夢窗弟一首作入。"縷"字，澤民、夢窗弟二首作入。"泪"字，澤民、西麓作上。"鉛"字，西麓、夢窗弟一首作入，"結"字，千里、西麓作上。"冶"字，千里、澤民作入。"有"字，澤民、西麓、夢窗弟一首作去。

“蜀”字，夢窗兩首作平。“紙”字，千里、澤民作入，西麓、夢窗弟一首作去。“恨”字，西麓、夢窗弟二首作上。“剪”字，千里、澤民作入，夢窗兩首作去。“燭”字，千里、澤民作上。“早”字，西麓、夢窗弟二首作入。“晚”字，千里、澤民作入。皆不必從。

千里：“月、影、舊、迹、玉、枕、軸、處、小、質、寞、後、怯、雨、不、展、夕”，凡十七字，四聲不合。“户”字、“緒”字作去。

澤民：“宇、邊、水、橋、水、兩、洛、如、玉、葉、百、蕊、色、爲、愛、惜、特、與、質”，凡十九字，四聲不合。“盡、似、盡”，凡三字，作去。

西麓：“檐、山、葉、别、香、無、立”，凡七字，平仄不合。

夢窗：“草、好、花、冷、緑、幕、别、稱、向、春、夜、唱”，凡十二字，四聲并不合，“是”字作去。

弟二首：“有、去、纔、稱、錦、叠、入、河、早、素、太、結”，凡十二字，四聲不合。“是、染、盡”，凡三字，作去。

“亂、一岸芙蓉”句，千里、青山作上一下四。澤民、西麓作上二下三。“淡鉛臉霞紅”① 句，千里、西麓作上二下三，夢窗、山村作上一下四，皆可不拘。

“菖蒲漸老，早晚成花，教見薰風”句，乃四字三句。澤民“年年對賞美質，朝朝披玩香風”，易爲六字二句，非。

蘇幕遮〔般涉〕

美成

燎沈香，消溽暑。烏　雀呼晴，侵　曉窺檐語。

■◣◣，◣■■。■▲■◣◣，◣▲■◣◣■。

葉上初陽乾宿雨。水　面清圓，一一風荷舉。

■▲■◣◣◣■■。■▲■◣◣，■■◣◣■。

① 此句應爲“淡鉛臉斜紅”，“斜”誤爲“霞”，校改據（宋）周邦彦著，孫虹校注，薛瑞生訂補《清真集校注》，中華書局，2002，第 271 頁。

故鄉遥，何日去。家　住吴門，久　作長安旅。

■◣◣，◣■■。◣▲■◣◣，■▲■◣◣■。

五　月漁郎相憶否。小　楫輕舟，夢入芙蓉浦。

■▲■◣◣◣■■。■▲■◣◣，■■◣◣■。

蘇幕遮

千里

扇留風，冰却暑。夏木陰陰，相對黄鸝語。薄晚輕陰還閣雨。遠岸烟深，仿佛菱歌舉。　　燕歸來，花落去。幾度逢迎，幾度傷羈旅。油壁西陵人識否。好約追凉，小艤兼葭浦。

蘇幕遮

澤民

日烘晴，風却暑。簾幕中間，紫燕呢喃語。嫩竹新荷初沐雨。曲檻幽軒，四面明窗舉。　　夏初臨，春又去。不願封侯，衹怕爲羈旅。溪上故人無恙否。欲唱菱歌，發棹歸南浦。

按，此調六十二字。《蘇幕遮》本西域舞人之飾，後隸教坊，因以爲名，見《詞律拾遺》。北方坊邑，相率爲渾脱隊，駿馬胡服，名曰“蘇幕遮”，見《唐書》。張説《蘇摩遮》詩：“摩遮本出海西胡，琉璃寶殿紫髯鬍，聞道皇恩遍宇舟，來將歌舞助歡娱。”《容齋四筆》云：“唐中宗時，坊邑相率爲渾脱隊，駿馬胡服，名曰‘蘇幕遮’。”俞樾《茶香室續鈔》以爲調名所本，是也。又名《鬢雲鬆令》，因美成另首（見《補遺》下）用“鬢雲鬆”起句，故也。

“小楫輕舟，夢入芙蓉浦”句，美成另首（見《補遺》下）作“斷雨殘雲，衹怕巫山曉”，正同《嘯餘》，因《草堂詩餘》脱“雨殘”二字，作“斷雲衹怕巫山曉”，遂訂爲六十字一體，以六十二字者爲弟二體，誤。

“鳥、葉、水、久、五、小”，凡六字，可平。“侵”字、“家”字，可仄，“溽”字、“雀”字，宜用入聲。

“燎沈香，消溽暑”，必對。

“故鄉遥，何日去”，必對。

浣沙溪

美成

日射欹紅蠟蒂香。風乾微汗粉襟凉。碧紗對掩簟紋光。　　自剪柳枝明畫閣，戲抛蓮菂種横塘。長亭無事好思量。

碧紗：毛本作“碧綃”。

對掩：毛本、《雅詞》《草堂詩餘》均作“對捲”。

横塘：《雅詞》作“池塘”。

第二

翠葆參差竹徑成。新荷跳雨泪珠傾。曲闌斜轉小池亭。　　風約簾衣歸燕急，水摇扇影戲魚驚。柳梢殘日弄微晴。

泪珠：毛本、《雅詞》均作“碎珠”。

扇影：《雅詞》作“花影”。

第三

薄薄紗厨望似空。簟紋如水浸芙蓉。起來嬌眼未惺忪。　　强整羅衣抬皓腕，更將紈扇掩酥胸。羞郎何事面微紅。

惺忪：元本、毛本、《花草粹編》均作“惺憁”，西麓和作“憁憁”。

第四

寶扇輕圓淺畫繒。象床平穩細穿藤。飛蠅不到避壺冰。　　翠枕面凉頻憶睡，玉簫手汗錯成聲。日長無力要人憑。

頻憶：毛本作“偏益”。

要人：《雅詞》作“看人”。

浣沙溪

千里

菱藕花開來路香。滿船絲竹載西涼。波搖髮彩粉生光。　翡翠雙飛尋密浦，鴛鴦濃睡倚回塘。閒情須與酒商量。

第二

密約深期卒未成。藏鈎春酒坐頻傾。向人嬌艷夜亭亭。　相顧無言情易覺，歸來單枕夢猶驚。眼梢怨泪幾時晴。

第三

面面虚堂水照空。天然一朵玉芙蓉。千嬌百媚語惺忪。　未散嬌雲輕彈鬢，欲融輕雪乍凝胸。石榴裙衩爲誰紅。

第四

刻樣衣裳巧刻繒。彩枝環繞萬年藤。生香吹透縠霾冰。　嫩水帶山嬌不斷，濕雲堆嶺膩無聲。香肩婀娜許誰憑。

浣溪沙

澤民

素馨茉莉

南國幽花比并香。直從初夏到秋涼。素馨茉莉占時光。　梅□正寒方著蕊，芙蓉過暑即空塘。個中春色最難量。

第二

一徑栽培九畹成。叢生幽谷免欹傾。异芳止合在林亭。　　馥郁國香難可擬，紛紜俗眼不須驚。好風披拂雨初晴。

第三

水仙

仙子何年下太空。凌波微步笑芙蓉。水風殘月助惺忪。　　攀弟梅兄都在眼，銀臺金琖正當胸。爲伊一醉酒顔紅。

第四

荼蘼

風遞餘花點素繒。日烘芳炷下蘿藤。爲誰雕琢碎春冰。　　玉蕊觀中猶得譽，木樨岩下尚馳聲。何如高架任伊憑。

浣溪沙

西麓

睡起朦朧小篆香。素紈輕度玉肌凉。竹深荷净少炎光。　　雨過亂蟬嘶古柳，日斜雙鷺立閒塘。更將心事自商量。

第二

一枕華胥夢不成。碧筩香潤玉醪傾。日長花影過池亭。　　雪藕臂寒鸚較怯，采菱歌發鷺頻驚。白蘋洲上雨初晴。

第三

寶鏡奩開素月空。晚妝慵結綉芙蓉。殢人嬌語更憁憁。　　倦浴金蓮輕襯步，捧笙玉笋半當胸。枕痕又露一絲紅。

第四

約臂金圓隱絳繒。枕痕斜印曲花藤。玉肌嬌軟瑩如冰。　　護日簾櫳迷曉夢，舞風瓊佩弄秋聲。倦妝鸞鏡不忺凴。

按，此調四十二字。説在卷三。

點絳唇〔仙吕〕

美成

征騎初停，酒行莫放離歌舉。柳汀烟浦。看盡江南路。　　苦恨斜陽，冉冉催人去。空回顧。淡烟横素。不見揚鞭處。

酒行莫放離歌舉：毛本注云：《清真集》作“晝筵欲散離歌舉”，《雅詞》作“酒杯欲散離歌舉”。

烟浦：毛本、《雅詞》《花草粹編》均作“蓮浦”。

看盡：《花草粹編》作“香盡”。

點絳唇

千里

閒蕩蘭舟，翠娥仙袂風中舉。鴛鴦深浦。緑暗曾來路。　　留戀荷香，薄晚慵歸去。還相顧。練波澄素。月上潮生處。

點絳唇

澤民

集句

雨歇方塘，清圓一一風荷舉。艤舟南浦。忘却來時路。　　醉拍春衫，便欲隨君去。猶回顧。小蠻樊素。更有留人處。

點絳唇

西麓

分袂情懷，快風一箭輕帆舉。暮烟雲浦。芳草斜陽路。　　輸與閒鷗，朝暮潮來去。空凝佇。小橋樊素。金屋深存處。

按，此調四十一字。説在卷三。

訴衷情〔商調〕

美成

出　林杏　子落金盤。齒　軟怕嘗酸。
■▲◣■▲■■◣◣。■▲■■◣◣。
可　惜　半　殘　青紫，猶　印小脣丹。
■▲■▲■▲◣▲◣■，◣▲■■◣◣。
南陌上，落花閒。雨斑斑。
◣■■，■◣◣。■◣◣。
不　言不　語，一　段傷春，都　在眉間。
■▲◣■▲■，■▲■◣◣，◣▲■◣◣。

訴衷情：毛本題作“殘杏”。
青紫：毛本作“青子”。

猶印：陳注本作“猶有”，從元本及毛本。

訴衷情

千里

遠山重疊亂山盤。江上晚風酸。秋容更兼殘日，楓葉照人丹。　書未到，夢猶閒。鬢先斑。憑高無語，征雁知愁，聲斷雲間。

訴衷情

澤民

眼前時果漫堆盤。莫是又貪酸。因何近來銷減，微褪臉霞丹。　還祇爲，枕衾閒。泪痕斑。我能醫療，一服收功，祇霎時間。

訴衷情

西麓

緑雲鳳髻不忺盤。情味勝思酸。曉色露桃烟杏，空照臉霞丹。　花漸老，徑苔閒。錦斕斑。怨紅一葉，流水東風，好去人間。

按，此調四十四字。又名《訴衷情令》，萬氏云：“又名《漁父家風》”。子野、耆卿皆注爲〔林鐘商〕，想别有據。“可惜半殘青紫”句，蘆川作“風枝露葉誰新采”，次山作“無情江水東流去”，俱多一字，徐氏云“不拘六字或七字，均可名《漁父家風》”，是也。然猶有未盡者，即作六字句者固名曰《訴衷情》，或《漁父家風》均可，如珠玉、小山、山谷、詞隱諸家，皆名《訴衷情》，蘇養直所作則於《訴衷情》調下注明《漁父家風》，是也。惟作七字句者，則止能稱《漁父家風》，不能與《訴衷情》相混，如蘆川、次山皆題曰《漁父家風》，是其顯證。“齒軟怕嘗酸”句，小山“緑腰沈水薰”，仲殊“樓前人艤舟”“江烟晚翠開”“楊花相送飛”，及次山“人間無此愁”，皆作“平平平（或仄）仄平”，蓋本不拘。“可惜半殘青紫”句，僅耆卿“不堪更倚危闌”，易作平聲收句，似不必從，皆非另體也。別有温飛卿、韋端己三十三字各一體（又名《一絲風》），顧敻三十七字體，皆屬單調。魏承班四十一字體（又名《桃花水》），六一、惜香四十五字各一體。及耆卿七十五字上去韵《訴衷情近》，至趙輯本《浩歌集》内《攤破訴衷情》二首，乃《阮郎歸》而誤題今名，不可從。

“出、杏、齒、可、惜、半、不、不、一”，凡九字，可平。“殘、猶、都”，凡三字，可仄。“可、惜、半、殘”四字，雖平仄不拘，但至少必須一平，或一仄。

“南陌上，落花閒”，宜對。

卷五　秋景

風流子〔大石〕

美成

秋怨

楓林凋晚葉，關河迥、楚客慘將歸。望、一川暝靄，雁聲哀怨，半規涼月，人影參差。酒醒後，泪花銷鳳蠟，風幕捲金泥。砧杵韵高，唤回殘夢，綺羅香減，牽起余悲。　　亭皋分襟地，難拚處、偏是掩面牽衣。何况怨懷長結，重見無期。想、寄恨書中，銀鈎空滿，斷腸聲裏，玉筯還垂。多少暗愁密意，唯有天知。

風流子：元本不標宫調，元本、毛本、《雅詞》均無題，《花庵詞選》題作“秋詞”。

分襟：《雅詞》作“分袂”。

難拚：毛本、《雅詞》均作“難堪”。

怨懷：《草堂詩餘》《花草粹編》均作“愁懷”。

還垂：《花庵詞選》《雅詞》均作“偷垂”。

暗愁：《雅詞》作“舊愁”。

風流子

千里

河梁携手别，臨歧語，共約踏青歸。自、雙燕再來，斷無音信，海棠開了，還又參差。料此際，笑隨花便面，醉騁錦障泥。不憶故園，粉愁香怨，忍教華屋，緑慘紅悲。　　舊家歌舞地，生疏久、塵暗鳳縷羅衣。何限可憐心事，難訴歡期。但、兩點愁蛾，纔開重斂，幾行清泪，欲制還垂。争表爲郎憔悴，相見方知。

風流子

澤民

行樂平生志，方從事、未出已思歸。嘆、歡宴會同，類多睽阻，冶游踪迹。還又參差。年華换，利名虚度月，交友半雲泥。休憶舊游，免成春瘦，莫懷新恨，恐惹秋悲。　　惟思行樂處，幾思爲春困，醉枕羅衣。何事暗辜芳約，偷負佳期。念、待月西厢，花陰淺淺，倚樓南陌，雲意垂垂。别後頓成消黯，伊又争知。

風流子

西麓

闌干休去倚，長亭外、烟草帶愁歸。正、曉陰簾幕，綺羅清潤，西風環佩，金玉參差。深院悄，亂蟬嘶夏木，雙燕别春泥。滿地殘花，蝶圓凉夢，半亭落葉，蛩感愁悲。　　蘭屏餘香在，銷魂處、憔悴瘦不勝衣。誰念鳳樓當日，星約雲期。悵、倦理鸞箏，朱絲空暗，强臨鴛鏡，錦帶閒垂。别後兩峰眉恨，千里心知。

按，此調一百十字。説在卷一。

華胥引〔黄鐘〕

美成

秋思

川原澄映，烟月冥濛，去舟如　葉。岸足沙平，蒲根水冷、留雁唼。
◣◣◣◥，◣◢◣◣，◥◣◣▲◢。◥◢◣◣，◣◣◤◤、◣◥◢。

别有孤角吟秋，對、曉風鳴軋。紅日三竿，醉頭扶起還怯。
◢◤◣◢◣◣，◥、◤◣◣◢。◣◢◣◣，◥◣◣◤◣◢。

離思相縈，漸　看看、鬢絲堪鑷。舞衫歌扇，何人輕憐細閱。
◣◥◣◣，◤▲◣◣、◥◣◣◢。◤◣◣◥，◣◣◣◣◥◢。
點檢從前恩愛，但　鳳箋盈篋。愁剪燈花，夜來和泪雙叠。
◤◤◣◣◣◥，◤▲◥◣◣◢。◣◤◣◣，◥◣◣◥◣◢。

華胥引：毛本、《花草粹編》無題。
川原：《花草粹編》作“川源”。
如葉：毛本、《草堂詩餘》均作“似葉”。
點檢：《花草粹編》作“檢點”。
但鳳箋：元本、毛本、《草堂詩餘》均無“但”字。

華胥引

千里

長亭無數，羈客將歸，故園换葉。乳◤鴨隨波，輕蘋滿渚、時共唼。接眼春色何窮，更、擄聲伊軋。思憶前歡，未言心已愁怯。　　欺鬢吴霜，恨惺惺、又還盈鑷。錦紋魚素，那堪重翻再閱。粉指香痕依舊，在、綉裳鴛篋。多少相思，皺成眉上千叠。

華胥引

澤民

征車將動，愁不成歌，對顰翠葉。静▲掩◤蘭房，香鋪卧◥鴨◢、烟罷唼。别後羞看◥霓裳，更、把箏休軋。頻數◤更籌，乍寒孤枕偏怯。　　嘗爲霜髭，弄纖纖、向人輕鑷。舊◥詞新句，幽窗時時并閱。藥◢餌衣裳愁頓，放、一◢番行篋。朝晚歸家，又煩春笋重叠。

華胥引

西麓

涵空斜照，掠■水輕嵐，滿天紅葉。雁泊平蕪，鳧依亂荻、聲唼唼。寂寞金井梧桐，漸、轆轤伊軋。明月紗窗，夜寒孤枕應怯。　　吟老西風，笑衰髩、頓疏如鑷。錦箋勤重，頻剔■蘭燈自閲。多◣謝征衫初寄，尚、寶香熏篋。愁憶家山，夢魂飛度千疊。

華胥引

倬然

中秋紫霞席上

澄空無際，一◢幅輕綃，素秋弄色。剪◤剪◤天風，飛飛萬◥里，吹凈碧。遥◣想玉◢杵芒寒，聽、珮◥環無迹，圓缺何心，有◤心偏向◥歌席。　　多少◤情懷，甚年年、共憐今夕。蕊宫珠殿，還吟飄香秀筆。隱約◢霓裳聲度，認、紫◤霞樓笛。獨◢鶴◢歸來，更無清夢成覓。

（“吹凈碧遥想玉杵芒寒”，《詞綜》《歷代詩餘》均於“碧”字斷句，屬上韵，“遥”字屬下句，於美成原譜正合，甚是絶妙。《好詞》作“吹凈遥碧想玉杵芒寒”，當係傳鈔時誤倒“碧遥”二字無疑。）

按，此調八十六字。丁無隱一首，用上聲韵，於後弟五句多一字，不宜援引。

“漸”字、“但”字上去通用。“如”字，毛本、《草堂詩餘》俱作“似”，上去通用。千里、澤民、倬然正同。

“烟”字，西麓、倬然作入。“岸”字，千里、倬然作上。“足”字，澤民、倬然作上。“水”字，澤民、西麓、倬然作去。“思”字、“鳳”字，西麓、倬然作上。“剪”字，西麓、倬然作入。皆不必從。

千里：“乳”字，四聲不合。

澤民：“掩、卧、鴨、看、數、舊、藥、一”①，凡八字，四聲不合。“静”字作去。

西麓：“掠、剔、多”，凡三字，平仄不合。

倬然：“一、剪、剪、萬、遥、玉、珮、有、向、少、約、紫、獨、鶴”，凡十四字，四聲不合。

“川原澄映，烟月冥濛”，必對。

“岸足沙平，蒲根水冷”，必對。

宴清都〔中吕〕

美成

地僻無鐘鼓。殘燈滅、夜長人倦難度。
◥◢◣◣◤。◣◣◢、◥◣◣◥◣◥。
寒吹斷　梗，風翻暗雪　，灑　窗填户。
◣◣◥▲◤，◣◣◥◢▲，◤▲◣◣◤▲。
賓鴻漫説傳書，算過　盡　、千儔萬侣。
◣◣◥◢◣◣，◥◥▲◤▲、◣◣◥◤。
始信得、庾信愁多，江淹恨極須賦。
◤◥◢、◤◥◣◣，◣◣◥◢◣◥。

凄凉病損文園，徽弦乍拂，音韵先苦。
◣◣◥◤◣◣，◣◣◥◢，◣◥◣◤。
淮山夜月，金城暮草，夢魂飛去。
◣◣◥◢，◣◣◥◤，◥◣◣◥。
秋霜半入清鏡，嘆帶眼、都移舊處。更久長、不見文君，歸時認否。
◣◣◥◢◣◥，◥◥◤、◣◣◥◥。◥◤◣、◢◥◣◣，◣◣◥◤。

宴清都：《草堂詩餘》《花草粹編》均題作“秋思”。

暗雪：《草堂詩餘》《花草粹編》均作“暗雨”。

---

① 原書“掩”誤爲“淹”。

庾信：粤雅堂刻《陽春白雪》作“瘦信”，誤。

淮山：《花草粹編》作“淮水”。

宴清都

千里

原作《清都宴》，誤。

暮色開津鼓。烟波碧、數行征雁時度。輕根聚網，長歌和楫，水村漁户。行人又落天涯，但悵望、高陽伴▲侶。記◥舊日、酒卸宫袍，馬◤酬少妾詞賦。　　如今鬢影蕭然，相逢似▲雪，徒話愁苦。芳塵暗陌。殘花遍野，歲華空去。垂楊翠拂門徑，尚夢想、當時住處。縱早歸、緑漸▲成陰，青娥在否。

宴清都

澤民

早◤作聽晨鼓。征車動◤、畫橋乘月◢先度。鄰鷄唱曉，人家未起，尚扃柴户。沙邊寒雁◤聲遥，料不◢見、當時伴▲侣。似怎◤地◥、滿眼◥愁悲，祇如宋玉難賦。　　休論愛合◢睽離，微官縶縛，期會良苦。封侯萬里◤，金堆北◢斗，不◢如歸去。歡娱漸▲入佳趣，算畫在、屏幃邃處。仗小詞、説與◤相思，伊還會否。

宴清都

西麓

聽徹南樓鼓。寒宵迥、玉壺冰漏遲度。重温錦幄，低護青氈，曲通朱户。巡檐細嚼寒梅，嘆寂寞、孤山伴侣。更信有、鐵石心腸。廣■平幾度曾賦。　　寒深試擁羊裘，松醪自酌，誰伴吟苦。摩挲醉眼，闌干笑拍，白鷗驚去。梁園勝賞重約，漸玉樹、瓊花處處。怕柳條、未覺春風，青青在否。

宴清都

秋曉

舟中思家，用周美成韵

遠遠漁村鼓。斜陽外、賓◣鴻三兩飛度。茅檐春◣小，白■雲隱幾，青◣山當户。騷人底事飄蓬，渾◣忘却、耕徒鈞侣。何◣時◣尋◣、斗酒江鱸，悠悠千◣古重賦。　　風流種柳淵明，折■腰五斗，身爲名苦。秫■田貳頃，菊■松三◣徑，不如歸去。山靈休◣勒俗■駕，容◣我卧、草■堂深處。問故園、怨鶴啼猿，今無恙否。

宴清都

宣卿

暮雨◤消煩暑。房櫳□、頓覺◢秋意如許◤。天高雲◣杳，山横紺碧，桂華初吐。空庭静▲掩◤桐陰，更苒◤苒、流螢暗度◥。記◥那時◣、朱◣户▲迎風，西厢待▲月私語。　　佳期易失◢難重，餘香破鏡◥，雖在何據◥。如今要見◥，除非是▲夢◥。幾◤時曾做。人言雁足傳書◣，待▲盡▲寫、相思寄與◤。又怎生、説得◢愁腸，千絲萬縷。

宴清都〔夾鐘羽，俗名中吕調〕

夢窗

錢嗣榮、王仲亨還京

翠羽◤飛梁苑。連催發、暮檣留話江燕。塵街墮珥，瑶扉乍鑰，彩繩雙罥。新烟暗葉成陰，效翠嫵、西陵送遠。又◥趁得、蕊露天香，春留建章◣花晚◤。　　歸來笑折◢仙桃，瓊樓宴萼，金漏催箭◥。蘭亭秀語◤，烏絲潤墨◢，漢宫傳玩。紅敧醉玉天上，倩鳳尾、時題畫扇。問幾時、重◣駕巫雲，蓬萊路淺。

第二

連理海棠

綉幄鴛鴦柱。紅情密、膩雲低護秦樹。芳根兼◣倚，花梢鈿合，錦屏人妒。東風睡足交枝，正夢枕、瑶釵燕股，障◥灔蠟、滿照歡叢，嫠蟾冷◤落羞度。　　人閒萬感幽單，華清慣浴，春◥盎風露◥。連鬟并暖◤，同心共結◢，向、承恩處。憑誰爲歌◣長恨，暗殿鎖、秋燈夜語◤。叙舊◥期、不負▲春盟，紅朝翠暮◥。

第三

壽秋壑

翠匝西門柳。荆州昔、未來時正春瘦。如今剩舞，西風舊色，勝東風秀。黄粱露濕秋江，轉萬里、雲檣蔽晝◥。正◥虎◤落、馬静▲晨嘶，連營夜沈◣刁斗◤。　　含章换幾桐陰，千官邃幄，韶鳳還奏◥。席◢前夜久◤，天低燕密◢，御香盈袖。星槎信約長在，醉興渺、銀河賦就。對小弦、月挂南樓，凉浮桂酒。

第四

送馬林屋赴南宫，分韵得“動”字

柳◤色春陰重。東風力、快將雲雁高送。書檠細雨，吟窗亂雪，井寒筆◢凍。家林秀橘霜老◤，笑分得◢、蟾邊桂種。應◥茂苑◤、斗轉蒼龍，唯潮獻奇◣吴鳳。　　玉◢眉暗隱華年，凌雲氣壓，千載◤雲夢◥。名箋澹▲墨，恩袍翠草，紫◤騮青鞚。飛香杏▲園◣新句，眩醉眼、春游乍縱。弄喜音、鵲繞▲庭花，紅簾影◤動。

第五

病渴文園久。梨花月、夢殘春故人舊。愁彈枕雨，衰翻帽雪，爲情僝僽。千金醉躍驕驄，試問取、朱橋翠柳。痛◥恨不、買斷斜陽，西湖醖入春酒◤。　吴宫亂水斜烟，留連倦客，慵更回首。幽蛩韵苦◤，哀鴻叫絶◢，斷音難偶◤。題紅泛葉零亂，想◤夜冷、江楓暗瘦。付與誰、一半悲秋，行雲在否。

宴清都

雙溪

墜葉窺檐語。風簾薄、遞來幽恨無數。牙籤倦展，銀缸細剔，悄然歸旅。聲傳漏閣偏長，更奈向、瀟瀟亂雨。想近日、舞袖翻雲，吟箋度雪誰顧。　當時翠縷吹花，東城綉陌，雙燕何許。香羅唾碧，晴紗印粉，甚緣重睹◤。藍橋鎮隔芳夢，念騎省悲秋漫賦。待▲倚闌、或遇賓鴻，殷勤寄與。

按，此調一百二字。何子初於前結作“天遠山遠水遠人遠”，程正伯作“春好花好酒好人好”，故亦名《四代好》。惟萬氏謂“‘遠’字、‘好’字皆上聲，借用爲平聲，若不知其理而泛用仄聲，則大謬矣”云云，似不可信，因此句松隱作“好處奇處險處清處”，“處”字乃用去聲也。前段“賓鴻漫説傳書”句，及後段“秋霜半入清鏡”句，有俱叶者，如何籀“阮願”韵，前“羅幃綉幕高捲”，後“無言泪珠零亂”，蒲江“阮願”韵，前“溶溶澗緑冰泮”，後“離腸未語先斷”。有前後俱仄不叶者，如夢窗弟四首“董送”韵，前“家林秀橘霜老”，後“飛香杏園新句”。有前平後仄不叶者，如草窗“阮願”韵，前“尋芳已是來遲”，後“前歡已隔殘照”，與美成同。有前叶後仄不叶者，如趙文鼎“語御”韵，前“相從歲月如騖”，後“别情未抵遺愛”。有前後俱用平收者，如夢窗另首，前“長虹夢入仙懷”，後“何時地拂龍衣”，想可不拘。惟三家和作，及夢窗弟一二三首，既依美成皆不用叶，自當據爲準則。可見徐氏於蒲江一體外，另訂美成書舟各一體，亦不得已也。過片處“凄凉”二字，何子初作“堪怨”，程書舟作“春好”，皆似叶韵，不必從。别有松隱一體，胡伯雨一百四字體。至松隱“鳳苑東風軟”一首，於後弟七句多一字，作“看壽觴親勸”，乃傳刻誤衍“看”字無疑，非另體也。

又，宋人倚聲，其句逗之例有二：一爲律之句逗，即句法。一爲詞之句逗，即語意。如此調“始信得、庾信愁多，江淹恨極須賦”以律言，“多”字當斷句，而以詞言，“庾信愁多”，“江淹恨極”，乃四字儷語，則“多”字、“極”字須作二逗。又如《西河》“燕子不知何世，入尋常巷陌人家相對，如説興亡斜陽裏”，以律言，“世”字“對”字叶韵，當斷句，而以詞言，則“燕子不知何世，入尋常巷陌人家”爲一逗，“相對如説興亡”爲一逗。又如《拜星月慢》“誰知道，自到瑶臺畔。眷戀雨潤雲温，苦驚風吹散”，以律言，“畔”字叶韵，當斷句，而以詞言，“自到瑶臺畔，眷戀雨潤雲温”，一氣貫注，則“畔”字衹能作逗。又如《四園竹》“腸斷蕭娘，舊日書辭。猶在紙”，以律言，則“辭”字叶韵，當斷句，而以詞言，“腸斷蕭娘舊日書辭，猶在紙”，一氣貫注，則“辭”字衹能作逗。此外宋元人詞中，如此之類，多不勝舉。蓋詞之句逗，隨入應用，與律之句逗分合有定者不同，不宜牽涉爲一事，所當措意。

“斷、灑、户、盡”，凡四字，上去通用。“過”字，平去通用。“雪”字，《花草粹編》作“雨”，上聲。

“地”字，澤民、秋曉、夢窗弟四首作上。“僻”字，秋曉、宣卿、夢窗弟一首作上。“斷”字，秋曉、宣卿、夢窗弟二首作平。“説”字，澤民、秋曉作去。“過”字，澤民、西麓作入。“盡”字，西麓、秋曉作入。“始”字，千里、西麓、宣卿、夢窗作去。“信”字，澤民、夢窗弟三首作上。“得”字，西麓、夢窗弟四首作上，秋曉、宣卿作平。“江”字，千里、西麓作上。“恨”字，西麓、夢窗弟二首作上。“極”字，夢窗弟一三四首作平。“損”字，澤民、宣卿、夢窗弟一首作入。“月”字，澤民、西麓、秋曉、夢窗弟一二三五首作上。“草”字，西麓、夢窗弟一二三五首作入，秋曉、宣卿作去。“夢”字，澤民、西麓、秋曉作入，宣卿、夢窗弟四首作上。“入”字，夢窗二四兩首作平。“見”字，秋曉、宣卿作入。又，“度”韵，宣卿叶上。“侶”韵，宣卿、夢窗弟三首叶去。“賦”韵，夢窗弟一三五首叶上。“苦”韵，宣卿、夢窗弟一二三四首叶去。“去”韵，雙溪叶上。“處”韵，宣卿、夢窗弟二首叶上。“否”韵，夢窗弟二首叶去。皆不必從。

"風翻暗雪"句，西麓作"低護青氈"，"金城暮草"句，瓢泉作"蘭省優容"，皆易爲"平仄平平"，與美成平仄全反，誤。

千里："記"字、"馬"字，四聲不合。"伴、似、漸"，凡三字，作去。

澤民："早、動、月、雁、不、怎、地、眼、合、里、北、不、與"，凡十三字，四聲不合。"伴"字、"漸"字作去。

西麓："廣"字，平仄不合。

秋曉："賓、春、白、青、渾、何、時、尋、千、折、秣、菊、三、休、俗、容、草"，凡十七字，平仄不合。

宣卿："雨、覺、許、雲、掩、萬、度、記、時、朱、失、鏡、據、見、夢、幾、書、與、得"，凡十九字，四聲不合。"静、户、待、是、待、盡"，凡六字，作去。

夢窗："羽、又、章、晚、折、箭、語、墨、重"，凡九字，四聲不合。

第二首："兼、障、冷、露、暖、結、歌、語、舊、暮"①，凡十字，四聲不合。"負"字作去。

第三首："晝、正、虎、沈、斗、奏、席、久、密"，凡九字，四聲不合。"静"字作去。

第四首："柳、重、箏、老、得、應、苑、奇、玉、載、夢、紫、園、影"②，凡十四字，四聲不合。"澹、杏、繞"，凡三字，作去。

第五首："痛、酒、苦、絶、偶、想"，凡六字，四聲不合。

"寒吹斷梗，風翻暗雪"，必對。

"淮山夜月，金城暮草"，必對。

"灑窗填户"句，"夢魂飛去"句，皆上二下二句法。夢窗第三首"勝東風秀"，第二首"向承恩處"，并易爲一二一之四字句，誤。

"歸時認否"句，乃上二下二句法。秋曉"今無恙否"，易爲一二一之四字句，誤。

---

① "春"字，詞中標注，此處未列出。

② 此處列出的"重"字，詞中未標注。

四園竹〔小石〕

美成

浮雲護月，未放滿朱扉。鼠摇暗壁，螢度破窗，偷入書幃。
◣◣◥◢，◥◥◤◣◣。◤◣◥◢，◣◥◥◣，◣◢◣◣。
秋意濃，閒伫　立、庭柯影裏。好風襟袖先知。
◣◥◣，◣◤▲◢、◣◣◤◤。◤◣◣◥◣◣。

夜何其。江南路繞　重山，心知漫與前期。
◥◣◣。◣◣◥◤▲◣◣，◣◣◥◤◣◣。
奈向燈前墮　泪，腸斷　蕭娘、舊日書辭。
◥◥◣◣◤▲◥，◣◤▲◣◣、◥◢◣◣。
猶在　紙。雁信絶，清宵夢又稀。
◣◤▲◤。◥◥◢，◣◣◥◥◢。

四園竹：《草堂詩餘》題作“秋怨”。
奈向：《花草粹編》作“奈何”，誤。

四園竹

千里

花驄縱策，制泪掩斜扉。玉◢爐細裊◤，鴛被◤半閒，蕭瑟羅幃。銀漏聲，那更雜、疏疏雨裏，此時懷抱▲誰知。　恨淒其。西窗自剪寒花，沈吟暗數歸期。最愛深情密◢意，無限當年、往◤復詩辭。千萬紙。甚近◤日，人來字漸▲稀。

四園竹

澤民

殘霞殿雨◤，皓▲氣入◢窗扉。井梧墮葉，寒砌叫蛩，秋滿◤屏幃。

羅袖匆匆叙别，凄凉客◢裏，异◥鄉誰更相知。　　念伊其。當時芍◢藥◢同心，誰知又爽佳期。直◢待▲金風到後◤，紅葉◢秋時。細寫◤情辭。何用紙。又却◢恐◤、秋深葉◢漸▲稀。

四園竹

西麓

昏昏暝色，亂葉◢擁雲扉。渚蘭風◣潤◥，庭桂露凉，香動◤秋幃。獨◢向閒亭步月，闌干瘦◥倚，此情惟有◤天知。　　縱如其。黄花時◣節◢歸來，因循已◤誤◥心期。欲◢寫◤相思寄與◤，愁拂◢鸞箋，粉◤泪◥盈盈先滿紙。正寂◢寞，樓南雁過稀。

按，此調七十七字，或作《西園竹》。“裏”字、“紙”字仄叶。“辭”字平叶，千里、澤民皆和之，西麓於“裏”字、“辭”字皆不合，僅和一“紙”字，宜不可據。《圖譜》以“腸斷蕭娘舊日書”爲七字句，於“書”字注叶，又以“辭猶在紙雁信絶”爲七字句，且注云：可用“仄平平仄平平仄”，如七言詩一句，誤，萬氏説。蓋千里和詞，不但“裏”字、“辭”字、“紙”字及句法皆與美成吻合，即較以全首四聲，亦僅六字不合。萬氏每推尊千里和清真一帙爲千古詞音證據，不惟有功於周氏，而凡詞皆可以此理推之，爲詞家所當烝嘗，良有以也。

“伫、繞、斷、在”，凡四字，上去通用。

“繞”字、“奈”字，澤民、西麓作入。“泪”字，澤民、西麓作上。“斷”字，澤民、西麓作入。“舊”字，千里、西麓作上。“信”字，澤民、西麓作入。皆不必從。

千里：“玉、裊、被、密、往、近”，凡六字，四聲不合。“抱”字、“漸”字作去。

澤民：“雨、入、滿、客、异、芍、藥、直、後、葉、寫、却、恐、葉”①，凡十四字，四聲不合。“皓、待、漸”，凡三字，作去。

---

① 詞中“直”字，原書此處誤爲“真”。

西麓："葉、風、潤、動、獨、瘦、有、時、節、已、誤、欲、寫、與、拂、粉、泪、寂"，凡十八字，四聲不合。

"秋意濃，閒佇立、庭柯影裏"句，乃上三字句，下接上三下四之七字句。澤民"羅袖匆匆叙别，凄凉客裏"，西麓"獨向閒亭步月，闌干瘦倚"，并易爲二二二之六字句，下接四字句，不必從。

齊天樂〔正宫〕

美成

綠　蕪凋　盡臺城路，殊鄉又逢秋晚。
■▲◣◣▲■◣◣■，◣◣■◣◣■。
暮雨生寒，鳴蛩勸織，深閣時聞裁剪。
■■◣◣，◣◣■■，◣■◣◣◣■。
雲窗靜掩。嘆、重　拂羅裀，頓疏花簟。
◣◣■■。■、◣▲■◣◣，■◣◣■。
尚有練囊，露螢清夜照書卷。
■■◣◣，■◣◣■■◣■。

荊江留滯最久，故人相望處，離　思　何限。
◣◣◣■■■，■◣◣■■，◣▲■▲◣■。
渭水西風，長安亂葉，空　憶詩情宛　轉。憑高眺遠。
■■◣◣，◣◣■■，◣▲■◣◣■▲■。◣◣■■。
正、玉　液新篘，蟹螯初薦。醉倒山翁，但愁斜照斂。
■、■▲■◣◣，■◣◣■。■■◣◣，■◣◣■■。

齊天樂：毛本、《雅詞》、《陽春白雪》均無題，《花庵詞選》題作"秋詞"，《花草粹編》題作"秋"。

鳴蛩：《雅詞》作"鳴蛙"。

靜掩：逃禪和作"靜捲"。

練囊：元本、毛本、《雅詞》、《陽春白雪》均作"練囊"。

玉液：《雅詞》作"渌液"。

齊天樂

千里

碧紗窗外黄鸝語，聲聲似愁春晚。岸柳飄棉，庭花墮雪，惟有平蕪如剪。重門向掩。看、風動疏簾，浪鋪湘簟。暗想前歡，舊游心事寄詩卷。

鱗鴻音信未睹，夢魂尋訪後，關山又隔無限。客館愁思，天涯倦迹，幾許良宵展轉。閒情意遠。記、密閣深閨，綉衾羅薦。睡起無人，料應眉黛斂。

齊天樂

澤民

臨江道中

護霜雲澹蘭皋暮，行人怕臨昏晚。皓月明樓，梧桐雨葉，一片離愁難剪。殊鄉异景，奈、頻易寒暄，屢更裀簟。案牘紛紜，夜深猶看兩三卷。

平川回棹未久，簡書還授命，又催程限。貢浦南游，桃江西下，還是水行陸轉。天寒雁遠。但、獨擁蘭衾，枕檀誰薦。再促征車，月華猶未斂。

齊天樂

西麓

客愁都在斜陽外，憑闌桂香吹晚。亂葉蟬哀，寒汀鷺泊，離緒并刀難剪。牙屏半掩。漸、塵撲冰紈，浪收雲簟。露入征衣，滿襟秋思付詩卷。

還思前度問酒，鳳樓人共倚，歸興無限。雁影亭皋，蛩聲院落，雙闕明河光轉。田園夢遠。嘆、籬菊初黄，澗蕋堪薦。拄笏西風，四山烟翠斂。

齊天樂

逃禪

和周美成韵

後堂芳樹陰陰見，疏蟬又還催晚。燕守朱門，螢黏翠幕，紋蠟啼紅慵剪。紗幃半捲。記、雲彈瑶山，粉融珍簟。睡起援毫，戲題新句漫盈卷。　　睽離鱗雁頓阻，似聞頻念我，愁緒無限。瑞鴨香銷，銅壺漏永，誰惜無眠展轉。蓬山恨遠。想、月好風清，酒登琴薦。一曲高歌，爲誰眉黛斂。

按，此調一百二字，又名《臺城路》《如此江山》《五福降中天》。前後起句，白石、張宗瑞、劉圻父，皆用韵叶，想可不拘。“雲窗静掩”句，澤民和作“殊鄉异景”，不叶，誤。“離思何限”句，千里作“關山又隔無限”，衛元卿作“連娟待眉顰嫵”，皆多二字，易爲“平平去平（或入）平上”，當非誤刻所致，徐氏訂爲一百四字體，是也。惟檢千里其他和詞，不但字數、句法、平仄與美成吻合，即繩以四聲，亦相差有限，何獨此詞竟多二字，與美成不合，此不能不令人無疑者也。抑此調此句，本可不拘，如《過秦樓》調末句，或作六字，或作八字，均無傷於大體，亦未可知也。别有松隱、放翁一百三字各一體。

又，此調自《樂府補題》以後，六百年來視爲熟調，稍能涉筆者，無不填此，平仄句法，蕪亂萬狀，宋賢矩矱，蕩然無存，抗心希古者，不宜援爲口實。如西麓、逃禪、處静、夢窗，皆謹守美成四聲，絶少變通。故此調若嚴格論之，當以依四聲爲最佳，萬不得已，亦止能以入代平，或上入互换耳。即從寬而論，此調亦宜用上去韵，平仄除七八字可通用外，各家雖有一二互异，亦當謹依此詞爲是。萬氏云：“凡調中字句，如古人俱同，從之不必言，即十中拗七順三，亦當从其多者，蓋其中必有當然之處，不然，古人何其愚，而捨易就難也。”此言可謂深得古人之心矣。

“緑、思、宛、玉”，凡四字，可平。“凋、重、離、空”，凡四字，可仄。“照斂”二字，忌入，以去上爲佳。“尚有練囊”句，“練”字，元本、毛本均作“練”，“蓋練囊盛螢”，乃用晋車胤事爲故實，似難定爲“練”字之誤，然宋元人倚此調者，例用平聲，近朱彊村、鄭叔問兩先生，亦據陳注本及《花庵詞選》定爲“練”字，《山谷外集》詩，史容注“入”，亦作“練囊”，未敢妄自標异。“荆江留滯最久”句，“平平平仄仄仄”乃正格，白石“西窗又吹暗雨”，王月山“長安故人别後”，玉潛“當時舊情在否”，華谷“輕衫粉痕褪了”，皆將三四兩字互换，作“平平仄平仄仄”，自亦可從，惟夢窗“寂寥西窗久坐”，奚倬然“而今神仙正好”，玉田“荒臺衹今在否”，皆作“平（或入）平平平仄仄”，雖三家相同，似不必從爲佳，至方秋崖“歸去來兮易得”，作“平仄平平仄仄”，張宗瑞“中流笑與客語”，作“平平仄仄仄仄”，則萬不可從矣。又，“離思何限”句，“思”字，本爲去聲，然吕聖求作“感時懷古”，張宗瑞作“半生塵土”，劉圻父作“曾孫當住”，方秋崖作“乍寒時節”，文山作“岸巾談笑”，王月山作“畫闌憑遍”，皆易爲平聲，故亦可從。“亂”字，僅澤民、白石作平，不必從。

“暮雨生寒，鳴蛩勸織”，必對。

“重拂羅裀，頓疏花簟”，宜對。

“渭水西風，長安亂葉”，必對。

“玉液新蒭，蟹螯初薦”，宜對。

“故人相望處”句，本作上二下三句法，白石“爲誰頻斷續”、夢窗“翠尊曾共醉”、玉潛“晚妝清鏡裏”、王理得“歲華頻感慨”、玉田“登臨休望遠”皆是。或作上一下四，梅溪“奈、閒情未了”、賓暘“看、金釵半溜”、周隱“又、西風暗换”、劉雲閒“但、相逢一笑”、鷗江“奈、蓮莖有刺”、唐英發“向、枝頭占得”、詹天游“甚、花天月地”、清溪“縱、腰圍暗减”皆是。不必拘墟。

木蘭花〔高平〕

美成

暮秋餞别

郊　原雨　過金英秀。風　拂霜　威寒入袖。
◣▲◣■▲■◣◣■。◣▲■◣▲◣◣■■。
感　君一　曲斷腸歌，勸　我十　分和泪酒。
■▲◣■▲■■◣◣，■▲■■▲◣◣■■。

古道塵　清榆柳瘦。繫馬郵　亭人散後。
▲■◣▲◣◣■■。▲■◣▲◣◣■■。

今　宵燈　盡酒醒時，可　惜朱　顔成皓首。
◣▲◣◣▲■■◣◣，■▲◣◣▲◣◣■■。

木蘭花：《花草粹編》無題。
風拂：元本、毛本作“風掃”。
勸我：毛本作“送我”。

木蘭花

千里

溶溶水映娟娟秀。淺約宫妝籠翠袖。舞餘楊柳乍縈風，睡起海棠猶帶酒。　　憔悴蕭郎緣底瘦。那日花前相見後。西窗疑是故人來，費得羅箋詩幾首。

木蘭花

澤民

奇容壓盡群芳秀。枕臂濃香猶在袖。自從草草爲傳杯，但覺厭厭常病酒。　　堤上路長官柳瘦。愁在月明霜落後。須知斗帳夜寒多，早趁西風回鷁首。

木蘭花

西麓

長江浩渺山明秀。宛轉西風驚客袖。相逢纔繫柳邊舟，相别又傾花下酒。　　怪得新來詩骨瘦。都在秋娘相識後。一天明月照相思，蘆荻汀洲霜滿首。

按，此調五十六字，又名《木蘭花令》、《玉樓春》（或加令字）、《惜花容》、《春曉曲》（與二十七字之《春曉曲》有别）、《西湖曲》。句中平仄，變异滋多，略舉如下：

一、前後一、三兩句第二字用平，二、四兩句第二字用仄者。此體最整齊，宋元大家多从之，美成亦有此體（見卷八），如李後主：

晚妝初了明肌雪。春殿嬪娥魚貫列。笙歌吹斷水雲間，重按霓裳歌遍徹。　臨春誰更飄香屑。醉拍闌干情未切。歸時休放燭花紅，待踏馬蹄清夜月。

二、前後第一、第二、第四三句之第二字皆仄者。此體亦甚整齊，从者頗多，如歐陽炯：

日照玉樓花似錦。樓上醉和春色寢。緑楊風送小鶯聲，殘夢不成離玉枕。　堪愛晚來韶景甚。寶柱秦筝方再品。青蛾紅臉笑來迎，又向海棠花下飲。

三、前段與李後主同，後段與歐陽炯同者。如永叔：

東風本是開花信。及至花時風更緊。吹開吹謝苦匆匆，春意到頭無處問。　把酒臨風千萬恨。欲掃殘紅猶未忍。夜來風雨轉離披，滿眼淒涼愁不盡。

此體與美成同。

四、前段與歐陽炯同，後段與李後主同者。如錢思公：

城上風光鶯語亂。城下烟波春拍岸。緑陽芳草幾時休，泪眼愁腸先已斷。　情懷漸變成衰晚。鸞鏡朱顔驚暗换。往年多病厭芳尊，今日芳尊惟恐淺。

五、前段與李後主同，後起平收，第二、第三、第四三句之第二字皆仄者。如孟後主：

冰肌玉骨清無汗。水殿風來暗香滿。簾開明月獨窺人，欹枕釵横雲鬢亂。　起來庭户寂無聲，時見疏星渡河漢。屈指西風幾時來，衹恐流年暗中换。

六、前後起句皆第二字平，第五字仄，而過片不叶，第三、第四兩句之第二字，前後平仄相反者。如飛卿：

家臨長信往來到。乳燕雙雙拂烟草。油壁車輕金犢肥，施蘇帳曉春鷄報。　籠中嬌鳥暖猶睡，簾外落花閒不掃。衰桃一樹近前池，似惜容顔鏡中老。

七、平仄與歐陽炯同，而過片不叶者。如顧夐：

月照玉樓春漏促。颯颯風摇庭砌竹。夢驚鴛被覺來時，何處管弦聲斷續。　　惆悵少年游冶去，枕上兩娥攢細緑。曉鶯簾外語花枝，背帳猶殘紅蠟燭。

此外，尚有前後换韵者二體，如下。

一、平仄與歐陽炯略同者。如牛松卿：

春入横塘摇淺浪。花落小園空惆悵。此情誰信爲狂夫，恨翠愁紅流枕上。　　小玉窗前嗔燕語。紅泪滴穿金綫縷。雁歸不見報郎歸，織成錦字封過與。

二、前三句之弟二字皆平，僅弟四句之弟二字作仄；後一四兩句之弟二字作平，二、三兩句之弟二字作仄者。如郭生：

鳥啼鵲噪昏喬木。清明寒食誰家哭。風吹曠野野錢飛，古墓纍纍春草緑。　　棠梨花映白楊樹。盡是死生離别處。冥漠重泉哭不聞，蕭蕭暮雨人歸去。

至於五十六字《步蟾宫》《玉闌干》二調，雖亦七字八句，而句法迥异，萬不可混爲一事。特録之如下：

一、《步蟾宫》弟二、四、六、八四句作上三下四，或上一下六句法。如竹山：

玉窗掣鎖香雲漲。唤緑袖、低敲方響。流蘇拂處字微訛，但斜倚、紅梅一晌。　　濛濛月在簾衣上。做、池館春陰模樣。春陰模樣不如晴，這、催雪曲兒休唱。

二、《玉闌干》前後結句及後段弟二句皆上三下四句法。如壽域：

珠簾怕捲春殘景。小雨牡丹零欲盡。庭軒悄悄燕高空，風飄絮、緑苔侵徑。　　欲將幽恨傳愁信。想後期、無個憑定。幾回、獨睡不思量，還悠悠、夢裏尋趁。

别有毛熙震五十二字、魏承班五十四字、韋端己五十五字各一體。四十四字《减字木蘭花》（見《補遺》上），五十字《偷聲木蘭花》，一百一字《木蘭花慢》。每句弟一三兩字平仄不拘。

“感君一曲斷腸歌，勸我十分和泪酒”，宜對。

霜葉飛〔大石〕

美成

露迷衰草。疏星挂，凉蟾低下林表。

◥◣◣◤。◣◣◥，◣◣◣◥◣◤。

素娥青女門嬋娟，正、倍　添凄悄。漸　、颯颯丹楓撼　曉。

◥◣◣◤◥◣◣，◥、◤▲◣◣◤。◤▲、◢◢◣◣◤▲◤。

横天雲浪魚鱗小。

◣◣◣◥◣◣◤。

似　、故人　相看　，又透入、清輝半餉　，特地留照。

◤▲、◥◣▲◣◣▲，◥◥◢、◣◣◥◤▲，◢◥◣◥。

迢遞望極關山，波穿千里，度日如歲難到。

◣◥◥◢◣◣，◣◣◣◤，◥◢◣◥◣◥。

鳳樓今夜聽秋風，奈、五更愁抱　。想、玉匣哀弦閉　了。

◥◣◣◥◥◣◣，◥、◤◣◣◤▲。◤、◢◢◣◣◥▲◤。

無心重理相思調。見皓　月　牽離恨，屏掩孤顰，泪流多少。

◣◣◣◤◣◣◥。◥◤▲◢▲◣◣◥，◣◤◣◣，◥◣◣◤。

霜葉飛：《草堂詩餘》題作“秋思”，《花草粹編》題作“秋夜”。

似故人：毛本、《草堂詩餘》、《花草粹編》均作“見皓月”，與後段互易。

如歲：歲下，《草堂詩餘》脱“難道”二字，衍“嘆”字。

秋風：《草堂詩餘》《花草粹編》均作“西風”。

見皓月：毛本、《草堂詩餘》、《花草粹編》均作“念故人”，與前段互易。

霜葉飛

千里

塞雲垂地◥堤烟重，燕鴻初度江表。露荷風柳向人疏，臺榭還清悄。

恨、脉脉離情怨曉。相思魂夢銀屏小。奈、倦客◢征衣，自遍拂、塵埃□□，玉鏡羞照。　　無限▲静▲陌幽坊，追歡尋賞，未落人後◤先到。少年心事轉頭空，况、老來懷抱。盡、緑葉紅英過了。離聲慵整當時調。問麗質、從憔悴，消减腰圍，似▲郎多少。

霜葉飛

澤民

咏雪

朔◢風嚴緊長空布，同雲低黯◤天表。更堪中夕◢振寒威，欹枕風聲悄。望、皎◤潔窗紗向曉。珠簾纔上◤銀鈎小。聽、美◤人都驚，□老◤盡◤、群山□□，遠◤近◤相照。　　深意勸客金尊，皚皚千里，瓊臺◣瑶圃◤重到。綺◤羅香暖◤恣歡娱，暫爾寬懷抱。更◥、幾◤朵◤梅花開◣了。巡檐聊與花相調。算瑞氣◥、豐穰兆▲，來歲◥强如，舊年多少。

霜葉飛

西麓

碧◢天如水新蟾挂，修眉初畫雲表。半江楓葉◢自黄昏，深院砧聲悄。漸、凉◣蝶殘花夢曉。西風籬落◢寒螿小。背、畫闌依依，有◤數點◤、流螢亂撲◢，扇◥底◤微照。　　凝望渺◤漠平蕪，蒹葭烟遠，過雁◥還帶愁到。拚教日◢日◢醉斜陽，但、素◥琴横抱。記◥、舊◥譜◤歸耕未了。金徽誰度◤凄凉調。算多◣少◤、悲秋恨，恨◥比秋多，比◤秋猶少。

霜葉飛〔大石〕

夢窗

重九

斷烟離緒。關心事，斜陽紅隱◤霜樹◥。半壺秋水薦黄花，香噀西風雨。縱、玉勒輕飛迅羽。凄涼誰吊荒臺古。記、醉蹋南屏，彩◤扇咽、寒蟬倦夢，不知◣蠻素。　　聊對舊節傳杯，塵箋蠹◥管，斷闋經歲慵賦。小◤蟾斜影◤轉◤東籬，夜冷殘蛩語。早、白髮緣愁萬縷。驚飆從捲烏紗去。漫細將、茱萸看，但◤約◢明年，翠微高處◢。

鬥嬋娟

玉田

春感

舊家池沼。尋芳處、從教飛燕頻繞。一◢灣柳◤護◥水◤房春，看、鏡鸞窺曉。暈宿酒◤、雙蛾淡掃。羅襦飄帶腰圍小。盡、醉方歸去，又暗約、明朝鬥草。誰◣解◤先到。　　心緒▲亂若晴絲，那◥回游處◥，墜紅◣争戀殘照。近◤來心事漸▲無多，尚被◥鶯聲惱。便◥、白髮如今縱少。情懷不◢似前時好◤。漫佇立、東風外，愁極◢還醒，背花一◢笑◥。

霜葉飛

玉田

悼澄江吴立齋，南塘、不礙、雲山，皆其亭名。

故園空杳。霜風勁、南塘吹斷瑶草。已◤無清氣◥礙雲山，奈、此時懷抱。尚記◥得、修門賦曉。杜◤陵花竹◢歸來早。傍、雅◤亭幽榭。慣、款◤語◤英游，好◤懷◣無◣限▲歡笑。　　不◢見换羽◤移商，杏◤梁塵遠，可◤憐◣都付殘照。坐中泣◢下最誰多，嘆、賞音人少。悵◥、一夜◥梅花頓老。今年因甚無詩到。待唤起◤、清魂□，説◢與凄涼，定應愁了。

按，此調一百十一字。因美成有“素娥青女鬥嬋娟”之句，故又名《鬥嬋娟》。首句“露迷衰草”即起韵，夢窗、玉田皆從之，而三家則皆不和，想可不拘。玉田“故園空杳”一首，於“待唤起清魂”下脱一字，彊村翁從張韵梅校，補一空格，是也。《歷代詩餘》訂爲一百十字體，似可不必。千里和詞，前結少二字，乃誤脱無疑，《歷代詩餘》因此另訂一百九字體，誤甚。沈公述一首，於前後弟四、五句，并易爲四字三句，當屬變格。别有公述一百十一字入聲韵一體。

“倍、漸、撼、似、餉、抱、皓”，凡七字，上去通用。“看”字，平去通用。“閉”字，去入通用。“似故人”三字，毛本、《草堂詩餘》、《花草粹編》均作“見皓月”，則爲去上入，或去去入，夢窗同。“見皓月”三字，毛本、《草堂詩餘》、《花草粹編》均作“念故人”，則爲去去平，夢窗同。

“露”字，澤民、西麓作入。“下”字，澤民、夢窗作上。“女”字，澤民、西麓作入，玉田兩首作去。“浪”字，西麓、玉田弟二首作入。“故”字，澤民、玉田弟二首作上。“又”字，西麓、夢窗作上。“透”字，澤民、玉田弟二首作上。“入”字，澤民、西麓、玉田弟二首作上。“特”字，玉田兩首作平。“日”字，澤民、玉田作平。“鳳”字，澤民、夢窗作上。“今”字，西麓、玉田弟二首作入。“夜”字，澤民、夢窗作上。“五”字，西麓、玉田弟一首作去。“想”字，澤民、西麓、玉田作去。“匣”字，澤民、西麓作上。“月”字，西麓、玉田弟二首作上。“掩”字，夢窗、玉田弟一首作入。又，“表”韵，夢窗叶去。“調”韵，玉田弟一首叶上。“少”韵，夢窗、玉田弟一首叶去。皆不必從。

千里：“地、客、後”，凡三字，四聲不合。“限、静、似”，凡三字作去。

澤民：“朔、黯、夕、皎、上、美、老、盡、遠、近、臺、圃、綺、暖、更、幾、朵、開、氣、歲”，凡二十字，四聲不合。“兆”字作去。

西麓：“碧、葉、凉、落、有、點、撲、扇、底、渺、雁、日、日、素、記、舊、譜、度、多、少、恨、比”，凡二十二字，四聲不合。

夢窗：“隱、樹、彩、知、蠹、小、影、轉、但、約、處”，凡十一字，四聲不合。

玉田：“一、柳、護、水、酒、誰、解、那、處、紅、近、被、便、不、好、極、一、笑”，凡十八字，四聲不合。“緒”字、“漸”字作去。

弟二首：“已、氣、記、杜、竹、雅、款、語、好、懷、無、不、羽、杏、可、憐、泣、悵、夜、起、説”，凡二十一字，四聲不合。“限”字作去。

“正倍添凄悄”句，及後段“奈五更愁抱”句，本上一下四句法。玉田弟二首，前“奈此時懷抱”，後“嘆賞音人少”，玉田另首，前“正杏梁聲繞”，後“但暮烟衰草”，皆是。然檢千里前“臺榭還清悄”，西麓前“深院砧聲悄”，并將前句易爲上二下三。澤民後“暫爾寬懷抱”，玉田第一首後“尚被鶯聲惱”，并將後句易爲上二下三。夢窗前“香噀西風雨”，後“夜冷殘蛩語”，前後均易爲上二下三。則似可不拘也。

“漸、颯颯丹楓撼曉”句，乃上一下六句法，玉田“暈宿酒，雙蛾淡掃，尚記得、修門賦曉”，并作上一下二之三字逗，下接四字句，似不必從。

“又透入，清輝半餉，特地留照”句，乃上三下四之七字句，下接四字句，玉田弟二首，“慣、款語英游，好懷無限歡笑”，易爲上一下四之五字句，下接六字句，與公述入聲韵一體句法相同，不必從。

蕙蘭芳引〔仙吕〕

美成

寒瑩晚空，點清鏡、斷　霞孤鷺。對、客館深扃，霜草未衰更緑。
◣◥◤◣，◤◣◥、◤▲◣◣◢。◥、◢◤◣◣，◣◤◥◣◥◢。
倦游厭旅，但　夢繞　、阿嬌金屋。
◥◣◥◤，◤▲◥◤▲、◢◣◣◢。
想、故人别後，盡　日空疑風竹。
◤、◥◣◢◤，◤▲◢◣◣◣◢。

塞北氍毹，江南圖障，是　處温燠。
◥◢◣◣，◣◣◣◥，◤▲◥◣◢。
更、花管雲箋，猶寫寄情舊曲。
◥、◣◤◣◣，◣◤◥◣◥◢。
音塵迢遞，但　勞遠目。今夜長、争奈枕單人獨。
◣◣◣◥，◤▲◣◤◢。◣◥◣、◣◥◤◣◣◢。

蕙蘭芳引：毛本、《花草粹編》均題作“秋懷”，《草堂詩餘》題作“愁懷”。

人獨：澤民和作“吾樂”。

蕙蘭芳

千里

庭院雨晴，倚斜照、睡餘雙鷺。正、學染修蛾，官柳細勻黛綠。綉簾半捲，透笑語、瑣◤窗華屋。帶◥、脆聲咽韵◥，遠近◤時聞絲竹。
乍著單衣，纔拈圓扇，氣候暄燠。趁、驕馬香車，同按◥綉坊畫曲。人生如寄，浪勤耳目。歸醉鄉、猶勝旅情愁獨。

蕙蘭芳

澤民

贛州推廳新創池亭、畫橋，時宴其中，令小春舞。小春乃吾家小妓也。

池亭◣小，簾幕初下，散飛鳧鷺。乍、風◣約雲開，遥障幾眉横◣綠。畫橋架月，映四岸、垂◣楊遮屋。繞、翠闌滿檻，盡是新栽花竹。　風◣送荷香，凉生冰簟，豈畏炎燠。便、催喚雙成，看舞相時麗曲。及■瓜雖近，要娱我目。教、後人行樂，亦非吾樂。

蕙蘭芳引

西麓

虹雨乍收，楚天霽、亂飛秋鷺。漸、草色衰殘，牆外土花暗綠。故山鶴怨，流◣水自、菊籬茅屋。日暮詩吟◣就，澹墨閒題修竹。　更憶飄蓬，霜綈風葛，幾度凉燠。嘆、歸去來兮，何日甬東一曲。黄蘆滿■望，白雲在目。但■月明、長夜伴人清獨。

蕙蘭芳引〔林鐘商，俗名歇指調〕

夢窗

賦藏一家吴郡王畫蘭

空翠染雲，楚山迥◤、故人南北。秀骨冷盈盈，清洗九◤秋澗緑。奉▲車舊畹，料未許、千◣金輕價。淺笑還不語，蔓草◤羅裙一◢幅。
素女◤情多，阿◢真嬌重，喚起◤空谷。弄、野◤色◢烟姿，宜掃怨蛾澹墨。光風入◢户▲，媚香傾◣國。湘佩寒、幽夢小窗春足。

按，此調八十四字，又名《蕙蘭芳》。夢窗注作歇指調，想别有據。

“斷、但、繞、盡、是、但”，凡六字，上去通用。“瑩”字，雖平去通用字，但在此處，當作去聲爲是。

“館”字，澤民、西麓作入。“草”字，澤民、西麓作去。“未”字，澤民、西麓、夢窗作上。“阿”字，澤民、夢窗作平。“日”字，千里、澤民、夢窗作上。“管”字，澤民、西麓作去。皆不必從。

千里：“瑣、帶、韵、近、按”，凡五字，四聲不合。

澤民：“亭、風、横、垂、風、及”，凡六字，平仄不合。

西麓：“流、吟、滿、但”，凡四字，平仄未合。

夢窗：“迥、九、千、草、一、女、阿、起、野、色、入、傾”，凡十二字，四聲不合。“奉”字、“户”字作去。

“塞北氍毹，江南圖障”，必對。

“寒瑩晚空，點清鏡、斷霞孤鶩”① 句，乃上四字句，下接上三下四之七字句。澤民“池亭小，簾幕初下，散飛鳧鶩”，易爲上三字句，下接四字二句，誤。

“對、客館深扃”句，乃上一下四句法。夢窗“秀骨冷盈盈”，易爲上二下三，誤。

“想、故人别後”，乃上一下四句法。西麓“日暮詩吟就”，夢窗“淺

① 原書“清”誤爲“青”。

笑還不語”，并易爲上二下三，不必從。

“今夜長，争奈枕單人獨”句，乃上三下六句法。澤民“教、後人行樂，亦非吾樂”，易爲上一下四之五字句，下接四字句，誤。

塞垣春〔大石〕

美成

暮色分平野。傍葦岸、征帆卸。烟深極浦，樹藏孤館，秋景如畫。
◢◢◣◣◤。◥◤◥、◣◣◥。◣◣◢◤，◥◣◣◤，◣◤◣◥。
漸　、别離氣味難禁也。更物象　、供瀟灑　。
◤▲、◢◣◥◥◣◣◤。◥◢◤▲、◣◣◤▲。
念多才、渾衰減，一懷幽恨難寫。
◥◣◣、◣◣◤，◢◣◣◥◣◤。

追念綺窗人，天然自、風韵嫻雅。竟夕起相思，漫、嗟怨遥夜。
◣◥◤◣◣，◣◣◥、◣◥◣◤。◥◢◤◣◣，◥、◣◥◣◥。
又還將、兩袖珠泪，沈吟向、寂寥　寒燈下。
◥◣◣、◤◥◣◥，◣◣◥、◢◣▲◣◣◤。
玉骨爲多感，瘦來無一把。
◢◢◥◣◤，◥◣◣◢◤。

塞垣春：《草堂詩餘》《花草粹編》均題作“秋怨”。
烟深：毛本、《草堂詩餘》、《花草粹編》均作“烟村”。
難寫：戈選作“誰寫”。
寂寥：《花草粹編》作“寂寞”。

塞垣春

千里

四遠◤天垂野。向晚景◤、雕鞍卸。吴藍滴草，塞綿藏柳，風物◢堪畫。對、雨◤收霧霽初晴也。正陌上、烟光灑。聽黄鸝、啼紅樹◥，短◤

長音韵如寫。　懷抱▲幾多愁，年時趁、歡會幽雅。盡▲日足◢相思，奈、春晝難夜。念征塵、滿堆◣襟袖，那堪更、獨游花陰下。一别鬢毛减，鏡中霜滿◤把。

塞垣春

澤民

綉閣臨芳野。向晚把◤、花枝卸。奇容艷◥質◢，世間尋覓◢，除是圖畫。這、歡◣娱已◤繫人心也。更翰◥墨◢、新揮灑。展◤蠻箋、明窗底，把◤□心事都寫。　謝◥女◤與檀郎，清才對、真態俱雅。鳳枕◤樂◢春宵，絳帷度秋夜。便、同雲黯淡，冰霰縱横，也◤并◥眠、鴛衾下。假◤使◤過炎暑，共將羅扇◥把。

塞垣春

西麓

草◤碧鋪横野。帶暝◥色◤、歸鞍卸。烟葭露◥葦，滿◤汀鷗鷺◥，人在圖畫。漸、一聲雁過南樓也。更細◥雨、時飄灑。念徽容、都銷瘦◥，漫◥將紈素描寫。　臨鏡理殘妝，依然是▲、京兆▲柔雅。落◢葉感秋聲，啼◣蛩嘆凉夜。對黄花、共◥説◢憔悴，相思夢、頓◥醒西窗下。兩◤腕◤玉◢挑脱◢，素纖慳半◥把。

按，此調九十六字。毛刻千里和詞，於前結脱一韵字，據《詞律》及杜校補。夢窗所作，雖四聲僅异數字，而於後段弟二句多平聲二字，當屬變格。又，草窗此調用平韵，紫霞翁爲翻譜數字名《采緑吟》，因其起句作“采緑鴛鴦浦”故也。

“漸、象、灑”，凡三字，上去通用。“寥”字，《花草粹編》作“寞”，入聲。

“岸”字，千里、澤民作上。“極”字、“物”字，澤民、西麓作去。“减”字，千里、西麓作去。“一”字，千里、澤民作上。“起”字，千里、澤民作入。“寂”字，澤民、西麓作去。“玉骨”二字，澤民、西麓作上。“一”字，澤民、西麓作去。皆不必從。

千里：“遠、景、物、雨、樹、短、足、堆、滿”，凡九字，四聲不合。“抱”字、“盡”字作去。

澤民：“把、艷、質、覓、歡、已、翰、墨、展、把、謝、女、枕、樂、也、并、假、使、扇”，凡十九字，四聲不合。

西麓：“草、暝、色、露、滿、鷺、細、瘦、漫、落、啼、共、説、頓、兩、腕、玉、脱、半”，凡十九字，四聲不合。“是”字、“兆”字作去。

“烟深極浦，樹藏孤館”，必對。澤民“奇容艷質，世間尋覓”，西麓“烟葭露葦，滿汀鷗鷺”，不對，非。

“漫、嗟怨遥夜”句，乃上一下四句法。澤民“絳帷度秋夜”，西麓“啼蛩嘆凉夜”，俱易爲上二下三，不必從。

“又還將、兩袖珠淚，沈吟向、寂寥寒燈下”句，乃上三下四之七字句，下接上三下五之八字句。澤民“便、同雲黯淡，冰霰縱横，也并眠、鴛衾下”，讀爲上一字逗，下接四字二句，再接三字二句，與夢窗句法正合，亦可從。

丁香結〔商調〕

美成

蒼蘚沿階，冷螢黏屋，庭樹望秋先隕　。
◣◤◣◣，◤◣◣◢，◣◥◥◣◣◤▲
漸　、雨淒風迅。澹　暮色、倍　覺園林清潤。
◤▲、◤◣◣◥。◤▲◥◢、◤▲◢◣◣◣◥。
漢姬紈扇在　，重吟玩、弃擲未忍。
◥◣◣◥◤▲，◣◣◥、◥◢◥◤。
登山臨水，此恨自古、銷磨不盡　。
◣◣◣◤，◤◥◥◤、◣◣◢◤▲。

牽引。記、試酒歸時，映月同看雁陣。
◣◤。◥、◥◤◣◣，◥◢◣◣◥◥。

寶幄香纓，熏爐象　尺，夜寒燈暈。

◤◢◣◣，◣◣◤▲◢，◥◣◣◥。

誰念留滯故國，舊事勞方寸。唯、丹青相伴　，那　更塵昏蠹損。

◣◥◣◥◥◢，◥◥◣◣◥。◣、◣◣◣◤▲，◣▲◥◣◣◥◤。

試酒：毛本作“醉酒”。

映月：毛本作“對月”。

故國：《花草粹編》作“故園”。

丁香結

千里

烟濕◢高花，雨藏低葉，誰爲翠消紅隕。嘆、水流波迅。撫艷景◤、尚有◤輕陰餘潤。乳◤鶯啼處路，思歸意、泪眼◤暗忍。青青榆莢◢滿地，縱買閒愁難◣盡。　　句引①。正、記著◢年時，乍怯春寒陣陣。小閣幽窗，殘妝剩粉◤，黛眉曾暈。迢遞魂夢萬里◤，恨斷柔腸寸。知、何時重見，空爲相思瘦損。

丁香結

澤民

梅雨猶清，冷風乘急，遥送萬絲斜隕。聽、水翻雷迅。冒霧濕、但覺衣裘皆潤。亂山烟嶂外，輕寒透、未免◤强◤忍。崎嶇危石◢，聳峭峻嶺，都齊行◣盡。　　指◤引。看、負▲弩旌旗，漫捲◤空排素陣。向◥晚◤收雲，黎明見日，漸▲生紅暈。堪歎萍泛浪迹，是▲事無長寸。但◤、新來纖瘦，誰信非因病損。

① “句引”，即“勾引”。

丁香結

西麓

塵擁妝臺，翠閒歌扇，金井碧梧風隕。聽、豆蟲聲小，伴寂寞、冷逼莓牆蒼潤。料、淒涼宋玉，悲秋恨，此際怎忍。蓮塘風露漸入，粉艷紅衣落盡。　　句引。記、舞欹弓彎，幾度柳■圍花◣陣。酒薄愁濃，霞顋泪漬，月眉香暈。空對秦鏡尚缺，暗結回腸寸。念■、纖腰柔弱，都爲相如瘦損。

丁香結〔夷則商，俗名商調〕

夢窗

秋日海棠

香裊紅霏，影高銀燭，曾縱夜游濃醉。正、錦温瓊膩。被燕踏、暖雪驚翻庭砌。馬◤嘶人散後，秋風換、故園◣夢裏。吴霜融曉，陡覺◢暗動、偷春花◣意。　　還似。似▲、海◤霧◥仙山，喚覺環兒半睡。淺薄朱唇，嬌羞艷色，自傷時背。簾外寒挂澹▲月，向日◢鞦韆地。懷、春情不◢斷，猶帶相思舊子。

按，此調九十九字。“漸雨淒風迅”句，“迅”字，方楊皆和之，夢窗亦叶。西麓“聽、豆蠶[①]聲小”，不叶，不可從。

“隕、漸、澹、倍、在、盡、象、伴”，凡八字，上去通用。“那”字，平上通用。

“漢”字，千里、夢窗作上。“擲”字，千里、澤民作上。“未”字，澤民、西麓作上。“水”字，千里、澤民作入。“不”字，千里、澤民、夢窗作平。“酒”字，千里、西麓作入。“事”字，西麓、夢窗作入。皆不必從。

① 此处“蠶”，據上文西麓（陳允平）原詞并參校唐圭璋《全宋詞》，應爲“蟲”。

千里：“濕、景、有、乳、眼、莢、難、著、粉、里”，凡十字，四聲不合。

澤民：“免、强、石、行、指、捲、向、晚、但”，凡九字，四聲不合。“負、漸、是”，凡三字，作去。

西麓：“柳、花、念”，凡三字，平仄不合。

夢窗：“馬、園、覺、花、海、霧、日、不”，凡八字，四聲不合。“似”字、“澹”字作去。

“蒼蘚沿階，冷螢黏屋”，必對。

“寶幄香纓，熏爐象尺，夜寒燈暈”句，“寶幄香纓，熏爐象尺”，必對。西麓“酒薄愁濃，霞顋泪漬，月眉香暈”，易爲下二句對，亦可從。

“漢姬紈扇在”句，乃上二下三句法。西麓“料、淒凉宋玉”，易爲上一下四，誤。

“登山臨水，此恨自古、銷磨不盡”句，向有二讀。一作六字二句，千里“青青榆莢滿地，縱買閒愁難盡”，西麓“蓮塘風露漸入，粉艷紅衣落盡”，是也。一作四字三句，澤民“崎嶇危石，聳峭峻嶺，都齊行盡”，夢窗“吴霜融曉，陡覺暗動、偷春花意”是也，可不拘。

卷六　秋景

氐州弟一〔商調〕

美成

波落寒汀，村渡向晚，遥看數點帆小。
◣◢◣◣，◣◥◥◤，◣◣◥◤◣◤。
亂葉翻鴉，驚風破雁，天角孤雲縹緲。
◥◢◣◣，◣◣◥◥，◣◢◣◣◤◤。
官柳蕭疏，甚　尚挂、微微殘照。
◣◤◣◣，◤▲◥◥、◣◣◣◥。
景物關情，川途换目，頓來催老。
◤◢◣◣，◣◣◥◢，◥◣◣◤。

漸　解狂朋歡意少。奈猶被、思牽情繞　。
◤▲◤◣◣◣◥◤。◥◣◥、◥◣◣◤▲。
座上琴心，機中錦字，覺、最縈懷抱　。
◥◥◣◣，◣◣◤◥，◢、◥◣◣◤▲。
也知人、懸望久，薔薇謝、歸來一笑。
◤◣◣、◣◥◤，◣◣◥、◣◣◢◥。
欲夢高唐，未成眠、霜空又　曉。
◢◥◣◣，◥◣◣、◣◣◥▲◤。

氐州弟一：毛本調下注云：《清真集》作“熙州摘遍”，字句稍异。《草堂詩餘》《花草粹編》均題作“秋思”。

官柳：元本、毛本均作“宫柳”。

尚挂：《草堂詩餘》《花草粹編》均作“上挂”。

换目：《草堂詩餘》作“换日”。

又曉：元本、毛本、《草堂詩餘》《花草粹編》均作“已曉”。

氐州弟一

千里

朝日融怡，天氣艷冶，桃英杏▲萼◢猶小。燕壘◤初營，蜂衙乍散，池面◥烟光縹渺。芳草如薰，更瀲灩、波光相照。錦綉◥縈回，丹青映發，未容春老。　　倦客◢自◥嗟清興少。念歸計、夢魂飛繞。浪闊◢魚沈，雲高雁◥阻◤，瞪◥目◢添愁抱。憶◢香閨、臨麗景，無人伴▲、輕顰淺◤笑。想◤像▲消魂，怨東風、孤衾獨◢曉。

氐州弟一

澤民

瀟灑◤寒庭，深院綉蓋◥，佳人就中◣嬌小。半額裝成，纖腰浴◢罷，初著銖衣縹緲。徐整鸞釵，向鳳鑒、低徊斜照。情◣態◥方濃，憨痴不◢管◤，緑◢稀紅老。　　閬苑春回花枝◣少。漫微步、芳◣叢頻繞。密◢意難窺，幽歡未◥講◤，時◣把◤琵琶抱。但多才、强傅粉，何須用、千金買◤笑，一枕◤春酲，笑巫陽、陽臺易曉。

氐州弟一

西麓

閒倚江樓，凉生◣半臂，天高過雁來小。紫芡波寒，青蕪烟◣澹，南浦雲帆縹緲。潮帶離愁去，冉冉夕■陽空照。寂寞東籬，白■衣人◣遠，漸黄花老。　　見説西湖鷗鷺少。孤◣山路、醉魂飛繞。荻蟹初肥，蒓鱸更美，盡、酒懷詩抱。待南枝、春信早，巡檐對、梅花索笑。月落烏啼，漸霜天、鐘殘夢曉。

氐州弟一

天游

冰縮寒流，川凝凍靄，前回鷺渚冬晚。燕閣紅爐，駝峰翠釜◤，曾憶花柔酒軟。雲海滄洲，甚又寄、南來客◢雁。灑雪朱門，回橈剡◤曲，鏡華霜滿。　　萬里銀霄凝望眼。恁吟袖、畫闌空暖。樹帶潮墟，笳鳴古戍，簇、仲宣幽怨。相愁思、春近也，隨宮綉、時寬一綫。昨夜扁舟，夢湖山、眉橫黛淺。

按，此調一百二字。"遥看"之"看"，萬氏注爲平聲，甚是。檢千里作"桃英"，澤民作"佳人"，西麓作"天高"，劉天游作"前回"，趙青山作"梅花"，無一而非平聲。徐氏引《歷代詩餘》作"遥見"，亦但云宜遵而已。杜氏謂"看"字宜作去聲，萬氏注平似誤。究何所本乎？

"甚、漸、繞、抱"，凡四字，上去通用。"又"字，元本、毛本、《草堂詩餘》《花草粹編》均作"已"，上聲。

"落"字，澤民、西麓作入。"晚"字，澤民、西麓作去。"物"字，千里、澤民作去。"目"字，澤民、西麓作上。"解"字，千里、西麓作入。"座"字，澤民、西麓作入。"錦字"二字，千里、澤民、西麓俱互換作去上。"一"字，千里、澤民作上，皆不必從。

千里："蓴、壘、面、綉、客、自、闊、雁、阻、瞪、目、憶、淺、想、獨"，凡十五字，四聲不合。"杏、伴、像"，凡三字，作去。

澤民："灑、蓋、中、浴、情、態、不、管、緑、枝、芳、密、未、講、時、把、買、枕"，凡十八字，四聲不合。

西麓："生、烟、夕、白、人、孤"，凡六字，平仄不合。

天游："釜、客、剡"，凡三字，四聲不合。

"亂葉翻鴉，驚風破雁"，必對。

"景物關情，川途换目"，必對。西麓"寂寞東籬，白衣人遠"，不對，非。

"座上琴心，機中錦字"，必對。

“官柳蕭疏，甚尚挂、微微殘照”句，乃上四字句，下接上三下四之七字句，千里、澤民及趙青山皆是。西麓“潮帶離愁去，冉冉夕陽空照”，易爲上五下六，與《圖譜》所注句法相同，不可從。

“頓來催老”句，乃上二下二句法。西麓“漸黄花老”易爲一二一之四字句，誤。

“覺、最縈懷抱”句，乃上一下四句法。西麓“盡、酒懷詩抱”，趙青山“且、暫淹才調”是也。千里“瞪目添愁抱”，澤民“時把琵琶抱”，并易爲上二下三，亦可從。疑美成此句，一本或作“最覺縈懷抱”，亦未可知。

解蹀躞〔商調〕

美成

候館丹楓吹盡　，面　旋隨風舞。

◣◤◣◣◣◤▲，◥▲◥◣◣◤。

夜寒、霜月飛來伴　孤旅。

◥◣、◣◢◣◣◤▲◣◤。

還是　獨擁秋衾，夢餘酒困都醒，滿懷離苦。

◣◤▲◢◤◣◣，◥◣◤◥◣◣，◤◣◣◤。

甚　情緒　。深念凌波微步。

◤▲◣◤▲。◣◥◣◣◣◥。

幽房暗相遇。泪珠、都作　秋宵枕前雨。

◣◣◥◣◥。◥◣、◣◢▲◣◣◤◣◤。

此恨音驛難通，待　憑征雁歸時，帶將愁去。

◤◥◣◢◣◣，◤▲◣◣◥◣◣，◥◣◣◥。

解蹀躞：毛本、《草堂詩餘》均題作“秋思”，《花庵詞選》題作“愁詞”。

面旋：葉本作“回旋”。

帶將：《花庵詞選》作“寄將”。

解蹀躞

千里

院宇無人晴晝，静▲看簾波舞。自憐、春晚◤漂流尚覊旅。那况泪◥濕◢征衣，恨添客◢鬢，終日◢子規聲苦。　　動離緒。漫◥□徘徊愁步。何時再相遇。舊歡如昨，匆匆楚臺雨。别◢後◤南北天涯，夢魂猶記關山，屢隨書去。

解蹀躞

澤民

一◢掬◢金蓮微步。堪向盤中舞。主◤人、開閣呼來慰行旅。暫◥時◣略得◢舒懷，事如橄欖◤，餘甘卒◢難回苦。　　惹愁緒。便◥□偎人低唱，如何當奇遇。怎◤生、真得歡娛效◥雲雨。有計應不爲難，待□押◢出◢門時，却◢教休去。

解蹀躞

西麓

岸柳飄殘黄葉◢，尚學◢纖腰舞。謝他、終日亭前伴羈旅。舞奈歷歷◢寒蟬，爲誰唤◥老◤西風，伴人吟苦。　　悶無緒。記◥得◢芙蓉江上，蕭娘舊相遇。如◣今憔悴黄花慣◥風雨。把酒◤東望◥家山，醉來一◢枕閒窗，夢隨秋去。

解蹀躞

逃禪

迤◤邐韵華將半①。桃杏▲匀於染。又還、撩撥春心倍凄黯。準◤擬

① 原書“韶華”誤爲“韵華”，參見《全宋詞》第1546頁。

劇飲狂吟，可◤憐無◣復當年，酒腸文膽。　倦游覽。憔悴羞窺鸞鏡。眉端爲誰斂。可◤堪、風雨◤無情暗◥亭檻。觸◢目◢千點◤飛紅，問春争得◢春愁，也◤隨春減◤。

解蹀躞〔夷則商，俗名商調〕

夢窗

醉雲◣又◥兼醒雨，楚◤夢時來往。倦蜂、剛著梨花惹游蕩。還作一段◥相思，冷◤波葉◢舞◤愁紅，送◥人雙槳。　暗凝想。情共天涯秋黯◤，朱橋鎖◤深巷。會稀、投得輕分頓◥惆悵◥。此去幽曲誰來，可憐殘照西風，半妝樓上。

按，此調七十五字。“面旋”二字，向有二説。一謂“面”字乃“回”字之誤，當爲“隨風旋轉”之意。按，解爲“隨風旋轉”之意是也，至謂“面”字爲“回”字之誤則非。一謂“面旋”并非誤字，坡詩“出門便旋風吹面”，宋人俗稱“小便”爲“面旋”，此處當解爲“小便時見其隨風而舞”之意。按，“面旋”二字并非誤字是也，宋人稱“小便”爲“面旋”亦是也，惟謂此處解爲“小便”則非。蓋“面旋”連語，或解作“旋轉”，或解作“小便”，全視其上下文語氣而定。此處當解爲“旋轉”無疑，陳注引坡詞“面旋落英飛玉蕊”，是其顯證。“深念凌波微步”句，澤民、西麓、逃禪、夢窗皆不叶，想不拘。逃禪另首用入聲韵，於前後結句俱作上四字句，下接三字二句，當屬變格。又，松隱《玉蹀躞》二首，與此全同，僅前後結句易爲上四下六，前弟三句及後弟四句平仄略异，蓋轉調也。

又，“候館”以下，與後段“深念”以下，句法全同，“夜寒”句與後段“泪珠”句，四聲一字不差。美成音律謹嚴，如此類者甚多，爰發之於此。

“盡、伴、是、甚、緒、待”，凡六字，上去通用。“作”字，去入通同。“面”字，葉申薌本作“回”，平聲，澤民、逃禪并同。

“擁”字，千里、澤民、西麓作入。“夢”字，逃禪、夢窗作上。“酒”字，千里、夢窗作入。“困”字，澤民、西麓、夢窗作上。“深”

字，千里、澤民、西麓作去。“枕”字，澤民、西麓、逃禪、夢窗作去。“此”字，千里、逃禪作入。“恨”字，千里、西麓作上。“征”字，澤民、西麓作入。“雁”字，澤民、逃禪作入。又，“雨”韵，夢窗叶去。“去”韵，逃禪叶上。皆不必從。

千里：“晚、泪、濕、客、日、漫、别、後”，凡八字，四聲不合。“静”字作去。

澤民：“一、掬、主、暫、時、得、欖、卒、便、怎、效、押、出、却”，凡十四字，四聲不合。

西麓：“葉、學、歷、喚、老、記、得、如、慣、酒、望、一”，凡十二字，四聲不合。

逃禪：“迤、準、可、無、可、雨、暗、觸、目、點、得、也、減”，凡十三字，四聲不合。“杏”字作去。

夢窗：“雲、又、楚、段、冷、葉、舞、送、黯、鎖、頓、帳”，凡十二字，四聲不合。

“夢餘酒困都醒，滿懷離苦”句，乃上六下四句法。千里“恨添客鬢，終日子規聲苦”，澤民“事如橄欖，餘甘卒難回苦”，俱易爲上四下六，亦可從。

“泪珠、都作秋宵枕前雨”句，乃一氣呵成之九字句，而於弟二字略逗，與前段“夜寒、霜月飛來伴孤旅”句，句法相同。千里“舊歡如作，匆匆楚臺雨”，易爲上四下五，似不必從。

少年游〔商調〕

美成

并刀如水，吴鹽勝雪，纖手破新橙。
◣◣◣■，◣◣■■，◣■■◣◣。
錦幄初温，獸　烟不　斷，相對坐調笙。
■■◣◣，■▲◣■▲■，◣■■◣◣。

低聲問向誰行宿，城　上已三更。
◣◣■■◣◣■，◣▲■■◣◣。

馬　滑霜濃，不　如休去，直　是少人行。

■▲■◣◣，■▲◣◣■，■▲■■◣◣。

少年游："游"亦作"遊"，毛本題作"感舊"，《草堂詩餘》題作"冬景"。

纖手破：毛本作"纖指破"，《雅詞》作"纖指割"。

獸烟：毛本、《雅詞》均作"獸香"。

調笙：毛本作"吹笙"，注云：《清真集》作"調箏"。

誰行：《雅詞》作"誰邊"。

直是：《雅詞》《草堂詩餘》均作"直自"。

少年游

千里

人如穠李，香濛翠縷，芳酒嫩於橙。寶燭烘香，珠簾閒夜，銀字理鸞笙。　歸時醉面春風醒，花霧隔疏更。低輾雕輪，輕櫳驕馬，相伴月中行。

少年游

澤民

鸞胎麟角，金盤玉箸，芳果薦香橙。洛浦佳人，緱山仙子，高會共吹笙。　揮毫便掃千章曲，一字不須更。絳闕瑶臺，星橋雲帳，全勝少年行。

少年游

西麓

蘭屏香暖，松醪味滑，湖蟹薦香橙。雁字秋高，鳳臺人遠，明月自吹笙。　輕寒剪剪生襟袖，銀漏漸催更。暗憶年時，桂風庭院，笑并玉肩行。

按，此調五十一字。體例甚多，説在卷三。

又，此調雖小令，而用字謹嚴，如“纖手破新橙”句，美成及三家和詞皆作“平上去平平”，“水、雪、幄、已、滑、少”諸字，皆止用上入，“斷、坐、問、向、上、去”諸字，皆止用上去。所當效法。

“獸、不、城、馬、不、直”，凡六字，平仄不拘。“勝”字，宜去。“獸烟不斷”句，宜作“去平平上（或去）”。

“并刀如水，吴鹽勝雪”，必對。

“錦幄初温，獸烟不斷”，必對。

慶春宫〔越調〕

美成

雲接平岡，山圍寒野，路回漸　轉孤城。
◣◢◣◣，◣◣◣◤，◥◣◤▲◤◣◣。
衰柳啼鴉，驚風驅雁，動　人一片秋聲。
◣◤◣◣，◣◣◣◥，◤▲◣◢◥◣◣。
倦途休駕，澹　烟裏、微茫見星。
◥◣◣◥，◤▲◣◤、◣◣◥◣。
塵埃憔悴，生怕黄昏，離思牽縈。
◣◣◣◥，◣◥◣◣，◣◥◣◣。

華堂舊日逢迎。花艷參差，香霧飄零。
◣◣◥◢◣◣。◣◥◣◣，◣◥◣◣。
弦管當頭，偏憐嬌鳳，夜深簧暖笙清。
◣◤◣◣，◣◣◣◥，◥◣◣◤◣◣。
眼波傳意，恨密約、匆匆未成。
◤◣◣◥，◥◢◢、◣◣◥◣。
許多煩惱，祇　爲當時，一餉　留情。
◤◣◣◤，◤▲◥◣◣，◢◤▲◣◣。

慶春宫：毛本題作“悲秋”，注云：或刻柳耆卿。《草堂詩餘》《花草粹編》均作“秋怨”，又，毛刻《夢窗詞》，亦載此闋，題作“旅思”，注云：附清真。張廷璋藏明鈔本《夢窗詞》亦載此闋，彊村刻本删。

雲接：《雅詞》作“天接”。

路回漸轉：《雅詞》作“路長乍轉”。

驅雁：《雅詞》作“過雁”。

微茫：毛本、《花草粹編》均作“微芒”。

弦管：《花草粹編》作“管弦”，誤。

偏憐嬌鳳：《雅詞》作“惟他絶藝”。

簧暖：毛本作“篁暖”。

匆匆：毛刻《夢窗詞》作“幽怨”。

衹爲：《雅詞》作“都爲”。

當時：元本作“常時”。

留情：《雅詞》作“心情”。

慶春宮

千里

宿◢靄籠晴。層雲遮日◢，送春望斷愁城。籬落◢堆花，簾櫳飛絮，更堪遠◤近◤鶯聲。歲華流轉，似行蟻、盤旋萬星。人生如寄，利鎖◤名繮，何用勞縈。　　騣騣皓▲髮相迎。斜照難留，朝霧多零。宜趁◥良辰，何妨高會，爲酬月◢皎風清。舞臺歌榭，遇得旅◤、歡期易成。莫◢辭杯酒，天賦吾曹，特地鍾情。

慶春宮

澤民

曲◢渚◤瀾生。遥峰雲斂，據鞍又出◢江城。青子垂枝，翠◥陰遮道◤，乍聞一兩◤蟬聲。素蟾猶在，但惟有、長庚殿星。征夫前路，應怪勞生，塵事相縈。　　年來厭逐時迎。千里◤追尋，兩◤鬢凋零。佳景良辰，無憀虛度，誰◣憐客◢裏凄清。不◢如歸去，任兒◣輩◥、功名遂成。舊◥歡重理，莫◢笑淵明，却賦閒情。

慶春宫

西麓

孤鶩披霞，歸鞍卸■日，晚香菊自寒城。虚館燈閒，征衫塵浣，夜深何◣處砧聲。亂蛩催怨，月明裏、依稀數星。雲山迢遞，猶誤歸期，方寸纏遍縈。　　秋風燕送鴻迎。最■憐◣堤柳■，白■露先零。倦■倚樓高，恨■隨天遠，桂風和夢俱清。故人千里，記剪燭、西窗賦成。相◣如憔悴◥，宋玉凄凉，酒恨花情。

慶春宫

山村

江影◤涵空，山光浮水，畫樓直◢倚東城。落◢葉◢聲稀，歸鴻聲杳◤，晚風却遞鐘聲。去天咫◤尺◢，衹疑是、齊雲摘◢星。闌干凝伫▲，愁見垂楊，烟絮縈縈。　　官梅冷◤笑◥相迎。□怕繁枝，容易凋零。因念◥□□，吟仙鶴去，斷橋誰賦◥疏清。染雲如黛，這雪意◥、看看做成。有誰知得◢，庾信閒愁，陶◣令閒情。

慶宫春

斗南

斜日明霞，殘虹分雨，軟◤風淺掠◢蘋波。聲冷瑶笙，情疏寶◤扇，酒醒無◣奈秋何。彩◤去輕散，漫敲缺◢、銅壺浩▲歌。眉痕留怨，依約◢遠◤峰，學◢斂雙蛾。　　銀床露洗◤凉柯。屏掩◤香銷，忍◤掃裍羅。楚◤驛◢梅邊，吴江楓畔，庾◤郎從此愁多。草蟲喧砌，料催◣織、回文鳳梭。相◣思遥夜◥，簾捲◤翠◥樓，月冷星河。（按，此詞《絶妙好詞》《歷代詩餘》《彊村叢書》，俱以爲斗南之作，《花草粹編》《詞律》以爲日湖作，想别有據。）

慶春宫〔無射商，俗名越調〕

夢窗

越中錢得閒園

春屋園花，秋池沿草，舊家錦藉◢川原。蓮尾分津，桃邊迷路，片紅不到人間。亂篁蒼暗，料惜◢把、行題共删。小◤晴簾捲◤，獨◢占西牆，一◢鏡清寒。　　風光未老◤吟潘。嘶騎征塵，衹付憑闌。鳴瑟◢傳杯，辟◢邪翻燼，繫船香斗春寬。晚林青外，亂鴉◣著、斜陽幾◤山。粉消莫◢染，猶是▲秦宫，緑擾雲鬟。

弟二

夢窗

殘葉翻濃，餘香栖苦，障風怨動秋聲。雲影摇寒，波塵消膩，翠房人◣去深扃。晝成凄黯◤，雁飛過◥、垂楊轉◤青。闌干横暮，酥印痕香，玉◢腕誰憑。　　菱花乍失娉婷。别◢岸圍紅，千艷傾城。重洗清杯，同追深夜，豆花寒落◢愁燈。近歡成夢，斷雲◣隔、巫山幾◤層。偷◣相憐處◥，熏盡▲金篝，消◣盡雲英。

按，此調一百二字，或作《慶宫春》。别有一百二字入聲韵一體，白石、草窗、碧山、劉江村、王理得皆用之。

“漸、動、澮、餉”，凡四字，上去通用。“嬌”字，《雅詞》作“絶”，入聲，山村同。“衹”字，《雅詞》作“都”，平聲，千里、斗南、夢窗俱同。

“雲”字，千里、澤民作入。“接”字，澤民、山村作上。“野”字，千里、西麓作入。“路”字，西麓、斗南作上。“漸”字，西麓、山村作入。“轉”字，斗南、夢窗弟一首作入。“柳”字，千里、山村作入。“雁”字，澤民、山村作上。“一”字，西麓、斗南、夢窗弟二首作平。“離”字，斗南、夢窗作入。“日”字，斗南、夢窗弟一首作上。“艷”

字、“香”字，澤民、斗南作上。“管”字，千里、山村作去，斗南、夢窗弟一首作入。“簧”字，千里、澤民作入。“暖”字，西麓、山村作去。“密”字，澤民、斗南、夢窗作平。“約”字，澤民、山村作去。“未”字，夢窗兩首作上。“許”字，西麓、斗南、夢窗弟二首作平。“惱”字，西麓、斗南、夢窗弟二首作去。“一”字，山村、夢窗弟二首作平。皆不必從。

“動人”二字，及後段“夜深”二字，玉田一首作“濃艷”“誰在”，俱易爲“平去”。“花艷參差”句，西麓作“最憐堤柳”，易爲“去平平上”，皆屬誤譜，不可從。

千里：“宿、日、落、遠、近、鎖、趁、月、旅、莫”，凡十字，四聲不合。“皓”字作去。

澤民：“曲、渚、出、翠、道、兩、里、兩、誰、客、不、兒、輩、舊、莫”，凡十五字，四聲不合。

西麓：“卸、何、最、憐、柳、白、倦、恨、相、悴”，凡十字，平仄不合。

山村：“影、直、落、葉、杳、咫、尺、摘、冷、笑、念、賦、意、得、陶”①，凡十五字，四聲不合。“伫”字作去。

斗南：“軟、掠、竇、無、彩、缺、約、遠、學、洗、掩、忍、楚、驛、庾、催、相、夜、捲、翠”，凡二十字，四聲不合。“浩”字作去。

夢窗：“藉、惜、小、捲、獨、一、老、瑟、辟、鴉、幾、莫”，凡十二字，四聲不合。“是”字作去。

弟二首：“人、黯、過、轉、玉、别、落、雲、幾、偷、處、消”，凡十二字，四聲不合。“盡”字作去。

“雲接平岡，山圍寒野”，必對。

“衰柳啼鴉，驚風驅雁”，必對。

“花艷參差，香霧飄零”，宜對。

---

① 原詞中“尺”，此處誤爲“局”，改。

醉桃源〔大石〕

美成

冬　衣初　染遠山青。雙　絲雲　雁綾。
◣▲◣◣▲■■◣◣。◣▲◣◣▲■■。
夜　寒袖　濕欲成冰。都　緣珠　淚零。
■▲◣■▲■■◣◣。◣▲◣◣▲■◣。

情黯黯，悶騰騰。身　如秋後　蠅。
◣■■，■◣◣。◣▲◣◣▲■◣。
若　教隨　馬逐郎行。不　辭多　少程。
■▲◣◣▲■■◣◣。■▲◣◣▲■◣。

弟二

菖蒲葉老水平沙。臨流蘇小家。畫闌曲徑宛秋蛇。金英垂露華。燒蜜炬，引蓮娃。酒香醺臉霞。再來重約日西斜。倚門聽暮鴉。

蜜炬：毛本作“密炬”。

醉桃源

千里

良宵相對一燈青。相思寫砑綾。去時情淚滴紅冰。西風吹涕零。愁宛轉，意飛騰。晴窗穿紙蠅。夢知關塞不堪行。憶君猶問程。

弟二

鴛鴦濃睡碧溪沙。荷花深處家。快風收電掣金蛇。涼波流素華。

吴國艷，楚宫娃。紅潮連翠霞。坐來忽忽燭光斜。城頭聞亂鴉。

醉桃源

澤民

十年依舊破衫青。空書制敕綾。但知心似玉壺冰。牛衣休涕零。聊蹇傲，莫升騰。毋爲附驥蠅。前山可數且徐行。不須催去程。

第二

大都修煉似蒸沙。陰陽失兩家。正如飛鱉舞長蛇。寧知飲月華。回老貌，假群娃。薰蒸成絳霞。但教心地不傾斜。巢中能養鴉。

醉桃源

西麓

金閨平貼被青青。寶街毬路綾。曉風吹枕泪成冰。梅梢霜露零。金鴨暖，寶熏騰。晴窗黏凍蠅。夢魂空趁斷雲行。江山千里程。

第二

青青楊柳拂堤沙。溪頭沽酒家。吟成醉筆走龍蛇。春風雙鬢華。歌楚女，舞吴娃。輕烟籠翠霞。倦春嬌困寶釵斜。緑垂雲髻鴉。

按，此調四十七字，又名《阮郎歸》《碧桃春》。子野注爲〔大石〕，又注爲〔仙吕調〕，想别有據。《雅詞拾遺》，録俞秀老《阮郎歸》一首，乃《訴衷情》誤標今名，非另體也。

“冬、初、雙、雲、都、珠、身、秋、隨、多”，凡十字，可仄。“夜、袖、若、不”，凡四字，可平。

“情黯黯”句，李後主作“珮聲悄”，張子野作“淺螺黛”，趙子發作“紉香久”，俱易爲“仄平仄”，不必從。

“情黯黯，悶騰騰”，必對。

點絳唇〔仙吕〕

美成

孤館迢迢，暮天草露沾衣潤。夜來秋近。月暈通風信。　今日原頭，黄葉飛成陣。知人悶。故來相趁。共結臨岐恨。

點絳唇：元本不注宫調。

秋近：《雅詞》作“秋盡”。

原頭：毛本作“源頭”。

臨岐：陳注本作“臨歧”，《雅詞》作“分歧”。按，“歧”字晚出，從元本、毛本、《花草粹編》。

點絳唇

千里

緑葉陰陰，滿城風雨催梅潤。畫樓人近。朝霧來芳信。　從解雕鞍，休數花吹陣。無多悶。燕催鶯趁。付與春歸恨。

點絳唇

澤民

岸草離離，暮天雨過添清潤。小舟移近。怕得江頭信。　無奈風高，雁字難成陣。思排悶。管弦難趁。乍解心頭恨。

點絳唇

西麓

眉葉顰愁，泪痕紅透蘭襟潤。雁聲將近。須帶平安信。　獨倚江樓，落葉風成陣。情懷悶。蝶隨蜂趁。滿地黄花恨。

按，此調四十一字。説在卷三。

夜遊宫〔般涉〕

美成

葉　下斜陽照水。捲輕浪、沈　沈千　里。橋　上酸風射眸　子。

■▲■◣◣■■。■◣■、◣▲◣◣▲■。◣▲■◣◣■◣▲■。

立多時，看黄昏，燈火市。

■◣◣，■◣◣，◣■■。

古　屋寒窗底。聽幾　片、井　桐飛墜。不　戀單衾再三　起。

■▲■◣◣■。■■▲■、■▲◣◣■。■▲■◣◣■■▲■。

有誰知，爲蕭娘，書一紙。

■◣◣，■◣◣，◣■■。

夜游宫："游"亦作"遊"，毛本題作"暮秋晚景"。

弟二

客去車塵未斂。古簾暗、雨苔千點。月皎風清在處見。奈今宵，照初弦，吹一箭。　　池曲河聲轉。念歸計、眼迷魂亂。明日前村更荒遠。且開尊，任紅鱗，生酒面。

夜遊宫

千里

一帶垂楊蘸水。映芳草、萋萋千里。跋馬回堤少年子。擁青蛾，向紅樓，南酒市。　　拚飲鶯花底。恣歡笑、粉融香墜。不趁臨分醉中起。但依稀，寫柔情，留蜀紙。

弟二

城上昏烟四斂。畫樓外、陡聽更點。千里相思夢中見。恨年華，逐東流，隨急箭。　　簾影參差轉。夜初過、水沈烟亂。剩枕餘衾故人遠。憶閒窗，彈雲鬟，低粉面。

夜遊宫

澤民

一葉飄然下水。船頭轉、已行十里。冷落杯盤薦梅子。又經過，嶺邊村，江中市。　　那更輕帆底。一路上、翠飄紅墜。深夜方眠五更起。説相思，試揮毫，還滿紙。

弟二

泪眼偎人强斂。鮫綃上、尚餘斑點。别後何愁不相見。衹愁伊，被旁人，施暗箭。　　致得心腸轉。教令得、神魂撩亂。那更日疏又日遠。怎時節，想難爲，看我面。

夜遊宫

西麓

窄索樓兒傍水。漸秋到、漁村橘里。薄幸江南倦游子。恣輕狂，戀高陽，歌酒市。　　獨自簾兒底。香羅帶、翠閒金墜。爲惱情懷怕拈起。對西風，搵啼紅，印窗紙。

弟二

愁壓眉峰成斂。幾回皺，落花鈿點。鏡裹芳容自羞見。又黄昏，聽南樓，度更箭。　　月引桐陰轉。珠簾動、影摇花亂。雁過西風楚天遠。待歸來，把愁眉，印郎面。

按，此調五十七字。雖止注平仄，而以作上去韵爲佳。“葉”字、“古”字，宜作入上平，“下”字、“照”字，宜作上去，西麓弟二首於“照”字作平，不可從。“射”字、“再”字宜用去聲。不可謂遇仄填仄即可了事也。

“沈、千、橋、睟、幾、井、不、三”，凡八字，平仄不拘。

前後結句，西麓弟二首、夢窗二首均易爲“仄平仄”，想不拘。

“捲輕浪”句，淮海作“空滿院”，碧山作“樓角動”，易爲“平仄仄”，亦可從。

“立多時”句，及“有誰知”句，淮海前作“何曾解”，後作“連宵雨”，亦可從，必前後一致耳。

“捲輕浪”句，澤民兩首作“船頭轉”“鮫綃上”，“燈火市”句，澤民弟一首作“江中市”，均易爲“平平仄”。“聽幾片”句，淮海作“念個人”，易爲“仄仄平”，夢窗弟二首作“舊相思”，易爲“仄平平”。皆不必從。

訴衷情〔商調〕

美成

堤前亭午未融霜。風緊雁無行。重尋舊日岐路，茸帽北游裝。　期信杳，别離長。遠情傷。風翻酒幔，寒凝茶烟，又是何鄉。

岐路：陳注本作“歧路”。按，“歧”字晚出，從元本、毛本、《花草粹編》。

訴衷情

千里

一鈎新月淡於霜。楊柳漸分行。征塵厭堆襟袂，鷄唱促晨裝。　淮水闊，楚山長。暗悲傷。重陽天氣，杯酒黄花，還寄他鄉。

訴衷情

澤民

侵晨呵手怯清霜。閒寫兩三行。都將舊游新恨，收拾入行裝。　人作別，路尤長。漫嗟傷。不如歸去，衹者溫柔，便是仙鄉。

訴衷情

西麓

嫩寒侵帳弄微霜。客泪不成行。料得黄花憔悴，何日賦歸裝。　樓獨倚，漏聲長。暗情傷。凄涼況味，一半悲秋，一半思鄉。

按，此調四十四字。説在卷四。

傷情怨〔林鐘〕

美成

枝頭風勢漸小。看、暮鴉飛了。又是黄昏，閉　門收返照。
◣◣◣■■■。■、■◣◣■。■■◣◣，■▲◣◣■■。

江南人去路渺。信未　通　、愁　已　先到。
◣◣◣■■■。■■▲◣▲、◣▲■▲◣■。
怕見孤燈，霜寒催睡早。
■■◣◣，◣◣◣■■。

風勢：毛本作“風信”。

傷情怨

千里

閒愁眉上翠小。盡、春◣衫寬了。舞鑒孤鸞，嚴妝羞獨照。　王孫音信尚渺。度寒食、禁烟須到。趁賞芳菲，今年春事早。

傷情怨

澤民

嬌痴年紀尚小。試、晚妝初了。自戴黄花，開奩還自照。　　臨岐離思浩渺。道未寒、須管來到。記取丁寧，教人歸且早。

傷情怨

西麓

南枝春意正小。籬菊都荒了。帳底孤燈，夜來還獨照。　　沙洲烟翠渺渺。謝塞鴻、頻帶書到。笑捻梅花，今年開較早。

按，此調四十二字，又名《清商怨》。沈文伯一首，於“秋已先到”句多一字，前後起句平仄亦异，當屬變格，《詞律》列爲另體，是也。别有四十三字體，即又名《關河令》者（參見《補遺》上），平仄句法與此全同，僅首句多一字而已。

又，此調雖小令，注爲平仄，但止能作上去韵。若嚴格論之，則前後起句宜作“平平平去去上”，前弟二句，“看”字宜去，“了”字宜上，末二句宜作“去去平平，平平平去上”，各家皆然，最宜取法。

“閉”字，平仄不拘。

“信未通、愁已先到”句，千里“度寒食、禁烟須到”，易爲“仄平仄、仄平平仄”，小山“漫寄與、也應歸晚”，易爲“仄仄仄、仄平平仄”，想不可拘。

“暮”字，千里作平，不可從。

“看、暮鴉飛了”句，乃上一下四句法。西麓“籬菊都荒了”，易爲上二下三，誤。

冬　景

紅林檎近〔雙調〕

美成

高柳春纔軟，凍梅寒更香。暮　雪助清峭，玉　塵散　林塘。

◣■◣◣■，■◣◣■◣。■▲■■◣■，■▲◣■▲◣◣。

那堪　飄風遞冷，故遣度幕穿窗。

◣◣▲◣◣■■，■■■■◣◣。

似欲　料　理新妝。呵手　弄絲簧。

■■▲◣▲■◣◣。◣■▲■◣◣。

冷落詞賦客，蕭　索水雲鄉。援毫授簡，風流猶憶東梁。

■■◣■■，◣▲■■◣◣。◣◣■■，◣◣◣■◣◣。

望、虛檐徐轉，回廊未掃，夜長莫　惜空酒觴。

■、◣◣◣■，◣◣■■，■◣■▲■◣■◣。

紅林檎近：毛本題作“咏雪”，《草堂詩餘》《花草粹編》均題作“冬雪”。

弟二

美成

風雪驚初霽，水鄉增暮寒。樹杪墮飛羽，檐牙挂琅玕。纔喜門堆巷積，可惜迤邐銷殘。漸看低竹翩翻。清池漲微瀾。　　步屐晴正好，宴席晚方歡。梅花耐冷，亭亭來入冰盤。對、前山橫素，愁雲變色，放杯同覓高處看。

弟二：《花草粹編》以爲万俟雅言作，誤。毛本題作“雪晴”，《草堂詩餘》《花草粹編》均題作“冬初”。

飛羽：毛本、《花草粹編》均作“毛羽”。

門堆巷積：《草堂詩餘》《花草粹編》均作“堆門積巷”。

前山：陳注本作“山前”，從元本及毛本。

紅林檎近

千里

花幕高燒燭。獸爐深炷香。寒色上樓閣，春威遍池塘。多情天孫罷織，故與玉女穿窗。素臉淺約宮裝。風韵勝笙簧。　　游◣冶尋舊侶，尊酒老吾鄉。清歌度曲，何妨塵落雕梁。任、瑶階平尺，珠簾人◣報，剩拼酩酊飛羽觴。

弟二

曉起山光慘，晚來花意寒。映月衣纖縞，因風佩琅玕。三弄江梅聽徹，幾點岸柳飄殘。宛然舞曲初翻。簾影捲波瀾。　　把酒同喚醉，促膝小留歡。清狂痛飲，能消多少杯盤。况、人生如寄，相逢半老，歲華休作容易看。

紅林檎近

澤民

雪

輕有鵝毛體，白如龍腦香。瓊笋綴飛桷，冰壺鑒方塘。渾如瑶臺閬苑，更無◣茆舍蓬窗。畫閣自有梅妝。貪耍罷彈簧。　　鼓舞沽酒市，蓑笠釣魚鄉。遐觀自樂，吾心何必濠梁。待喬木◢都凍，千山盡老，更煩玉指勸■羽觴。

弟二

梅信初回暖，風棱猶壯寒。禾稼響圭璧，簾旌隱琅玕。門外群山尚滿，窗前◣數片餘殘。凍底潛有魚翻。東風漸生瀾。　　杖策扶半醉，燕寢有餘歡。兒曹自捧，皚皚調蜜盈盤。兆、豐穰和氣，來呈美瑞，莫同輕薄飛絮看。

紅林檎近

西麓

飛絮迷芳意，落梅銷暗香。皓鶴唳空碧，白鷗避寒塘。妨它踏◢青門草，便放曉日東窗。先自懶弄晨妝。誰奈靚笙簧。　　望簾◣尋酒市，看釣認魚鄉。控持紫燕，芹泥未上雕梁。想、梁園謝■館，群花較晚，但陪玉樹頻舉觴。

弟二

三萬六千頃，玉壺天地寒。庚嶺封的皪，淇園折琅玕。漠◢漠梨花爛漫，紛◣紛◣柳絮飛殘。直疑潢潦驚翻。斜風泝狂瀾。　　對此頻勝賞，一醉飽清歡。呼童剪韭，和冰先薦春盤。怕、東風吹散，留尊待月，倚闌莫惜今夜看。

按，此調七十九字。

“暮、堪、欲、手、蕭、莫”，凡六字，平仄不拘。“玉”字，乃入代平，宜用平聲，用入亦可，切忌用去。“料”字，本平聲，而千里兩首、澤民弟一首、西麓弟一首，并用仄聲，想可不拘。“更”字，宜去。“雲”字，宜用上入。“散”字、“弄”字、“夜”字，宜去。“落”字，忌去。“憶”字、“惜”字，宜入，用上亦可。“望”字，宜去。“未”字，“酒”字，忌入。

“故遣”二字，澤民弟一首作“仄平”，弟二首及西麓弟二首作“平平”。後起“冷”字，千里弟一首作平。“落”字，西麓弟一首作平。“徐”字，西麓弟一首作仄。“未”字，千里弟一首作平。“空”字，澤民弟一首作仄。又，“那”字，西麓弟二首入代平。“飄”字，西麓弟一首入代平。“檐”字，澤民弟一首入代平。皆不必從。

“高柳春纔軟，凍梅寒更香”，必對。西麓第二首“三萬六千頃，玉壺天地寒”，不對，非。

“暮雪助清峭，玉塵散林塘”，必對。

“那堪飄風遞冷，故遣度幕穿窗”，宜對。

“冷落詞賦客，蕭索水雲鄉”，必對。

“虛檐徐轉，回廊未掃”，宜對。

滿路花〔仙吕〕

美成

金花落燼燈，銀　礫鳴窗雪。夜　深微漏斷、行人絶。

◣◣■■◣，◣▲■◣◣■。■▲◣◣■■、◣◣■。

風扉不定，竹圃琅玕折。玉　人新間闊。

◣◣■■，■■◣◣■。■▲◣◣■■。

著　甚情悰，更當恁地時節。

■▲■◣◣，■◣■■◣■。

無言欹枕，帳底流清血。愁如春後絮、來相接。

◣◣◣■，■■◣◣■。◣◣◣■■、◣◣■。

知他那裏，争　信人心切。除　共天公説。

◣◣■■，◣▲■◣◣■。■▲■◣◣■。

不成也　還，似伊無　個分别。

■◣■▲◣，■◣◣▲■◣■。

滿路花：毛本題作“咏雪”。

銀礫：陳注本作“銀鑠”，從元本、毛本、《草堂詩餘》。

夜深：毛本、《草堂詩餘》《花草粹編》均作“庭深”。

著甚情悰：毛本作“這甚情懷”。

滿路花

千里

簾篩月影金，風捲楊花雪。天邊鴻雁少、音塵絶。春光欲暮，客子歸心折。江湖波浪闊。目斷家山，料應易過佳節。　　柔情千點，杜宇枝頭血。危腸餘寸許、誰能接。眠思夢憶，不似今番切。欲對何人説。攬鏡沈吟，瘦來須有差別。

滿路花

澤民

雙眼灧秋波，兩臉凝春雪。尊前初見處、琴心絶。千磨百難，石上瓊簪折。人非天樣闊。車馬難通，奈何没個關節。　　深盟密◢約，嚙臂曾流血。須知弦斷、有、鸞膠接。别離日久，轉覺歸心切。先把新詞説。憔悴相容，怕伊相見難别。

滿路花

西麓

離歌泣斷雲，别舞愁飛雪。鳳皇臺上望、瓊簫絶。釵分玉燕，寸寸回腸折。碧空歸雁闊。猶有疏梅，歲寒獨伴高節。　　鮫綃羅帕，泪灑胭脂血。悠悠江上水、天連接。朱樓遍倚，萬里空情切。此恨憑誰説。天若有情，料天須有區别。

按，此調八十三字，又名《促拍滿路花》。“玉人新間闊”句叶韵，三家皆和之，與後段“除共天公説”句相較，亦當是叶。然檢美成另首（參見卷八），於此二句，前作“不是寒宵短”，後作“也須知有我”，不但前句不叶，平仄亦適相反，三家皆各遵原作，不敢援引，故作者於“玉人”句若不用叶，則此二句平仄，當改依另首，不可隨意離合。即前結

“恁”字，若依另首，亦當改用平聲爲是。别有淮海一體，前後首句即起韵，平仄亦略异。耆卿、聖求各一體，渭川八十四字體，坦庵八十六字體（松隱、玉蟾二詞，各多一字，疑衍），皆平韵。此外，八十七字《滿園花》，九十字《一枝花》，句法均與坦庵相似，但用仄韵，《詞譜》列入《促拍満路花》，《詞律》附於《満路花》之後，未爲無義也。

又，美成“歸去難”一首（參見卷八），字數句法，與美成八十三字《滿路花》全合，僅前後起句及弟三句，平仄略异，《詞律》合爲一調，是也。惟其互异處，當分别从之，不得隨意援引，所宜措意。至澤民和作兩首，於起句作“雙眼灧秋波”“愁得鬢絲斑”，均易爲“平仄仄平平”，後起作“深盟密約”“非無意智”，均易爲“平平仄仄”，與美成兩首及方、陳二家皆异，當屬誤譜，不能視爲另體也。

“銀、夜、玉、著、争、除、無”，凡七字，平仄不拘。

“不成也還”句，雖是“仄平仄平”，然當填作“仄仄平平”，方爲正著，千里“攬鏡沈吟”是也。澤民“憔悴相容”，西麓“天若有情”，均易爲“平仄仄平”，亦可從。

“金花落燼燈，銀礫鳴窗雪”，必對。

“愁如春後絮、來相接”句，乃上五下三句法。澤民“須知弦斷、有、鸞膠接”，易爲上四字逗，下接一二一之四字句，誤。

卷七　單題

解語花〔高平〕

美成

元宵

風銷焰蠟，露浥烘鑪，花市　光相射。桂華流瓦。
◣◣◥◢，◥◢◣◣，◣◤▲◣◣◥。◥◣◣◤。
纖雲散、耿耿素娥欲下。衣裳淡　雅。看　楚女、纖腰一把。
◣◣◥、◤◤◥◣◢◥。◣◣◤▲◤。◣▲◤◤、◣◣◢◤。
簫鼓喧、人影參差，滿路飄香麝。
◣◤◣、◣◤◣◣，◤◥◣◣◥。

因念都城放夜。望、千門如晝，嬉笑游冶。
◣◥◣◣◥◥。◥、◣◣◣◥，◣◥◣◤。
鈿　車羅帕。相逢處、自有暗塵隨馬。年光是　也。
◣▲◣◣◥。◣◣◥、◥◤◥◣◣◤。◣◣◤▲◤。
唯衹見　、舊情衰謝。清漏移、飛蓋歸來，從、舞休歌罷。
◣◤◥▲、◥◣◣◥。◣◥◣、◣◥◣◣，◣、◤◣◣◥。

焰蠟：毛本作“絳蠟”。
烘鑪[1]：毛本作“紅蓮”。
花市：毛本作“燈市”。

---

① 原詞爲“烘爐”，此處誤爲“烘鑪”。

纖腰：《陽春白雪》作“宫腰”。

香麝：《陽春白雪》作“蘭麝”。

都城：《詩餘圖譜》作“帝城”。

如畫：《花草粹編》作“如晝”，千里、澤民和“晝”字，陳注引易齋云：舊本作“如畫”，誤也，甚是。

衹見：《陽春白雪》作“衹有”。

解語花

千里

長空淡碧，素魄凝輝，星斗寒相射。鳳樓鴛瓦。天風動、冉冉珮環高◣下◤。歌清韵雅。對好景、芳樽滿◤把。花霧◥濃、燈火瑩煌，笑◥語◤烘蘭麝。　　千斛◢明珠照夜。况、人如圖畫，明艷容冶。綉巾香帕。歸來路、緩▲逐◢杳▲轥驕馬。笙歌散也。愁萬◥炬、絳蓮分謝。更漏殘、驚聽西樓，吹、小樓初罷。

解語花

澤民

星樓夜度◥，火◤樹◥宵開，燈月◢光交射。翠檐銅瓦。相輝映、隱隱絳霞飄◣下。風流艷雅。向柳陌◢、纖纖共◥把。筵宴◥時、頻酌◢香醪，寶鴨◢噴沈麝。　　已◤是▲歡娱盡▲夜。對、芳時堪畫，絛倡葉◢冶。鴛燈詩帕。嬉游看、到處◥驟輪馳馬。千年换也。惟好事、寸心難謝。聽九◤衢三市▲行歌，到◥、曉鐘纔罷。

解語花

西麓

鼇峰溯碧，貝闕緣雲，桂◥魄◢寒光射。鳳檐鴛瓦。星河際、縹緲綉簾高◣下◤。笙簫奏雅。愛雪◢柳、蛾兒笑◥把。瓊佩◥摇、珠翠◥盈盈，迤邐◤飄蘭麝。　　陸◢地金蓮照夜。富、綺◤羅妝艷，春態容冶。

籠紗鞍帕。香塵過、禁陌◢寶◤車驕馬。游人静也。東風◣裏、萬紅初謝。沈醉歸、殘角◢霜天，漸◤、落◢梅聲罷。

解語花〔高平調〕

夢窗

梅花

門横皺碧，路入蒼烟，春近江南岸。暮寒如剪。臨溪影◤、一◢一◢半斜清◣淺◤。飛霙弄晚。蕩▲千◣里、暗◥香平◣遠。端正◥看、瓊樹◥三枝，總似▲蘭昌見。　　酥瑩雲容夜暖◤。伴▲、蘭翹清瘦，簫鳳柔婉。翠深荒院。幽栖久◤、無◣語暗申春怨◥。東風半面◥。料◥準擬、何◣郎詞卷。歡未闌、烟雨◤青黄，宜、晝◥陰庭館◤。

弟二

立春風雨中餞處静

檐花舊滴，帳燭新啼，香潤殘冬被◤。澹烟疏綺。凌波步、暗◥阻傍牆挑◣薺▲。梅痕似洗。空點點、年華别泪◥。花鬢◥愁、釵股籠寒，彩燕沾雲膩。　　還鬥辛盤葱◣翠。念、青絲牽恨，曾試纖指。雁回潮尾◤。征帆去、似與東風相避◥。泥雲萬里。應剪斷、紅◣情緑◢意。年少時、偏愛輕憐，和、酒香宜睡。

按，此調一百字。别有草窗一百一字入聲韵一體。

“市、淡、是”，凡三字，上去通用。“看”字、“鈿”字，平去通用。“見”字，《陽春白雪》作“有”，上聲，千里、西麓、夢窗并同。

“市”字，澤民、西麓作入。“欲”字，千里、澤民、夢窗作平。“一”字，澤民、西麓作去。“鼓”字，千里、澤民、西麓、夢窗作去。“影”字，西麓、夢窗弟一首作去。“路”字，千里、西麓作上。“有”字，千里、西麓作入。“舊”字，夢窗兩首作平。又，“射”韵，夢窗弟二首叶上。“下”韵，千里、西麓和作上聲，夢窗弟一首叶上。“把”韵，夢窗弟二首叶去。“夜”韵，夢窗弟一首叶上。“帕”韵，夢窗弟二首叶上。“馬”韵，夢窗兩首叶去。“也”韵，夢窗弟一首叶去。“罷”韵，夢窗弟一首叶上。皆不必從。

千里：“高、下、滿、霧、笑、語、斛、逐、萬”，凡九字，四聲不合。“綬”字，“杏”字作去。

澤民：“度、火、樹、月、飄、陌、共、宴、酌、鴨、已、葉、處、九、到”，凡十五字，四聲不合。“是、盡、市”，凡三字，作去。

西麓：“桂、魄、高、下、雪、笑、佩、翠、邏、陸、綺、陌、寶、風、角、漸、落”，凡十七字，四聲不合。

夢窗：“影、一、一、清、淺、千、暗、平、正、樹、暖、久、無、怨、面、料、何、雨、晝、館”，凡二十字，四聲不合。“蕩、似、伴”，凡三字，作去。

弟二首：“被、暗、挑、泪、鬢、葱、尾、避、紅、綠”，凡十字，四聲不合。“薺”字、“似”[①] 字，作去。

“風銷焰蠟，露浥烘鑪”，必對。

“清漏移、飛蓋歸來”句，乃上三下四句法，澤民“聽九衢三市行歌”，易爲上一下六，誤。

“從、舞休歌罷”句，乃上一下四句法。劉圻父作“殘溜空鴛瓦”，玉田（《花草粹編》不箸[②]撰人，《歷代詩餘》誤爲美成作，參見《補遺》下），作“畢竟如何老”，均易爲上二下三，不必從。

六幺令〔仙吕〕

美成

重九

快風收雨，亭館清殘燠。池光靜　橫秋影，岸柳如新沐。

◥◣◣◤，◣◤◣◣◢。◣◣◤▲◣◣◤，◥◤◣◣◢。

---

① 此處列出的“似”字，詞中未標注。

② 箸，通“著”，下同。

聞道宜城酒美，昨日新醅熟。輕鑣相逐。

◣◥◣◣◤◤，◢◢◣◣◢。◣◣◣◢。

衝泥策馬，來折東籬半開菊。

◣◣◥◤。◣◢◣◣◥◣◢。

華堂花艷對列，一一驚郎目。歌韵巧共泉聲，間雜琮琤玉。

◣◣◣◣◣◢，◢◢◣◣◢。◣◥◤◥◣◣，◥◢◣◣◢。

惆悵周郎已老，莫唱當時曲。幽歡難卜。

◣◥◣◣◤◤，◢◥◣◣◢。◣◣◣◢。

明年誰健，更把茱萸再三囑。

◣◣◣◥，◥◤◣◣◥◣◢。

六幺令：毛本、《草堂詩餘》均題作“重陽”。

如新沐：毛本作“知新沐”。

間雜琮琤玉：毛本注云，《清真集》作“間雜淙哀玉”。

六幺令

千里

照人明艷◥，肌雪◢消繁燠。嬌雲慢垂柔領，紺髮◢濃於沐。微暈紅潮一◢綫◥，拂拂桃腮熟。群芳難逐。天香國艷◥，試◥比◤春蘭共秋菊。　　當時相見恨晚◤，彼◤此◤縈心目。別◢後◤空◣憶◢仙姿，路隔吹簫玉。何處闌干十◢二◥，縹◤緲◤陽臺曲。佳期重卜。都將離恨，拚與尊前細留囑。

六幺令

澤民

壬寅四月，扶病外邑催租，寄内。

道骨■仙風◣，本■自無寒燠。誰教勉從人事，風◣雨充梳沐。酒■病從來屢作，湯◣藥宜諳熟。五■窮難逐。折■腰升◣斗，辜負當年舊松菊。　　今歲重更甲子，已是難題目。那更頻◣陪◣宴■俎■，幾度山頹玉。扶病奔馳外邑，宛轉溪山曲。蛛絲應卜。音書頻寄，止酒加餐不須囑。

六幺令

西麓

授衣時節◢，猶未◥定◥寒燠。長空雨收雲霽◥，湛◣碧◢秋容沐。還是▲鱸肥蟹美，橡◤栗村村熟。不◢堪追逐。龍山夢◥遠，惆悵◥田園自黄菊。　　醉◥中還念倦旅◤，觸景◤傷心目。羞破帽◥把◤茱萸，更憶尊前玉。愁立◢梧桐影下，月轉回廊曲。歸期將卜。西風吹雁，懶◤寄◥斜封但相囑。

六幺令〔夷則商，俗名仙吕宫。彊村翁云：“商”當作“宫”〕

夢窗

七夕

露蛩初響，機杼還催織。婺星爲情慵懶，伫▲立◢明河側。不◢見津頭艇子，望◥絶南飛翼。雲梁千尺。塵緣一點，回首◤西風又陳迹。
那知天上計拙，乞巧◤樓南北。瓜果◤幾度凄凉，寂◢寞羅池客。人事回廊縹緲，誰◣見金釵擘。今夕◢何夕。杯殘月◢墮，但耿銀河漫天碧。

按，此調九十四字，或作《綠腰》，又名《樂世録要》，見《詞律》。後起，各家皆不叶，方回作“已恨歸期不早”，與下句“枉負狂年少”相叶，當是偶合。别有磻溪平韵一體，至《花草粹編》録吕洞賓三十字平韵單調一體，疑後世羽流僞托，不必從也。

“静”字，上去通用。“華堂花艷對列”句，乃拗句，千里、西麓、夢窗皆从之。澤民作“今歲重更甲子”，耆卿作“展轉翻成無寐”，小山作“常記東樓夜雪”，方回作“已恨歸期不早”，稼軒作“江上吴儂問我”，章窗作“風静瓊林翠沼”，李琳作“誰向尊前起舞”，皆易爲“平（或仄）仄平平仄仄”，想不拘。

“館”字、“影”字，澤民、西麓作去。“岸”字，澤民、西麓作平。“柳”字，千里、西麓、夢窗作入。“折”字，千里、澤民、夢窗作上。“立”字，千里、西麓作上。“一一”二字，千里、澤民作上上，西麓、夢窗作入上。“韵”字，千里、夢窗作上。“巧”字，千里、澤民作平。“莫唱”二字，千里、澤民作上上。“更”字，澤民、西麓作上。皆不必從。

“快風收雨”句，澤民作“道骨仙風”，易爲“仄仄平平”。“歌韵巧共泉聲”句，澤民作“那更頻陪宴俎”，易爲“平仄平平仄仄”。并誤。

千里：“艶、雪、髪、一、綫、艶、試、比、晚、彼、此、别、後、空、憶、十、二、縹、緲”，凡十九字，四聲不合。

澤民：“骨、風、本、風、酒、湯、五、折、升、頻、陪、宴、俎”，凡十三字，平仄不合。

西麓：“節、未、定、霽、湛、碧、橡、不、夢、悵、醉、旅、景、帽、把、立、懶、寄”，凡十八字，四聲不合。“是”字作去。

夢窗：“立、不、望、首、巧、果、寂、誰、夕、月”，凡十字，四聲不合。“佇”字作去。

“歌韵巧共泉聲”句，乃二二二之六字句。西麓“羞破帽把茱萸”，易爲上三下三句法，誤。

倒犯〔仙吕〕

美成

新月

霽景、對、霜蟾乍昇，素烟如掃　。千林夜縞。

◥◤、◥、◣◣◥◣，◥◣◣◤▲。◣◣◥◤。

徘徊處、漸　移深窈。何人正弄、孤影蹁躚，西窗悄。

◣◣◥、◤▲◣◣◤。◣◣◥◥、◣◤◣◣，◣◣◤。

冒、露　冷貂裘，玉斝邀雲表。共寒光，飲　清醥。

◥、◥▲◤◣◣，◢◤◣◣◤。◥◣◣，◤▲◣◤。

淮左舊游，記送行人，歸來山路窵。

◣◤◥◣，◥◥◣◣，◣◣◣◥◤。

駐馬望素魄，印遥碧，金樞小。愛、秀色初娟好。

◥◤◥◥◢，◥◣◢，◣◣◤。◥、◥◢◣◣◤。

念漂浮、綿綿思遠道。料、异日宵征，必定還相照。奈何人自老。

◥◣◣、◣◣◣◤◤。◥、◥◢◣◣，◢◤◣◣◥。◥◣◣◥◤。

露冷：陳注本作“霜冷”，從毛本。

自老：陳注本作“自衰老”，從毛本。

倒犯

千里

盡▲日◢、任、梧桐自飛，翠階慵掃。閒雲散縞。秋容瑩、暮天清窈。斜陽到地，樓閣◢參差，簾櫳悄。嫩袖舞涼颸，拂拂◢生林表。蕩▲塵襟，寫名醥。　　攜手故園，勝事尋踪，松篁幽徑窵。曲◢沼瞰静▲緑，蔭檐影◤，龜魚小。信、倦迹歸來好。倩丁寧長安游子道。任、鬢髮霜侵[1]，莫待▲菱花照。醉鄉深處老。

倒犯

澤民

藍橋

畫舫▲并仙舟，遠◤窺黛眉新掃。芳容襯縞。佳人在、翠簾深窈。逡巡遽贈，詩語因詢，屏幃悄。道、自有藍橋，美◤質◢誠堪表。倩纖纖，

① 原書缺“任”字，據《全宋詞》第3201頁補。

捧芳醥。　　琴劍◥度關，望玉◢京人，迢迢天樣窵。下馬叩靖宇◤，見仙女◤，雲英小。算、冠絶人間好。飲刀圭、神丹同得◢道。感◤、向日夫人，指◤示相垂照。壽齊天後◤老。

倒犯

西麓

百尺鳳皇樓，碧天暮雲初掃。冰華散縞。雙鸞駕、鏡懸空窈。婆娑桂影，香滿西風，闌干悄。漸、玉魄金輝，飛◣度千山表。餌玄霜，醉瓊醥。　　身在九霄，獨步丹梯，飄飄輕霧窵。縹緲廣寒◣殿，覺塵世，山河小。愛十二瓊樓好。算誰知、消息■盈虚◣道。任、地久天長，今◣古無私照。但、仙娥不老。

倒犯〔夾鐘商，俗名雙調〕

夢窗

贈黄復庵

茂苑、共、鶯花醉吟，歲華如許。江湖夜雨。傳書問雁多幽阻。清溪上，慣來往、扁舟輕如羽。到、興懶歸來，玉冷耕雲圃。按瓊簫，賦金縷。　　回首詞場，動地聲名，春雷初啓户。枕水卧漱石，數間屋，梅一◢隖。待、共結良朋侣。載清尊、隨花追野步◥。要、未若城南，分◣取▲溪隈住。晝長看柳◤舞。

按，此調一百二字，或作《吉了犯》。夢窗注爲〔夾鐘商〕，俗名〔雙調〕，想别有據。末句，各家皆五字句，陳注本作“奈何人自衰老”，蓋衍“衰”字。“冒、露冷貂裘，玉斝邀雲表”句，乃上一下四之五字句，下接五字句，《詞律》注爲上三下七之十字句，不可從。

“掃、漸、飲、窵”，凡四字，上去通用。“露”字，當作去聲，陳注本、元本作“霜”，平聲，不必從。

“景”字，千里、西麓作入。“斝”字，千里、澤民作入。“碧”字，千里、澤民作上。“必”字，西麓、夢窗作平。“自”字，澤民、夢窗作上。又，“道”韵，夢窗叶去。皆不必從。

“綿綿思遠道”句，西麓作“消息盈虚道”，易爲“平仄平平仄”，誤。

千里：“日、閣、拂、曲、影”，凡五字，四聲不合。“盡、蕩、静、待”，凡四字，作去。

澤民：“遠、美、質、劍、玉、宇、女、得、感、指、後”，凡十一字，四聲不合。“舫”字，作上。

西麓：“飛、寒、息、虚、今”，凡五字，平仄不合。

夢窗：“一、步、分、柳”，凡四字，四聲不合。“取”字作去。

“霽景、對、霜蟾乍昇，素烟如掃”句，乃二一四之七字句，下接四字句。澤民“畫舫并仙舟，遠窺黛眉新掃”，西麓“百尺鳳皇樓，碧天暮雲初掃”，均易爲上五下六句法，非。

“徘徊處，漸移深窈”句，乃上三下四句法。夢窗“傳書問雁多幽阻”，易爲上四下三，誤。

“何人正弄、孤影蹁躚，西窗悄”句，千里、澤民、西麓皆讀爲四字二句，下接三字句。夢窗“清溪上，慣來往、扁舟輕如羽”，讀爲三字二句，下接五字句，不必從。

“奈何人字老”句，乃上二下三句法。西麓“但、仙娥不老”，易爲上一下四，誤。

大酺〔越調〕

美成

春雨

對、宿烟收，春禽静 ，飛雨時鳴高屋。

◥、◢◣◣，◣◣◤▲，◣◤◣◣◣◢。

牆頭青玉旆，洗、鉛霜都 盡，嫩梢相觸。

◣◣◣◢◥，◤、◣◣◣◤▲，◥◣◣◢。

潤逼琴絲，寒侵枕障，蟲網吹黏簾竹。
◥◢◣◣，◣◣◤◥，◣◤◣◣◣◢。
郵亭無人處，聽、檐聲不斷　，困眠初熟。
◣◣◣◣◥，◥、◣◣◢◤▲，◥◣◣◢。
奈、愁極頓　驚，夢輕難記，自憐幽獨。
◥、◣◢◥▲◣，◥◣◣◥，◥◣◣◢。

行人歸意速。最先念、流潦妨車轂。
◣◣◣◥◢。◥◣◥、◣◤◣◣◢。
怎奈向、蘭成憔悴，衛　玠　清羸，等閒時、易傷心目。
◤◥◥、◣◣◣◥，◥▲◥▲◣◣，◤◣◣、◥◣◣◢。
未怪平陽客，雙淚落、笛中哀曲。況蕭索、青蕪國。
◥◥◣◣◢，◣◥◢、◢◣◣◢。◥◣◢、◣◣◢。
紅糝鋪地，門外荊桃如菽。夜游共誰秉燭。
◣◤◣◥，◣◥◣◣◣◢。◥◣◥◣◤◢。

大酺：《花草粹編》無題。又，毛刻《夢窗詞》亦載此闋，但脱“怎、游”二字，注云“附清真”。

頓驚：毛本、《陽春白雪》均作“頻驚”。

衛玠：毛本、《陽春白雪》均作“樂廣”。

大酺

千里

正、夕陽閒，秋光淡，鴛瓦參差華屋。高低簾幕迥◤，但、風瑤環珮，細聲頻觸。瘦怯單衣，凉生兩袖，零亂◥庭梧窗竹。相思誰能會，是▲、歸程客夢，路諳心熟。況時節黃昏，閉門人静▲，憑闌身獨。　歡情何太速。歲華似▲、飛馬馳輕轂。漫◥自嘆、河陽青鬢，苒◤苒如霜，把菱花、悵然凝目。老◤去疏狂減◤，思墮策、小◤坊幽曲。趁游樂、繁華國。回首無緒▲，清淚粉於紅菽。話愁更堪剪燭。

大酺

澤民

漸▲、雨◤回春，風清夏，垂柳凉生芳屋。猶花餘滿◤地，引、蜂游蝶◢戲，慢飛輕觸。院宇◤深沈，簾櫳寂◢静▲，蒼玉◢時敲疏竹。雕梁新來燕，恣、呢喃不住，似▲曾相熟。但、雙去◥并來，漫縈幽恨，枕◤單衾獨。　　仙郎去◥又速。料今在、何許停雙轂。任◥夢想◤、頻登臺榭，遍倚闌干，水雲千里◤空流目。縱遇雙魚客，難盡▲寫◤、别來心曲。媚容幸◤傾城國。今日◢何事，還又難分辨菽。寸心天◣上◥可燭。

大酺

西麓

霧幕西山，珠簾捲，濃靄凄迷華屋。蒲萄新緑漲，正◥、桃花烟浪，亂紅翻觸。綉閣留寒，羅衣怯◢潤，慵理鳳◥樓絲竹。東風垂楊恨，鎖◤、朱門深◣静，粉◤香初熟。念、緩◤酌燈前，醉吟孤枕◤，頓成清獨。　　傷心春去速。嘆美◤景◤、虚擲◢如飛轂。漫◥孤◣負▲、鞦韆臺榭，拾◢翠心期，誤◥芳菲、怨眉愁目。冷◤透金篝濕，空展◤轉◤、畫◥屏山曲。夢不◢到◥、華胥國。閒倚雕檻▲，試◥采◤青青梅菽。海◤棠尚堪對◥燭。

大酺〔無射商，俗名越調〕

夢窗

荷塘小隱

峭、石帆收，歸期左，林沼年消紅碧。漁蓑樵笠畔，買、佳鄰翻蓋，浣▲花新宅。地鑿桃陰，天澄藻鏡，聊與漁郎分席。滄波耕不◢碎，似▲、藍田初◣種，翠烟生壁。料、情屬新蓮，夢驚春草◤，斷橋相識。　　平生江海◤客。秀懷抱▲、雲錦當秋織。任◥歲晚◤、陶籬菊◢暗，逋◣冢梅荒，總輸玉◢井◤嘗甘液。忍◤弃紅香葉。集◢楚◤裳◣、西◣風催著。正明月、秋無極。歸隱何處，門外垂楊天窄。放船五◤湖夜◥色。

大酺

日湖

元夕寓京

漸▲入融和，金蓮放，人在東風樓閣。天香吹輦◤路，净◥、無雲一◢點，桂流霜魄。雪◢霽◥梅飄，春柔柳嫩，半◥捲真珠簾箔。迢迢鳴鞘過，隘、車鈿轡◥玉◢，暗塵輕掠。擁◤、瓊管◤吹龍，朱弦彈鳳，柳◤衢花陌。　　鼇山侵碧◢落。絳綃遠、春靄浮鳷鵲。民◣共樂、金吾禁静，翠蹕聲閒，遍◥青門、盡▲停魚鑰。衩襪◢寒初覺，方怪失、綉◥鴛弓窄。誤良夜◥、瑶臺約。漸◤、彩霞散，雙闕◢星微烟薄。洞天共誰跨◥鶴。

按，此調一百三十三字。“國”字，乃借叶，三家皆和之，夢窗、草窗、須溪、吟竹、虚齋（《花草粹編》以爲後村作，彊村本《後村長短句》不載），亦皆用叶。不可謂“國”字非“屋沃”韵，遂以爲不叶也。蓋宋人詞不同韵相叶者，隨處皆是，如美成《玲瓏四犯》《齊天樂》諸調，“琰艶”韵與“阮願”韵互叶，是其顯證。别有胡仲虎一體，於弟七句多二字，似不必從。

“静、盡、斷”，凡三字，上去通用。“頓”字，毛本、《陽春白雪》均作“頻”，平聲。“衛玠”二字，毛本、《陽春白雪》均作“樂廣”，則爲入上。

“玉”字，澤民、日湖作上。“洗”字，西麓、日湖作去。“都”字，澤民、日湖作入。“枕”字，澤民、西麓作入。“不”字，西麓、夢窗作平。“記”字，西麓、夢窗作上。“自”字，澤民、日湖作上。“怎”字，千里、澤民、西麓、夢窗作去。“向”字，澤民、夢窗作上。“等”字，西麓、日湖作去。“易”字，澤民、夢窗作上。“未”字、“泪”字，西麓、夢窗作上。“落”字，澤民、西麓作上。“笛”字、“索”字，西麓、日湖作去。“秉”字，西麓、夢窗、日湖作去。皆不必從。

“流潦妨車轂”句，後村作“低張青油幕”，易爲“平平平平入”，不可從。

千里：“迥、亂、漫、苒、老、減、小”，凡七字，四聲不合。“是、静、似、緒”，凡四字，作去。

澤民：“雨、滿、蝶、宇、寂、玉、去、枕、去、任、想、里、寫、幸、日、天、上”，凡十七字，四聲不合。“漸、静、似、盡”，凡四字，作去。

西麓：“正、怯、鳳、鎖、深、粉、緩、枕、美、景、擲、漫、孤、拾、誤、冷、展、轉、晝、不、到、試、采、海、對”，凡二十五字，四聲不合。“負”字、“檻”字，作去。

夢窗：“不、初、草、海、任、晚、菊、逋、玉、井、忍、集、楚、裳、西、五、夜”，凡十七字，四聲不合。“浣、似、抱”，凡三字，作去。

日湖：“輦、净、一、雪、霽、半、轡、玉、擁、管、柳、碧、民、遍、襪、綉、夜、漸、闞、跨”，凡二十字，四聲不合。“漸”字、“盡”字作去。

“宿烟收，春禽静”，必對。

“潤逼琴絲，寒侵枕障”，必對

“愁極頓驚，夢輕難記”，宜對。

“蘭成憔悴，衛玠清羸”，必對。千里“何陽青鬢，苒苒如霜”，不對，非。

“對、宿烟收”句，乃一二一句法。西麓“霧幕西山”，日湖“漸入融和”，并易爲上二下二，不必從。

“等閒時，易傷心目”句，乃上三下四句法。澤民“水雲千里空流目”，夢窗“總輸玉井嘗甘液”，俱易爲上四下三，不必從。

“況蕭索，青蕪國”句，乃三字二句。澤民“媚容幸傾城國”，易爲二二二之六字句，誤。

“紅糝鋪地”句，乃上二下二句法。日湖“漸、彩霞散”，易爲一二一，誤。

玉燭新〔雙調〕

美成

梅花

溪源新臘後。見、數　朵江梅，剪裁初就。
◣◣◣◢◤。◥、◥▲◤◣◣，◤◣◣◤。
暈酥砌玉，芳英嫩、故把春心輕漏。
◥◣◥◢，◣◣◥、◥◤◣◣◣◥。
前村昨夜，想、弄月、黄昏時候。
◣◣◢◥，◤、◥◢、◣◣◣◥。
孤岸峭、疏影横斜，濃香暗沾襟袖。
◣◥◥、◣◤◣◣，◣◣◥◣◣◥。

尊前賦與多才，問、嶺外風光，故人知否。
◣◣◥◤◣◣，◥、◤◥◣◣，◥◣◣◤。
壽　陽謾鬥。終不似　、照水一枝清瘦。風嬌雨秀。
◤▲◣◥◥。◣◢◤▲、◥◤◢◣◣◥。◣◣◤◥。
好、亂插繁花盈首。須信道、羌管　無情，看看又奏。
◤、◥◢◣◣◣◥。◣◥◥、◣◥▲◣◣，◣◣◥◥。

玉燭新：《梅苑》以爲李易安作，誤。四印本《漱玉詞》補收之，半塘翁云“一作周美成”，是也。又，《花草粹編》題作“早梅”，《梅苑》無題。

新臘：毛本作“新蠟”。

數朵：《梅苑》作“幾朵”。

剪裁：《梅苑》作“裁剪”。

砌玉：《花草粹編》作“破玉”。

多才：陳注本作“多材”，从元本、毛本、《草堂詩餘》、《花草粹編》及《梅苑》。

問嶺外：《花草粹編》作“向嶺外”。

亂插：《梅苑》脱“亂”字。

羌管：《草堂詩餘》《梅苑》均作“羌笛”。

玉燭新

千里

海棠

海◣棠初雨◤後。似▲、露粉妝成，肉◢紅團就。太真帳裏◤，春眠醒、緩▲蹙◢樓前宮漏。潮生酒◤暈，獨◢自倚◤、闌干時候。吹鬢影◤、斜立◢東風，餘寒半侵羅袖。　驪山宮◣殿◥無人，想◤、笑◥問君王，艷容如否。萬花競鬥。難比◤并、麗美巧◤匀豐瘦。閨房挺秀。□、一◢顧◥丹鉛低首。□應對、羯◢鼓聲中，清歌美◤奏。

玉燭新

澤民

梨花

梨花寒食後。被、麗日◢和風，一◢時開就。濛◣濛雨◤歇，香猶嫩、漸▲覺◢芳心彰漏。牆頭月下◤，似舊日、鶯鶯相候。纖手◤爲、攀折◢翹枝，輕盈露沾紅袖。　風流出◢浴◢楊妃，向、海上何人，更詢安否。百◢花任鬥。應粉◤艷、未減杏◤粗梅瘦。膚豐肉◢秀。□、可◤與◤群芳推首。方待▲□、酣飲花前，輕歌緩▲奏。

玉燭新

青山

梅花新霽◥後。正、錦樣◥華堂，一◢時妝就。洞房花◣燭，深深處、慢轉銅壺銀漏。新妝未◥了◤，奈◥、浩▲蕩◤春心相候。香篆裏◤、簇◢簇◢笙歌，微寒半侵羅袖。　侵晨淺◤捧蘭湯，問、堂◣上萱花，夜來安否。功◣名漫鬥。漫◥贏◣得◢、萬里相◣思清瘦。藍袍俊◥

秀。便◥勝却、登科龍首。春晝永◤、簾幕重重，簫聲緩▲奏。

玉燭新〔黄鐘商。彊村翁云："黄"當作"夾"〕

夢窗

花穿簾隙透◥。向、夢裏消春，酒中延晝。嫩篁細掐，想思字、墮粉輕黏練袖。章臺別後◤。展綉絡、紅蔫香舊。□□□、應數歸舟，愁凝畫闌眉柳◤。　移燈夜語西窗，逗、曉帳迷香，問、何時又◥。素紈乍試，還憶是、綉懶思◣酸時候。蘭清蕙◥秀①。總未比◤、蛾眉螓首。誰訴與◤，惟有金籠，春簧細奏。

按，此調一百一字。"暈酥砌玉"句，"前村昨夜"句，美成、千里、澤民、青山、梅溪、虚齋，皆不叶。逃禪一首，則二句皆叶。夢窗一首，僅於後一句叶，而於後段"壽陽謾鬥"句不叶，想可不拘。惟既依美成，自當如方、楊、趙、史諸家，前二句不叶，後一句叶，爲佳也。

"壽"字、"似"字，上去通用。"數"字，《梅苑》作"幾"，上聲，"管"字，《草堂詩餘》《梅苑》均作"笛"，入聲，青山并同。

"剪"字，千里、澤民、青山作入。"把"字，千里、澤民作入。"夜"字，澤民、青山作上。"月"字、"峭"字，千里、青上作上。"影"字，千里、澤民、青山作入。"不"字，千里、澤民作上。"一"字，千里、澤民作上，青山、夢窗作入。"雨"字，青山、夢窗作去。"插"字，澤民、夢窗作上。"道"字，青山、夢窗作上。又，"後"韵，夢窗叶去。"袖"韵，夢窗叶上。皆不必從。

千里："海、雨、肉、會、蹙、酒、獨、倚、影、立、宫、殿、想、笑、比、巧、一、顧、羯、美"②，凡二十字，四聲不合。"似"字、"緩"字，作去。

① 原書缺"秀"字，據《全宋詞》第3654頁補。

② 詞中無"會"字，標注的"裏"字，此處未列出，此處"會"字誤，當是"裏"字。

澤民：“日、一、濛、雨、覺、下、手、折、出、浴、百、粉、杏、肉、可、與”，凡十六字，四聲不合。“漸、待、緩”，凡三字，作去。

青山：“霽、樣、一、花、未、了、奈、蕩、裹、簇、簇、淺、堂、功、漫、贏、得、相、俊、便、永”，凡二十一字，四聲不合。“浩”字、“緩”字，作去。

夢窗：“透、後、柳、又、思、蕙、比、與”，凡八字，四聲不合。

“想、弄月、黄昏時候”句，“好、亂插繁花盈首”句，作上一下六，或上三下四，均可，不必拘墟。但切忌作上四下三。

“故人知否”句，乃上二下二句法。夢窗“問、何時又”，易爲一二一，不可從。

花犯〔小石〕

美成

梅花

粉牆低，梅花照眼，依然舊風味。露痕輕綴。
◤◣◣，◣◣◥◤，◣◣◥◣◥，◥◣◣◥。
疑、净洗鉛華，無限　佳麗。
◣、◥◤◣◣，◣◤▲◣◥。
去年勝賞曾孤倚　。冰盤同宴喜。
◥◣◥◤◣◣◤▲。◣◣◣◥◤。
更可惜　、雪中高樹　，香篝熏素被。
◥◤◢▲、◢◣◣◥▲，◣◣◣◥◤。

今年對花最匆匆，相逢似　有恨、依依愁悴。
◣◣◥◣◥◣◣，◣◣◤▲◤◥、◣◣◣◥。
吟望　久，青苔上，旋看飛墜。
◣◥▲◤，◣◣◥，◥◣◣◥。
相將見、脆丸薦酒，人正在　、空江烟浪裹。
◣◣◥、◥◣◥◤，◣◥◤▲、◣◣◣◥◤。

但　夢想、一枝瀟灑　，黃昏斜照水。

◤▲◥◤、◢◣◣◤▲，◣◣◣◥◤。

花犯：《雅詞》《花草粹編》均無題。

佳麗：《花庵詞選》《雅詞》《陽春白雪》均作“清麗”，《花草粹編》作“佳期”，誤。

同宴喜：元本、《草堂詩餘》《花草粹編》均作“共宴喜”。

更可惜：《陽春白雪》作“最好是”。

高樹：《雅詞》作“高士”。

最匆匆：《花庵詞選》作“太匆匆”。

有恨：《花庵詞選》作“有限”。

吟望：《花庵詞選》《雅詞》《花草粹編》均作“凝望”。

脆丸：毛本、《花庵詞選》《雅詞》《草堂詩餘》《花草粹編》均作“脆圓”。

花犯

方千里

荷花

渚風低，芙蓉萬朵，清妍賦情味。霧綃紅綴。看、曼立◢分行，閒淡佳麗。靚姿艷冶相扶倚。高低紛愠喜。正曉色、懶◤窺妝面，嬌眠攲翠被。　秋色◢爲花且◤徘徊，朱顏迎縞露、還應憔悴。腰肢小，腮痕嫩，更堪飄墜。風流事、舊宫暗鎖，誰復見、塵生香步裹。漫嘆息◢、玉兒何許，繁華空逝水。

花犯

澤民

桃花

百◢花中，夭桃秀色◢，堪餐作珍味。武◤陵溪上，□、宋玉◢牆頭，全勝姝麗。去年此◤日◢佳人倚。凝情心暗喜。恨未◥得、合歡鴛帳，歸來猶半被。　　尋春記前約◢因□，題詩算怎耐、相思憔悴。攀玩對◥，東君道，莫◢教輕墜。尖纖向、鬢邊戴秀◥，芳艷在、多情雲翠裹。看媚臉、與◤花争好，休誇空覓◢水。

花犯

西麓

報◤南枝、東風試暖，蕭蕭甚情味。亂瓊雕綴。幻◥、姑◣射◥精神，玉◢蕊佳麗。壽陽宴罷◥妝臺倚。眉顰羞鵲◢喜。念誤◥却、何◣郎歸去，清香空翠被。　　溪松徑竹素知心，青青歲寒◣友、甘同憔悴。漸◤畫角◢，嚴城上，雁霜驚墜。烟江暮、佩環未解，愁不◢到、獨◢醒人夢裏。但恨繞、六橋明月◢，孤山雲畔水。

花犯〔中吕商〕

夢窗

謝黄復庵除夜寄古梅枝

剪横枝，清溪分◣影，翛然鏡空曉◤。小◤窗春到。憐、夜冷孀娥，相伴孤照。古◤苔泪鎖霜千點，蒼華人共老。料淺雪、黄◣昏驛◢路，飛香遺凍草。　　行雲夢中認瓊娘，冰肌瘦、窈窕風前纖縞。殘醉醒，屏山外，翠禽聲小◤。寒泉貯▲、紺壺漸▲暖，年事對、青燈驚换了。但恐舞、一簾胡蝶◢，玉◢龍吹又杳。

第二

郭希道送水仙索賦

小娉婷，清鉛素靨，蜂黄暗偷暈。翠翹欹鬢。昨◢、夜冷中庭，月◢下相認。睡濃更苦淒風緊。驚回心未穩。送曉色、一壺葱蒨，纔知花夢準。　　湘娥化作此◤幽芳，凌波路、古岸雲沙遺恨。臨砌影，寒香亂，凍梅藏韵。熏爐畔、旋移傍枕，還又見、玉◢人垂紺鬢。料唤賞、清◢華池館，臺杯須滿◤引。

花犯

碧山

古嬋娟，蒼鬟素靨，盈盈瞰流水◤。斷魂十◢里◤。嘆、紺縷飄零，難繫離思。故山歲晚誰堪寄。琅玕聊自倚。漫記◥我、緑蓑衝雪◢，孤舟寒浪裏。　　三花兩◤蕊破蒙茸，依依似有恨、明珠輕委◤。雲卧穩，藍衣正護春憔悴。羅浮夢、半蟾挂曉，幺鳳冷、山中人乍起。又唤取、玉奴歸去，餘香空翠被。

花犯

在軒

芙蓉

翠◥奩空，紅鸞蘸影，嫣然弄妝晚◤。霧鬟低顫。飛、嫩藕仙裳，清思無限▲。象▲床試錦新翻樣，金屏連綉展。最好似、阿環嬌困，雲酣春帳暖。　　尋思水◤邊賦娟娟，新霜記舊◥約◢、西風庭院。腸斷處◥，秋江上、朝◣雲輕散。憑誰向、一◢聲過雁◥。細◥説◢與、眉心楊柳◤怨◥。且趁取、菊花天氣，年年尋醉伴。

（此詞《詞林萬軒》《歷代詩餘》均以爲譚明之所作，誤。）

綉鸞鳳花犯

草窗

賦水仙

楚江湄，湘娥乍見◥，無言灑▲清泪。淡然春意。空、獨◢倚東風，芳思誰寄。凌◣波路冷秋無際。香雲隨步起。漫記◥得、漢◥宫仙掌，亭亭明月◢底。　　冰弦寫◤怨更多情，騷人恨枉賦、芳蘭幽芷◤。春思遠，誰嘆賞◤，國◢香風味。相將共、歲寒伴侶，小◤窗◢净、沈烟熏翠袂◤。幽◣夢覺◢、涓◣涓清露，一◢枝燈影◤裏。

按，此調一百二字，又名《綉鸞鳳花犯》。“露痕輕綴”句，是叶，千里、西麓均和之，夢窗、碧山、在軒、草窗、青山亦用叶，澤民和詞，此句作“武陵溪上”，不叶。“去年勝賞曾孤倚”句，夢窗弟一首，及在庵，不叶。皆不可從。“脆丸薦酒”句，在軒“阮顧”韵作“一聲過雁”，乃偶合，非叶。

“限、倚、似、在、但、灑”，凡六字，上去通用。“望”字，平去通用。“惜”字，《陽春白雪》作“是”，上去通用。“樹”字，《雅詞》作“士”，上聲。“恨”字，《花庵詞選》作“限”，上聲。

“粉”字，西麓、在軒作去。“露”字，澤民、夢窗弟一首作上。“洗”字，千里、澤民作入。“無”字，西麓、夢窗弟二首作入。“可”字，澤民、西麓、碧山、草窗作去。“雪”字，西麓、夢窗弟一首作平。“對”字、碧山、在軒、草窗作上。“最”字，千里、夢窗弟二首作上。“恨”字，西麓、夢窗弟一首作上。“久”字、“酒”字，澤民、在軒作去。“倦”字，澤民、草窗作入。“正”字，西麓、在軒作入。“空”字，西麓、夢窗弟二首作入。“想”字，千里、草窗作入。“一”字，夢窗弟二首、草窗作平。“黄”字，夢窗弟一首、草窗作入。“照”字，夢窗弟二首，草窗作上。又，“味”韵，夢窗弟一首、碧山、在軒叶上。“綴”韵、“悴”韵，碧山、草窗叶上。“墜”韵，夢窗弟一首叶上。“裏”韵，在軒、草窗叶去。皆不必從。

“今年對花最匆匆”句，西麓作“溪松徑竹素知心”，夢窗弟二首作“湘娥化作此幽芳”，碧山作“三花兩蕊破蒙茸”，俱易爲“平平仄仄仄平平”，想不拘。

千里：“立、懶、色、且、息”，凡五字，四聲不合。

澤民：“百、色、武、玉、此、日、未、約、對、莫、秀、與、覓”，凡十三字，四聲不合。

西麓：“報、幻、姑、射、玉、罷、鵲、誤、何、寒、漸、角、不、獨、月”，凡十五字，四聲不合。

夢窗："分、曉、小、古、黄、驛、小、蝶、玉"，凡十字①，四聲不合。"貯"字、"漸"字作去。

弟二首："昨、月、此、玉、清、滿"，凡六字，四聲不合。

碧山："水、十、里、記、雪、兩、委"，凡七字，四聲不合。

在軒："翠、晚、水、舊、約、處、朝、一、雁、細、説、柳、怨"，凡十三字，四聲不合。"限"字、"象"字作去。

草窗："見、獨、凌、記、漢、月、寫、芷、賞、國、小、窗、袂、幽、覺、涓、一、影"，凡十八字，四聲不合。"灑"字作去。

"相逢似有恨，依依愁悴"句，讀作二一六之九字句，或上五下四之九字句，均可。夢窗弟二首，"凌波路、古岸雲沙遺恨"，西麓"青青歲寒友、甘同憔悴"，是其例也。

"青苔上，旋看飛墜"句，乃上三字句，下四字句。碧山"藍衣正護春憔悴"，易爲上四下三之七字句，誤。

醜奴兒〔大石〕

美成

梅花

肌　膚綽　約真仙子，來　伴冰霜。
◣▲◣■▲■◣◣■，◣▲■◣◣。
洗　盡鉛黄。素②面初無一　點妝。
■▲■◣◣。■▲◣◣◣■▲■◣。

尋　花不　用持銀燭，暗　裏聞香。
◣▲◣■▲■◣◣■，■▲■◣◣。
零　落池塘。分　付餘妍與　壽陽。
◣▲■◣◣。◣▲■◣◣■▲■◣。

① 詞中盡標注列出九字，"凡十字"應爲"凡九字"。

② "素"字原書標爲平（◣），誤，據下文按語改爲仄（■）。

醜奴兒：《花草粹編》無題。

醜奴兒

千里

凌波臺畔花如剪，幾點吴霜。烟淡雲黄。東閣何人見晚妝。　江南春近書千里，誰寄清香。别墅横塘。鼓角聲中又夕陽。

醜奴兒

澤民

梅花

冰姿冠絶人間世，傲雪凌霜。蕊點檀黄。更看紅唇間素妝。　清芬不是先桃李，桃李無香。迥出林塘。萬木叢中獨秉陽。

醜奴兒

西麓

歲寒時節千林表，獨耐風霜。妒粉欺黄。澹澹衣裳薄薄妝。　西湖十二闌干曲，倚遍寒香。白鷺横塘。一片孤山幾夕陽。

按，此調四十四字，或作《醜奴兒令》。唐教坊大曲一名《采桑》，一名《楊下采桑》，南卓《羯鼓録》作《凉下采桑》，屬太蔟角，馮正中名《羅敷艷歌》，南唐後主名《采桑子令》，宋初皆名《采桑子》，陳無己名《羅敷媚》，黄山谷名《醜奴兒》，見《詞律》校勘記。又，此調子野注爲雙調，《尊前集》注爲羽調，俱與美成异，想有所據。别有吕居仁一體，前後四字兩句，用叠句；吴子和九十字體；漱玉四十八字《添字采桑子》；惜香六十字《攤破醜奴兒》，即《攤破采桑子》；樂齋六十六字《攤破醜奴兒》。潘元質九十字平仄互叶《醜奴兒慢》（或無“慢”字），與子和略同，即毛刻《夢窗丙稿》“愁春未醒”也，因元質首句作“愁春未醒”，故名。至友古九十字《醜奴兒慢》，雖用平仄互叶，而句中平仄，則與元質有异，不可混也。此外，朱希真五十字《促拍采桑子》，實與雙調《南鄉子》相似，與山谷一名《促拍醜奴兒》之《促拍南鄉子》頗多符合，蓋傳訛久矣。山谷六十二字《促拍醜奴兒》（彊村本作《轉調醜奴兒》），與書舟《攤破南鄉子》、永叔《減字南鄉子》無异，徐氏斷爲《山谷集》誤寫調名，應遵《詞譜》及《樂府雅詞》改爲《攤破南鄉子》，是也。今檢中齋詞《促拍醜奴兒》一首，與山谷全同，亦當遵改。稼軒一百四十六字《醜奴兒近》，乃毛刻誤合《醜奴兒近》前大半與《洞仙歌》而成，萬説及王校是也，説見《詞律》。又，趙輯本《寶月集》内《采桑子》一首，乃《減字木蘭花》而誤題今名，不可從。

“肌、來、尋、零、分”，凡五字，可仄。“綽、洗、素、一、不、暗、與”，凡七字，可平。

水龍吟〔越調〕

美成

梨花

素肌應　怯餘寒，艷陽占　立青蕪地。
■◣◣▲■◣◣，■◣■▲■◣◣■。
樊　川照日，靈　關遮路，殘　紅斂　避。
◣▲◣■■，◣▲◣◣■，◣▲◣■▲■。
傳　火樓臺，妒　花風　雨，長　門深閉。
◣▲■◣◣，■▲◣◣▲■，◣▲◣◣■。
亞、簾　櫳半　濕，一　枝在　手，偏　句　引，黄昏泪。
■、◣▲◣■▲■，■▲◣■▲■，◣▲◣▲■，◣◣■。

别　有風　前月　底。布繁英、滿　園歌吹。
■▲■◣▲◣■▲■。■◣◣、■▲◣◣■。
朱鉛退盡，潘　妃却　酒，昭　君乍　起。
◣◣■■，◣▲◣■▲■，◣▲◣■▲■。

雪　浪翻空，粉　裳縞　夜，不　成春意。

■▲■◣◣，■▲◣■▲■，■▲◣◣■。

恨、玉　容不見，瓊　英漫　好，與、何人比。

■、■▲◣■■，◣▲◣■▲■，■、◣◣■。

水龍吟：《雅詞》無題。

占立：《草堂詩餘》《花草粹編》均作“占盡”。

簾櫳：《草堂詩餘》作“簾籠”。

句引：“引”下《花草粹編》衍“得”字。

繁英：毛本作“繁蔭”，《雅詞》《陽春白雪》均作“繁陰”。

潘妃：《雅詞》作“潘郎”。

春意：《雅詞》作“春思”，梅麓和作正同。

水龍吟

千里

海棠

錦城春色移根，麗姿迴壓江南地。瓊酥拂臉，彩雲滿袖，群芳羞避。雙燕來時，暮寒庭院，雨藏烟閉。正□□未足，宮妝尚怯，還輕灑，燕脂泪。　　長記歡游花底。怕東風、陡成怨吹。高燒銀燭，梁州催按，歌聲漸起。綠態多慵，紅情不語，動摇人意。算、吴宮獨步，昭陽弟一，可、依稀比。

水龍吟

澤民

木樨

膩金匀點繁英，好風更與花爲地。梅魂蕙魄，素馨推長，酴醿請避。拍塞清香，遠聞十里，如何藏閉。笑、東籬嫩菊，空攢細蕊，衹供得，重陽泪。　　争似青青葉底。傍西窗、時復◢輕吹◣。玉爐换骨，寶瓶熏夢，幽人睡起。管領秋光，留連佳景，幾多新意。怕、姮娥不□，蟾宫桂種，把、高枝比。

水龍吟

西麓

曉鶯啼醒春愁，粉香獨步千紅地。庭間散縞，林空剪雪，鷗驚鶴避。妒月魂凄，行雲夢冷，温柔鄉閉。漸、黄昏院落，清明時候，東風裏，無情泪。　　織翠玲瓏葉底。倚闌人、玉龍休吹◣。殘妝微洗，芳心微露，昭陽睡起。恨結連環，舞停雙佩，水晶如意。倩蜂媒、聘取瓊花，細與向、尊前比。

水龍吟

梅麓

次清真梨花韵

素娥洗盡繁妝，夜深步月秋千地。輕顋暈玉，柔肌籠粉，緇塵斂避。霽雪留香，曉雲同夢，昭陽門閉。悵、仙源路杳，曲闌人寂，疏雨濕，盈盈泪。　　未放游蜂葉底。怕春歸、不禁狂吹◣。象床困倚，冰魂微醒，鶯聲喚起。愁對黄昏，恨催寒食，滿襟離思。想、千紅過盡，一枝獨冷，把、梅花比。

按，此調一百二字，又名《龍吟曲》《小樓連苑》《海天闊處》《莊椿歲》。“素肌應怯餘寒，艷陽占立青蕪地”句，乃上六下七句法，然檢東坡此句作“露寒烟冷蒹葭老，天外征鴻嘹唳”，次膺“夜來深雪前村路，應是早梅初綻”，放翁“摩訶池上追游路，紅緑参差春晚”“尊前花底尋春處，堪嘆心情全減”，劉叔安“老來慣與春相識，長記傷春如故”，莫子山“鏡寒香歇江城路，今度見春全懶”，俱易上七下六，想可不拘，萬氏因此訂爲另一體，似可不必。又，東坡一首，毛本於弟九句誤脱一字，徐氏遂以爲一百一字體，蓋失檢東坡其餘五首，及次膺、放翁、叔安諸作所致，不可從也。後起“别有花前月底”句，東坡、質夫、次膺、竹屋、介庵、稼軒、海野、元寵、惜香、叔安、樵隱、竹坡、石林、竹齋、李伯紀、魯逸仲、唐玉潜、黄叔暘、汪大有，均不叶，想不拘。惜香二首於末句作“瀟瀟更下黄昏後”“何人解作留春計”，均少一字，易爲“平平仄仄平平仄”之七字句，與松隱“中興永佐乾坤主”字數平仄全同，當屬另體。李屏山一首，僅前結作“無福亦無禍”，少一字，疑係誤脱。竹山一首，全用“些”字韵，“些”字上一字則用“陽”韵爲叶，乃福唐體。别有于湖、惜香，一百四字各一體。至劉刻《松隱集》内“烘簾晝暖”一首，乃《念奴嬌》而誤題今名，但从彊村本可也。

“應、樊、靈、殘、傳、風、長、簾、偏、句、風、潘、昭、瓊”，凡十四字，可仄。但“偏”字若仄，則“句”字必平。“占、歛、妒、半、一、在、别、月、滿、却、乍、雪、粉、縞、不、玉、漫”，凡十七字，可平。“吹”字，用爲静辭，讀去聲，用爲動辭，讀平聲。澤民、西麓、梅麓，用作動辭，誤。

“偏句引”三字，介庵作“且莫恨”，明仲作“满眼是”，俱易爲“仄仄仄”。“園”字，澤民作入代平。皆不可從。

“樊川照日，靈關遮路”，宜對。

“傳火樓臺，妒花風雨”，必對。

“潘妃却酒，昭君乍起”，宜對。或用“潘妃却酒”與上一句“朱鉛退盡”相對亦可。

“雪浪翻空，粉裳縞夜”，宜對。或用“粉裳縞夜”與下一句“不成春意”相對亦可。

“艷陽占立青蕪地”句，乃上四下三句法。章質夫“正堤上，柳花飛墜”，作上三下四，不可從。

“雲浪翻空，粉裳縞夜，不成春意”句。書舟作“不怕逢花瘦，祇愁怕，老來風味”，惜香作“我欲乘歸去，翻恨悵，帝鄉何在”，夢窗作“携手同歸處，玉奴唤，緑窗春近”，均易爲上五字句，下接上三下四之七字句，似不必從。

“恨、玉容不見，瓊英漫好，與何人比”句，乃上一字逗，下接四字二句，再接以一二一之四字句。西麓“倩蜂媒、聘取瓊花，細與向、尊前比”，東坡“細看來、不是楊花，點點是、離人泪”，龍州“算平生、白傳風流，未肯問、香山老”，處静“任孤山、剩雪殘梅，漸懶跨、東風騎”，雲壑“細看來、不是飛花，片片是、豐年瑞”，玉田“那知又、五柳門荒，曾聽得、鵑啼了”“待相逢、説與相思，想亦在、相思裏”，均易爲上三下四之七字句，接以上三下三之六字句，想不拘。雪州“待問春，怎把千紅，换得一池緑水”，易作上三下四之七字句，下接二二二之六字句，不可從。

“與、何人比”句，乃一二一句法。然，東坡作“此懷難寄”，淮海作“照人依舊”，玉蟾作“一溪流水”，魯逸仲作“又成春夢”，向伯恭作“鬢絲千縷”，陳同甫作“子規聲斷”，李屏山作“葫蘆提過”，月洲作“素波千頃”，夢窗作“素心纔表”，梅川作“月來南浦”，潜齋作“孤山同壽”，皆上二下二之四字句，自亦可從也。

六醜〔中吕〕

美成

落花

正、單衣試酒，恨客裏、光陰虚擲。願春暫留，春歸如過翼。
◥、◣◣◥◤，◥◢◤、◣◣◣◢。◥◣◥◣，◣◣◣◥◢。
一去無迹。爲問花何在　，夜來風雨，葬、楚宫傾國。
◢◥◣◢。◥◥◣◣◤▲，◥◣◣◤，◥、◤◣◣◢。
釵鈿墮　處遺香澤。
◣◣◤▲◥◣◣◢。
亂點桃蹊，輕翻柳陌。多情爲誰追惜。
◥◤◣◣，◣◣◤◢。◣◣◥◣◣◢。
但　、蜂媒蝶使，時叩　窗隔。
◤▲、◣◣◢◥，◣◥▲◣◢。

東園岑寂。漸　、蒙籠暗碧。静　繞　珍叢底、成嘆息。
◣◣◣◢。◤▲、◣◣◥◢。◤▲◤▲◣◣◤、◣◥◢。

長條故惹行客。似　、牽衣待　話，別情無極。

◣◣◥◤◣◢。◤▲、◣◣◤▲◥，◢◣◣◢。

殘英小、强簪巾幘。終不似　、一朵釵頭顫裊，向人欹側。

◣◣◤、◤◣◣◢。◣◢◤▲、◢◤◣◣◥◤，◥◣◣◢。

漂流處、莫趁潮汐。恐、斷　紅尚有相思字，何由見得。

◣◣◥、◢◥◣◢。◥、◤▲◣◥◤◣◣◥，◣◣◥◢。

六醜：毛本題作“薔薇謝後作”，又，《陽春白雪》以“東園岑寂”屬上。

恨客裏：《草堂詩餘》《花草粹編》均作“悵客裏”。

花何在：《草堂詩餘》《花草粹編》均作“家何在”。

葬楚宫：《草堂詩餘》《花草粹編》均作“送楚宫”。

爲誰：毛本作“最誰”，《草堂詩餘》《花草粹編》均作“更誰”。

斷紅：陳注本作“斷鴻”。鄭叔問先生云：此詞通首賦“落花”，又題爲“薔薇謝後作”，則此句承上漂流之意，本作“斷鴻”，其意深顯，有《陽春白雪》可證。又，宋龐元英《談藪》謂“御溝流紅葉”，本朝詞人罕用其事，惟清真《六醜》咏落花云“恐、斷紅尚有相思字”，是更爲宋本得一左證是也。彊村翁校記亦引《談藪》，疑“鴻”字爲誤，今从《陽春白雪》及鄭、朱二氏説，至陳注引《摭遺》云，鳥衣國寄王榭詩“來春縱有相思字，三月天南無雁飛”，蓋未解此詞乃賦落花及上句漂流之意，毛本从之。并注云：或作“斷紅”。非，則又失之不察也。

何由：《陽春白雪》作“無由”。

六醜

千里

看、流鶯度柳，似▲急響、金梭飛擲。護巢占泥，翩翩飛燕翼。昨夢前迹。暗數◤歡娱處，艷花幽草，縱、冶游南國。芳心蕩漾如波澤。繫馬青門，停車紫陌。年華轉頭堪惜。奈、離襟别袂，容易疏隔。　　人閒春寂。漫、雲容暮碧。遠水沈雙鯉、無信息。天涯漸▲老羈客。嘆、良宵漏斷，獨眠愁極。吴霜皎、半◥侵華幘。誰復省、十載匀香暈粉，髻傾鬟側。相思意、不離潮汐。想◥、舊家接◢酒巡歌計，今難再得。

六醜

澤民

嘆、濃歡易散◥，便忍◤把、恩情拋擲。恁時寸心，惟思生翅翼。别後◤踪迹。不◢定如萍泛，暫抛江泗，又、留◣連京國。芳容料見尤光澤。共賞青樓，同游綺陌。皆曾痛憐深惜。縱、鱗鴻托意，雲水猶隔。　　蘭房深寂。映、輕紅淡碧。翠竹◢名花底、同燕息。杯盤屢肯留客。見、真誠厚愛，意◥深情極。烏紗剪、爲◥新冠幘。誰知◣道、荏◤苒塵埃帶抹，任他傾側。朝雲信、且◤候潮汐。但、寸心未改伊人在，應須近得。

六醜

西麓

自、清明過了，漸▲柳◤底、鶯梭慵擲。萬紅御風，飄飄如附翼。錦◤綉陳迹。障地香塵暗，亂蜂似◤雨，漫、冶游南國。蘭襟縹緲◤辭湘澤。馬◤迹◢郊原，燕◥泥巷◥陌。傷春爲花深惜。嘆、芳菲薄幸，容易疏隔。　　庭間人寂。空◣餘芳草◤碧。夢裏驚春去◥、如瞬息。長安市▲上◥狂客。爲、桃源解佩，醉◥濃歡極。無心整、霧◥襟烟幘。鶯回◣處、斷◤雨殘雲，倦倚畫闌干側。相思恨、暗◥度流汐。更、杜鵑院落◢黄昏近，誰禁受▲得。

六醜

夢窗

壬寅歲吴門元夕風雨

漸▲、新鵝映柳，茂苑◤鎖、東風初掣。館◤娃舊游，羅襦香未滅。

玉夜花節。記向留連處，看街臨晚，放、小簾低揭。星河斂灧春雲熱。笑靨欹梅，仙衣舞纈。澄澄素娥宫闕。醉、西樓十二，銅漏催徹。　紅消翠歇。嘆、霜簪練髮。過眼年光，舊◥情盡▲別。泥深厭聽◥啼鴂。恨、愁霏潤沁，陌頭塵韈。青鸞杳、鈿◥車音絶。却◢因◣甚、不把歡期，付與少年華月。殘梅瘦、飛◣趁風雪。向、夜來更説◢長安夢，燈花正結。

按，此調一百四十字。陳注引《晋志》云：漢儀，后親蠶桑，著十二笄步摇，衣青，乘神蓋雲母安車，駕六醜馬。注曰“醜類”云云，以爲調之本。而周公謹《浩然齋雅談》云：上問邦彦“六醜”之義，對曰“此犯六調，皆聲之美者，然極難歌，高陽氏有子六人，才而醜，故以比之”云云。其説與陳注迥异，以意度之，《雅談》所言近是。又，《詞律》云：楊升庵以其名不雅，改曰《個儂》，其詞雖和周韵，而失和者二字，代叶者又二字，平仄句法，亦多舛誤，《圖譜》收之，不可從。尋《詞譜》《詞筌》《詞林紀事》所録廖藥齋一百五十九字《個儂》一首，首二句與楊詞全同，其餘字句，間亦一二偶合，杜氏疑就楊詞增改而成。然考藥齋生於宋末，安得至二百數十年後，據楊詞而改之，竊疑此詞本爲藥齋所作，以其首句作“恨個儂無賴”，故名。升庵因見其起二句句法及韵叶與美成《六醜》仿佛，遂據而改之，仍存其起二句，名曰《個儂》。故升庵詞雖間與美成相合，而改削藥齋之迹，尚可尋也。

“在、墮、但、叩、漸、静、繞、似、待、似、斷”，凡十一字，上去通用。

“客”字，澤民、西麓、夢窗作上。“底”字、“惹”字，西麓、夢窗作去。“别”字，澤民、西麓作去。“强”字，千里、澤民、西麓、夢窗作去。“不”字，澤民、西麓、夢窗作平。“一”字，澤民、西麓作上。“有”字，西麓、夢窗作入。皆不必從。

千里：“數、半、想、接”，凡四字，四聲不合。“似”字、“漸”字作去。

澤民：“散、忍、後、不、留、竹、意、爲、知、花、且”，凡十一字，四聲不合。

西麓：“柳、錦、似、緲、馬、迹、燕、巷、空、草、去、上、醉、霧、回、斷、暗、落”，凡十八字，四聲不合。“漸、市、受”，凡三字，作去。

夢窗：“苑、館、舊、聽、鈿、却、因、飛、説”，凡九字，四聲不合。“漸”字、“盡”字作去。

“亂點桃蹊，輕翻柳陌”，必對。

“漸蒙籠暗碧”句，乃上一下四句法。西麓“空餘芳草碧”，易爲上二下三，誤。

“静繞珍叢底、成嘆息”句，乃上五下三句法。夢窗“過眼年光，舊情盡别”，讀爲上四下四，不可從。

“一朵釵頭顫裊，向人欹側”句，千里、澤民作上六下四，西麓、夢窗作上四下六，想不拘。

虞美人〔正宫〕

美成

金　閨　平帖春雲暖。晝　漏花前短。
◣▲◣◣▲◣◣◣■。■▲■◣◣■。
玉　顔酒　解艷紅消。一　向捧　心啼　困不成嬌。
■▲◣■▲■■◣◣。■▲■■▲◣◣▲■■◣◣。

别　來新　翠迷行徑。窗　鎖玲瓏影。
■▲◣◣▲■◣◣■。◣▲■◣◣■。
砑　綾小　字夜來封。斜　倚曲　闌凝　睇數歸鴻。
■▲◣■▲■■◣◣。◣▲■■▲◣◣▲■■◣◣。

第二

廉纖小雨池塘遍。細點看萍面。一雙燕子守朱門。比似尋常時候易黄昏。　　宜城酒泛浮香絮。細作更闌語。相將羈思亂如雲。又是一窗燈影兩愁人。

看萍面：毛本作“破萍面”。

比似：毛本作“此似”。

香絮：元本、毛本均作“春絮”。

相將：元本、毛本均作“看將”。

虞美人

千里

花臺響徹歌聲暖。白日林中短。春心摇蕩客魂消。搓粉揉香排比一團嬌。　　重來猶自尋芳徑。吹鬢東風影。步金蓮處緑苔封。不見彩雲雙袖舞驚鴻。

弟二

高樓遠閣花飛遍。急雨梢池面。翛翛楊柳不知門。多少亂鶯啼處暮烟昏。　　銀鈎小字題香絮。宛轉回文語。可憐單枕夢行雲。腸斷江南千里未歸人。

虞美人

澤民

層層樓閣薰風暖。花裏香苞短。清芬不逐火雲消。看了一重姿媚一重嬌。　　幾回池上尋芳徑。驚見波中影。似將千葉再苞封。腸斷昭陽一笑付飛鴻。

弟二

紅蓮

小池芳蕊初開遍。恰似新妝面。扁舟一葉過吴門。衹向花間高卧看朝昏。　　浮萍點綴因風絮。更共鴛鴦語。花間有女恰如雲。不惜一生常作采花人。

虞美人

西麓

玉奩香細流蘇暖。寒日花梢短。翠羅塵暗縷金銷。□□東□華屋自藏嬌。　　當時携手鴛鴦徑。一笑薔薇影。如今眉黛鎮愁封。欲問歸期消息望賓鴻。

弟二

夕陽樓上都憑遍。柳下風吹面。强搴羅袖倚重門。懶傍玉臺鸞鏡暗塵昏。　　離情脉脉如飛絮。此恨憑誰語。一天明月一江雲。雲外月明應照鳳樓人。

按，此調五十六字，又名《虞美人令》，紫微詞作《宣州竹》。《尊前集》及子野詞注爲〔中吕調〕，想别有據。前後段句法平仄全同，别有五十八字體，於前後結句俱多一字，易爲七字、三字兩句、兩韵，與此异。至四十八字《虞美人影》，乃《桃源憶故人》之别名，即子野詞所題《轉聲虞美人》也。

弟一、弟三兩句之弟一、弟三字，弟二句之弟一字，弟四句之弟一、三、五字，皆平仄不拘，後段同。

卷八　單題

蘭陵王〔越調〕

美成

柳

柳陰直。烟裹絲絲弄碧。隋堤上、曾見幾番，拂水飄綿送行色。

◤◣◢。◣◤◣◣◥◢。◣◣◥、◣◥◤◣，◢◤◣◣◥◣◢。

登臨望　故國。誰識、京華倦客。

◣◣◥▲◤◢。◣◢、◣◣◥◢。

長亭路、年去歲來，應折柔條過千尺。

◣◣◥、◣◥◥◣，◣◢◣◣◥◣◢。

閒尋舊踪迹。又、酒趁哀弦，燈照離席。梨花榆火催寒食。

◣◣◥◣◢。◥、◤◥◣◣，◣◥◣◢。◣◣◣◤◣◣◢。

愁、一箭　風快，半篙波暖，回頭迢遞便數驛。望、人在　天北。

◣、◢◥▲◣◥，◥◣◣◤，◣◣◣◥◥◥◢。◥、◣◤▲◣◢。

凄惻。恨堆積。漸　、別浦縈回，津堠岑寂。斜陽冉冉春無極。

◣◢。◥◣◢。◤▲、◢◤◣◣，◣◥◣◢。◣◣◤◤◣◣◢。

念　、月榭携手，露橋聞笛。沈思前事，似　夢裏，泪暗滴。

◥▲、◢◥◣◤，◥◣◣◢。◣◣◣◥，◤▲◥◤，◥◥◢。

蘭陵王：《雅詞》《花草粹編》均無題。

烟裹：毛本作“烟縷”。

誰識:《草堂詩餘》《花草粹編》均作“誰惜”。

應折:《雅詞》作“攀折”。

一箭:《花草粹編》作“一剪”。

回頭:《花草粹編》作“回首”。

迢遞:毛刻、《草堂詩餘》作“逅遞”，誤。

念、月榭:《花庵詞選》作“記、月榭”,《雅詞》作“空、月榭”。

聞笛:《草堂詩餘》《花草粹編》均作“吹笛”。

沈思:《雅詞》作“追思”。

夢裏:毛本“夢”下衍“魂”字。

蘭陵王

千里

晚烟直。池沼波痕皺碧。年芳爲、花態柳情。挼◣粉柔藍釀春色。繁華記上國。曾識、傾城幼客。風流事、聯句送鉤，箋緑綃紅遞書尺。
行雲去無迹。念、暖響◥歌臺，香霧瑶席。當時誰信◥盟言食。知、一歲離聚，幾◤多閒◥阻，人生如夢寄堠驛。況、分散南北。　悲惻。萬愁積。奈、鸞◣鳳◥歡疏，魚雁音寂。天涯何◣處◥相思極。但、目斷芳草，恨隨塞◥笛。那堪庭院，更聽得◢，夜雨◤滴。

蘭陵王

澤民

漁父

翠◥竿直。一◢葉◢扁舟漾碧。澄江上、幾◤度嘯◥日◢迎◣風◣，怡怡釣秋色。漁鄉共水◤國。都屬滄浪傲客。烟波外、風笠◢雨◤蓑，纔擲絲綸便千尺。　飄然去無迹。恣、脚◢扣雙船，帆挂輕席。盈鈎香餌▲魚争食。更◥、撥棹葭岸，放橋菱浦，纔過新柵又舊驛。占、江南◣江北。　堪惻。利名積。算、縱◥有豪華，難比◤清寂。須知此樂◢天無極。有◤、一斗◤芳酒，數聲横笛。蘆花深處，半醉裏，任露滴。

蘭陵王

西麓

古堤直。隔◢水輕陰揚碧。東風路、還是▲舞烟眠◣露◥，年年自春色。紅塵遍京◣國。留滯◥高陽醉客。斜陽外、千縷◤翠條，仿◤佛流鶯度金尺。　　長亭半陳迹。記、曾◣繫征鞍，頻護歌席。匆匆江上◥又◥寒食。回首◤處、應念舊曾攀折◢，依然離恨遍四驛。倦游尚南北。　　惻◢惻。怨懷積。漸、楚◤樹◥寒收，隋苑◤春寂。眉顰不◢盡相思極。想◤、人◣在何處◥，倚樓橫笛。閒情似◤絮，更那◤聽◥，夜雨◤滴。

蘭陵王

宣卿

次周美成韵

小橋直。林表遥岑寸碧。斜陽外、霞絢晚空，一目◢千里◤總◤佳色。初寒遍澤◢國。投老◤依然是▲客。功名事、雲散鳥◤飛，匣◢裹◤青萍漫三尺。　　重來愴陳迹。又、水褪沙痕，風滿◤帆席。鱸肥蒓美曾同食。聽、虛◣閣◢松韵，古◤牆竹◢影，參差猶記過此◤驛。傍、溪南◣山北。　　悲惻。暗愁積。擁、綉◥被焚香，誰伴▲孤寂。追尋恩◣怨◥無窮極。正、難◣續◢幽夢◥，厭聞鄰笛。那堪檐外，更夜雨，斷又滴。

蘭陵王

秋曉

贛上用美成韵

畫闌直。門■飣千紅萬碧。無端被、怪■雨狂◣風，僽柳僝花禁春色。尋芳遍楚國。誰識、五■陵俊客。流水■遠、題葉無◣情，雁■足不

■來杳箋尺。　　浮生等萍迹。纔◣、卸却歸鞍，坐■未温席。匆匆還又京華食。嘆、聚少離多◣，漂◣零因甚，江南逢梅◣望寄驛。美人兮◣天北。　　悲惻。恨成積。悵、釵◣玉塵生，猊金◣烟寂。緑■楊芳◣草情何極。偏、懶撥琵琶◣，愁◣聽羌笛。梨花院■落，黄◣昏◣後，珠◣泪滴。

蘭陵王

漁村

和清真

大堤直。裊■裊游雲蘸碧。蘭舟上、曾記那回，拂粉塗黄弄春色。施顰托傾◣國。金縷尊前勸客。陽臺路、烟樹萬重，空有相思寄魚尺。　　飄零嘆萍迹。自、懶展羅衾，羞對瑶席。折■釵分鏡盟難食。看、桃◣葉迎笑，柳枝垂結，萋萋芳草暗水驛。腸◣斷■畫闌北。　　寒惻。泪痕積。想、柱雁塵侵，籠羽聲寂。天涯流◣水情何極。悲、沈約寬帶，馬融怨笛。那堪燈幌，聽夜雨，鎮暗滴。

蘭陵王

信齋

和吴宣卿

亂◥烟簇。簾外◥青山漸▲肅。蓮房静▲、荷蓋半◥殘，欲放清漣媚溪緑。憑高送遠◤目。飛起◤滄洲雁鶩。寒窗静▲、茶碗◤未深，一◢枕◤胡床晝眠足。　　閒行問松菊。□、今◣雨◤誰家，空對銀燭。簫聲忽◢下◥瑶臺曲。看、鶴舞風動，烏◣啼雲起，何須舟内怨女◤哭。抱▲琴寫幽獨。　　情觸。會相續。况、節近◥中元，月◢浪翻屋。長鯨愁◣繞寒蟾促。要、百柁傾□，萬花流玉。山肴倒◥盡▲，又空腹◢，鱠野◤簌。

蘭陵王

蘆川

春游

捲珠箔。朝雨輕陰乍閣。闌干外、烟柳◤弄◥晴，芳◣草侵階映紅藥。東風妒花◣惡。吹落梢頭嫩萼。屏山掩◤、沈水◤倦熏，中◥酒◤心情怕杯勺。　　尋思舊京洛。正、年◣少疏狂，歌笑迷著。障泥油壁◢催梳掠。曾、馳◣道同載，上林携手，燈夜◥初過早◤共約。又、争信漂泊。　　寂◢寞。念行樂。甚、粉◤淡衣襟，音斷弦索。瓊枝壁◢月◢春如昨。悵、别後◤華表，那回雙鶴。相思除是▲，向醉裏，暫忘却。

蘭陵王

宣卿

郴州作

曉陰薄。隔◢屋◢呼晴噪鵲。長烟裊◤、輕素望◥中，林◣表初陽照城郭。秋容自寂◢寞。清淺◤溪痕旋落。橋虹外、明嶂萬重，雲木千章映樓閣。　　天涯信飄泊。漫、水繞▲郴山，尺◢素難托。文園多病◥寬衣索。最◥、長◣笛◢聲斷，畫闌憑暖，黄昏前後◤况味惡。甚、良宵◣閒却。　　遼邈。誤行樂。料、恨◥寄◥徽弦，心倦梳掠。西風滿院◥垂簾幕。對、千◣里◤明月◢，五◤更悲角。歸期秋盡▲，尚未定◥，怎◤睡著。

蘭陵王

日湖

辛酉代壽壑翁丞相母夫人

楚天碧。秋晚塵清禁陌。朝鷄静▲、班退曉墀，回◣馬金門漏猶滴。千官佩如◣織。來作黃扉壽客。黑◢頭相、玉◢虹紫◤貂，親奉◤春慈拜南極。　　叢萱燕堂北。正、靄護犀帷，香泛鮫額。瑶池女◤伴駐◥鸞翼。擁◤、歌◣袖籠翠，舞◤韉鋪錦，屏開家慶怎◤畫得。想◤、人在仙宅。　　今夕。是▲何夕。正月滿槐廳，凉透櫄席。黃花滿地◥弄◥寒色。喜◤、蛩◣雨◤初霽◥，雁風又◥息。龍樓宣勸，萬歲里，宴太液。

蘭陵王

雙溪

絮◥花弱。吹滿斜陽院落。秋千外、無數小舟，綠水溶溶帶城郭。流光漫暗覺。幸却、鶯呼燕諾。歡游地、都在夢中，雙蝶翩翩度簾幕。
憑誰問康樂。又、粉過新梢，紅褪殘萼。闌干休倚東風惡。憐、瑟韵空在，鑒容偷改，青青洲渚◤遍杜▲若。故交半寥寞。　　漂泊。鎮如昨念、玉指頻彈，珠泪還閣。孤燈隱隱巫雲薄。奈、別遽無語，恨深誰托。明朝何處，夜漸▲短，聽畫角。

按，此調一百三十字。“誰識京華倦客”句，“識”字乃句中韵，千里、秋曉皆和之，梅溪、邵清溪、彭履道等亦用叶，而澤民、西麓、宣卿、信齋、玉田、李昂英，曹宗臣等則不叶，竹屋、蘆川、須溪，則有叶有不叶，想不拘也。又，稼軒於“津堠岑寂”句不叶，梅川於“半篙波暖”句叶，蘆川另首、劉須溪一首、彭履道一首，用上去韵，均與此异，不必援引。

“望”字，平去通用。“在、漸、似”，凡三字，上去通用。“箭”字，《花草粹編》作“剪”，上聲。“念”字，《雅詞》作“空”，平聲。

“柳”字，澤民、秋曉、漁村、信齋、雙溪作去。“烟”字，澤民、西麓、宣卿弟二首作入。“裏”字，澤民、宣卿弟二首作入。“幾”字，澤民、漁村、信齋、蘆川、宣卿弟二首作去。“拂”字，千里、澤民、西麓、蘆川、宣卿弟二首、日湖作平。“故”字，澤民、秋曉、信齋作上，西麓、漁村、蘆川、日湖作平，宣卿兩首作入。“識”字，宣卿、漁村、信齋作上。“去”字，澤民、秋曉作入，西麓、信齋、蘆川作上。“歲”

字，澤民、宣卿弟一首、日湖作上。“應”字，宣卿弟一首、信齋作入，秋曉、蘆川作去。“折”字，宣卿弟一首、漁村、信齋、蘆川、日湖作上。“酒”字，西麓、信齋、蘆川作平。“趁”字，千里、漁村、信齋作上。“火”字，千里、西麓、秋曉、漁村、信齋、宣卿弟二首作去。“催”字，西麓、日湖作去。“愁”字，澤民、宣卿弟二首作去。“一”字，宣卿、漁村、蘆川、日湖作平。“箭”字，宣卿、漁村作入。“半”字，千里、宣卿弟一首、日湖作上，秋曉、信齋作平。“暖”字，西麓、漁村作入。“遞”字，漁村、宣卿弟二首、雙溪作上。“便”字，蘆川、日湖作上。“數”字，宣卿弟一首、漁村、信齋作上。“望”字，秋曉、日湖作上。“在”字，澤民、宣卿、秋曉作平。“凄”字，西麓、蘆川作入。“别”字，千里、秋曉作平，澤民、宣卿作去，西麓、漁村、蘆川作上。“浦”字，千里、西麓、漁村、信齋、宣卿弟二首作去。“堠”字，澤民、西麓、漁村作上。“冉冉”二字，上一字，千里、宣卿弟一首、秋曉，漁村、信齋作平，西麓、蘆川作入；下一字，千里、宣卿、日湖作去，澤民、蘆川作入。“念”字，澤民、西麓、日湖作上。“月”字，西麓、宣卿、日湖作平，秋曉、漁村作上。“榭”字，澤民、蘆川、宣卿弟二首、日湖作上，宣卿弟一首、秋曉、漁村作入。“手”字，西麓、宣卿弟一首、漁村、日湖作去。“露”字，漁村、宣卿弟二首作上。“聞”字，千里、日湖作去。“前”字，秋曉、信齋作去。“裏”字，千里、信齋作入，西麓、宣卿弟二首作去。“暗”字，千里、西麓、信齋作上。皆不必從。

“尋”字，須溪兩首作仄。“數”字，須溪兩首作平。又，“沈思前事”句，文溪作“猛拍闌干”，易爲“仄仄平平”。皆不可從。

千里：“挼、轡、信、幾、間、鷥、鳳、何、處、塞、得、雨”，凡十二字，四聲不合。

澤民：“翠、一、葉、幾、嘯、日、迎、風、水、笠、雨、脚、更、南、縱、比、樂、有、斗”，凡十九字，四聲不合。“餌”字作上。

西麓：“隔、眠、露、京、滯、縷、仿、曾、上、又、首、折、惻、楚、榭、苑、不、想、人、處、似、那、聽、雨”，凡二十四字，四聲不合。“是”字作去。

宣卿：“目、里、總、澤、老、鳥、匣、裏、滿、虚、閣、古、竹、此、南、綉、恩、怨、難、續、夢”，凡二十一字，四聲不合。“是”字、“伴”字作去。

秋曉：“門、怪、狂、五、水、無、雁、不、纔、坐、多、漂、梅、兮、釵、金、緑、芳、琶、愁、院、黄、昏、珠”，凡二十四字，平仄不合。

漁村：“裊、傾、折、桃、腸、斷、流”，凡七字，平仄不合。

信齋：“亂、外、半、遠、起、碗、一、枕、今、雨、忽、下、烏、女、近、月、愁、倒、腹、野”，凡二十字，四聲不合。“漸、静、静、抱、盡”，凡五字作去。

蘆川：“柳、弄、芳、花、掩、水、中、酒、年、壁、馳、夜、早、寂、粉、璧、月、後”，凡十八字，四聲不合。“是”字作去。

宣卿弟二首：“隔、屋、裊、望、林、寂、淺、尺、病、最、長、笛、後、宵、恨、寄、院、千、里、月、五、定、怎”，凡二十三字，四聲不合。“繞”字、“盡”字作去。

日湖：“回、如、黑、玉、紫、奉、女、駐、擁、歌、舞、怎、想、地、弄、喜、蛩、雨、霽、又”，凡二十字，四聲不合。“静”字、“是”字作去。

雙溪：“絮”字、“渚”字，四聲不合。“杜”字、“漸”字作去。

“酒趁哀弦，燈照離席”，宜對。

“一箭風快，半篙波暖”，宜對。

“別浦縈回，津堠岑寂”，宜對。

“月榭携手，露橋聞笛”，宜對。

“曾見幾番，拂水飄綿送行色”句，乃上四下七句法。澤民“幾度嘯日迎風，怡怡釣秋色”，西麓“還是舞烟眠露，年年自春色”，俱易爲上六下五，不必從。

“愁、一箭風快，半篙波暖”句，乃上一字逗，下接四字對句。西麓“回首處、應念舊曾攀折”，易爲上三下六，誤。

“望人在天北”句，乃上一下四句法。西麓作“倦游尚南北”，漁村作“腸斷畫闌北”，信齋作“抱琴寫幽獨”，雙溪作“故交半寥寞”，須溪作“斜日未能度”，牧庵作“未聞賜環玦”，皆易爲上二下三。秋曉作“美人兮天北”，易爲二一二。皆不必從。

蝶戀花〔商調〕

美成

柳

愛　日輕　明新雪後。柳　眼星星，漸　欲穿窗牖。
■▲■◣▲◣◣■■。■▲■◣◣，■▲■◣◣■。
不　待長　亭傾別酒。一　枝已　入騷人手。
■▲■◣▲◣◣■■。■▲◣■▲■◣◣■。

淺　淺挼　藍輕蠟透。過　盡冰霜，便　與春争秀。
■▲■◣▲◣◣■■。■▲■◣◣，■▲■◣◣■。
强　對青　銅簪白首。老　來風　味難依舊。
■▲■◣▲◣◣■■。■▲◣◣▲■◣◣■。

愛日輕明新雪後：毛本注云《清真集》作“緩日輕明新霽後”。
騷人：勞巽卿鈔振綺堂本作“離人”。
挼藍：毛本作“柔黄”。

弟二

桃萼新香梅落後。暗葉藏鴉，苒苒垂亭牖。舞困低迷如著酒。亂絲偏近游人手。　　雨過朦朧斜日透。客舍青青，特地添明秀。莫話揚鞭回别首。渭城荒遠無交舊。

暗葉：元本、毛本作“葉暗”。
苒苒：毛本作“冉冉”。

弟三

蠢蠢黄金初脱後。暖日飛綿，取次黏窗牖。不見長條低拂酒。贈行應已輸先手。　　鶯擲金梭飛不透。小榭危樓，處處添奇秀。何日隋堤縈馬首。路長人遠空思舊。

先手：勞本作“纖手”。

人遠：元本、毛本均作“人倦”。

第四

小閣陰陰人寂後。翠幕褰風，燭影摇疏牖。夜半霜寒初索酒。金刀正在柔荑手。　　彩薄粉輕光欲透。小葉尖新，未放雙眉秀。記得長條垂鷁首。别離情味還依舊。

彩薄粉輕：毛本作“粉薄絲輕”。

蝶戀花

千里

漏泄東君消息後。短葉長條，著意遮軒牖。嫩比鵝黄初熟酒。染匀巧費春風手。　　萬縷篩金新月透。入夜柔情，還勝朝來秀。彩筆雕章知幾首。可人標韵無新舊。

第二

一搦腰肢初見後。恰似娉婷，十五藏朱牖。春色惱人濃抵酒。風前脉脉如招手。　　黛染修眉蛾緑透。態婉儀閒，自是閨房秀。堪惜年華同轉首。女郎臺畔春依舊。

第三

碎玉飛花寒食後。薄影行風，終日穿疏牖。有客思歸還把酒。閒吹倦絮輕黏手。　　雪滿愁城寒欲透。飄盡殘英，翠幄成穠秀。張緒風流今白首。少年襟度難如舊。

第四

翠浪藍光新雨後。整整斜斜，高下籠窗牖。萬斛深傾重碧酒。量愁知落何人手。　　櫳霧梳烟晴色透。照影回風，一段嫣然秀。白下門東空引首。藏鴉枝葉長懷舊。

蝶戀花

澤民

柳

臘盡江南梅發後。萬點黄金，嬌眼初窺牖。曾見渭城人勸酒。嫩條輕拂傳杯手。　　料峭東風寒欲透。暗點輕烟，便覺添疏秀。莫道故人今白首。人雖有故心無舊。

第二

初過元宵三五後。曲檻依依，終日摇金牖。瘦損舞腰非爲酒。長條聊贈垂鞭手。　　幾葉小梅春已透。信是風流，占盡人間秀。走馬章臺還舉首。可人標韵强如舊。

第三

寂莫春殘花謝後。花絮輕盈，點點穿風牖。濃緑陰中人賣酒。凉生午扇都停手。　　葉密啼鶯飛不透。要咏清姿，除是憑才秀。往日周郎爲唱首。今將高韵重翻舊。

第四

百卉千花都綻後。浥露依風，翠影籠芳牖。杏臉桃腮匀著酒。青紅相映如携手。　　一段簾絲風約透。妝點亭臺，表裏俱清秀。幾度長堤頻矯首。青青顔色新如舊。

蝶戀花

西麓

謝了梨花寒食後。剪剪輕寒，曉色侵書牖。寂寞幽齋惟酌酒。柔條恨結東風手。　　淺黛嬌黄春色透。薄霧輕烟，遠映蘇堤秀。目斷章臺愁舉首。故人應似青青舊。

第二

牆外秋千花影後。環獸金懸，暗緑籠朱牖。爲怯輕寒猶帶酒。同心共結懷纖手。　　粉袖盈盈香泪透。蹙損雙眉，懶畫遥山秀。柔弱風條低佛首。渭城歌舞春如舊。

第三

寂寞長亭人别後。一把垂絲，亂拂閒軒牖。三月春光濃似酒。傳杯莫放纖纖手。　　金縷依依紅日透。舞徹東風，不減蠻腰秀。撲鬢楊花如白首。少年張緒心如舊。

第四

落盡櫻桃春去後。舞絮飛綿，撲簌穿簾牖。惜别情懷愁對酒。翠條折贈勞親手。　　綉幕深沈寒尚透。雨雨晴晴，妝點西湖秀。悵望章臺愁轉首。畫闌十二東風舊。

按，此調六十字。又名《一籮金》《黄金縷》《鵲踏枝》《鳳栖梧》《明月生南浦》《捲珠簾》《魚水同歡》。子野詞注爲〔林鐘商〕，想别有據。别有金谷一體，於弟一、弟三兩句叶平（《花草粹編》載金谷此詞，兩句皆改作仄叶，想别有據）。沈文伯《轉調蝶戀花》。

此調第一、第四、第五三句之第一、第三字，第二、第三兩句之第一字，皆平仄不拘，後段同。

壽域一首，於前後第四句末三字易作“仄平仄”，後起句易作“仄平仄仄平平仄”，不可從。

西河〔大吕〕

美成

金陵

佳麗地。南朝盛事誰記。山圍故國繞　清江，髻鬟對起。
◣◥◥。◣◣◥◥◣◥。◣◣◥◢◤▲◣◣，◥◣◥◤。
怒　濤寂寞打孤城，風檣遥度天際。
◤▲◣◢◢◤◣◣，◣◣◣◥◣◥。

斷　崖樹猶倒倚　。莫愁艇子曾繫。空遺舊迹鬱蒼蒼，霧沈半壘。
◤▲◣◥◣◥◤▲。◢◣◤◤◣◥。◣◣◥◢◢◣◣，◥◣◥◤。
夜深月過女牆來，賞　心東望淮水。
◥◣◢◥◤◣◣，◤▲◣◣◥◣◤。

酒旗戲鼓甚　處市　。想依稀、王謝鄰里。燕子不知何世。
◤◣◥◤◤▲◥◤▲。◤◣◣、◣◥◣◤。◥◤◢◣◣◥。
入　、尋常巷陌人家相對。如説興亡斜陽裏。
◢▲、◣◣◥◢◣◣◣◥。◣◢◣◣◣◣◤。

西河：毛本、《花庵詞選》《草堂詩餘》《花草粹編》均題作“金陵懷古”。

孤城：《花庵詞選》作“空城”。

空遺：元本、毛本均作“空餘”。

賞心：《花庵詞選》作“傷心”。

東望：《草堂詩餘》《花草粹編》均作“東畔”。

甚處市：毛本作“甚處是”。

入尋常：元本、毛本、《花庵詞選》均作“向尋常”。

西河

千里

都會地。東南王氣須記。龍盤鳳舞◤到錢塘，瑞烟四起。畫圖彩◤筆寫西湖，波光溶漾無際。　　翠闌最宜半倚。柳◤陰駿◥馬誰繫。鱗差觀閣接飛甍，衙◣廬萬壘。倒空碧浸軟琉璃，雲收天净如水。　　夕◢陽照晚聽近市。沸◥笙簫、歡動閭里。比屋◢樂逢堯世。好◤相將、載酒◤尋歌立◢對。酬答年華鶯花裏。

西河

澤民

岳陽

形勢地。岳陽事見圖記。因山峭拔聳孤城，畫樓湧◤起。楚吴巨◥澤坼◥東南，驚濤浮動空際。　　半天樓◣欄翠倚。記人鳳◥舸難緊[1]。空餘細草◤没章華，但存故壘。二妃祠◣宇◤隔◢黄陵，精魂遥接◢雲水。　　蟹魚橘◢柚◥漸上◤市。是當年、屈◢宋鄉里。別◢有老◤仙高世。袖、青蛇屢入都無人對。唯有◤枯松城南裹。

西河

西麓

形勝地。西陵往◤事重記。溶溶王氣◥滿東南，英◣雄間起。鳳游何◣處◥古臺空，長江縹◤緲◤舞際。　　石◢頭城◣上◥試倚。吴◣襟楚

① 原書缺“記”字，據《全宋詞》第3820頁補。

帶◥如縈。烏衣巷陌幾◤斜陽，燕間舊壘。後◤庭玉樹委歌塵，淒凉遺恨流水。　　買花問酒錦綉市。醉◥新亭、芳草◤千里。夢醒覺非今世。對、三山半落青天，數◥點◤白◢鷺◥飛來、西風裏。

西河

履齋

和舊韵

都會地。東南盛府堪記。蓬萊縹緲十洲中，雉城擁起。憑高一盼大江横，遥連滄海無際。　　壁衛衆山翠倚。赤龍白鷁争縈。風帆指顧便青齊，勢雄萬壘。越栖吴◣沼古難憑，興亡都付流水。　　畫堂綺屋錦綉市。是洛■陽、耆舊州里。富貴榮◣華當世。問、昔■年賀老疏狂，何事輕寄平生、烟波裏。

西河

伯敬

和周美成金陵懷古

江左地。興亡舊恨誰記。腥風不攪洛山雲，怒濤怎起。泪眶歷落泫新亭，碑趺猶卧江際。　　古今事，天莫倚。廢興元有時繫。女牆月色自荒荒，盡平寸壘。舞臺歌榭草痕深，青溪彌望烟水。　　馬蹄雜遝錦綉市。認烏衣六朝東巷西里。景物已非人世。但、長干鐵塔巋然相對。檐鈴嘈囋薰風裏。

西河〔中吕商，俗名小石〕

夢窗

陪鶴林登袁園

春乍霽。清漣畫舫融泄。螺雲萬叠暗凝愁，黛蛾照水。漫將西◣子◤比西湖，溪邊人更多麗。　　步危徑，攀艶蕊。掬霞到◥手紅碎。青蛇細折小◤回廊，去天半咫。畫闌日暮起東風，棋聲吹下人世。　　海棠藉雨半綉地。正◥殘寒、初御羅綺。除酒消◣春何計。向沙頭、更續殘陽一◢醉。雙玉杯和流花洗。

按，此調一百五字。三段，乃定格，毛刻夢窗、花庵等詞，止分兩段，誤。夢窗注爲〔中吕商，俗名小石〕，想别有據。“入、尋常巷陌人家相對，如説興亡斜陽裏”句，千里、澤民、夢窗、玉田，俱讀爲上三下六之九字句，或一四四之九字句，於“對”字用叶，下接七字句。但以美成本詞而論，則當讀爲上一下六之七字句，下接上六下三之九字句，於“對”字不叶，西麓“對、三山半落青天，數點白鷺飛來、西風裏”，履齋“問，昔年賀老疏狂，何事輕寄平生、烟波裏”，是也。稼軒作“過吾廬，定有幽人相問，歲晚淵明歸來未”，於“對”字亦不用叶，想可不拘。又，稼軒一首，除首句起韵，及末句句法，與此體相同外，全與美成一百四字體（見《補遺》上）相同，而於“斷崖樹猶倒倚”句，作“會君難别君易”，則又與美成兩體之平仄均异，當分别从之。别有美成一百四字體，王子文、曹西士一百四字體。至伯敬和詞，於“想依稀、王謝鄰里”句，作“認烏衣六朝東巷西里”，疑誤衍“烏衣”或“六朝”二字，不能視爲另體也。

“繞、怒、斷、倚、甚、市”，凡六字，上去通用。“賞”字，《花庵詞選》作“傷”，平聲。“入”字，元本、毛本、《花庵詞選》作“向”，去聲。

“國”字，千里、履齋作上。“對”字，澤民、履齋作上。“寂”字，西麓、夢窗作平。“寞”字，西麓、履齋作去。“斷”字，西麓、履齋作入。“樹”字，澤民、西麓作平。“艇”字，千里、澤民、夢窗作去。“子”字，西麓、履齋作去。“鬱”字，西麓、夢窗作上。“月過”二字，澤民、履齋作平上。“想”字，千里、夢窗作去。“不”字，履齋、夢窗作平。“陌”字，千里、履齋作上。“相”字，千里、夢窗作入。“説”字，西麓、履齋作去。皆不必從。

千里：“舞、彩、柳、駿、銜、夕、沸、屋、好、酒、立”，凡十一字，四聲不合。

澤民：“湧、巨、坼、樓、鳳、草、祠、宇、隔、接、橘、柚、上、屈、别、老、有”，凡十七字，四聲不合。

西麓：“往、氣、英、何、處、縹、緲、石、城、上、吴、帶、幾、後、醉、草、數、點、白、鷺”，凡二十字，四聲不合。

履齋：“吴、洛、榮、昔”，凡四字，平仄不合。

伯敬：多二字，其餘平仄，大致相合。

夢窗：“西、子、到、小、正、消、一”，凡七字，四聲不合。

“山圍故國繞清江，髻鬟對起”句，及“空遺舊迹鬱蒼蒼，霧沈半壘”句，皆上七下四句法。間有於“國”字及“迹”字住句，讀爲上四字句，下接上三下四之七字句者，似不必從。

“斷崖樹猶倒倚”句，千里、澤民、西麓、履齋俱作二二二之六字句。夢窗“步危徑，攀艷蕊”，玉田“那時事，都倦省”，則爲上三下三句法。想不拘也。

歸去難〔仙吕〕

美成

期約

佳約人未知，背地伊先變。惡會稱停事、看深淺。

◣■◣■◣　　　　　　■■◣◣■

如今信我，委的論長遠。好采無可怨。洎合教伊，因些事後分散。

密意都休，待説先腸斷。此恨除非是、天相念。

■■◣◣　　　　　　■■◣◣■

堅心更守，未死終相見。多少閒磨難。到得其時，知他做甚頭眼。

歸去難：《花草粹編》無題。

伊先變：陳注本脱“先”字，从元本及毛本。

停事：《花草粹編》作“亭事”。

好采：《花草粹編》作“好來”。

洎合：毛本作“自合”。

因些：毛本作“推些”。

相見：毛本作“廝見”。

閒磨難：《花草粹編》作“關磨難”。

按，此調八十三字，即《滿路花》。而前後起句，弟三句平仄略异，名當分别从之爲是。説見卷六及本卷《滿路花》。

“采”字，疑上代平，《花草粹編》作“來”，亦平聲。

三部樂〔商調〕

美成

梅雪

浮玉霏瓊，向、邃館静　軒，倍　增清絶。

◣◢◣◣，◥、◥◤◤▲◣，◤▲◣◣◢。

夜窗垂練，何用交光明月。

◥◣◣◥，◣◥◣◣◣◢。

近聞道、官閣多梅，趁、暗香未遠，凍蕊初發。

◤◣◥、◣◢◣◣，◥、◥◣◥◤，◥◤◣◢。

倩誰摘取　，寄　贈情人桃葉。

◥◣◢◤▲，◥▲◥◣◣◣◢。

回文近傳錦字，道、爲君瘦損，是　人都説，

◣◣◤◣◤◥，◥、◥◣◥◤，◤▲◣◣◢，

袄知　染　紅著手，膠梳黏髮轉思量、鎮長墮　睫。都衹爲、情深意切。

◣◣▲◤▲◣◢◤，◣◣◣◢◤◣◣、◥◣◤▲◢。◣◤◥、◣◣◥◢。

欲報消　息，無一句、堪愈　愁結。

◢◥◣▲◢，◣◢◥、◣◤▲◣◢。

三部樂：《花草粹編》無題。

霏瓊：元本、毛本均作“飛瓊”。

近聞道：毛本脱“近”字。

摘取：毛本作“折取”。

寄贈：毛本作“持贈”。

祅知：《歷代詩餘》《詞譜》均作“祇知”，彊村翁从之。按，《大典》二二六五引林淳《定齋詩餘》《鷓鴣天》云：“天近祅知雨露濃。”楊澤明《宴清都》云：“祅”如宋玉《離賦》，疑“祅”字乃宋人俗語，《説文》讀“火干切”，《玉篇》讀“阿憐切”，《廣韵》讀“於喬切”。

消息：毛本作“信息”。

堪愈：毛本作“堪喻”。

三部樂

千里

簾捲◤窗明，聽、杜▲宇乍啼，漏聲初絶。亂雲收盡▲，天際□留殘月。奈◥相送、行客將歸，悵、去程漸▲促◢，霽色◢催發。斷魂别浦，自上◤孤舟如葉。　悠悠信◥音易◥隔◢，縱、怨懷恨語，到、見時難説。堪嗟水流急景，霜飛華髪。想家山、路窮望睫。空倚仗、魂親夢切。不似▲嫩朵◤，猶能◣替、離緒千結。

三部樂

澤民

榴花

濃緑叢中，露、半拆◢芳◣苞，自然奇絶。水◤亭風檻▲，正◥是▲蕤賓之月①。固◥知道、春色無多，但、絳英數點，照眼先發。爲君的皪

① 原書缺“之”字，據《全宋詞》第3820頁補。

◢，盡▲是▲重心千葉。　紅巾又◥成半◥蹙◢。試、尋雙寄意◥，向、麗人低説。但◤將一◢枝插看◥，翠◥環絲髮。映◥秋波、艷雲近睫。知厚意、深情更切。賞◤玩未已◤，看葉下◤、珍味還結。

三部樂〔黄鐘調，俗名大石。彊村翁云：“調”當作“商”〕

夢窗

賦姜石帚漁隱

江鴉初飛，蕩▲、萬里素雲，際空如沐。咏情吟思，不◢在秦箏金屋。夜◥潮上◤、明月蘆花，傍、釣蓑夢遠，句清◣敲玉。翠罌汲曉，欸乃◤一◢聲秋曲。　越◢裝片◥篷障◥雨◤，瘦、半竿渭水，鷺汀幽宿。那知暖袍挾錦，低簾籠燭。鼓春波、載花萬斛。帆鬣◢轉、銀河可◤掬。風◣定浪息。蒼茫◣外、天浸寒緑。

按，此調九十九字。“是人都説”句，乃上二下二之四字句，夢窗作“鷺汀幽宿（《歷代詩餘》作“伴鷺汀幽宿”，與千里、澤民同），龍川作“有時披拂”，皆是。而千里和作“到、見時難説”，澤民和作“向、麗人低説”，俱多一去聲逗，想别有據，惜無由考核耳。别有東坡九十八字一體。

“静、倍、取、是、染、墮”，凡六字，上去通用。“寄”字，毛本作“持”，平聲。“消”字，毛本作“信”，去聲。“愈”字，毛本作“喻”，去聲。

“近”字，千里、澤民、夢窗作去。“贈”字，千里、夢窗作上。“近”字、“錦”字，千里、澤民、夢窗作去。“字”字，千里、澤民作入。“息”字，千里、澤民作上。“一”字，千里、夢窗作平。皆不必從。

千里：“捲、奈、促、色、上、信、易、隔、朵、能”，凡十字，四聲不合。“杜、盡、漸、似”，凡四字，作去。

澤民：“坼、芳、水、正、固、皪、又、半、蹙、意、但、一、看、翠、映、賞、已、下”，凡十八字，四聲不合。“檻、是、盡、是”，凡四字，作去。

夢窗："不、夜、上、清、乃、一、越、片、障、雨、鬟、可、風、茫"，凡十四字，四聲不合。"蕩"字作去。

"染紅著手，膠梳黏髮"，宜對。

菩薩蠻〔正平〕

美成

梅雪

銀　河宛　轉三千曲。浴　鳧飛　鷺澄波緑。

◣▲◣■▲■◣◣■。■▲◣◣▲■◣◣■。

何　處是歸舟。夕　陽江　上樓。

◣▲■■◣◣。■▲◣◣▲■◣。

天　憎梅浪發。故　下封枝雪。

◣▲◣◣■■。■▲■◣◣■。

深　院捲簾看。應　憐江　上寒。

◣▲■■◣◣。◣▲◣◣▲■◣。

菩薩蠻：毛本無題。

是歸舟：毛本作"望歸舟"。

菩薩蠻

千里

黄鷄曉唱玲瓏曲。人生兩鬢無重緑。官柳繫行舟。相思獨倚樓。來時花未發。去後紛如雪。春色不堪看。蕭蕭風雨寒。

菩薩蠻

澤民

吟風敲遍闌干曲。極目澄江千頃緑。長笛下扁舟。一聲人倚樓。

床頭醅正發。帳底人如雪。月色夜來看。可堪霜信寒。

菩薩蠻

西麓

銀城遠枕清江曲。汀洲老盡蒹葭緑。君上木蘭舟。妾愁雙鳳樓。
角聲何處發。月浸溪橋雪。獨自倚闌看。風飄襟袖寒。

菩薩蠻

魄齋

而今怕聽相思曲。多情蹙損眉峰緑。惜别上扁舟。望窮江上樓。
蠻箋封了發。爲憶人如雪。離恨寫教看。休令盟約寒。

按，此調四十四字，四换韵，或作《菩薩蠻令》，又名《子夜歌》《巫山一片雲》《重疊金》《女王曲》《花間意》。《尊前集》及《金奩集》均注作〔中吕宫〕，子野詞注作〔中吕宫〕，又注作〔中吕調〕，想有所據。别有李宴、王庭筠二十二字一體，乃單調。至一百八字之《菩薩蠻引》，乃《解連環》之别名，與此無涉。又，方回兩首，於平仄叶處，皆用“東董送”一部爲韵，另八首則皆平叶四句一韵，仄叶四句一韵，乃方回故意出奇之作，不可視爲另體也。

又，此調以“平林漠漠烟如織”一首爲最早，《湘山野録》云“太白所撰”，花庵亦以爲太白作，升庵云“‘蠻’當作‘鬘’”云云，頗有信之者，《莊岳委談》《少室山房筆叢》皆辯之。尋《唐音癸籤》云：唐大中初女蠻國入貢，其人危髻金冠，瓔珞被體，人謂之“菩薩蠻”，當時倡優，遂制《菩薩蠻》曲，蓋出於唐之晚季，今李白集有其詞，疑後入僞托。《詞苑叢談》亦以爲晚唐人嫁名太白者。又，《杜陽雜編》云：大中初，女蠻國貢雙龍犀、明霞錦，其國人危鬟金冠，纓絡被體，故謂之“菩薩蠻”，當時倡優，遂歌《菩薩蠻》曲，文士往往效其詞。《南部新書》亦載此事。陳注亦以唐大中初，女蠻國入貢事，爲調名所本。《教坊記》載兩院人歌曲，亦有《菩薩蠻》。《北窗瑣言》云：宣宗愛唱《菩薩蠻》

詞，令狐丞相假飛卿所撰密進之。據此，則此調創自唐宣宗之世，名《菩薩蠻》，毫無疑義，太白既不得預填此詞，“蠻”字亦非“鬘”字之誤，明矣。至《歷代詩餘》云“唐開元時，南詔入貢，危髻金冠，瓔珞被體，號《菩薩蠻》，因以制曲”云云，蓋沿《少室山房筆叢》之誤，劉融齋謂：太白《菩薩蠻》，想其情境殆作於明皇西幸後，則鑿空之言矣。

此調第一、第二兩句及前後結句之第一、第三字，第三、第五、第六、第七四句之第一字，平仄不拘。

品令〔商調〕

美成

梅花

夜闌人静。月　痕寄、梅梢疏影。

■◣◣■。■▲◣■、◣◣◣■。

簾外曲角闌干近。舊携手　處，花霧寒成陣。

◣■■■◣◣■。■◣■▲■，◣■◣◣■。

應是不禁愁與恨。縱、相逢難問。

◣■■◣◣◤■。■、◣◣◣■。

黛眉曾把春衫印。後期無定。腸斷香銷盡。

■◣◣■◣◣■。■◣◣■。◣■◣◣■。

品令：《雅詞》無題。

舊携手：毛本作“蒨携手”。

花霧：“花”下陳注本衍“發”字，從毛本及《雅詞》。

春衫：《詞譜》作“春山”。

腸斷：陳注本作“斷腸”，從毛本及《雅詞》。

品令

千里

露晞烟静。寂寥轉、梧桐寒影。天際歷歷征鴻近。被風吹散，聲斷無行陣。　秋思客懷多少恨。漫、厭厭誰問。暈殘蘭地香消印。夢魂長定。愁伴更籌盡。

品令

澤民

咏棋

日長風静。濃香在、珠簾花影。棋具對著明窗近。未排角勢，鵶鷺先分陣。　雙叠遠山非有恨。正、藏機休問。便如喝◢采争堂印。□局無定①。有◤幸君須盡。

品令

西麓

玉壺塵静。蟾光透、一簾疏影。偏愛水月樓臺近。畫闌獨倚，風度寒香陣。　猶記曲江烟水恨。嘆、凄凉誰問。夜深沙觜霜痕印。嚼花拼醉，枝上春無盡。

按，此調五十五字。“後期無定”句，西麓作“嚼花拼醉”，不叶，不可從。别有持約、金谷四十九字各一體，淮海五十一字、五十二字各一體，曾公衮（《花草粹編》以爲李易安作，汲古閣未刻本《漱玉詞》收之，誤）六十一字體，聖求六十四字體，山谷六十五字體。

---

① 原書“局”前缺一字，《全宋詞》爲“局番無定”，參見《全宋詞》第3821頁。

又，此調雖止注平仄，而嚴格論之，仍以作上去韵爲佳。“月”字，宜用平入。“寄”字、“把”字宜用上去。“外、舊、霧、縱、黛、段”，凡六字，宜去。“角”字，宜入。“手”字，忌去。“不”字，宜用上入。“與”字，宜上。不可謂遇仄填仄，即可了事也。

澤民：“噶”字，入代平，“有”字，上代平，不必從。

玉樓春〔仙吕〕

美成

惆悵

玉　琴虚　下傷心泪。衹　有文　君知曲意。

■▲◣◣▲■◣◣■。■▲■◣▲◣◣■■。

簾　烘樓　迥月宜人，酒　暖香　融春有味。

◣▲◣◣▲■■◣◣，■▲■◣▲◣◣■■。

萋　萋芳　草迷千里。惆　悵王　孫行未已。

◣▲◣◣▲■◣◣■。◣▲■◣▲◣◣■■。

天　涯回　首一銷魂，二　十四　橋歌舞地。

◣▲◣◣▲■■◣◣，■▲■■▲◣◣■■。

玉樓春：毛本注云，或刻秦少游；今檢《淮海詞》，不載。

樓迥：毛本作“樓迫”。

玉樓春

千里

華堂銀燭堆紅泪。解説離人多少意。恨從别後恨無窮，愁到濃時惟一味。　江南渭北三千里。憔悴相思何日已。馬蹄清曉草黏天，庭院黄昏花滿地。

玉樓春

澤民

筆端點染相思泪。盡寫別來無限意。祇知香閣有離愁，不信長途無好味。　　行軒一動須千里。王事催人難但已。床頭酒熟定歸來，明月一庭花滿地。

玉樓春

西麓

粉銷香減紅蘭泪。總是文君初別意。春風織就悶情懷，夜月砌成愁況味。　　迢迢歸夢頻東里。堪恨洛陽花漸已。斜陽日日自相思，三十六陂芳草地。

按，此調五十六字，又名《木蘭花》。《尊前集》録許岷詞注爲〔大石調〕，録徐昌圖詞注爲〔雙調〕，《樂章集》注爲〔大石調〕，又注爲〔林鐘商〕，子野詞注爲〔林鐘商〕，想別有據。別有數體，説在卷五《木蘭花》。

每句弟一、弟三，兩字平仄不拘。

黃鸝繞碧樹〔雙調〕

美成

春情

雙闕籠嘉氣，寒威日晚，歲華將暮。
◣◢◣◣◥，◣◣◢◤，◥◣◣◥。
小院閒庭，對、寒梅照雪，澹　烟凝素。
◤◥◣◣，◥、◣◣◥◢，◤▲◣◣◥。

忍當迅景，動　無限　、傷春情緒　。

◤◣◥◤，◤▲◣◤▲、◣◣◣◤▲。

猶賴是　、上苑風光漸　好，芳容將煦　。

◣◥◤▲、◥◤◣◣◤▲◤，◣◣◣◤▲。

草莢蘭芽漸　吐。且尋芳、更休思慮。

◤◢◣◣◤▲◤。◤◣◣、◥◣◣◥。

這浮世、甚　驅馳利祿，奔競塵土。

◤◣◥、◤▲◣◣◥◢，◣◥◣◤。

縱有魏珠照乘，未買得、流年住。爭如盛飲流霞，醉偎瓊樹。

◤◤◥◣◥◥，◥◤◢、◣◣◥。◣◣◥◤◣◣，◥◣◣◥。

黃鸝繞碧樹：《花草粹編》無題。

嘉氣：毛本作“佳氣”。

盛飲流霞：毛本作“剩引榴花”。

按，此調九十七字。

“澹、動、限、緒、是、漸、煦、漸、甚”，凡九字，上去通用。

“寒梅照雪，澹烟凝素”，必對。

“驅馳利祿，奔競塵土”，必對。

滿路花〔仙呂〕

美成

思情

簾烘泪雨乾，酒壓愁城破。冰壺防飲渴、培殘火。

朱消粉退，絶勝新梳裹。

不　是寒宵短，日上三竿，殢人猶要同卧。

■▲■◣◣■　　　　　　　　◣

如今多病，寂寞章臺左。黄昏風弄雪、門深鎖。
蘭房密愛，萬種思量過。
也　須知有我。著甚情悰，你但忘了人呵。
■▲◣◣■■　　　　　　◤

滿路花：毛本題作“冬情”，元本、《花草粹編》均無題。
粉退：元本、毛本、《花草粹編》均作“粉褪”。
情悰：毛本作“情懷”。

滿路花

千里

鶯飛翠柳摇，魚躍浮萍破。班班紅杏子、交榴火。池臺晝永，繚繞花陰裹。山色遥供座，枕簟清凉，北窗時唤高卧。　翻思年少，走馬銅駝左。歸來敲鐙月、留關鎖。年華老矣，事逐浮雲過。今吾非故我。那日尊前，衹今問有誰呵。

滿路花

澤民

愁得鬢絲斑，没得心腸破。上梢恩共愛、忒◢過火。一◢床錦被，將◣爲都包裹。剛被旁人隔，不似鴛鴦，等閒常得雙卧。　非無意■智，觸事須偏左。那堪名與利、相羈鎖。一◢番記著，一夜還難過。伊還思念我。等得歸來，恁時早早來呵①。

滿路花

西麓

寒輕菊未殘，春小梅初破。獸爐閒撥盡、松明火。青氈錦幄，四壁新

① 原書缺“時”字，據《全宋詞》第3821頁補。

妝裹。重暖香篝，綉被擁銀屏，彩鸞空伴雲卧。　　相思何處，夢入藍橋左。歸期還細數、愁眉鎖。薄◢情孤◣雁，不向樓西過。故人應怪我。怪我無書，有書還請誰呵。

按，此調八十三字。説在卷六。唯“不是寒宵短”句，“也須知有我”句，平仄互异，且前句不叶。前結“猶”字作平聲，均與卷六一首不同，當分别从之，其餘全合。

“不”字、“也”字，平仄不拘。後結“你”字，乃上代平，不可填去。

“絶”字，澤民作平。“多”字，澤民作仄。“密”字，西麓作平。又，澤民“忒、一、一”，凡三字，入代平。西麓“薄”字入代平。皆不必從。

“不是寒宵短，日上三竿”句，乃上五下四句法。西麓“重暖香篝，綉被擁銀屏”，爲上四下五，誤。

卷九　雜賦

綺寮怨〔中吕〕

美成

思情

上馬人扶殘醉，曉風吹未醒。
◤◤◣◣◣◥，◣◣◣◥◣。
映水曲、翠瓦朱檐，垂楊裏、乍見津亭。
◥◤◢、◥◤◣◣，◣◣◤、◥◥◣◣。
當時曾題敗壁，蛛絲罩、澹　墨苔暈青。
◣◣◣◣◥◢，◣◣◥、◤▲◢◣◥◣。
念去來、歲月如流，徘徊久、嘆　息愁思盈。
◥◥◣、◥◢◣◣，◣◣◤、◥▲◢◣◥◣。

去去倦尋路程。江陵舊事，何曾再問楊瓊。舊曲淒清。
◥◥◥◣◥◣。◣◣◥◥，◣◣◥◥◣◣。◥◢◣◣。
斂　愁黛、與誰聽。尊前故人如在　，想念我、最關情。
◤▲◣◥、◤◣◣。◣◣◥◣◣◤▲，◤◥◤、◥◣◣。
何須渭城。歌聲未盡　處，先泪零。
◣◣◥◣。◣◣◥◤▲◥，◣◥◣。

綺寮怨：毛本、《花草粹編》均無題。
朱檐：毛本作“朱簾”。

綺寮怨

西麓

滿院◥荼蘼開盡▲，杜鵑啼夢醒。記曉月、緑◢水橋邊，東風又◥、折◢柳◤旗亭。蒙茸輕烟草◤色，疏簾净、亂織羅帶青。對一◢尊、别◢酒◤初斟，征衫上◥、點◤滴香泪盈。　　幾◤度恨沈斷雲，飛鸞何◣處，連環尚結◢雙瓊。一◢曲琵琶，湓◣江上、慣◥曾聽。依依翠屏香冷，聽◥夜雨、動離情。春深小◤樓，無心對錦瑟◢、空涕零。

按，此調一百四字。“去去倦尋路程”句，“舊曲淒清”句，美成、青山、竹澗（《花草粹編》題作趙功可），皆用叶，乃定格，西麓一首不合，不可從。“何須渭城”句，美成、竹澗皆用叶，西麓、青山，則不叶，似可不拘。惟既依美成四聲，自以用叶爲佳。又，此調青山、竹澗，并止用平仄。西麓亦二十字，四聲不合。然檢美成本詞，如“吹未醒”“苔暈青”“愁思盈”“尋路程”“先泪零”等，俱“平去平”住韵。“何須渭城”句，用爲“平平去平”。“當時曾題敗壁”句，用爲“平平平平去入”。“歌聲未盡處”，用“平平去上去”。全以奇拗制勝，自必有當然之故，不能謂但填平仄，即算了事也。

“澹、斂、在、盡”，凡四字，上去通用。“嘆”字，平去通用。

西麓“院、緑、又、折、柳、草、一、别、酒、上、點、幾、何、結、一、湓、慣、聽、小、瑟”，凡二十字，四聲不合。“盡”字作去。

拜星月〔高平〕

美成

秋思

夜色催更，清塵收露，小曲幽坊月暗。竹檻　燈窗，識、秋娘庭院。

◥◢◣◣，◣◣◣◥，◤◢◣◣◢◥。◢◤▲◣◣，◢、◣◣◣◥。

笑相遇，似　覺瓊枝玉樹，暖日明霞光爛。

◥◣◥，◤▲◢◣◣◢◥，◤◢◣◣◣◥。

水眄　蘭情，總、平生稀見。

◤◤▲◣◣，◤、◣◣◣◥。

畫圖中、舊識春風面。誰知道、自到瑤臺畔。

◥◣◣、◥◢◣◣◥。◣◣◥、◥◥◣◣◥。

眷戀雨潤雲温，苦、驚風吹散。念荒寒、寄宿無人館。

◥◥◤◥◣◣，◤、◣◣◣◥。◥◣◣、◥◢◣◣◤。

重門閉　、敗壁秋蟲嘆。怎　奈向、一縷相思，隔、溪山不斷　。

◣◣◥▲、◥◢◣◣◥。◤▲◥◥、◢◤◣◣，◢、◣◣◢◤▲。

拜星月：毛本、《花草粹編》均無題，《草堂詩餘》題作“秋怨”。
似覺瓊枝玉樹：毛本“樹”下有“相倚”二字，夢窗、草窗并同。
水眄：毛本作“水盼”。
舊識：毛本、《草堂詩餘》均作“誤識”。
雲温：《花草粹編》作“雲濕”。
怎奈向：毛本作“争奈何”。

拜星月慢

西麓

漏閣閒籤，琴窗倦◥譜◤，露◥濕宵螢欲暗。雁◥咽◢涼聲，寂寞◢芙蓉院。畫檐外，樹色驚霜漸◤改◤，澹碧雲疏星爛。舊◥約◢桐陰，問◥、何時重見。　倚▲銀屏、更憶秋娘面。想◤凌波◣、共立◢河橋畔。重◣念酒污羅襦，漸、金篝香散。剪◤孤燈、伴宿西風館。黄花夢、對發淒涼嘆。但悵望、一水家山，被◥、紅塵隔斷。

拜星月慢〔林鐘羽，俗名高平〕

夢窗

姜石帚以盆蓮數十置中庭，宴客其中。

絳雪生涼，碧◢霞籠夜，小立中庭蕪◣地。昨夢西湖，老◤、扁舟身世。嘆游蕩▲，暫賞◤吟花酌露尊俎，冷玉紅香罍洗◤。眼眩魂迷，古、陶州十◢里。　　翠參差、澹▲月平芳砌。甎花滉、小◤浪魚鱗起◤。霧盎淺障青羅，洗、湘娥春膩。蕩▲蘭烟、麝馥濃侵醉◥。吹不◢散、綉屋重門閉。又◥怕便、緑減西風，泣、秋檠燭外。

按，此調一百二字，或作《拜星月慢》，“星”亦作“新”。“似覺瓊枝玉樹”句，西麓作“樹色驚霜漸改”，彭會心作“怕似流鶯歷歷”，正同。毛本於“玉樹”下，多“相倚”二字，夢窗“暫賞吟花酌露尊俎”，作上二下六之八字句，與毛本正合。草窗作“絮幕香簾凝望”，雖與西麓會心相合，而於下句“暖日明霞光爛”句作誤，“認幾許烟檣風幔”，實多出二字，與毛本暗合，自亦不妨从之。别有二十字體《拜新月》，《詞律補遺》《詞譜》皆收之，實即唐人仄韵五言絶句，與此無涉。至會心一首，於“荒寒句”少一字逗，當係誤脱，《歷代詩餘》訂爲一百一字體，不可從。

“檻、似、眄、斷”，凡四字，上去通用。“閉”字，去入通用。“怎”字，毛本作“争”，平聲。

“誰知道”三字，西麓作“想凌波”，草窗作“研箋紅”，易爲“仄平平”。又，“爛”韵、“畔”韵，夢窗叶上。“館”韵，夢窗叶去。皆不必從。

西麓：“倦、譜、露、雁、咽、寞、漸、改、舊、約、問、想、波、立、重、剪、被”，凡十七字，四聲不合。“倚”字，作去。

夢窗：“碧、蕪、老、賞、洗、十、小、起、醉、不、又”，凡十一字，四聲不合。“蕩、澹、蕩”，凡三字，作去。

“夜色催更，清塵收露”，必對。

“識、秋娘庭院”句，乃上一下四句法。西麓“寂莫芙蓉院”，易爲上二下三，誤。

尉遲杯〔大石〕

美成

離恨

隋堤路。漸　日晚、密靄　生深樹。

◣◣◥。◤▲◢◤、◢◤▲◣◣◥。

陰陰淡　月籠沙，還宿河橋深處。
◣◣◤▲◢◣◣，◣◢◣◣◣◥。
無情畫舸，都不管、烟波隔南浦。
◣◣◥◤，◣◢◤、◣◣◢◣◤。
等行人、醉擁重衾，載將離恨歸去。
◤◣◣、◥◤◣◣，◥◣◣◥◣◥。

因念　舊客京華，長、偎傍疏林，小檻　歡聚　。
◣◥▲◥◢◣◣，◣、◣◥◣◣，◤◤▲◣◤▲。
冶葉倡條俱相識，仍慣見、珠歌翠舞。
◤◢◣◣◣◣◢，◣◥◥、◣◣◥◤。
如今向、漁村水驛，夜如歲、焚香獨自語。
◣◣◥、◣◣◤◢，◥◣◥、◣◣◢◥◤。
有何人、念我無聊，夢魂凝想鴛侶。
◤◣◣、◥◤◣◣，◥◣◣◤◣◤。

尉遲杯：毛本、《草堂詩餘》均題作“離別”，《花草粹編》題作“離情”。

南浦：毛本作“前浦”。

因念：毛本作“因思”。

凝想：陳注本作“疑想”，從毛本。

尉遲杯

西麓

長亭路。望渭◥北◢、漠漠春天樹。殷勤別◢酒◤重斟，明日相思何處。晴絲揚暖，芳草◤外◥、斜陽自◥南浦。望◥孤帆、影◤接◢天涯，一◢江潮帶愁去。　回首◤杜▲若汀洲，嘆、泛◥梗◤飄萍，乍◥散還聚。滿徑◥殘紅春歸後◤，猶自有◤、楊花亂舞。悵◥金徽◣、梁塵暗◥鎖◤，算誰是▲、知音堪◣共語。盡天涯、夢斷東風，彩◤雲鸞鳳◥無侶。

尉遲杯〔夾鐘商，俗名雙調〕

夢窗

賦楊公小蓬萊

垂楊徑。洞鑰啓、時◣遣流鶯迎。涓涓暗谷流紅，應有◤緗桃千頃◤。臨池笑靨，春色滿、銅華弄◥妝影。記◥年時、試酒湖陰，褪花曾采◤新杏▲。　蛛窗綉網◤玄經，纔、石◢研開奩，雨潤雲凝。小小◤蓬萊香一◢掬，愁不◢到、朱嬌翠靚。清尊伴、人閒永日，斷琴和、棋聲竹露冷。笑◥從前、醉卧◥紅塵，不◢知仙在人境。

按，此調一百五字。夢窗、耆卿均注作〔雙調〕，想有所據。别有耆卿、方回等一百五字體。晁無咎平韵一百六字體（《花草粹編》脱去十五字，不箸撰人，誤甚）。

“漸、淡、檻、聚”，凡四字，上去通用。“靄”字，上去入通用。“念”字，毛本作“思”，平聲，夢窗同。

“隔”字、“等”字，西麓、夢窗作去。又，“處”韵，夢窗叶上，皆不必從。

“如今向”三字，西麓作“悵金徽”，易爲“去平平”，不可從。

西麓：“渭、北、别、酒、草、外、自、望、影、接、一、首、泛、梗、乍、徑、後、有、悵、徽、暗、鎖、堪、彩、鳳”，凡二十五字，四聲不合。“杜”字、“是”字作去。

夢窗：“時、有、頃、弄、記、采、網、石、小、一、不、笑、卧、不”，凡十四字，四聲不合。“杏”字作去。

“冶葉倡條俱相識，仍慣見、珠歌翠舞”句，乃上七字句，下接上三下四之七字句。琴泉“三十餘年，臺池清泪，不爲花奴羯鼓”，易爲四字二句，下接六字句，不可從。

繞佛閣〔大石〕

美成

旅情

暗塵四斂　。樓觀迴出，高映孤館。清漏將短。
◥◣◥◤▲。◣◥◤◢，◣◥◣◤。◣◥◣◤。
厭聞、夜久籤聲動　書幔。桂華又滿。閒步露草，偏愛幽遠。
◥◣、◥◤◣◣◤▲◣◥。◥◣◥◤。◣◥◥◤，◣◥◣◤。
花氣清婉。望　中、迤邐城陰度河岸。
◣◥◣◤。◥▲◣、◤◤◣◣◥◣◥。

倦客最蕭索，醉倚　斜橋穿柳綫。還似　、汴堤虹　梁橫水面。
◥◢◥◣◢，◥◤▲◣◣◣◤◥。◣◤▲、◥◣◣▲◣◣◤◥。
看、浪颭春燈，舟下如箭。此行重見。
◥、◥◤◣◣，◣◥◣◥。◤◣◣◥。
嘆、故友難逢，羈思空亂。兩眉愁、向誰舒展。
◥、◥◤◣◣，◣◥◣◥。◤◣◣、◥◣◣◤。

繞佛閣：《草堂詩餘》題作“旅况”，《花草粹編》無題。又，毛刻《夢窗詞》亦載此闋，題作“旅思”，脱去“高映”二字。張廷璋藏鈔本《夢窗詞》亦載之，彊村刻本删。

斜橋：《夢窗詞》作“斜陽”。

浪颭：《夢窗詞》作“浪揚”。

舒展：毛本作“行展”。

繞佛閣

西麓

暮烟半斂。雲護澹月，斜照樓館。春夜偏短。一◢床、耿◤耿孤鐙晃幃幔。玉◢壺漏滿。天外漸▲覺◢，歸雁聲遠。離思淒婉。重懷、執◢手東風翠蕢岸。　　料想◤鳳樓人◣，倦綉回文停彩綫。憔悴、泪積◢香銷嬌粉面。嘆、暗老年光，隙◢駒◣流箭。夢◥中空見。漫、惹◤起相思，芳意迷亂。錦箋重向紗窗展。

繞佛閣〔夾鐘商。彊村翁云："夾"當作"黄"〕

夢窗

與沈野逸東皋天街盧樓追凉小飲

夜空似▲水，横漢静立，銀浪聲杳。瑶鏡奩小。素娥、乍起樓心弄孤照。絮雲未巧。梧韵露井，偏惜◢秋早。晴暗多少。怕教、徹◢膽寒光見懷抱▲。　　浪迹尚爲客，恨滿長安千古道◤。還記、暗螢穿簾街語悄◤。嘆、步影歸來，人鬢花老◤。紫簫天渺◤。又、露飲風前，凉墮輕帽。酒杯空、數星横曉。

弟二

贈郭季隱

蒨霞艷錦，星媛夜◥織，河漢鳴杼。紅翠萬◥縷。送幽夢、與人閒綉芳句。怨宫恨羽。孤劍漫倚，無限▲淒楚。□□□□。賦情、縹緲東風揚花絮。　　鏡裏◤半髯雪，向老春深鶯曉處。長閉、翠陰幽坊楊柳户▲。看、故苑離離，城外禾黍◤。短藜青屨。笑、寄隱閒追，鷄社▲歌舞◤。最◥風流、墊巾沾雨。

按，此調一百字。戈氏云：此調是三叠，其二段以"桂華又滿"爲起句。徐氏引張小峰云"此調雙拽頭，應於'動書幔'處分段，'桂華'至'河岸'爲弟二段"云云，甚是。惟各家相襲既作兩段，故仍从舊本，不敢擅改。

又，首句"暗塵四斂"句，"斂"字，疑是起韵，因美成詞用"斂"字與"阮願"韵互叶者，如《霽天樂》《夜游宫》《鳳來朝》等皆是，不可謂“斂”字非“阮願”韵，遂以爲不起韵也，觀西麓此句和作“暮烟版斂”，則認“斂”字是韵，尤足保信。至夢窗兩首，於首句俱不起韵，想不拘也。

“斂、動、倚、似”，凡四字，上去通用。“望”字、“虹”字，平去通用。又，“看”字、“嘆”字，雖平去通用字，而在此處，當作去聲。“迤”字，西麓、夢窗弟一首，作入。“客”字，西麓、夢窗弟二首，作上。又，“綫”韵、“面”韵、“箭”韵、“見”韵，夢窗弟一首叶上。“箭”韵、“亂”韵，夢窗弟二首叶上。均不必從。

西麓：“一、耿、玉、覺、執、想、人、積、隙、駒、夢、惹”，凡十二字，四聲不合。“漸”字作去。

夢窗：“惜、徹、道、悄、老、渺”，凡六字，四聲不合。“似”字、“抱”字作去。

弟二首：“夜、萬、裹、黍、舞、最”，凡六字，四聲不合。“限、户、社”，凡三字，作去。

“厭聞、夜久籤聲動書幔”句，乃上二下七句法。夢窗第二首“送幽夢，與人閒綉芳句”，易爲上三下六，不可從。

“兩眉愁、向誰舒展”句，當讀爲上三下四，若依毛本，則“誰舒”二字連讀。西麓“錦箋重向紗窗展”，作上四下三，不必從。

一寸金〔小石〕

美成

江路

州夾蒼崖，下枕江山是　城郭。
◣◢◣◣，◥◤◣◣◤▲◣◢。
望、海霞接日，紅翻水面，晴風吹草，青摇山脚。
◥、◤◣◢◢，◣◣◥◥，◣◣◣◤，◣◣◣◢。
波暖鳧鷖作。沙痕退、夜潮正落。
◣◤◣◣◢。◣◣◥、◥◣◥◢。
疏林外、一點炊烟，渡口參差正寥廓。
◣◣◥、◢◤◣◣，◥◤◣◣◥◣◢。

自嘆勞生，經年何事，京華信漂泊。

◥◥◣◣，◣◣◣◥，◣◣◥◣◢。

念、渚蒲汀柳，空歸閒夢，風輪雨楫，終辜前約。

◥、◤◣◣◤，◣◣◣◥，◣◣◤◢，◣◣◣◢。

情景牽心眼，流連處、利名易薄。

◣◤◣◣◤，◣◣◥、◥◣◥◢。

回頭謝、冶葉倡條，便入漁釣樂。

◣◣◥、◤◢◣◣，◥◢◣◥◢。

一寸金：毛本題作“新定詞”，《花庵詞選》作“新定作”，《花草粹編》無題。按，宋之新定，今浙江建德、淳安、遂安等縣。

一寸金

西麓

吾愛◥吾廬，甬水◤東南半村郭。試、倚樓極目，千山拱翠，舟横沙觜，江迷城脚。水◤滿蕡風作。闌干外、夕◢陽半落。荒烟暝◤、幾◤點昏鴉，野◤色◢青蕪自空廓。　　浩▲嘆飄蓬，春光幾◤度，依依柳◤邊泊。念、水行雲宿◤，栖遲羈旅◤，鷗盟鷺◥伴◥，歸來重約。滿◤室◢凝塵澹，無心處、宦情最薄。何時遂、釣◥笠耕蓑，静觀◣天地樂。

一寸金〔中吕商，俗名小石〕

夢窗

贈筆工劉衎

秋入中山，臂◥隼◤牽盧縱長獵。見、駭毛飛◣雪，章臺獻◥穎◤，臞腰束◢縞，湯沐◢疏邑。筤管棐瓊牒。蒼梧恨、帝娥暗泣。陶郎老◤、憔◣悴◥玄香，禁苑猶催夜俱入。　　自嘆江湖，雕龍心盡▲，相携蠹魚篋。念、醉◥魂悠揚◥，折◢釵錦◤字，黠◢髯掀◣舞◤，流觴春帖。還倚荆溪楫◢。金刀氏▲、沿傳舊業。勞君爲、脱◢帽◥篷窗，寓情◣題水◤葉。

弟二

秋壓更長，看◥見姮娥瘦如束。正古花搖◣落，寒蛩滿地，參梅吹老，玉◢龍橫竹。霜被芙蓉宿。紅綿透、尚欺暗燭。年年記、一種淒涼，綉幌金圓挂香玉。　頑◣老◤情懷，都無歡事，良宵愛幽獨。嘆、畫◥圖難仿，橘◢村砧思，笠◢蓑有約，蒓洲漁屋。心景憑誰語，商弦重、袖寒轉軸。疏籬下◤、試◥覓重陽，醉擘青露菊。

按，此调一百八字。“波暖鳧鷖作”句，必叶。西麓、夢窗、筠溪皆是，《詞譜》改爲“波暖鳧鷖泳”，不叶，與松隱“勿月”韵作“誕育乾坤主”正合，似不必從。“情景牽心眼”句，僅夢窗弟一首用叶，當係偶合，不可從。别有耆卿上去韵一體。至山村一首，於前結少二字，疑是誤脱，非另體也。

“是”字，上去通用。

“下”字，夢窗兩首作去。“枕”字，西麓、夢窗弟一首作上。“接”字，夢窗兩首作平。“外”字，西麓、夢窗弟一首作上。“渚”字，夢窗兩首作去。“空”字、“風”字，夢窗兩首作入。“冶”字，西麓、夢窗弟二首作去。“入”字，西麓、夢窗弟一首作平。皆不必從。

“海霞接日”句，筠溪作“溜雨霜皮”，與美成平仄相反，不可從。

西麓：“愛、水、水、夕、暝、幾、野、色、幾、柳、宿、旅、鷺、伴、滿、室、釣、觀”，凡十八字，四聲不合。“浩”字作去。

夢窗：“臂、隼、飛、獻、穎、束、沐、老、憔、悴、醉、揚、折、錦、黠、掀、舞、楫、脱、帽、情、水”，凡二十二字，四聲不合。“盡”字、“氏”字作去。

弟二首：“看、摇、玉、頑、老、畫、橘、笠、下、試”，凡十字，四聲不合。

“海霞接日，紅翻水面，晴風吹草，青摇山脚”，乃八字對句，必對，易爲四字兩對亦可。

“渚蒲汀柳，空歸閒夢，風輪雨楫，終辜前約”，乃八字對句，必對。

蝶戀花〔商調〕

美成

秋思

月皎驚烏栖不定。更漏將殘，轣轆牽金井。喚起兩眸清炯炯。泪花落枕紅綿冷。　　執手霜風吹鬢影。去意徊徨，别語愁難聽。樓上闌干横斗柄。露寒人遠鷄相應。

蝶戀花：元本不標注宫調，毛本、《花庵詞選》均題作“早行”，《草堂詩餘》《花草粹編》均題作“曉行”。

轣轆：陈注本作“轆轤”，從毛本、《草堂詩餘》《花草粹編》。

將殘：毛本、《花庵詞選》均作“將闌”。

清炯炯：毛本作“青炯炯”。

徊徨：毛本作“徘徊”。

蝶戀花

西麓

樓上鐘殘人漸定。庭户沈沈，月落梧桐井。悶倚瑣窗鐙炯炯。獸香閒伴銀屏冷。　　淅瀝西風吹雁影。一曲胡笳，别後誰堪聽。誓海盟山虚話柄。憑書問著無言應。

按，此調六十字。説在卷八。

如夢令〔中吕〕

美成

思情

塵　滿一　絣文　綉。泪　濕領　巾紅　皺。

◣▲■■▲◣◣▲■。■▲■■▲◣◣▲■。

初　暖綺羅輕，腰　勝武　昌官柳。
◣▲■■◣◣，◣▲■■▲◣◣■。
長晝。長晝。困　卧午　窗中　酒。
◣■。◣■。■▲■■▲◣■▲■。

如夢令：毛本無題。
塵滿一絣：毛本作“塵暗一枰”
困卧：毛本作“閒卧”。

第二

閨情

門外迢迢行路。誰送郎邊尺素。巷陌雨餘風，當面濕花飛去。無緒。無緒。閒處偷垂玉箸。

弟二：毛本、《花草粹編》均無題。

宴桃源

西麓

閒倚瑣窗工綉。春困兩眉頻皺。獨自下香街，攀折畫橋烟柳。晴晝。晴晝。偏稱玉樓歌酒。

第二

何處春風歸路。金屋空藏樊素。零亂海棠花，愁夢欲隨春去。情緒。情緒。粉濺兩行冰箸。

按，此調三十三字。本名《憶仙姿》，後唐莊宗制，東坡以其名不雅，始易今名，因莊宗詞中有“如夢如夢”叠句也。一名《宴桃源》，因莊宗用“曾宴桃源深洞”起句也。一名《比梅》，張宗瑞取己詞語也。又名

《不見》，取沈文伯詞語也。“長晝。長晝”二句，用叠句，乃定格。更有與上句末二字相叠者，如放翁作“去作陽臺春曉。春曉。春曉”，竹山作“到底輸他村景。村景。村景”，溪山作“驚起鴛鴦飛去。飛去。飛去”皆是，想不拘也。別有夢窗平韵一體。

“塵、文、紅、初、腰”，凡五字，可仄。“一、泪、領、武、困、午、中”，凡七字，可平。

月中行

美成

怨恨

蜀　絲趁　日染乾紅。微　暖面脂融。
■▲◣■▲■■◣◣。◣▲■■◣◣。
博　山細　篆靄房櫳。静　看打窗蟲。
■▲◣■▲■■◣◣。■▲■■◣◣。

愁多膽怯疑虚幕，聲不　斷、暮景疏鐘。
◣◣■■◣◣■，◣■▲■、■■◣◣。
團　團四　壁小屏風。啼　盡夢魂中。
◣▲◣■▲■■◣◣。◣▲■■◣◣。

月中行：毛本、《陽春白雪》《花草粹編》均無題。

面脂：毛本作“口脂”。

細篆：《雅詞》作“細炷”。

團團：元本、毛本、《雅詞》《陽春白雪》均作“團圞”。

啼盡夢魂中：元本、《雅詞》均作“啼盡夢啼中”，毛本、《花草粹編》均作“泪盡夢啼中”，《陽春白雪》作“泪盡夢魂中”。

月中行

西麓

鬟雲斜插映山紅。春重澹香融。自携紈扇出簾櫳。意欲撲飛蟲。

薔薇架下偏宜酒，纖纖手、自引金鐘。倦歌佯醉倚東風。愁在落花中。

按，此調五十字。乃毛平珪四十九字《月宫春》之變格。説見《花草粹編》《詞譜》《詞律校勘記》《詞律拾遺》。

“蜀、趁、博、細、不、四”，凡六字，可平。“微、團、啼”，凡三字，可仄。

浣溪沙〔黄鐘〕

美成

日薄塵飛官路平。眼前喜見汴河傾。地遥人倦莫兼程。　下馬先尋題壁字，出門閒記榜村名。早收燈火夢傾城。

浣溪沙：元本不標注宫調。

眼前：元本、毛本均作“眼明”。

出門：《陽春白雪》作“入門”。

弟二

貪向津亭擁去車。不辭泥雨濺羅襦。泪多脂粉了無餘。　酒醽未須令客醉，路長終是少人扶。早教幽夢到華胥。

弟三

不爲蕭娘舊約寒。何因容易別長安。預愁衣上粉痕乾。　幽閣深沈燈焰喜，小爐鄰近酒杯寬。爲君門外脱歸鞍。

浣溪沙

西麓

六幅蒲帆曉渡平。一江星斗漸西傾。離家纔是兩三程。　浦外野花如喚客，樹頭春鳥自呼名。五雲深處錦官城。

弟二

柳底征鞍花底車。兩行香泪濕紅襦。別來鶯燕已春餘。　　梳洗樓臺愁獨倚，笙歌庭院醉誰扶。捲簾閒看玉儲胥。

弟三

自別蕭郎錦帳寒。鳳樓日日望平安。杏花枝上露纔乾。　　眉皺但嫌鈿翠墮，臂銷惟覺釧金寬。薄情楊柳殢征鞍。

按，此調四十二字。説在卷三。

點絳唇〔仙吕〕

美成

傷感

遼鶴歸來，故鄉多少傷心地。寸書不寄。魚浪空千里。　　憑仗桃根，説與凄凉意。愁無際。舊時衣袂。猶有東門泪。

點絳唇：元本不標注宮調，毛本、《雅詞》均無題，《花草粹編》題作“寄楚雲”。

歸來：《雅詞》作“重來”，《花草粹編》作“西歸”。

故鄉：《花草粹編》作“故人”。

傷心地：《花草粹編》作“傷心事”。

寸書：《雅詞》作“書花”，《花草粹編》作“短書”。

凄凉：毛本、《花草粹編》均作“相思”。

無際：《花草粹編》作“何際”。

東門：元本、毛本、《雅詞》《花草粹編》均作“東風”。

點絳唇

西麓

別後長亭，翠蕪寂寞分襟地。雁書空寄。歸夢頻東里。　　一曲秋風，寫盡淵明意。凝情際。雨襟烟袂。都是黄花泪。

按，此調四十一字。説在卷三。

少年游〔黄鐘〕

美成

樓月

檐牙縹緲小倡樓。凉月挂銀鈎。聒席笙歌，透簾燈火，風景似揚州。　　當時面色欺春雪，曾伴美人游。今日重來，更無人問，獨自倚闌愁。

少年游：“游”亦作“遊”，元本不標注宫調，毛本、《雅詞》《花草粹編》均無題。

倡樓：《雅詞》《花草粹編》作“紅樓”。

欺春雪：《雅詞》作“期春雪”。

少年遊

西麓

斜陽冉冉水邊樓。珠箔水晶鈎。拍點紅牙，簫吹紫玉，低按小梁州。　　雙鸞已誤青樓約，誰伴月中游。倦蝶殘花，寒蛩落葉，長是替人愁。

按，此調五十字。説在卷三。

望江南〔大石〕

美成

咏妓

歌席上，無賴是横波。寶髻玲瓏欹玉燕，綉巾柔膩染香羅。人好自宜多。　　無個事，因甚歛雙蛾。淺淡梳妝疑見畫，惺鬆言語勝聞歌。何况會婆娑。

望江南：元本不標注宫調，毛本無題。

染香羅：元本、毛本、《浩然齋雅談》均作“掩香羅”。

人好自宜多：《浩然齋雅談》作“何况會婆娑”。

何况會婆娑：《浩然齋雅談》作“好處是情多”。

望江南

西麓

嬌滴滴，聰雋在秋波。六幅香裙拖細縠，一鈎塵韈剪輕羅。春意動人多。　　臨寶鑒，石黛拂修蛾。燕子樓頭蝴蝶夢，桃花扇底竹枝歌。楊柳月婆娑。

按，此調五十四字。説在卷三。

卷十　雜賦

意難忘〔中呂〕

美成

美咏

衣　染鶯黄。愛、停　歌駐　拍，勸　酒持觴。
◣▲■◣◣。■、◣▲◣■▲■，■▲■◣◣。
低　鬟蟬影動，私　語口脂香。
◣▲◣◣■■，◣▲■■◣◣。
檐露滴，竹風凉。拼、劇　飲淋浪。
◣■■，■◣◣。■、■▲■◣◣。
夜漸深、籠燈就月，子　細端相。
■■◣、■■■◣，■▲■◣◣。

知　音見　説無雙。解、移　宫换　羽，未　怕周郎。
◣▲◣■▲■◣◣。■、◣▲◣■▲■，■▲■◣◣。
長　顰知有恨，貪　要不成妝。
◣▲◣◣■■，◣▲■■◣◣。
些個事，惱人腸。試、説　與何妨。
◣■■，■◣◣。■、■▲■◣◣。
又恐伊、尋消問息，瘦　減容光。
■■◣、◣◣■■，■▲■◣◣。

意難忘：毛本、《雅詞》均無題，《花庵詞選》題作“美人”，《草堂詩餘》《花草粹編》均題作“佳人”。

駐拍：《雅詞》作“駐客”。

檐露滴：元本作“蓮露滴”，《花庵詞選》作“荷露滴”，《雅詞》作“蓮露冷”。

竹風：《草堂詩餘》作“竹松”。

夜漸深籠燈就月：《雅詞》作“漏漸深移燈背壁”。

子細：《花庵詞選》《雅詞》均作“細與”。

换羽：《雅詞》作“换徵”。

長顰：《雅詞》作“顰眉”。

惱人：《雅詞》作“惱心”。

試説與：《雅詞》作“待説與”。

問息：毛本作“聽息”。

瘦減：元本、毛本、《雅詞》均作“瘦損”。

意難忘

西麓

額粉宫黄。襯、桃花扇底，歌送瑶觴。裙拖金縷細，衫唾碧花香。瓊佩冷，玉肌凉。羅韈步滄浪。漫共伊、心盟意約，眼覷眉相。　　連環未結雙雙。似、桃源誤入，初嫁劉郎。瓏璁仙子髻，綽約道家妝。千種恨，九回腸。雲雨夢猶妨。誤少年、紅銷翠減，虚度風光。

意難忘

起潛

咸淳癸酉用清真韵

汀柳初黄。送、流車出陌，别酒浮觴。亂山迷去路，空閣帶餘香。人漸遠，意凄凉。更、暮雨淋浪。悔不辦■、窄◢衫細馬，兩兩交相。春梁語燕猶雙。嘆、曉窗新月，獨照劉郎。寄箋頻誤約，臨鏡想慵妝。知幾夢，惱愁腸。任、更駐何妨。但衹憐、緑◢陰匝匝，過了韶光。

意難忘

用之

和清真韵

宫額塗黄。怕、箋凝怨墨，酒漬離觴。紅樓春寄夢，青瑣夕生香。花氣暖，柳陰凉。棹、曲水滄浪。愛弄嬌、臨流梳▲洗，顧影低相。　桃花結子成雙。縱、題紅去後，枉誤劉郎。琴心挑别恨，鶯羽學新妝。千萬恨，惱愁腸。便、憔悴何妨。待共伊、平消别後，幾度風光。

按，此調九十二字。“愛停歌駐拍”以下，與後段“解移宫换羽”以下，平仄句法一字不异。東坡一首（《花草粹編》以爲程正伯作，想别有據），除過片處弟一、三兩字不論，“劇”字、“説”字作平聲外，亦一字不异。可見此詞自有定格，不可輕易。若嚴格論之，仍以謹依美成四聲爲最佳也。

“衣、停、低、私、知、移、長、貪”，凡八字，可仄。“駐、勸、劇、子、見、换、未、説、瘦”，凡九字，可平。

“拼、劇飲淋浪”句，及後段“試、説與何妨”句，皆上一下四句法，於弟二字平仄不拘。然西麓前“羅韤步歲滄浪”，後“雲雨夢猶妨”，隨庵前“九折聳層巒”，後“豺虎横朝昏”，又，前“茗盌策奇功”，後“雪滿兔甌溶”，藥莊前“草色更芊芊”，後“思苦調難傳”，梅洞前“久别各相逢”，後“春事苦匆匆”，并易爲上二下三之五字句，作“仄（或平）仄仄平平”，於弟一字平仄不拘。自亦不妨從之也。

“籠”字、“尋”字，起潜用入代平。“就”字，用之作平，皆不必從。

“深”字，起潜作仄，不可從。

“停歌駐拍，勸酒持觴”，宜對。

“低鬟蟬影動，私語口脂香”，必對。

“檐露滴，竹風凉”，宜對。

“長顰知有恨，貪耍不成妝”，必對。

又，此調除必對二聯外，“停歌駐拍，勸酒持觴”“檐露滴，竹風涼”二聯，間有不用對句。而於“籠燈就月，子細端相”“移宮換羽，未怕周郎”“些個事，惱人腸”“尋消問息，瘦減容光”四聯，任對二聯或三聯者，或前後各任對一聯者。總之，以上六聯，能至少任對二聯即可，宋元名家，類皆如是。既不限於所舉出之宜對二聯，亦不限於六聯全對也。惟玉田及隨庵“洶洶松風”一首，於以上六聯均不用對，似不必從。

又，“籠燈就月，子細端相”“移宮換羽，未怕周郎”“尋消問息，瘦減容光”四字句三聯，其上句均用二字對句組成，句法相同。“停歌駐拍，勸酒持觴”二句雖上下相對，亦各用二字對句組成，或係當時格律如此，亦未可知。因“停歌駐拍”屬前弟二句，“籠燈就月”屬前結弟二句，與“移宮換羽”屬後弟二句，“尋消問息”屬後結弟二句，句法適相應合也。

迎春樂〔雙調〕

美成

携妓

人人花艷明春柳。憶筵上，偷携手。趁、歌停舞罷來相就。醒醒個，無些酒。　　比目香囊新刺綉。連隔座、一時薰透。爲甚月中歸，長是他，隨車後。

迎春樂：元本不標注宮調，《花草粹編》無題。

花艷：毛本作“艷色”。

舞罷：毛本作“舞歇”。

迎春樂

西麓

依依一樹多情柳。都未識，行人手。對、青青共結同心就。更共飲，旗亭酒。　　褥上芙蓉鋪軟綉。香不散、彩雲春透。今歲又相逢，是燕子，歸來後。

按，此調五十二字。説在卷三。

定風波〔商調〕

美成

美情

莫倚能歌斂黛眉，此歌能有幾人知。
■■◣◣■■◣，■◣◣■■◣◣。
他日相逢花月底。重理。好聲須記得來時。
◣■◣◣◣■■。◣■。■◣◣■■◣◣。

苦　恨城　頭更漏永，無　情豈　解惜分飛。
■▲■◣▲◣◣■■，◣▲◣■▲■■◣◣。
休　訴金　尊推玉臂。從醉。明朝有　酒遺誰持。
◣▲■◣▲◣◣■■。◣■。◣◣■▲■■◣◣。

定風波：毛本、《雅詞》均無題。

相逢：《雅詞》作“風前”。

更漏永：毛本作“傳漏永”，下空二格。《雅詞》作“傳漏永”，下有“催起”二字。

豈解：《雅詞》作“那解”。

分飛：《雅詞》作“相思”。

休訴：《雅詞》作“莫訴”。

定風波

西麓

慵拂妝臺懶畫眉。此情惟有落花知。流水悠悠春脉脉，閒倚綉屏，猶自立多時。　　有約莫教鶯解語，多愁却妒燕于飛。一笑薔薇孤舊約，載酒尋歡，因甚懶支持。

按，此調六十字。“底、理、臂、醉”，凡四韵，皆本部上去聲相叶，乃定格，夢窗一首與此正同。此外尚有數體，與此略异，舉之如下。

一、六十字體，而前段仄叶二字，不限與所用平韵同部者，如李子永：

點點行人趁落暉。摇摇烟艇出漁磯。一路水香流不斷。零亂。春潮緑浸野薔薇。　　南去北來愁幾許，登臨懷古欲沾衣。試問越王歌舞地。佳麗。衹今惟有鷓鴣啼。

二、六十二字體，較美成多二仄叶，而與前後仄叶四字，皆不必用同韵者，如石林：

破萼初驚一點紅。又看青子映簾櫳。冰雪肌膚誰復見。清淺。尚餘疏影照晴空。　　惆悵年年桃李伴。腸斷。衹應芳信負東風。待得微黄青亦暮。烟雨。半和飛絮作濛濛。

此體各家多用之，即子野所題《定風波令》，澹庵所題《轉調定風波》也。孫孟文一首，《詞律》於末句誤多一字，不可從。

三、六十二字體，平仄句法與石林一體全同，而於仄叶六字均不叶者，如東坡：

好睡慵開莫厭遲。自憐冰臉不時宜。偶作小紅桃杏色。閒雅。尚餘孤瘦雪霜姿。　　休把閒心隨物態。何事，酒生微暈沁瑶肌。詩老不知梅格在，吟咏，更看緑葉與青枝。（按，此詞係就律詩改成。）

至西麓一首，雖和周詞，而仄叶四字，則皆不和，徐氏列爲另體，殆不得已也。范希文一首，乃《漁家傲》，而誤題今名，與此無涉。别有耆卿、蜕岩、柘軒等九十九字體。（耆卿一首，毛本於後起多一“般”字，作“早知怎般麽”，《詞律》因此另定爲一百字體，蜕岩一首，彊村翁从汪本於“等閒孤負”句多一“便”字逗，皆不可從。）耆卿一百五字體。（《詞律》因舊刻於“塞柳萬株”句，脱一“塞”字，遂定爲一百四字體，不可從。）竹坡四十六字《定風令》。

“苦、城、無、豈、休、金、有”，凡七字，平仄不拘。

紅羅襖〔大石〕

美成

秋悲

晝燭尋歡去，羸馬載愁歸。

■■◣◣■，◣■■◣◣。

念、取酒東爐，尊罍雖近，采花南浦，蜂蝶須知。

■、■■◣◣，◣◣◣■，■◣◣■，◣■◣◣。

自分袂、天闊鴻稀。空懷夢約心期。

■◣■、◣■◣◣。◣◣■■◣◣。

楚客憶江蘺。算宋玉、未必爲秋悲。

■■■◣◣。■■■、■■■◣◣。

紅羅襖：毛本、《花草粹編》均無題。

南浦：元本、毛本均作“南圃”。

空懷：毛本作“空懷乖”，《歷代詩餘》作“空乖”。

江蘺：“蘺”古通作“離”，西麓和作“離”，“離”未爲無據。

紅羅襖

西麓

別來◣書漸少，家遠夢徒歸。念、去燕來鴻，愁隨秋到，舊盟新約，心與天知。　楚江上、木◢落林稀。西風尚隔心期。水闊草離離。更皓月、照影自傷悲。

按，此調五十三字。“空懷”下，毛本有“乖”字，萬氏以爲誤多一字，是也。

此調平仄一字不可移。起句，西麓作“別來書漸少”，易爲“仄平平仄仄"，不可從。“天”字，西麓作“木”，入代平。

“畫燭尋歡去，羸馬載愁歸”，必對。

“取酒東壚，尊罍雖近，采花南浦，蜂蝶須知”。乃八字對句，必對。

玉樓春〔大石〕

美成

當時携手城東道。月墮檐牙人睡了。酒邊難使客愁驚，帳底不教春夢到。　　别來人事如秋草。應有吴霜侵翠葆。夕陽深鏁緑苔門，一任盧郎愁裏老。

玉樓春：元本不標注宫調。

難使：元本、毛本均作“誰使”。

愁驚：毛本作“愁輕”。

弟二

大堤花艷驚郎目。秀色穠華看不足。休將寶瑟寫幽懷，座上有人能顧曲。　　平波落照涵赬玉。畫舸亭亭浮淡緑。臨分何以祝深情，祇有别愁三萬斛。

别愁：陳注本作“别離”，从毛本。

弟三

玉奩收起新妝了。鬢畔斜枝紅褭褭。淺顰輕笑百般宜，試著春衫猶更好。　　裁金簇翠天機巧。不稱野人簪破帽。滿頭聊插片時狂，頓減十年塵土貌。

猶更好：毛本作“應更好”。

簇翠：陳注本作“鏃翠”，从元本及毛本。

弟四

桃溪不作從容住。秋藕絶來無續處。當時相候赤闌橋，今日獨尋黄葉路。　　烟中列岫青無數。雁背夕陽紅欲暮。人如風後入江雲，情似雨餘黏地絮。

弟四：《草堂詩餘》題作“天臺”。

相候赤闌橋：《草堂詩餘》作“無奈鳥聲哀”。

獨尋：《草堂詩餘》作“重尋”。

黄葉路：《花草粹編》作“黄葉渡”。

玉樓春

西麓

東風躍馬長安道。一樹櫻桃花謝了。别來千里夢頻歸，醉裹五更愁不到。　　江南兩岸無名草。雨遍莓苔生懶葆。玉樓人遠緑腰閒，簾幕深沈雙燕老。

弟二

萬花叢底曾抬目。澹雅梳妝嬌已足。夜來鸚鵡夢中人，春去琵琶江上曲。　　雙鸞碧重釵頭玉。裙曳湘羅浮淺緑。東風一醉買蛾眉，爲拼明珠三萬斛。

弟三

西園門結鞦韆了。日漾游絲烟外裊。小橋楊柳色初濃，别院海棠花正好。　　粉牆低度鶯聲巧。薄薄輕衫宜短帽。便拼日日醉芳菲，未必春風留玉貌。

第四

柳絲挽得秋光住。腸斷驛亭離別處。斜陽一片水邊樓，紅葉滿天江上路。　　來鴻去雁知何數。欲問歸期朝復暮。晚風亭院倚闌干，兩岸蘆花飛雪絮。

按，此調五十六字，又名《木蘭花》。説在卷八。

夜飛鵲〔道宫〕

美成

别情

河橋送人處，涼夜何其。斜月遠墮　餘輝。
◣◣◥◣◥，◣◥◣◣。◣◢◤◤▲◣◣。
銅盤燭淚已流盡　，霏霏涼露沾衣。
◣◣◢◥◤◣◤▲，◣◣◣◥◣◣。
相將散離會，探、風前津鼓，樹杪參旗。
◣◣◥◣◥，◥、◣◣◣◤，◥◤◣◣。
花驄會意，縱揚鞭、亦自行遲。
◣◣◥◥，◥◣◣、◢◥◣◣。

迢遞路回清野，人語漸　無聞，空帶愁歸。
◣◥◥◣◣◤，◣◤◤▲◣◣，◣◥◣◣。
何意重紅滿　地，遺鈿不見，斜徑都迷。
◣◥◣◣◤▲◥，◣◣◢◥，◣◥◣◣。
兔葵燕麥，向殘陽、欲　與人齊。
◥◣◥◢，◥◣◣、◥▲◤◣◣。
但　、徘徊班草，欷歔酹酒，極望天西。
◤▲、◣◣◣◤，◣◣◥◤，◢◥◣◣。

夜飛鵲：《草堂詩餘》題作“離别”。

涼夜：毛本作“良夜”。

何其：《草堂詩餘》作“何期”。

離會：“會”下《草堂詩餘》《花草粹編》和均衍“處”字。

花驄：《草堂詩餘》作“華騮”。

重紅滿地：元本、毛本均作“重經前地”，《花草粹編》作“垂紅滿地”。

殘陽：《詞律》作“斜陽”。

欲與：毛本、《草堂詩餘》均作“影與”。

夜飛鵲

西麓

秋江際天闊，風雨凄其。雲陰◣未放晴暉。歸鴉亂葉更蕭索，砧聲幾處寒衣。沙頭酒初熟，盡、籬邊朱槿，竹外青旗。潮期尚晚，怕輕離、故故遲遲。　　何似醉中先别，容易爲分襟，獨◢抱琴歸。回首征帆縹緲，津亭寂寞，衰草烟迷。虹收霽色，漸、落◢霞孤◣鶩飛齊。更、何時重與，論文渭北，剪燭窗西。

夜飛鵲〔黄鐘商〕

夢窗

蔡司户席上南花

金規印遥漢，庭浪無紋。清雪冷沁花薰。天街曾◣醉美人畔，涼枝移插◢烏巾。西風驟驚散，念、梭懸愁結◢，蒂剪離痕。中郎舊恨，寄横竹◢、吹◣裂◢哀雲。　　空剩露華烟彩，人影斷幽坊，深閉千門。渾似▲飛仙入◢夢，韈◢羅微◣步，流水◤青蘋。輕◣冰潤玉，悵今朝、不共◥清尊。怕、雲槎來晚，流紅信杳，縈◣斷秋魂。

按，此調一百六字，或作《夜飛鵲慢》。夢窗一首注作〔黄鐘商〕，想别有據。“離會”下，《草堂詩餘》《花草粹編》均有“處”字，乃誤衍，不可視爲六字句也。

“墮、盡、漸、但”，凡四字，上去通用。“滿”字，元本、毛本，均作“前”，平聲。“欲”字，毛本、《草堂詩餘》均作“影”，上聲。

“已流盡”三字，虚齋作“天孫巧”，易爲“平平上”。玉田作“迎向曉”，易爲“平去上”。“人語漸無聞”句，胡伯雨作“簾塵想都暗”，與美成平仄相反，皆不可從。

西麓：“陰、獨、落、孤”，凡四字，平入互換，不必從。其餘平仄全合。

夢窗：“曾、插、結、竹、吹、裂、入、韉、微、水、輕、共、縈”，凡十三字，四聲不合。“似”字作去。

“風前津鼓，樹杪参旗”，必對。

“遺鈿不見，斜徑都迷”，宜對。

“徘徊班草，欷歔酹酒”，宜對。

“斜月遠墮餘暉”句，西麓“雲陰未放晴暉”，玉田“都緣水國秋清”，俱讀爲二二二句法。盧申之“花下恁，月明知”，劉伯温“山叠叠，水遥遥”，俱讀爲上三下三句法。夢窗“清雪冷沁花薰”，虚齋“凉露暗墜桐陰”，則與美成句法相同，讀爲二二二，或上三下三均可，想不拘也。

“縱揚鞭，亦自行遲”句，及“向殘陽，欲與人齊”句，皆上三下四句法。劉伯温前作“旋添清泪作春潮”，後作“海棠花底候鳴鑣”，并易爲上四下三，誤。西麓於後句作“漸、落霞孤鶩飛齊”，易爲上一下六，不可從。

“但、徘徊班草，欷歔酹酒，極望天西”句，乃上一字逗，下接四字對句，再接四字句。虚齋“夢回時，天淡星稀，閒弄一曲瑶琴”，易爲上三下四之七字句，下接六字句，誤。

早梅芳〔正宫〕

美成

别恨

花　竹　深，房櫳　好。夜闃無人到。

◣▲■▲◣，◣◣▲■。■■◣◣■。

隔　窗寒雨，向壁孤燈、弄餘照。

■▲◣◣■，■■◣◣、■◣■。

泪　多羅袖重，意密鶯聲小。正、魂驚夢怯，門　外已知曉。

■▲◣◣■■，■■◣◣■。■、◣◣■■，◣▲■■◣■。

去難留，話　未了。早　促登長道。

■◣◣，■▲■■。■▲■◣◣■。

風披宿　霧，露洗初陽、射林表。

◣◣■▲■，■■◣◣、■◣■。

亂愁迷遠覽，苦語縈懷抱。謾回頭，更　堪　歸路杳。

■◣◣■■，■■◣◣■。■◣◣，■▲◣▲◣■■。

早梅芳：元本不標注宫調，毛本無題，《草堂詩餘》題作“冬景”。

羅袖：《詩餘圖譜》作“羅帕”。

意密：《花草粹編》作“密意”。

長道：毛本、《草堂詩餘》均作“途道”。

第二

牽情

繚牆深，叢竹繞。宴席臨清沼。微呈纖履，故隱烘簾自嬉笑。粉香妝暈薄，帶緊腰圍小。看、鴻驚鳳翥，滿座嘆輕妙。　　酒醒時，會散了。回首城南道。河陰高轉，露脚斜飛、夜將曉。异鄉淹歲月，醉眼迷登眺。路迢迢，恨滿千里草。

第二：毛本、《雅詞》均無題。

纖履：《雅詞》作“纖屐”。

粉香：《花草粹編》作“粉花”。

看鴻驚：《雅詞》作“嘆鴻驚”。

嘆輕妙：《雅詞》作“看輕妙”。

早梅芳

西麓

柳初妍，花漸好。可恨行期到。落梅香盡，澹月朦朧影微照。風簾銀燭暗，露幕金花小。縱離歌緩唱，殘雪又霜曉。　　瑣窗前，秦吉了。促上長安道。揚鞭西去，幾點稀星尚雲表。去程疑是夢，宿酒昏情抱。鳳樓空，瓊簫聲漸杳。

弟二

鳳釵横，鸞帶繞。獨步鴛鴦沼。闌干斜倚，自打精神對花笑。貼衣瓊佩冷，襯韈金蓮小。捲、香茵縹緲舞袖稱纖妙。　　夢初成，歡未了。明日青門道。離雲別雨，脉脉舞情畫堂曉。柳邊驕馬去，翠閣空凝眺。漸春風、緑愁江上草。

按，此調八十二字，或作《早梅芳近》。姑溪一首，於弟二句多二字，前結少二字。聖求一首，於末句少二字。恐均有誤。別有耆卿一百五字體。至李德載平仄韵互叶四十七字《早梅芳近》，乃小令，與此無涉。

又，此調雖注爲平仄，止宜用上去韵。所當措意。

“花竹深，房櫳好”句，美成弟二首作“仄平平，平仄仄”，不必拘墟。“隔”字、“宿”字，宜用平入，忌用去聲。“泪、門、話、早、更、堪”，凡六字，平仄不拘。

“花竹深，房櫳好”，必對。

“隔窗寒雨，向壁孤燈”，必對。西麓兩首不對，非。

“泪多羅袖重，意密鶯聲小”，必對。

“去難留，話未了”，必對。

“風披宿霧，露洗初陽”，必對。西麓兩首不對，非。

“亂愁迷遠覽，苦語縈懷抱”，必對。西麓兩首不對，非。

鳳來朝〔越調〕

美成

佳人

逗曉看　嬌面。小窗深、弄明未遍。

■■◣▲◣■。■◣◣、■◣■■。

愛、殘朱宿粉雲鬟亂。最好　是、帳中見。

■、◣◣■■◣◣■。■■▲■、■◣■。

説夢雙蛾微　斂。錦衾温、酒　香未斷。

■■◣◣◣▲■。■◣◣、■▲◣■■。

待起又、如何拚。任日炙、畫闌暖。

■■■、◣◣■。■■■、■◣■。

鳳來朝：《花草粹編》無題。

看嬌面：《花草粹編》作“香嬌面”。

未遍：毛本作“未辨”。

殘朱：毛本作“殘妝”。

酒香：毛本作“獸香”。

待起又、如何拚：陳注本作“待起難捨拚”，毛本注云：《清真集》作“待起又、如何拚”，今從之。西麓作“買一笑、千金拚”，梅溪作“扇底弄、團圓影”，與此正合。

畫闌：毛本作“畫樓”。

鳳來朝

西麓

百媚春風面。鳳簫催、緑幺舞遍。玉鸞釵、半溜烏雲亂。悄疑是、夢中見。　　曲歇弓彎袖斂。綉芙蓉、香塵未斷。買一笑、千金拚。共醉倚、畫屏暖。

按，此調五十一字，止宜用上去韵。

“看”字，平仄通用。“好”字、“酒”字，可平。“微”字，可仄。

“愛、殘朱宿粉雲鬟亂”句，乃上一下七句法。西麓“玉鸞釵，半溜烏雲亂”，梅溪“趁無人，學指鴛鴦頸”，俱易爲上三下五，亦可從。

芳草渡〔雙調〕

美成

别恨

昨夜裏，又、再宿桃源，醉邀仙侣。聽、碧窗風快，珠簾半捲疏雨。
◢◥◤，◥、◥◢◣◣，◥◣◣◤。◥、◢◣◣◥，◣◣◥◤◣◤。
多少離恨苦。方、留連啼訴。鳳帳曉，又是　匆匆，獨自歸去。
◣◤◣◥◤。◣、◣◣◣◥。◥◥◤，◥◤▲◣◣，◢◥◣◥。

愁睹　。滿懷泪粉，瘦馬衝泥尋去路。
◣◤▲。◤◣◥◤，◥◤◣◣◣◥◥。
謾回首、烟迷望眼，依稀見朱户　。
◥◣◤、◣◣◥◤，◣◣◥◣◤▲。
似　痴似　醉，暗惱損、憑　闌情緒　。
◤▲◣◤▲◥，◥◤◤、◥▲◣◣◤▲。
澹　暮色，看盡　栖鴉亂舞。
◤▲◥◢，◥◤▲◣◣◥◤。

芳草渡：元本不標注宫調，毛本、《花草粹編》均無題。

珠簾：毛本作“疏簾”。

疏雨：毛本作“愁雨”。

愁睹：毛本作“愁顧”，西麓和作“還顧”，正同。

芳草渡

西麓

芳◣草渡。漸、迤邐分飛，鴛◣儔鳳■侶。灑、一枝香泪，梨花寂寞春雨。惜■別情思苦。匆匆深盟訴。翠浪遠，六幅蒲帆，縹緲東去。
還顧。夕陽冉冉，恨逐潮回南浦路。漫空念、歸來燕子，雙栖舊庭户。市橋細柳，尚不減、少年張緒。漸瘦損，懶照秦鸞對舞。

按，此調八十九字。《歷代詩餘》收西麓一首，於過片處誤脱“還顧”二字，因此遂另訂八十七字一體，不可從。别有歐陽永叔五十五字體（《花草粹編》以爲馮正中作），賀方回五十六字體，張子野五十七字體，皆平韵，與美成迥异。

“是、户、似、似、緒、澹、盡”，凡七字，上去通用。“憑”字，平去通用。“睹”字，毛本作“顧”，去聲，西麓同。

西麓：“芳、鴛、鳳、惜”，凡四字，平仄不合。若論四聲，則二十三字不合。

“方、留連啼訴”句，乃上一下四句法。西麓“匆匆深盟訴”，易爲上二下三，誤。

感皇恩〔大石〕

美成

標韵

露柳好風標，嬌　鶯能語。獨　占春光最多處。
■■■◣◣，◣▲◣◣■。■▲■◣◣■◣■。
淺　顰輕　笑，未肯等　閒分付。爲　誰心子裹，長長苦。
■▲◣◣▲■，■■■▲◣◣■。■▲◣◣■■，◣◣■。

洞　房見　説，雲　深無　路。憑　仗青鸞道情素。
■▲◣■▲■，◣▲◣◣▲■。◣▲■◣◣■◣■。

酒　空歌斷，又　被濤　江催去。怎向　言不盡，愁無數。

■▲◣◣■，■▲■◣▲◣◣■。■■▲◣■■，◣◣■。

感皇恩：毛本、《花草粹編》均無題。

濤江：《花草粹編》作“江濤”。

催去：毛本、《花草粹編》均作“催度”，西麓和作“欲度”，正同。

怎向：陳注本作“怎奈向”，《花草粹編》作“怎奈何”，从毛本。朱彊村、鄭叔問兩先生云：按律是句五字，柳永《過澗歇近》，秦觀《鼓笛慢》，并有“怎向語”可證。是也。

感皇恩

西麓

體態玉精神，惺憁言語。一點靈犀動人處。綉香羅帕，爲待别時親付。要人長記得，相思苦。　　彩鸞獨跨，藍橋歸路。憔悴東風自鑾素。桃◣葉◢楊花◣，又向空江欲度，任洛陽城裏，春無數。

按，此調六十七字。過片“洞房見説”句，西麓、鷄肋、友古、廬溪、順庵，皆作“仄（或平）平仄（或平）仄”，與美成相合。而美成另首（見《補遺》上）作“往事舊歡”，東堂作“雲幕雖高”，循道作“千里斷腸”（《花草粹編》誤爲王通叟作，不可從），澗泉作“弄蕊攀條”，及海野、花庵、東浦、竹溪、莊靖、秋澗，均作“仄（或平）仄仄（或平）平”，想可不拘。信齋一首，《花草粹編》於“睡起流鶯語聲小”句，“鶯”下誤衍“過”字，均非另體也。别有惜香、方壺等作，與此略异，舉之如次。

一、六十五字體，較美成前後結句并少一字者，如惜香：

碧水浸芙蓉，秋風楚岸。三歲光陰轉頭换。且留都騎，未許匆匆分散。更持杯酒殷勤勸。　　休作等閒，别離人看。且對笙歌醉須判。如君才調，掌得玉堂詞翰。定應不久勞州縣。

二、六十六字體，首句較美成少一字者，如方壺：

年少尋芳，早春時節。飛去飛來似蝴蝶。如今老大，懶趁五陵豪俠。

夢中時聽得，秦簫咽。　　割斷人間，柳枝桃葉。海上書來恨離別。舊游還在，空鎖雲霞萬叠。舉杯相憶處，青天月。

三、六十七字體，與美成同，惟前後段第三句分作兩句兩韻者，如具茨：

蝴蝶滿西園，啼鶯無數。水閣橋南路。凝伫。兩行烟柳，吹落一池飛絮。秋千斜挂起，人何處。　　把酒勸君，閒愁莫訴。留取笙歌住。休去。幾多春色，怎禁許多風雨。海棠花謝也，君知否。

四、六十七字體，與具茨同，惟前後結上一句皆用韵者，如方回：

蘭芷滿芳洲，游絲横路。羅韈生塵步。迎顧。整鬟顰黛，脉脉兩情難語。細風吹柳絮。人南渡。　　回首舊游，山無重數。花底深朱户。何處。半黄梅子，向晚一簾烟雨。斷魂分付與。春將去。

五、六十八字體，後段次句較美成多一字者，如竹坡：

無事小神仙，世人誰會。著甚來由自縈繫。人生須是，做些閒中活計。百年能幾許，無多子。　　近日謝天，與片閒田地。作個茆堂待打睡。酒兒熟也，贏取山中一醉。人間如意事，衹此是。

六、六十九字體，後弟五句較美成多二字者，如彝齋：

一百二十年，兩番甲子。前番風霜飽諳矣。今番甲子，一似臘盡春至。程程有好在，應慚愧。　　莫道官貧，勝如無底。隨分杯筵稱家計。從今數去，尚有五十八生朝裏。待兒官大，做奢遮會。

至子野五十八字、六十字兩體，乃《小重山》而誤題今名，黄子鴻《子野詞校記》，杜筱舫《詞律校勘記》，是也。

“嬌、獨、淺、輕、等、爲、洞、見、雲、無、憑、酒、又、濤、向”，凡十五字，平仄不拘。“洞房見説”句，如作“仄（或平）仄仄（或平）平”，則“露、未、怎”三字，可平仄不拘。

“爲誰心子裏”句，叔安作“兒孫列兩行”，易爲“平平仄仄平”。“洞房見説”句，竹坡兩首作“千里莫厭”“此去常恨”，於弟二、四字均作仄聲。“憑仗青鸞道情素”句，鷄肋作“花底杯盤花影照”，易爲“平仄平平平仄仄”。“酒空歌段”句，西麓作“桃葉楊花”，易爲“平仄平平”。“怎向言不盡”句，西麓作“任洛陽城裏”，易爲“仄仄平平仄”，皆不可從。

“怎向言不盡”句，乃上二下三句法，西麓“任洛陽城裏”，易爲上一下四，誤。

虞美人〔正宫〕

美成

燈前欲去仍留戀。腸斷朱扉遠。未須紅雨洗香顋。待得薔薇花謝便歸來。　舞腰歌板閒時按。一任旁人看。金爐應見舊殘煤。莫使恩情容易似寒灰。

欲去：《歷代詩餘》作"影去"。

朱扉：《花草粹編》作"朱屏"。

未須：毛本、《花草粹編》均作"不須"。

旁人：《花草粹編》作"旁水"，誤。

莫使：毛本、《花草粹編》均作"莫遣"。

弟二

疏籬曲徑田家小。雲樹開清曉。天寒山色有無中。野外一聲鐘起送孤篷。　添衣策馬尋亭堠。愁抱惟宜酒。菰蒲睡鴨占陂塘。縱被行人驚散又成雙。

清曉：毛本、《雅詞》均作"秋曉"。

孤篷："篷"字，从"竹"，西麓合作"萍蓬"，"蓬"字从"草"，殆屬誤會。

縱被：《雅詞》錯"疑被"。

又成：《雅詞》作"不成"。

弟三

玉觴纔掩朱弦悄。彈指壺天曉。回頭猶認倚牆花。衹向小橋南畔便天涯。　銀蟾依舊當窗滿。顧影魂先斷。淒風猶颭半殘燈。擬倩今宵歸夢到雲屏。

小橋：《花草粹編》作“小樓”。

天涯：陳注本作“生涯”，从元本、毛本、《雅詞》。

猶颭：元本、毛本、《雅詞》《花草粹編》均作“休颭”。

虞美人

西麓

春衫薄薄寒猶戀。芳草連天遠。嫩紅和露入桃顋。柳外東邊樓閣燕飛來。　霓裳一曲憑誰按。錯□□重看。金虬閒暖麝檀煤。銀燭替人垂泪共心灰。

弟二

疏林遠帶寒山小。月落霜天曉。棹歌初發浦烟中。自嘆疏狂踪迹似萍蓬。　江邊衰柳迷津堠。歸興濃於酒。斷烟流水自寒塘。十里蒹葭鷗鷺兩三雙。

弟三

彩雲别後房櫳悄。愁立西風曉。倚闌無語對黄花。惆悵玉郎應在楚江涯。　鈿箏空貯芳塵滿。寂寞朱弦斷。夜來一點帳前燈。頻吐銀花雙燼照羅屏。

按，此調五十六字。説在卷七。

《補遺》上

玉團兒〔雙調〕

美成

鉛　華淡伫新妝束。好風　韵、天然异俗。

◣▲◣■■◣◣■。■◣▲■、◣◣■■。

彼此知名，雖然初　見，情　分先熟。

■■◣◣，◣◣◣▲■，◣▲■◣■。

爐烟淡淡雲屏曲。睡半醒、生香透肉。

◣▲◣■■◣◣■。■■◣、◣◣■■。

賴得相逢，若　還虛過，生世不　足。

■■◣◣，■▲◣◣■，◣■■▲■。

玉團兒：此詞乃美成作，有叔陽和韵一首爲證，《花草粹編》不箸撰人，《惜香樂府》收之，并誤。

好風韵：《花草粹編》無“好”字。

虛過：《惜香樂府》作“虛度”。

玉團兒

叔陽

用周美成韵

緑雲慢綰新梳束。這標致、諸餘不俗。邂逅相逢，情懷雅合，全似深熟。　耳邊笑語論心曲。把不定、紅生臉肉。若得同歡，共伊偕老，心事忒足。

按，此調五十二字，宜用入聲韵。

“鉛、風、初、情、爐、若、不”，凡七字，平仄不拘。

“賴得相逢，若還虛過”，宜對。

醜奴兒

美成

南枝度臘開全少，疏影當軒。一種宜寒。自共清蟾别有緣。　江南風味依然在，玉貌韶顏。今夜憑闌。不似釵頭子細看。

弟二

香梅開後風傳信，綉户先知。霧濕羅衣。冷艷須攀最遠枝。　高歌羌管吹遥夜，看既分披。已恨來遲。不見娉婷帶雪時。

分披：《歷代詩餘》作“粉披”。

按，此調四十四字。説在卷七。

感皇恩

美成

小閣倚晴空，數聲鐘定。斗柄垂寒暮天静。朝來殘酒，又被春風吹醒。眼前猶認得，當時景。　往事舊歡，不堪重省。自嘆多愁更多病。綺窗依舊，敲遍闌干誰應。斷腸明月下，梅摇影。

感皇恩：《樂府雅詞》以爲晁叔用作，趙輯《晁叔用詞》據之。

垂寒：《樂府雅詞》作“寒垂”。

暮天静：《樂府雅詞》作“暮天净”。

又被：《樂府雅詞》作“盡被”。
春風：《樂府雅詞》作“曉風”。
猶認得：《樂府雅詞》作“還認得”。
往事舊歡：《樂府雅詞》作“舊恨與新愁”。
多愁：《樂府雅詞》作“多情”。
綺窗依舊：《樂府雅詞》作“綺筵猶在”。

按，此調六十七字。說在卷八。

蝶戀花

美成

魚尾霞生明遠樹。翠壁黏天，玉葉迎風舉。一笑相逢蓬海路。人間風月如塵土。　剪水雙眸雲鬢吐。醉倒天瓢，笑語生青霧。此會未闌須記取。桃花幾度吹紅雨。

蝶戀花：《陽春白雪》以爲何搢之作。
霞生：《陽春白雪》作“霞收”。
翠壁：《陽春白雪》作“翠色”。
玉葉：《陽春白雪》作“一葉”。
雲鬢：《歷代詩餘》作“雲半”。
天瓢：毛本作“天飄”，從《陽春白雪》。
青霧：《陽春白雪》作“香霧”。
桃花：《陽春白雪》作“蟠桃”。

弟二

美盼低迷情宛轉。愛雨憐雲，漸覺寬金釧。桃李香苞秋不展。深心黯黯誰能見。　宋玉牆高才一覘。絮亂絲繁，苦隔春風面。歌板未終風色便。夢爲蝴蝶留芳甸。

牆高：《歷代詩餘》作“牆頭”。

風色便：鄭校云，“便”疑“變”訛。

弟三

晚步芳塘新霽後。春意潛來，迤邐通窗牖。午睡漸多濃似酒。韶華已入東君手。　　嫩緑輕黄成染透。燭下工夫，泄漏章臺秀。擬插芳條須滿首。管交風味還勝舊。

弟三：此詞與卷八之四首韵叶全同。

泄漏：《歷代詩餘》作“漏泄”。

弟四

葉底尋花春欲暮。折遍柔枝，滿手真珠露。不見舊人空舊處。對花惹起愁無數。　　却倚闌干吹柳絮。粉蝶多情，飛上釵頭住。若遣郎身如蝶羽。芳時争肯抛人去。

弟五

酒熟微紅生眼尾。半額龍香，冉冉飄衣袂。雲壓寶釵撩不起。黄金心字雙垂耳。　　愁入眉痕添秀美。無限柔情，分付西流水。忽被驚風吹别泪。衹應天也知人意。

按，此調六十字。説在卷八。

减字木蘭花

美成

風　鬟霧　鬢。便　覺蓬　萊三島近。

◣▲◣■▲■。■▲■◣▲◣◣■■。

水　秀山明。縹　緲仙姿畫　不成。

■▲■◣◣。■▲■◣◣■▲■◣。

廣　寒丹　桂。豈　是夭　桃塵俗世。

■▲◣◣▲■。■▲■◣▲◣◣■■。

衹　恐乘風。飛　上瓊樓玉　宇中。

■▲■◣◣。◣▲■◣◣■▲■◣。

按，此調四十四字。四段，四换韵。五十六字《木蘭花》之變調也（參見卷五木蘭花）。子野注爲〔林鐘商〕，耆卿注爲〔仙吕調〕，未知孰是。

第一、第二兩句之第一、第三字。第三句之第一字，弟四句之第一、第五字，平仄不拘，後段同。

木蘭花令

美成

歌時宛轉饒風措。鶯語清圓啼玉樹。斷腸歸去月三更，薄酒醒來愁萬緒。　孤燈翳翳昏如霧。枕上依稀聞笑語。惡嫌春夢不分明，忘了與伊相見處。

按，此調五十六字，又名《玉樓春》。説在卷八《玉樓春》。

驀山溪

美成

樓前疏柳，柳外無窮路。翠色四天垂，數峰青、高城闊處。江湖病眼，偏向此山明，愁無語。空凝佇。兩兩昏鴉去。　平康巷陌，往事如花雨。十載却歸來，倦追尋、酒旗戲鼓。今宵幸有，人似月嬋娟，霞袖舉。杯深注。一曲黄金縷。

弟二

江天雪意，夜色寒成陣。翠袖捧金蕉，酒紅潮、香凝沁粉。簾波不動，新月淡籠明，香破豆，燭頻花，減字歌聲穩。　　恨眉羞斂，往事休重問。人去小庭空，有梅梢、一枝春信。檀心未展，誰爲探芳叢，消瘦盡。洗妝匀。應更添風韵。

沁粉：《歷代詩餘》作“粉暈”，按，“沁粉”係用《水經注》“沁園粉碓”事。

籠明：《歷代詩餘》作“朧明”。

按，此調八十二字。説在卷三。

青玉案

美成

良夜燈光簇如豆。占好事、今宵有。酒罷歌闌人散後。

◣■◣◣■◣■。◣■■、◣◣■。■■◣◣◣■■。

琵琶轉放，語聲低顫，滅燭來相就。

◣◣■■，■◣◣■，■■◣◣■。

玉體偎人情何厚。輕惜輕憐轉唧嗰。雨散雲收眉兒皺。

■■◣◣◣◣■。◣■◣◣■■■。■■◣◣◣◣■。

衹愁彰露，那人知後。把我來僝僽。

■◣◣■，■◣◣■。■■◣◣■。

青玉案：王静安先生云，此詞乃改山谷《憶帝京》詞爲之者，决非美成作。按，《緑窗新話》引《古今詞話》淮海《御街行》詞，與美成此詞亦多相合，未知孰是。

按，此調六十七字。《青玉案》詞作如是音響者，僅此一首，蓋拗體也。兹將美成以外各體，舉之如次。

一、六十六字體，如梅溪：

蕙花老盡離騷句。緑染遍、江頭樹。日午酒消聽驟雨。青榆錢小，碧苔錢古。難買東君住。　　官河不礙遺鞭路。被芳草、將愁去。多定紅樓簾影暮。蘭燈初上，夜香初炷。猶是紅鸚鵡。

二、六十六字體，平仄句法與梅溪全同，而"古"字、"炷"字不叶者，如晦叔：

深紅數點吹花絮。又燕子、飛來語。遠水平蕪春欲暮。年年長是，清明時候，故遣人憔悴。　　竹鷄啼罷山村雨。正寥落、無情緒。猛省從前多少事。緑楊堤上，樓臺如畫，此境今何處。（按，"悴"字、"事"字皆借叶，宋元詞屢見，不可學。）

黄元明一首，《花草粹編》《歷代詩餘》所載，於後段次句作"寫别語、不成句"，音響雖與此體全同，然檢山谷和元明一首，於後段次句作"憶我當年醉時"句，則多出一字。且元明既用方回韵，亦當爲五十七字。顯係《花草粹編》《歷代詩餘》於元明詞誤脱一字，實與此體不同。《詞林紀事》録元明此詞，此句作"别語丁寧不成"句，是也。

三、六十六字體，與梅溪同，而於"夜香初炷"句不叶者，如東堂：

玉嬰初有排雲分。向晚色、娟娟静。秋入風枝清不盡。月和粉露，徘徊孤映。獨夜扶疏影。　　子猷風調全相稱。是彼此、無凡韵。玉勒前頭花柳近。水邊石上，冷依烟雨，時有幽人問。（按，此詞"軫震"韵，與"梗映"韵互叶，不可學。）

四、六十六字體，與梅溪同，而"碧苔錢古"句不叶者，如稼翁：

鄰鷄不管離懷苦。又還是、催人去。回首高城音信阻。霜橋月館，水村烟市，總是思君處。　　裛殘别袖燕支雨。謾留得、愁千縷。欲倩歸鴻分付與。鴻飛不住，倚欄無語。獨立長天暮。

上述四體，若細論之，實止一體。蓋梅溪"碧苔錢古"句，及"夜香初炷"句，或叶，或不叶，本可不拘，以上所舉，是其證也。

五、六十六字體，前後四字兩句俱用韵者，如玉田：

萬紅梅裏幽深處。甚杖屨、來何暮。草帶湘香穿水樹。塵留不住。雲留却住。壺内藏今古。　　獨清懶入終南去。有忙事、修花譜。騎省不須重作賦。園中成趣。琴中得趣。酒醒聽風雨。

六、六十七字體，後弟二句七字者，如方回：

凌波不過横塘路。但目送、芳塵去。錦瑟華年誰與度。月橋花院，瑣窗朱户。衹有春知處。　　碧雲冉冉蘅皋暮。彩筆新題斷腸句。試問閒愁都幾許。一川烟草，滿城風絮。梅子黄時雨。

七、六十七字體，與方回同，而於"户"字、"絮"字不叶者，如進道：

東風夜放花千樹。更吹落、星如雨。寶馬雕車香滿路。鳳簫聲動，玉壺光轉，一夜魚龍舞。　　蛾兒雪柳黄金縷。笑語盈盈暗香去。衆裏尋他千百度。驀然回首，那人却在，燈火闌珊處。

"寶馬雕車香滿路"句，惠洪作"日永如年秋難度"，易爲"仄仄平平平平仄"，不必從。

"更吹落、星如雨"句，乃上三下三句法。易安作"莫便匆匆歸去"，易爲二二二之六字句，不必從。

八、六十七字體，與方回同，而於"滿城風絮"句不叶者，如淮陽：

西風天際征鴻去。問曾過、燕山路。葉落虚庭空緑樹。一川秋意，滿懷愁緒。樓外瀟瀟雨。　　天涯望斷行雲暮。好箸蠻箋寄情句。底是相思斷腸處。吟風賦月，論文説劍，無個知音侣。

九、六十七字體，與方回同，而於"瑣窗朱户"句不叶者，如宗臣：

烟村茂樹灣溪畔。似遠景、摹輕練。細草平沙騎款段。漁翁欸乃，却驚鷗鷺，飛起澄波面。　　班荆對飲垂楊岸。枝上鶯歌如解勸。山映夕陽霞綺散。醉吟乘興，錦囊詩滿。愛月歸來晚。

直翁一首（《翰墨大全》《花草粹編》、秦刻《陽春白雪》，不箸撰人），平仄句法，與此全合，惟前後起句作"年年社日停針綫""征衫著破誰針綫"，皆用"綫"字爲韵，似不必學。

上述六十七字四體，實皆一體。如東坡（《陽春白雪》《花草粹編》題作姚進道，《樂府雅詞拾遺》題作蔣宜卿，并誤）、山谷、姑溪、竹坡、省齋、友古、苕溪、蘆川、書舟、介庵、審齋、澗泉、履齋、惠洪、易安、如庵、遺山諸家皆和方回韵，而於"户"字、"絮"字不和，是其顯證，蓋"户"字、"絮"字，或叶或不叶，本可不拘。如無逸、秋澗皆用叶。東堂、竹坡、蘆川、逃禪、懶窟、進道、明仲、解林、放翁、竹屋、夢窗、日湖、金谷、竹溪、遺山則皆不叶。惜香、海野、淮陽則前叶後不叶。惜香、宗臣、直翁、周隱，則後叶前不叶。皆可爲證。

十、六十八字體，第二句七字者，如芸窗：

西風亂葉溪橋樹。秋在黄花羞澀處。滿袖塵埃推不去。馬蹄濃露，鷄聲淡月，寂歷荒村路。　　身名多被儒冠誤。十載重來漫如許。且盡清尊公莫舞。六朝舊事，一江流水，萬感天涯暮。

十一、六十八字體，後弟二句八字者，如永叔：

一年春事都來幾。早過了、三之二。緑暗紅嫣渾可事。緑楊庭院，暖風簾幕，有個人憔悴。　　買花載酒長安市。又、争似、家山見桃李。不枉東風吹客泪。相思難表，夢魂無據，惟有歸來是。

了齋一首，與此體同。《歷代詩餘》於了齋詞後段次句删去上一字逗(趙輯本未注明。又，《花草粹編》載有此闋，趙輯本亦未及。殆偶爾失檢)，不可從。

十二、六十八字體，前後結句作上三下三，弟三句，及後弟二、弟四兩句拗平仄者，如東堂：

今宵月好來同看。月未落、人還散。把手留連簾兒畔。含羞和恨轉嬌盼。任花映、春風面。　　相思不用寬金釧。也不用、多情似玉燕。問取嬋娟學長遠。不必清光夜夜見。但莫負、團圓願。

十三、六十八字體，前後弟三句皆拗平仄者，如鷄肋：

十年不向东門道。信匹馬、羞重到。玉府驂鸞猶年少。宫花頭上，御爐烟底，常日朝回早。　　霞觴翻手群仙笑。恨、塵士人間易春老。白髮秋占彤庭杳。紅牆天阻，碧濠烟鎖，細雨迷芳草。

以上所舉，暨美成一體，共十四體。然當以方回一體爲正鵠。進道一體，作者最多。此外，梅溪、晦叔、芸窗、永叔四體，亦頗整齊。

又，此調以愚所知，兩宋金元數十名家所作，體例雖多，皆止用上去韵，自當效法爲是。僅元末顧仲瑛一首，及明代中葉吴純叔一首，用作入聲韵，似不可據。

又，美成此體，既無他作可校，自以平仄一字不移爲佳。“唧”字，疑入代平，倘用入聲，决不致誤。

“語聲低顫”句，“那人知後”句，宜效作前不叶，后叶。

“琵琶輕放，語聲低顫”，宜對。

“衹愁彰露，那人知後”，宜對。

一剪梅

美成

一　剪梅花萬　樣嬌。斜　插疏枝，略　點眉梢。

■▲■◣◣■▲■◣。◣▲■◣◣，■▲■◣◣。

輕盈微　笑舞低回，何　事尊前，拍　手相招。

◣◣■▲■■◣◣，◣▲■◣◣，■▲■◣◣。

夜漸寒深酒　漸消。袖　裏時聞，玉　釧輕敲。

■■◣◣■▲■◣。■▲■◣◣，■▲■◣◣。

城　頭誰　恁促殘更，銀　漏何如，且慢明朝。

◣▲◣◣▲■■◣◣，◣▲■◣◣，■■◣◣。

眉梢：毛本作“梅梢”，從《歷代詩餘》。

拍手：王寬甫校《詞律》作“樓外”，見杜氏《詞律校勘記》。

相招：毛本作“誤招”，從《歷代詩餘》，鄭校同。

按，此調各體多用六十字，易安一首，於前結作“雁字來時月滿樓”，少一平聲字，當孫誤脱。《詩餘圖譜》《花草粹編》《古今女史》《詞綜》《詩詞雜俎》本《漱玉詞》、趙輯本《漱玉詞》，録此調作“雁字來時，月滿西樓”，《惜香樂府》誤收此詞，亦有“西”字，與愚説正合。萬氏謂“雁”字句七字，自是古調，因定爲五十九字體，不可從。徐氏云《花庵詞選》注云：“一本‘樓’字上有‘西’字，方叶調，是此句原應四字，不可以七字爲古調也。”是也。别有數體，韵叶平仄與此略异，舉之如下。

一、“回”字、“更”字用韵者，如夢窗：

遠目傷心樓上山。愁裏長眉，别後蛾鬟。暮雲低壓小闌干。教問孤鴻，因甚先還。　　瘦倚溪橋梅夜寒。雪欲消時，泪不禁彈。剪成釵勝待歸看。春在西窗，燈火更闌。

二、每句用韵者，如竹山：

一片春愁待酒澆。江上舟摇。樓上帘招。秋娘度與泰娘嬌。風又飄飄。雨又蕭蕭。　　何日歸家洗客袍。銀字笙調。心字香燒。流光容易把人抛。紅了櫻桃。緑了芭蕉。

三、"枝"字、"聞"字作仄，餘皆用韵者，如叔陽：

燈火樓臺萬斛蓮。千門喜笑，素月嬋娟。幾多急管與繁弦。巷陌駢闐。畢獻芳筵。　　樂與民偕五馬賢。綺羅叢裏，一簇神仙。傳柑雅宴約明年。盡夕留連。滿泛金船。

四、"枝"字、"聞"字用仄，與叔陽同。弟四、弟五兩句不叶，與美成同者，如東浦：

鏡裏新妝鏡外情。小眉幽恨，淺緑低横。衹疑閒縱綉鞍塵，不道天涯，縈絆歸程。　　夢裏蘭閨相見驚。玉香花瘦，春艷盈盈。覺來欹枕轉愁人，門外瀟瀟，風月三更。

五、前後四字四句，皆用重韵者，如歐良：

漠漠春陰酒半酣。風透春衫。雨透春衫。人家蠶事欲眠三。桑滿筐籃。柘滿筐籃。　　先自離懷百不堪。檣燕呢喃。梁燕呢喃。篝燈强把錦書看。人在江南。心在江南。（"看"字①，借叶，不可學。）

招山一首，於後弟二句作"春山香满"，用仄聲住句，不與下句"空有啼痕"句重韵，不可學。

六、與叔陽同，惟前後結句用叠句者，如稼軒：

歌罷尊空月墜西。百花門外，烟翠霏微。絳紗籠燭照于飛。歸去來兮。歸去來兮。　　酒入香顋分外宜。行行問道，還肯相隨。嬌羞無力應人遲。何幸如之。何幸如之。

七、與夢窗略同，但用獨韵者，如木堂：

記得兒時識景年。翕忽光陰，二十餘年。梅邊聚首又三年。結得因緣。五百來年。　　把酒君前欲問年。笑指松椿，當是同年。願從今後八千年。長似今年。長似今年。

---

① 此處"字"，原書誤爲"守"，改。

此外鄧志宏五十六字體，松隱、鄭宣撫五十八字各一體，作者甚少，似不必從。

“一、萬、斜、略、微、何、拍、酒、袖、玉、城、誰、銀”，凡十三字，平仄不拘。

水調歌頭

美成

中秋寄李伯紀大觀文

今　夕　月华满，银　汉泄秋寒。

◣▲■▲■◣■，◣▲■■◣◣。

风　纏霧　捲宛　轉　天　陛玉樓寬。

◣▲◣■▲■■▲■▲◣▲■■◣◣。

應　是金　華仙　子，又　喜今　年藥　就，□　□□□□。

◣▲■◣▲◣◣▲■，■▲■◣▲◣■▲■，■▲■■◣◣。

收　拾山　河影，都　向鏡中蟠。

◣▲■◣▲◣■，◣▲■■◣◣。

横　霜　竹　，吹　明　月，到中天。

◣▲◣▲■▲，◣▲◣▲■，■◣◣。

要　令四　海遥　望　千　古此輪按。

■▲◣■▲■▲◣▲■▲◣▲■■◣◣。

何　處今　年無　月，唯　有謫　仙著　語，高絶莫能攀。

◣▲■◣▲◣◣▲■，◣▲■■▲◣■▲■，◣▲■■◣◣。

我　故喚　公起，雲　海路漫漫。

■▲■■▲◣■，◣▲■■◣◣。

水調歌頭：王静安先生云，此詞歲月不合，其僞無疑。又，毛本五空格在“鏡中蟠”下。從鄭校。

按，此調九十五字，《詞律》云：夢窗名《江南好》，白石名《花犯念奴》。王校《夢窗詞》云：《江南好》即《滿庭芳》。《詞律》於《水調歌頭》注云：夢窗名《江南好》，誤。《歷代詩餘》云：《水調》，隋唐時曲名，《水調歌》者，一曲之名，如稱《河傳》曰，《水調河傳》，蜀王衍泛舟閬中亦自制《水調銀漢曲》，是也。“歌頭”又曲之始音，如《六州歌頭》《氐州弟一》之類。又，“應是金華仙子，又喜今年藥就”二句，及後段“何處今年無月，唯有謫仙著語”二句。東坡前“我欲乘風飛去，又恐瓊樓玉宇”，後“人有悲歡離合，月有陰晴圓缺”。伯堅前“燈火春城咫尺，曉夢梅花消息”，後“翠竹江村月上，但要綸巾鶴氅”。周臣前“我欲騎鯨歸去，衹恐神仙官府”，後“寄語滄浪流水，曾識閒閒居士”。遯齋前“神既來兮庭宇，颯颯西風吹雨”，後“風外淵淵簫鼓，醉飽滿城黎庶”之等，皆各用仄聲二字自相韵叶。丹陽前“横管何妨三弄，重醑仍須一斗”，後“但恐仙娥以後，嫌我塵容俗狀”。雙溪前“指點數家樓閣，檢校一川花柳”，後“自有此丘此坂，那得游人簫鼓”。松雪前“莫笑盆池咫尺，移得風烟萬頃”，後“倒挽翠篇釃酒，醉卧碧雲深處”之等，則皆不叶，想可不拘。至方回一首，通篇用同部平上去韵互叶到底，乃故意出奇，不可視爲另體也。

“今、银、风、天、應、金、仙、今、收、山、都、横、霜、吹、明、遥、千、何、今、無、唯、高、雲”，凡二十三字，可仄，“夕、霧、宛、轉、又、藥、竹、要、四、海、望、謫、著、我、唤”，凡十五字，可平。“□□□□□”，五空格當作“仄（或平）仄仄平平”。子美此句作“撇浪載鱸還”，松坡作“自笑太勞生”，晦庵作“一笑俯空明”，仲實作“好景豈容探”，東坡作“高處不勝寒”，方壺作“堪笑又堪悲”，焦尾作“知我與君來”，子端作“無賴客思家”，皆是。

“風纏霧捲宛轉天陛玉樓寬”句，及後段“要令四海遥望千古此輪安”句，作上四下七，或上六下五句法，均可，不必拘墟。

南柯子

美成

寶　合分時果，金盤弄賜冰。晚　來階　下按新聲。

■▲■◣◣■，◣◣■■◣。■▲◣◣▲■■◣◣。

恰　有一　方明　月，可中庭。

■▲■■▲◣◣▲■，■◣◣。

露　下天如水，風來夜氣清。嬌　羞不　肯傍人行。

■▲■◣◣■，◣◣■■◣。◣▲◣■▲■■■◣。

揚　下扇　兒拍　手，引流螢。

◣▲■■▲◣■▲■，■◣◣。

寶合：《雅詞拾遺》作“玉殿”。

新聲：《雅詞拾遺》作“歌聲”。

恰有：《雅詞拾遺》作“恰好”。

夜氣清：《雅詞拾遺》作“夜更清”。

嬌羞：《雅詞拾遺》作“偏他”。

傍人：《雅詞拾遺》作“大家”。

揚下：《雅詞拾遺》作“漾下”。

按，此調五十二字，亦作《南歌子》，又名《風蝶令》《望秦川》《恨春宵》《水晶簾》《十愛詞》。淮海一首，於後弟三句“暬然歸去斷人腸”句，叠“斷人腸”三字，當係誤衍無疑，有《花草粹編》可證，徐氏《詞律拾遺》定爲五十五字體，蓋失之不察。别有飛卿二十三字，子澄二十六字各一體，皆單調。美成五十四字體（即弟二首，見後）。金谷人聲韵五十二字體。

弟一句弟一字，弟三句弟一、弟三字，弟四句弟一、弟三、弟五字，平仄不拘，後段同。

“寶合分時果”句，毛熙震作“遠山愁黛碧”，則爲“仄平平仄仄”，不必從。

“寶合分時果，金盤弄賜冰”，必對。

“露下天如水，風來夜氣清”，必對。

“恰有一方明月，可中庭”句，及後結“揚下扇兒拍手，引流螢”句，多作上六下三句法，易爲上四下五亦可，要在一氣貫注耳。

弟二

膩　頸凝酥白，輕衫淡粉紅。碧油凉氣透簾櫳。

■▲■◣◣■，◣◣■■◣。■◣◣■■◣◣。

指點庭花低映，雲母屏風。

■■◣◣◣■，◣■◣◣。

恨　逐瑶琴寫，書勞玉指封。等　閒贏得瘦儀容。

■▲■◣◣■，◣◣■■◣。■▲◣◣■■◣◣。

何　事不　教雲雨，略　下巫峰。

◣▲■■▲◣◣■，■▲■◣◣。

按，此調五十四字，前後結句，皆較弟一首多一字，逃禪兩首，與此并同，《歷代詩餘》定爲另體，是也。别有數體，説在弟一首（見前）。

“膩、恨、等、何、不、略”，凡六字，平仄不拘。

前後起二句必對，與弟一首同。

弟三

咏梳兒

桂魄分餘暈，檀槽破紫心。曉妝初試鬢雲侵。每被蘭膏香染，色深沈。　　指印纖纖粉，釵横隱隱金。有時雲雨鳳幃深。長是枕前不見，殢人尋。

弟三：《詞林萬選》以爲蘆川作，毛刻《蘆川詞》收之，均略异數字，無題，未知孰是。

檀槽：蘆川作“檀香”。

曉妝初試：蘆川作“高鬢鬆綰”。

每被：蘆川作“又被”。
深沈：蘆川作“沈沈”。
有時：蘆川作“更闌”。

按，此調與弟一首體全同，説在前。

關河令

美成

秋陰時晴　漸向暝。變一庭淒　冷。佇聽寒聲，雲深無雁影。
◣◣◣◣▲■■■。■■◣◣▲■。■■◣◣，◣◣◣■■。

更深人去　寂静。但照壁、孤　燈相映。酒已都醒，如何宵夜永。
◣◣◣■▲■■。■■■、◣▲◣◣■。■■◣◣，◣◣◣■■。

時晴：《歷代詩餘》作“時作”。

按，此調四十三字，本名《傷情怨》《清商怨》。因晏同叔一首（《雅詞》《詩餘圖譜》《花草粹編》，皆以爲歐陽永叔作，當別有據），起二字作“關河”，故有今名。別有美成四十二字體（見卷六），沈文伯四十三字體。

又，此調止宜用上去韵。

“晴、淒、去、孤”，凡四字，平仄通用。

坦庵兩首，間有平仄與此异者，似不必從。

鵲橋仙令

美成

浮　花浪　蕊，人間無　數，開　遍朱　朱白　白。
◣▲◣■▲■，◣◣◣▲■，◣▲■◣▲◣■▲■。
瑶　池一　朵玉芙蓉，秋　露　洗、丹砂真　色。
◣▲◣■▲■■◣◣，◣▲■▲■、◣◣◣▲■。

晚　凉拜　月，六　銖衣動，應　被姮　娥認　得。

■▲◣■▲■，■▲◣◣■，◣▲■◣▲◣■▲■。

翩　然欲　上廣寒宫，横　玉　度、一聲天　碧。

◣▲◣■▲■■◣◣，◣▲■▲■、■◣◣▲■。

按，此調五十六字。或無“令”字，又名《廣寒秋》，張君瑞取己詞中語所立新名也。山谷一首，於弟三句多一字，當屬另體。此外，稼軒、樵庵、漢泉諸家，於前後弟一、弟二句，皆用叶。叔陽、遺山、古山，則皆前後次句用叶。徐氏訂爲另體是也。至永叔、壽域、惜香於首句起韵，信道於起句及後段弟二句用叶，丹陽於前後起句用叶，薌林、放翁於弟二句用叶，明仲、西樵、履齋於後弟二句用叶，竹齋、放翁於首次兩句用叶，壽域、淑真於後起用叶。疑皆偶合，不必從也。别有耆卿八十七字體。

“浮、浪、無、開、朱、白、瑶、一、秋、露、真、晚、拜、六、應、姮、認、翩、欲、横、玉、天”，凡二十二字，平仄不拘。但“露”字、“玉”字若平，則“秋”字、“横”字必仄。

“浮花浪蕊”句，向伯恭作“合沓風流”，易爲“仄仄平平”，不可從。

花心動

美成

簾捲青樓，東風满、楊花亂飄晴晝。

◣■◣◣，◣◣■、◣◣■◣◣■。

蘭　袂褪　香，羅帳褰紅，綉　枕旋移相就。

◣▲■■▲◣，◣■◣◣，■▲■■◣◣■。

海棠花　謝春融暖，偎　人　恁、嬌　波頻溜。

■◣◣▲■◣◣■，◣▲◣▲■、◣▲◣◣■。

象床穩、鴛衾漫展，浪翻紅皺。

■◣■、◣◣■■，■◣◣■。

一　夜情濃似酒。香　汗　漬鮫綃，幾番微透。

■▲■◣◣■■。◣▲■▲■◣◣，■◣◣■。

鸞　困鳳慵，婭　姹雙眼　，畫　也畫應難就。問伊可　煞於人厚。
◣▲■■◣，■▲■◣■▲，■▲■■◣◣■。■◣■▲■◣◣■。
梅　萼　露、臙　脂檀口。從　此　後、纖腰爲郎管　瘦。
◣▲■▲■、◣▲■◣■。◣▲■▲■、◣◣■◣■▲■。

雙眼：鄭校云，"眼"字宜平聲。《西泠詞萃》作"眸"，未詳所據。

按，此調一百四字。無逸、筠溪、蘆川，平仄間有不同。惜香一首前結多一字，疑衍，皆不必從。"厚"字，各家皆不叶，疑是偶合，別有無言一體。松隱九十九字、一百字各一體。蟾英一百一字體。彝齋平韵一百四字體。

"蘭、裙、綉、花、偎、人、嬌、一、香、汗、鸞、婭、畫、可、梅、萼、臙、從、此、管"，凡二十字，平仄不拘。"眼"字，疑上代平，所當措意，《西泠詞萃》作"眸"，亦平聲。"簾"字、"羅"字，及"楊花"之"花"字，可作上入。"東風滿"三字，可作"仄平平"，古洲作"被年時"，惜香作"暗香飄"，梅溪作"錦機寒"，夢窗作"裊垂楊"之等皆是。

"梅萼露"三字，竹屋作"到如今"，易爲"仄平平"，不可從。

"蘭袂褪香，羅帳褰紅"，必對。

"香汗漬鮫綃"句，乃上二下三句法。晋卿"向何事東君"，叔安"向歌雪香中"，竹山"陪玳席佳賓"，蓬瓮"空悵望音塵"之等，皆作上一下四，想不可拘。

雙頭蓮

美成

一抹殘霞，幾行新雁，天染　斷　紅，雲迷陣影，隱約望中，
◢◢◣◣，◤◣◣◥，◣◤▲◤▲◣，◣◣◥◤，◤◢◥◣，
點破晚空澄碧。助秋色。
◤◥◤◣◣◢。◥◣◢。

門掩西風，橋橫斜照，青翼未來，濃塵自起，咫尺鳳幃，
◣◤◣◣，◣◣◣◥，◣◢◥◣，◣◣◥◤，◤◢◥◣，

合有個人相識。嘆乖隔。

◢◤◥◣◣◢。◥◣◢。

知、甚　時恣與，同携歡適。度曲傳觴，并轡飛轡，綺陌畫堂連夕。

◣、◤▲◣◥◤，◣◣◣◢。◥◢◣◣，◥◣◣◥，◤◢◥◣◣◢。

樓頭千里，帳底三更，盡　堪泪滴。

◣◣◣◤，◥◤◣◣，◤▲◣◥◢。

怎生向、總無聊，但　衹聽消息。

◤◣◥、◤◣◣，◤▲◤◣◣◢。

雙頭蓮：鄭校云："萬紅友謂此詞前段多不叶韵，惜方千里無和詞，莫可訂正。案，調名《雙頭蓮》，當以'助秋色'三字句屬上，爲第一段，以'嘆乖隔'句屬上，爲第二段，分兩排起調，揆之句法，字數平仄悉無少异，惟'合有人相識'句，'人'字上疑脱一'個'字。考宋本柳耆卿詞《曲玉管》一闋，起拍亦分兩排，既以三字句結是調，正和宋譜例。凡曲之三叠者，謂之'雙曳頭'，是亦《雙頭蓮》曲名之一證焉。"云云。今從之。

個人：毛本無"個"字，從鄭校補。

按，此調一百四字。毛本分兩段，於"人相識"句脱一"個"字，作前結。今从鄭校以"助秋色"句屬上，爲弟一段；以"嘆乖隔"句屬上，爲弟二段，於"人"字上補一"個"字，作"雙曳頭體"，實不得已也。别有放翁一百字體。

坦庵四十八字《雙頭蓮令》。

"染、斷、甚、盡、但"，凡五字，上去通用。

"一抹殘霞，幾行新雁"，必對。

"天染斷紅，雲迷陣影"，必對。

"門掩西風，橋横斜照"，必對。

"青翼未來，濃塵自起"，必對。

"度曲傳觴，并轡飛轡"，必對。

"樓頭千里，帳底三更"，必對。

長相思

美成

曉行

舉　離　觴。掩　洞　房。箭　水泠泠刻　漏長。愁　中看　曉光。
■▲◣▲◣。■▲■▲◣。■▲■◣◣■▲■◣。◣▲◣■▲■◣。

整　羅　裳。脂　粉　香。見　掃門前車　上霜。相　持泣　路傍。
■▲◣▲◣。▲◣■▲◣。■▲■◣◣▲◣■◣。◣▲◣■▲■◣。

第二

閨怨

馬如飛。歸未歸。誰在河橋見別離。修楊委地垂。　　掩面啼。人怎知。桃李成陰鶯哺兒。閒行春盡時。

第三

舟中作

好風浮。晚雨收。林葉陰陰映鷁舟。斜陽明倚樓。　　黯凝眸。憶舊游。艇子扁舟來莫愁。石城風浪秋。

柁樓：鄭校從《詞萃》，作“倚樓”，非。

第四

沙棠舟。小棹游。池水澄澄人影浮。錦鱗遲上鈎。　　烟雲愁。簫鼓休。再得來時已變秋。欲歸須少留。

按，此調三十六字，或作《長相思令》。“整羅裳”句，白香山、李後主、歐陽永叔皆有不叶者，可不拘。鶴林一首，前後异韵，當屬另體。別有耆卿一百三字體，方回一百四字體（即又名《望揚州》者，或刻秦少游，誤），美成九十九字《長相思慢》（見《補遺》下），宣卿一百四字《長相思慢》，皆長調。又，偉明一百四字《安平樂慢》，與東山一百四字體全同，僅弟七句不叶。詞隱一百三字《安平樂慢》，則僅前結少一字，前弟七句不叶。松隱一百四字《安平樂》，亦僅前弟七句及後弟六句不叶。蓋《長相思》之變格也。

起二句之弟一、弟二字，弟三句之弟一、弟五字，弟四句之弟一、弟三字，平仄不拘。後段同。

大有

美成

仙骨清羸，沈腰憔悴，見傍人、驚怪消瘦。
◣◢◣◣，◤◣◣◥，◥◥◣、◣◥◣◥。
柳無言、雙眉盡　日齊鬥。
◤◣◣、◣◣◤▲◢◣◥。
都緣薄幸　賦清淺，許多時、不成歡偶。
◣◣◢◤▲◥◣◤，◤◣◣、◢◣◣◤。
幸　自也總由他，何須負　這心口。
◤▲◥◤◤◣◣，◣◣◤▲◤◣◤。

令人恨，行坐　兒。斷　了更思量，没心永守。
◣◣◥，◣◤▲◥。◤▲◤◥◣◣，◢◣◤◤。
前日相逢，又早見伊仍舊。
◣◢◣◣，◥◤◥◣◣◥。
却更被温存後。都忘　了、當時僝僽。
◢◥◥◣◣◤。◣◣▲◤、◣◣◣◥。
便搊撮、九百身心，依前待　有。
◥◣◢、◤◢◣◣，◣◣◤▲◤。

按，此調九十九字。作者甚少，僅宋末潘懷古一首，而四聲不合者二十餘字，似不必援引。

“盡、幸、幸、負、坐、斷、待”，凡七字，上去通用。“忘”字，平去通用。

“仙骨清羸，沈腰憔悴”，必對。

“却更被温存後”句，讀作上二下四，或上三下三句法，均可。不必拘墟。

萬里春

美成

千紅萬翠。簇定清明天氣。爲憐他、種種清香，好難爲不醉。

◣◣■■。■■◣◣◣■。■◣◣、■■◣◣，■◣◣■■。

我愛深如你。我心在、個人心裏。

■■◣◣■。■◣■、■◣◣■。

便相看、老却春風，莫無些歡意。

■◣◣、■■◣◣，■◣◣◣■。

簇定：《詞律》無“簇”字。

按，此調四十六字。無他作可對勘，故宜遵美成用上去韵爲佳，平仄一字不可移，“不”字疑入代平，倘用入聲，决不致誤。

前後結句，宜用上一下四或上三下二句法。

鶴衝天

美成

溧水長壽鄉作

梅雨霽，暑風和。高柳亂蟬多。

◣■■，■◣◣。◣■■◣◣。

小園臺榭遠池波。魚戲動新荷。

■◣◣■■◣◣。◣■■◣◣。

薄　紗　厨，輕羽扇。枕　冷簟凉深院。

■▲◣▲◣，◣■■。■▲■■◣◣■。

此　時情　緒此時天。無　事小神仙。

■▲◣◣▲■■◣◣。◣▲■■◣◣。

小園臺榭遠：《雅詞拾遺》作“小闌庭檻繞”。

枕冷：《雅詞拾遺》作“枕穩”。

弟二

白◣角簟，碧紗厨。梅雨乍晴初。謝家池畔正清虚。香散嫩芙蕖。日流金，風解愠。一弄素琴歌韵。慢摇紈扇訴花箋。吟待晚凉天。

池畔正：《雅詞拾遺》作“池館太”。

訴花箋：《雅詞拾遺》作“百花前”。

按，此調四十七字。三换韵，本名《喜遷鶯》（或加“令”字），又名《燕歸來》《春光好》。因韋端己詞末有“鶴銜天”三字，始稱今名。别有數體如次。

一、四十六字體，一韵到底，又名《早梅芳近》者（與八十二字《早梅芳近》有别），如蘆川：

文倚馬，筆如椽。桂殿早登仙。舊游册府記當年。衮綉合貂蟬。慶天申，瞻玉座，鵷鷺正排班。看君穩步過花甎。歸院引金蓮。

二、四十七字體，與美成同，而後起即换仄韵，後段弟四、弟五兩句，仍叶前韵者，如英公：

霞散綺，月沈鈎。簾捲未央樓。夜深河漢截在流。宫殿鎖清秋。瑶階曙。金盤露。鳳髓香和雲霧。三千珠翠擁宸游。水殿按凉州。

三、四十七字體，與英公同，而後起與美成同者，如澄州：

金門曉，玉京春。駿馬驟輕塵。樺烟深處白衫新。認得化龍身。九陌喧。千户啓。滿袖桂風香細。杏園歡宴曲江濱。自此占芳辰。

四、四十七字體，與美成同，惟起二句平仄相反，且弟二句不用韵者，如正中：

霧濛濛，風淅淅。楊柳帶疏烟。飄飄輕絮滿南園。牆下草芊綿。燕初飛。鶯已老。拂面春風長好。相逢携酒且高歌。人生得幾何。

五、四十七字體，與美成同，而末句仍叶仄聲者，如平珪：

芳草景，暖晴烟。喬木見鶯遷。傳枝偎葉語關關。飛過綺叢間。錦翼鮮。金毳軟，百囀千嬌相唤。碧紗窗曉怕聞聲。驚破鴛鴦暖。

此外，劉伯温、吴純叔并於後起作二二二之六字句法，不可從。徐氏云“尚有明人後起六字句一體，未知所本，不收”，是也。别有東山八十四字體，耆卿、壽域八十六字各一體，皆仄韵。至竹山、惜香、正之一百三字各一體，蘆川一百五字體，皆長調，止名《喜遷鶯》，與《鶴衝天》無涉。

“枕、此、情、無”，凡四字，平仄不拘。“薄紗”二字，可互换作“平仄”。

“魚戲動新荷”句，明夏公謹作“榴花紅欲燃”，易爲“平平平仄平”，誤。尋明人作詞，多漫無友紀，以致句法平仄，時有錯誤，千萬不可藉爲口實，所當措意。本書所據，下迄元末而止。初學不察，每易致誤，甚者反以愚爲遺漏，故不憚煩瑣，發之於此。

“梅雨霽，暑風和”，必對。

“薄紗厨，輕羽扇”，必對。

鎖陽臺

美成

懷錢塘

山崦籠春，江城吹雨，暮天烟淡雲昏。酒旗漁市，冷落杏花村。蘇小當年秀骨，縈蔓草、空想羅裙。潮聲起，高樓噴笛，五兩了無聞。　凄涼懷故國，朝鐘暮鼓，十載紅塵。但、夢魂迢遞，長到吴門。聞道花開陌上，歌舊曲、愁殺王孫。何時見，名娃喚酒，同倒瓮頭春。

第二

花撲鞭梢，風吹衫袖，馬蹄初趁輕裝。都城漸遠，芳樹隱斜陽。未慣羈游況味，征鞍上、滿目凄涼。今宵裏，三更皓月，愁斷九回腸。　佳人何處去，别時無計，同引離觴。但、唯有相思，兩處難忘。去即十分去也，如何向、千種思量。凝眸處，黄昏畫角，天遠路岐長。

第三

白玉樓高，廣寒宫闕，暮雲如幛褰開。銀河一派，流出碧天來。無數星躔玉李，冰輪動、光滿樓臺。登臨處，全勝瀛海，弱水浸蓬萊。　雲鬟香霧濕，月娥韵涯，雲涷江梅。況、餐花飲露，莫惜徘徊。坐看人間如掌，山河影、倒入瓊杯。歸來晚，笛聲吹徹，九萬里塵埃。

按，此調九十五字，又名《滿庭芳》。説在卷四《滿庭芳》。

西河

美成

長安道，瀟灑　西風時起。塵埃車馬晚游行，霸陵烟水。
◣◣◤，◣◤▲◣◣◣◤。◣◣◣◤◤◣◣，◥◣◣◤。
亂鴉栖鳥夕陽中，參差霜樹相倚　。
◥◣◣◤◢◣◣，◣◣◣◥◣◤▲。

到此際。愁如葦。冷落關河千里。
◥◤◥。◣◣◤。◤◢◣◣◣◤。
追思唐漢昔繁華，斷　碑殘記。未央宫闕已成灰，終南依舊濃翠。
◣◣◣◥◢◣◣，◤▲◣◣◥。◥◣◣◢◤◣◣，◣◣◣◥◣◥。

對此景、無限　愁思。繞　天涯、秋蟾如水。

◥◤◤、◣◤▲◣◥。◤▲◣◣、◣◣◣◤。

轉使客情如醉。想當時、萬古雄名，盡　作　往來人，凄凉事。

◣◣◢◣◣◥。◤◣◣、◥◤◣◣，◤▲◥▲◤◣◣，◣◣◥。

西河：毛本誤作兩段，今從《詞律》改爲三段，以“到此際”爲弟二段起句。

斷碑：《詞律》作“斷碣”。

按，此調一百四字，三叠，或作《西湖》。平仄句法，俱與美成“佳麗地”一首（見卷八）有别，《詞律》訂爲另體，是也。“到此際”句是韵，萬氏以爲偶合，不可信，蓋此詞既無他作可證，自難保其非叶。若謂有美成另體此句不叶可證，則“長安道”句，美成另體既起韵矣，而此首獨不起韵，何也？既另如萬氏言，“際”字偶合，則“長安道”句萬氏何不注爲起韵當更合矣，萬氏既認“道”字可不起韵，而必使“際”字不叶，俾與美成另體相合，殊不可解。“盡作往來人”句，《詞萃》於“盡”字下補一“是”字，鄭校从之，并以爲韵，不可從，蓋此詞不但弟一、弟二段起句韵叶，與美成另體有别，即“瀟灑西風時起”句、“冷落關河千里”句，亦與美成另體平仄迥异，且“對此景、無限愁思”句，作上三下四句法，尤與美成另體异趣，至於詞中平仄一二相异者，尚不及計，即令此句从《詞萃》補一“是”字，試問以上所舉各條，《詞萃》能一一臆改之乎？此種狃於二詞一體之謬説，固不待識者而後明也。

“灑、倚、斷、限、繞、盡”，凡六字，上去通用，“作”字，去入通用。

瑞鶴仙

美成

暖烟籠細柳，弄、萬縷千絲，年年春色。

◤◣◣◥◤，◥、◥◤◣◣，◣◣◣◢。

晴風蕩　無際，濃於酒、偏醉情人調客。
◣◣◤▲◣◥，◣◣◤、◣◥◣◣◥◢。
闌干倚　處，度花香、微散酒力。
◣◣◤▲◥，◥◣◣、◣◥◤◢。
對、重門半掩，黄昏淡　月，院宇深寂。
◥、◣◣◥◤，◣◣◤▲◢，◥◤◣◢。

愁極。因思前事，洞房佳宴，正值寒食。
◣◢。◣◣◣◥，◥◣◣◥，◥◢◣◢。
尋芳遍賞，金谷里，銅駝陌。
◣◣◥◤，◣◢◤，◣◣◢。
到而今、魚雁沈沈無信息。天涯常是　淚滴。
◥◣◣、◣◥◣◣◣◥◢。◣◣◣◤▲◥◢。
早歸來、雲館深處，那人正憶。
◤◣◣、◣◤◣◥，◥◣◥◢。

銅駝：毛本作“銅陀”，從《詞律》及《歷代詩餘》。
無信息：鄭校云“當作‘信息’”。然無他本可證，不敢妄改。

按，此調一百三字。别有數體，説在卷二。
“蕩、倚、淡、是”，凡四字，上去通用。
“金谷里，銅駝陌”，必對。

浪淘沙慢

美成

萬葉戰、秋聲露結，雁度砂磧。細草和烟尚緑，遥山向晚更碧。
◥◢◥、◣◣◥◢，◥◥◣◢。◥◤◣◣◥◢，◣◣◥◤◥◢。
見、隱隱雲邊新月白。映落照、簾幕千家，聽、數聲何處倚　樓笛。
◥、◤◤◣◣◣◢◢。◥◢◥、◣◢◣◣，◥、◥◣◣◥◤▲◣◢。

裝點盡　秋色。

◣◤◤▲◣◢。

脉脉。旅情暗自消釋。念、珠玉臨水猶悲感，何况天涯客。

◢◢。◤◣◥◥◣◢。◥、◣◢◣◤◣◣◤，◣◥◣◣◢。

憶、少年歌酒，當時踪迹。歲華易老，衣帶寬、懊　惱心腸終窄。

◢、◥◣◣◤，◣◣◣◥。◥◣◣◥，◣◥◣、◤▲◤◣◣◣◢。

飛散後、風流人阻，藍橋約、悵恨路隔。馬蹄過、猶嘶舊巷陌。

◣◥◤、◣◣◣◤，◣◣◢、◥◥◥◢。◤◣◥、◣◣◥◥◢。

嘆往事、一一堪傷，曠望極，凝思又把闌干拍。

◥◤◤、◢◢◣◣，◥◥◢，◣◣◥◤◣◣◢。

按，此調一百三十三字。別有數體，説在卷二。

“倚、盡、懊”，凡三字，上去通用。

《補遺》下

南鄉子

美成

秋氣繞城闉。暮角寒鴉未掩門。記得佳人衝雨别，吟分。别緒多於雨後雲。　　小棹碧溪津。恰似江南第一春。應是采蓮閒伴侣，相尋。收取蓮心與舊人。

第二

寒夜夢初醒。行盡江南萬里程。早是愁來無會處，時聽。敗葉相傳細雨聲。　　書信也無憑。萬事由他别後情。誰信歸來須及早，長亭。短帽輕衫走馬迎。

第三

咏秋夜

户外井桐飄。淡月疏星共寂寥。恐怕霜寒初索被，中宵。已覺秋聲引雁高。　　羅帶束纖腰。自剪燈花試彩毫。收起一封江北信，明朝。爲問江頭早晚潮。

第四

撥燕巢

輕軟舞時腰。初學吹笙苦未調。誰遣有情知事早，相撩。暗舉羅巾遠見招。　　痴騃一團嬌。自折長條撥燕巢。不道有人潛看著，從教。掉下鬟心與鳳翹。

按，此調五十六字。說在卷三。

浣溪沙慢

美成

水竹舊院落，櫻筍新蔬果。嫩英翠幄，紅杏　交榴火。
◤◢◥◥◢，◣◤◣◣◤。◥◣◥◢，◣◤▲◣◣◤。
心事暗卜，葉底尋雙朵。深夜歸青鎖。
◣◥◥◢，◢◤◣◣◤。◣◥◣◣◤。
燈盡　酒醒時，曉窗明、釵橫鬢嚲。
◣◤▲◤◣◣，◤◣◣、◣◣◥◤。

怎生那。被、間阻時多，奈、愁腸數疊，幽恨萬端，好夢還驚破。
◤◣◥。◥、◥◤◣◣，◥、◣◣◥◢，◣◥◥◣，◤◥◣◣◥。
可怪近來，傳語也無個。莫是　嗔人呵。
◤◥◤◣，◣◤◤◣◥。◢◤▲◣◣◤。
真個若嗔人，却因何、逢人問我。
◣◥◢◣◣，◢◣◣、◣◣◥◤。

櫻筍新蔬果：《苕溪詩話》作“鶯引新雛過”。
青鎖：《歷代詩餘》作“青瑣”。按，“瑣”與“鎖”通。

按，此調九十三字。別有小令數體，說在卷三。
“杏、盡、是”，凡三字，上去通用。
“水竹舊院落，櫻筍新蔬果”，必對。
“愁腸數疊，幽恨萬端”，必對。

夜游宫

美成

一陣斜風横雨。薄衣潤、新添金縷。不謝鉛華更清素。倚筠窗，弄幺弦，嬌欲語。　　小閣横香霧。正年少、小娥愁緒。莫是栽花被花妒。甚春來，病懨懨，無會處。

按，此調五十七字。説在卷六。

訴衷情

美成

當時選舞萬人長。玉帶小排方。喧傳京國聲價，年少最無量。　　花閣迥，酒筵香。想難忘。而今何事，佯向人前，不認周郎。

按，此調四十四字。説在卷四。

虞美人

美成

淡雲籠月松溪路。長記分携處。夢魂連夜繞松溪。此夜相逢恰似夢中時。　　海山陡覺風光好。莫惜金尊倒。柳花吹雪燕飛忙。生怕扁舟歸去斷人腸。

陡覺：《花草粹編》作“陟覺”。

按，此調五十六字。説在卷七。

粉蝶兒慢

美成

宿霧藏春，餘寒帶雨，占得群芳開晚。

◢◥◣◣，◣◣◥◤，◥◢◣◣◣◤。

艷姿初弄秀，倚　、東風嬌懶。

◥◣◣◥◥，◤▲、◣◣◣◤。

隔葉黃鸝傳好音，喚入深叢中探。數枝新，比昨朝、又早紅稀香淺。

◢◢◣◣◣◤◣，◥◢◣◣◣◥。◥◣◣，◤◢◣、◥◤◣◣◣◤。

眷戀。重來倚　檻　。當韶華、未可輕辜雙眼。

◥◥。◣◣◤▲◤▲。◣◣◣、◥◤◣◣◣◤。

賞心隨分樂，有、清尊檀板。

◤◣◣◥◢，◤、◣◣◣◤。

每歲嬉游能幾日，莫使一聲歌欠。忍因循，片花飛、又成春減。

◤◥◣◣◣◤◢，◢◤◢◣◣◥。◤◣◣，◥◣◣、◥◣◣◤。

艷姿：毛本無“姿”字，从戈校。

片花飛：《詞譜》作“一片飛花”。

按，此調九十七字。别有東堂七十二字《粉蝶兒》一體。至竹山一首，乃毛本誤脱一字，《歷代詩餘》因此訂爲七十一字體，不可從。

“倚、倚、檻”，凡三字，上去通用。

“宿霧藏春，餘寒帶雨”，必對。

“艷姿初弄秀，倚東風嬌懶”句，及“賞心隨分樂，有清尊檀板”句，或讀作上四下六句法，亦可從。

紅窗迴

美成

幾日來，真個醉。不知道窗外，亂紅已深半指。花影被風搖碎。

■■◣，◣■■。■◣■◣■，■◣■◣■■。◣■■◣◣■。

擁、春醒乍起。有個人人，生得濟楚，來向耳畔，問道今朝醒未。

■、◣◣■■。■■◣◣，◣■■■，◣■■■，■■◣◣■■。

情性兒、慢騰騰地。惱得人又醉。

◣■◣、■◣◣■。■■◣■■。

紅窗迴：《詞譜》收此詞於第三句，作“早窗外亂紅”，以“紅”字爲句，無“不知道”三字。“生得濟楚”句，無“得”字。“來向耳畔”句，無“來”字，“畔”作“邊”。“情性兒”句，無“兒”字。“又醉”作“越醉”。僅五十三字。葉本同，但於“起”字分段，“乍”字作“未”，想多有據。

按，此調五十八字，又名《紅窗影》，見《詞律》。與五十三字《紅窗睡》《紅窗聽》，及五十五字《紅窗怨》無涉。別有無名氏五十七字體，曹元寵六十六字體（《詞品》《詞苑粹編》均作曹東畝）。

此詞宜用上去韵，平仄不可易。“生得”“惱得”二“得”字，疑入代平，宜用入聲。

“花影被風搖碎”句，當證爲二二二句法。《詞律》注爲上三下三，不可從。

念奴嬌

美成

醉 魂乍 醒，聽 、一 聲啼 鳥，幽 齋岑寂。

■▲◣■▲■，■▲、■▲◣◣▲■，◣▲◣◣■。

淡 日朦朧，初破曉，滿 眼嬌 情天色。

■▲■◣◣，◣■■，■▲■◣▲◣◣■。

最 惜香梅，凌 寒偷 綻，漏 泄春消息。

■▲■◣◣，◣▲◣◣▲■，■▲■◣◣■。

池 塘芳草，又還淑 景催逼。

◣▲◣◣■，■◣■▲■◣◣。

因 念舊 日芳菲，桃花永 巷，恰似初相識。

◣▲■■▲■◣◣，◣◣■▲■，■■◣◣■。

荏 苒時光，因慣却，覓 雨尋 雲踪迹。

■▲■◣◣，◣■■，■▲■◣▲◣◣■。

奈 有離拆，瑶 臺月 下，回 首頻思憶。

■▲■◣◣，◣▲◣■▲■，◣▲■◣◣■。

重 愁叠 恨，萬 般都在胸臆。

◣▲◣◣▲■，■▲◣◣■◣■。

嬌情：《歷代詩餘》作“嬌晴”。

離拆：《歷代詩餘》作“離情”。

按，此調一百字，又名《百字令》《百字謡》《酹江月》《大江東去》《大江西上曲》《壺中天》《無俗念》《淮甸春》。東坡一首，於後段弟二三句作上五下四，與此异，萬氏訂爲别格，蓋不得已也。至白石《湘月》一首，萬氏云“即《念奴嬌》”，周稚圭《心日齋詞選》駁之曰：“此論未確，今之吹笛者，六孔并用，即成北曲，隔弟一孔、弟五孔吹之，便成南曲，隔指過腔，義或如是”云云，是也。蓋白石即自注云“《念奴嬌》之隔指聲，于雙調中吹之”，隔指亦謂之過腔，可見《湘月》一調，與止名《念奴嬌》者顯然不同，以理推之，當以《湘月》爲《念奴嬌》之變調方合，惜樂譜淪亡，末由考證，良可惜耳。别有石林、西麓、平韵一百字各一體。

“醉、乍、聽、一、啼、幽、淡、滿、嬌、最、凌、偷、漏、池、淑、因、舊、永、荏、覓、尋、奈、瑶、月、回、重、叠、萬”，凡二十八字，平仄不拘。“拆”字，乃入聲代平，故注作平聲，所當措意。

“聽、一聲啼鳥”句，芸窗作“記包黍沈流”，易爲“仄平仄平平”。“啼鳥”“鳥”字，于湖作“更無”，易作平聲。“幽齋”“齋”字，于湖作“一點”，商隱作“清透”，董嗣杲作“多愛”，并易爲仄聲。皆不可從。

“聽、一聲啼鳥，幽齋岑寂”句，友古作“乍登臨，多少傷離情味”，坦庵作“趁春來，還趁春光歸去”，及惜香、懶窟、稼軒之等，皆上三下六句法，可不拘。

“淡日朦朧，初破曉，滿眼嬌情天色”句，及後段“荏苒時光，因慣却，覓雨尋雲踪迹”句，或作上七下六句法。白石前作“三十六陂人未到，水佩風裳無數”，後作“衹恐舞衣容易落，愁入西風南浦”是也。或作上四字句，下接上三下六之九字句法。白石另首前作“暝入西山，漸喚我，一葉夷猶乘興”，後作“玉麈談玄，嘆坐客，多少風流名勝”是也。

“恰似初相識”句，東坡作“對影成三客”，稼軒作“簾底纖纖月”，皆上二下三句法。山谷作“繞張園森木”，友古作“有盈盈仙子”，皆上一下四句法。想可不拘。又，此句如作上二下三，則“恰”字，可平。如作上一下四，則“似”字，可平。

鬢雲鬆令

美成

送傅國華奉使三韓

鬢雲鬆，眉葉聚。一闋離歌，不爲行人駐。檀板停時君看取。數尺鮫綃，半是梨花雨。　　鷺飛遥，天尺五。鳳閣鸞坡，看即飛騰去。今夜長亭臨別處。斷梗飛雲，盡是傷情緒。

鬢雲鬆令：王静安先生云：“此詞歲月不合，必係他人之作。”

按，此調六十二字，即《蘇幕遮》。説在卷四《蘇幕遮》。

燕歸梁

美成

咏曉

簾　底新霜一夜濃。短　燭散飛蟲。

◣▲■◣◣■■◣。■▲■■◣◣。

曾　經洛　浦見驚鴻。關山　隔，夢魂通。

◣▲◣■▲■■◣◣。◣◣▲■，■◣◣。

明　星晃　晃，津回路　轉，榆　影步花驄。

◣▲◣■▲■，◣◣■▲■，◣▲■■◣◣。

欲　攀雲　駕倩西風。吹清　血，寄玲瓏。

■▲◣◣▲■■◣◣。◣◣▲■，■◣◣。

按，此調五十一字，别有數體，舉之如次。

一、四十九字體，弟二句作四字，後起作七字者，如于湖：

風柳摇絲花纏枝。滿目韶輝。離鴻過盡百勞飛。都不似，燕來歸。舊時王謝堂前地，情分獨依依。畫梁雕拱啓朱扉。看雙舞，羽人衣。

二、五十字體，與于湖同，而後段次句作上三下三兩句者，如耆卿：

織錦裁篇寫意深。字值千金。一回披玩一愁吟。腸成結，泪盈襟。幽歡已散前期遠，無憀賴，是而今。密憑歸雁寄芳音。恐冷落，舊時心。

三、五十字體，與于湖同，而於弟二句多一字逗者，如得全：

綽約彤霞降紫霄。是、仙子風標。緗裙明佩響瓊瑶。散馥郁，暗香飄。　小春十月寒猶淺，妝粉弄梅梢。秦樓風月待吹簫。舞雙鶴，醉蟠桃。

四、五十一字體，與耆卿同，而弟二句作五字者，如夢窗：

一片游絲拂鏡灣。素影護梅殘。行人無話看春山。背東風、兩蒼顔。夢飛不到梨花外，孤館閉，五更寒。誰憐消渴老文園。聽溪聲、瀉冰泉。

五、五十一字體，與夢窗同，而前後結句上一句用仄收者，如梅溪：

獨卧秋窗桂未香。怕、雨點飄凉。玉人袛在楚雲傍。也著泪，過昏黄。　　西風今夜梧桐冷，斷無夢，到鴛鴦。秋鉦二十五聲長。請各自，奈思量。

“怕、雨點飄凉”句，吕聖求作“雙枕細眉顰”，趙才卿作“華宴簇名姝”，皆上二下三法，可不拘。

六、五十二字體，與夢窗同，而弟二句作上三下三兩句者，如竹山：

我夢唐宫春晝遲。正舞到，曳裙時。翠雲隊仗絳霞衣。慢騰騰，手雙垂。　　忽然急鼓催將起，似彩鳳、亂驚飛。夢回不見萬瓊妃。見荷花，被風吹。

七、五十二字體，與竹山同，而前後結上一句用仄收者，如耆卿：

輕躡羅鞋掩絳綃。傳音耗，苦相招。語聲猶顫不成嬌。乍得見，兩魂消。　　匆匆草草難留戀，還歸去，又無聊。若諧雨夕與雲朝。得似個，有嚻嚻。

此外，壽域一首，與耆卿同。金谷一首，與梅溪同。萬氏所録，皆脱一字，實非另體也。至《雅詞拾遺》失名一首，乃李公武《滴滴金》，而誤標今名，不可從。

“簾、山、明、晃、路、清”，凡六字，平仄不拘。但“明”字若仄，則“晃”字必平。“短、曾、洛、楡、欲、雲”，凡六字，平上入通用，忌去。“關山隔”句、“吹清血”句，皆可作“仄平仄”。

“短燭散飛蟲”句，同叔作“似、留戀虹梁”，曼卿作“思、前事悠悠”，均作上一下四句法，亦可從。又，如作上一下四，則“燭”字可平。

南浦

美成

淺帶一帆風，向晚來、扁舟穩下南浦。

◤◥◢◣◣，◥◤◣、◣◣◤◥◣◤。

迢遞阻瀟湘，衡皋迥、斜艤蕙蘭汀渚。
◣◥◤◣◣，◣◣◤、◣◤◥◣◣◤。
危檣影裏，斷　雲點點遥天暮。
◣◣◤◤，◤▲◣◤◤◣◣◥。
菡萏裏，風、偷送清香，時時微度。
◤◤◤，◣、◣◥◣◣，◣◣◣◥。

吾家舊有簪纓，甚　、頓作　天涯，經歲羇旅。
◣◣◥◤◣◣，◤▲、◥◥▲◣◣，◣◥◣◤。
羌管怎知情，烟波上、黄昏萬斛愁緒　。
◣◤◤◣◣，◣◣◥、◣◣◥◢◣◥▲。
無言對月，皓　彩千里人何處。
◣◣◥◢，◤▲◤◣◤◣◣◥。
恨無鳳翼身，衹待　而今，飛將歸去。
◥◣◥◢◣，◤◤▲◣◣，◣◣◣◥。

按，此調一百四字。音響句法，皆與書舟、碧山迥异。萬氏謂“前結三句作十二字，係脱一字”云云，不可信。别有魯逸仲一百二字平韵一體。書舟、碧山一百五字各一體。

“斷、甚、緒、皓、待”，凡五字，上去通用，“作”字，去入通用。

醉落魄

美成

茸金細　弱。秋　風嫩　桂花初著。
◣▲◣■▲■。◣▲◣■▲■◣◣■。
蕊　珠宫　裏人難學。花　染嬌荑，羞　映翠　雲幄。
■▲◣◣▲■◣◣■。◣▲■◣◣，◣▲■■▲◣■。

清　香不　與　蘭蓀弱。一　枝雲　鬢巧梳掠。
◣▲◣■▲■▲◣◣■。■▲◣◣▲■■◣■。

夜　凉輕　撼薔薇萼。香　滿衣襟，月　在鳳凰閣。

■▲◣◣▲■◣◣■。◣▲■◣◣，■▲■■◣■。

按，此調五十七字，又名《一斛珠》。别有重光一體，又名《怨春風》，於過片處作"平（或仄）仄仄（或平）平平仄仄"。山谷一體，於第二句作上三下四句法。逃禪一體，於前後弟二句作上三下四，過片作"仄仄平平平仄仄"。皆可從。至小山兩首，於第三句作"斷盡柔腸思歸切""對酒當歌尋思著"，易爲"仄仄平平平平仄"。草窗一首，於起句作"憶憶憶憶"，用四仄聲。皆不必從。

又，此調除重光、逃禪兩體外，多用入聲韵，宜從之。

弟一、弟二、弟三、弟五句之弟一、弟三字，及弟四句弟一字，平仄不拘。後段同。

留客住

美成

嗟烏兔。正茫茫、相催無定，衹恁　東生西没，半　均寒暑。

◣◣◥。◥◣◣、◣◣◣◥，◤◤▲◣◣◣◢，◥▲◣◣◤。

昨　見花紅柳緑，處處林茂，

◢▲◥◣◣◤◢，◥◥◣◥，

又睹霜前籬畔，菊散餘香，看看又還秋暮。

◥◤◣◣◣◥，◢◥◣◣，◥◥◥◣◣◥。

忍思慮。念、古往賢愚，終歸何處。争似　高堂，日夜笙歌齊舉。

◤◣◥。◥、◤◤◣◣，◣◣◣◥。◣◤▲◣◣，◢◥◣◣◣◤。

選甚　連宵徹晝，再三留住。

◤◤▲◣◣◢◥，◥◣◣◥。

待　擬沈醉扶上馬，怎生向、主人未肯交去。

◤▲◤◣◥◣◤◤，◤◣◥、◤◣◥◤◣◥。

半均：《歷代詩餘》作“平均”。

昨見：《詞譜》作“乍見”。

忍思慮：《詞律》作“忍思處”。

交去：《歷代詩餘》作“教去”。

按，此調九十四字。“没”字、“緑”字，萬氏云“皆用北音爲叶”，不可信。杜氏引柳詞作證，斷爲非叶，是也。别有耆卿九十八字體，或作九十七字者，乃於後段次句誤脱一字逗，所當措意。

“恁、似、甚、待”，凡四字，上去通用。“半”字，《歷代詩餘》作“平”，平聲。“昨”字，《詞譜》作“乍”，去聲。

長相思慢

美成

夜色澄明，天街如水，風力微冷簾旌。

◥◢◣◣，◣◣◣◤，◣◢◣◤◣◣。

幽期再偶，坐　久相看，纔喜欲嘆還驚。醉眼重醒。

◣◣◥◤，◤▲◤◣◣，◣◤◢◥◣◣。◥◤◣◣。

映、雕闌修竹，共數流螢。細語輕盈。盡、銀臺挂蠟潛聽。

◥、◣◣◣◢，◥◤◣◣。◥◤◣◣。◤、◣◣◥◢◣◣。

自、初識伊來，便惜妖嬈艷質，美盼柔情。

◥、◣◢◣◣，◥◢◣◣◥◢，◤◥◣◣。

桃溪换世，鸞馭凌空，有願須成。

◣◣◥◥，◣◥◣◣，◤◥◣◣。

游絲蕩　絮，任輕狂、相逐牽縈。

◣◣◤▲◥，◥◣◣、◣◢◣◣。

但　、連環不解，難負　深盟。

◤▲、◣◣◢◤，◣◤▲◣◣。

按，此調九十九字。别有數體，説在《補遺》上《長相思》。

“坐、蕩、但、負”，凡四字，上去通用。

“夜色澄明，天街如水”，宜對。

“桃溪換世，鸞馭凌空”，必對。

看花回

美成

咏眼

秀色芳容明眸　，就中　奇絶。

■■◣◣◣◣▲，■◣▲◣■。

細看艷波欲溜，最、可惜微重，紅銷　輕帖。

■■■◣■■，■、■■◣◣，◣◣▲◣■。

匀朱傅粉，幾　爲嚴妝時涴睫。

◣◣■■，■▲■◣◣◣■■。

因個甚，抵死嗔人，半餉　斜眄費貼　燮。

◣■■，■■◣◣，■■▲◣■■■▲■。

斗　帳裏、濃歡意愜。帶困時　、似開微合。

■▲■■、◣◣■■。■■◣▲、■◣◣■。

曾倚高樓望遠，自、笑指頻瞤，知他　誰説。

◣■◣◣■■，■、■■◣◣，◣◣▲◣■。

那日分飛，泪　雨縱横光映頬。

■■◣◣，■▲■◣◣◣■■。

揾香羅，恐揉損，與他衫袖裛。

■◣◣，■◣■，■◣◣■■。

紅銷：鄭校作“紅綃”。

抵死：毛本作“底死”，從鄭校。

貼燮：鄭校作“慰貼”。

瞤：《中州音韵》“也論”切，鄭校云《廣韵》“如勻”切，《韵會》音“犉”，《説文》訓“目動也”，《西京雜記》陸賈曰“目瞤得酒食”，蓋古時眼占之一格。

弟二

蕙風初散輕暖，霽景澄潔。

■◣◣■◣■

秀蕊乍開乍斂，帶、雨態烟痕，春思紆結。

危弦弄響，來去驚人鶯語滑。

無賴處，麗日樓臺，亂絲岐路總奇絶。

何計解、黏花繫月。

嘆冷落、頓辜佳節。

猶有當時氣味，挂、一縷相思，不斷如髮。

雲飛帝國，人在雲邊心暗折。

◣◣■■

語東風，共流轉，漫作匆匆别。

■■◣◣■

按，此調一百一字，或作《看花回》。友古一首，於前後弟六七句，均易爲上六下五句法，當屬另體。别有介庵一百三字、一百四字各一體。至耆卿六十八字一體，乃平韵，與此無涉。

又，此調各家皆止用入聲韵，所當措意。

"眸"字，宜用仄聲。"中、幾、餉、貼、斗、時、他"，凡七字，忌去。"銷"字、"泪"字，平仄不拘。"爲、半、意"，凡三字，宜去。"裹、倚、指"，凡三字，宜上。

"秀色芳容明眸"句，美成弟二首作"仄平平仄平仄"。"那日分飛"句，弟二首作"平平仄仄"。"與他衫袖裹"句，第二首作"仄仄平平仄"。山谷"付與杯中緑"，正同。皆不可拘也。"最可惜微重"句，山谷作"是醉時風景"，用爲"仄仄平平仄"。"匀朱傅粉"句，山谷作"歡意未闌"，用爲"平仄仄平"，亦可從。

"泪雨縱横光映頬"句，山谷作"探春連雲尋篁竹"，於"雨"字、

“映”字，皆用平聲，似不必從。

月下笛

美成

小雨收塵，涼蟾瑩徹，水光浮璧。誰知怨抑。静　倚　官橋吹笛。
◤◤◣◣，◣◣◥◢，◤◣◣◢。◣◣◥◢。◤▲◤▲◣◣◣◢。
映宮牆、風葉亂飛，品高調側人未識。
◥◣◣、◣◢◥◣，◤◣◥◢◣◥◢。
想、開元舊譜，柯亭遺韵，盡　傳胸臆。
◤、◣◣◥◤，◣◣◣◥，◤▲◣◣◢。
闌干四繞　，聽、折柳徘徊，數聲終拍。
◣◣◥◤▲，◥、◢◤◣◣，◥◣◣◢。
寒燈陋館，最感平陽孤客。
◣◣◥◤，◥◤◣◣◣◢。
夜沈沈、雁啼甚哀，片雲盡　捲清漏滴。
◥◣◣、◥◣◥◣，◥◣◤▲◤◣◥◢。
黯凝魂，但　覺龍吟萬壑天籟息。
◤◣◣，◤▲◢◣◣◥◢◣◥◢。

以上五十七闋，見毛本《片玉詞》。

按，此調九十八字。與美成《瑣窗寒》（見卷一）句法平仄頗多相合，但不同者亦不少，且過片處《瑣窗寒》“語遇”韵作“遲莫。嬉游處”，爲兩句兩韵，此詞則僅四字一句，又不用叶，似略有區别，《詞律》《詞譜》列爲二體，是也。徐氏云“當合爲一調”，不必從。别有天游九十七字體。鷗江、南村、玉田九十九字各一體。

“静、倚、盡、繞、盡、但”，凡六字，上去通用。

“小雨收塵，涼蟾瑩徹”，宜對。

“開元舊譜，柯亭遺韵”，宜對。

十六字令

美成

咏月

眠。月　影穿窗白玉錢。無人弄，移　過枕函邊。

◣。■▲■◣◣■■◣。◣◣■，◣▲■■◣◣。

十六字令：毛本原注云“見《天機餘錦》《古今詞統》，題作《月影》”。按，此詞乃美成從孫晴川所作，見《花草粹編》引《天機餘錦》，《詞綜》以爲晴川作，是也。《詞品》引作美成詞，毛本及《古今詞統》從之，并誤。又，《花草粹編》題作“窗月”。

眠：毛本、《詞品》《古今詞統》均作“明”，從《花草粹編》《詞綜》《歷代詩餘》。

按，此調十六字，故名。又名《蒼梧謡》《歸字謡》。

“月”字、“移”字，平仄不拘。

浣溪沙

美成

水漲魚天拍柳橋。雲鳩拖雨過江皋。一番春信入東郊。　閒碾鳳團消短夢，静看燕子壘新巢。又移日影上花梢。

浣溪沙：毛本原注云：見《草堂詩餘》。

弟二

春景

小院閒窗春色深。重簾未捲影沈沈。倚樓無語理瑶琴。　遠岫出雲催薄暮，細風吹雨弄輕陰。梨花欲謝恐難禁。

弟二：此詞乃李易安作，有《樂府雅詞》《花草粹編》《歷代詩餘》爲證。四印本《漱玉詞》收之，是也。《草堂詩餘》不箸撰人，適與美成詞銜接，毛刻《片玉詞》收之，注云或刻歐陽永叔。并誤。又，《漱玉詞》無題。

出雲：《花草粹編》作"出山"。

按，此調四十二字。説在卷三。

憶秦娥

美成

佳人

香馥　馥。尊　前有　個人如玉。

◣■▲■。◣▲◣■▲■◣◣■。

人如玉。翠　翹金　鳳，内家妝束。

◣◣■。■▲◣◣▲■，■◣◣■。

嬌　羞愛　把眉兒蹙。逢　人祗　唱相思曲。相思曲。

◣▲◣■▲■◣◣■。◣▲◣■▲■◣◣■。◣◣■。

一　聲聲　是，怨紅愁緑。

■▲◣◣▲■，■◣◣■。

憶秦娥：毛本原注云，或刻蘇子瞻。今檢《東坡詞》不載。

按，此調四十六字，又名《秦樓月》《碧雲深》《雙荷葉》。"人如玉""相思曲"二句，俱叠上句末三字，乃定格。詞隱於後起作"天若有情天亦老"，易爲"平仄仄平平仄仄"，金谷於後起作"相從無計不如休"，易爲平聲住句，皆不可從。別有方回平韵一體。東堂三十七字平仄韵换叶一體。陽春三十八字、子野四十一字各一體。

又，此調世人每誤以爲創自太白“簫聲咽”一首，《唐音癸籤》《莊岳委談》曾辯之，《詞苑叢談》謂爲晚唐人嫁名太白，是也。

“馥、尊、有、翠、金、嬌、愛、逢、袛、一、聲”，凡十一字，平仄不拘。

“香馥馥”句，淮海作“暮雲碧”，海野作“暮雲蹙”，房舜卿作“與伊別”，皆用爲“仄平仄”。“嬌羞愛把眉兒蹙”句，東坡（《花草粹編》誤題周美成，見後）作“背風迎雨泪珠滑”，於“眉”字作仄聲。皆不必從。

柳梢青

美成

佳人

有　個人人。海　棠標　韵，飛　燕輕盈。

■▲■◣◣。■▲◣◣▲■，◣▲■◣◣。

酒　暈潮紅，羞　娥凝　緑，一　笑生春。

■▲■◣◣，◣▲◣◣▲■，■▲■◣◣。

爲　伊無　限傷心。更　説　甚、巫山楚雲。

■▲◣◣▲■◣◣。■▲■▲■、◣◣■◣。

斗　帳香消，紗　窗月　冷，著　意温存。

■▲■◣◣，◣▲◣■▲■，■▲■◣◣。

柳梢青：毛本原注云，見《草堂詩餘》。

按，此調四十九字，又名《早春怨》，或名《雲淡秋空》，取澗泉詞句也。別有數體如次。

一、四十八字體，平仄通叶者，如于湖：

碧雲風月無多。莫被名繮利鎖。白玉爲車，黄金作印，不戀休呵。

争如對酒當歌。人是人非恁麽。年少甘羅，老成吕望，畢竟如何。

二、四十九字體，與美成同，而首句不起韵者，如子直：

水月光中，烟霞影裏，湧出樓臺。空外笙簫，人間笑語，身在蓬萊。　　天香暗逐風回。正十里、荷花盛開。買個輕舟，山南游遍，山北歸來。

三、四十九字體，用仄韵者，如蘆川：

海山浮碧。細風絲雨，新愁如織。慵試春衫，不禁宿酒，天涯寒食。　　歸期莫數芳辰，誤幾度、回廊夜色。入户飛花，隔簾雙燕，有誰知得。

四、四十九字體，與蘆川略同，而首句用平收，不起韵，後弟一句即用叶者，如懶窟：

小院輕寒，酒濃香軟，深沈簾幕。我輩相逢，歡然一笑，春在杯酌。　　家山辜負猿鶴。軒冕意、秋雲似薄。我自西風，扁舟歸去，看君寥廓。

五、四十九字體，與蘆川同，而首句不起韵者，如介庵：

荼蘼過也，荼蘼過後，無花堪折。衹有垂楊，垂楊却作，絮驚行色。　　海棠半在如無，又争倩，薔薇戀得。除是東風，隨君歸問，玉堂消息。（《花草粹編》不箸撰人）

六、四十九字體，與美成同，而首句用仄收，弟三句作“平平仄平”者，如惜香：

千林落葉，聲聲凄慘，江皋雁飛。難似玉肌，總驚花貌，壓倒芳菲。　　香心吐盡因伊。料調鼎、工夫易期。休唱陽關，莫歌白雪，雨泪沾衣。

七、四十九字體，與蘆川同，而後起用叶者，如介庵：

衰翁自謫。堪笑忘了，山林閒適。一歲花黄，一秋酒緑，一番頭白。　　浮生似酒如客。問底事、歸來未得。但願長年，故人相與，春朝秋夕。

八、四十九字體，與蘆川同，僅弟二句用平聲，住句略异者，如信齋：

謝家池閣。翠桁香濃，瑣紗窗薄。夜雨燈前，秋風花下，與誰同樂。　　主人許我清狂，奈酒量、從來最弱。顛倒冠巾，淋漓衣袂，醒時方覺。

“有、海、標、飛、酒、羞、凝、一、爲、無、更、説、斗、紗、月、著”，凡十六字，平仄不拘。但“説”字若平，則“更”字必仄。

“更説甚”三字，叔陽作“特地見”，易爲“仄仄平”，不可從。

“酒暈潮紅，羞娥凝緑”，必對。

“斗帳香消，紗窗月冷”，必對。

南鄉子

美成

秋懷

夜闊夢難收。宋玉多情我結儔。千點漏聲萬點泪，悠悠。霜月鷄聲幾段愁。　　難展皺眉頭。怨句哀吟送客秋。蟋蟀床頭調夜曲，啾啾。又聽驚人雁過樓。

南鄉子：毛本原注云，見《詞林萬選》。今檢《詞林萬選》不載。

按，此調五十六字。説在卷三。

蘇幕遮

美成

風情

隴雲沈，新月小。楊柳梢頭，能有春多少。試著羅裳寒尚峭。簾捲青樓，占得東風早。　　翠屏深，香篆裊。流水落花，不管劉郎到。三叠陽關聲漸杳。斷雨殘雲，衹怕巫山曉。

蘇幕遮：毛本原注云，見《草堂詩餘》。

斷雨殘雲：《草堂詩餘》脱“雨殘”二字。

按，此調六十二字。説在卷四。

晝錦堂

美成

閨情

雨洗桃花，風飄柳絮，日日飛滿雕檐。
◤◤◣◣，◣◣◤◥，◢◢◣◤◣◣。
懊　惱　一春幽恨，盡　屬眉尖。
◤▲◤▲◢◣◣◥，◤▲◢◣◣。
愁聞雙飛新燕語，更堪孤枕宿酲忺。
◣◣◣◣◣◥◤，◥◣◣◥◢◣◣。
雲鬟亂，獨步晝堂，輕風暗觸珠簾。
◣◣◥，◢◥◥◣，◣◣◥◢◣◣。

多厭　。晴晝永，瓊户　悄，香銷金獸慵添。
◣◥▲。◣◥◤，◣◤▲◤，◣◣◣◥◣◣。
自與蕭郎别後，事事俱嫌。
◥◤◣◣◢◤，◥◥◣◣。
短歌新曲無心理，鳳簫龍管不曾拈。
◤◣◣◢◣◣◤，◥◣◣◤◢◣◣。
空惆悵，常是　每年三月，病酒懨懨。
◣◣◥，◣◤▲◤◣◣◢，◥◤◣◣。

晝錦堂：毛本原注云，見《草堂詩餘》。

懊惱：《草堂詩餘》《花草粹編》均作“懊恨”。

幽恨：《歷代詩餘》作“幽怨”。

宿酲忺：鄭校云，汲古作“宿酲歡”，誤，從《草堂詩餘》改。今按《花草粹編》，亦作“宿酲忺”。

常是：《花草粹編》作“長是”。

晝錦堂〔中呂商〕

夢窗

舞影燈前，簫聲酒外，獨鶴華表重歸。舊雨殘◣雲仍在，門巷◤都非。愁結◢春情迷醉眼，老◤憐秋鬢倚◤蛾眉。難忘處，猶◣恨綉籠，無端誤放◥鶯飛。　　當時。征路遠，歡事差◣，十◢年輕負▲心期。楚◤夢◥秦樓相◣遇◥，共嘆相違。泪◥香沾濕孤山雨，瘦腰折◢損六橋絲。何時向，窗下剪殘紅燭，夜杪參移。

晝錦堂

竹山

荷花

染柳烟消，敲菰雨斷，歷歷猶寄◥斜陽。掩冉玉妃芳袂，擁出靈場。倩◥他鴛鴦來寄語，駐君舴◢艋亦何妨。漁榔静▲，獨奏棹歌，邀妃試酌清觴。　　湖上。雲漸▲暝◥，秋皓蕩，鮮風支盡▲蟬糧。贈我非環非◣佩◥，萬斛◢生香。半◥蝸茅屋歸雲影，數螺苔石◢壓波光。鴛鴦笑，何似且留雙楫，翠隱紅藏。

按，此調一百二字。後起“多厭”之“厭”字，當作去聲，蓋平仄互叶體也。觀竹山用上字與陽韵字相叶，可爲互證，萬氏謂“厭”字確是去聲，解作“厭惡”之“厭”，允稱精論。惟夢窗、花翁、壺山諸家，於此字既皆習用平聲，自亦不妨从之。又，花翁一首於弟四、弟五兩句，及末二句，句法略异，瓢泉一首，於後弟四句少二字，皆當别論，不宜援引。别有日湖仄韵一百二字體。

“懊、盡、户、是”，凡四字，上去通用。“惱”字，《花草粹編》《歷代詩餘》作“恨”，去聲。“枕”字，當作去聲。“厭”字，夢窗、花翁、壺山，皆作平聲，想可不拘。

“别後”二字，夢窗、竹山作平去。“短”字，夢窗、竹山作去，皆不必從。

夢窗："殘、巷、結、老、倚、猶、放、差、十、楚、夢、相、遇、泪、折"，凡十五字，四聲不合。"負" 字作去。

竹山："寄、倩、艞、暝、非、佩、斛、半、石"，凡九字，四聲不合。"静、漸、盡"，凡三字，作去。

"雨洗桃花，風飄柳絮"，必對。

"愁聞雙飛新燕語，更堪孤枕宿酲忺"，必對。

"晴晝永，瓊户悄"，必對。

"短歌新曲無心理，鳳簫龍管不曾拈"，必對。

齊天樂

美成

端午

疏疏數點黄梅雨，佳時又逢重五。角黍包金，香蒲泛玉，風物依然荆楚。形裁艾虎。更、釵裊朱符，臂纏紅縷。撲粉香綿，唤風綾扇小窗午。　　沈湘人去已遠，勸君休對景，感時懷古。慢囀鶯喉，輕敲象板，勝讀離騷章句。荷香暗度。漸、引入醄醄，醉鄉深處。卧聽江頭，畫船喧疊鼓。

齊天樂：毛本原注云，或刻無名氏。今按《草堂詩餘》《花草粹編》，均不箸撰人，又此詞乃楊補之作，毛刻《逃禪詞》既載之，而又以爲美成作，誤。

黄梅：《草堂詩餘》作 "黄昏"。

佳時：《逃禪詞》作 "殊方"。

重五：毛本作 "重午"，據《逃禪詞》改。

香蒲：《逃禪詞》作 "菖蒲"。

泛玉：《草堂詩餘》《花草粹編》均作 "切玉"。

形裁：《草堂詩餘》《花草粹編》均作 "衫裁"。

沈湘：《逃禪詞》作“沅湘”。

酶酶：《逃禪詞》作“陶陶”。

按，此調一百二字。説在卷五。

女冠子

美成

雪景

同雲密布。撒梨花、柳絮飛舞。樓臺悄似　玉。
◣◣◢◥。◢◣◣、◤◥◣◤。◣◣◤◤▲◢。
向紅爐暖閣，院宇深沈，廣排筵會。聽、笙歌猶未徹，
◥◣◣◤◢，◥◤◣◣，◤◣◣◥。◥、◣◣◣◥◢，
漸　覺輕寒，透簾穿户　。亂飄僧舍，密灑　歌樓，酒帘如故。
◤▲◢◣◣，◥◣◣◤▲。◥◣◣◥，◢◤▲◣◣，◤◣◣◥。

想樵人、山徑迷踪路。料漁父、收綸罷釣歸南浦。路無伴　侶。
◤◣◣、◣◥◣◣◥。◥◣◤、◣◣◥◥◣◣◤。◥◣◤▲◤。
見、孤村寂寞，招颭酒旗斜處。南軒孤雁過，嚦嚦聲聲，又無書度。
◥、◣◣◢◢，◣◤◤◣◣◥。◣◣◣◥◥，◢◢◣◣，◥◣◣◥。
見、臘梅枝上嫩蕊，兩兩三三微吐。
◥、◢◣◣◥◥◤，◤◤◣◣◣◤。

以上十闋，見毛本《片玉詞補遺》。

女冠子：毛本原注云，或刻柳耆卿。今檢《樂章集》不載。《詞律》云：其語氣確是柳屯田作。

悄似玉：《花草粹編》作“誚似玉”，誤。

又無：《花草粹編》作“人無”。

按，此調一百十四字。《詞律》云：自“樓臺悄似玉”及以下三十二字，至“户”字方押韵，斷無此理。《嘯餘譜》以“玉”字、“會”字爲叶韵。杜氏云：當從之。又疑“院宇深沈”，或當作“深沈院宇”，則“宇”字添一韵矣。今按《嘯餘》以“會”字爲叶韵是也。蓋宋時習語，於“支魚”二部上去韵，并不如後世界限之嚴，如吕聖求之《水龍吟》、汪方壺之《好事近》、何潜齋之《西江月》、馮友竹之《天香》之等，皆宋人而用“支魚”二部上去韵互叶者。可見謂美成用“會”字與“語遇”韵互叶，不爲無據，但不宜效法耳。且訂“會”字爲韵，則自“樓臺悄似玉”至“會”字，僅十八字，其句法韵叶，較之漢老、竹山一百十二字體，於首四字起韵，次六字叶，再次四字四句方叶，正復相似，是其顯證。故不避譾陋，竟訂“會”字爲韵，識者諒之。别有温飛卿（或作牛松卿）等四十一字體，伯可（《草堂詩餘》《花草粹編》均作柳耆卿）一百七字體，耆卿一百十一字體，漢老、竹山一百十二字體，耆卿一百十三字體。

“似、漸、户、灑、伴”，凡五字，上去通用。

“亂飄僧舍，密灑歌樓”，必對。

如夢令

美成

春晚

池上春歸何處。滿目殘花飛絮。孤館悄無人，夢斷月堤歸路。無緒。無緒。簾外五更風雨。

據《草堂詩餘》補。毛刻《淮海詞》注云：或刻周美成。

如夢令：此詞乃秦少游作，《淮海詞》載之。《花草粹編》以爲秦少游作，是也。《草堂詩餘》以爲美成作，誤。

殘花：淮海作“落花”。

弟二

春晚

花落鶯啼春暮。陌上緑楊飛絮。金鴨晚香寒，人在洞房深處。無語。無語，葉上數聲疏雨。

據《草堂詩餘》補。毛刻《溪堂詞》注云：或刻周美成。

弟二：此詞乃謝無逸作，《花庵詞選》《雅詞》《花草粹編》皆是。《草堂詩餘》以爲美成作，誤。

按，此調三十三字。説在卷九。

虞美人

美成

風情

落花已作風前舞。又送黄昏雨。曉來庭院半殘紅。惟有游絲千丈裊晴空。　　殷勤花下重携手。更盡杯中酒。美人不用斂歌眉。我亦多情無奈酒闌時。

據《草堂詩餘》補。毛刻《石林詞》注云：或刻蘇子瞻，或刻周美成。

虞美人：此詞乃葉少藴作，毛刻《石林詞》載之，題有“雨後同幹譽才卿置酒來禽花下作”十四字。《雅詞》亦以爲少藴作，題作“雨後同幹譽才卿置酒林檎花下”。又，毛刻、朱刻、《東坡樂府》亦載此詞，無題。《草堂詩餘》以爲美成作，誤。

裊晴空：石林作“罥晴空”。

重携手：石林作“同携手”。
歌眉：石林作“蛾眉”。

按，此調五十六字。説在卷七。

憶王孫

美成

夏景

風　蒲獵　獵小池塘。過　雨荷花滿　院香。沈　李浮瓜冰　雪凉。
◣▲◣■▲■■◣◣。■▲■◣◣■▲■◣。◣▲■◣◣◣▲■◣。
竹方床。針　綫慵拈午　夢長。
■◣◣。◣▲■◣◣■▲■◣。

據《草堂詩餘》補。

憶王孫：此詞乃李重元作，《花庵詞選》《花草粹編》皆是。《草堂詩餘》以爲美成作，誤。《歷代詩餘》無題，以爲李甲作。按，李甲，字景元。杜氏云：《草堂》之作重元，乃景元之誤。未知孰是。

按，此調三十一字，又名《豆葉黄》《闌干萬里心》《憶君王》《怨王孫》《畫蛾眉》《一半兒》《獨脚令》。别有竹坡五十四字體，乃雙調。
“風、獵、過、滿、沈、冰、針、午”，凡八字，平仄不拘。

滴滴金

美成

梅花漏泄春消息。柳絲長，草芽碧。
◣◣■■◣◣■。■◣◣，■◣■。
不覺星霜鬢邊白。念、時光堪惜。
■■◣◣■◣■。■、◣◣◣■。

蘭堂把酒留嘉客。對離筵，駐行色。
◣◣■■◣◣■。■◣◣，■◣■。
千里音書便疏隔。合有人相憶。
◣■◣◣■◣■。■■◣◣■。

據《花草粹編》補，從毛刻《珠玉詞》校正。

滴滴金：此詞乃晏同叔作，毛刻《珠玉詞》載之。《詩餘圖譜》以爲同叔作，甚是。《花草粹編》以爲美成作，而字句略异，殆爲後人妄改，實止一詞也。

對離筵，駐行色：《花草粹編》作“黛眉顰，愁春色”，從《珠玉詞》。

音書：《詩餘圖譜》作“音塵”。

便疏隔：《花草粹編》作“相疏隔”，從《珠玉詞》。

合有人相憶：《花草粹編》作“見了方段的”，從《珠玉詞》。

按，此調五十字。別有李公武（《雅詞拾遺》作《燕歸梁》，不箸撰人，誤）、楊補之、無名氏（見《花草粹編》及《中吴紀聞》）各一體，孫夫人五十一字體。

此調平仄，一字不可移。

“柳絲長，草芽碧”，必對。

“對離筵，駐行色”，必對。

憶秦娥

美成

雙溪月。清光偏照雙荷葉。雙荷葉。紅心未偶，緑衣偷結。　背風迎雨泪珠滑。輕舟短棹先秋折。先秋折。烟鬟未上，玉杯微缺。

據《花草粹編》補。

憶秦娥：此詞乃東坡作，元本、毛本、彊村本《東坡樂府》皆載之調，作《雙荷葉》，取詞中語也，題有“湖州賈耘老小妓，名雙荷葉”十一字，《花草粹編》删去題字，以爲美成作，誤。

按，此調四十六字。説在本卷“香馥馥”一首（見前）。

解語花

美成

行歌趁月，喚酒延秋，多買鶯鶯笑。蕊枝嬌小。渾無奈、一掬醉鄉懷抱。籌花鬥草。幾曾放、好春閒了。芳意闌、可惜香心，一夜酸風掃。
海上仙山縹緲。問、玉環何事，苦無分曉。舊愁空杳。藍橋路、深掩半庭斜照。餘情暗惱。都緣是、那時年少。驚夢回、懶説相思，畢竟如今老。

《花草粹編》不箸撰人，適與美成詞銜接，《歷代詩餘》因以爲美成作。

解語花：此詞乃張玉田作，彊村本《山中白雲詞》載之，原題有“吴子雲家姬號愛菊，善歌舞，忽有朝雲之感作此以寄”二十一字，《花草粹編》《歷代詩餘》删去題字，以爲美成作，誤。

驚夢回：《花草粹編》《歷代詩餘》均作“驚回夢”，從《山中白雲詞》。

如今：《花草粹編》《歷代詩餘》均作“如何”，從《山中白雲詞》。

按，此調一百字。説在卷七。

燭影摇紅

美成

芳　臉匀紅，黛眉巧　畫宫妝淺。
◣▲■◣◣，■◣■▲■◣◣■。
風　流天付與精神，全　在嬌波眼。
◣▲◣◣■■◣◣，◣▲■◣◣■。

早　是縈心可慣。向尊前、頻頻顧盼。

■▲■◣◣■■。■◣◣、◣◣■■。

幾回相見，見　了還休，争如不　見。

■◣◣■，■▲■◣◣，◣◣■▲■。

燭　影摇紅，夜闌飲　散春宵短。

■▲■◣◣，■◣■▲■◣◣■。

當　時誰會唱陽關，離　恨天涯遠。

◣▲◣◣■■◣◣，◣▲■◣◣■。

争　奈雲收雨散。憑闌干、東風泪滿。

◣▲■◣◣■■。■◣◣、◣◣■■。

海棠開後，燕　子來時，黄昏庭院。

■◣◣■，■▲■◣◣，◣◣◣■。

據《能改齋漫録》《歷代詩餘》《詞話》《詞林紀事》補。

燭影摇紅：此詞乃美成改王晋卿詞而成。《歷代詩餘》引《古今詞話》云：王都尉有《憶故人》詞云："燭影摇紅向夜闌，乍酒醒、心情懶。尊前誰爲唱陽關，離恨天涯遠。　　無奈雲沈雨散。憑闌干、東風泪眼。海棠開後，燕子來時，黄昏深院。"徽宗喜其詞意，猶以爲不盡宛轉，遂令大晟樂府别撰腔，周美成增損其詞，而以首句爲名，謂之《燭影摇紅》云。《能改齋漫録》云：《憶故人》詞乃晋卿自度曲，因憶故人作也，徽宗喜其詞，但以不豐容宛轉，命美成增益，而取其首句爲名云。《雅詞拾遺》《詞林紀事》以爲美成作，是也。《花庵詞選》《草堂詩餘》《花草粹編》均題作"春恨"，以爲晋卿作，非。

芳臉匀紅：《花庵詞選》《草堂詩餘》《花草粹編》均作"香臉輕紅"，《雅詞拾遺》作"丹臉輕匀"。

嬌波眼：《花庵詞選》《雅詞拾遺》《草堂詩餘》《花草粹編》均作"嬌波轉"。

向尊前：《花庵詞選》《雅詞拾遺》《草堂詩餘》《花草粹編》均作

“更那堪”。

相見：《花庵詞選》《草堂詩餘》《花草粹編》均作“得見”，《雅詞拾遺》作“席上”。

誰會：《花庵詞選》《雅詞拾遺》《草堂詩餘》《花草粹編》均作“誰解”。

争奈：《花庵詞選》《雅詞拾遺》《草堂詩餘》《花草粹編》均作“無奈”。

泪滿：《花庵詞選》《雅詞拾遺》《草堂詩餘》《花草粹編》均作“泪眼”。

按，此調九十六字。一名《玉珥度金環》，見《歷代詩餘》。别有方回、東堂四十八字各一體，乃此調之半首，又名《歸去曲》，徐氏説。晋卿五十字體，既《憶故人》也，竊疑晋卿此詞原有二稿，其一即《古今詞話》所舉者，其一無“向乍”二字者。同時毛、賀諸家依譜填詞，用其首句爲調名，已删去“向乍”二字，美成别撰腔云者，不過重爲制譜，略改數字，增加前半首，易令爲慢而已，若删去二字，及别命調名，非晋卿自定，必毛、賀所爲，美成時代，殊不能及也。

此調止能用上去韵，各家皆然。如能作四聲更佳，蓋以美成詞前後二段相較，僅四五字四聲不合。道園一首，亦僅十八字四聲不合。其格律之嚴，可想見矣。

“芳、風、全、當、離、争”，凡六字，可仄。“巧、早、見、燭、飲、燕”，凡六字，可平，“不”字宜平，忌去。

“黛、縈、可、争、誰、雲、雨、黄、庭”等字，廖世美、張材甫、吴君特諸家，間有平仄相异者，似不必從。

“向尊前”三字，大年作“人正在”，易爲“平仄仄”，竹屋作“正慘慘”，易爲“仄仄仄”。“憑闌干”三字，惜香作“要消遣”，材甫作“漫惆悵”，易爲“仄平仄”，玉田作“漸迤邐”，易爲“仄仄仄”。皆不必從。

“海棠開後，燕子來時”，宜對。

生查子

美成

春　心如　杜鵑，日　夜思歸切。啼　盡一川花，愁　落千山月。

◣▲◣◣▲■◣，■▲■◣◣■。◣▲■■◣◣，◣▲■◣◣■。

遥　憐白　玉人，翠　被前香歇。可　慣獨眠寒，減　動豐肌雪。

◣▲◣■▲■◣，■▲■◣◣■。■▲■■◣◣，■▲■◣◣■。

生查子：此二詞乃向伯恭作，見毛刻《酒邊詞》及《花草粹編》。《雅詞拾遺》不箸撰人，誤。

弟二

春山和恨長，秋水無言度。脉脉復盈盈，幾點梨花雨。　　深深一段愁，寂寂無行路。推去又還來，没個遮攔處。

按，此調四十字，别有數體如次。

一、四十字體，每句弟二字均用仄聲者，如魏承班：

烟雨晚睛天，零落花無語。難話此時心，梁燕雙來去。　　琴韵對薰風，有恨和情撫。腸斷斷弦頻，泪滴黄金縷。①

二、四十字體，僅後起弟二字用平聲者，如小山：

長恨涉江遥，移近溪頭住。閒蕩木蘭舟，卧入鴛鴦浦。　　無端輕薄雲，暗作廉纖雨。翠袖不勝寒，欲向荷花語。

三、四十字體，僅起句弟二字用平聲者，如姚令威：

郎如陌上塵，妾似堤邊樹。相見兩悠揚，踪迹無尋處。　　酒面撲春風，泪眼零秋雨。過了别離時，還解相思否。

---

① 原書缺“泪”字，據李一氓《花間集校》（人民文學出版社，1958）第 168 頁補。

四、四十一字體，後起作三字兩句者，如牛希濟：

春山烟欲收，天淡稀星小。殘月臉邊明，别泪臨清曉。　語已多，情未了。回首猶重道。記得緑羅裙，處處憐芳草。

（《花間集》原注本録此詞，後起無“已”字，則與美成一體相同。）

五、四十一字體，與牛希濟同，而於起句弟二字用仄聲者，如孫孟文：

春病與春愁，何事年年有。半爲枕前人，半爲花間酒。　醉金尊，携玉手。共作鴛鴦偶。倒載卧雲屏，雪面腰如柳。

六、四十二字體，後起作七字者，如魏承班：

離别又經年，獨對芳菲景。嫁得薄情夫，長抱相思病。　花紅酒緑閒晴空，蝶弄雙雙影。羞看綉羅衣，爲有金鸞并。

七、四十二字體，與魏承班同，而於起句弟二字用平聲者，如陳亞之：

相思意已深，白紙書難足。字字若參商，故要檳榔讀。　分明記得約當歸，遠至櫻桃熟。何事菊花時，猶未回鄉曲。

八、四十二字體，前後起句均作三字兩句者，如張子澄：

相見稀，喜相見。相見還相遠。檀畫荔枝紅，金蔓蜻蜓軟。　魚雁疏，音信斷。花落庭陰晚。可惜玉肌膚。消瘦成慵懶。

九、四十三字體，弟二弟四兩句作六字，後結作上三下三者，如荆公：

雨打江南樹。一夜花開無數。緑葉漸成陰，下有游人歸路。　與君相逢處。不道春將暮。把酒祝東風，且莫恁、匆匆去。

起句之弟一、弟三兩字，及弟二、弟三、弟四三句之弟一字，平仄不拘，後段同。

玉樓春

美成

雲窗霧閣春風透。蝶繞蜂圍花氣漏。惱人風味恰如梅，倚醉腰支全似柳。　細傳一曲情偏厚。淡掃兩山緣底皺。歸時好月已沈空，衹有真香猶滿袖。

玉樓春：此詞乃向伯恭作，見毛本《酒邊詞》。《雅詞拾遺》不箸撰人，誤。

按，此調五十六字，又名《木蘭花》。説在卷八。

南歌子

美成

夕露沾芳草，斜陽帶遠村。幾聲殘角起譙門。撩亂栖鴉，飛舞鬧黄昏。
天共高城遠，香餘綉被温。客程常是可銷魂。乍向心頭，横著個人人。

以上四闋見《雅詞拾遺》，皆不箸撰人。適與美成詞銜接，依選本例，當爲美成作，故附録之。

南歌子：《花草粹編》亦不箸撰人，但適與《淮海詞》銜接，而《淮海集》不收，未知孰是。

譙門：《花草粹編》作“譙音”。

乍向：《花草粹編》作“怎向人”，“人”字疑衍。

按，此調五十二字，又名《南柯子》。説在《補遺》上“寶合分時果”一首。

玉女摇仙佩

美成

飛瓊伴　侣，偶别珠宫，未返神仙行綴。
◣◣◤▲◤，◤◢◣◣，◥◤◣◣◣◥。
取　次梳妝，尋常言語，有得許多姝麗。
◤▲◥◣◣，◣◣◣◤，◤◢◤◣◣◥。
擬把名花比。恐傍人、笑我談何容易。
◤◤◣◣◤。◤◣◣、◥◤◣◣◣◥。

細思算、奇葩艷卉，惟是　深紅淺　白而已。
◥◣◥、◣◣◥◥，◣◤▲◣◣◤▲◢◣◤。
争如這多情，占得人間，千嬌百媚。
◣◣◤◣◣，◥◢◣◣，◣◣◢◥。

須信華　堂綉閣，皓　月清風，忍把光陰輕弃。
◣◥◤▲◣◥◢，◤▲◢◣◣，◤◤◣◣◣◥。
自古及今，佳人才子，少得當年雙美。
◥◤◢◣，◣◣◣◤，◤◢◣◣◣◤。
且恁相偎倚　。未消得、憐我多才多藝。
◤◤◣◣◤▲。◥◣◢、◣◤◣◣◣◥。
願嬭嬭、蘭心蕙性，枕前言下，表餘深意。
◥◤◤、◣◣◥◥，◤◣◣◤，◤◣◣◥。
爲盟誓。今生斷　不孤鴛被。
◥◣◥。◣◣◤▲◢◣◣◤。

毛刻《樂章集》注云：或入《片玉集》。故附録之。

玉女揺仙佩：此詞乃柳耆卿作，彊村本、趙元度校焦弱侯本、梅禹金鈔本、繆小珊校本《樂章集》皆載之。《草堂詩餘》以爲耆卿作，是也。《花草粹編》不箸撰人，誤。又，《草堂詩餘》題作“佳人”。

偶别：梅鈔本脱“偶”字。

許多：彊村本、梅鈔本、《草堂詩餘》《花草粹編》均作“幾多”。

淺白：彊村本、梅鈔本、《草堂詩餘》《花草粹編》均作“淡白”。

華堂：彊村本、梅鈔本、《草堂詩餘》《花草粹編》均作“畫堂”。

願嬭嬭：繆小珊校記引宋本作“但願取”。

今生：《詞律》作“從今”。

孤鴛被：《詞律》作“負鴛被”。

按，此調一百三十九字。“卉”字、“子”字，乃偶合，《詞律》均不注叶，是也。

“伴、取、是、皓、倚、斷”，凡六字，上去通用。“淺”字，彊村本、梅鈔本、《草堂詩餘》《花草粹編》均作“淡”，上去通用。“華”字，彊村本、梅鈔本、《草堂詩餘》《花草粹編》均作“畫”，去聲。

青房并蒂蓮

美成

醉凝眸。是　、楚天秋曉，湘岸雲收。
◥◣◣。◤▲、◤◣◣◤，◣◥◣◣。
草緑蘭紅，淺淺小汀洲。
◤◢◣◣，◤◤◤◣◣。
芰荷香裏鴛鴦浦，恨菱歌、驚起眠鷗。
◥◣◣◤◣◣◤，◥◣◣、◣◤◣◣。
望去帆、一片孤光，棹聲伊軋櫓聲柔。
◥◥◣、◢◥◣◣，◥◣◣◥◤◣◣。

愁窺汴堤翠柳，曾、舞送當時，錦纜龍舟。
◣◣◥◣◥◤，◣、◤◥◣◣，◤◥◣◣。
擁傾國、纖腰皓　齒，笑倚　迷樓。
◤◣◢、◣◣◤▲◤，◥◤▲◣◣。
空令五湖夜月，也羞照、三十六宫秋。
◣◥◤◣◥◢，◤◣◥、◣◢◢◣◣。
正朗吟、不覺回橈，水花楓葉兩悠悠。
◥◤◣、◢◢◣◣，◤◣◣◢◤◣◣。

此詞乃王聖與作。秦刻《陽春白雪》注云：明本誤附美成集後。故附録之。

按，此調一百三字。
“是、皓、倚”，凡三字，上去通用。
“楚天秋曉，湘岸雲收”，必對。

滿江紅

美成

自豫章阻風吴城山作

春水迷天，桃花浪、幾番風惡。雲乍起，遠山遮盡，晚風還作。緑遍芳洲生杜若。楚帆帶雨烟中落。傍、向來、沙觜共停橈，傷飄泊。　寒猶在，衾偏薄。腸欲斷，愁難著。倚、篷窗無寐，引杯孤酌。寒食清明都過却。最憐輕負年時約。想、小樓、日日望歸舟，人如削。

毛刻《蘆川詞》注云：或誤入《片玉集》。故附録之。

滿江紅：此詞乃張仲宗作，毛刻、吴刻《蘆川詞》皆載之。《草堂詩餘》題作“春暮”，《花草粹編》題作“旅思”，亦均以爲蘆川詞，毛刻《蘆川詞》注云：或題爲“春暮”。誤。

迷天：《草堂詩餘》《花草粹編》均作“連天”。

緑遍：吴刻《蘆川詞》作“緑捲”。

楚帆：吴刻《蘆川詞》作“數帆”。

傍、向來：《草堂詩餘》《花草粹編》均作“認、向來”。

過却：吴刻《蘆川詞》《草堂詩餘》《花草粹編》均作“過了”。

最憐：《草堂詩餘》《花草粹編》均作“可憐”。

輕負：《草堂詩餘》作“辜負”，《花草粹編》作“孤負”。

想、小樓：《花草粹編》脱“想”字。

終日：《草堂詩餘》《花草粹編》均作“日日”。

按，此調九十三字。説在卷二。

征引詞人略

唐

李白，字太白，號青蓮居士，隴西成紀人。明皇時，供奉翰林。所著有李太白詞一卷（在蒙自楊文斌《三李詞》内），又《李翰林詞》一卷（劉毓盤輯《唐五代宋金元六十家詞》本，按劉輯五代詞，多與“王輯本”同，宋以後多與“趙辑本”同，故以下從略）。

白居易，字樂天，號醉吟先生，又號香山居士，謚文，太原人，徙下邽，卒。所著詞見《白氏長慶集》。

温庭筠，本名岐，字飛卿，太原人。所著有《金奩集》一卷（朱孝臧《彊材叢書》本，以下省稱“彊村本”），又《金荃詞》一卷（王國維輯《唐五代二十五家詞》本，以下省稱“王輯本”）。

皇甫松，一作嵩，字子奇，號檀欒子，睦州人，湜之子。所著有《檀欒詞》一卷（王輯本）。

吕巖，一作嵒，字同賓，號純陽子，關右人，入終南山學道，世傳仙去。所著有《吕純陽詞》一卷（《吕純陽文集》本）。

五代十國

後唐莊宗李存勗，小字亞子，本姓朱耶，賜姓李，沙陀部人。嗣父位爲晋王，破燕滅梁，襲尊號，元號同光。

南唐中主李璟，一稱嗣主，廟號元宗。初名景通，字伯玉，本姓徐，賜姓李，徐州人。嗣父昪，僭號江南，元號三：保太①、中興、交泰。後奉周正朔，避廟諱，改名璟。

後主李煜，字重光，初名從嘉。中主第六子，宋開寶八年舉國降，封

① 南唐中主李璟年號“保大”，“太”即“大”。

違命侯。薨，追封吴王，贈太師，與父中主世稱“南唐二主”。所著有《南唐二主詞》一卷（侯文燦《名家詞》本，以下省稱“侯本”；又，金武祥《粟香室叢書》本，按，粟香本乃重刻侯本，故以下從略；又，沈宗畸《晨風閣叢書》本，以下省稱“晨風閣本”；又，王輯本、《四部備要》本），又《補遺》一卷（晨風閣本、王輯本）。

後蜀後主孟昶，初名仁贊，字保元，邢州人。先主知祥第三子，元號廣政，宋乾德三年舉國降，封秦國公。薨，贈太師，追封楚王。

韋莊，字端己，謚文靖，杜陵人。所著有《浣花詞》一卷（王輯本；又，羅振玉校印本）。

薛昭藴，字澄州，前蜀仕至侍郎。所著有《薛侍郎詞》一卷（王輯本）。

牛嶠，字松卿，一字延峰，隴西人，仕蜀爲給事中。所著有《牛給事詞》一卷（王輯本）。

牛希濟，嶠之兄子，王衍時累官翰林學士御史中丞，降於後唐。所著有《牛中丞詞》一卷（王輯本）。

毛文錫，字平珪，南陽人，唐進士，仕蜀爲翰林學士，拜司徒。所著有《毛司徒詞》一卷（王輯本）。

魏承班，仕蜀爲駙馬都尉至太尉。所著有《魏太尉詞》一卷（王輯本）。

李珣，字德潤，先世本波斯人，家梓州，王衍昭儀李舜弦兄也。所著有《瓊瑶集》一卷（王輯本）。

顧敻，前蜀時官刺史，後事知祥，累遷至太尉。所著有《顧太尉詞》一卷（王輯本）。

歐陽炯，益州人，仕後蜀，累官翰林學士，進門下侍郎同平章事，從昶歸宋。所著有《歐陽平章詞》一卷（王輯本）。

毛熙震，蜀人，官秘書監。所著有《毛秘監詞》一卷（王輯本）。

張泌，一作佖，字子澄，淮南人。後主征爲監察御史，歷官中書舍人、内史舍人，隨煜歸宋，寓家毗陵。所著有《張舍人詞》一卷（王輯本）。

孫光憲，字孟文，號葆光子，貴平人。高季興據荆南，署爲從事，歷事三世，累官荆南節度副使、御史中丞，後勸高繼沖歸宋。所著有《孫中丞詞》一卷（王輯本）。

馮延巳，一名延嗣，字正中。其先彭城人，唐末徙家新安，又徙廣陵。所著有《陽春集》一卷（王鵬運《四印齋所刻詞》本，以下省稱“四印本”；又，侯本）。

宋

徽宗趙佶，神宗第十一字，元號七：建中、靖國、崇寧、大觀、政和、重和、宣和；在位二十五年内禪，欽宗尊帝爲教主道君太上皇帝。所著有《宋徽宗詞》一卷（彊村本）。

寇準，字平仲，謚忠愍，下邽人，封萊國公。

錢惟演，字希聖，吴越王俶之子，歸宋，卒謚思，後改謚文僖。

晏殊，字同叔，謚元獻，臨川人。所著有《珠玉詞》一卷（毛晋汲古閣《宋六十名家詞》本，以下省稱“毛本”。汪氏《重刊宋六十名家詞》本，《四部備要》仿《宋六十名家詞》本。按，汪氏重刊本及《四部備要》本，皆與毛本同，以下從略）。

范仲淹，字希文，謚文正，其先邠人，徙居吴。所著有《范文正公詩餘》一卷（彊村本）。

夏竦，字子喬，謚文莊，德安人，封英國公，進封鄭國公。

陳亞，字亞之，揚州人。

石延年，字曼卿，一字安仁，其先幽州人，徙宋城。

杜衍，字世昌，謚正獻，山陰人，封祁國公。

韓琦，字稚圭，謚忠獻，安陽人，封儀國公，進封衛國公，再進封魏國公，徽宗時，贈魏郡王。

李遵勗，字公武，謚文和，上黨人。

宋祁，字子京，謚景文，安陸人，徙居開封之雍邱，天聖中，與兄郊同舉進士，時稱大小宋。所著有《宋景文長短句》一卷（趙萬里《校輯宋金元人詞》本，以下省稱“趙輯本”）。

歐陽修，字永叔，號醉翁，又號六一居士，謚文忠，廬陵人。所著有《六一詞》一卷（毛本），《歐陽文忠公詩餘》二卷（《歐陽文忠公全集》本），《歐陽文忠公近體樂府》三卷。又《醉翁琴趣外篇》六卷（吴昌綬雙照樓《景刊宋元本詞》本，以下省稱“雙照樓本”）。

梅堯臣，字聖俞，宣城人。

張先，字子野，吴興人。所著有《張子野詞》二卷、《補遺》二卷（彊村本、鮑廷博《知不足齋叢書》本、《四部備要》本），又《子野詞》一卷（侯本），《安陸集》一卷，又《補遺》一卷（《復古編》附刻本）。

柳永，字耆卿，初名三變，崇安人，歷官屯田員外郎。所著有《樂章集》一卷（毛本）；又《樂章集》三卷、《續添曲子》一卷（彊村本）；又《樂章集》一卷、《補遺》一卷（吴重熹《石蓮庵山左人詞》本，以下省稱“石蓮庵本”）。

李德載。

蘇舜欽，字子美，梓州人，家開封。

司馬光，字君實，夏縣人，卒贈太師温國公，謚文正。

俞紫芝，字秀老。

王安石，字介甫，號半山老人，臨川人，封舒國公，改封荆，卒謚文，追封荆王。所著有《臨川先生歌曲》一卷，又《補遺》一卷（彊村本）。

蘇軾，字子瞻，一字和仲，號東坡居士，謚文忠，眉山人。所著有《東坡詞》一卷（毛本），《東坡樂府》二卷（四印本），又《東坡樂府》三卷（彊村本）。

陳無己。

鄭宣撫。

僧仲殊，字師利，俗姓張，名揮，安州進士，因事出家，住蘇州承天寺，杭州吴山寶月寺。所著有《寶月集》一卷（趙輯本）。

張景修，字敏叔，常州人。

舒亶，字信道，慈溪人，徽宗朝，贈直學士。所著有《舒學士詞》一卷（趙輯本）。

章楶，字質夫，謚莊簡，浦城人。

晁端禮，字次膺，清禮人，家彭門，爲大晟府協律郎。所著有《閒齋琴趣外篇》六卷（雙照樓本）。

劉弇，字偉明，廬陵人。所著有《龍雲先生樂府》一卷（彊村本，又《龍雲先生文集》本）。

黄大臨，字元明，庭堅兄。

黄庭堅，字魯直，號山谷道人，一號涪翁，謚文節，分寧人。所著有

《山谷詞》一卷（毛本），《山谷琴趣外篇》三卷（彊村本，陶湘《續刊景宋金元明本詞》本，以下省稱“陶本”）。

秦觀，字少游，號太虛，高郵人。所著有《淮海詞》一卷（毛本），《淮海居士長短句》三卷（彊村本），《少游詩餘》一卷（毛氏《詞苑英華》、《秦張兩先生詩餘合璧》本），《淮海長短句》三卷（《淮海集》本）。

張耒，字文潛，淮陰人。所著有《柯山詩餘》一卷（趙輯本）。

晁補之，字無咎，號歸來子，又號濟北詩人，端禮從子，巨野人。所著有《琴趣外篇》六卷（毛本、石蓮庵本），《無咎詞》一卷（《晁氏叢書》本），《晁氏琴趣外篇》六卷（雙照樓本）。

晁沖之，字叔用，一字用道，號具茨先生，巨野人。所著有《晁叔用詞》一卷（趙輯本）。

李之儀，字端叔，號姑溪居士，無棣人。所著有《姑溪詞》一卷（毛本），《姑溪詞》三卷（石蓮庵本）。

李甲，字景元，華亭人。

李重元。

王詵，字晋卿，謚榮安，太原人，徙居開封，尚英宗女秦國①大長公主。所著有《王晋卿詞》一卷（趙輯本）。

晏幾道，字叔原，號小山，殊之幼子。所著有《小山詞》一卷（毛本），《小山詞》二卷（彊村本）。

程垓，字正伯，眉山人，與蘇軾爲中表兄弟。所著有《書舟詞》一卷（毛本）。

郭生。

朱淑真，錢塘人。所著有《斷腸詞》一卷（四印本、丁丙校刊《西泠詞萃》本）。

僧惠洪，字覺範，俗姓彭，筠州人，賜號寶覺圓明禪師。

賀鑄，字方回，號慶湖遺老，衛州人，孝惠皇后族孫。所著有《東山寓聲樂府》一卷、補鈔一卷（四印本），又《東山詞》上一卷，《賀方回詞》二卷，《東山詞補》一卷（彊村本），《東山詞》一卷（侯本）、《東

① 應爲“蜀國”。

山詞》上卷一卷（陶本）。

毛滂，字澤民，江山人。所著有《東堂詞》一卷（毛本、彊村本）。

杜安世，字壽域。所著有《壽域詞》一卷（毛本）。

万俟咏，字雅言，號詞隱，爲大晟府制撰。所著有《大聲集》一卷（趙輯本）。

陳瓘，字瑩中，號了齋，謚忠肅，沙縣人。所著有《了齋詞》一卷（趙輯本）。

趙企，字循道，南陵人。

王觀，字通叟，號逐客，高郵人。所著有《冠柳集》一卷（趙輯本）。

劉燾，字無言。

蘇庠①，字養直，號後湖居士，丹陽人。

葛勝仲，字魯卿，謚文康，丹陽人。所著有《丹陽詞》一卷（毛本）。

葛郯，字謙問，丹陽人。所著有《信齋詞》一卷（侯本、江標《宋元名家詞》本，以下省稱“江本”）。

謝逸，字無逸，臨川人。所著有《溪堂詞》一卷（毛本）。

廖行之，字天民，衡陽人。所著有《省齋詩餘》一卷（彊村本）。

葉夢得，字少蘊，號石林居士，吴縣人。所著有《石林詞》一卷（毛本）。

曹組，字元寵，潁昌人。所著有《箕潁詞》一卷（趙輯本）。

沈會宗，字文伯。所著有《沈文伯詞》一卷（趙輯本）。

劉一止，字行簡，歸安人。所著有《苕溪樂章》一卷（彊村本、《苕溪集》本）。

何大圭，字搢之，廣德人。

向子諲，字伯恭，號薌林居士，臨川人，欽聖憲肅皇后再從侄。所著有《酒邊詞》一卷（毛本；又，雙照樓本），又《酒邊集》一卷（董康《宋元本詞》本）。

沈唐，字公述。

魯逸仲。

蔡伸，字伸道，號友古居士，莆田人。所著有《友古詞》一卷（毛本）。

---

① 原書誤“庠”爲“痒”。

李邴，字漢老，謚文敏，任城人。

李彌遜，字似之，號筠溪翁，吴縣人，晚歲隱連江西山。所著有《筠溪詞》一卷（四印本）。

王之道，字彦猷，濡須人，對魏國公。所著有《相山居士詞》一卷（彊村本）。

曾紆，字公兖。南豐人。

李綱，字伯紀，邵武人，謚忠定。所著有《梁溪詞》一卷（四印本《南宋四名臣詞》内）。

趙鼎，字元鎮，聞喜人，卒謚忠簡，追封豐國公。所著有《得全居士詞》一卷（四印本《南宋四名臣詞》内；又，蔣光煦《别下齋叢書》本）。

胡銓，字邦衡，謚忠簡，廬陵人。所著有《澹庵長短句》一卷（四印本《南宋四名臣詞》内；又，蔣光煦《别下齋叢書》本）。

林淳，所著詞見《大典》二二六五。

陳與義，字去非，號簡齋，蜀人，徙居葉縣。所著有《無住詞》一卷（毛本、彊村本、《簡齋集》本、《簡齋詩集》本）。

楊無咎，字補之，號清夷長者，清江人。所著有《逃禪詞》一卷（毛本）。

何籀，字子初，信安人。

廖世美。

潘元質，金華人。

趙師俠，字介之，燕王德昭七世孫。所著有《坦庵詞》一卷（毛本）。

趙長卿，號仙源居土，南豐宗室。所著有《惜香樂府》十卷（毛本）。

向滈，字豐之，河内人。所著有《樂齋詞》一卷（江本）。

顔博文，字持約，德州人。

吕渭老，字聖求，嘉興人。所著有《聖求詞》一卷（毛本）。

趙君舉，字子發。所著有《趙子發詞》一卷（趙輯本）。

周紫芝，字少隱，號竹坡居士，宣城人。所著有《竹坡詞》三卷（毛本）。

王庭珪，字民瞻，號盧溪，廬陵人。所著有《盧溪詞》一卷（趙輯本）。

吕本中，字居仁，謚文清，河南人，從父卜居金華。所著有《紫微詞》一卷（趙輯本）。

李清照，號易安居士，濟南人，格非之女，趙明誠之妻。所著有《漱玉詞》一卷（四印本、趙輯本、石蓮庵本）。

孫道絢，號沖虚居士，俗稱孫夫人，黄銖之母。所著有《沖虚詞》一卷（趙輯本）。

蟾英，諸葛章之妻。

吴億，字大年，蘄春人。

康與之，字伯可，號順庵。所著有《順庵樂府》一卷（趙輯本）。

侯寘①，字彦周，東武人。所著有《懶窟詞》一卷（毛本；又，石蓮庵本）。

張掄，字材甫，一作才甫，號蓮社居士。所著有《蓮社詞》一卷（彊村本）。

曾覿，字純甫，號海野老農，汴人。所著有《海野詞》一卷（毛本）。

朱敦儒，字希真，洛陽人。所著有《樵歌》三卷（四印本、單行本、彊村本），《樵歌拾遺》一卷（四印本）。

曹冠，字宗臣，號雙溪居士，東陽人。所著有《燕喜詞》一卷（四印本，《别下齋叢書》本）。

張元幹，字仲宗，號蘆川居士，長樂人。所著有《蘆川詞》一卷（毛本），《蘆川詞》二卷（雙照樓本）。

曹勛，字功顯，謚忠靖，組之子，晚歲卜居天臺。所著有《松隱樂府》三卷（彊村本、《松隱文集》本），《補遺》一卷（彊村本）。

鄧肅，字志宏，延平人。所著有《栟櫚詞》一卷（四印本）。

朱雍，所著有《梅詞》一卷（四印本）。

姚寬，字令威，剡川人。

史浩，字直翁，鄞人。所著有《鄮峰真隱大曲》二卷，又《詞曲》二卷（彊村本）。

張孝祥，字安國，號于湖，歷陽烏江人。所著有《于湖詞》三卷（毛本），《于湖先生長短句》五卷，《拾遺》一卷（陶本）。

① 原書誤“寘”爲“實”。

范成大，字致能，一字至能，號石湖居士，謚文穆，吴郡人。所著有《石湖詞》一卷（彊村本、《四部備要》本、《知不足齋叢書》本、《味菜廬集》印本）。

辛弃疾，字幼安，謚忠敏，號稼軒，歷城人。所著有《稼軒詞》四卷（毛本），《稼軒長短句》十二卷（四印本，石蓮庵本），《稼軒詞補遺》一卷（彊村本），《稼軒長短句》十三卷，《稼軒詞》甲乙丙三卷（陶本），《稼軒詞》丁集一卷（趙輯本）。

韓玉，字温甫，北平人。所著有《東浦詞》一卷（毛本）。

姚述堯，字進道，華亭人。所著有《簫臺公餘詞》一卷（彊村本，《西泠詞萃》本）。

黄公度，字思憲，莆陽人。所著有《知稼翁詞》一卷（毛本）。

京鏜，字仲遠，豫章人，卒謚文穆，改謚文忠，復改忠定。所著有《松坡詞》一卷（彊村本）。

吕勝已，字季克，渭川人。所著有《渭川居士詞》一卷（彊村本）。

朱熹，字元晦，亦字仲晦，號雲谷老人，又號滄州病叟，又號遯翁，婺源人，寓建安，後徙建陽之考亭。卒贈太師，封信國公，改封徽國公①，謚文。所著有《晦庵詞》一卷（江本）。

劉光祖，字德修，謚文節，簡州人。所著有《鶴林詞》一卷（趙輯本）。

馬莊父，字子嚴，號古洲居士，建安人。所著有《古洲詞》一卷（趙輯本）。

吴儆，字益恭，謚文肅，休寧人。所著有《竹州詞》一卷（侯本、江本）。

方千里，三衢人。所著有《和清真詞》一卷（毛本）。

袁去華，字宣卿，奉新人。所著有《宣卿詞》一卷（四印本）。

丘崈，字宗卿，謚文定，江陰人。所著有《文定公詞》一卷（四印本），《丘文定公詞》一卷（彊村本）。

趙汝愚，字子直，太宗子漢恭憲王元佐七世孫，居饒州之余干縣，卒追贈太師，封沂國公，進封周王，謚忠定。

① 原書缺“公”。

陸游，字務觀，號放翁，山陰人，卒追封渭南伯。所著有《放翁詞》一卷（毛本、雙照樓本）。

陸游妓。

石孝友，字次仲，南昌人。所著有《金谷遺音》一卷（毛本）。

趙彦端，字德莊，宋宗室。所著有《介庵詞》一卷（毛本），《介庵琴趣外篇》六卷，又《補遺》一卷（彊村本）。

陳亮，字同甫，謚文毅，永康人，所著有《龍川詞》一卷，《詞補》一卷（毛本），《龍川詞補》一卷（四印本）。

劉過，字改之，號龍洲道人，嘗客辛弃疾幕府。所著有《龍洲詞》一卷（毛本），《龍洲詞》二卷，《補遺》一卷（彊村本）。

趙善括，號應齋，隆興人。所著有《應齋詞》一卷（彊村本）。

高觀國，字賓王，號竹屋，山陰人。所著有《竹屋痴語》一卷（毛本、彊村本）。

盧炳，字叔陽，號醜齋。所著有《哄堂詞》一卷（毛本）。

吴琚，字居父，號雲壑，謚忠惠，汴人，憲聖皇后侄太寧郡王益之子。

管鑒，字明仲，嘗節鎮嶺表。所著有《養拙堂詞》一卷（四印本）。

張鎡，字功甫，號約齋居士，西秦人，循王俊諸孫。所著有《南湖詩餘》一卷（彊村本、《知不足齋叢書》本）。

韓元吉，字無咎，號南澗，許昌人。

蔡柟，字堅老，號雲壑，南城人。所著有《浩歌集》一卷（趙輯本）。

王炎，字晦叔，號雙溪，婺源人。所著有《雙溪詩餘》一卷（四印本）。

姜夔，字堯章，號白石道人，鄱陽人，流寓浙西。慶元中，曾上書乞正雅樂。所著有《白石詞》一卷（毛本），《白石道人詞集》三卷、《別集》一卷（四印本），《白石道人歌曲》六卷、《補遺》一卷（彊村本），《白石道人歌曲》四卷、《別集》一卷（許增《榆園叢刻》本、《四部叢刊》本、《四部備要》本）。

衛元卿，洋州人。

楊冠卿，字夢錫，江陵人。所著有《客亭樂府》一卷（彊村本）。

劉仙倫，字叔儗，號招山翁，廬陵人。所著有《招山樂章》一卷

（趙輯本）。

黄機，字幾叔，號竹齋，東陽人。所著有《竹齋詩餘》一卷（毛本）。

毛幵，字平仲，信安人。所著有《樵隱詞》一卷（毛本）。

楊炎正，號濟翁，廬陵人。所著有《西樵語業》一卷（毛本）。

盧祖皋，字申之，又字次夔，號蒲江居士，永嘉人。所有《蒲江詞》一卷（毛本）。

趙善扛，字文鼎，號解林居士，宋宗室。

易祓，字彦祥，長沙人。

易祓妻。

郭應祥，字承禧，號遯齋，臨江人。所著有《笑笑詞》一卷（彊村本）。

葛長庚，字白甫，號玉蟾，閩清人，入武夷山修道。所著有《玉蟾先生詩餘》一卷，續一卷（彊村本、《玉蟾集》本）。

史達祖，字邦卿，號梅溪，汴人。所著有《梅溪詞》一卷（毛本、四印本）。

韓淲，字仲止，號澗泉，元吉子。所著有《澗泉詩餘》一卷（彊村本）。

劉鎮，字叔安，號隨如子，南海人。所著有《隨如百咏》一卷（趙輯本）。

吴禮之，字子和，錢塘人。所著有《順受老人詞》一卷（趙輯本）。

李泳，字子永，廬陵人。所著有《李氏花萼集》一卷（趙輯本）。

劉克莊，字潛夫，號後村，謚文定，莆田人。所著有《後村别調》一卷（毛本）。《後村長短句》① 五卷（彊村本、《後村大全集》本），《後村别調》一卷，又《補遺》一卷（《晨風閣叢書》本），《後村居士詩餘》二卷（陶本）。

戴復古，字式之，號石屏，天台人。所著有《石屏詞》一卷（毛本、雙照樓本、董刻《宋元本詞》本、《石屏詩集》本）。

宋自遜，字謙父，號壺山，南昌人。所著有《漁樵笛譜》一卷（趙輯本）。

---

① 原書誤“後村”爲“後有”。

潘牥，字庭堅，初名公筠，閩縣人。所著有《紫岩詞》一卷（趙輯本）。

王彧，字子文，號潛齋。

曹豳，字西士，號東畝。

僧晦庵。

林正大，字敬之，號隨庵。所著有《風雅遺音》二卷（江本）。

汪莘，字叔耕，號方壺居士，休寧人，屏居黄山。所著有《方壺詩餘》二卷（彊村本）。

張輯，字宗瑞，號東澤，鄱陽人①。所著有《東澤綺語債》一卷，又《清江漁譜》一卷（彊村本）。

嚴仁，字次山，號樵溪，邵武人。

劉子寰，字圻父，號篁嵊翁。所著有《篁嵊詞》一卷（趙輯本）。

王千秋，字錫老，東平人。所著有《審齋詞》一卷（毛本、石蓮庵本）。

程先，字傳之，休寧人，號東山隱者。

吴淵，字道父，寧國人，潛之兄。所著有《退庵詞》一卷（彊村本）。

吴潛，字毅父，號履齋。所著有《履齋先生詩餘》一卷、《續集》一卷、《别集》二卷（彊村本）。

趙孟堅，字子固，嘉興人。所著有《彝齋詩餘》一卷（彊村本）。

趙崇嶓，字漢宗，號白雲，南豐人。所著有《白雲小稿》一卷（彊村本）。

李昴英，字俊明，謚忠簡，番禺人，一云字公昴，資州人。所著有《文溪詞》一卷（毛本）。

趙以夫，字用父，長樂人。所著有《虚齋樂府》一卷（侯本、江本），《虚齋樂府》二卷（陶本）。

廖瑩中，字群玉，號藥齋。

方岳，字巨山，號秋崖，祁門人。所著有《秋崖詞》一卷（四印本），《秋崖先生樂府》四卷（陶本）。

張樞，字斗南，號寄閒，西秦人，居臨安。所著詞見彊村本《南湖詩餘》附《張樞詞》。

李彭老，字商隱，號篔房。

① 原書誤“鄱陽”爲“翻陽”。

李萊來，字周隱，號秋崖，嘗知嚴州，與兄彭老稱“龜溪二隱”。所著有《龜溪二隱詞》一卷（彊村本）。

楊澤民，樂安人。所著有《和清真詞》一卷（江本）。

陳允平，字君衡，一字衡仲，號西麓，四明人。所著有《日湖漁唱》一卷，《西麓繼周集》一卷（彊村本），《日湖漁唱》一卷、《補遺》一卷、《續補遺》一卷（秦恩復《詞學叢書》本、伍崇耀《粵雅堂叢書》本）。

孫惟信，字季蕃，號花翁，開封人。所著有《花翁詞》一卷（趙輯本）。

文天祥，字宋瑞，一字履善，初名雲孫，吉安人，封信國公。所著有《文山樂府》一卷（江本）。

洪瑹，字叔璵，號空同詞客。所著有《空同詞》一卷（毛本）。

張榘，字方叔，潤州人。所著有《芸窗詞》一卷（毛本）。

翁孟寅，字賓暘，號五峰。所著有《五峰詞》一卷（趙輯本）。

李肩吾，字子我，號蠙州。所著有《蠙州詞》一卷（趙輯本）。

翁元龍，字時可，號處静，吴文英之兄。所著有《處静詞》一卷（趙輯本）。

吴文英，字君特，號夢窗，四明人。所著有《夢窗稿》四卷、《補遺》一卷（毛本），《夢窗詞》四卷（四印、單行本二種，杜文瀾刊本），《夢窗詞集》一卷、《補遺》一卷（彊村本）。

張矩，字成子。所著有《梅淵詞》一卷（趙輯本）。

樓扶，字叔茂，號梅麓。

儲泳，字文卿，號華谷，雲間人。

陳著，字謙之，鄞人。所著有《本堂詞》一卷（彊村本）。

徐淵子，字似道，天台人。

潘希白，字懷古，號漁莊，永嘉人。

周密，子公謹，號草窗，又號弁陽嘯翁，又號蕭齋，又號四水潛夫，濟南人，流寓吴興。所著有《蘋州漁笛譜》二卷、《集外詞》一卷（彊村本），《蘋州漁笛譜》二卷（《知不足齋叢書》本、《四部備要》本），《草窗詞》二倦（《知不足齋叢書》本），《草窗詞》二卷、《補遺》二卷（石蓮庵本）。

王沂孫，字聖與，號碧山，又號中仙，會稽人。所著有《花外集》一卷（四印本、《知不足齋叢書》本）。

劉瀾，字養源，號江村。

王月山。

房舜卿。

馮應瑞，字祥父，號友竹。

唐藝孫，字英發。

莫崙，字子山。

黄孝邁，字德文，號雪舟。

王易簡，字理得，號可竹，山陰人。

范晞文，字景文，號藥莊。

譚宣子，字明之，號在庵。所著有《在庵詞》一卷（趙輯本）。

樓采，字君亮。

趙汝鈉，字真卿，號月洲。

奚㴲，字倬然，號秋崖。所著有《秋崖詞》一卷（趙輯本）。

利登，字履道。所著有《碧澗詞》一卷（趙輯本）。

施岳，字仲山，號梅川。

何夢桂，字岩叟，號潛齋，初名應祁，字申甫，淳安人。所著有《潛齋詞》一卷（四印本）。

張炎，字叔夏，號玉田，又號樂笑翁，樞之子。所著有《山中白雲詞》二卷、《補遺》二卷、《續補》一卷（四印本），《山中白雲詞》八卷（彊村本、《榆園叢刊》本、《四部備要》本）。

劉辰翁，字會孟，號須溪，廬陵人。所著有《須溪詞》一卷，《補遺》一卷（彊村本）。

黄昇，字叔暘，號玉林。所著有《散花庵詞》一卷（毛本）。

蔣捷，字勝欲，義興人。所著有《竹山詞》一卷（毛本、彊村本、陶本）。

黄公紹，字直翁，邵武人。所著有《在軒詞》一卷（彊村本）。

趙必豫，字秋曉。所著有《覆瓿詞》一卷（四印本、《覆瓿集》本）。

曹邍，字擇可。所著有《松山詞》一卷（趙輯本）。

董嗣杲，杭州人。

李屏山。

趙聞禮，字立之。所著有《釣月詞》一卷（趙輯本）。

丁默，字無隱，號書塢。

蕭體仁，字元之，號鶴皋。

蔣璨，字宣卿。

蘇才叔。

歐良，所著有《撫掌詞》一卷（四印本）。

鄧剡，字光薦，廬陵人。所著有《中齋詞》一卷（趙輯本）。

汪元量，字大有，號水雲，錢塘人。所著有《水雲詞》一卷（彊村本）。

唐珏，字玉潛，號菊山，越州人。

求用之。

胡翼龍，字伯雨，號蒙泉。

劉天游。

葉士則，字漁村。

黄廷璹，字雙溪。

袁易，字通甫，長洲人。所著有《静春詞》一卷（趙輯本）。

趙才卿，成都妓。

陳鳳儀，成都妓。

金

吴激，字彦高，建州人。所著有《東山樂府》一卷（趙輯本）。

蔡松年，字伯堅，號蕭閒老人，真定人，封部國公，又封衛國公。卒，加封吴國公，謚文簡。所著有《蕭閒老人明秀集》三卷（四印本）。

李晏，字致美，謚文簡，高平人。

党懷英，字世杰，號竹溪，謚文獻，其先馮翊人，徙家泰安。

王庭筠，字子端，號黄華老人，蓋州熊岳人。

趙秉文，字周臣，號閒閒居士。

完顔璹，字仲疇，一字子瑜，世宗之孫，越王永功子，號樗軒居士，又號如庵，封密國公。

王特起，字正之，崞縣人。

李俊民，字用章，號鶴鳴老人，謚莊靖先生，澤州人。所著有《莊靖先生樂府》一卷（彊村本、《莊靖先生集》本）。

段克己，字復之，河東人，世居绛之稷山，入元與弟成己避地龍門山中。所著有《遯庵樂府》一卷（彊村本、陶本）。

元好問，字裕之，太原秀容人。所著有《遺山樂府》三卷（彊村本、陶本），《遺山先生新樂府》五卷（羅振玉《殷禮在斯堂叢書》本、《遺山先生全集》本）。

元

邱處機，字通密，號長春子，登州栖霞人，習道家言，贈長春演道主教真人。所著有《磻溪詞》一卷（彊村本、陶本、《磻溪集》本）。

張弘範，字仲疇，河内人，卒謚武略，贈齊國公，改謚忠武，加對淮陽王，更謚獻武。所著有《淮陽樂府》一卷（四印本、《淮陽集》本）。

仇遠，字仁近，一字仁父，號近村，又號山村，錢塘人。所著有《無弦琴譜》二卷（彊村本、《西泠詞萃》本）。

李治，字仁卿，號敬齋，欒城人。

王惲，字仲謀，謚文定，汲縣人。所著有《秋澗樂府》四卷（彊村本、《秋澗集》本），《秋澗先生樂府》四卷（陶本）。

朱晞顔，字景淵，長興人。所著有《瓢泉詞》一卷（彊村本）。

周玉晨，字晴川，邦彦從孫。

趙孟頫，字子昂，號松雪道人，湖州人，本宋宗室，降元，卒，追封魏國公，謚文敏。所著有《松雪齋詞》一卷（侯本），又《松雪齋樂府》一卷（陶本）。

姚燧，字端甫，洛陽人。所著有《牧庵詞》二卷（彊村本、《牧庵集》本）。

劉因，字夢吉，謚文靖，容城人。所著有《樵庵詞》一卷（四印本、彊村本、《静修先生文集》本），《樵庵樂府》一卷（彊村本），《静修先生樂府》一卷（陶本）。

詹正，一作玉，字可大，號天游，郢人。所著有《天游詞》一卷（四印本）。

趙文，字儀可，一字惟恭，號青山，廬陵人。所著有《青山詩餘》一卷（彊村本、趙輯本、《青山集》本），《補遺》一卷（彊村本）。

羅志仁，號壺秋，涂川人。

劉壎，字起潛，甫豐人。所著有《水雲村詩餘》一卷（彊村本）。

彭元巽，字巽吾，廬陵人。

李琳，號梅溪，長沙人。

宋遠，號梅洞，涂川人。

胡炳文，字仲虎，婺源人。所著有《雲峰詩餘》一卷（彊村本、《雲峰文集》本）。

曹伯啓，字士開，謚文貞，碭山人。所著有《漢泉樂府》一卷（彊村本）。

劉將孫，字尚友，廬陵人，辰翁之子。所著有《養吾齋詩餘》一卷（彊村本、《養吾齊集》本）。

王學文，號竹澗，眉山人。

顏奎，字子俞，號吟竹，太和人。

劉景翔，號溪山，安成人。

蕭允之，號竹屋。

黄子行，號蓬瓮。

彭履道。

劉天迪，字雲間，西昌人。

尹公遠，號琴泉

曾允元，字舜卿，號鷗江，太和人。

彭泰翁，字會心，安福人。

趙功可。

王奕，字伯敬，號斗山，又號至元逸民，玉山人。所著有《玉斗山人詞》一卷（彊村本）。

虞集，字伯生，號邵庵，謚文靖，崇仁人。所著有《道園樂府》一卷（彊村本、陶本、《道園學古録》本）。

薩都剌，字天錫，號直齋，雁門人。所著有《天錫詞》一卷（侯本），《雁門集》一卷（江本），《天錫詩餘》一卷（《雁門集》本）。

張雨，字伯雨，一名天雨，號貞居子，又號句曲外史，錢塘人，年二十，弃家爲道士，居茅山。所著有《貞居詞》一卷（彊村本、《知不足齋叢書》本、《西泠詞萃》本、《四部備要》本）。

張埜，字埜夫，邯鄲人。所著有《古山樂府》二卷（彊村本），《古山樂府》一卷（侯本、江本）。

張翥，字仲舉，晋寧人。所著有《蛻岩詞》一卷（彊村本、《知不足齋叢書》本、《四部備要》本）。

陶宗儀，字九成，號南村，台州人，流寓松江。

邵亨貞，字復孺，號清溪，華亭人。所著有《蟻術詞選》四卷（四印本，況周頤刊單行本）。

唐桂芳，字仲實，號白雲，新安人。

張半湖。

黄水村。

顧德輝，字仲瑛，别名瑛，又名阿瑛，號金粟道人，昆山人。

凌雲翰，字彦翀，號避俗翁，錢塘人。所著有《柘軒詞》一卷（彊村本、《西泠詞萃》本）。

劉基，字伯温，謚文成，青田人。至順間進士，入明，封誠意伯。所著有《誠意伯詞》一卷（《誠意伯全集》本）。

周詞訂律索引

一畫			
一寸金	一百八字	卷九	美成、西麓、夢窗二
一半兒	即憶王孫	《補遺》下	
一枝花	滿路花之別體，九十字	卷六	
一捻紅	即瑞鶴仙	卷二	
一斛珠	即醉落魄	《補遺》下	
一絡索	即一落索	卷三	
一絲風	訴衷情之別體，三十三字	卷四	
一落索	四十六字	卷三	美成二、千里二、澤民二、西麓二
又	四十七字	卷三	東山
又	四十八字	卷三	陳鳳儀
一剪梅	六十字	《補遺》上	美成、夢窗、竹山、叔陽、東浦、稼軒、本堂
一籮金	即蝶戀花	卷八	
二畫			
十六字令	十六字	《補遺》下	美成
十愛詞	即南柯子	《補遺》上	
丁香結	九十九字	卷五	美成、澤民、西麓、夢窗
三畫			
大有	九十九字	《補遺》上	美成
大江西上曲	即念奴嬌	《補遺》下	
大江東去	即念奴嬌	《補遺》下	
大酺	一百三十三字	卷七	美成、千里、澤民、西麓、夢窗、日湖
女王曲	即菩薩蠻	卷八	
女冠子	一百十四字	《補遺》下	美成
子夜歌	即菩薩蠻	卷八	

续表

三畫			
小重山	五十八字，又六十字	卷十	
小樓連苑	即水龍吟	卷七	
山花子	即浣溪沙，四十八字	卷三	
三犯渡江雲	即渡江雲	卷一	草窗
三部樂	九十九字	卷八	美成、千里、澤民、夢窗
上江虹	滿江紅之別體，九十四字	卷二	
上林春	即一落索	卷三	
上陽春	即驀山溪	卷三	
四畫			
月下笛	瑣窗寒之別體，九十八字	卷一	
		《補遺》下	美成
月中行	五十字	卷九	美成、西麓
月宫春	月中行之別體，四十九字	卷九	
木蘭花	即玉樓春，五十六字	卷五	美成、千里、澤民、西麓、李後主、歐陽炯、永叔、錢思公、孟後主、飛卿、顧敻、牛松卿、郭生
		卷八	
		《補遺》下	
木蘭花令	即木蘭花	卷五	
		《補遺》上	美成
木蘭花慢	木蘭花之別體，一百一字	卷五	
比梅	即如夢令	卷九	
水晶簾	即南柯子	《補遺》上	
水調歌頭	九十五字	《補遺》上	美成
水龍吟	一百二字	卷七	美成、千里、澤民、西麓、梅麓
不見	即如夢令	卷九	
丹鳳吟	一百十四字	卷二	美成、千里、澤民、西麓、夢窗
五福降中天	即齊天樂	卷五	
内家嬌	即風流子	卷一	

续表

四畫			
六幺令	九十四字	卷七	美成、千里、澤民、西麓、夢窗
六醜	一百四十字	卷七	美成、千里、澤民、西麓、夢窗
少年游	五十字	卷三	美成二、西麓二、蘜林、文潛
		卷九	美成、西麓
又	四十八字	卷三	草窗
又	五十一字	卷三	耆卿、小山、美成、東坡、壽域
		卷六	美成、千里、澤民、西麓
又	五十二字	卷二	耆卿、竹屋、大年
少年游慢	少年游之别體，八十四字	卷三	
少年遊	即少年游	卷三	千里二、澤民二、叔陽
五畫			
玉女搖仙佩	一百三十九字	《補遺》下	美成
玉珥度金環	即燭影搖紅	《補遺》下	
玉連環	即解連環	卷二	
玉團兒	五十二字	《補遺》上	美成、叔陽
玉樓春	即木蘭花，五十六字	卷五	
		卷八	美成、千里、澤民、西麓
		卷十	美成四、西麓四
		《補遺》上	
		《補遺》下	美成
玉樓春令	即玉樓春	卷五	
玉闌干	木蘭花之别體，五十六字	卷五	壽域
玉燭新	一百一字	卷七	美成、千里、澤民、青山、夢窗
玉聯環	即一落索	卷三	子野
玉蹀躞	解蹀躞之轉調	卷六	
生查子	四十字	《補遺》下	美成二、魏承班、小山、姚令威
又	四十一字	《補遺》下	牛希濟、孫孟文

续表

五畫			
又	四十二字	《補遺》下	魏承班、陳亞之、張子澄
又	四十三字	《補遺》下	荆公
四代好	即宴清都	卷五	
四園竹	七十七字	卷五	美成、千里、澤民、西麓
六畫			
吉了犯	即倒犯	卷七	
如此江山	即齊天樂	卷五	
如夢令	三十三字	卷九	美成二
		《補遺》下	美成二
安平樂	長相思之變格，一百四字	《補遺》上	
安平樂慢	長相思之變格，一百三字，又一百四字	《補遺》上	
早春怨	即柳梢青	《補遺》下	
早梅芳	八十二字	卷十	美成二、西麓二
早梅芳近	即早梅芳，又小令	卷十	
又	即鶴衝天，四十六字	《補遺》上	
又	四十七字	卷十	
曲入冥	浪淘沙之別體，五十四字	卷二	
氐州第一	一百二字	卷六	美成、千里、澤民、西麓、天游
江南好	望江南之別體，九十四字	卷三	
又	即滿庭芳	卷四	
又	即憶江南	卷三	
江南春	望江南之別體，三十字	卷三	
百字令	即念奴嬌	《補遺》下	
百字謡	即念奴嬌	《補遺》下	
西平樂	一百三十七字	卷二	美成、千里、澤民
西平樂慢	即西平樂	卷二	西麓、夢窗
西河	一百五字	卷八	美成、千里、澤民、西麓、履齋、伯敬、夢窗
又	一百四字	《補遺》上	美成
西湖	即西河	《補遺》上	

续表

六畫			
西湖曲	即木蘭花	卷五	
西園竹	即四園竹	卷五	
七畫			
豆葉黄	即憶王孫	《補遺》下	
巫山一片雲	即菩薩蠻	卷八	
步蟾宫	木蘭花之别體，五十六字	卷五	竹山
阮郎歸	即醉桃源	卷六	
八畫			
長相思	三十六字	《補遺》上	美成四
長相思令	即長相思	《補遺》上	
長相思慢	即長相思之長體，九十九字	《補遺》上	
		《補遺》下	美成
青玉案	六十七字	《補遺》上	美成、方回、淮道、淮陽、宗臣
又	六十六字	《補遺》上	梅溪、晦叔、東堂、稼翁、玉田
又	六十八字	《補遺》上	芸窗、永叔、東堂、鷄肋
青房并蒂蓮	一百三字	《補遺》下	美成
捲珠簾	即蝶戀花	卷八	
夜飛鵲	一百六字	卷十	美成、西麓、夢窗
夜飛鵲慢	即夜飛鵲	卷十	
夜游宫	五十七字	卷六	美成二、西麓二《補遺》下美成
夜遊宫	即夜游宫	卷六	千里二、澤民二
定風令	定風波之别體，四十六字	卷十	
定風波	六十字	卷十	美成、西麓、李子永
又	六十二字	卷十	東坡
定風波令	即定風波，六十二字	卷十	石林
念奴嬌	一百字	《補遺》下	美成
明月生南浦	即蝶戀花	卷八	
采桑	即醜奴兒	卷七	
采桑子	即醜奴兒	卷七	
采桑子令	即醜奴兒	卷七	

续表

八畫			
采緑吟	塞垣春之别體	卷五	
法曲獻仙音	九十二字	卷四	美成、千里、澤民、西麓、夢窗二、碧山、君亮
花心動	一百四字	《補遺》上	美成
花犯	一百二字	卷七	美成、千里、澤民、西麓、夢窗二、碧山、在軒
花犯念奴	即水調歌頭	《補遺》上	
花間意	即菩薩蠻	卷八	
芳草渡	八十九字	卷十	美成、西麓
迎春樂	五十二字	卷三	美成二、千里二、澤民二、西麓二
		卷十	美成、西麓
九畫			
風流子	一百十字	卷一	美成、千里、澤民、西麓
		卷五	美成、千里、澤民、西麓
風蝶令	即南柯子	《補遺》上	
促拍采桑子	雙調南鄉子之别體，五十字	卷七	
促拍南鄉子	即促拍醜奴兒	卷七	
促拍滿路花	即滿路花	卷六	
促拍醜奴兒	即促拍南鄉子	卷七	
南柯子	五十二字	《補遺》上	美成、美成
又	又五十四字	《補遺》上	美成
南浦	南浦一百四字	《補遺》下	美成
南歌子	即南柯子	《補遺》上	
		《補遺》下	美成
南鄉一剪梅	南鄉子犯一剪梅，五十四字	卷三	
南鄉子	五十六字	卷三	美成、千里、澤民、西麓
		《補遺》下	美成四、美成
品令	五十五字	卷八	美成、千里、澤民、西麓
宣州竹	即虞美人	卷七	
怨王孫	即憶王孫	《補遺》下	
怨春風	醉落魄之别體	《補遺》下	

续表

九畫			
恨春宵	即南柯子	《補遺》上	
拜星月	一百二字	卷九	美成
拜星月慢	既拜星月	卷九	西麓、夢窗
拜新月	即拜星月	卷九	
春去也	望江南之單調	卷三	
春光好	即鶴衝天	《補遺》上	
春曉曲	二十七字	卷五	
又	即木蘭花	卷五	
柳梢青	四十九字	《補遺》下	美成、子直、蘆川、懶窟、介庵二、惜香、信齋
又	四十八字	《補遺》下	于湖
洛陽春	即一落索	卷三	
玲瓏四犯	九十九字	卷二	美成、千里、澤民、西麓、處静
秋蕊香	四十八字	卷三	美成、千里、澤民、西麓
秋蕊香引	秋蕊香之别體，六十字	卷三	
秋蕊香令	即秋蕊香	卷三	
看花回	即看花迴	《補遺》下	
看花迴	一百一字	《補遺》下	美成二
紅林檎近	七十九字	卷六	美成、千里二、澤民二、西麓二
紅窗迥	五十八字	《補遺》下	美成
紅窗怨	五十五字	《補遺》下	
紅窗影	即红窗迥	《補遺》下	
紅窗睡	五十三字	《補遺》下	
紅窗聽	五十三字	《補遺》下	
紅羅襖	五十三字	卷十	美成、西麓
重疊金	即菩薩蠻	卷八	
十畫			
倒犯	一百二字	卷七	美成、千里、澤民、西麓、夢窗
宴桃源	即如夢令	卷九	西麓二

十畫			
宴清都	一百二字	卷五	美成、千里、澤民、西麓、秋曉、宣卿、夢窗五、雙溪
垂絲釣	六十六字	卷三	美成、千里、西麓、逃禪二、介庵二、客亭、宗卿
垂絲釣近	即垂絲釣	卷三	夢窗
桃花水	訴衷情之别體，四十一字	卷四	
桃源憶故人	即處美人影	卷七	
海天闊處	即水龍吟	卷七	
浣沙溪	即浣溪沙	卷三	千里三
		卷四	千里四
浣溪沙	四十二字	卷三	美成四、澤民三、西麓三
		卷四	美成四、澤民四、西麓四
		卷九	美成三、西麓三
		《補遺》下	美成二
浣溪沙慢	九十三字	《補遺》下	美成
浪淘沙	一百三十三字	卷二	美成、千里、西麓、夢窗
浪淘沙慢	即浪淘沙	卷二	澤民
		《補遺》上	美成
秦樓月	即憶秦娥	《補遺》下	
粉蝶兒	粉蝶兒慢之别體，七十二字	《補遺》下	
粉蝶兒慢	九十七字	《補遺》下	美成
荔枝香	七十六字	卷一	美成、千里、澤民
又	七十四字	卷一	美成、千里、澤民、西麓
荔枝香近	即荔枝香，七十六字	卷一	西麓、夢窗二
十一畫			
魚水同歡	即蝶戀花	卷八	
側犯	七十七字	卷四	美成、千里、澤民、西麓、白石、在庵
偷聲木蘭花	木蘭花之别體，五十字	卷五	
尉遲杯	一百五字	卷九	美成、西麓、梦窗
惜花容	即木蘭花	卷五	
惜餘春	過秦樓之别體	卷四	

续表

十一畫			
惜餘春慢	過秦樓之别體	卷四	
掃地花	即掃花游	卷一	
掃花遊	九十五字	卷一	美成、西麓
掃花游	即掃花游	卷一	千里、澤民、逃禪、草窗、夢窗五、草窗、碧山四、玉田
晝錦堂	一百二字	《補遺》下	美成、夢窗、竹山
望江南	五十四字	卷三	美成、千里、澤民、西麓
		卷九	美成、西麓
望江梅	望江南之單調	卷三	
望梅	即解連環	卷二	
望揚州	長相思之别體，一百四字	《補遺》上	
望秦川	即南柯子	《補遺》上	
凉下采桑	即醜奴兒	卷七	
清商怨	即傷情怨	卷六	
淮甸春	即念奴嬌	《補遺》下	
莊椿歲①	即水龍吟	卷七	
十二畫			
黄金縷②	即蝶戀花	卷八	
黄鸝繞碧樹	九十七字	卷八	美成
喜遷鶯	即鶴衝天	《補遺》上	
又	一百三字，又一百五字	《補遺》上	
喜遷鶯令	即喜遷鶯	《補遺》上	
壺中天	即念奴嬌	《補遺》下	
湘月	念奴嬌之變調	《補遺》下	
添字采桑子③	醜奴兒之别體，四十八字	卷七	
添字南鄉子	南鄉子之别體	卷三	
添字漁家傲	漁家傲之别體，六十六字	卷三	
減字木蘭花④	木蘭花之變體，四十四字	《補遺》上	美成
減字南鄉子	南鄉子之别體，五十四字	卷三	
減字浣溪沙	即浣溪沙	卷三	
渡江雲	一百字	卷一	美成、千里、澤民、西麓、鶴皋

① “莊”原文爲“荘”字。

② “黄”原文爲“黃”字。

③ “添这采桑子”，應在十一畫欄；下同。

④ “减”原文爲“減”字。

续表

十二畫			
渡江雲三犯	即渡江雲	卷一	夢窗
無俗念	即念奴嬌	《補遺》下	
畫蛾眉	即憶王孫	《補遺》下	
留客住①	九十四字	《補遺》下	美成
華胥引	八十六字	卷五	美成、千里、澤民、西麓、倬然
菩薩鬘引	即菩薩蠻引	卷二	
菩薩蠻	四十四字	卷八	美成、千里、澤民、西麓、醜齋
菩薩蠻引	解連環之別體，一百八字	卷二	
		卷八	
菩薩蠻令	即菩薩蠻	卷八	
菩薩蠻慢	即菩薩蠻引	卷二	
訴衷情	四十四字	卷四	美成、千里、澤民、西麓
		卷六	美成、千里、澤民、西麓
		《補遺》下	美成
訴衷情令	即訴衷情	卷四	
訴衷情近	訴衷情之別體，七十五字	卷四	
過秦樓②	一百十一字	卷四	美成、千里、西麓、漢宗、夢窗
雲淡秋空	即柳梢青	《補遺》下	
十三畫			
傷情怨	四十二字	卷六	美成、千里、澤民、西麓
		《補遺》上	
塞垣春	九十六字	卷五	美成、千里、澤民、西麓
塞翁吟	九十二字	卷四	美成、千里、澤民、西麓、夢窗二
愁春未醒	即醜奴兒慢	卷七	
意難忘	九十二字	卷十	美成、西麓、起潛、用之
感皇恩	六十七字	卷十	美成、西麓、具茨、方回
		《補遺》上	美成
又	六十五字	卷十	惜香

① “留客住”，應在十畫欄。

② “過秦樓”，應在十一畫欄。

续表

十三畫			
又	六十六字	卷十	方壺
又	六十八字	卷十	竹坡
又	六十九字	卷十	彝齋
楊下采桑	即醜奴兒	卷七	
瑞龍吟	一百三十三字	卷一	美成、千里、澤民、西麓、蜕岩、處静、夢窗三
瑞鶴仙	一百二字	卷二	美成、千里、澤民、西麓、懶窟、樵隱、立之
又	一百三字	《補遺》上	美成
瑞鶴仙令	即臨江仙，五十八字，又六十字	卷二	
虞美人	五十六字	卷七	美成二、千里二、澤民二、西麓二
		卷十	美成三、西麓三
		《補遺》下	美成、美成
虞美人令	即虞美人	卷七	
虞美人影	即桃源憶故人，四十八字	卷七	
萬里春①	四十六字	《補遺》上	美成
解連環	一百六字	卷二	美成、千里、澤民、西麓、逃禪、夢窗二、竹山、碧山、山村
解語花	一百字	卷七	美成、千里、澤民、西麓、夢窗二
		《補遺》下	美成
解蹀躞	七十五字	卷六	美成、千里、澤民、西麓、逃禪、夢窗
隔浦蓮②	七十三字	卷四	美成、千里、履齋、海野、介庵、竹屋、梅溪、立之
隔浦蓮近	即隔浦蓮	卷四	處静、夢窗
隔浦蓮近拍	即隔浦蓮	卷四	澤民、西麓、放翁二

① “萬”字，原文爲“萬”字。

② “隔”字，應爲十二畫，“隔浦蓮”及“隔浦蓮近”“隔浦蓮近拍”應在十二畫欄。

十四畫			
齊天樂	一百二字	卷五美成、千里、澤民、西麓、逃禪	美成、千里、澤民、西麓、逃禪
		《補遺》下	美成
夢江口	望江南之單調	卷三	
夢江南	望江南之單調	卷三	
夢游仙	望江南之單調	卷三	
漁父家風	即訴衷情	卷四	
漁家傲	六十二字	卷三	美成二、千里二、澤民二、西麓二、壽域
滿江紅	九十三字	卷二	美成、千里、澤民、西麓
		《補遺》下	美成
滿路花	即歸去難，八十三字	卷六	美成、千里、澤民、西麓
		卷八	美成、千里、澤民、西麓
滿庭芳	九十五字	卷四	美成、千里、澤民、西麓
滿庭霜	即滿庭芳	卷四	
滿園花	滿路花之別體，八十七字	卷六	
滴滴金	五十字	《補遺》下	美成
瑣窗寒	九十九字	卷一	美成、千里、澤民、西麓、夢窗、雙溪
碧桃春	即醉桃源	卷六	
碧雲深	即憶秦娥	《補遺》下	
個儂①	六醜之別體，一百五十九字	卷七	
綺寮怨	一百四字	卷九	美成、西麓
臺城路	即齊天樂	卷五	
蒼梧謠	即十六字令	《補遺》下	
酹江月	即念奴嬌	《補遺》下	
鳳來朝	五十一字	卷十	美成、西麓
鳳栖梧	即蝶戀花	卷八	
十五畫			
廣寒秋②	即鵲橋仙令	《補遺》上	
慶宮春	即慶春宮	卷六	斗南

① “廣寒秋” 應在十四畫欄。

② “個” 原文爲 “箇”。

续表

十五畫			
慶春宫	一百二字	卷六	美成、千里、澤民、西麓、山村、夢窗二
樂世録要	即六幺令	卷七	
緑腰①	即六幺令	卷七	
蝶戀花	六十字	卷八	美成四、千里四、澤民四、西麓四
		卷九	美成、西麓
		《補遺》上	美成五
賣花聲	浪淘沙之别體，五十四字	卷二	
選官子	即選冠子	卷四	澤民
選冠子	即過秦樓	卷四	
醉桃源	四十七字	卷六	美成二、千里二、澤民二、西麓二
醉落魂	五十七字	《補遺》下	美成
十六畫			
龍吟曲	即水龍吟	卷七	
憶王孫	三十一字	《補遺》下	美成
憶仙姿	即如夢令	卷九	
憶江南	望江南之單調	卷三	
憶君王	即憶王孫	《補遺》下	
憶故人	歸去曲之别體，五十字	《補遺》下	
憶秦娥	四十六字	《補遺》下	美成、美成
憶舊游	一百二字	卷二	美成、西麓、夢窗
憶舊遊	即憶舊游	卷二	千里、澤民、通甫
憶舊遊慢	即憶舊游	卷二	
獨脚令	即憶王孫	《補遺》下	
燕歸來	即鶴衝天	《補遺》上	
燕歸梁	五十一字	《補遺》下	美成、夢窗、梅溪
又	四十九字	《補遺》下	于湖
又	五十字	《補遺》下	耆卿、得全
又	五十二字	《補遺》下	竹山、耆卿
蕙蘭芳	即蕙蘭芳引	卷五	千里、澤民

① “緑腰”，應在十四畫欄。

续表

十六畫			
蕙蘭芳引	八十四字	卷五	美成、西麓、夢窗
還京樂	一百三字	卷一	美成、千里、澤民、西麓、夢窗
十七畫			
應天長	九十八字	卷一	美成、千里、澤民、西麓、竹山、夢窗、成子十、碧山
應天長慢	即應天長	卷一	
燭影摇紅	九十六字	《補遺》下	美成
謝秋娘	望江南之單調	卷三	
醜奴兒	四十四字	卷七	美成、千里、澤民、西麓
		《補遺》上	美成二
醜奴兒令	即醜奴兒	卷七	
醜奴兒近	醜奴兒之别體，一百四十六字	卷七	
醜奴兒慢	醜奴兒之别體，九十字	卷七	
闌干萬里心	即憶王孫	《補遺》下	
霜葉飛	一百十一字	卷五	美成、千里、澤民、西麓、夢窗、玉田
點絳唇	四十一字	卷三	美成、千里、澤民、西麓
		卷四	美成、千里、澤民、西麓
		卷六	美成、千里、澤民、西麓
		卷九	美成、西麓
十八畫			
歸去曲	燭影摇紅之半首，四十八字	《補遺》下	
歸去難	即滿路花，八十三字	卷八	美成
歸字謡	即十六字令	《補遺》下	
繞佛閣	一百字	卷九	美成、西麓、夢窗二
綉鸞鳳花犯①	即花犯	卷七	草窗
臨江仙	即瑞鶴仙令，五十八字，又六十字	卷二	
轉調定風波	即定風波令	卷十	
轉調滿庭芳	滿庭芳	卷四	
轉調選冠子	即選冠子，一百十三字	卷四	

① “綉鸞鳳花犯”應在十三畫欄。“綉”原文爲“繡”字，也應在十九畫欄。

续表

十八畫			
轉調醜奴兒	即促拍醜奴兒，六十二字	卷七	
轉聲虞美人	即桃源憶故人	卷七	
鎖窗寒	即瑣窗寒	卷一	碧山
鎖陽臺	即滿庭芳	卷四	
		《補遺》上	美成三
關河令	即傷清怨，四十三字	《補遺》上	美成
雙荷葉	即憶秦娥	《補遺》下	
雙調南鄉子	即促拍采桑子，五十字	卷七	
雙頭蓮	一百四字	《補遺》上	美成
雙頭蓮令	雙頭蓮之别體，四十八字	《補遺》上	
十九畫			
羅敷媚	即醜奴兒	卷七	
羅敷艷歌	即醜奴兒	卷七	
鵲踏枝	即蝶戀花	卷八	
鵲橋仙	即鵲橋仙令	《補遺》上	
鵲橋仙令	五十六字	《補遺》上	美成
二十畫			
獻仙音	即法曲獻仙音	卷四	
蘇武慢	過秦樓之别體，一百七字，又一百十二字	卷四	
蘇幕遮	六十二字	卷四	美成、千里、澤民
		《補遺》下	美成
二十一畫			
蘭陵王	一百三十字	卷八	美成、千里、澤民、西麓、宣卿、秋曉、漁村、信齋、蘆川、宣卿、日湖、雙溪
驀山溪	八十二字	卷三	美成、千里、澤民
		《補遺》上	美成二
鶴衝天	四十七字	《補遺》上	美成二、英公、澄州、正中、平珪
又	又名早梅芳近，四十六字	《補遺》上	蘆川

续表

二十二畫			
攤破采桑子	即攤破醜奴兒	卷七	
攤破南鄉子	南鄉子之别體，六十字	卷三	
		卷七	
攤破浣溪沙	即浣溪沙	卷三	
攤破醜奴兒	醜奴兒之别體	卷七	
攤破訴衷情	即阮即歸	卷四	
攤聲浣溪沙	即浣溪沙	卷三	
二十四畫			
鬢雲鬆令	即蘇幕遮	卷四	
		《補遺》下	美成
鬥蟬娟①	即霜葉飛	卷五	玉田

（據開明書店 1937 年 3 月版整理）

① “鬥”，原文爲“鬬”。

詞範

楊易霖詞學文集

凡　例

一、本編甄選各詞，以典雅平易爲準，凡過於僻澀之調，或流於庸濫之作，概不入録。

一、本編次序，以字數多寡爲後先，字數相同者，則視作者時代。

一、本編讀法，凡逗用點（、）識之；凡句用圓點（·）識之；凡韵用圈（。）識之。①

一、本編所選各調，以格律較寬者列卷上；格律較嚴者列卷下。但《楊柳枝》《生查子》《浣溪沙》《木蘭花》諸調，格律雖寬，實不易工，姑列卷下，以示例外。

① 此整理本采用新式標點方法，逗用頓號（、），句用逗號（，），韵用句號（。）。

目　録

卷 上

憶江南

白居易

江南好，風景舊曾諳。日出江花紅似火，春來江水緑如藍。能不憶江南。

江南憶，最憶是杭州。山寺月中尋桂子，郡亭枕上看潮頭。何日更重游。

江南憶，其次憶吴宫。吴酒一杯春竹葉，吴娃雙舞醉芙蓉。早晚復相逢。

憶江南

温庭筠

梳洗罷，獨倚望江楼。過盡千帆皆不是，斜暉脉脉水悠悠。腸斷白蘋洲。

憶江南

皇甫松

樓上寢，殘月下簾旌。夢見秣陵惆悵事，桃花柳絮滿江城。雙髻坐吹笙。

憶江南

李煜

多少恨，昨夜夢魂中。還似舊時游上苑，車如流水馬如龍。花月正春風。

長相思

白居易

深畫眉。淺畫眉。蟬鬢鬅鬙雲滿衣。陽臺行雨回。　巫山高。巫山低。暮雨瀟瀟郎不歸。空房獨守時。

汴水流。泗水流。流到瓜洲古渡頭。吴山點點愁。　思悠悠。恨悠悠。恨到歸時方始休。月明人倚樓。

長相思

李煜

一重山。兩重山。山遠天高烟水寒。相思楓葉丹。　菊花開。菊花残。塞雁高飛人未還。一簾風月閒。

長相思

馮延巳

紅滿枝。緑滿枝。宿雨厭厭睡起遲。閒庭花影移。　憶歸期。數歸期。夢見雖多相見稀。相逢知幾時。

長相思

万俟咏

雨

一聲聲。一更更。窗外芭蕉窗裏燈。此時無限情。　　夢難成。恨難平。不道愁人不喜聽。空階滴到明。

長相思

吕本中

要相忘。不相忘。玉樹郎君月艷郎。幾回曾斷腸。　　欲下床。却上床。上得床來思故鄉。北風吹夢長。

昭君怨

蘇軾

金山送柳子玉

誰作桓伊三弄。驚破緑窗幽梦。新月與愁烟。滿江天。　　欲去又還不去。明日落花飛絮。飛絮送行舟。水東流。

昭君怨

万俟咏

春到南樓雪盡。驚動燈期花信。小雨一番寒。倚闌干。　　莫把闌干頻倚。一望幾重烟水。何處是京華。暮雲遮。

點絳唇

韓琦

病起厭厭，庭前花影添憔悴。亂紅飄砌。滴盡珍珠泪。　　惆悵春時，誰向花前醉。愁無際。武陵凝睇。人遠波空翠。

點絳唇

秦觀

醉漾輕舟，信流引到花深處。塵緣相誤。無計花間住。　烟水茫茫，回首斜陽暮。山無數。亂紅如雨。不記來時路。

點絳唇

賀鑄

紅杏飄香，柳含烟翠拖金縷。水邊朱户。門掩黄昏雨。　燭影摇紅，一枕傷情緒。歸不去。秦樓何處。芳草迷歸路。

點絳唇

姜夔

丁未冬過吴松作

雁燕無心，太湖西畔隨雲去。數峰清苦。商略黄昏雨。　第四橋边，擬共天隨住。今何许。憑闌懷古。残柳参差舞。

點絳唇

元好問

長安中作

沙際春歸，绿窗猶唱留春住。問春何處。花落鶯無语。　渺渺吟懷，漠漠烟中树。西樓暮。一簾疏雨。夢裏尋春去。

點絳唇

曾允元

一夜東风，枕邊吹散愁多少。數聲啼鳥。夢轉紗窗曉。　來是春初，去是春將老。長亭道。一般芳草。衹有歸時好。

菩薩蠻

李白

平林漠漠烟如織。寒山一帶傷心碧。暝色入高樓。有人樓上愁。玉階空佇立。宿鳥歸飛急。何處是歸程。長亭更短亭。

菩薩蠻

温庭筠

小山重叠金明滅。鬢雲欲度香腮雪。懶起畫蛾眉。弄妝梳洗遲。照花前後鏡。花面交相映。新帖綉羅襦。雙雙金鷓鴣。

玉樓明月長相憶。柳絲裊娜春無力。門外草萋萋。送君聞馬嘶。畫羅金翡翠。香燭銷成泪。花落子規啼。緑窗殘梦迷。

滿宫明月梨花白。故人萬里關山隔。金雁一雙飛。泪痕沾綉衣。小園芳草緑。家住越溪曲。楊柳色依依。燕歸君不歸。

菩薩蠻

韋莊

紅樓别夜堪惆悵。香燈半捲流蘇帳。殘月出門時。美人和泪辭。琵琶金翠羽。弦上黄鶯语。勸我早歸家。緣窗人似花。

人人盡説江南好。游人衹合江南老。春水碧於天。畫船聽雨眠。罏邊人似月。皓腕凝霜雪。未老莫還鄉。還鄉須断腸。

如今却憶江南樂。當時年少春衫薄。騎馬倚斜橋。滿樓紅袖招。翠屏金屈曲。醉入花叢宿。此度見花枝。白頭誓不歸。

菩薩蠻

李珣

回塘風起波纹细。刺桐花裏門斜閉。殘日照平蕪。雙雙飛鷓鴣。
征帆何處客。相見還相隔。不語欲魂銷。望中烟水遥。

菩薩蠻

馮延巳

梅花吹入誰家笛。行雲半夜凝空碧。欹枕不成眠。關山人未還。
聲隨幽怨絶。空斷澄霜月。月影下重檐。輕風花滿簾。

菩薩蠻

晏幾道

哀箏一弄湘江曲。聲聲寫盡湘波緑。纖指十三弦。細將幽恨傳。
當筵秋水慢。玉柱斜飛雁。彈到斷腸時。春山眉黛低。

菩薩蠻

陳克

赤闌橋盡香街直。籠街細柳嬌無力。金碧上晴空。花晴簾影紅。
黄衫飛白馬。日日青樓下。醉眼不逢人。午香吹暗塵。

緑蕪牆繞青苔院。中庭日淡芭蕉捲。胡蝶上階飛。烘簾自在垂。
玉鈎雙語燕。寶甃楊花轉。幾處簸錢聲。緑窗春睡輕。

菩薩蠻

辛弃疾

書江西造口壁

鬱孤臺下清江水。中間多少行人泪。西北是①長安。可憐無數山。
青山遮不住。畢竟東流去。江晚正愁餘。山深聞鷓鴣。

采桑子

馮延巳

小庭雨過春將盡，片片花飛。獨折殘枝。不語憑闌祇自知。　玉堂香暖珠簾捲，雙燕歸來。舊約難期。肯信韶華得幾時。

馬嘶人語春風岸，芳草綿綿。楊柳橋边。落日高樓酒旆懸。　舊愁新恨知多少，目斷遥天。獨立花前。更聽笙歌滿畫船。

采桑子

歐陽修

群芳過後西湖好，狼藉殘紅。飛絮濛濛。垂柳闌干盡日風。　笙歌散盡游人去，始覺春空。垂下簾櫳。雙燕歸來細雨中。

采桑子

方千里

和清真咏梅

凌波臺畔花如剪，幾點吴霜。烟淡雲黄，東閣何人見晚妝。　江南

① 原文爲“是”，但多爲“望”。

春近書千里，誰寄清香。別墅横塘。鼓角聲中又夕陽。

采桑子

朱藻

幛泥油壁人歸後，滿院花陰。樓影沈沈。中有傷春一片心。　閒穿緑樹尋梅子，斜日籠明。團扇風輕。一徑楊花不避人。

减字木蘭花

欧陽修

留春不住。燕老鶯慵無覓處。説似殘春。一老應無却少人。　風和月好。辦得黄金須買笑。爱惜芳時。莫待無花空折枝。

减字木蘭花

王安國

畫橋流水。雨濕落紅飛不起。月破黄昏。簾裏餘香馬上聞。　徘徊不語。今夜夢魂何處去。不似垂楊。猶解飛花入洞房。

减字木蘭花

魏夫人

西樓明月，掩映梨花千樹雪。樓上人歸。愁聽孤城一雁飛。　玉人何處。又見江南春色暮。芳信難尋。去後桃花流水深。

卜算子

蘇軾

黄州定惠院寓居作

缺月挂疏桐，漏斷人初静。誰見幽人獨往來，縹緲孤鴻影。　驚起却回頭，有恨無人省。揀盡寒枝不肯栖，寂寞沙洲冷。

卜算子

王觀

送鮑浩然之湘東

水是眼波橫，山是眉峰聚。欲問行人去那邊，眉眼盈盈處。　纔始送春歸，又送君歸去。若到江南趕上春，千萬和春住。

卜算子

李之儀

我住長江头，君住長江尾。日日思君不見君，共飲長江水。　此水幾時休，此恨何時已。衹願君心似我心，定不負、相思意。

謁金門

韋莊

春漏促。金燼暗挑殘燭。一夜簾前風撼竹。夢魂相斷續。　有個嬌饒如玉。夜夜綉屏孤宿。閒抱琵琶尋舊曲。遠山眉黛緑。

空相憶。無計得傳消息。天上常娥人不識。寄書何覓處。　新睡覺來無力。不忍把君書迹。滿院落花春寂寂。断腸芳草碧。

謁金門

馮延巳

風乍起。吹皺一池春水。閒引鴛鴦花徑裏。手挼紅杏蕊。　鬥鴨闌干獨倚。碧玉瓏璁斜墜。終日望君君不至。舉頭聞鵲喜。

謁金門

陳克

愁脉脉。目斷江南江北。烟樹重重芳信隔。小樓山幾尺。　細草孤雲斜日。一晌弄晴天色。簾外落花飛不得。東風無氣力。

花滿院。飛去飛來雙燕。紅雨入簾寒不捲。曉屏山六扇。　翠袖玉笙凄斷。脉脉兩蛾愁淺。消息不知郎近遠。一春長夢見。

謁金門

朱淑貞

春已半。觸目此情無限。十二闌干閒倚遍。愁來天不管。　好是風和日暖。輸與鶯鶯燕燕。滿院落花簾不捲。斷腸芳草遠。

好事近

朱敦儒

漁父

搖首出紅塵，醒醉更無時節。生計綠蓑青笠，慣、披霜衝雪。　晚來風定釣絲閒，上下是新月。千里水天一色，看、孤鴻明滅。

漁父長生來，衹共釣竿相識。隨意轉船回棹，似、飛空無迹。　蘆花開落任浮生，長醉是良策。昨夜一江風雨，都、不曾聽得。

失却故山雲，索手指空爲客。蒓菜鱸魚留我，住、鴛鴦湖側。　偶然添酒舊葫蘆，小醉度朝夕。吹笛月波樓下，有、何人相識。

好事近

蔣子雲

葉暗乳鴉啼，風定老紅猶落。胡蝶不隨春去，入、薰風池閣。　休歌金縷勸金卮，酒病煞如昨。簾捲日長人静，任、楊花飄泊。

清平樂

李白

烟深水闊。音信無由達。惟有碧天雲外月。偏照懸懸離别。　盡日感事傷懷。愁眉似鎖難開。夜夜長留半被，待君魂夢歸來。

清平樂

温庭筠

洛陽愁绝。楊柳花飄雪。終日行人争攀折。橋下水流嗚咽。　上馬争勸離觴。南浦鶯聲斷肠。愁殺平原年少，回首揮泪千行。

清平樂

李煜

别來春半。觸目愁腸斷。砌下落梅如雪亂。拂了一身還滿。　雁來音信無憑，路遥歸夢難成。離恨恰如春草，更行更遠還生。

清平樂

晏殊

紅箋小字。説盡平生意。鴻雁在雲魚在水。惆悵此情難寄。　斜陽獨倚西樓。遥山恰對簾鈎。人面不知何處，绿波依舊東流。

金風細細。葉葉梧桐墜。緑酒初嘗人易醉。一枕小窗濃睡。紫薇朱槿花殘。斜陽却照闌干。雙燕欲歸時節，銀屏昨夜微寒。

清平樂

晏幾道

留人不住。醉解蘭舟去。一棹碧濤春水路。過盡曉鶯啼處。渡頭楊柳青青。枝枝葉葉離情。此後錦書休寄，畫樓雲雨無憑。

清平樂

黃庭堅

春歸何處。寂寞無行路。若有人知春去處。喚取歸來同住。春無蹤迹誰知。除非問取黃鸝。百囀無人能解，因風飛過薔薇。

憶秦娥

李白

簫聲咽。秦娥夢斷秦樓月。秦樓月。年年柳色，霸陵傷别。樂游原上清秋節。咸陽古道音塵絶。音塵絶。西風殘照，漢家陵闕。

憶秦娥

曾覿

風蕭瑟。邯鄲古道傷行客。傷行客。繁華一瞬，不堪思憶。叢臺歌舞無消息。金尊玉管空陳迹。空陳迹。連天衰草，暮雲凝碧。

憶秦娥

范成大

樓陰缺。闌干影卧東厢月。東厢月。一天風露，杏花如雪。　　隔烟催漏金虬咽。羅幃黯淡燈花結。燈花結。片時春夢，江南天闊。

憶秦娥

黄機

秋蕭索。梧桐落盡西風惡。西風惡。數聲新雁，數聲殘角。　　離愁不管人飄泊。年年辜負黄花約。黄花約。幾重庭院，幾重簾幕。

阮郎歸

馮延巳

南園春半踏青時。風和聞馬嘶。青梅如豆柳如絲。日長胡蝶飛。花露重，草烟低。人家簾幕垂。鞦韆慵困解羅衣。畫梁雙燕歸。

阮郎歸

晏幾道

舊香殘粉似當初。人情恨不如。一春猶有數行書。秋來書更疏。衾鳳冷，枕鴛孤。愁腸待酒舒。夢魂縱有也成虚。那堪和夢無。

天邊金掌露成霜。雲隨雁字長。緑杯紅袖趁重陽。人情似故鄉。蘭佩紫，菊簪黄。殷勤理舊狂。欲將沈醉换悲凉。清歌莫斷腸。

阮郎歸

趙長卿

客中見梅

年年爲客遍天涯。夢遲歸路賒。無端星月浸窗紗。一枝寒影斜。腸未斷，鬢先華。新來瘦轉加。角聲吹徹小梅花。夜長人憶家。

浣溪沙

李璟

菡萏香消翠葉殘。西風愁起綠波間。還與韶光共憔悴，不堪看。細雨夢回鷄塞遠，小樓吹徹玉笙寒。多少泪珠何限恨，倚闌干。

李璟

手捲真珠上玉鈎。依前春恨鎖重樓。風裏落花誰是主，思悠悠。青鳥不傳雲外信，丁香空結雨中愁。回首綠波三峽暮，接天流。

人月圓

吴激

南朝千古傷心事，還唱後庭花。舊時王謝，堂前燕子，飛向誰家。恍然一夢，天姿勝雪，宫鬢堆鴉。江州司馬，青衫泪濕，同是天涯。

人月圓

元好問

玄都觀裏桃千樹，花落水空流。憑君莫問，清涇濁渭，去馬來牛。謝公扶病，羊曇揮泪，一醉都休。古今幾度，生存華屋，零落山丘。

柳梢青

蔡伸

數聲鶗鴂。可憐又是，春歸時節。滿院東風，海棠鋪綉，梨花飄雪。　　丁香露泣殘枝，算未比、愁腸寸結。自是休文，多情多感，不干風月。

柳梢青

張元幹

海山浮碧。細風絲雨，新愁如織。慵試春衫，不禁宿酒，天涯寒食。　　歸期莫數芳辰，誤幾度、回廊夜色。入户飛花，隔簾雙燕，有誰知得。

少年游

柳永

長安古道馬遲遲。高柳亂蟬嘶。夕陽島外，秋風原上，目斷四天垂。　　歸雲一去無踪迹，何處是前期。狎興生疏，酒徒蕭索，不似去年時。

少年游

周邦彦

檐牙縹緲小倡樓。凉月挂銀鈎。聒席聲歌，透簾燈火，風景似揚州。　　當時面色欺春雪，曾伴美人游。今日重來，更無人問，獨自倚闌愁。

南歌子

歐陽修

鳳髻金泥帶，龍紋玉掌梳。去來窗下笑相扶。爱道畫眉深淺入時無。　　弄筆偎人久，描花試手初。等閒妨了綉工夫。笑問鴛鴦兩字怎生書。

南歌子

蘇軾

山與歌眉斂，波同醉眼流。游人都上十三樓。不羡竹西歌吹古揚州。　　菰黍連昌歜，瓊彝倒玉舟。誰家水調唱歌頭。聲繞碧山飛去晚雲留。

南歌子

田爲

夢怕愁時斷，春從醉裏回。淒涼懷抱向誰開。些子清明時候被鶯催。　　柳外都成絮，闌邊半是苔。多情簾燕獨徘徊。依舊滿身花雨又歸來。

南歌子

團玉梅梢重，雪羅芰扇低。簾風不動蝶交飛。一樣緑陰庭院鎖斜暉。　　對日懷歌扇，因風念舞衣。何須惆悵惜芳菲。拚却一年憔悴待春歸。

南歌子

李祁

裊裊秋風起，蕭蕭敗葉聲。岳陽樓上聽哀箏。樓下淒涼江月爲誰明。　　霧雨沈雲夢，烟波渺洞庭。可憐無處問湘靈。祇有無情江水繞孤城。

南歌子

蔡伸

蕭寺疏鐘斷，虛堂夜氣清。涼蟾偏向水窗明。露井碧梧寒葉顫秋聲。　幽恨人誰問，孤衾泪獨横。此時風月此時情。擬倩藍橋歸夢見雲英。

南歌子

趙長卿

道中直重九

此日知何日，他鄉憶故鄉。亂山深處過重陽。走馬吹花無復少年狂。　黄菊擎枝重，紅茱濕露香。扁舟隨雁過瀟湘。遥想萊庭應恨不同觴。

醉花陰

李清照

薄霧濃雲愁永晝。瑞腦消金獸。佳節又重陽，玉枕紗厨，半夜涼初透。　東籬把酒黄昏後。有、暗香盈袖。莫道不消魂，簾捲西風，人比黄花瘦。

浪淘沙

李煜

簾外雨潺潺。春意闌珊。羅衾不耐五更寒。夢裏不知身是客，一晌貪歡。　獨自莫憑闌。無限江山。别時容易見時難。流水落花春去也，天上人間。

浪淘沙

歐陽修

把酒祝東風。且共從容。垂楊紫陌洛城東。總是當時携手處，游遍芳叢。　聚散苦匆匆。此恨無窮。今年花勝去年紅。可惜明年花更好，知與誰同。

鷓鴣天

晏幾道

彩袖殷勤捧玉鍾。當年拼却醉顏紅。舞低楊柳樓心月，歌盡桃花扇底風。　從別後，憶相逢。幾回魂夢與君同。今宵剩把銀釭照，猶恐相逢是夢中。

醉拍春衫惜舊香。天將離恨惱疏狂。年年陌上生秋草，日日樓中到夕陽。　雲渺渺，水茫茫。征人歸路許多長。相思本是無憑語，莫向花箋費泪行。

鷓鴣天

周紫芝

一點殘釭欲盡時。乍凉秋氣滿屏幃。梧桐葉上三更雨，葉葉聲聲是別離。　調寶瑟，撥金猊。那時同唱鷓鴣詞。如今風雨西樓夜，不聽清歌也泪垂。

鷓鴣天

姜夔

元夕有所夢

肥水東流無盡期。當初不合重相思。夢中未比丹青見，暗裏忽驚山鳥啼。　春未綠，鬢先絲。人間別久不成悲。誰教歲歲紅蓮夜，兩處沈吟各自知。

鷓鴣天

聶勝瓊

玉慘花愁出鳳城。蓮花樓下柳青青。尊前一唱陽關曲，别個人人第五程。　尋好夢，夢難成。有誰知我此時情。枕邊淚共階前雨，隔個窗兒滴到明。

鷓鴣天

元好問

隆德故宫同希顏、欽叔、知幾諸人賦。

臨錦堂前春水波。蘭皋亭下落梅多。三山宫闕空瀛海，萬里風埃暗綺羅。　雲子酒，雪兒歌。留連風月共婆娑，人間更有傷心處，奈得劉伶醉後何。

蓮

瘦綠愁紅倚暮烟。露華涼冷月嬋娟。含情脉脉知誰怨，顧影依依定自憐。　風送雨，水連天。凌波無夢夜如年。何時北渚亭邊月，狼藉秋香拂畫船。

候館燈昏雨送涼。小樓人静月侵床。多情却被無情惱，今夜還如昨夜長。　　金屋暖，玉爐香。春風都屬富家郎。西園何限相思樹，辛苦梅花候海棠。

顔色如花畫不成。命如葉薄可憐生。浮萍自合無根蒂，楊柳誰教管送迎。　　雲聚散，月虧盈。海枯石爛古今情。鴛鴦隻影江南岸，腸斷枯荷夜雨聲。

虞美人

李煜

春花秋月何時了。往事知多少。小樓昨夜又東風。故國不堪回首月明中。　　雕闌玉砌應猶在。衹是朱顔改。問君還[①]有幾多愁。恰似一江春水向東流。

虞美人

晏幾道

曲闌干外天如水。昨夜還曾倚。初將明月比佳期。長向月圓時候望人歸。　　羅衣著破前香在。舊意誰教改。一春離恨懶調弦。猶有兩行閒泪寶箏前。

虞美人

舒亶

芙蓉落盡天涵水。日暮滄波起。背飛雙燕貼雲寒。獨向小樓東畔倚闌看。　　浮生衹合尊前老。雪滿長安道。故人早晚上高臺。寄我江南春色一枝梅。

---

① 原文爲“還”，多爲“能”。

虞美人

葉夢得

雨後同幹譽才卿置酒來禽花下作

落花已作風前舞。又送黄昏雨。曉來庭院半殘紅。惟有游絲千丈裊晴空。　　殷勤花下同携手。更盡杯中酒。美人不用斂蛾眉。我亦多情無奈酒闌時。

南鄉子

蘇軾

送述古

回首亂山横。不見居人袛見城。誰似臨平山上塔，亭亭。迎客西來送客行。　　歸路晚風清。一枕初寒夢不成。今夜殘燈斜照處，熒熒。秋雨晴時泪不晴

集句

何處倚闌干（杜牧）。弦管高樓月正圓（杜牧）。胡蝶夢中家萬里（崔塗），依然。老去愁來强自寬（杜甫）。　　明鏡借紅颜（李商隱）。須著人間比夢間（韓愈）。蠟燭半籠金翡翠（李商隱），更闌。綉被焚香獨自眠（李商隱）。

南鄉子

周邦彦

寒夜夢初醒。行盡江南萬里程。早是愁來無會處，時聽。敗葉相傳細雨聲。　　書信也無憑。萬事由他别後情。誰信歸來須及早，長亭。短帽輕衫走馬迎。

南鄉子

潘牥

题南劍州妓館

生怕倚闌干。閣下溪聲閣外山。惟有舊時山共水，依然。暮雨朝雲去不還。　　應是躡飛鸞。月下時時整佩環。月又漸低霜又下，更闌。折得梅花獨自看。

臨江仙

鹿虔扆

金鏁重門荒苑静，綺窗愁對秋空。翠華一去寂無踪。玉樓歌吹，聲斷已隨風。　　烟月不知人事改，夜闌還照深宫。藕花相向野塘中。暗傷亡國，清露泣香紅。

臨江仙

閻選

十二高峰天外寒，竹梢輕拂仙壇。寶衣行雨在雲端。畫簾深殿，香霧冷風殘。　　欲問楚王何處去，翠屏猶掩金鸞。猿啼明月照空灘。孤舟行客，驚夢亦艱難。

臨江仙

歐陽修

柳外輕雷池上雨，雨聲滴碎荷聲。小樓西角斷虹明。闌干倚處，待得月華生。　　燕子飛來窺畫棟，玉鈎垂下簾旌。凉波不動簟紋平。水精雙枕，旁有墮釵横。

臨江仙

晏幾道

夢後樓臺高鎖，酒醒簾幕低垂。去年春恨却來時。落花人獨立，微雨燕雙飛。　　記得小蘋初見，兩重心字羅衣。琵琶弦上説相思。當时明月在，曾照彩雲歸。

臨江仙

陳與義

高咏楚詞酬午日，天涯節序匆匆。榴花不似舞裙紅。無人知此意，歌罷滿簾風。　　萬事一身傷老矣，戎葵凝笑牆東。酒杯深淺去年同。試澆橋下水，今夕到湘中。

夜登小閣憶洛中舊游

憶昔午橋橋上飲，坐中多是豪英。長溝流月去無聲。杏花疏影裏，吹笛到天明。　　二十餘年如一夢，此身雖在堪驚。閒登小閣省新晴。古今多少事，漁唱起三更。

臨江仙

元好問

李輔之在齊州，予客濟源，輔之有和。

荷葉荷花何處好，大明湖上新秋。紅妝翠蓋木蘭舟。江山如畫裏，人物更風流。　　千里故人千里月，三年孤負歡游。一尊白酒寄離愁。殷勤橋下水，幾日到東州。

踏莎行

寇準

春色將闌，鶯聲漸老。紅英落盡青梅小。畫堂人静雨濛濛，屏山半掩餘香裊。　　密約沈沈，離情杳杳。菱花塵滿慵將照。倚樓無語欲銷魂，長空黯淡連芳草。

踏莎行

晏殊

祖席離歌，長亭別宴。香塵已隔猶回面。居人匹馬映林嘶，行人去棹依波轉。　　畫閣魂消，高樓目斷，斜陽只送平波遠。無窮無盡是離愁，天涯地角尋思遍。

小徑紅稀，芳郊綠遍。高臺樹色陰陰見。春風不解禁楊花，濛濛亂撲行人面。　　翠葉藏鶯，朱簾隔燕。爐香靜逐游絲轉。一場愁夢酒醒時，斜陽却照深深院。

碧海無波，瑶臺有路。思量便合雙飛去。當時輕別意中人，山長水遠知何處。　　綺席凝塵，香閨掩霧。紅箋小字憑誰附。高樓目盡欲黄昏，梧桐葉上瀟瀟雨。

踏莎行

歐陽修

候館梅殘，溪橋柳細。草薰風暖摇征轡。離愁漸遠漸無窮，迢迢不斷如春水。　　寸寸柔腸，盈盈粉泪。樓高莫近危闌倚。平蕪盡處是春山，行人更在春山外。

踏莎行

秦觀

霧失樓臺，月迷津渡。桃源望斷無尋處。可堪孤館閉春寒，杜鵑聲裏斜陽暮。　　驛寄梅花，魚傳尺素。砌成此恨無重數。郴江幸自繞郴山，爲誰流下瀟湘去。

踏莎行

姜夔

自沔東來，丁未元日至金陵，江上感夢而作。

燕燕輕盈，鶯鶯嬌軟。分明又向華胥見。夜長争得薄情知，春初早被相思染。　　別後書辭，别时針綫。離魂暗逐郎行遠。淮南皓月冷千山，冥冥歸去無人管。

蝶戀花

晏殊

六曲闌干偎碧樹。楊柳風輕，展盡黄金縷。誰把鈿箏移玉柱。穿簾海燕雙飛去。　　滿眼游絲兼落絮。紅杏開時，一霎清明雨。濃睡覺來鶯乱語。驚残好夢無尋處。

蝶戀花

歐陽修

庭院深深深幾许。楊柳堆烟，簾幕無重數。玉勒雕鞍游冶處。樓高不見章臺路。　　雨横風狂三月暮。門掩黄昏，無計留春住。泪眼問花花不語。亂紅飛過鞦韆去。

誰道閒情抛弃久。每到春來，惆悵還依舊。日日花前常病酒。不辭鏡裏朱颜瘦。　　河畔青蕪堤上柳。爲問新愁，何事年年有。獨立小橋風滿袖。平林新月人歸後。

幾日行雲何處去。忘了歸來，不道春將暮。百草千花寒食路。香車繫在誰家樹。　　泪眼倚樓頻獨語。雙燕來時，陌上相逢否。撩亂春愁如柳絮。依依夢裏無尋處。

蝶戀花

柳永

佇倚危樓風細細。望極春愁，黯黯生天際。草色烟光殘照裏。無言誰會憑闌意。　擬把疏狂圖一醉。對酒當歌，强樂還無味。衣帶漸寬終不悔，爲伊消得人憔悴。

蝶戀花

蘇軾

花褪殘紅青杏小。燕子飛時，緑水人家繞。枝上柳綿吹又少。天涯何處無芳草。　牆裏鞦韆牆外道。牆外行人，牆裏佳人笑。笑漸不聞聲漸杳。多情却被無情惱。

蝶戀花

晏幾道

醉别西樓醒不記。春夢秋雲，聚散真容易。斜月半窗還少睡。畫屏閒展吴山翠。　衣上酒痕詩裏字。點點行行，總是凄凉意。紅燭自憐無好計。夜寒空替人垂泪。

蝶戀花

趙令畤

欲减羅衣寒未去。不捲珠簾，人在深深處。紅杏枝頭花幾許。啼痕止恨清明雨。　盡日沈烟香一縷。宿酒醒遲，惱破春情緒。飛燕又將歸信誤。小屏風上西江路。

唐多令

劉過

安遠樓小集，侑觴歌板之姬黄其姓者，乞詞於龍洲道人，爲賦此《唐多令》。同柳阜之、劉去非、石民瞻、周嘉仲、陳孟参、孟容，時八月五日也。

蘆葉滿汀洲。寒沙帶淺流。二十年、重過南樓。柳下繫船猶未穩，能幾日，又中秋。　　黄鶴斷磯頭。故人曾到不。舊江山、渾是新愁。欲買桂花同載酒，終不似，少年游。

唐多令

吴文英

何處合成愁。離人心上秋。縱、芭蕉不雨也颼颼。都道晚凉天氣好，有明月，怕登樓。　　年事夢中休。花空烟水流。燕辭歸、客尚淹留。垂柳不縈裙帶住，漫長是，繫行舟。

漁家傲

范仲淹

塞下秋來風景异。衡陽雁去無留意。四面邊聲連角起。千嶂裏。長烟落日孤城閉。　　濁酒一杯家萬里。燕然未勒歸無計。羌管悠悠霜滿地。人不寐。將軍白髮征夫泪。

漁家傲

朱服

小雨纖纖風細細。萬家楊柳青烟裏。戀樹濕花飛不起。愁無際。和春付與東流水。　　九十光陰能有幾。金龜解盡留無計。寄語東陽沽酒市。拚一醉。而今樂事他年泪。

漁家傲

陸游

東望山陰何處是。往來一萬三千里。寫得家書空滿紙。流清泪。書回已是明年事。　　寄語紅橋橋下水。扁舟何日尋兄弟。行遍天涯真老矣。愁無寐。鬢絲幾縷茶烟裏。

蘇幕遮

范仲淹

碧雲天，黄花地。秋色連波，波上寒烟翠。山映斜陽天接水。芳草無情，更在斜陽外。　　黯鄉魂，追旅思。夜夜除非，好夢留人睡。明月樓高休獨倚。酒入愁腸，化作相思泪。

定風波

蘇軾

三月三日，沙湖道中遇雨。雨具先去，同行皆狼狽，余不覺。已而遂晴，故作此。

莫聽穿林打葉聲。何妨吟嘯且徐行。竹杖芒鞋輕勝馬。誰怕。一蓑烟雨任平生。　　料峭春風吹酒醒。微冷。山頭斜照却相迎。回首向來蕭瑟處。歸去。也無風雨也無晴。

定風波

辛弃疾

席上送范先之游建鄴

聽我尊前醉後歌。人生無奈别離何。但使情親千里近。須信。無情對面是山河。　　寄語石頭城下水。居士。而今渾不怕風波。借使未成鷗鷺伴。經慣。也應學得老漁簑。

定風波

陸游

進賢道上見梅贈王伯壽

欹帽垂鞭送客回。小橋流水一枝梅。衰病逢春都不記。誰謂。幽香却解逐人來。　　安得身閒頻置酒。携手。與君看到十分開。少壯相從今雪鬢。因甚。流年羈恨兩相催。

感皇恩

賀鑄

蘭芷滿汀洲，游絲橫路。羅韈塵生步。迎顧。整鬟顰黛，脉脉兩情難語。細風吹柳絮。人南渡。　　回首舊游，山無重數。花底深朱户。何處。半黄梅子，向晚一簾疏雨。斷魂分付與。春歸去。

感皇恩

趙企

入京

騎馬踏紅塵，長安重到。人面依然似花好。舊歡纔展，又被新愁分了。未成雲雨夢，巫山曉。　　千里斷腸，關山古道。回首高城似天杳。滿懷離恨，付與落花啼鳥。故人何處也，青春老。

青玉案

賀鑄

凌波不過横塘路。但、目送芳塵去。錦瑟華年誰與度。月橋花院，瑣窗朱户。祇有春知處。　　飛雲冉冉蘅皋暮。彩筆新題斷腸句。試問閒愁都幾許。一川烟草，滿城風絮。梅子黄時雨。

青玉案

辛弃疾

元夕

東風夜放花千樹。更吹落、星如雨。寶馬雕車香滿路。鳳簫聲動，玉壺光轉，一夜魚龍舞。　　蛾兒雪柳黄金縷。笑語盈盈暗香去。衆裏尋他千百度。驀然回首，那人却在，燈火闌珊處。

青玉案

歐陽修

一年春事都來幾。早過了，三之二。緑暗紅嫣渾可事。緑楊庭院，暖風簾幕，有個人憔悴。　　買花載酒長安市。又、争似家山見桃李。不枉東風吹客泪。相思難表，夢魂無據，惟有歸來是。

江城子

蘇軾

銀濤無際捲蓬瀛。落霞明。暮雲平。曾見青鸞紫鳳下層城。二十五弦彈不盡，空感慨，惜離情。　　蒼梧烟水斷歸程。捲霓旌。爲誰迎。空有千行流泪寄幽貞。舞罷魚龍雲海晚，千古恨，入江聲。

湖上與張先同賦

鳳凰山下雨初晴。水風清。晚霞明。一朵芙蕖，開過尚盈盈。何處飛來雙白鷺，如有意，慕娉婷。　　忽聞江上弄哀箏。苦含情。遣誰聽。烟斂雲收，依約是湘靈。欲待曲終尋問取，人不見，數峰青。

江城子

秦觀

西城楊柳弄春柔。動離憂。泪難收。猶記多情曾爲繫歸舟。碧野朱橋當日事，人不見，水空流。　　韶華不爲少年留。恨悠悠。幾時休。飛絮落花時候一登樓。便做春江都是泪，流不盡，許多愁。

江城子

盧祖皋

畫樓簾幕捲新晴。掩銀屏。曉寒輕。墜粉飄香，日日喚愁生。暗數十年湖上路，能幾度、著娉婷。　　年華空自感飄零。擁春酲。對誰醒。天闊雲閒，無處覓簫聲。載酒買花年少事，渾不是、舊心情。

江城子

元好問

河堤烟樹渺雲沙。七香車。更天涯。萬古千秋，幽恨入琵琶。想到都門南下望，金縷暗，玉釵斜。　　津橋春水浸紅霞。上陽花。落誰家。獨恨經年，培養牡丹芽。寒雁歸時憑寄語，莫容易，損容華。

行雲冉冉度關山。別時難。見時難。悵望南風，早晚送雲還。心事情緣千萬怯，無計解，玉連環。　　夕陽人影小樓間。曲闌干。晚風寒。料得而今，前後望歸鞍。寂寞梨花枝上雨，人不見，與誰彈。

風入松

俞國寶

一春長費買花錢。日日醉湖邊。玉驄慣識西湖路，驕嘶過、沽酒爐前。紅杏香中簫鼓，緑楊影裏鞦韆。　　暖風十里麗人天。花壓鬢雲偏。

畫船載取春歸去，餘情付、湖水湖烟。明日重扶殘醉，來尋陌上花鈿。

風入松

吴文英

聽風聽雨過清明。愁草瘞花銘。樓前緑暗分携路，一絲柳、一寸柔情。料峭春寒中酒，交加曉夢啼鶯。　　西園日日掃林亭。依舊賞新晴。黄蜂頻撲鞦韆索，有當時、纖手香凝。惆悵雙鴛不到，幽階一夜苔生。

御街行

晏幾道

街南緑樹春饒絮。雪滿游春路。樹頭花艷雜嬌雲，樹底人家朱户。北樓閒上，疏簾高捲，直見街南樹。　　闌干倚盡猶慵去。幾度黄昏雨。晚春盤馬踏青苔，曾傍緑陰深駐。落花猶在，香屏空掩，人面知何處。

御街行

范仲淹

紛紛墜葉飄香砌。夜寂静，寒聲碎。真珠簾捲玉樓空，天淡銀河垂地。年年今夜，月華如練，長是人千里。　　愁腸已斷無由醉。酒未到，先成泪。殘燈明滅枕頭攲。諳盡孤眠滋味。都來此事，眉間心上，無計相回避。

祝英臺近

辛弃疾

寶釵分，桃葉渡。烟柳暗南浦。怕上層樓，十日九風雨。斷腸片片飛紅，都無人管，更誰勸、啼鶯聲住。　　鬢邊覷。應把花卜歸期，纔簪又重數。羅帳燈昏，哽咽夢中語。是他春帶愁來，春歸何處，却不解、帶將愁去。

驀山溪

方千里

和清真

園林晴晝，花上黄蜂尾。鶯語怯游人，又還傍、緑楊深避。曲池斜徑，草色碧於藍，闌倦倚。簾半起。魂斷斜陽裏。　江南春盡，渺渺平橋水。身在一天涯，問此恨、何時是已。飛帆輕槳，催送莫愁來，歌舞地。尊酒底。不羨東鄰美。

驀山溪

姜夔

題錢氏溪月

與鷗爲客。緑野留吟屐。兩行柳垂陰，是當日、仙翁手植。一亭寂寞，烟水帶愁横，荷冉冉、展凉雲，横卧虹千尺。　才因老盡，秀句君休覓。萬緑正迷人，更愁入、山陽夜笛。百年心事，惟有玉闌知，吟未了，放船回，月下空相憶。

洞仙歌

蘇軾

余七歲時，見眉州老尼姓朱，忘其名，年九十歲。自言嘗隨其師入蜀主孟昶宮中。一日大熱，蜀主與花蕊夫人夜納凉摩訶池上，作一詞。朱具能記之。今四十年，朱已死久矣，人無知此詞者。但記其首兩句，暇日尋味，豈《洞仙歌令》乎？乃爲足之云。

冰肌玉骨，自、清凉無汗。水殿風來暗香滿。綉簾開、一點明月窺人，人未寢、攲枕釵横鬢亂。　起來携素手，庭户無聲，時見疏星渡河漢。試問夜如何，夜已三更，金波淡、玉繩低轉。但、屈指西風幾時來，又不道、流年暗中偷换。

滿江紅

岳飛

怒髮衝冠，憑闌處、瀟瀟雨歇。抬望眼、仰天長嘯，壯懷激烈。三十功名塵與土，八千里路雲和月。莫等閒、白了少年頭，空悲切。　靖康耻，猶未雪。臣子恨，何時滅。駕、長車踏破，賀蘭山缺。壯志飢餐胡虜肉，笑談渴飲匈奴血。待從頭、收拾舊山河，朝天闕。

滿江紅

辛弃疾

家住江南，又過了、清明寒食。花徑裏、一番風雨，一番狼藉。紅粉暗隨流水去，園林漸覺清陰密。算年年、落盡刺桐花，寒無力。　庭院静，空相憶。無説處，閒愁極。怕、流鶯乳燕，得知消息。尺素如今何處也，綠雲依舊無踪迹。漫教人、羞去上層樓，平蕪碧。

江行，簡楊濟翁、周顯先。

過眼溪山，怪都是、舊時曾識。還記得、夢中行遍，江南江北。佳處徑須携杖去，能消幾兩平生屐。笑塵勞、三十九年非，長爲客。　吴楚地，東南圻。英雄事，曹劉敵。被、西風吹盡，了無塵迹。樓觀甫成人已去，旌旗未捲頭先白。嘆人生、哀樂轉相尋，今猶昔。

滿江紅

毛幵

潑火初收，鞦韆外、輕烟漠漠。春漸遠、綠楊芳草，燕飛池閣。已著單衣寒食後，夜來還是東風惡。對、空山寂寂，杜鵑啼，梨花落。　傷别恨，閒情作。十載事，驚如昨。向、花前月下，共誰行樂。飛蓋低迷南苑路，湔裙悵望東城約。但、老來憔悴，惜春心，年年覺。

滿江紅

薩都剌

金陵懷古

六代豪華，春去也、更無消息。空悵望、山川形勝，已非疇昔。王謝堂前雙燕子，烏衣巷口曾相識。聽夜深、寂寞打孤城，春潮急。　思往事，愁如織。懷故國，空陳迹。但、荒烟衰草，亂鴉斜日。玉樹歌殘秋露冷，胭脂井壞寒螿泣。到如今、祇有蔣山青，秦淮碧。

水調歌頭

蘇軾

丙辰中秋，歡飲達旦，作此篇，兼懷子由。

明月幾時有，把酒問青天。不知天上宮闕，今夕是何年。我欲乘風歸去。惟恐瓊樓玉宇。高處不勝寒。起舞弄清影，何似在人間。　轉朱閣，低綺户，照無眠。不應有恨，何事偏向別時圓。人有悲歡離合，月有陰晴圓缺，此事古難全。但願人長久，千里共嬋娟。

水調歌頭

元好問

與李長源游龍門

灘聲蕩高壁，秋氣静雲林。回頭洛陽城闕，塵土一何深。前日神光牛背，今日春風馬耳，因見古人心。一笑青山底，未受二毛侵。　問龍門，何所似，似山陰。平生夢想佳景，留眼更登臨。我有一卮芳酒，唤取山花山鳥，伴我醉時吟。何必絲與竹，山水有清音。

滿庭芳

晏幾道

南苑吹花，西樓題葉，故園歡事重重。憑闌秋思，閒記舊相逢。幾處歌雲夢雨，可憐便、流水西東。別來久，淺情未有，錦字繫征鴻。　年光還少味，開殘檻菊，落盡溪桐。漫、留得尊前，淡月凄風。此恨誰堪共説，清愁付、緑酒杯中。佳期在，歸時待把，香袖看啼紅。

滿庭芳

秦觀

山抹微雲，天黏衰草，畫角聲斷譙門。暫停征棹，聊共引離尊。多少蓬萊舊事，空回首、烟靄紛紛。斜陽外，寒鴉萬點，流水繞孤村。　消魂。當此際，香囊暗解，羅帶輕分。漫、贏得青樓，薄幸名存。此去何時見也，襟袖上、空惹啼痕。傷情處，高城望斷，燈火已黄昏。

曉色雲開，春隨人意，驟雨纔過還晴。古臺芳榭，飛燕蹴紅英。舞困榆錢自落，鞦韆外、緑水橋平。東風裏，朱門映柳，低按小秦箏。　多情。行樂處，珠鈿翠蓋，玉轡紅纓。漸、酒空金榼，花困蓬瀛。豆蔻梢頭舊恨，十年夢、屈指堪驚。憑闌久，疏烟淡日，寂寞下蕪城。

碧水驚秋，黄雲凝暮，敗葉零亂空階。洞房人静，斜月照徘徊。又是重陽近也，幾處處、砧杵聲催。西窗下，風摇翠竹，疑是故人來。　傷懷。增悵望，新歡易失，往事難猜。問、籬邊黄菊，知爲誰開。漫道愁須殢酒，酒未醒、愁已先回。憑闌久，金波漸轉，白露點蒼苔。

滿庭芳

周邦彦

夏日溧水無想山作

風老鶯雛，雨肥梅子，午陰嘉樹清圓。地卑山近，衣潤費爐烟。人静烏鳶自樂，小橋外、新緑濺濺。憑闌久，黄蘆苦竹，疑泛九江船。　年年。如社燕，飄流瀚海，來寄修椽。且、莫思身外，長近尊前。憔悴江南倦客，不堪聽、急管繁弦。歌筵畔，先安簟枕，容我醉時眠。

滿庭芳

張鎡

促織兒

月洗高梧，露溥幽草，寶釵樓外秋深。土花沿翠，螢火墜牆陰。静聽寒聲斷續，微韵轉、凄咽悲沈。争求侣，殷勤勸織，促破曉機心。　兒時曾記得，呼燈灌穴，斂步隨音。任、滿身花影，猶自追尋。携向華堂戲鬥，亭臺小、籠巧妝金。今休説，從渠床下，凉夜伴孤吟。

燭影摇紅

廖世美

題安陸浮雲樓

靄靄春空，畫樓森聳凌雲渚。紫薇登覽最關情，絶妙誇能賦。惆悵相思遲暮。記當日、朱闌共語。塞鴻難問，岸柳何窮，别愁紛絮。　催促年光，舊來流水知何處。斷腸何必更殘陽，極目傷平楚。晚霽波聲帶雨。悄無人、舟横野渡。數峰江上，芳草天涯，參差烟樹。

燭影摇紅

張掄

上元有懷

雙闕中天，鳳樓十二春寒淺。去年元夜奉宸游，曾侍瑶池宴。玉殿珠簾盡捲。擁群仙、篷壺閬苑。五雲深處，萬燭光中，揭天絲管。　馳隙流年，恍如一瞬星霜换。今宵誰念泣孤臣，回首長安遠。可是塵緣未斷。漫惆悵、華胥夢短。滿懷幽恨，數點寒燈，幾聲歸雁。

八聲甘州

柳永

對、瀟瀟暮雨灑江天，一番洗清秋。漸、霜風凄緊，關河冷落，殘照當樓。是處紅衰翠減，苒苒物華休。惟有長江水，無語東流。　　不忍登高臨遠，望、故鄉渺邈，歸思難收。嘆、年來踪迹，何事苦淹留。想佳人、妝樓凝望，誤幾回、天際識歸舟。争知我、倚闌干處，正恁凝愁。

八聲甘州

蘇軾

寄参寥子

有情風，萬里捲潮來，無情送潮歸。問、錢塘江上，西興浦口，幾度斜暉。不用思量今古，俯仰昔人非。誰似東坡老，白首忘機。　　記取西湖西畔，正、春山好處，空翠烟霏。算、詩人相得，如我與君稀。約他年、東還海道，願謝公、雅志莫相違。西州路，不應回首，爲我沾衣。

八聲甘州

晁補之

揚州次韵和東坡錢塘作

謂東玻，未老賦歸來，天未遣公歸。向、西湖兩處，秋波一種，飛靄澄輝。又擁竹西歌吹，僧老木蘭非。一笑千秋事，浮世危機。　　應倚平山闌檻，是、醉翁飲處，江雨霏霏。送、孤鴻相接，今古眼中稀。念平生、相從江海，任飄蓬、不遣此心違。登臨事，更何須惜，吹帽淋衣。

八聲甘州

吴文英

靈岩陪庾幕諸公游

渺、空烟四遠，是何年、青天墜長星。幻、蒼崖雲樹，名娃金屋，殘霸宫城。箭徑酸風射眼，膩水染花腥。時靸雙鴛響，廊葉秋聲。　宫裏吴王沈醉，倩、五湖倦客，獨釣醒醒。問、蒼波無語，華髪奈山青。水涵空、闌干高處，送、亂鴉斜日落漁汀。連呼酒，上琴臺去，秋與雲平。

八聲甘州

元好問

玉京岩，龍香海南來，霓裳月中傳。有、六朝圖畫，朝朝瓊樹，步步金蓮。明滅重簾畫燭，幾處鎖蟬娟。塵暗秦王女，秋扇年年。　一枕繁華夢覺，問、故家桃李，何許争妍。便、牛羊丘隴，百草動荒烟。更誰知、昭陽舊事，似天教、通德見伶玄。春風老，擁鬟顰黛，寂寞燈前。

暗香

姜夔

辛亥之冬，余載雪詣石湖。止既月，授簡索句，且徵新聲。作此兩曲，石湖把玩不已，使二妓肄習之①，音節諧婉，乃名之曰《暗香》《疏影》。

舊時月色。算、幾番照我，梅邊吹笛。唤起玉人，不管清寒與攀摘。何遜而今漸老，都忘却、春風詞筆。但怪得、竹外疏花，香冷入瑶席。　江國。正寂寂。嘆、寄與路遥，夜雪初積。翠尊易泣。紅萼無言耿相憶。長記曾携手處，千樹壓、西湖寒碧。又、片片吹盡也，幾時見得。

---

① “肄習”亦作“隸習”，見夏承焘《姜白石词编年笺校》，上海古籍出版社，1981，第48、50頁。

高陽臺

吴文英

落梅

宮粉雕痕，仙雲墮影，無人野水荒灣。古石埋香，金沙鎖骨連環。南樓不恨吹橫笛，恨曉風、千里關山。半飄零，庭上黄昏，月冷闌干。

壽陽空理愁鸞。問、誰調玉髓，暗補香瘢。細雨歸鴻，孤山無限春寒。離魂難倩招清些，夢縞衣、解佩溪邊。最愁人，啼鳥晴明，葉底清圓。

高陽臺

韓噿

除夜

頻聽銀籤，重然絳蠟，年華衮衮驚心。餞舊迎新，能消幾刻光陰。老來可慣通宵飲，待不眠、還怕寒侵。掩清尊，多謝梅花，伴我微吟。

鄰娃已試春妝了，更、蜂腰簇翠，燕股横金。句引東風，也知芳思難禁。朱顔那有年年好，逞艷游、贏取如今。恣登臨，殘雪樓臺，遲日園林。

高陽臺

王沂孫

和周草窗寄越中諸友韵

殘雪庭陰，輕寒簾影，霏霏玉管春葭。小帖金泥，不知春是誰家。相思一夜窗前夢，奈個人、水隔天遮。但凄然，滿樹幽香，滿地横斜。

江南自是離愁苦，況、游驄古道，歸雁平沙。怎得銀箋，殷勤説與年華。如今處處生芳草，縱憑高、不見天涯。更消他，幾度東風，幾度飛花。

念奴嬌

蘇軾

赤壁懷古

大江東去，浪淘盡、千古風流人物。故壘西邊，人道是、三國周郎赤壁。亂石崩雲，驚濤裂岸，捲起千堆雪。江山如畫，一時多少豪杰。
遥想公瑾當年，小喬初嫁了，雄姿英發。羽扇綸巾，談笑間、强虜灰飛烟滅。故國神游，多情應笑我，早生華髮。人間如夢，一尊還酹江月。

念奴嬌

辛弃疾

書東流村壁

野塘花落，又、匆匆過了，清明時節。剗地東風欺客夢，一枕雲屏寒怯。曲岸持觴，垂楊繫馬，此地曾輕别。樓空人去，舊游飛燕能説。
聞道綺陌東頭，行人曾見，簾底纖纖月。舊恨春江流不斷，新恨雲山千叠。料得明朝，尊前重見，鏡裏花難折。也應驚問，近來多少華髮。

念奴嬌

姜夔

余客武陵，湖北憲治在焉。古城野水，喬木參天，余與二三友日蕩舟其間，薄荷花而飲。意象幽閒，不類人境。秋水且涸，荷葉出地尋丈，因列坐其下，上不見日，清風徐來，綠雲自動，間於疏處窺見游人畫船，亦一樂也。朅來吴興，數得相羊荷花中。又夜泛西湖，光景奇絶，故以此句寫之。

鬧紅一舸，記來時、嘗與鴛鴦爲侶。三十六陂人未到，水佩風裳無數。翠葉吹凉，玉容消酒，更灑菰蒲雨。嫣然摇動，冷香飛上詩句。　　日暮。青蓋亭亭，情人不見，争忍凌波去。袛恐舞衣寒易落，愁入西風南浦。高柳垂陰，老漁吹浪，留我花間住。田田多少，幾回沙際歸路。

念奴嬌

薩都剌

石頭城用東坡赤壁韵

石頭城上，望、天低吴楚，眼中無物。指點六朝形勝地，惟有青山如壁。蔽日旌旗，連雲檣艣，白骨紛如雪。大江南北，消磨多少豪杰。
寂寞避暑離宫，東風輦路，芳草年年發。落日無人松徑冷，鬼火高低明滅。歌舞尊前，繁華鏡裏，暗换青青髮。傷心千古，秦淮一片明月。

木蘭花慢

辛弃疾

滁州送范倅

老來情味减，對别酒，怯流年。况、屈指中秋，十分好月，不照人圓。無情水都不管，共、西風衹管送歸船。秋晚蒓鱸江上，夜深兒女燈前。　　征衫便好去朝天。玉殿正思賢。想、夜半承明，留教視草，却遣籌邊。長安故人問我，道、愁腸殢酒衹依然。目斷秋霄落雁，醉來時響空弦。

木蘭花慢

戴復古

鶯啼啼不盡，憑燕語，語難通。這、一點芳心，十年不斷，惱亂東風。重來故人何處，但、依前流水小橋東。記得同題粉壁，而今壁破無踪。　　蘭皋空漲緑溶溶。流恨落花紅。念、著破春衫，當時送别，燈下裁縫。相思漫令自苦，嘆、雲烟過眼總成空。落日楚天無際，憑闌目送歸鴻。

木蘭花慢

元好問

對、西山摇落，又匹馬，過并州。恨、秋雁年年，長空淡淡，事往情留。白頭。幾回南北，竟、何人談笑得封侯。愁裏狂歌濁酒，夢中錦帶吴鈎。　　嚴城笳鼓動高秋。萬竈擁貔貅。覺、全晋山河，風聲習氣，未減風流。風流。故家人物，慨、中宵拊枕憶同游。不用聞鷄起舞，且須乘月登樓。

游三臺

擁、岧岧雙闕，龍虎氣，鬱崢嶸。想、暮雨珠簾，秋香桂樹，指顧臺城。臺城。爲誰西望，但、哀弦凄斷似平生。衹道江山如畫，争教天地無情。　　風雲奔走十年兵。慘淡入經營。問、對酒當歌，曹侯墓上，何用虚名。青青。故都喬木，悵、西陵遺恨幾時平。安得參軍健筆，爲君重賦蕪城。

水龍吟

程垓

夜來風雨匆匆，故園定是花無幾。愁多怨極，等閑孤負，一年芳意。柳困桃慵，杏青梅小，對人容易。算、好春長在，好花長見，原衹是、人憔悴。　　回首池南舊事。恨星星、不堪重記。如今但有，看花老眼，傷時清泪。不怕逢花瘦，衹愁怕、老來風味。待、繁紅亂處，留雲借月，也須拼醉。

水龍吟

陳亮

鬧花深處樓臺，畫簾半捲東風軟。春歸翠陌，平莎茸嫩，垂楊金淺。遲日催花，淡雲閣雨，輕寒輕暖。恨、芳菲世界，游人未賞，都付與、鶯和燕。　　寂寞憑高念遠。向南楼、一聲歸雁。金釵鬥草，青絲勒馬，風流雲散。羅綬分香，翠綃封泪，幾多幽怨。正消魂，又是疏烟淡月，子規聲斷。

水龍吟

唐珏

白蓮

淡妝人更嬋娟，晚奩净洗鉛華膩。泠泠月色，蕭蕭風度，嬌紅斂避。太液池空，霓裳舞倦，不堪重記。嘆、冰魂猶在，翠輿難駐，玉簪爲誰輕墜。　　别有凌波一葉，泛清寒、素波千里。珠房泪濕，明璫恨遠，舊游夢裏。羽扇生秋，瓊樓不夜，尚遺仙意。奈、香雲易散，綃衣半脱，露凉如水。

水龍吟

張炎

白蓮

仙人掌上芙蓉，娟娟猶濕金盤露。淡妝照水，纖裳立玉，無言似舞。幾度消凝，滿湖烟月，一汀鷗鷺。記、小舟清夜，波明香遠，渾不見、花開處。　　應是浣花人妒。褪紅衣、被誰輕誤。閒情淡雅，冶容清潤，憑嬌待語。隔浦相逢，偶然傾蓋，似傳心素。怕、湘皋佩解，緑雲十里，捲、西風去。

齊天樂

周邦彦

緑蕪凋盡臺城路，殊鄉又逢秋晚。暮雨生寒，鳴蛩勸織，深閣時聞裁剪。雲窗静掩。嘆、重拂羅裀，顿疏花簟。尚有練囊，露螢清夜照書卷。　　荆江留滯最久，故人相望處，離思何限。渭水西風，長安亂葉，空憶詩情宛轉。憑高眺遠。正、玉液新篘，蟹螯初薦。醉倒山翁，但愁斜照斂。

齊天樂

姜夔

丙辰歲，與張功甫會飲張達可之堂，聞屋壁間蟋蟀有聲，功甫約余同賦，以授歌者。功甫先成，詞甚美。余徘徊末利花間，仰見秋月，頓起幽思，尋亦得此。蟋蟀中都呼爲促織，善鬥，好事者或以三二十萬錢致一枚，鏤象齒爲樓觀以貯之。

庾郎先自吟愁賦。凄凄更聞私語。露濕銅鋪，苔侵石井，都是曾聽伊處。哀音似訴。正、思婦無眠，起尋機杼。曲曲屏山，夜凉獨自甚情緒。

西窗又吹暗雨。爲誰頻斷續，相和砧杵。候館迎秋，離宫吊月，别有傷心無數。豳詩漫與。笑、籬落呼燈，世間兒女。寫入琴絲，一聲聲更苦。

齊天樂

王沂孫

蟬

一襟餘恨宫魂斷，年年翠陰庭樹。乍咽凉柯，還移暗葉，重把離愁深訴。西窗過雨。怪、瑶佩流空，玉筝調柱。鏡暗妝殘，爲誰嬌鬢尚如許。

銅仙鉛泪似洗，嘆移盤去遠，難貯零露。病翼驚秋，枯形閲世，消得斜陽幾度。餘音更苦。甚、獨抱清高，頓成凄楚。漫想薰風，柳絲千萬縷。

齊天樂

仇遠

蟬

夕陽門巷荒城曲，清音早鳴秋樹。薄剪綃衣，凉生鬢影，獨飲天邊風露。朝朝暮暮。奈、一度凄吟，一番凄楚。尚有殘聲，驀然飛過别枝去。

齊宮往事漫省，行人猶與説，當時齊女。雨歇空山，月籠古柳，仿佛舊曾聽處。離情正苦。甚、懶拂冰弦，倦拈琴譜。滿地紅霜，淺莎尋脱羽。

綺羅香

史達祖

咏春雨

做冷欺花，將烟困柳，千里偷催春暮。盡日冥迷，愁裏欲飛還住。驚粉重、蝶宿西園，喜泥潤、燕歸南浦。最妨他、佳約風流，鈿車不到杜陵路。　沈沈江上望極，還被春潮晚急，難尋官渡。隱約遥峰，和泪謝娘眉嫵。臨斷岸、新緑生時，是落紅、帶愁流處。記當日、門掩梨花，剪燈深夜語。

綺羅香

張炎

紅葉

萬里飛霜，千山落木，寒艷不招春妒。楓冷吴江，獨客又吟愁句。正船艤、流水孤村，似花繞、斜陽芳樹。甚荒溝、一片凄凉，載情不去載愁去。　長安誰問倦旅。羞見衰顔借酒，飄零如許。漫倚新妝，不入洛陽花譜。爲西風、起舞尊前，盡化作、斷霞千縷。記陰陰、緑遍江南，夜窗聽暗雨。

望海潮

柳永

東南形勝，三吴都會，錢塘自古繁華。烟柳畫橋，風簾翠幕，參差十萬人家。雲樹繞堤沙。怒濤捲霜雪，天塹無涯。市列珠璣，户盈羅綺、競豪奢。　重湖叠巘清嘉。有、三秋桂子，十里荷花。羌管弄晴，菱歌泛夜，嬉嬉釣叟蓮娃。千騎擁高牙。乘醉聽簫鼓，吟賞烟霞。异日圖將好景，歸去鳳池誇。

望海潮

秦觀

星分牛斗，疆連淮海，揚州萬井提封。花發路香，鶯啼人起，珠簾十里東風。豪俊氣如虹。曳、照春金紫，飛蓋相從。巷入垂楊，畫橋南北翠烟中。　追思故國繁雄。有、迷樓挂斗，月觀橫空。文錦製帆，明珠濺雨，寧論爵馬魚龍。往事逐孤鴻，但、亂雲流水，縈帶離宮，最好揮毫萬字，一飲拚千鍾。

梅英疏淡，冰澌溶泄，東風暗換年華。金谷俊游，銅駝巷陌，新晴細履平沙。長記誤隨車。正、絮翻蝶舞，芳思交加。柳下桃蹊，亂分春色到人家。　西園夜飲鳴笳。有、華燈礙月，飛蓋妨花。蘭苑未空，行人漸老，重來是事堪嗟。烟暝酒旗斜。但、倚樓極目，時見栖鴉。無奈歸心，暗隨流水到天涯。

望海潮

折元禮

從軍舟中作

地雄河岳，疆分韓晋，潼關高壓秦頭。山倚斷霞，江吞絶壁，野烟縈帶滄洲。虎旆擁貔貅。看、陣雲截岸，霜氣橫秋。千雉嚴城，五更殘角、月如鈎。　西風曉入貂裘。恨、儒冠誤我，却羡兜牟。六郡少年，三關老將，賀蘭烽火新收。天外岳蓮樓。挂、幾行雁字，指引歸舟。正好黄金换酒，羯鼓醉凉州。

風流子

張耒

亭皋木葉下，重陽近、又是擣衣秋。念、愁入庾腸，老侵潘鬢，漫簪黄菊，花也應羞。楚天晚、白蘋烟盡處，紅蓼水邊頭。芳草有情，夕陽無語，雁横南浦，人倚西樓。　　玉容知安否。香箋共錦字，兩處悠悠。空恨碧雲離合，青鳥沈浮。向、風前懊惱，芳心一點，寸眉兩葉，禁甚閒愁。情到不堪言處，分付東流。

皇州淑景滿，和風漸、催促柳花飛。過、清明驟雨，五侯臺榭，青烟散入，新火開時。綉簾外、傍人飛燕子，映葉語黄鸝。鞦韆晝永，綺羅人散，笑隔花陰，紅粉牆低。　　青鳥多行樂，尋芳處、何計强逐輕肥。空對舊游滿目，誰共開眉。遇、有時繫馬，垂楊影下，風前佇立，惆悵佳期。回望故園桃李，應待人歸。

疏影

姜夔

苔枝綴玉。有、翠禽小小，枝上同宿。客裏相逢，籬角黄昏，無言自倚修竹。昭君不慣胡沙遠，但暗憶、江南江北。想佩環、月夜歸來，化作此花幽獨。　　猶記深宫舊事，那人正、睡裏飛近蛾緑。莫似春風，不管盈盈，早與安排金屋。還教一片隨波去，又却怨、玉龍哀曲。等恁時、重覓幽香，已入小窗横幅。

疏影

張炎

咏荷葉

碧圓自潔。向、淺洲遠浦，亭亭清絶。猶有遺簪，不展秋心，能捲幾多炎熱。鴛鴦密語同傾蓋，且莫與、浣紗人説。恐怨歌、忽斷花風，碎却翠雲千叠。　　回首當年漢舞，怕飛去、漫皺留仙裙摺。戀戀青衫，猶染枯香，還嘆鬢絲飄雪。盤心清露如鉛水，又一夜、西風吹折。喜净看、匹練飛光，倒瀉半湖明月。

小梅花

賀鑄

城下路。凄風露。今人犁田古人墓。岸頭沙。帶蒹葭。漫漫昔時流水今人家。黄埃赤日長安道。倦容無漿馬無草。開函關。掩函關。千古如何不見一人閒。　　六國擾。三秦掃。初謂商山遺四老。馳單車。致緘書。裂荷焚芰接武曳長裾。高流端得酒中趣。深入醉鄉安穩處。生忘形。死忘名。誰論二豪初不數劉伶。

縛虎手。懸河口。車如鷄栖馬如狗。白綸巾。撲黄塵。不知我輩可是蓬蒿人。衰蘭送客咸陽道。天若有情天亦老。作雷顛。不論錢。誰問旗亭美酒斗十千。　　酌大斗。更爲壽。青鬢常青古無有。笑嫣然。舞翩然。當爐秦女十五語如弦。遺音能記秋風曲。事去千年猶恨促。攬流光。繫扶桑。争奈愁來一日却爲長。

思前别。記時節。美人顔色如花發。美人歸。天一涯。娟娟姮娥三五滿還虧。翠眉蟬鬢生離訣。遥望青樓心欲絶。夢中尋。卧巫雲。覺來珠泪滴向湘水深。　　愁無已。奏緑綺。歷歷高山與流水。妙通神。絶知音。不知暮雨朝雲何山岑。相思無計堪相比。珠箔雕闌幾千里。漏將分。月窗明。一夜梅花忽開疑是君。

沁園春

賀鑄

宫燭分烟，禁池開鑰，鳳城暮春。向、落花香裏，澄波影外，笙歌遲日，羅綺芳塵。載酒追游，聯鑣歸晚，燈火平康尋夢雲。逢迎處，最、多才自負，巧笑相親。　　離群。客宦漳濱。但驚見、來鴻歸燕頻。念、日邊消耗，天涯悵望，樓臺清曉，簾幕黄昏。無限悲凉，不勝憔悴，断盡危腸鎖盡魂。方年少，恨、虚名誤我，樂事輸人。

沁園春

陸游

孤鶴歸來，再過遼天，换盡舊人。念纍纍枯冢，茫茫夢境，王侯螻蟻，畢竟成塵。載酒園林，尋花巷陌，當日何曾輕負春。流年改，嘆、圍腰帶剩，點鬢霜新。　　交親。散落如雲。又豈料、而今餘此身。幸、眼明身健，茶甘飯軟，非惟我老，更有人貧。躲盡危機，消殘壯志，短艇湖中閒采蒓。吾何恨，有、漁翁共醉，溪友爲鄰。

賀新郎

蘇軾

乳燕飛華屋。悄無人、桐陰轉午，晚凉新浴。手弄生綃白團扇，扇手一時似玉。漸困倚、孤眠清熟。簾外誰來推綉户，枉教人、夢斷瑶臺曲。又却是，風敲竹。　　石榴半吐紅巾蹙。待、浮花浪蕊都盡，伴君幽獨。穠艷一枝細看取，芳心千重似束。又恐被、秋風驚緑。若待得、君來向此，花前對酒不忍觸。共粉泪，兩簌簌。

賀新郎

辛弃疾

别茂嘉十二弟

緑樹聽鵜鴂。更那堪、鷓鴣聲住，杜鵑聲切。啼到春歸無啼處，苦恨芳菲都歇。算未抵、人間離别。馬上琵琶關塞黑，更、長門翠輦辭金闕。看燕燕，送歸妾。　　將軍百戰身名裂。向河梁、回頭萬里，故人長絶。易水蕭蕭西風冷，滿坐衣冠似雪。正壯士、悲歌未徹。啼鳥還知如許恨，料、不啼清泪長啼血。誰共我，醉明月。

賦琵琶

鳳尾龍香撥。自開元、霓裳曲罷，幾番風月。最苦潯陽江頭客，畫舸亭亭待發。記出塞、黄雲堆雪。馬上離愁三萬里，望、昭陽宫殿孤鴻没。絃解語，恨難説。　　遼陽驛使音塵絶。瑣窗寒、輕攏慢捻，泪珠盈睫。推手含情還却手，一抹梁州哀徹。千古事、雲飛烟滅。賀老定場無消息，想、沈香亭北繁華歇。彈到此，爲嗚咽。

賀新郎

劉過

老去相如倦。向文君、説似而今，怎生消遣。衣袂京塵曾染處，空有香紅尚軟。料彼此、魂消腸斷。一枕新凉眠客舍，聽、梧桐疏雨秋風顫。燈暈冷，記初見。　　樓低不放珠簾捲。晚妝殘、翠蛾狼藉，泪痕凝臉。人道愁來須殢酒，無奈愁深酒淺。但托意、焦琴紈扇。莫鼓琵琶江上曲，怕、荻花楓葉俱凄怨。雲萬叠，寸心遠。

賀新郎

劉克莊

九日

湛湛長空黑。更那堪、斜風細雨，亂愁如織。老眼平生空四海，賴有高樓百尺。看浩蕩、千崖秋色。白髮書生神州泪，盡凄凉、不向牛山滴。追往事，去無迹。　　少年自負凌雲筆。到而今、春華落盡，滿懷蕭瑟。常恨世人新意少，愛説南朝狂客。把破帽、年年拈出。若對黄花孤負酒，怕黄花、也笑人岑寂。鴻北去，日西匿。

賀新郎

蔣捷

夢冷黄金屋。嘆秦箏、斜鴻陣裹，素弦塵撲。化作嬌鶯飛歸去，猶認紗窗舊緑。正、過雨荆桃如菽。此恨難平君知否，似、瓊臺湧起彈棋局。消瘦影，嫌明燭。　　鴛樓碎瀉東西玉。問芳踪、何時再展，翠釵難卜。

待把宫眉横雲様，描上生綃畫幅。怕、不是新來妝束。彩扇紅牙今都在，恨、無人解聽開元曲。空掩袖，倚寒竹。

摸魚兒

辛弃疾

淳熙己亥，自湖北漕移湖南，同官王正之置酒小山亭，爲賦。

更能消、幾番風雨。匆匆春又歸去。惜春長怕花開早，何况落紅無數。春且住。見説道、天涯芳草無歸路。怨春不語。算、衹有殷勤，畫檐蛛網，盡日惹飛絮。　　長門事，準擬佳期又誤。蛾眉曾有人妒。千金縱買相如賦。脉脉此情誰訴。君莫舞。君不見、玉環飛燕皆塵土。閒愁最苦。休去倚危闌，斜陽正在，烟柳断腸處。

摸魚兒

劉辰翁

酒邊留同年徐雲屋

怎知他、春歸何處，相逢且盡尊酒。少年裊裊天涯恨，長結西湖烟柳。休回首。但、細雨断橋，憔悴人歸後。東風似舊。問、前度桃花，劉郎能記，花復認郎否。　　君且住，草草留君剪韭。前宵正恁時候。深杯欲共歌聲滑，翻濕春衫半袖。空眉皺。看、白髮尊前，已似人人有。臨分把手。嘆、一笑論文，清狂顧曲，此會幾時又。

摸魚兒

張翥

春日西湖泛舟

涨西湖、半篙新雨，麯塵波外風軟。蘭舟同上鴛鴦浦，天氣嫩寒輕暖。簾半捲。度、一縷歌雲，不礙桃花扇。鶯嬌燕婉。任、狂客無腸，王孫有恨，莫放酒杯淺。　　垂楊岸。何處紅亭翠館。如今游興全懶。山容水態依然好，惟有綺羅雲散。君不見。歌舞地、青蕪滿目成秋苑。斜陽又晚。正、落絮飛花，將春欲去，目送水天遠。

鶯啼序

吴文英

春晚感懷

殘寒正欺病酒，掩、沈香綉户。燕來晚、飛入西城，似説春事遲暮。畫船載、清明過却，晴烟冉冉吴宫樹。念、羈情、游蕩隨風，化爲輕絮。

十載西湖，傍柳繫馬，趁、嬌塵軟霧。溯紅漸、招入仙溪，錦兒偷寄幽素。倚銀屏、春寬夢窄，斷紅濕、歌紈金縷。暝堤空、輕把斜陽，總還鷗鷺。　　幽蘭旋老，杜若還生，水鄉尚寄旅。別後訪、六橋無信，事往花委，瘞玉埋香，幾番風雨。長波妒盼，遥山羞黛，漁燈分影春江宿，記當時、短楫桃根渡。青樓仿佛，臨分敗壁題詩，泪墨慘淡塵土。　　危亭望極，草色天涯，嘆、鬢侵半苧。暗點檢、離痕歡唾，尚染鮫綃，嚲鳳迷歸，破鸞慵舞。殷勤待寫，書中長恨，藍霞遼海沈過雁，漫相思、彈入哀箏柱。傷心千里江南，怨曲重招，斷魂在否。

卷　下

楊柳枝

劉禹錫

煬帝行宮汴水濱。數株殘柳不勝春。晚來風起花如雪，吹入宮牆不見人。

楊柳枝

城外春風吹酒旗。行人揮袂日西時。長安陌上無窮樹，唯有垂楊管別離。

楊柳枝

楊柳青青江水平。聞郎江上唱歌聲。東邊日出西邊雨，道是無晴却有晴。

楊柳枝

薛能

華清高樹出深宮。南陌柔條帶晚風。誰見輕陰是良夜，瀑泉聲伴月明中。

楊柳枝

温庭筠

宜春苑外最長條。閒裊春風伴舞腰。正是玉人腸絶處，一渠春水赤闌橋。

楊柳枝

館娃宫外鄴城西。遠映征帆近拂堤。繫得王孫歸意切，不關芳草緑萋萋。

法駕導引

陳與義

朝元路。朝元路。同駕玉華君。千乘載花紅一色，人間遥指是祥雲。回望海光新。

東風起。東風起。海上百花摇。十八風鬟雲半動，飛花和雨著輕綃。歸路碧迢迢。

烟漠漠。烟漠漠。天淡一簾秋。自洗玉舟斟白醴，月華微映是空舟。歌罷海西流。

歸國謡

馮延巳

寒水碧。水上何人吹玉笛。扁舟遠送瀟湘客。　蘆花千里霜月白。傷行色。來朝便是關山隔。

歸國謡

温庭筠

香玉。翠鳳寶釵垂𥖄䍦。鈿筐交勝金粟。越羅春水緑。　畫堂照簾残燭。夢餘更漏促。謝娘無限心曲。曉屏山斷續。

歸國謠

韋莊

金翡翠。爲我南飛傳我意。罨畫橋邊春水。幾年花下醉。　別後衹知相愧。泪珠難遠寄。羅幕綉幃鴛被。舊歡如夢裏。

望梅花

和凝

春草全無消息。臘雪猶餘踪迹。越嶺寒枝香自折。　冷艷奇芳堪惜。何事壽陽無處覓。吹入誰家横笛。

望梅花

孫光憲

數枝開與短牆平。見、雪萼紅跗相映，引起誰人邊塞情。　簾外欲三更。吹斷離愁月正明。空聽隔江聲。

生查子

魏承班

烟雨晚晴天，零落花無語。難話此時心，梁燕雙來去。　琴韵對薰風，有恨和情撫。腸斷斷弦頻，泪滴黄金縷。

生查子

寂寞畫堂空，深夜垂羅幕。燈暗錦屏攲，月冷珠簾薄。　愁恨夢應成，何處貪歡樂。看看又春來，還是長蕭索。

生查子

歐陽修

去年元夜時，花市燈如晝。月上柳梢頭，人約黄昏後。　今年元夜時，月與燈依舊。不見去年人，泪濕青衫袖。

生查子

張先

含羞整翠鬟，得意頻相顧，雁柱十三弦，一一春鶯語。　嬌雲容易飛，夢斷知何處。深院鎖黄昏，陣陣芭蕉雨。

生查子

晏幾道

金鞍美少年，去躍青驄馬。牽繫玉樓人，綉被春寒夜。　消息未歸來，寒食梨花謝。無處説相思，背面鞦韆下。

關山魂夢長，塞燕音書少。兩鬢可憐青，衹爲相思老。　歸傍碧紗窗，説與人人道。真個别離難，不似相逢好。

生查子

向子諲

春心如杜鵑，日夜思歸切。啼盡一川花，愁落千山月。　遥憐白玉人，翠被前香歇。可慣獨眠寒，減動豐肌雪。

春山和恨長，秋水無言度。脉脉復盈盈，幾點梨花雨。　深深一段愁，寂寂無行路。推去又還來，没個遮攔處。

浣溪沙

顧敻

紅藕香寒翠渚平。月籠虚閣夜蛩清。塞鴻驚夢兩牽情。　寶帳玉爐殘麝冷，羅衣金縷暗塵生。小窗孤燭泪縱横。

惆悵經年别謝娘。月窗花院好風光。此時相望最情傷。　青鳥不來傳錦字，瑶姬何處瑣蘭房。忍教魂夢兩茫茫。

浣溪沙

晏殊

一曲新詞酒一杯。去年天氣舊池臺。夕陽西下幾時回。　無可奈何花落去，似曾相識燕歸來。小園香徑獨徘徊。

一向年光有限身。等閒離别易消魂。酒筵歌席莫辭頻。　滿目山河空念遠，落花風雨更傷春。不如憐取眼前人。

浣溪沙

歐陽修

紅粉佳人白玉杯。木蘭船穩棹歌催。绿荷風裏笑聲來。　細雨輕烟籠草樹，斜橋曲水繞樓臺。夕陽高處畫屏開。

浣溪沙

晏幾道

午醉西橋夕未醒。雨花凄斷不堪聽。歸時應減鬢邊青。　衣化客塵今古道，柳含春意短長亭。鳳樓争見路旁情。

浣溪沙

劉鎮

丁亥餞元宵

簾幕收燈斷續紅。歌臺人散彩雲空。夜寒歸路噤魚龍。　宿醉未消花市月，芳心已逐柳塘風。丁寧鶯燕莫匆匆。

浣溪沙

元好問

芍藥初開百步香。小闌幽徑隔長廊。好花都屬富家郎。　此樂莫教兒輩覺，老夫聊發少年狂。高燒銀燭照紅妝。

巫山一段雲

李珣

古廟依青嶂，行宫枕碧流。水聲山色鏁妝樓。往事思悠悠。　雲雨朝還暮，烟花春復秋。啼猿何必近孤舟。行客自多愁。

巫山一段雲

趙孟頫

净壇峰

叠嶂千重碧，長江一带清。瑶壇霞冷月朧明。攲枕若爲情。　雲過船窗曉，星移宿霧晴。古今離恨撥難平。惆悵峽猿聲。

朝雲峰

絶顶朝雲散，寒江暮雨頻。楚王宫殿已成塵。過客轉傷神。　月是巫娥伴，花爲宋玉鄰。一聽歌調一含顰。哀怨竹枝春。

翠屏峰

碧水澄青黛，危峰聳翠屏。竹枝歌怨月三更。别是斷腸聲。　烟外黄牛峽，雲邊白帝城。扁舟清夜泊蘋汀。倚棹不勝情。

聚鹤峰

鹤信三山遠，羅裙片水深。高唐春夢杳難尋。惆悵至如今。　十二峰前月，三千里外心。紅箋錦字信沈沈。腸斷舊香衾。

巫山一段雲

柳永

六六真游洞，三三物外天。九班麟穩破非烟。何處按雲軒。　昨夜麻姑陪宴。又話蓬萊清淺。幾回山脚弄雲濤。仿佛見金鼇。

琪樹羅三殿，金龍抱九關。上清真籍總群仙。朝拜五雲間。　昨夜紫微詔下。急唤天書使者。令賫瑶檢降彤霞。重到漢皇家。

清旦朝金母，斜陽醉王龜。天風摇曳六銖衣。鶴背覺孤危。　貪看海蟾狂戲。不道九關齊閉。相將何處寄良宵。還去訪三茅。

閬苑年華永，嬉游别是情。人間三度見河清。一番碧桃成。　金母忍將輕摘。留宴鼇峰真客。紅狵閒卧吠斜陽。方朔敢偷嘗。

蕭氏賢夫婦，茅家好弟兄。羽輪飆駕赴層城。高會盡仙卿。　一曲雲謡爲壽。倒盡金壺碧酒。醺酣争撼白榆花。蹋碎九光霞。

更漏子

温庭筠

柳絲長，春雨細。花外漏聲迢遞。驚塞雁，起城烏。畫屏金鷓鴣。香霧薄。透簾幕。惆悵謝家池閣。紅燭背，綉簾垂。夢長君不知。

星斗稀，鐘鼓歇。簾外曉鶯殘月。蘭露重，柳風斜。滿庭堆落花。

虚閣上。倚闌望。還似去年惆悵。春欲暮，思無窮。舊歡如夢中。

玉爐香，紅蠟泪。偏照畫堂秋思。眉翠薄，鬢雲殘，夜長衾枕寒。梧桐樹。三更雨。不道離情正苦。一葉葉，一聲聲。空階滴到明。

更漏子

牛嶠

春夜闌，更漏促。金燼暗挑殘燭。驚夢斷，錦屏深。兩鄉明月心。閨草碧。望歸客。還是不知消息。辜負我，悔憐君。告天天不聞。

更漏子

馮延巳

秋水平，黄葉晚。落日渡頭雲散。捲珠箔，挂金鈎。暮潮人倚樓。歡娱地。思前事。歌罷不勝沈醉。消息遠，夢魂狂。酒醒空断腸。

河瀆神

温庭筠

河上望叢祠。廟前春雨來時。楚山無限鳥飛遲。蘭棹空傷别離。何處杜鵑啼不歇。艷紅開盡如血。蟬鬢美人愁絶。百花芳草佳節。

孤廟對寒潮。西陵風雨蕭蕭。謝娘惆悵倚蘭橈。泪流玉箸千條。暮天愁聽思歸落。早梅香滿山郭。回首兩情蕭索。離魂何處飄泊。

銅鼓賽神來。滿庭幡蓋徘徊。水村江浦過風雷。楚山如畫烟開。離别櫓聲空蕭索。玉容惆悵妝薄。青麥燕飛落落。捲簾愁對珠閣。

河瀆神

孫光憲

汾水碧依依。黄雲落葉初飛。翠蛾一去不言歸。廟門空掩斜暉。

四壁陰森排古畫。依舊瓊輪羽駕。小殿沈沈清夜。銀燈飄落香灺。

河傳

顧敻

棹舉。舟去。波光渺渺，不知何處。岸花汀草共依依。雨微。鷓鴣相逐飛。　　天涯離恨江聲咽。啼猿切。此意向誰説。倚蘭橈。無憀。魂銷。小爐香欲焦。

河傳

温庭筠

湖上。門望。雨蕭蕭，烟浦花橋路遥。謝娘翠蛾愁不銷。終朝。夢魂迷晚潮。　　蕩子天涯歸棹遠。春已晚。鶯語空腸斷。若耶溪。溪水西。柳堤。不聞郎馬嘶。

河傳

孫光憲

風颭。波斂。團荷閃閃。珠傾露點。木蘭舟上，何處吴娃越艷。藕花紅照臉。　　大堤狂殺襄陽客。烟波隔。渺渺湖光白。身已歸。心不歸。斜暉。遠汀鸂鶒飛。

河傳

李珣

去去。何處。迢迢巴楚。山水相連，朝雲暮雨。依舊十二峰前。猿聲到客船。　　愁腸豈异丁香結。因離别。故國音書絶。想佳人、花下對明月。春風。恨應同。

木蘭花

孟昶

冰肌玉骨清無汗。水殿風來暗香滿。綉簾一點月窺人，欹枕釵横雲鬢亂。　　起來庭户寂無聲，時見疏星度河漢。屈指西風幾時來，衹恐流年暗中换。

木蘭花

錢惟演

城上風光鶯語亂。城下烟波春拍岸。緑楊芳草幾時休，泪眼愁腸先已斷。　　情懷漸覺成衰晚。鸞鏡朱顔驚暗换。昔年多病厭芳尊，今日芳尊惟恐淺。

木蘭花

晏殊

燕鴻過後鶯歸去。細算浮生千萬緒。長於春夢幾多時，散似秋雲無覓處。　　聞琴解佩神仙侣。挽斷羅衣留不住。勸君莫作獨醒人，爛醉花間應有數。

池塘水緑風微暖。記得玉真初見面。重頭歌韵響琤琮，入破舞腰紅亂旋。　　玉鈎闌下香階畔。醉後不知斜日晚。當時共我賞花人，點檢如今無一半。

緑楊芳草長亭路。年少抛人容易去。樓頭殘夢五更鐘，花底離愁三月雨。　　無情不似多情苦。一寸還成千萬縷。天涯地角有窮時，衹有相思無盡處。

木蘭花

宋祁

東城漸覺風光好。皺縠波紋迎客棹。緑楊烟外曉雲輕，紅杏枝頭春意鬧。　　浮生長恨歡娱少。肯爱千金輕一笑。爲君持酒勸斜陽，且向花間留晚照。

木蘭花

歐陽修

别後不知君遠近。觸目凄凉多少悶。漸行漸遠漸無書，水闊魚沈何處問。　　夜深風竹敲秋韵。萬葉千聲皆是恨。故欹單枕夢中尋，夢又不成燈又燼。

木蘭花

柳永

皇都今夕知何夕。特地風光盈綺陌。金絲玉管咽春空，蠟炬蘭燈燒曉色。　　鳳樓十二神仙宅。珠履三千鵷鷺客。金吾不禁六街游，狂殺雲踪并雨迹。

木蘭花

晏幾道

東風又作無情計。艷粉嬌紅吹滿地。碧樓簾影不遮愁，還似去年今日意。　　誰知錯管春殘事。到處登臨曾費泪。此時金琖直須深，看盡落花能幾醉。

鞦韆院落重簾暮。彩筆閒來題綉户。牆頭丹杏雨餘花，門外緑楊風後絮。　　朝雲信断知何處。應作襄王春夢去。紫騮認得舊游踪，嘶過畫橋

東畔路

木蘭花

王詵

錦城春色花無數。排比笙歌留客住。輕寒輕暖袷衣天，乍雨乍晴寒食路。　　花雖不語鶯能語。莫放韶光容易去。海棠開後月明前，縱有千金無買處。

木蘭花

嚴仁

春風祇在園西畔。薺菜花繁蝴蝶亂。冰池晴緑照還空，香徑落紅吹已斷。　　意長翻恨游絲短。盡日相思羅帶緩。寶奩如月不欺人，明日歸來君試看。

夜游宫

周邦彦

葉下斜陽照水。捲輕浪、沈沈千里。橋上酸風射眸子。立多時，看黄昏，燈火市。　　古屋寒窗底。聽幾片、井桐飛墜。不戀單衾再三起。有誰知，爲蕭娘，書一紙。

夜游宫

吴文英

人去西樓雁杳。叙别夢、揚州一覺。雲淡星疏楚山曉。聽啼烏，立河橋，話未了。　　雨外蛩聲早。細織就、霜絲多少。説與蕭娘未知道。向長安，對秋燈，幾人老。

淡黄柳

姜夔

客居合肥南城赤闌橋之西，巷陌凄凉，與江左异，唯柳色夾道，依依可憐。因度此曲，以紓客懷。

空城曉角，吹入垂楊陌。馬上單衣寒惻惻。看盡鵝黄嫩緑，都是江南舊相識。　　正岑寂。明朝又寒食。强携酒，小橋宅。怕、梨花落盡成秋色。燕燕飛來，問春何在，唯有池塘自碧。

三奠子

元好問

同國器帥良佐仲澤置酒南陽故城

上、高城置酒，遥望舂陵。興與廢，兩虚名。江山埋王氣，草木動威靈。中原鹿，千年後，盡人争。　　風雲寤寐，鞍馬生平。鐘鼎上，幾書生。軍門高密策，田畝卧龍耕。南陽道，西山色，古今情。

西施

柳永

苧蘿妖艷世難偕，善媚悦君懷。後庭恃寵，盡使絶嫌猜。正恁朝歡暮樂，情未足，早、江上兵來。　　捧心調態軍前死，羅綺旋變塵埃。至今想、怨魂無主，尚徘徊。夜夜姑蘇城外，當時月，但、空照荒臺。

離亭燕

孫浩然

懷古

一帶江山如畫。風物向秋瀟灑。水浸碧天何處斷，霽色冷光相射。蓼嶼荻花洲，掩映竹籬茅舍。　　雲際客帆高挂。烟外酒帘低亞。多少六朝興廢事，盡入漁樵閒話。悵望倚層樓，寒日無言西下。

河滿子

孫洙

悵望浮生急景，凄凉寶瑟餘音。楚客多情偏怨别，碧山遠水登臨。目送連天衰草，夜闌幾處疏砧。　　黄葉無風自落，秋雲不雨長陰。天若有情天亦老，摇摇幽恨難禁。惆悵舊歡如夢，覺來無處追尋。

鬥百花

柳永

煦色韶光明媚，輕靄低籠芳樹。池塘淺蘸烟蕪，簾幕閒垂風絮。春困厭厭，抛擲鬥草工夫，冷落踏青心緒。終日扃朱户。　　遠恨綿綿，淑景遲遲難度。年少傅粉依前，醉眠何處。深院無人，黄昏乍拆鞦韆，空鎖滿庭花雨。

八六子

秦觀

倚危亭、恨如芳草，萋萋剗盡還生。念、柳外青驄别後，水邊紅袂分時，愴然暗驚。　　無端天與娉婷。夜月一簾幽夢，春風十里柔情。怎奈向、歡娱漸隨流水，素弦聲斷，翠綃香減，那堪片片飛花弄晚，濛濛殘雨籠晴。正消凝。黄鸝又啼數聲。

卜算子

柳永

江楓漸老，汀蕙半凋，滿目敗紅衰翠。楚客登臨，正是暮秋天氣。引、疏砧斷續殘陽裏。對晚景、傷懷念遠，新愁舊恨相繼。　　脉脉人千里。念、兩處風情，萬重烟水。雨歇天高，望断翠峰十二。盡無言、誰會憑高意。縱寫得、離腸萬種，奈、歸雲誰寄。

芳草渡

周邦彦

昨夜裹，又、再宿桃源，醉邀仙侣。聽、碧窗風快，珠簾半捲疏雨。多少離恨苦。方、留連啼訴。鳳帳曉、又是匆匆，獨自歸去。　　愁睹。滿懷泪粉，瘦馬衝泥尋去路。漫回首、烟迷望眼，依稀見朱户。似痴似醉，暗惱損、憑闌情绪。淡暮色、看盡栖鴉亂舞。

采蓮令

柳永

月華收，雲淡霜天曙。西征客、此時情苦。翠娥執手送臨歧，軋軋開朱户。千嬌面、盈盈佇立，無言有泪，斷腸争忍回顧。　　一葉蘭舟，便恁急槳凌波去。貪行色、豈知離緒。萬般方寸，但飲恨、脉脉同誰語。更回首、重城不見，寒江天外，隱隱兩三烟樹。

玉京秋

周密

長安獨客，又見西風，素月丹楓，凄然其爲秋也，因調夾鐘羽一解。

烟水闊。高林弄殘照，晚蜩凄切。碧砧度韵，銀床飄葉。衣濕桐陰露冷，采凉花、時賦秋雪。嘆輕别。一襟幽事，砌蟲能説。　　客思吟商還怯。怨歌長、瓊壺暗缺。翠扇恩疏，紅衣香褪，翻成消歇。玉骨西风，恨最恨、閒却新凉時節。楚簫咽。誰寄西樓淡月。

凄凉犯

姜夔

合肥巷陌皆種柳，秋風夕起騷騷然。予客居闔户，時聞馬嘶。出城四顧，則荒烟野草，不勝凄黯，乃著此解。琴有《凄凉調》，假以爲名。凡曲言犯者，謂以宫犯商、商犯宫之類。如道調宫“上”字住，雙调亦“上”字住。所住字同，故道調曲中犯雙調，或于雙調曲中犯道調，其他準此。唐人樂書云：“犯有正、旁、偏、側。宫犯宫爲正，宫犯商爲旁，宫犯角爲偏，宫犯羽爲側。”此説非也。十二宫所住字各不同，不容相犯，十二宫特可犯商、角、羽耳。予歸行都，以此曲示國工田正德，使以啞觱栗角吹之，其韵極美，亦曰《瑞鹤仙影》。

緑楊巷陌秋風起，邊城一片離索。馬嘶漸遠，人歸甚處，戍樓吹角。情懷正惡。更、衰草寒烟淡薄。似當時、將軍部曲，迤邐度沙漠。　　追念西湖上，小舫携歌，晚花行樂。舊游在否，想如今、翠凋紅落。漫寫羊裙，等、新雁來時繫著。怕匆匆、不肯寄與，誤後約。

雪梅香

柳永

景蕭索，危樓獨立面晴空。動、悲秋情緒，當時宋玉應同。漁市孤烟裊寒碧，水村殘葉舞愁紅。楚天闊，浪浸斜陽，千里溶溶。　　臨風。想佳麗，别後愁顔，鎮斂眉峰。可惜當年，頓乖雨迹雲踪。雅態妍姿正歡洽，落花流水忽西東。無憀恨，相思意盡，分付征鴻。

六幺令

吴文英

七夕

露蛩初響，機杼還催織。婺星爲情慵懶，伫立明河側。不見津頭艇子，望絶南飛翼。雲梁千尺。塵緣一點，回首西風又陳迹。　　那知天上計拙。乞巧樓南北。瓜果幾度凄凉，寂寞羅池客。人事回廊縹緲，誰見金釵擘。今夕何夕。杯殘月墮，但耿銀河漫天碧。

玉漏遲

元好問

壬辰圍城中有懷淅江別業

淅江歸路杳。西南却羨，投林高鳥。升斗微官，世累苦相縈繞。不似麒麟殿裏，又不與、巢由同調。時自笑。虚名負我，平生吟嘯。　擾擾馬足車塵，被、歲月無情，暗消年少。鐘鼎山林，一事幾時曾了。四壁秋蟲夜雨，更一點、殘燈斜照。清鏡曉。白髮又添多少。

鳳凰臺上憶吹簫

李清照

香冷金猊，被翻紅浪，起來慵自梳頭。任、寶奩塵滿，日上簾鈎。生怕離懷別苦，多少事、欲説還休。新來瘦、非干病酒，不是悲秋。　休休。者回去也，千萬遍陽關、也則難留。念、武陵人遠，烟鎖秦樓。惟有樓前流水，應念我、終日凝眸。凝眸處、從今又添，一段新愁。

天香

賀鑄

烟絡橫林，山沈遠照，邐迤黄昏鐘鼓。燭映簾櫳，蛩催機杼。共苦清秋風露。不眠思婦。齊應和、幾聲砧杵。驚動天涯倦宦，駸駸歲華行暮。

當年酒狂自負。謂東君、以春相付。流浪征驂北道，客檣南浦。幽恨無人晤語。賴、明月曾知舊游處。好伴雲來，還將夢去。

帝臺春

李甲

芳草碧色。萋萋遍南陌。暖絮亂紅，也似知人，春愁無力。憶得盈盈拾翠侶，共携賞、鳳城寒食。到今來、海角逢春，天涯爲客。　　愁旋釋。還似織。泪暗拭。又偷滴。漫、倚遍危闌，盡黄昏，也祇是、暮雲凝碧。拼則而今已拼了，忘則怎生便忘得。又、還問鱗鴻，試、重尋消息。

聲聲慢

李清照

尋尋覓覓。冷冷清清，凄凄慘慘戚戚。乍暖還寒時候，最難將息。三杯兩琖淡酒，怎敵他、晚來風急。雁過也，最、傷心却是，舊時相識。

滿地黄花堆積。憔悴損、如今有誰堪摘。守著窗兒，獨自怎生得黑。梧桐更兼細雨，到黄昏、點點滴滴。者次第，怎一個、愁字了得，

長亭怨慢

姜夔

余頗喜自製曲，初率意爲長短句，然後協以律。故前後闋多不同。桓大司馬云："昔年種柳，依依漢南。今看摇落，凄愴江潭。树猶如此，人何以堪?"此語余深愛之。

漸吹盡、枝頭香絮。是處人家，緑深門户。遠浦縈回，暮帆零亂向何許。閲人多矣。誰得似、長亭樹。樹若有情時，不會得、青青如此。

日暮。望、高城不見，祇見亂山無數。韋郎去也，怎忘得、玉環分付。第一是、早早歸來，怕紅蕚、無人爲主。算、空有并刀，難剪離愁千縷。

迷神引

柳永

一葉扁舟輕帆捲。暫泊楚江南岸。孤城暮角，引、胡笳怨。水茫茫，平沙雁。旋驚散。烟斂寒林簇，畫屏展。天際遥山小，黛眉淺。

舊賞輕抛，到此成游宦。覺、客程勞，年光晚。异鄉風物，忍蕭索，當愁眼。帝城賒，秦樓阻，旅魂亂。芳草連空闊，殘照滿。佳人無消息，斷雲遠。

迷神引

晁補之

貶玉溪對江山作

黯黯青山紅日暮。浩浩大江東注。餘霞散綺，回向烟波路。使人愁，長安遠，在何處。幾點漁燈小，迷近塢。一片客帆低，傍前浦。　暗想平生，自悔儒冠誤。覺、阮途窮，歸心阻。斷魂素月，一千里，傷平楚。怪、竹枝歌，聲聲怨，爲誰苦。猿鳥一時啼，驚島嶼。燭暗不成眠，聽津鼓。

卜算子慢

張先

溪山別意，烟樹去程，日落采蘋春晚。欲上征鞍，更掩翠簾回面。相盼。惜、彎彎淺黛長長眼。奈、畫閣歡游，也學狂花亂絮輕散。　水影横池館。對、静夜無人，月高雲遠。一餉凝思，兩袖泪痕還滿。難遣。恨、私書又逐東風斷。縱、夢澤層樓萬尺，望、重城那見。

應天長

周邦彦

條風布暖，霏霧弄晴，池臺遍滿春色。正是夜堂無月，沈沈暗寒食。梁間燕，前社客。似笑我、閉門愁寂。亂花過、隔院芸香，滿地狼藉。　長記那回時，邂逅相逢，郊外駐油壁。又見漢宫傳燭，飛烟五侯宅。青青草，迷路陌。强載酒、細尋前迹。市橋遠、柳下人家，猶自相識。

應天長

康與之

管弦綉陌，燈火畫橋，塵香舊時歸路。腸斷蕭娘，舊日風簾映朱户。

鶯能舞。花解語。念後約、頓成輕負。緩雕轡、獨自歸來，憑闌情緒。

楚岫在何處。香夢悠悠，花月更誰主。惆悵後期，空有鱗鴻寄紈素。枕前泪，窗外雨。翠幕冷、夜凉虚度。未應信，此度相思，寸腸千縷。

揚州慢

姜夔

淳熙丙申至日，余過維揚。夜雪初霽，薺麥滿望。入其城，則四顧蕭條，寒水自碧，暮色漸起，戍角悲吟。余懷愴然，感慨今昔，因自度此曲。千岩老人以爲有《黍離》之悲也。

淮左名都，竹西佳處，解鞍少駐初程。過、春風十里，盡、薺麥青青。自、胡馬窺江去後，廢池喬木，猶厭言兵。漸黄昏、清角吹寒，都在空城。　杜郎俊賞，算而今、重到須驚，縱、豆蔻詞工，青樓夢好，難賦深情。二十四橋仍在，波心蕩、冷月無聲。念、橋邊紅藥，年年知爲誰生。

雙雙燕

史達祖

咏燕

過、春社了，度、簾幕中間，去年塵冷。差池欲住，試入舊巢相并。還相雕梁藻井。又軟語、商量不定。飄然快拂花梢，翠尾分開紅影。

芳徑。芹泥雨潤。愛、貼地争飛，競誇輕俊。紅樓歸晚，看足柳昏花暝。應自栖香正穩。便忘了、天涯芳信。愁損翠黛雙蛾，日日畫闌獨憑。

鳳簫吟

韓縝

鎖離愁，連綿無際，來時陌上初熏。綉幃人念遠，暗垂珠露，泣送征輪。長行長在眼，更重重、遠水孤雲。但、望極樓高，盡日目斷王孫。

消魂。池塘别後，曾行處緑妒輕裙。恁時携素手，亂花飛絮裹，緩步香茵。朱顔空自改，向年年、芳意長新。遍、緑野嬉游，醉眼莫負青春。

玉胡蝶

柳永

望處雨收雲斷，憑闌悄悄，目送秋光。晚景蕭疏，堪動宋玉悲凉。水風輕、蘋花漸老，月露冷、梧葉飄黄。遣情傷。故人何在，烟水茫茫。
難忘。文期酒會，幾孤風月，屢變星霜。海闊山遥，未知何處是瀟湘。念雙燕、難憑音信，指暮天、空識歸航。黯相望。斷鴻聲裹，立盡斜陽。

瑣窗寒

周邦彦

暗柳啼鴉，單衣佇立，小簾朱户。桐花半畝，静鎖一庭愁雨。灑空階、夜闌未休，故人剪燭西窗語。似、楚江暝宿，風燈零亂，少年羈旅。　遲暮。嬉游處。正、店舍無烟，禁城百五。旗亭唤酒，付與高陽儔侣。想東園、桃李自春，小唇秀靨今在否。到歸時、定有殘英，待客携尊俎。

秋宵吟

姜夔

古簾空，墜月皎。坐久西窗人悄。蛩吟苦，漸、漏水丁丁，箭壺催曉。引凉颸，動翠葆。露脚斜飛雲表。因嗟念、似、去國情懷，暮帆烟草。
帶眼銷磨，爲近日、愁多頓老。衛娘何在，宋玉歸來，兩地暗縈繞。摇落江楓早。嫩約無憑，幽夢又杳。但、盈盈泪灑單衣，今夕何夕恨未了。

月下笛

張炎

孤游萬竹山中，閑門落葉，愁思黯然。因動《黍離》之感，時寓甬東積翠山舍。

萬里孤雲，清游漸遠，故人何處。寒窗夢裏，猶記經行舊時路。連昌約略無多柳，第一是、難聽夜雨。漫、驚回淒悄，相看燭影，擁衾無語。

張緒。歸何暮。半、零落依依，斷橋鷗鷺。天涯倦旅。此時心事良苦。祇愁重灑西州泪，問、杜曲人家在否。恐、翠袖天寒，猶倚梅花那樹。

解語花

周邦彦

上元

風消焰蠟，露浥烘爐，花市光相射。桂華流瓦。纖雲散，耿耿素娥欲下。衣裳淡雅。看楚女、纖腰一把。簫鼓喧，人影參差，滿路飄香麝。

因念都城放夜。望、千門如晝，嬉笑游冶。鈿車羅帕。相逢處、自有暗塵隨馬。年光是也。惟祇見、舊情衰謝。清漏移、飛蓋歸來，從、舞休歌罷。

湘月

姜夔

長溪楊聲伯典長沙楫棹，居瀕湘江。窗間所見，如燕公郭熙畫圖，卧起幽適。丙午七月既望，聲伯约予與趙景魯、景望、蕭和父、裕父、時父、恭父大舟浮湘，放乎中流。山水空寒，烟月交映，淒然其爲秋也。坐客皆小冠綀服，或彈琴，或浩歌，或自酌，或援筆搜句。予度此曲，即《念奴嬌》之鬲指聲也，于雙調中吹之。“鬲指”亦謂之“過腔”，見《晁無咎集》。凡能吹竹者，便能過腔也。

五湖舊約，問、經年底事，長負清景。暝入西山，漸喚我、一葉夷猶乘興。倦網都收，歸禽時度，月上汀洲冷。中流容與，畫橈不點清鏡。

誰解喚起湘靈，烟鬟霧鬢，理、哀弦鴻陣。玉麈談玄，嘆坐客、多少風流名勝。暗柳蕭蕭，飛星冉冉，夜久知秋信。鱸魚應好，舊家樂事誰省。

琵琶仙

姜夔

《吴都赋》云：户藏烟浦，家具畫船。惟吴興爲然。春游之盛，西湖未能過也。己酉歲，余與蕭時父載酒南郭，感遇成歌。

雙槳來時，有人似、舊曲桃根桃葉。歌扇輕約飛花，蛾眉正奇絶。春漸遠、汀洲自緑，更添了、幾聲啼鴂。十里揚州，三生杜牧，前事休説。又還是、宫燭分烟，奈、愁裏匆匆换時節。都把一襟芳思，與、空階榆莢。千萬縷、藏鴉細柳，爲玉尊、起舞回雪。想見西出陽關，故人初别。

滿朝歡

柳永

花隔銅壺，露晞金掌，都門十二清曉。帝里風光爛漫，偏爱春杪。烟輕晝永，引、鶯囀上林，魚游靈沼。巷陌乍晴，香塵染惹，垂楊芳草。因念秦樓彩鳳，楚觀朝雲，往昔曾迷歌笑。别來歲久，偶憶歡盟重到。人面桃花，未知何處，但掩朱扉悄悄。盡日佇立無言，贏得凄凉懷抱。

桂枝香

王安石

登臨送目。正、故國晚秋，天氣初肅。千里澄江似練，翠峰如簇。歸帆去棹斜陽裏，背西風、酒旗斜矗。彩舟雲淡，星河鷺起，畫圖難足。　　念往昔、繁華競逐。嘆、門外樓頭，悲恨相續。千古憑高對此，漫嗟榮辱。六朝舊事如流水，但、寒烟衰草凝緑。至今商女，時時猶唱。後庭遺曲。

霓裳中序第一

姜夔

丙午歲，留長沙，登祝融，因得其祠神之曲，曰《黄帝鹽》《蘇合香》。又于樂工故書中得商調《霓裳曲》十八闋，皆虚譜無辭。按沈氏《樂律》，《霓裳》道調，此乃商調。樂天詩云“散序六闋”，此特兩闋，未知孰是。然音節閒雅，不類今曲。予不暇盡作，作《中序》一闋傳于世。予方羇游，感此古音，不自知其辭之怨抑也。

亭皋正望極。亂落江蓮歸未得。多病却無氣力。況、紈扇漸疏，羅衣初索，流光過隙。嘆、杏梁雙燕如客。人何在，一簾淡月，仿佛照顔色。

幽寂。亂蛩吟壁。動、庾信清愁似織。沈思年少浪迹。笛裏關山，柳下坊陌。墜紅無信息。漫、暗水娟娟溜碧。漂零久，而今何意，醉卧酒爐側。

翠樓吟

姜夔

淳熙丙午冬，武昌安遠樓成，與劉去非諸友落之，度曲見志。予去武昌十年，故人有泊舟鸚鵡洲者，聞小姬歌此詞，問之，頗能道其事。還吴，爲予言之。興懷昔游，且傷今之離索也。

月冷龍沙，塵清虎落，今年漢酺初賜。新翻胡部曲，聽、氈幕元戎歌吹。層樓高峙。看、檻曲縈紅，檐牙飛翠。人姝麗。粉香吹下，夜寒風細。　　此地宜有詞仙，擁、素雲黄鶴，與君游戲。玉梯凝望久，嘆、芳草萋萋千里。天涯情味。仗、酒祓清愁，花銷英氣。西山外。晚來還捲，一簾秋霽。

雨霖鈴

柳永

寒蟬凄切，對、長亭晚，驟雨初歇。都門帳飲無緒，留戀處、蘭舟催發。執手相看，淚眼竟無語凝噎。念去去、千里烟波，暮靄沈沈楚天闊。

多情自古傷離别。更那堪、冷落清秋節。今宵酒醒何處，楊柳岸、曉風殘月。此去經年，應是良辰好景虚設。便縱有、千種風情，更與何人説。

石州慢

賀鑄

薄雨收寒，斜照弄晴，春意空闊。長亭柳色纔黄，倚馬何人先折。烟横水漫，映帶幾點歸鴻，平沙消盡龍荒雪。猶記出關來，恰、如今時節。
將發。畫樓芳酒，紅泪清歌，便成輕别。同首經年，杳杳音塵都絶。欲知方寸，共有幾許新愁，芭蕉不展丁香結。憔悴一天涯，兩、厭厭風月。

石州慢

張元幹

寒水依痕，春意漸回，沙際烟闊。溪梅晴照生香，冷蕊數枝争發。天涯舊恨，試看幾許消魂，長亭門外山重叠。不盡眼中青，是、愁來時節。
情切。畫樓深閉，想見東風，暗消肌雪。孤負枕前雲雨，尊前花月。心期切處，更有多少凄凉，殷勤留與歸時説。到得再相逢，恰、經年離别。

宴清都

周邦彦

地僻無鐘鼓。殘燈滅、夜長人倦難度。寒吹斷梗，風翻暗雪，灑窗填户。賓鴻漫説傳書，算過盡、千儔萬侣。始信得、庾信愁多，江淹恨極須賦。　　凄凉病損文園，徽弦乍拂，音韵先苦。淮山夜月，金城暮草，夢魂飛去。秋霜半入清鏡，嘆帶眼、都移舊處。更久長、不見文君，歸時認否。

氐州第一

周邦彦

波落寒汀，村渡向晚，遥看數點帆小。亂葉翻鴉，驚風破雁，天角孤雲飄渺。官柳蕭疏，甚尚挂、微微殘照。景物關情，川途换目，頓來催老。　　漸解狂朋歡意少。奈猶被、思牽情繞。坐上琴心，機中錦字，覺、最縈懷抱。也知人、懸望久，薔薇謝、歸來一笑。欲夢高唐，未成眠、霜空又曉。

拜星月慢

周邦彦

夜色催更，清塵收露，小曲幽坊月暗。竹檻燈窗，識、秋娘庭院。笑相遇，似覺瓊枝玉樹，暖日明霞光爛。水盻蘭情，總、平生稀見。　　畫圖中，舊識春風面。誰知道、自到瑶臺畔。眷戀雨潤雲温，苦、驚風吹散。念荒寒、寄宿無人館。重門閉、敗壁秋蟲嘆。乍奈向、一縷相思，隔、溪山不斷。

花犯

周邦彦

梅花

粉牆低，梅花照眼，依然舊風味。露痕輕綴。疑、净洗鉛華，無限佳麗。去年勝賞曾孤倚。冰盤同燕喜。更可惜、雪中高樹，香篝熏素被。　今年對花最匆匆，相逢似有恨，依依愁悴。吟望久，青苔上，旋看飛墜。相將見、翠丸薦酒，人正在、空江烟浪裹。但夢想、一枝瀟灑，黄昏斜照水。

瑶華

周密

后土之花，天下無二本。方其初開，帥臣以金紙飛騎進之天上，間亦分致貴邸。余客輦下，有以一枝……（下缺）①

① 詞調名又爲“瑶花慢”，小序中“金紙飛騎”，當爲“金瓶飛騎”，見《全宋詞》第 4136 頁。

朱鈿寶玦。天上飛瓊，比、人間春别。江南江北曾未見，漫擬梨雲梅雪。淮山春晚，問誰識、芳心高潔。消幾番、花落花開，老了玉關豪杰。金壺剪送瓊枝，看、一騎紅塵，香度瑶闕。韶華正好，應自喜、初識長安蜂蝶。杜郎老矣，想舊事、花須能説。記少年、一夢揚州，二十四橋明月。

瑞鶴仙

周邦彦

悄、郊原带郭。行路永、客去車塵漠漠。斜陽映山落。斂、餘紅猶戀，孤城闌角。凌波步弱。過短亭、何用素約。有、流鶯勸我，重解綉鞍，緩引春酌。　不記歸時早暮，上馬誰扶，醒眠朱閣。驚飆動幕。扶殘醉，繞紅藥。嘆、西園已是，花深無地，東風何事又惡。任、流光過却，猶喜洞天自樂。

暖烟籠細柳。弄、萬縷千絲，年年春色。晴風蕩無際，濃於酒、偏醉情人調客。闌干倚處，度花香、微散酒力。對、重門半掩，黄昏淡月，院宇深寂。　愁極。因思前事，洞房佳宴，正值寒食。尋芳遍賞，金谷里，銅駝陌。到而今、魚雁沈沈無信息。天涯常是泪滴。早歸來、雲館深處，那人正憶。

瑞鶴仙

袁去華

郊原初過雨。見、數葉零亂，風定猶舞。斜陽挂深樹。映、濃愁淺黛，遥山眉嫵。來時舊路。尚岩花、嬌黄半吐。到而今，惟有溪邊流水，見人如故。　無語。郵亭深静，下馬還尋，舊曾題處。無聊倦旅。傷離恨，最愁苦。縱、收香藏鏡，他年重到，人面桃花在否。念沈沈、小閣幽窗，有時夢去。

雙聲子

柳永

晚天蕭索，斷蓬踪迹，乘興蘭棹東游。三吴風景，姑蘇臺榭，牢落暮靄初收。夫差舊國，香徑没、徒有荒丘。繁華處，俏無睹，惟聞麋鹿呦呦。　　想當年、空、運籌决戰，圖王取霸無休。江山如畫，雲濤烟浪，翻輪范蠡扁舟。驗、前經舊史，嗟漫載、當日風流。斜陽暮草茫茫，盡成萬古遺愁。

安平樂慢

万俟咏

都門池苑應製

瑞日初遲，绪風乍暖，千花百草争香。瑶池路穩，閬苑春深，雲樹水殿相望。柳曲沙平，看、塵隨青蓋，絮惹紅妝。賣酒緑陰旁。無人不醉春光。　　有、十里笙歌，萬家羅綺，身世疑在仙鄉。行樂知無禁，五侯半隱少年場。舞妙歌妍，空妒得、鶯嬌燕忙。念芳菲、都來幾日，不堪風雨疏狂。

還京樂

周邦彦

禁烟近，觸處浮香秀色相料理。正、泥花時候，奈何客裏，光陰虚費。望、箭波無際，迎風漾日黄雲委。任去遠、中有萬點相思清淚。　　到、長淮底。過、當時樓下，殷勤爲説，春來羈旅况味。堪嗟誤約乖期，向天涯、自看桃李。想而今、應、恨墨盈箋，愁妝照水。怎得青鸞翼，飛歸教見憔悴。

青房并蒂蓮

王沂孫

醉凝眸。是、楚天秋曉，湘岸雲收。草緑蘭紅，淺淺小汀洲。芰荷香裏鴛鴦浦，恨菱歌、驚起眠鷗。望去帆、一片孤光，棹聲伊軋艣聲柔。　愁窺汴堤翠柳，曾、舞送當時，錦纜龍舟。擁傾國、纖腰皓齒，笑倚迷樓。空令五湖夜月，也羞照、三十六宫秋。正朗吟、不覺回橈，水花風葉兩悠悠。

曲游春

周密

禁烟湖上薄游，施中山賦詞甚佳，余因次其韵。蓋平時游舫，至午後則盡入裏湖，抵暮始出，斷橋小駐而歸，非習於游者不知也。故中山亟擊節余“閒却半湖春色”之句，謂能道人之所未云。

禁苑東風外，揚、暖絲晴絮，春思如織。燕約鶯期，惱芳情、偏在翠深紅隙。漠漠香塵隔。沸、十里亂絲叢笛。看、畫船盡入西泠，閒却半湖春色。　柳陌新烟凝碧。映、簾底宫眉，堤上游勒。輕暝籠寒，怕、梨雲夢冷，柔香愁羃。歌管酬寒食。奈、蝶怨良宵岑寂。正、滿湖碎月摇花，怎生去得。

歸朝歡

柳永

别岸扁舟三兩隻。葭葦蕭蕭風淅淅。沙汀宿雁破烟飛，溪橋殘月和霜白。漸漸分曙色。路遥山遠多行役。往來人，隻輪隻槳，盡是利名客。　一望鄉關烟水隔。轉覺歸心生羽翼。愁雲恨雨兩牽縈，新春殘臘相催逼。歲華都瞬息。浪萍風梗誠何益。歸去來，王樓深處，有個人相憶。

傾杯

柳永

鶩落霜洲，雁横烟渚，分明畫出秋色。暮雨乍歇，小楫夜泊，宿、葦村山驛。何人月下臨風處，起、一聲羌笛。離愁萬緒，聞岸草、切切蛩吟如織。　　爲憶芳容别後，水遥山遠，何計憑鱗翼。想、綉閣深沈，争知憔悴，損、天涯行客。楚峽雲歸，高陽人散，寂寞狂踪迹。望京國。空目斷、遠峰凝碧。

二郎神

柳永

炎光謝。過暮雨、芳塵輕灑。乍、露冷風清庭户爽，天如水、玉鈎遥挂。應是星娥嗟久阻，叙舊約、飆輪欲駕。極目處、微雲暗度，耿耿銀河高瀉。　　閒雅。須知此景，古今無價。運巧思、穿針樓上，女抬粉面，雲鬟相亞。鈿合金釵私語處，算誰在、回廊影下。願、天上人間，占得歡娱，年年今夜。

綺寮怨

周邦彦

上馬人扶殘醉，曉風吹未醒。映水曲、翠瓦朱檐，垂楊裏、乍見津亭。當時曾題敗壁，蛛絲罩、淡墨苔暈青。念去來、歲月如流，徘徊久、嘆息愁思盈。　　去去倦尋路程。江陵舊事，何曾再問楊瓊。舊曲淒清。斂愁黛、與誰聽。尊前故人如在，想念我、最關情。何須渭城。歌聲未盡處，先泪零。

望南雲慢

沈唐

木芙蓉

木葉輕飛，乍、雨歇亭皋，簾捲秋光。闌隈砌角，綻、拒霜幾處，蓓、深淺紅芳。應恨開時晚，伴風前、翠菊并香。曉來寒露，嫩臉低凝，似帶啼妝。　　堪傷。記得佳人，當時怨別，盈腮淚粉行行。而今最苦，奈、千里身心，兩處凄涼。感物成消黯，念舊歡、空勞寸腸。月斜殘漏，夢斷孤幃，一枕思量。

春從天上來

吴激

會寧府遇老姬，善鼓瑟，自言梨園舊籍，因感而賦此。

海角飄零。嘆、漢苑秦宫，墜露飛螢。夢裏天上，金屋銀屏。歌吹競舉青冥。問、當時遺譜，有絶藝、鼓瑟湘靈。促哀彈，似、林鶯嚦嚦，山溜泠泠。　　梨園太平樂府，醉、幾度春風，鬢變星星。舞徹中原，塵飛滄海，風雪萬里龍庭。寫、胡笳幽怨，人憔悴、不似丹青。酒微醒。對、一窗凉月，燈火青熒。

曲玉管

柳永

隴首雲飛，江邊日晚，烟波滿目憑闌久。立望關河蕭索，千里清秋。忍凝眸。　　杳杳神京，盈盈仙子，别來錦字終難偶。斷雁無憑，冉冉飛下汀洲。思悠悠。　　暗想當初，有多少、幽歡佳會，豈知聚散難期，翻成雨恨雲愁。阻追游。每、登山臨水，惹起平生心事，一場消黯，永日無言，却下層樓。

西河

周邦彦

金陵懷古

佳麗地。南朝盛事誰記。山圍故國繞清江，髻鬟對起。怒濤寂寞打孤城，風檣遥度天際。　　斷崖樹猶倒倚。莫愁艇子曾繫。空餘舊迹鬱蒼蒼，霧沈半壘。夜深月過女牆來，傷心東望淮水。　　酒旗戲鼓甚處市。想依稀、王謝鄰里。燕子不知何世。向、尋常巷陌人家相對。如説興亡斜陽裏。

西河

陳允平

和清真

形勝地。西陵往事重記。溶溶王氣滿東南，英雄閒起。鳳游何處古臺空，長江縹緲無際。　　石頭城上試倚。吴襟楚帶如繫。烏衣巷陌幾斜陽，燕閒舊壘。後庭玉樹委歌塵，凄凉遺恨流水。　　買花問酒錦綉市。醉新亭、芳草千里。夢醒覺非今世。對、三山半落青天，數點白鷺飛來、西風裏。

尉遲杯

周邦彦

隋隄路。漸日晚，密靄生深樹。陰陰淡月籠沙，還宿河橋深處。無情畫舸，都不管、烟波隔南浦。等行人、醉擁重衾，載將離恨歸去。　　因念舊客京華，長、偎傍疏林，小檻歡聚。冶葉倡條俱相識，仍慣見、珠歌翠舞。如今向、漁村水驛，夜如歲、焚香獨自語。有何人、念我無聊，夢魂凝想鴛侶。

秋霽

史達祖

江水蒼蒼，望、倦柳愁荷，共感秋色。廢閣先凉，古簾空暮，雁程最嫌風力。故園信息。愛渠入眼南山碧。念上國。誰是膾鱸，江漢未歸客。

還又歲晚，瘦骨臨風，夜聞秋聲，吹動岑寂。露蛩悲、青燈冷屋，翻書愁上鬢毛白。年少俊游渾斷得。但可憐處，無奈苒苒魂驚，采香南浦，剪梅烟驛。

青門飲

曹組

山静烟沈，岸空潮落，晴天萬里，飛鴻南渡。冉冉黄花，翠翹金鈿，還是倚風凝露。歲歲青門飲，盡龍山、高陽儔侶。舊賞成空，回首舊游，人在何處。　　此際誰憐萍泛，空、自感光陰，暗傷羈旅。醉裏悲歌，夜深驚夢，無奈覺來情緒。孤館昏還曉，厭時間、南樓鐘鼓。泪眼臨風，腸斷望中歸路。

青門飲

時彦

胡馬嘶風，漢旗翻雪，彤雲又吐，一竿殘照。古木連空，亂山無數，行盡暮沙衰草。星斗横幽館，夜無眠、燈花空老。霧濃香鴨，冰凝泪燭，霜天難曉。　　長記小妝纔了。一杯未盡，離懷多少。醉裏秋波，夢中朝雨，都是醒時煩惱。料有牽情處，忍思量、耳邊曾道。甚時躍馬歸來，認得迎門輕笑。

安公子

柳永

遠岸收殘雨。雨殘稍覺江天暮。拾翠汀洲人寂静，立、雙雙鷗鷺。望、幾點漁燈，隱映蒹葭浦。停畫橈、兩兩舟人語。道、去程今夜，遥指前村烟樹。　　游宦成羈旅。短檣吟倚閒凝佇。萬水千山迷遠近，想、鄉關何處。自别後、風亭月榭孤歡聚。剛斷腸、惹得離情苦。聽、杜宇聲聲，勸人不如歸去。

解連環

周邦彦

怨懷無托。嗟、情人斷絶，信音遼邈。縱妙手、能解連環，似、風散雨收，霧輕雲薄。燕子樓空，暗塵鎖、一床弦索。想、移根換葉，盡是舊時，手種紅藥。　　汀洲漸生杜若。料、舟移岸曲，人在天角。漫記得、當日音書，把、閒語閒言，待總燒却。水驛春回，望寄我、江南梅萼。拚今生、對花對酒，爲伊泪落。

夜飛鵲

周邦彦

河橋送人處，凉夜何其。斜月遠墜餘輝。銅盤燭泪已流盡，霏霏凉露沾衣。相將散離會，探、風前津鼓，樹杪參旗。花驄會意，縱揚鞭、亦自行遲。　　迢遞路回清野，人語漸無聞，空帶愁歸。何意重紅滿地，遺鈿不見，斜徑都迷。兔葵燕麥，向斜陽、欲與人齊。但、徘徊班草，欷歔酹酒，極望天西。

惜黄花慢

田爲

雁空浮碧，印曉月、露洗重陽天氣。望極樓外，淡烟半隔疏林，掩映斷橋流水。黄金籬畔白衣人，更誰會、淵明深意。曉風底。落日亂鴻，飛起無際。　　情多對景凄凉，念舊賞，步屐登高迢遞。興滿東山，共携素手持杯，勸泛玉漿雲蕊。此時霜鬢欲歸心，漫老盡、悲秋情味。向醉裏。免得又成憔悴。

一萼紅

姜夔

丙午人日，予客長沙别駕之觀政堂。堂下曲沼，沼西負古垣，有盧橘幽篁，一徑深曲。穿径而南，官梅數十株，如椒、如菽，或紅破白露，枝影扶疏。著屐蒼苔細石間，野興横生，亟命駕登定王臺。亂湘流、入麓山，湘雲低昂，湘波容與，興尽悲來，醉吟成調。

古城陰。有、官梅幾許、紅萼未宜簪。池面冰膠，牆腰雪老，雲意還又沈沈。翠藤共、閒穿徑竹，漸笑語、驚起卧沙禽。野老林泉，故王臺榭，呼喚登臨。　　南去北來何事，蕩、湘雲楚水，目極傷心。朱户黏鷄，金盤簇燕，空嘆時序侵尋。記曾共、西樓雅集，想垂楊、還裊萬絲金。待得歸鞍到時，衹怕春深。

奪錦標

張埜

七夕

凉月橫舟，銀河浸練，萬里秋容如拭。冉冉鸞驂鶴馭，橋倚高寒，鵲飛空碧。問、芳情幾許，早收拾、新愁重織。恨人間、會少離多，萬古千秋今夕。　　誰念文園病客。夜色沈沈，獨抱一天岑寂。忍記穿針亭榭，金鴨香寒，玉徽塵積。憑、新凉半枕，又依稀、行雲消息。聽窗前、泪雨浪浪，夢裏檐聲猶滴。

過秦樓

李甲

賣酒爐邊，尋芳原上，亂花飛絮悠悠。已、蝶稀鶯散，便擬把、長繩繫日無由。漫道草忘憂。也徒將、酒解閒愁。正、江南春盡，行人千里，蘋滿汀洲。　　有、翠紅徑裏盈盈侶，簇、芳茵禊飲，時笑時謳。當、暖風遲景，任、相將永日，爛熳狂游。誰信盛狂中，有離情、忽到心頭。向、尊前擬問，雙燕來時，曾過秦樓。

過秦樓

周邦彦

水浴清蟾，葉喧凉吹，巷陌馬聲初斷。閒依露井，笑撲流螢，惹破畫羅輕扇。人静夜久憑闌，愁不歸眠，立殘更箭。嘆、年華一瞬，人今千里，夢沈書遠。　　空見説、鬢怯瓊梳，容消金鏡，漸懶趁時匀染。梅風地溽，虹雨苔滋，一架舞紅都變。誰信無聊爲伊，才減江淹，情傷荀倩。但、明河影下，還看稀星數點。

蘇武慢

蔡伸

雁落平沙，烟籠寒水，古壘鳴笳聲斷。青山隱隱，敗葉蕭蕭，天際暝鴉零亂。樓上黄昏，片帆千里歸程，年華將晚。望、碧雲空暮，佳人何處，夢魂俱遠。　　憶舊游、邃館朱扉，小園香徑，尚想桃花人面。書盈錦軸，恨滿金徽，難寫寸心幽怨。兩地離愁，一尊芳酒，凄凉危闌倚遍。盡遲留、憑仗西風，吹乾泪眼。

蘭陵王

周邦彦

柳

柳陰直。烟裏絲絲弄碧。隋堤上、曾見幾番，拂水飄綿送行色。登臨望故國。誰識京華倦客。長亭路、年去歲來，應折柔條過千尺。　　閒尋舊踪迹。又、酒趁哀弦，燈照離席。梨花榆火催寒食。愁、一箭風快，半篙波暖，回頭迢遞便數驛。望、人在天北。　　凄惻。恨堆積。漸、别浦縈回，津堠岑寂。斜陽冉冉春無極。念、月榭携手，露橋聞笛。沈思前事，似夢裏，泪暗滴。

蘭陵王

劉辰翁

丙子送春

送春去。春去人間無路。鞦韆外、芳草連天，誰遣風沙暗南浦。依依甚意緒。慢憶海門飛絮。亂鴉過、斗轉城荒，不見來時試燈處。　　春去。誰最苦。但、箭雁沈邊，梁燕無主。杜鵑聲裏長門暮。想、玉樹凋土，泪盤如露。咸陽送客屢回顧。斜日未能度。　　春去。尚來否。正、江令恨别，庾信愁賦。蘇堤盡日風和雨。嘆、神游故國，花記前度。人生流落，顧孺子，共夜語。

瑞龍吟

周邦彦

章臺路。還見褪粉梅梢，試花桃樹。愔愔坊陌人家，定巢燕子，歸來舊處。　　黯凝佇。因念個人痴小，乍窺門户。侵晨淺約宫黄，障風映袖，盈盈笑語。　　前度劉郎重到，訪鄰尋里，同時歌舞。惟有舊家秋娘，聲價如故。吟箋賦筆，猶記燕臺句。知誰伴、名園露飲，東城閒步。事與孤鴻去。探春盡是、傷離意绪。官柳低金縷。歸騎晚、纖纖池塘飛雨。斷腸院落，一簾風絮。

大酺

周邦彦

春雨

對、宿烟收，春禽静，飛雨時鳴高屋。牆頭青玉旆，洗、鉛霜都盡，嫩梢相觸。潤逼琴絲，寒侵枕障，蟲網吹黏簾竹。郵亭無人處，聽、檐聲不斷，困眠初熟。奈、愁極頻驚，夢輕難記，自憐幽獨。　　行人歸意速。最先念、流潦妨車轂。怎奈向、蘭成憔悴，衛玠清羸，等閒時、易傷心目。未怪平陽客，雙泪落、笛中哀曲。况蕭索，青蕪國。紅糁鋪地，門外荆桃如菽。夜游共誰秉燭。

浪淘沙慢

周邦彦

晝陰重、霜凋岸草，霧隱城堞。南陌脂車待發。東門帳飲乍闋。正拂面、垂楊堪攬結。掩紅泪、玉手親折。念、漢浦離鴻去何許，經時信音絶。　　情切。望中地遠天闊。向、露冷風清無人處，耿耿寒漏咽。嗟、萬事難忘，惟是輕别。翠尊未竭。憑斷雲、留取西樓殘月。羅帶光消紋衾疊。連環解、舊香頓歇。怨歌永、瓊壺敲盡缺。恨春去、不與人期，弄夜色、空餘滿地梨花雪。

绿頭鴨

晁元禮

晚雲收，淡天一片琉璃。爛銀盤、來從海底，皓色千里澄輝。瑩無塵、素娥淡泞，静可數、丹桂參差。玉露初零，金風未凛，一年無似此佳時。露坐久、疏螢時度，烏鵲正南飛。瑶臺冷、闌干憑暖，欲下遲遲。

念佳人、音塵别後，對此應解相思。最關情、漏聲正永，暗断腸、花影偷移。料得來宵，清光未減，陰晴天氣又争知。共凝戀、如今别後，還是隔年期。人强健、清尊素影，長願相隨。

多麗

張翥

西湖泛舟，夕歸施成大席上，以“晚山青”爲起句，各賦一詞。

晚山青。一川雲樹冥冥。正參差、烟凝紫翠，斜陽畫出南屏。館娃歸、吴臺游鹿，銅仙去、漢苑飛螢。懷古情多，憑高望極，且將尊酒慰飄零。自湖上、愛梅仙遠，鶴夢幾時醒。空留得、六橋疏柳，孤嶼危亭。

待蘇堤、歌聲散盡，更須携妓西泠。藕花深、雨凉翡翠，菰蒲軟、風弄蜻蜓。澄碧生秋，鬧紅駐景，采菱新唱最堪聽。見一片、水天無際，漁火兩三星。多情月、爲人留照，未過前汀。

六醜

周邦彦

薔薇謝後作

正、單衣試酒，悵客裏、光陰虚擲。願春暫留，春歸如過翼。一去無迹。爲問家何在，夜來風雨，葬、楚宫倾國。釵鈿堕處遺香澤。亂點桃蹊，輕翻柳陌。多情爲誰追惜。但、蜂媒蝶使，時叩窗隔。　　東園岑寂。漸、蒙籠暗碧。静繞珍叢底，成嘆息。長條故惹行客。似牽衣待話，别情無極。殘英小、强簪巾幘。終不似，一朵釵頭顫裊，向人欹側。漂流處、莫趁潮汐。恐斷紅、尚有相思字，何由見得。

六州歌頭

張孝祥

長淮望斷，關塞莽然平。征塵暗，霜風勁，悄邊聲。黯銷凝。追想當年事，殆天數，非人力，洙泗上，弦歌地，亦羶腥。隔水氈鄉，落日牛羊下，區脱縱横。看、名王宵獵，騎火一川明。笳鼓悲鳴。遣人驚。
念、腰間箭，匣中劍，空埃蠹，竟何成。時易失，心徒壯，歲將零。渺神京。干羽方懷遠，静烽燧，且休兵。冠蓋使，紛馳騖，若爲情。聞道中原遺老，常南望、翠葆霓旌。使、行人到此，忠憤氣填膺。有泪如倾。

六州歌頭

韓元吉

東風著意，先上小桃枝。紅粉膩。嬌如醉。倚朱扉。記年時。隱映新妝面。臨水岸。春將半。雲日暖。斜陽轉。夾城西。草軟沙平，驟馬垂陽渡，玉勒争嘶。認蛾眉，凝笑脸，薄拂胭脂。綉户曾窺。恨依依。
共、携手處。香如霧。紅隨步。怨春遲。消瘦損。憑誰問。衹花知。泪空垂。舊日堂前燕，和烟雨，又雙飛。人自老。春長好。夢佳期。前度劉郎，幾許風流地，也自應悲。但、茫茫暮靄，目斷武陵溪。往事難追。

夜半樂

柳永

凍雲黯淡天氣，扁舟一葉，乘興離江渚。度、萬壑千岩，越溪深處。怒濤漸息，樵風乍起，更聞商旅相呼，片帆高舉。泛、畫鷁翩翩過南浦。

望中酒旆閃閃，一簇烟村，數行霜樹。殘日下、漁人鳴榔歸去。敗荷零落，衰楊掩映，岸邊兩兩三三，浣紗游女。避行客、含羞笑相語。
到此因念，綉閣輕抛，浪萍難駐。嘆、後約丁寧竟何據。慘離懷、空恨歲晚歸期阻。凝泪眼、杳杳神京路。斷鴻聲遠長天暮。

戚氏

柳永

晚秋天。一霎微雨灑庭軒。檻菊蕭疏，井梧零亂。惹殘烟。凄然。望江關。飛雲黯淡夕陽間。當時宋王悲感，向此臨水與登山。遠道迢遞，行人凄楚，倦聽隴水潺湲。正、蟬吟敗葉，蛩響衰草，相應喧喧。　　孤館。度日如年。風露漸變。悄悄至更闌。長天凈，絳河清淺。皓月蟬娟。思綿綿。夜永對景，那堪屈指，暗想從前。未名未禄，綺陌紅樓，往往經歲遷延。　　帝里風光好，當、年少日，暮宴朝歡。況有狂朋怪侶，遇、當歌對酒競留連。别來迅景如梭，舊游似夢，烟水程何限。念、利名憔悴長縈絆。追往事、空慘愁顔。漏箭移、稍覺輕寒。漸烏咽、畫角數聲殘。對、閒窗畔。停燈向曉，抱影無眠。

（據開明書店1936年9月版整理）

楊易霖詞

鷓鴣天

故宫

太液秋風千傾波。夜船過處月明多。難堪粉鏡生華髮，漸有輕寒上綉羅。　花解語，鳥能歌。碧雲紅葉自婆娑。晾鷹人去妝臺遠，便許相逢奈老何。

二

木犀

麝粟紛紛照眼黄。月中清艶壓群芳。愁多莫放釭花短，坐久能禁夜色凉。　金鼎術，玉函方。他時倚樹肯相忘。馬蹏行遍淮南道，衹有羅衾是舊香。

三

蓮

隔浦荷花帶曉烟。羅衣葉葉鬥嬋娟。忍將紅粉三生約，换取青樓十日憐。　佳麗地，冶游天。幾回沈醉送華年。不知此夜江南路，何處停橈泊酒船。

四

瘴國春深夜雨多。相思千里隔繩河。吴宫舊恨埋荒草，漢苑新陰長碧柯。　幺風舞，小鑾歌，水光山色共婆娑。人生恩寵原難保，莫漫花前唤奈何。

五

六代風流數建康。至今習氣未全忘。朝游吴苑繁華地，暮宿秦淮粉黛場。　　愁宛轉，水滄浪。可憐銀漢是紅墻。靈槎信有重來日，萬一西風作意狂。

六

秋盡蠻鄉木葉丹。孤燈偏向五更殘。青樓送客山千叠，皓色當空月一槃。　　波浩蕩，意瀰漫。扁舟歸去洞庭寬。開尊且覓明朝醉，一任風砧入夢寒。

七

自在朝暉映曉珂。惱人是事苦相磨。經年不到垂楊渡，解佩空懷落木坡。　　臨遠渚，望長河。老夫聊發楚狂歌。梁園新放花千樹，争奈驚鴻欲去何。

八

聽唱西州白接䍦。暫時相見又分携。人間秋近官河遠，天末樓高驛路低。　　千里馬，五更鷄。年來積恨與云齊。何當重譜關山怨，紅燭烏絲寫赫蹏。

九

泪盡吴娘尺素書。迢迢歸夢故園疏。誰將麗玉箜篌引，寫入滕王蛺蝶圖。　　田二頃，酒千壺。此身情願老耕鋤。西風送盡南飛雁，一夜繁霜萬木枯。

十

穠李幺桃壓畫墻。夜來幽夢忽還鄉。可憐隔院青裙女，猶認當時白面郎。　　垂綉幕，對筠床。誰能攬日繫扶桑。八年不覺渾閒過，一望天涯一斷腸。

十一

樓上春寒不捲簾。隔簾人意柳纖纖。八年一别蒹葭浦，何日相逢玳瑁檐。　　春漠漠，夜厭厭。相思無計到重奩。青銅也覺流光改，坐聽蕭娘白髮添。

十二

望斷高樓夜漸凉。誰家琴韵滿吟床。故人去後黄金少，芳草生時翠帶長。　　簾底月，枕邊香。十年一夢老劉郎。醒來苦憶昌州好，滿院春風鬧海棠。

十三

栖隱何須問許由。春來處處是閒愁。黄鸝約我花間住，白鷺隨他水上流。　　聞鐵笛，望銀舟。夜深人語酒家樓。南朝多少思歸曲，唱到天明未肯休。

十四

聞到蘇堤勝館娃。朝朝歌舞競豪華。尋芳長繫千金馬，問酒曾停七寶車。　　楊柳葉，芰荷花。好風吹遍五侯家。湖山歷歷知誰主，眼看斜陽送晚鴉。

十五

淡淡修蛾畫不成。篝燈遥夜背床明。從教走馬追張敞，悔不將身學向平。　　春漸老，景堪驚。人間何日見河清。思君獨卧西窗下，應信天涯有六更。

十六

不怨鞦韆隔女墻。自遮羅幕對流光。瑶臺夢斷風敲竹，沙市春深雨打窗。　　歌豆蔻，笑鴛鴦。酒邊人似雪梅香。謫仙去後詩才少，欲向先生借錦囊。

十七

野馬塵埃各有天。杜鵑何事怨華年。從來未履青雲客，不羨金堂紫綺仙。　　春欲暮，夜難眠。家家桃李盡嬌妍。衹今誰處多情月，長照佳人錦瑟邊。

十八

醉擁重衾夜不眠。白頭猶被俗情憐。滿庭秋色朝還暮，隔浦明蟾缺又圓。　　遼海雪，杜陵烟。暫時相見豈無緣。人間别有師涓曲，零落空侯廿五弦。

十九

故苑春容日日新。玉樓歌管渺難聞。不堪回首秦淮月，送盡無心楚岫雲。　　尋鳳侶，夢鷗群。芙蓉帳暖客初醺。美人家在平康里，萬一韓香信可分。

二十

倚户花光曙色新。東風一例到西鄰。心知海外吹簫侶，腸斷機邊織錦人。　　珠迸泪，麝成塵。無端萍水誤閒身。愁來莫厭金杯滿，羅幕當樓正上春。

二十一

宿雨初收野露濃。風吹檐鐸響丁東。三山半落青天外，雙燕歸來畫閣中。　　春易老，恨難窮。月明今夜與誰同。謝池芳草年年長，休唱梅邊一萼紅。

二十二

身外浮名倘可拌。不須長鋏避人彈。三杯已足中賢聖，五斗何妨作宰官。　　傾蓋語，捲簾看。鋼盤轉燭泪難乾。傷心最是東橋竹，依舊青青耐歲寒。

二十三

連夜西風奪夏威。舊游重到昔人非。朦朧月影侵油幕，繼續蟬聲掩竹扉。　　遺佩浦，浣花磯。白頭莫遣此心違。醉來誰寄書千里，一例新寒上袷衣。

二十四

客管無春趣轉閒。誰能不飲學顢頇。欲將恩怨從頭説，却恐渠儂被眼謾。　　梅萼小，酒杯寬。月明枝上露團團。蓬山路遠何時到，悵望鸞聲獨倚闌。

（遺山詩：華歆一擲千金重，大是渠儂被眼謾。）

二十五

老去江關若有情。暮年惆悵庾蘭成。夜橋吹笛悲難止，秋雨憑闌氣未平。　　千日醉，幾時醒。荒宮夢冷海雲生。人間豈少回波手，誰挽銀河洗甲兵。

二十六

一夜悲風蠟泪殘。碧雲遥指路漫漫。蟬鳴不用支筇聽，花好何曾帶笑看。　　懷北固，夢長安。高丘無女覺天寬。臨分枉費英雄泪，斑馬蕭蕭易水寒。

二十七

盡有明珠論斛量。等閒嚬笑亦何妨。縱然滄海屠龍客，不是臨邛倚馬郎。　　花寂寞，泪汪浪。燈前酒后意難忘。燕然不少銘功石，壯士年年老戰場。

二十八

陌上開殘豔豔花。東君得意與芳華。愧無遠翼隨青鳥，那有閒情賦白蛙。　　聞折柳，憶投瓜。金尊檀板總堪嗟。催人歲月何時了，重叠春山繞縣衙。

二十九

千里晴雲接鳳岡。當時人意正茫茫。目如秋水歌聲慢，臉勝春冰月影凉。　　扃綉户，對蘭房。共誰聽雨話連床。天涯咫尺無多遠，珠箔飄燈是謝堂。

三十

日日提壺上酒樓。醉來一卧古滄州。傾囊難買田家樂，扶杖來尋野店秋。　　人不見，泪交流。月高雲遠古今愁。當時携手登臨處，刻骨思量總未休。

三十一

展轉羅衾夢不成。西樓一夕二毛生。相看璧月當窗滿，孤負金蓮隔院迎。　　山脉脉，水盈盈。昔時風物此時情。琵琶撥斷愁難斷，可是明妃出塞聲。

三十二

白帝城春草木深。十年無復醉花陰。滿懷剩粉恩難絶，回首斜橋泪不禁。　　波渺渺，信沈沈。棹歌休向月中尋。典衣沽酒平常事，寧惜佳人纏臂金。

三十三

試把吴鈎仔細看。天涯何處可栖鸞。早知蕩子歌喉懶，不放秋娘泪眼乾。　　秦嶺外，楚江干。迢迢千里水雲寬。南樓衹問春深淺，誰記蒼山有暮寒。

三十四

高閣臨津薄霧籠。有人閒憶少年叢。雜花滿路飄紅雨，飛絮隨車蕩暖風。　　銀燭背，錦屏空。莫愁湖上月明中。不知歌舞春寒夜，腸斷巫山第幾重。

三十五

身似飛鴻踏雪泥，事如春夢望中迷。丹樓人去關山闊，綺陌風來草樹低。　　花滿路，韭盈畦。文園多病厭單栖。繁紅莫漫誇顏色，留與嬌鶯駐馬蹏。

三十六

天外歸心一羽輕。枕前幽恨斷還生。叢臺寂歷梁王苑，廢堞依稀魏主營。　　霜露白，水波明。幾人玄髮變星星。何堪往事從頭想，缺月疏桐夜四更。

三十七

雪薄風清好畫圖。世間何地集鵷雛。臨津一别千山隔，入骨相思八月初。　　乘彩舫，下蓬壺。儼然身在玉娘湖。采蓮歌罷醒還醉，多謝仙娥翠袖扶。

三十八

夢裏貪歡睡起遲。朝來空與白雲期。金尊酒美花能説，寶帳春歸燕不知。　　征路闊，遠山迷。佳人多事斂蛾眉。虚名於我成何用，孤負蒼松四十圍。

三十九

錦院風來竹葉香，燈光月色滿東窗。漫教宿吹當筵發。還怕餘寒入袖凉。　　花正好，日初長。莫將沈醉换年芳。珠簾十里春無價，處處樓臺燕一雙。

四十

江水無波漢水清。吴娃憔悴怨飄零。可憐春草連天碧，不見新苔入眼青。　　風瑟瑟，雨冥冥。垂楊多處是離亭。鄰家歌舞關何事，莫向痴人説醉醒。

四十一

無怪湖頭樂事偏。人生離合本隨緣。懸知柳絮因風起，可惜花枝爲酒顛。　　揮醉袖，笑吟鞭。何時歸泛木蘭船。樓城百尺君休上，望到春歸又一年。

四十二

露井雙梧落葉輕。聲聲寒雁勸歸耕。三更燈火愁無奈，千里江鄉去不成。　　多少路，短長亭。洞庭秋色與云平。世間倘有餐霞客，陪我乘風到赤城。

四十三

寶髻玲瓏綰緑雲。不應無夢入西鄰。鶯啼閬苑花光亂，燕語隋堤柳色新。　　三徑雪，六街塵。等閒呼取瓮頭春。傳聞海國多芳草，誰似瑶臺第一人。

四十四

莫上高樓望遠峰。故園還在别離中。行行歸雁催春訊，日日征帆映碧空。　　歌慷慨，醉朦朧。出門偏遇打頭風。梅花縱好君休戀，第一無情是此公。

四十五

夢入蘼溪十萬家。新晴携手玉潭沙。林鶯嚦嚦鳴春圃，街鼓鼕鼕放晚衙。　天上雪，鏡中花。風流端的負韶華。楚天回望無窮樹，乘興狂游莫管他。

丙子孟春，本師邵先生以所和遺山《鷓鴣天》詞見示，并命賡和。夫文詞之事，豈不難哉。昔人窮畢生之力，而不能盡其業者，奚可縷指，况易霖秉性愚懦，又苦無所用心，欲求造述，尤非易事。雖然魯論有言，“學如不及，猶恐失之”，易霖之勉成此卷，不過行余學文之意云爾。附驥行遠，豈敢望歟。易霖謹記。

（以上四十五首據1936年壯學堂刻本《山禽餘響》點校）

長相思

一徑霜花，廿年浪迹，邯鄲客夢堪驚。滄江路絶，紫玉樓空，沙場千里秋聲。萬緑凋零。訴分釵苦語，催斷寒鉦。月影上圍屏。撫鵾弦、閒吊荆卿。　望河北殘山，嶺南枯樹，斜烟遠水縱横。重門飛不到，奈賓鴻、終古無情。酒散愁生。誰寄我、芳州杜蘅。夜茫茫、闌干罷倚，隔堤胡馬悲鳴。

長相思

玉露驚秋，峭風動幕，閒居日夜懷歸。蛩吟敗壁，水落寒汀，情親何止相思。素約難期。任金尊酒滿，瓊樹鴉飛。别緒有誰知。已無人、高卧題詩。　聽寥寂哀笳，黯然流涕，河梁冷雨霏霏。頻年亡國恨，到而今、愁换征衣。往事堪悲。明鏡裏、朱顔漸衰。倚亭皋、蘆花萬頃，不成重問斜暉。

戚氏

馬蹶輕。脉脉禾黍曉烟横。繞目繁花，困人光景。柳梢青。鶯聲。勸誰聽。依稀粉黛隔重城。蘭堂宴徹人散，素手低按小秦箏。好事難再，韶華偷轉，故園錦字何憑。仗、樓頭麗日，河畔芳草，惆悵平生。　　孤影。鬢髮星星。愁對寶鏡。惹起少時情。烏衣里，畫蘭金井。綉幕銀屏。醉逢迎。萬籟未改，緒風一瞬，又滿閒庭。异鄉异客，海角天涯，畹晚魂斷旗亭。　　夢裏吴皋遠，憐、今夜月，分外澄明。送盡衝波去棹，漸、山圍四野露珠零。不堪載酒尋春，過江訪舊，常是貧兼病。記、翠翹蟬翅交相映。歌舞罷、嬉笑盈盈。自去年、離别神京。未料得、後約費牽縈。縱秦箏冷。歡回逝水，怨逐浮萍。

河滿子

明鏡頻添白髮，麴塵暗换滄波。回首金城年少日，朝朝團扇輕歌。璧月瓊枝何處，螢窗泪雨滂沱。　　烽火瓜洲渡遠，秋風板渚潮多。咫尺畫樓歸不去，榮華夢裏南柯。莫怨池塘荒草，鳴蜩飛上青蘿。

（以上四首據《詞學季刊》1934 年第 2 卷第 1 期輯）

滿庭芳

壽謝慧生先生代作

詩葉壬林，筵開甲第，福星井絡凝光。武侯勛業，流惠在鄉邦。抱得岷峨秀氣，東山隱、霖雨相望。烏衣里，芝蘭玉樹，藹藹滿庭芳。　　文章。驚海内，傾倒三峡，直下雙江。唤、青神仙客，來獻瓊漿。同祝犁眉上壽，晴晝好、水遠天長。層樓外，春生杖履，桃李粲成行。

（以上據《儒效月刊》1935 年第 1 卷第 1 期輯）

浣溪沙

題凌辰《搨撍集》集稼軒句

妙手都無斧鑿痕。醉時拈筆越精神。庾郎襟度最清真。　　春意纔從梅裏過，幽香曾向雪中聞。眼看同輩上青雲。

（以上據《進德月刊》1936年第2卷第3期輯）

紫陽真人詞校補

楊易霖詞學文集

宋紫陽真人詞，《彊村叢書》本一卷，采自元本《悟真篇》，凡《西江月》十二首（無注），與《道藏·紫陽真人悟真篇注疏》本（八卷，象川翁葆光注、武夷陳達靈傳、集慶戴起宗疏），《紫陽真人悟真篇講義》本（七卷，永嘉夏宗禹著）所載同。但《道藏》中别有《紫陽真人悟真篇三注》（五卷，薛道光、陸野、陳志虚注）、《紫陽真人悟真篇注釋》（三卷，象川翁淵明注）二種；又《道書全集》中，有《紫陽真人悟真篇注疏》一種（三卷，翁葆光注，戴起宗疏），其所載皆爲十三首，除前十二首與彊村本相同外，尚多出一首。此外《道藏》中又有《紫陽真人悟真篇拾遺》一卷，其所載别有《西江月》十二首（無注），在前述十三首之外，真希世秘笈也。按，紫陽真人姓張氏，初名伯端，字平叔，後更名用成，天台纓絡街人，熙寧中，任四川節度制置使安撫司參議，箸《悟真篇》八十一卷，盡述二丹之秘。其議論大旨，蓋深嫉世之學者，專門各宗，三教异流，不能明异派同源之理。元豐間，與劉奉真之徒，廣宣佛法，以無生留偈入寂，奉真之徒，荼毗遺蜕，得舍利千百，形若鷄頭實，色皆紺碧。事見《悟真篇》内《張真人本末》。篇中所載，尚有成仙變化之語，大抵羽流附會，不足保信。兹將彊村本，與《道藏》本、《道書》本，六本對勘，檢校一過，記於下方，發其例於此。凡《道藏·（紫陽真人）悟真篇注疏》本，以下省稱《道藏注疏》本；凡《道藏·（紫陽真人）悟真篇講義》本，以下省稱《講義》本；凡《道藏·（紫陽真人）悟真篇三注》本，以下省稱《三注》本；凡《道藏·（紫陽真人）悟真篇注釋》，以下省稱《注釋》本；凡《道書全集·（紫陽真人）悟真篇注疏》本，以下省稱《道書注疏》本。

甲、彊村本紫陽真人《西江月》十二首

一

内藥還同外藥，内通外亦須通。丹頭和合類相同，温養兩般作用。

内有天然真火，爐中赫赫長紅。外爐增減要勤功，妙絶無過真種。

二

此道至神至聖，憂君分薄難消。調和鉛汞不終朝，早睹玄珠形兆。志士若能修煉，何妨在市居朝。工夫容易藥非遥，説破人須失笑。

三

白虎首經至寶，華池神水真金。故知上善利源深，不比尋常藥品。若要修成九轉，先須煉己持心。依時采取定浮沈，進火須防危甚。

四

若要真鉛留汞，襯中不離家臣。木金間隔會無因，須仗媒人句引。本性愛金順義，金情戀木慈仁。相呑相陷却相親，始覺男兒有孕。

五

二八誰家姹女，九三何處郎君。自稱木液與金精，遇土却成三姓。更假丁公煅煉，夫妻始結歡情。河車不敢暫留停，運入昆侖峰頂。

六

七返朱砂反本，九還金液還真。休將寅子數坤申，但要五行成準。本是水銀一味，周流遍歷諸辰。陰陽數足自通神，出入豈離玄牝。

七

雄裏内含雌質，負陰抱却陽精。兩般和合藥方成，點化魄纖魂勝。信道金丹一粒，蛇呑立變龍形。雞飡亦乃化鸞鵬，飛入真陽清境。

八

天地纔經否泰，朝昏好識屯蒙。輻來輳轂水朝宗。妙在抽添運用。得一萬般皆畢，休分南北西東。損之又損慎前功，命寶不宜輕弄。

九

冬至一陽來服，三旬增一陽爻。月中復卦溯晨潮，望罷乾終姤兆。

日又别爲寒暑，陽生復起中宵。午時姤象一陰朝，煉藥須知昏曉。

十

不辨五行四象，那分朱汞鉛銀。修丹火候未曾聞，早便稱呼居隱。不肯自思己錯，更將錯路教人。誤他永劫在迷津，似恁欺心安忍。

十一

德行修逾八百，陰功積滿三千。均齊物我與親冤，始合神仙本願。虎兕刀兵不害，無常火宅難牽。寶符降後去朝天，穩駕鸞車鳳輦。

十二

牛女情緣道合，龜蛇類秉天然。蟾烏遇朔合嬋娟，二氣相資運轉。本是乾坤妙用，誰能達此深淵。陽陰否隔却成愆，怎得天長地遠。

乙、校記

第一首：

内藥還同外藥，内通外亦須通：《道藏注疏》本作“外藥還如内藥，外通内亦須通”；《講義》本“還同”作“還如”。

和合：《講義》本作“利害”。

類相同：《道藏注疏》本、《講義》本、《注釋》本作“略相同”。

爐中：《講義》本、《注釋》本作“鼎中”。

無過：《講義》本、《注釋》本作“莫過”。

第二首：《道藏注疏》本作第七首，《注釋》本作第六首。

此道：《道藏注疏》本、《注釋》本、《道書注疏》本作“此藥”。

鉛汞：《講義》本作“鈆汞”，“鈆”即“鉛”之异寫。

志士：《注釋》本作“至士”。

修煉：《道藏注疏》本作“降鍊”，“降”字誤；《講義》本、《注釋》本作“修鍊”；“煉”“鍊”通用字。

説破：《講義》本、《注釋》本作“説著”。

人須：《注釋》本作“人皆”。

第三首：《注釋》本作第四首。

利源深：《道書注疏》本作“利源源”，第二“源”字誤。

若要：《講義》本作“要假”。

煉己：《講義》本、《三注》本、《注釋》本作“鍊已”；“煉”“鍊”通用字。

定浮沈：《注釋》本作“鍊浮沈”。

須防：《講義》本作“仍防”，《注釋》本作“堤防”。

第四首：《道藏注疏》本作第二首，《講義》本、《三注》本作第五首，《注釋》本作第三首。

真鉛：《講義》本作“真鈆”，“鈆”即“鉛”之异寫。

閒隔：《道藏注疏》本、《講義》本、《三注》本、《注釋》本、《道書注疏》本作“間隔”，“閒”本字俗作“間”。

須仗：《道藏注疏》本、《講義》本、《道書注疏》本作“須用”。

句引：《講義》本作“勾引”，“句”本字俗作“勾”。

相陷却相親：《道藏注疏》本、《道書注疏》本作“相啗却相親”；《講義》本、《三注》本、《注釋》本作“相啖却相親”；彊村本“陷”字誤。

男兒：《講義》本、《注釋》本作“無中”。

第五首：《道藏注疏》本作第四首，《講義》本、《三注》本作第六首，《注釋》本作第八首。

却成：《道藏注疏》本、《道書注疏》本作“方成”；《講義》本、《三注》本、《注釋》本作“卻成”，“卻”俗作“却”。

更假：《道藏注疏》本、《道書注疏》本作“便假”。

煅煉：《講義》本作“煅鍊”，“煉”“鍊”通用字。

始結：《注釋》本作“始合”。

第六首：《講義》本作第四首，《三注》本作第七首，《注釋》本作第二首。

金液：《講義》本作“今體”。

但要：《道藏注疏》本、《講義》本、《注釋》本、《道書注疏》本作"但看"。

遍歷：《道藏注疏》本、《道書注疏》本作"歷遍"，《講義》本、《注釋》本作"經歷"；《三注》本作"遍歷"。

數足：《講義》本、《注釋》本作"炁足"；《道書注疏》本作"數是"，"是"字誤。

豈離：《道藏注疏》本、《道書注疏》本作"不離"。

第七首：《道藏注疏》本、《講義》本、《三注》本作第八首，《注釋》本作第九首。

負陰：《道藏注疏》本、《道書注疏》本作"真陰"。

抱却：《道藏注疏》本、《講義》本、《注釋》本作"却抱"；《三注》本作"抱卻"，"卻"俗作"却"。

魄纖魂勝：《道藏注疏》本、《講義》本、《道書注疏》本作"魂靈魄聖"；《三注》本、《注釋》本作"魄靈魂聖"；彊村本"纖"字"勝"字誤。

立變：《道藏注疏》本、《講義》本、《注釋》本、《道書注疏》本作"立化"。

雞飡：《道藏注疏》本、《道書注疏》本作"鷄餐"；《講義》本作"雞飱"；《三注》本"雞飡"；《注釋》本作"鷄餐"。"鷄"與"雞"同；"飡""飱"皆"餐"之誤字。

化鸞鵬：《講義》本、《注釋》本作"變鸞鵬"。

飛入真陽清境：《道藏注疏》本作"盡入空陽聖境"；《講義》本作"俱入清陽真境"；《注釋》本作"盡入真陽仙境"；《道書注疏》本作"飛入真陽聖境"。

第八首：《道藏注疏》本、《三注》本作第九首，《講義》本、《注釋》本作第十首。

纔經：《道書注疏》本作"纔交"。

好識：《講義》本作"要識"；《注釋》本作"好用"。

輻來：《道藏注疏》本作"輪來"。

水朝宗:《道藏注疏》本作“水朝東”。

皆畢:《道藏注疏》本、《講義》本、《道書注疏》本作“事畢”。

輕弄:《道藏注疏》本作“輕用”。

第九首:《道藏注疏》本、《三注》本作第十首,《講義》本、《注釋》本作第十一首。

一陽:《道藏注疏》本作“初陽”。

溯晨潮:《道藏注疏》本、《講義》本、《注釋》本、《道書注疏》本作“朔晨超”;《三注》本作“朔晨潮”。

姤兆:《道藏注疏》本作“始兆”;《講義》本作“變姤”;《注釋》本作“遇兆”。

煉藥:《道藏注疏》本、《講義》本、《注釋》本作“鍊藥”,“煉”“鍊”通用字。

須知:《講義》本作“方知”。

第十首:《道藏注疏》本、《三注》本作第十一首,《講義》本作第九首,《注釋》本作第七首。

鉛銀:《講義》本作“鈆銀”,“鈆”即“鉛”之异寫。

修丹:《講義》本作“抽添”;《注釋》本作“燒丹”。

早便:《道書注疏》本作“早使”。

居隱:《道藏注疏》本、《道書注疏》本作“大隱”。

不肯:《道藏注疏》本、《道書注疏》本、《注釋》本作“靡肯”;《講義》本作“不解”。

永劫:《講義》本作“永世”;《道書注疏》本作“汞劫”,“汞”字“誤”。

第十一首:《道藏注疏》本、《講義》本、《三注》本、《注釋》本作第十二首。

積滿:《道藏注疏》本作“積得”。

無常火宅:《注釋》本作“無常鬼賊”。

鸞車:《道藏注疏》本、《講義》本、《注釋》本、《道書注疏》本作“鸞輿”。

第十二首：《道藏注疏》本、《注釋》本作第五首，《講義》本作第七首，《三注》本作第四首。

道合：《道藏注疏》本、《講義》本、《注釋》本、《道書注疏》本作“道本”。

類秉：《道藏注疏》本、《講義》本、《三注》本、《注釋》本、《道書注疏》本作“類稟”。

遇朔：《道藏注疏》本、《道書注疏》本“朔”字下有小字注云“一作晦”。

二氣：《講義》本、《注釋》本作“二炁”，“炁”與“氣”同。

誰能：《道藏注疏》本、《講義》本、《道書注疏》本作“誰人”。

深淵：《道藏注疏》本、《道書注疏》本作“真詮”；《三注》本作“淵源”。

却成：《道藏注疏》本、《道書注疏》本作“卻成”；《講義》本、《三注》本、《注釋》本作“却成”，“卻”俗作“却”。

丙、《補遺》上

《西江月》一首（據《三注》本、《注釋》本、《道藏注疏》本、《道書注疏》本題爲“以象門定”，《三注》本題爲“以象閏月也”）。

丹是色身至寶，鍊成變化無窮。更於性上究真宗，决了死生妙用。

不待他身後世，現前獲福神通。自從龍虎箸斯功，爾後誰能繼踵。

（原文依《道書注疏》本）

附校記

鍊成：《三注》本作“煉成”，“煉”“鍊”通用字。

更於：《三注》本、《注釋》本作“更能”。

死生：《三注》本作“無生”；《注釋》本作“無生”。

現前：《三注》本、《注釋》本作“見前”。

獲福：《三注》本作“獲佛”。

自從:《注釋》本作“自然”。

龍虎:《三注》本、《注釋》本作“龍女”。

箸斯功:《注釋》本作“降奇功”。

丁、《補遺》下

《西江月》十二首(據《道藏·紫陽真人悟真篇拾遺》)。

一

妄想不須强滅,真如何必希求。本源自性佛齊修,迷悟豈拘先後。悟則刹那成佛,迷則萬劫淪流。若能一念契真修,滅盡恒沙罪垢。

二

本自無生無滅,强將生滅區分。衹如罪福亦何根,妙體何曾增損。我有一輪明鏡,從來衹爲蒙分。今朝磨瑩照乾坤,萬象超然難隱。

三

我性入諸佛性,諸方佛性皆然。亭亭蟾影照寒泉,一月千潭普現。小則毫分莫識,大時遍滿三千。高低不約信方圓,説甚短長深淺。

四

法法法元無法,空空空亦非空。静諠語默本來同,夢裏何曾説夢。有用用中無用,無功功裏施功。還如果熟自然紅,莫問如何修種。

五

善暴一時妄念,榮枯都不關心。晦明隱顯任浮沈,隨分飢飧渴飲。神静湛然常寂,不妨坐卧歌吟。一池秋水碧仍深,風動魚驚盡任。

六

對鏡不須强滅，假名權立菩提。色空明暗本來齊，真妄體分兩種。悟則便名静土，更無天竺曹溪。誰言極樂在天西，了則彌陀出世。

七

人我衆生壽者，寧分彼此高低。法身通照没吾伊，念念體分同异。見是何曾是是，聞非未必非非。往來諸用不相知，生死誰能礙你。

八

住想修行布施，果報不離天人。恰如仰箭射浮雲，墜落衹緣力盡。争似無爲實相，還須返樸歸淳。境忘情性任天真，以證無生法忍。

九

魚兔若還入手。自然忘却筌蹄。渡河筏子上天梯，到彼悉皆遺弃。未悟須憑言説，悟來言説皆非。雖然四句屬無爲，此等何須脱離。

十

悟了莫求寂滅，隨緣衹接群迷。尋常邪見及提携，方便指歸實際。五眼三身四智，六度萬行修齊。圓光一顆好摩尼，利物兼能自利。

十一

我見時人説性，衹誇口急酬機。及逢境界轉痴迷，又與愚人何异。説得便須行得，方名言行無虧。能將慧劍斬魔魑，此號如來正智。

十二

欲了無生妙道，莫如自見真心。真心無相亦無音，清净法身衹恁。此道非無外有，非中亦莫求尋。二邊俱遣弃中心，見了名爲上品。

（據《詞學季刊》1935年第2卷第1號整理）

讀詞雜記

楊易霖詞學文集

一

張文襄《書目答問》，相傳爲藝風先生代作，實則出於文襄本意者甚多。即以詞目而論，藝風平生所刻詞甚多，尤注意清詞，而《書目答問》中，清詞一類，既不著版本，又多所錯誤。如曹貞吉《珂雪詞》，明袁中道有《珂雪齋集》，明末刊本，未及注明。《隨園全書》内有納蘭性德《飲水詞》，厲鶚《樊榭山房詞》初名《秋林琴雅》，全集中兩存，均不言及。又郭麐詞總名爲《靈芬館詞》，文襄但著其《蘅夢詞》一種，而又誤題爲《蘅夢樓詞》。姚燮《疏影樓詞》，不言即《復莊詞問》。周之琦詞總名爲《心日齋詞集》，但著其《金梁夢月詞》一種。邊浴禮《空青館詞》，誤題爲《空青詞》，且於最負盛名之項蓮生《憶雲詞》，蔣鹿潭《水雲樓詞》，皆不著録，反著無甚價值之《冰蠶詞》，藝風決不至疏略如此。文襄平生僅作《摸魚子》一首，可見其於詞學未甚措意。近淮陰范氏《書目答問補正》一書，補録甚多，然於以上所舉，亦多遺漏不載，良可惜也。

二

米元章《寶晋長短句》一卷，内《滿庭芳》一闋，《山林拾遺》本、鮑渌飲鈔本、蔣氏《别下齋叢書》本、趙氏星鳳閣鈔《寶晋英光集》本均入録，朱氏《彊村叢書》本從之題作“紹聖甲戌暮春，與周熟仁試賜茶書此樂章”。趙本題末有“中岳外史米元章書”八字，朱氏從蔣本删。按此詞乃秦少游所作。愚所知《淮海居士詞》，如毛氏汲古閣本，黄蕘圃以殘宋本校舊鈔本，皆載入，僅异一二字彊村本，近日北平影清内府宋本，葉氏影印本亦有之。竊疑海岳所署，止言“書此樂章”，自題别號姓字是當時未嘗指此詞爲己作，後人不擇，見有米書此詞墨迹，遂定爲米作，誤矣。蓋秦、米二人同時，秦以詞章名，米以書畫名，而海岳行輩稍晚，似海岳以後進身份，書淮海詞未爲不合。彊村翁校此詞，未加按語，又失注互見等字，似一時偶未經意所致。猶邵次公師所云王蘭泉《明詞綜》據《古今詞話》録商文毅《一叢花》詞，不知爲東坡作，同屬無心之誤。若《淮海集》中誤載賀方回《長相思》《望揚州》一闋，彊翁兩處録之，并加按語，可征其用心之密矣。

三

彊村本《淮海居士長短句》卷上，載《滿庭芳》三首，其第二首彊村本《張子野詞補遺》下亦載入。彊翁俱從黄子鴻校鮑氏知不足齋本，而不云互見，但於子野《浣溪沙》一首注云："又見《秦淮海詞》。"

四

四印齋本《花間集》載温飛卿《菩薩蠻》十四首，其第十一"南園滿地堆輕絮"一首，彊村本從梅禹金藏明鈔本《尊前集》載之，題與《花間》同。彊村本《金奩集》不載，云已見《尊前集》。伍氏粤雅堂本，及四印齋本《草堂詩餘》，均載此詞，而題爲何籀作。按飛卿《菩薩蠻》十四首，自餘十三首起句首二字皆作仄平，如"小山""水精""蕊黄""翠翹""杏花""玉樓""鳳凰""牡丹""滿宫""寶函""夜來""雨晴""竹風"等皆是也，僅此詞獨作平平，與他詞不合，可見《花間》亦有宋人羼入之處。

五

王氏四印齋仿宋十行七字本《花間集》十卷，卷五載歐陽舍人炯《三字令》一首，彊村本《張子野詞》卷二亦載入，不云互見，惟《生查子》一首注云："又載《六一詞》。"

六

《八聲甘州》起首二句，讀法有四。其一，起句爲上一下七之八字句，下接以五字句。如柳詞"對瀟瀟暮雨灑江天，一番洗清秋"是也，草窗詞

“信山陰道上景多奇，仙翁幻吟壺”句法從之。其二，起句爲上三下五之八字句，下接以五字句。如東坡詞“有情風萬里捲潮來，無情送潮歸”是也，而晁無咎和東坡作“謂東坡未老賦歸來，天未遣公歸”，則讀爲上一下七，上三下五皆可也。其三，爲上一下四之五字句，下接以上三下五之八字句，如夢窗詞“渺空烟四遠，是何年、青天墜長星”是也。其四，起句爲三字句一，下接以五言對句，如遺山詞“玉京岩，龍香海南來，霓裳月中傳”是也。尋《八聲甘州》爲耆卿首創之調，自當據爲定格。其餘各家讀法，亦婉美可誦。惟夢窗以三字句屬下，較爲生澀耳。又此調第二句第二字，即“一番洗清秋”之“番”字亦可用仄聲填之。如玉田所作《甘州》凡十二首，每首第二句，如“寒氣脆貂裘”“萬里見天心”“中有百花莊”“顧曲萬花叢”“幾被暮雲遮”“吹動一天秋”“簾影最深深”“招隱竟忘還”“休道北枝寒”“山拔地形高”“孤影尚中州”“此樂不知年”等等，其第二字皆作仄聲也。

七

世傳平定張碩州校定《遺山新樂府》有二：一爲陽泉山莊刊本，原本止四卷，末卷爲海豐吴氏補刻，即彊村翁所見者。一爲永年武慕姚兄家藏殘鈔本六卷，内有補遺一卷，原闕卷一，即次公師所云肙齋本之第二種也。殘鈔本補遺載《小聖樂》一首云：“緑葉陰濃，遍池亭水閣，偏趁凉多。海榴初綻，朵朵簇紅羅。乳燕雛鶯弄語，對高柳鳴蟬相和。驟雨過，似瓊珠亂撒，打遍新荷。　　人生百年有幾，念良辰美景，休放虚過。富貴從前定，何用苦張羅。命友邀賓宴賞，飲芳醑，淺斟低歌。且酩酊，從教二輪，來往如梭。”詞末有小注云“見《花草粹編》，原出《輟耕録》卷九”云云。按此詞，《遺山新樂府》，如明高麗刊本，凌雲翰選本，張家鼒南塘刊本，彊村本均不載，而明宗室丹丘先生涵虚子所編《太和正音譜》，内載“驟雨打新荷花”一首云：“緑葉陰濃，遍池塘水閣，偏趁凉多。海榴初綻，妖艷噴香羅。老燕携雛弄語，有高柳鳴蟬相和。驟雨過，珍珠亂糝，打遍新荷。”此首與《小聖樂》詞前半，大略相同，僅异數字，題爲元遺山小令，蓋以此首爲曲也。竊疑“驟雨打新荷”乃遺山原作，《小聖樂》詞後半爲後人妄增，其前半异文，則因傳寫之誤，非遺山原有二闋也。此與《三李詞》所載後主《鷓鴣天》詞正同。否則《小聖樂》詞一首之中，“羅”字、“過”字皆重押二次，遺山雖大雅不拘，要亦不至如此疏略。至其調名，疑本爲《小聖樂》，因詞中有“驟雨過，打遍新荷”之句，故取以爲名。丹丘以之入曲者，因元代詞曲之界，未曾顯別故耳。

八

光緒間蒙自楊文斌質公，刊太白、重光、漱玉三家爲《三李詞》，其所取材，多從輯佚，而未標出處。所録後主詞中有《鷓鴣天》二首，其第一首云：“塘水初澄似玉容，所思還在別離中。誰知九月初三夜，露似珍珠月似弓。　深院靜，小庭空。斷續寒砧斷續風。無奈夜長人不寐，數聲和月到簾櫳。”除楊升庵《詞林萬選》外，前此未見。且此詞前半乃白樂天詩句，後半乃後主《擣練子》詞相合而成。不知《鷓鴣天》換頭第三句，爲平平仄仄仄平平，此詞作仄仄平平仄仄平，與律不合，宜爲僞作。況夔笙先生作《蕙風詞話》，明知其僞而取之，蓋詞章家之議論，固不能以考證之科條繩之也。

九

扶箕降神，古所未聞。《東坡樂府》《少年游》題云：“黃之僑人郭氏，每歲正月，迎紫姑神，（按唐人小説屢見，本集亦作子姑神，有《子姑神記》）以箕爲腹，箸爲口，畫灰盤中爲詩，敏捷立成”云云。愚所見，此未扶箕之始，至若齊梁時，陶弘景撰《真誥》，所載多屬神仙開示之語，非扶箕末由得此。然無明文，未敢臆斷。紀文達筆記，謂“箕”字俗作“乩”，實當作“卟”，蓋文達不知箕代神象，謂之扶箕，因以《尚書》卟疑解之，實誤證也。頃閱《道書全集》，內有楊良弼雲石校本《純陽呂真人文集》八卷，第七卷末載《漁夫》詞十八首、《夢江南》十一首，卷八載《西江月》八首，《沁園春》三首，《卜算子》《步蟾宮》《滿庭芳》《酹江月》《水龍吟》《浪淘沙》《蘇幕遮》《雨中花》《促拍滿路花》各一首，共詞四十九首，而《道藏》所録，僅《沁園春》一首，朱氏《詞綜》所録，僅世傳之《梧桐影》一首，餘皆無之。上述各詞，是否真出吕洞賓所作，或爲羽士僞托，或爲扶箕而來，無從考證。其詞十九爲神仙家言，如《漁夫》詞第十六題爲“作甚物”，詞云：“貪貴貪榮逐利名，追游醉後戀歡情。年不永，代君驚，一報身終那裏生。”第十七題爲“疾瞥地”，詞云：“萬劫千生得個人，須知前世種來因。速覺悟，出迷津，莫使輪回受苦辛。”《夢江南》第七首題爲“修身客”，詞云：“修身客，莫誤入迷津。氣術金丹傳在世，象天象地象人身，不用問東鄰。”第九首題爲“長生藥”，詞云：“長生藥，不用問他人。八卦九宫看掌上，五行四象在人身，明了自通神。”《滿庭芳》一首云：“大道淵源，高真隱秘，風流豈可知聞。先天一氣，清濁自然分。不識坎離顛倒，誰能辨金木浮沈。幽微處、無中産有，澗畔虎龍吟。　壺中真造化，天精地髓，陰迫陽魂。運周天水火，燮理寒温。十月脱胎丹就，除此外皆是旁門。君知否，塵寰走遍，端的少知音。”又《水龍吟》有句云“目前咫尺長生路，但愚夫不悟”。《沁園春》第二首有句云“夜去明來，早晚無休。奈今日不知明日事，波波劫劫，有甚來由。人世風燈，草頭珠露，我見傷心眼泪流。休休，聞早回頭，把往日風流一筆勾。但粗衣淡飯，隨緣度日，任人笑我，我又何求。到頭來，不論貧富，着甚千忙日夜憂。勸年少，把家縁弃了，海上來游”。上述各詞，皆涉筆成趣，饒有深意。因憶王荆公效寒山詩意，援佛語入詞，比於説偈，爲聲家别開生面。吕氏援道語入詞，與紫陽真人同一吐屬，遠在荆公之先，洵聲家之异彩，較之宋人《游仙》《朝元》諸作，又進一層也。又檢《道書全集》，尚有李道純詞五十八首，見《中和集》。薛道光詞九首，陳楠詞三首，白玉蟾詞十六首（《玉蟾集》本，世傳甚多，其一種名《瓊琯集》），蘭廷之詞二十四首，見《諸真玄奥集成》，而《道藏》不載，擬就《鳴鶴餘音》一勘之。

十

《道書全集》本《中和集》載李道純詞，標目五十八首，實止五十四首。所闕者《贊圓庵傅居》《贈止庵張宰公》《贈密庵述三教》《贈唯府宗道人》各一首，皆《滿江紅》調，彊村翁重刊《清庵先生詞》五十八首，於上述四首，完全無闕，可見元刊本之善。又《道書全集》本《諸真玄奧集成》載白玉蟾詞僅十六首，而彊村本所載，於上述十六首外，多出一百十九首，誠善本也。

（據《詞學季刊》1935 年第 2 卷第 4 號整理）

圖書在版編目（CIP）數據

楊易霖詞學文集 / 劉軍政整理、編校. --北京:
社會科學文獻出版社, 2023.12
ISBN 978-7-5228-1087-4

Ⅰ. ①楊… Ⅱ. ①劉… Ⅲ. ①楊易霖（1909-1995）
-詞學-文集 Ⅳ. ①I207.23-53

中國版本圖書館 CIP 數據核字（2022）第 215873 號

楊易霖詞學文集

整理 編校 / 劉軍政

出 版 人 / 冀祥德
責任編輯 / 吴 超
責任印製 / 王京美

出　　版 / 社會科學文獻出版社 · 人文分社（010）59367215
地址: 北京市北三環中路甲 29 號院華龍大厦　郵編: 100029
網址: www.ssap.com.cn
發　　行 / 社會科學文獻出版社（010）59367028
印　　裝 / 三河市東方印刷有限公司

規　　格 / 開 本: 787mm × 1092mm 1/16
印 張: 35.75 字 數: 577 千字
版　　次 / 2023 年 12 月第 1 版 2023 年 12 月第 1 次印刷
書　　號 / ISBN 978-7-5228-1087-4
定　　價 / 198.00 圓

讀者服務電話: 4008918866